FAMILLE PARFAITE

Écrivain américain, Lisa Gardner a grandi à Hillsboro, dans l'Oregon. Auteur de plusieurs thrillers, elle est considérée comme l'une des grandes dames du roman policier féminin. Elle a reçu le Grand Prix des lectrices de *Elle* en 2011 dans la catégorie Policier pour *La Maison d'à côté*.

Paru au Livre de Poche :

ARRÊTEZ-MOI
DERNIERS ADIEUX
DISPARUE
LA MAISON D'À CÔTÉ
LES MORSURES DU PASSÉ
PREUVES D'AMOUR
SAUVER SA PEAU
TU NE M'ÉCHAPPERAS PAS
LA VENGEANCE AUX YEUX NOIRS

LISA GARDNER

Famille parfaite

ROMAN TRADUIT DE L'ANGLAIS (ÉTATS-UNIS) PAR CÉCILE DENIARD

ALBIN MICHEL

Titre original :

TOUCH & GO
Publié par Dutton, New York, en 2013.

© Lisa Gardner Inc., 2013.
© Éditions Albin Michel, 2015, pour la traduction française.
ISBN : 978-2-253-23708-2 – 1re publication LGF

1

Voilà une chose que j'ai apprise quand j'avais onze ans : la douleur a un goût. La question, c'est de savoir celui qu'elle a pour vous.

Ce soir, ma douleur a un goût d'orange. Je suis attablée avec mon mari dans un box du Scampo, dans le quartier de Beacon Hill à Boston. Sans bruit, des serveurs discrets viennent remplir nos flûtes de champagne. Deuxième fois pour lui. Troisième fois pour moi. La nappe en lin blanc disparaît sous les petits pains maison et un assortiment d'antipasti. Viendront ensuite, dans des assiettes à la présentation soignée, des pâtes fraîches aux petits pois et à la pancetta grillée dans une sauce à la crème légère. Le plat préféré de Justin. Il l'a découvert il y a vingt ans lors d'un voyage d'affaires en Italie et, depuis cette époque, il le commande dans les bons restaurants italiens.

Je prends ma flûte. Je bois une gorgée de champagne. Je repose le verre.

En face de moi, Justin sourit et des rides lui plissent le coin des yeux. Ses cheveux châtains coupés court grisonnent aux tempes, mais ça lui va bien. Il a cette allure rude et indémodable des hommes qui vivent au grand air. Quand nous entrons dans un bar, les femmes le regardent. Les hommes aussi, intrigués par ce nouveau venu, manifestement un mâle dominant, capable de porter de vieilles chaussures de chantier avec une chemise Brooks Brothers à deux cents dollars et que l'ensemble soit du meilleur effet.

« Tu ne manges pas ? me demande-t-il.
— Je me réserve pour les pâtes. »

Il sourit encore et je repense à des plages de sable blanc, à l'odeur iodée de l'air marin. Je me souviens de la douceur des draps de coton entortillés autour de mes jambes nues lorsque nous avions passé la deuxième matinée de notre lune de miel encore enfermés dans notre bungalow. Justin m'avait donné à manger des oranges fraîchement pelées de sa main et j'en avais délicatement léché le jus poisseux sur ses doigts calleux.

Je prends une nouvelle gorgée de champagne, mais, cette fois-ci, je la garde dans ma bouche en me concentrant sur la sensation des bulles liquides.

Était-elle plus jolie que moi ? Plus excitante ? Meilleure au lit ? Ou peut-être, puisque ces choses-là marchent comme ça, aucun de ces paramètres n'était-il entré en ligne de compte. N'avait joué de rôle dans l'équation. Les hommes sont infidèles parce qu'ils sont infidèles. Si un mari a l'occasion de tromper sa femme, il le fera.

Si bien que, d'une certaine manière, ce qui s'est passé durant les six derniers mois de mon mariage n'a aucun rapport avec moi.

Je prends encore une gorgée, toujours du champagne, toujours ce goût d'orange.

Justin, qui a fait un sort aux hors-d'œuvre, boit une gorgée mesurée et déplace distraitement ses couverts.

Il a hérité de l'entreprise de son père à vingt-sept ans, une boîte de BTP, vingt-cinq millions de chiffre d'affaires. Certains fils se seraient contentés de laisser cette société florissante continuer sur sa lancée, mais pas Justin. À trente-quatre ans, quand je l'ai rencontré, il avait déjà doublé le chiffre d'affaires, qui venait de franchir la barre des cinquante millions, et il se donnait comme objectif d'atteindre les soixante-quinze millions dans les deux ans. Et pas en restant assis dans un bureau. Justin se faisait une fierté de connaître à fond la plupart des métiers du bâtiment – plomberie, électricité, plâtre, béton. Présent sur le terrain, il passait du temps avec ses ouvriers, se mêlait aux sous-traitants, premier sur le chantier, dernier à partir.

Au début, cela faisait partie des choses qui m'avaient le plus séduite chez lui. Un homme, un vrai. Aussi à l'aise dans une salle de réunion lambrissée que sur un terrain de basket de rue, et qui prenait volontiers son calibre 357 préféré pour aller faire un carton sur le stand de tir.

Dans les premiers temps de notre relation, il m'emmenait à son club. Il me prenait entre ses bras vigoureux, au creux de son corps plus grand et plus musclé, pour me montrer comment placer mes mains sur la crosse d'un .22, une petite arme assez mignonne, comment prendre ma mire au bout du canon et mettre dans le mille. Les premières fois, j'ai complètement raté la cible parce que, même avec le casque, la détonation me faisait sursauter. Je tirais dans le sol ou, avec beaucoup de chance, je touchais le bord inférieur de la cible en papier.

Encore et encore, Justin me corrigeait avec patience, sa voix un murmure grave dans ma nuque lorsqu'il se penchait vers moi pour m'aider à stabiliser ma visée.

Parfois, nous n'arrivions pas jusqu'à la maison. Nous finissions nus dans le cagibi du club de tir ou sur la banquette arrière de son 4 × 4, encore garé sur le parking. Il enfonçait ses doigts dans mes hanches, me demandait d'aller plus vite, plus fort, et j'obéissais, affolée par l'odeur de poudre, le désir et une phénoménale sensation de puissance.

Sel. Poudre. Oranges.

Justin s'excuse et va aux toilettes.

Pendant son absence, je déplace les pâtes dans mon assiette pour donner l'illusion que j'ai mangé. Puis j'ouvre mon sac à main et, sous la table, j'en fais sortir, un à un, quatre comprimés blancs. Je les avale d'un seul coup et je les fais descendre avec un demi-verre d'eau.

Puis je reprends ma flûte et je m'arme de courage pour le clou de la soirée.

Justin prend le volant pour les cinq minutes de trajet qui nous ramènent chez nous. Il a acheté cette maison de ville pratiquement le jour où nous avons eu confirmation que j'étais enceinte. Tout droit du cabinet médical à l'agence immobilière. Il m'a emmenée la visiter après avoir conclu un accord verbal, comme un chasseur de gros gibier qui exhiberait fièrement son trophée. J'aurais sans doute dû m'offusquer qu'il se montre aussi autoritaire. Au lieu de cela, j'ai parcouru quatre étages et demi de pièces aux parquets somptueux, aux hauteurs sous plafond vertigineuses, aux moulures délicatement sculptées à la main, et j'en suis restée béate d'admiration.

Voilà donc ce qu'on pouvait s'acheter avec cinq millions de dollars. Des pièces lumineuses et ensoleillées, un toit-terrasse plein de charme, le tout au milieu d'un quartier aux maisons de grès rouge superbement restaurées, blotties les unes contre les autres comme des amies inséparables.

La nôtre se trouvait dans Marlborough Street, une rue plantée d'arbres, près de Newbury Street, l'artère chic, et à un jet de pierre de Public Garden. Un secteur où les plus à plaindre roulent en Saab, où les nounous parlent avec l'accent français et où il faut inscrire son enfant à l'école privée dès la première semaine de grossesse.

Justin m'a laissé carte blanche. Meubles, œuvres d'art, tentures, tapis. Que je prenne ou non du mobilier d'époque, un décorateur d'intérieur, peu lui importait. Je n'avais qu'à faire et dépenser le nécessaire pour que cette maison devienne notre chez-nous.

Alors, c'est ce que j'ai fait. Comme dans cette fameuse scène de *Pretty Woman*, mais avec des peintres spécialistes des enduits, des décorateurs et des antiquaires, qui tous exerçaient leur art pendant que, moi, alourdie par la grossesse, je passais d'un canapé à l'autre et que, d'un geste gracieux, je demandais un peu de ceci, une touche de cela. Franchement, je me suis bien amusée. Enfin je mettais en œuvre dans la vraie vie mes talents artistiques. Non seulement j'étais capable de créer des bijoux en pâte d'argent, mais aussi de rénover une belle demeure historique de Boston.

Quelle période grisante. Justin travaillait sur le chantier d'une grande centrale hydroélectrique. Il y faisait des sauts de puce en hélicoptère, littéralement, et lorsque je lui montrais les derniers progrès de nos travaux, il me caressait le bas des reins en dégageant mes cheveux de ma nuque pour y enfouir son visage.

Et ensuite : Ashlyn. Une joie sans bornes. Un bonheur sans mesure. Rayonnant, Justin prenait des photos, faisait admirer sa précieuse petite fille à quiconque avait le malheur de croiser son regard. Ses potes ont débarqué chez nous en bande, et ces anciens Marines et ces vétérans des forces spéciales de la Navy ont laissé leurs bottes boueuses dans l'entrée rutilante pour monter contempler avec émotion notre fille endormie dans sa chambre d'enfant peinte en rose. Ils ont échangé des tuyaux sur la façon de changer les couches et d'emmailloter les nourrissons, après quoi ils ont entrepris d'apprendre à notre nouveau-née comment roter son alphabet.

Justin les a prévenus : jamais leurs fils ne sortiraient avec sa fille. Ils ont pris la nouvelle avec bonhomie, puis se sont tournés vers moi leurs yeux tout attendris. Je leur ai dit qu'ils pourraient avoir tout ce qu'ils voudraient, du moment qu'ils changeaient les couches à deux heures du matin. Ce qui a donné lieu à une telle avalanche de commentaires grivois que Justin a raccompagné ses amis à la porte.

Mais il était heureux, j'étais heureuse et la vie était belle.

C'est comme ça, l'amour, non ? On rit, on pleure, on donne le biberon de minuit à deux et, un beau jour, quelques mois plus tard, on fait l'amour avec une immense tendresse et on découvre que c'est un peu différent, mais toujours profondément merveilleux. Justin m'a couverte de bijoux et, comme il se devait, je me suis inscrite au yoga et j'ai commencé à fréquenter des boutiques de vêtements pour bébé absolument hors de prix. Certes, mon mari était souvent en déplacement, mais la solitude ne m'avait jamais fait peur. J'avais ma fille et bientôt nous avons engagé Dina pour que je puisse retourner m'amuser dans mon atelier, où je modelais des bijoux, où je pouponnais, où je m'épanouissais.

Justin ralentit la Range Rover et cherche en vain une place de stationnement le long du trottoir. Notre maison possède un garage en sous-sol, privilège qui rendrait presque acceptable le montant de nos impôts locaux, mais naturellement, Justin me le réserve, et c'est donc lui qui doit se livrer au grand jeu qui consiste à essayer de se garer en centre-ville.

Il passe une fois devant chez nous et, par réflexe, je regarde la fenêtre du deuxième étage, la chambre d'Ashlyn. Elle est plongée dans le noir et cela m'étonne, puisque notre fille était censée passer la soirée à la maison. Peut-être qu'elle ne s'est tout simplement pas donné la peine d'allumer le plafonnier, se contentant de la lueur de son ordinateur portable. J'ai découvert que les adolescentes de quinze ans sont capables de passer des heures comme ça, les écouteurs greffés sur les oreilles, le regard vitreux, les lèvres hermétiquement closes.

Justin trouve une place. Rapide marche arrière, petite marche avant, et la Range Rover est impeccablement garée. Il en fait le tour pour ouvrir ma portière et je me laisse faire.

Les dernières secondes. Je serre les poings sur les genoux, les doigts exsangues. J'essaie de m'obliger à respirer. Inspirer. Expirer. Juste ça. Un pas à la fois, un moment après l'autre.

Est-ce qu'il commencera par m'embrasser sur la bouche? Dans ce creux qu'il a un jour découvert derrière mon oreille? Ou bien peut-être qu'on va juste se déshabiller, se glisser entre les draps, en finir. Lumières éteintes, paupières serrées. Peut-être qu'il pensera tout le temps à l'autre. Peut-être que ça ne devrait pas avoir d'importance. Il est avec moi. J'ai gagné. J'ai gardé mon mari, le père de mon enfant.

La portière s'ouvre. Celui qui partage ma vie depuis dix-huit ans se tient devant moi. Il me tend la main. Et je la prends, je descends de voiture et je remonte le trottoir à son bras, sans qu'aucun de nous deux prononce un mot.

Justin s'arrête devant la porte d'entrée. Alors qu'il allait composer le code, il interrompt son geste et, l'air contrarié, me lance un bref coup d'œil.

«Elle a désactivé le système, murmure-t-il. Et encore une fois laissé la porte ouverte.»

Je regarde le clavier et je comprends ce qu'il veut dire. C'est Justin lui-même qui a installé ce système de protection, grâce auquel la serrure est contrôlée de manière électronique et non mécanique. Composez le bon code et la porte se déverrouille. En l'absence de code, défense d'entrer.

Cela paraissait offrir une solution élégante à une adolescente qui oubliait tout le temps ses clés, mais, pour que le système fonctionne, encore fallait-il l'activer, et manifestement c'était encore un défi pour Ashlyn.

Justin tourne la poignée et, de fait, la porte s'ouvre en silence sur le hall plongé dans le noir.

À mon tour de tiquer : « Elle aurait au moins pu laisser une lumière. »

Le cliquetis de mes escarpins résonne dans le hall d'entrée lorsque je le traverse pour aller allumer le lustre. Je ne marche plus aussi droit, maintenant que j'ai lâché le bras de Justin. Je me demande s'il l'a remarqué. Je me demande s'il s'en soucie.

Arrivée au panneau, j'actionne le premier interrupteur. Rien. J'insiste, je le lève et le baisse à plusieurs reprises. Rien.

« Justin... », dis-je, perplexe.

Alors, je l'entends répondre : « Libby... »

Puis un drôle de bruit sec, comme la détonation d'une arme de petit calibre. Un sifflement. Et le corps de Justin se cambre d'un seul coup. Bouche bée, je le vois se dresser pratiquement sur la pointe des pieds, le dos arqué, tandis qu'un cri de douleur guttural s'échappe entre ses dents serrées.

Je sens une odeur de chair brûlée.

Et c'est là que je le vois.

Un colosse. Plus imposant même que mon mari, qui fait pourtant un mètre quatre-vingt-dix et cent kilos. Cette silhouette immense vêtue de noir se découpe sur le mur de l'entrée, un étrange pistolet à canon carré à la main. Des confettis, je remarque, comme dans un brouillard. Des petits confettis qui pleuvent sur le parquet pendant que mon mari exécute une danse macabre et que l'homme sans visage avance encore d'un pas.

Son doigt relâche la détente et Justin cesse de se cambrer pour s'avachir, pantelant. Le colosse déclenche alors une nouvelle décharge. Quatre fois, cinq fois, six fois, il fait convulser le corps entier de Justin. Et moi, je reste plantée là, la bouche ouverte, le bras tendu, comme si cela pouvait empêcher la pièce de tanguer.

J'entends mon mari, mais je ne comprends pas tout de suite ce qu'il dit. Et puis si : dans un murmure sourd et laborieux, Justin m'ordonne de fuir.

Je réussis à faire un pas. Le temps de lancer un regard implorant vers l'obscurité de l'escalier. En priant pour que ma fille soit bien en sécurité dans sa chambre du deuxième, en train de se balancer au rythme de son iPod, inconsciente du drame qui est en train de se jouer au rez-de-chaussée.

Et ensuite le colosse se retourne vers moi. D'un rapide mouvement du poignet, il éjecte la cartouche carrée de ce que je comprends être un Taser, puis bondit et plante le bout du canon dans ma jambe. Tire.

Le point de contact avec ma cuisse est aussitôt traversé d'une douleur intolérable. Encore des chairs brûlées. Des cris. Sans doute les miens.

J'ai conscience de deux choses à la fois : ma souffrance aiguë et le blanc des yeux de mon agresseur. Un masque, comprends-je vaguement. Un masque de ski noir dissimule sa bouche, son nez, ses traits. Au point qu'il n'est plus un homme, mais un monstre sans visage, aux yeux blancs, très blancs, tout droit sorti de mes cauchemars.

Alors Justin s'avance en titubant et, avec de grands moulinets des bras, fait pleuvoir de faibles coups sur le dos de l'autre. La silhouette au masque noir se retourne à demi et, d'un coup de karaté, frappe Justin à la gorge.

Mon mari s'étrangle dans un horrible gargouillis, s'effondre.

Ma jambe gauche cède. Je tombe à mon tour. Puis je roule sur le côté et vomis du champagne.

Ma dernière pensée, au milieu de la douleur, de la brûlure, de la panique et de la peur : faites qu'il ne trouve pas Ashlyn. Faites qu'il ne trouve pas Ashlyn.

Mais c'est alors que j'entends la voix de ma fille. Suraiguë. Terrifiée. « Papa. Maman. *Papa!* »

Dans un ultime sursaut de conscience, je réussis à tourner la tête et je découvre deux autres silhouettes noires, une de chaque côté de ma fille qui se débat alors qu'elles l'entraînent vers le rez-de-chaussée.

Un bref instant, nos regards se croisent.

Je t'aime, j'essaie de lui dire.

Mais les mots refusent de sortir.

La silhouette au masque noir lève encore une fois son Taser. Insère posément une nouvelle cartouche. Vise. Tire.

Ma fille pousse un cri.

La douleur a un goût.

La question, c'est de savoir celui qu'elle a pour vous.

2

Le pépiement de son portable la réveille. Double surprise : d'abord, parce que, en théorie, elle n'occupe plus un poste qui veut que les téléphones sonnent aux aurores; ensuite, parce que cela signifie qu'elle a dû s'endormir, ce qui ne lui est pour ainsi dire pas arrivé depuis des mois.

Tessa Leoni est allongée côté gauche du matelas lorsque le téléphone se lance dans une cascade de carillons plus bruyants. Elle a le bras tendu, réalise-t-elle. Pas vers son portable, mais vers l'autre moitié du lit. Comme si, même deux ans après sa mort, elle cherchait encore le mari qui dormait là autrefois.

Le volume de la sonnerie augmente encore, de plus en plus pénible. Tessa s'oblige à rouler vers la table de nuit, en se faisant la réflexion que, à l'usage, le sommeil désoriente davantage que l'insomnie chronique.

Elle décroche au moment précis où la dernière sonnerie s'achève et entend la voix de son patron – troisième surprise, puisque c'est rarement lui qui prend l'initiative de la joindre. Enfin, les dernières brumes de son esprit se dissipent et les réflexes acquis depuis des années prennent le relais. Elle hoche la tête, pose les questions importantes, puis raccroche et s'habille.

Dernière hésitation : prendra-t-elle ou non son arme à feu ? Il ne s'agit plus d'une obligation, elle n'est plus officier dans la police d'État du Massachusetts, mais cela peut encore servir dans sa nouvelle profession. Elle médite les informations succinctes que son patron vient de lui transmettre (état des lieux, chronologie des faits, zones d'ombre à éclaircir) et prend sa décision. Coffre-fort, au fond de la penderie. D'une main experte, dans le noir, elle fait tourner les disques pour composer la combinaison, retire son Glock et le range dans son étui d'épaule.

Samedi matin, six heures vingt-huit, elle est prête à partir.

Elle prend son téléphone portable, le glisse dans la poche de sa veste et traverse le couloir pour avertir sa gouvernante, nounou et amie de longue date qui vit sous le même toit.

Mme Ennis est déjà réveillée. Comme beaucoup de femmes d'un certain âge, elle possède le don quasi surnaturel de savoir quand on va avoir besoin d'elle, si bien qu'elle a souvent une longueur d'avance. En l'occurrence, elle est assise dans son lit, lampe de chevet allumée et calepin à la main pour noter d'éventuelles consignes de dernière minute. Elle porte la longue chemise de nuit à carreaux verts et rouges que Sophie lui a offerte à Noël dernier. Ne manque plus qu'une coiffe blanche et Mme Ennis aurait tout à fait l'air de la mère-grand dans *Le Petit Chaperon rouge*.

« On m'a appelée, dit Tessa, ce qui n'apprend rien à Mme Ennis.

— Qu'est-ce que je dois lui dire ? » demande celle-ci en parlant de Sophie, la fille de Tessa. Depuis qu'elle a perdu, dans des circonstances tragiques, le seul père qu'elle ait jamais connu, Sophie, malgré ses huit ans, répugne à laisser sa mère sortir de son champ de vision. C'est autant pour sa fille que pour elle-même que Tessa a démissionné de la police après le décès de Brian. Sophie avait besoin de plus de stabilité, d'être sûre que le seul parent qui lui reste rentrerait à la maison le soir. Le nouvel emploi de Tessa, détective privée, lui permet en général d'avoir des horaires de bureau. Mais avec ce coup de fil matinal…

Tessa hésite.

« D'après ce que je sais, c'est une situation d'urgence, reconnaît-elle. Donc il se pourrait que je ne sois pas de retour avant un jour ou deux. Ça dépendra des acrobaties auxquelles je devrai me livrer pour démêler l'affaire. »

Mme Ennis hoche la tête, ne répond rien.

« Dites à Sophie qu'elle peut m'écrire un texto, ajoute Tessa. Je ne sais pas si je pourrai toujours décrocher mon téléphone, mais elle peut m'envoyer un message et je répondrai. »

Elle conclut d'un hochement de tête, satisfaite de sa réponse. Il faut que Sophie ait la possibilité de joindre sa mère. Que ce soit en tendant la main ou en appuyant sur une touche, il faut qu'elle puisse vérifier, à chaque instant, que sa mère est là.

Parce qu'un jour, ça n'a pas été le cas et que c'est le genre de blessure qui laisse des cicatrices, même après deux ans.

« Elle a gymnastique, ce matin, dit Mme Ennis. Elle pourrait peut-être inviter une camarade à venir jouer ensuite. Ça l'occupera.

— Merci. J'essaierai d'appeler avant le dîner ou, en tout cas, avant l'heure du coucher.

— Ne vous en faites pas pour nous. » Mme Ennis a maintenant une voix pleine d'entrain. Elle s'est occupée de Sophie depuis sa naissance, y compris pendant les longues années où Tessa assurait des patrouilles de nuit. Qu'il s'agisse de la maison ou de Sophie, il n'y a aucune situation à laquelle elle ne saurait faire face et elle le sait.

« Sauvez-vous donc, dit-elle en chassant Tessa d'un geste de la main. On s'en sortira très bien.

— Merci, dit sincèrement Tessa.

— Faites attention à vous.

— Toujours. »

Ça aussi, elle le pense.

Elle remonte à pas feutrés le couloir plongé dans le noir. Elle avance plus lentement qu'elle ne le voudrait et s'arrête devant la chambre de Sophie. Entrer, réveiller sa fille endormie serait égoïste, alors elle se contente de rester sur le pas de la porte et de scruter l'obscurité jusqu'à distinguer ses boucles brunes sur l'oreiller vert clair.

Deux veilleuses brillent, parce que Sophie a désormais peur du noir. Serrée entre ses mains, Gertrude, sa poupée de chiffon préférée, avec des cheveux en laine marron et des boutons bleus pour les yeux. Après le décès de Brian, Gertrude a porté un pansement en travers de la poitrine. Parce qu'elle avait mal dans son cœur, expliquait Sophie, et Tessa approuvait d'un hochement de tête compréhensif.

Sophie n'est pas la seule à conserver des séquelles des événements survenus il y a deux ans. Chaque fois que Tessa sort de chez elle, que ce soit pour aller au travail, faire un jogging ou passer à l'épicerie, la séparation d'avec son enfant est pour elle une douleur physique, comme si elle se coupait en deux et ne devait retrouver son intégrité qu'à son retour. Et il lui arrive encore de rêver de neige ensanglantée, de sa main tendue vers son mari qui s'écroule. Mais, tout aussi souvent, elle se revoit tenir ce pistolet, presser la détente.

Arrivée au bout du couloir, elle s'arrête dans la cuisine, le temps de griffonner un petit mot et de le déposer sur la chaise de sa fille : *Je t'aime. Je reviens très vite…*

Puis elle prend une grande inspiration et sort.

Tessa n'a pas fait partie de ces enfants qui rêvaient d'entrer dans la police. Son père était garagiste et cet homme d'un milieu modeste s'intéressait bien davantage à son Jack Daniel's quotidien qu'à sa fille unique. Quant à sa mère, qui quittait rarement sa chambre du fond de la maison, elle n'aura été qu'une vague silhouette. Et comme elle est morte jeune, Tessa a porté le deuil d'une idée plutôt que de la personne.

Livrée à elle-même, Tessa a fait des choix qui l'ont conduite à se retrouver seule, enceinte et sans le sou. Alors, d'un seul coup, elle a mûri. Ne pas prendre soin d'elle ne lui avait jamais paru bien grave, mais il était hors de question qu'elle ne prenne pas soin de son enfant. Premier problème à résoudre : trouver une profession accessible à une mère célibataire qui avait à peine été plus loin que le certificat d'études secondaires. D'où son inscription à l'école de police, où elle avait passé six longs mois à apprendre à tirer, à se battre et à élaborer des stratégies. À sa propre surprise, elle s'était révélée douée pour ces trois activités.

Et, cerise sur le gâteau, elle aimait ça. Le travail, l'uniforme, l'esprit de corps. Pendant quatre ans, elle avait patrouillé sur les routes du Massachusetts, alpagué des ivrognes, désamorcé des rixes et géré des scènes de ménage. Quatre années entières où sa vie avait eu un sens et où elle s'était réellement sentie utile. Où elle avait été heureuse.

À présent qu'elle a rejoint le centre-ville de Boston et qu'elle commence à chercher à se garer, elle s'en remet à tout ce qu'elle a appris dans la police pour démarrer son analyse de la scène de crime. Ainsi qu'il convient aux propriétaires d'une entreprise qui vaut cent millions de dollars, les Denbe habitent Back Bay, un des quartiers les plus huppés de la ville, où l'on trouve d'élégants alignements de demeures patriciennes, si proches les unes des autres qu'il serait normal que des témoins aient dû entendre quelque chose, mais en même temps si luxueuses que l'isolation phonique doit donner aux riches l'illusion de vivre sur une île déserte, même au milieu d'un habitat urbain extrêmement dense.

Ni fourgon de légiste, ni PC mobile, remarque Tessa : logique, puisque la demande d'intervention ne concernait au départ qu'une simple violation de domicile. Cela dit, elle compte plus de six véhicules de patrouille et plusieurs voitures banalisées. Ça en fait, des agents en tenue, pour une simple intrusion.

Sans parler de la présence d'enquêteurs en rangs serrés... Manifestement, la police est en train de réviser son jugement.

Tessa quitte Marlborough Street pour emprunter une petite rue parallèle où les résidents qui ont de la chance disposent de places de parking réservées et ceux qui ont encore plus de chance, de garages. Elle trouve un emplacement libre et se l'adjuge. En toute illégalité, bien entendu, mais elle a repéré d'autres voitures d'enquêteurs et pu constater qu'elle n'était pas la première à prendre des libertés. Elle sort sa carte « Enquêtes Spéciales » et la pose bien en évidence sur le tableau de bord de sa Lexus. À tous les coups, un contractuel aigri va lui coller une amende, mais elle aura fait ce qu'elle pouvait.

Elle descend de voiture, enfile son long manteau de laine chocolat et hésite une nouvelle fois.

Son premier réflexe serait de cacher son Glock, de le planquer dans la boîte à gants. Le porter sur cette scène de crime, sous le nez des enquêteurs, risquerait de lui attirer des remarques.

Mais cette idée l'énerve. Règle numéro un dans la police : ne jamais laisser voir qu'on a peur.

Le menton haut, le torse bombé, Tessa glisse son arme dûment déclarée dans son étui, et c'est parti.

Le soleil, désormais levé, baigne d'une lumière dorée l'alignement de maisons de grès rouge et leur crépi de couleur crème. Une fois revenue dans Marlborough Street, elle remonte le trottoir jusqu'à l'adresse des Denbe en admirant tous ces perrons où sont encore exposés des épis de maïs séchés et diverses décorations céréalières datant de Thanksgiving. La plupart de ces demeures possèdent un jardinet fermé par de luxueuses grilles en fer forgé noir. En cette saison, la végétation se résume à du buis, de luxuriants arbustes à feuilles persistantes et, dans certains cas, des chrysanthèmes morts. Au moins les températures ne sont-elles pas trop basses et le soleil laisse-t-il espérer un peu de chaleur. Mais, jour après jour, il se hissera moins haut dans le ciel, les journées se feront plus courtes et le vent plus mordant, puisque se profile le mois de décembre qui les fera souffrir avec ses gelées matinales.

Un jeune agent en tenue monte seul la garde devant la résidence des Denbe. Il bat la semelle, pour se réchauffer peut-être, à moins que ce ne soit pour se tenir éveillé. D'aussi près, rien dans cette superbe maison à la façade crème et aux huisseries noires ne laisse penser à une tragédie. Ni ruban jaune barrant le perron, ni brancard de légiste attendant dans l'allée étroite. Comparée à d'autres, c'est une scène de crime discrète, si bien que Tessa se demande déjà ce que la police de Boston cherche à cacher.

D'après son patron, la gouvernante de la famille a alerté la police peu après cinq heures et demie du matin. Elle avait signalé que la maison semblait avoir subi une intrusion, ce qui avait provoqué l'envoi d'un enquêteur du commissariat de secteur. Ce que ce dernier avait découvert à l'intérieur du domicile suggérait des faits autrement plus préoccupants qu'un banal cambriolage et avait déclenché une succession de coups de fil, y compris celui que l'entreprise de Justin Denbe avait passé au patron de Tessa.

Pas clair, s'était dit celle-ci alors que son patron lui exposait les faits au téléphone. Mais à présent, devant cette porte en noyer béante, elle affine son jugement : compliqué. Très compliqué.

Elle se campe face au jeune policier et montre son badge de détective privé. Comme on pouvait s'y attendre, l'agent lui refuse l'accès.

« Soirée privée, dit-il. Tenue de police exigée.

— Mais j'ai une invitation personnelle, réplique Tessa. Envoyée par l'entreprise familiale, Denbe Construction. Une boîte spécialisée dans les chantiers à cent millions de dollars qui lui sont directement confiés par des sénateurs et autres grands pontes de Washington. Vous voyez, des gens que les simples travailleurs comme vous et moi ne peuvent pas se permettre de contrarier. »

L'agent la fusille du regard. « Quels grands pontes ?

— Le genre d'éminences grises qui ont donné à Justin Denbe un laissez-passer permanent pour la cérémonie d'investiture présidentielle de son choix. Ce genre-là. » À vrai dire, elle pousse peut-être le bouchon un peu loin, mais il lui semble qu'elle marque des points.

L'agent ne sait plus sur quel pied danser. Sans croire totalement à cette histoire de relations dans les milieux politiques, il hésite tout de même à la balayer d'un revers de la main, étant donné que la maison se trouve dans le quartier chic de Back Bay.

« Écoutez, insiste Tessa. Cette famille, ce quartier. Ça nous dépasse, tous autant qu'on est. C'est pour ça que l'entreprise de Denbe a fait appel à la mienne. Une société privée pour protéger des intérêts privés. Je ne dis pas que c'est légitime, ni que vous êtes obligé de trouver ça bien, mais on sait tous les deux que c'est comme ça que ça marche dans ces milieux. »

Elle est en train de gagner, elle le sent. Mais, comme par hasard, c'est à ce moment précis que le commandant D.D. Warren fait son apparition.

La blonde au caractère bien trempé sort sur le perron, retire ses deux gants en latex, découvre la présence de Tessa et ne dissimule pas un sourire ironique.

«J'ai appris que vous étiez devenue mercenaire», dit l'enquêtrice de la brigade criminelle. Ses courtes boucles blondes rebondissent sous le soleil du matin tandis qu'elle descend les marches. Connue pour son sens aigu de la mode, D.D. porte un jean foncé, une chemise stricte bleu clair et une veste en cuir caramel. Ses bottes assorties et leurs talons de dix centimètres n'enlèvent rien à l'assurance de sa démarche.

«J'ai appris que vous étiez devenue maman.

— Et je me suis mariée», répond l'enquêtrice en exhibant un anneau bleu scintillant. Elle s'arrête à la hauteur de l'agent, qui jette des regards de tous côtés comme s'il cherchait une issue de secours.

La dernière fois que D.D. et Tessa se sont vues, c'était il y a deux ans, dans une chambre d'hôpital. D.D. et un enquêteur de la police d'État, Bobby Dodge, interrogeaient Tessa au sujet de l'assassinat de son mari, du meurtre d'un de ses collègues et de deux autres morts violentes. Tessa n'avait pas aimé les questions de D.D., qui n'avait pas aimé les réponses de Tessa. Apparemment, le temps ne les avait pas mises dans de meilleures dispositions.

D'un coup de menton, D.D. désigne la bosse bien visible sous le manteau ouvert de Tessa. «Sans rire, on vous autorise à porter une arme?

— C'est ce qui arrive quand le tribunal vous acquitte de toutes les charges portées contre vous. Innocente aux yeux de la loi, tout ça. »

D.D. lève les yeux au ciel. Il y a deux ans non plus, elle n'avait pas été dupe. « Qu'est-ce que vous faites ici ? demande-t-elle sèchement.

— Je viens vous piquer votre dossier.

— Vous ne pouvez pas. »

Tessa ne dit rien : le silence est la meilleure des démonstrations de force.

« Je ne plaisante pas, continue D.D. Vous ne pouvez pas me le piquer parce qu'il n'est pas à moi.

— Comment ça ? » s'exclame Tessa. La nouvelle a de quoi surprendre, étant donné que D.D. est la super-enquêtrice en chef à Boston.

D'un coup de tête, celle-ci désigne la porte d'entrée. « C'est Neil Cap qui a été chargé de l'affaire. Il est dans la maison, si vous voulez voir ça avec lui. »

Tessa doit plonger dans ses souvenirs. « Attendez une seconde. Le petit rouquin ? Celui qui était tout le temps fourré chez le légiste ? Neil ?

— Mes leçons ont porté leurs fruits, répond D.D. d'un air modeste. Et, soit dit en passant, il a cinq ans de plus que vous et n'apprécie pas franchement qu'on le traite de petit rouquin. Il va falloir surveiller vos manières, si vous voulez mettre votre nez dans son enquête.

— Je n'ai pas besoin de manières. J'ai l'autorisation des propriétaires pour entrer. »

Pour le coup, c'est D.D. qui est surprise. Ses yeux bleu vif se plissent d'un air rusé. « La famille ? Vous lui avez parlé ? Parce qu'on aimerait vraiment en faire autant. Tout de suite, même.

— Pas la famille. Il se trouve que, comme beaucoup d'hommes riches, Justin Denbe n'a pas acheté lui-même sa maison. C'est sa société qui l'a fait. »

D.D. Warren a toujours été fine mouche. « Merde, dit-elle en soupirant.

— À six heures ce matin, traduit Tessa, Northledge Investigations a été mandaté par Denbe Construction pour s'occuper de toutes les questions relatives à cette propriété. Je suis autorisée à entrer dans la maison, évaluer la situation et procéder à une analyse indépendante des faits. Alors, soit on reste tous à se tourner les pouces en attendant que le fax atterrisse sur vos bureaux, soit vous me laissez m'y mettre. Comme je l'expliquais à notre ami ici présent, la famille Denbe a le bras long. Alors autant me laisser entrer et poser ma tête sur le billot. Plus tard, ça vous épargnera la peine de chercher un autre bouc émissaire. »

D.D. ne répond rien, se contente de secouer la tête, contemple le trottoir de brique rouge ; peut-être pour reprendre contenance, mais plus probablement pour chercher son prochain angle d'attaque.

« Combien de temps vous avez servi dans la police, Tessa ? Quatre, cinq ans comme patrouilleuse ?

— Quatre. »

L'enquêtrice chevronnée lève les yeux vers elle. Son regard n'est pas moqueur, mais franc. « Pas assez d'expérience pour ce genre d'affaires, conclut-elle sans ménagement. Vous n'avez jamais traité de pièces à conviction, ni disséqué une scène de crime sur cinq étages, encore moins porté sur vos épaules la responsabilité d'une telle situation. Il ne s'agit plus d'épingler des conducteurs en excès de vitesse, ni de soumettre des poivrots à un alcootest. Il s'agit de la disparition d'une famille entière, adolescente comprise.»

Tessa ne laisse rien paraître. «Je sais.

— Comment va Sophie? demande D.D. à brûle-pourpoint.

— Bien, merci.

— Mon fils s'appelle Jack.

— Il a quel âge?

— Onze mois.»

Tessa ne peut retenir un sourire.

«Vous l'aimez plus que vous ne l'auriez jamais cru possible? Sauf que, quand vous vous réveillez le matin, vous vous apercevez que vous l'aimez encore plus que la veille?»

D.D. ne détourne pas le regard. «Oui.

— Je vous l'avais dit.

— Je m'en souviens, Tessa. Et vous savez quoi? Je pense quand même que vous avez eu tort. Il y a des limites à ne pas franchir. En tant que policière, vous le saviez mieux que personne et cela ne vous a pas empêché de tuer de sang-froid. Qu'il soit commis par amour ou par haine, un meurtre n'est jamais légitime.

— Prétendument, réplique Tessa avec une décontraction insolente. J'aurais *prétendument* tué de sang-froid.»

D.D. ne goûte pas la plaisanterie. Mais elle continue, d'une voix un peu adoucie : «Cela dit... vous avez retrouvé votre fille. Et, exactement comme vous l'aviez prédit, il y a des jours où je regarde mon fils et où... je ne sais pas. S'il était en danger, si je craignais pour sa vie... Bon, disons que je n'approuve toujours pas ce que vous avez fait, mais que je le comprends peut-être mieux. »

Tessa reste de marbre. Question excuses, D.D. Warren n'ira jamais plus loin. De sorte que Tessa se méfie de sa prochaine manœuvre.

De fait : « Écoutez, reprend D.D. Dans la mesure où le "propriétaire" vous en a donné l'autorisation, je ne peux évidemment pas vous interdire d'entrer dans la maison et de procéder à votre analyse "indépendante". Mais respectez notre travail, d'accord ? Neil est un excellent enquêteur, secondé par une équipe qui a de la bouteille. J'ajoute que nous avons une longueur d'avance dans l'analyse des indices et que, s'il est bien arrivé ce que nous pensons, le sort de cette famille dépend de notre capacité à nous mettre en ordre de marche, et fissa. »

Tessa laisse passer une seconde. « Ça ne vous ressemble pas de prendre votre gentille voix.

— Et ça ne vous ressemblerait pas d'être idiote.

— C'est vrai.

— On est d'accord ? »

Le soleil est maintenant haut dans le ciel. Il réchauffe le trottoir de brique, illumine la maison et son crépi clair, tend ses rayons vers la solide porte en noyer entrouverte. Une si jolie rue, se dit Tessa, pour un crime si abominable. Mais elle est bien placée pour savoir que personne ne sait jamais réellement ce qui se passe derrière les portes closes, même dans une famille a priori heureuse, même dans les milieux les plus favorisés de Boston.

Elle fait un premier pas. « Je ne toucherai pas à vos indices.

— Je vous ai déjà dit que…

— Je ne veux que les ordinateurs.

— Pourquoi les ordinateurs?

— Je vous répondrai quand je les aurai trouvés. Pour l'instant, action. Comme vous le disiez, l'heure tourne. Félicitations pour votre nouvelle famille. »

L'enquêtrice lui emboîte le pas. « Oui, eh bien, félicitations pour votre nouvel emploi. Dites-moi la vérité : vous vous faites un max de blé?

— Un max.

— Les horaires sont pénibles, j'imagine.

— Je suis rentrée à la maison tous les soirs pour le dîner.

— Mais on vous manque quand même, hein?

— Oh, seulement les trois quarts du temps. »

3

Le fourgon blanc roule vers le nord, en restant sur les grands axes, Storrow Drive, puis la 93, la 95, et au-delà. Il est presque une heure du matin et c'est sur les nationales qu'on a les meilleures chances de faire une bonne moyenne.

Rien d'inquiétant. Juste un fourgon blanc qui traverse le Massachusetts, en progressant environ dix kilomètres à l'heure au-dessus de la limite autorisée. Le conducteur aperçoit deux voitures de police, freine légèrement comme le ferait tout automobiliste dans ses petits souliers, puis reprend sa vitesse de croisière. Circulez, il n'y a rien à voir.

À trois heures du matin, le fourgon fait un premier arrêt devant un vieux restaurant routier, fermé depuis des années. Situé au beau milieu de nulle part, l'établissement possède un vaste parking en terre battue et c'est le genre d'endroit où un chauffeur de poids lourd pourrait faire halte pour piquer un somme ou arroser les buissons. Plus important encore, c'est le genre d'endroit que personne ne remarque vraiment parce qu'il ne se passe jamais rien de bien palpitant dans un coin aussi isolé.

Le plus jeune de la bande, un certain Radar, est envoyé faire son boulot. Il ouvre les portes arrière du fourgon et inspecte leurs colis. La femme et la fille sont toujours inertes, mais l'homme commence à reprendre connaissance. Il ouvre un œil vitreux, regarde Radar d'un air sonné, puis se jette vers lui comme pour s'en prendre à cet adversaire plus petit, plus jeune. Mais, encore sous l'emprise des calmants, il retombe vingt centimètres plus loin, le nez dans le tapis en caoutchouc, et son corps redevient tout mou. Radar hausse les épaules, prend son pouls, puis, ouvrant tranquillement sa trousse, en sort une seringue déjà prête, qu'il plante dans le bras de l'homme. De quoi l'assommer un moment.

Il vérifie les liens qui entravent les poignets et les chevilles des trois captifs, puis l'adhésif qui les bâillonne.

Jusque-là, tout va bien. Il reprend sa trousse, s'apprête à claquer la double porte, mais se ravise. Sans trop savoir pourquoi. Peut-être parce qu'il est vraiment doué pour son travail et qu'il possède cet infaillible sixième sens qui lui a valu son surnom lors de ses premiers déploiements sur le terrain, bien des années, bien des pays et bien des équipes plus tôt. Alors il repose sa trousse et, même si Z, au volant, lui gueule de se magner, il inspecte de nouveau chacun de leurs otages.

Téléphones portables, clés de voiture, portefeuilles, canifs, iPod, iPad, absolument tout ce qui aurait pu être jugé utile a été laissé au domicile, soigneusement empilé sur l'îlot central de la cuisine. Radar trouvait que c'était prendre un luxe de précautions, puisque leurs cibles étaient des civils, mais les instructions de Z étaient explicites. L'homme, leur avait-on indiqué, savait se défendre. Rien à voir avec eux, bien entendu, mais il « touchait sa bille ». Sous-estimer l'adversaire est bon pour les imbéciles, alors ils ne l'ont pas fait.

Pourtant... Radar commence par la fille. Elle pousse un petit gémissement lorsqu'il palpe son torse et il rougit; il se fait l'effet d'un pervers, à passer ses mains comme ça sur une gamine, surtout une jolie fille. Colis, colis, colis, se répète-t-il; dans son métier, la capacité à compartimenter est essentielle. Ensuite, la femme. Ça le gêne aussi, comme si ça le salissait intérieurement, mais il se console en se disant qu'il vaut mieux que ce soit lui qui fouille les femmes plutôt que Mick. Comme s'il lisait dans ses pensées, ce dernier se retourne sur la banquette arrière et le fixe de ce regard bleu vif qui dérange. Ses yeux sont toujours bouffis et injectés de sang, et manifestement il s'impatiente.

« Qu'est-ce que tu fous? lance-t-il. Tu les ligotes ou tu les pelotes?

— Il y a un problème, répond Radar à mi-voix.

— Quel problème? » demande Z, le colosse, aussitôt en alerte. Déjà il ouvre sa portière, descend.

« Je ne sais pas, marmonne de nouveau Radar, dont les mains se déplacent, palpent, explorent. C'est ce que je cherche. »

Mick ferme son clapet. Radar sait que le blond ne l'apprécie pas toujours, mais ils font équipe depuis suffisamment longtemps pour que Mick ait le bon sens de ne pas contredire ses intuitions. S'il flaire un truc, c'est qu'il y a un truc. Le tout est de trouver quoi.

Z est arrivé au cul du fourgon. Il se déplace vite pour un homme de sa stature et, comme il est encore entièrement vêtu de noir, c'est une présence angoissante dans cette nuit sans lune.

« Alors ? » demande-t-il.

Et c'est à ce moment-là, en réexaminant le mari, que Radar a le déclic. Six heures et quelques après le début de l'opération, ils viennent de commettre leur première erreur et elle pourrait leur coûter cher. Figé, il hésite sur la conduite à tenir, lorsque Z passe subitement à l'action.

Avant que Radar ait le temps de réagir, un couteau apparaît entre les mains du colosse. Il s'avance et Radar s'écarte d'un bond, détournant instinctivement le regard.

Un coup de couteau, trois entailles. Ni plus, ni moins, et Z en a terminé. Il inspecte son ouvrage, pousse un grognement de satisfaction et s'éloigne, laissant à son sous-fifre le soin de s'occuper des déchets.

De nouveau seul, Radar, la respiration heurtée, s'attelle à la tâche. En se félicitant d'avoir eu la prévoyance de choisir un routier à l'abandon. En se félicitant encore davantage que la nuit lui épargne de bien voir ce qu'il a à faire.

Puis, l'opération déchets accomplie, il reprend sa trousse sur le plancher du fourgon. Compartimenter, se répète-t-il. C'est essentiel, dans ce métier. Il referme les portes, sans y regarder à deux fois.

Et, trente secondes plus tard, il a repris sa place à côté de Mick dans le fourgon, mal à l'aise.

Ils poursuivent leur route dans la nuit noire. Un fourgon blanc, qui roule plein nord.

4

Tessa entre chez les Denbe avec un mélange d'appréhension et de curiosité. Appréhension à l'idée d'inspecter les lieux d'un crime dont une enfant a peut-être été la victime. Curiosité de visiter un bien immobilier estimé à plusieurs millions de dollars. Les maisons de grès rouge rénovées dans ce quartier de Boston sont l'objet de tous les fantasmes et, à première vue, celle des Denbe est à la hauteur des attentes. Tessa apprécie du regard les kilomètres de parquet impeccablement ciré, les hauteurs sous plafond vertigineuses, l'originalité des corniches de dix centimètres d'épaisseur et les boiseries sculptées à la main, dont le nombre a pu suffire à occuper toute une équipe d'ébénistes pendant un an.

Comme la plupart des maisons mitoyennes de Boston, celle-ci occupe une parcelle étroite, mais profonde. Un hall majestueux sur deux étages, éclairé par un énorme lustre en verre soufflé (de Murano, suppose Tessa), sert d'avant-scène à un escalier qui s'élance avec grâce face à la porte d'entrée et, sur la gauche, à un salon de réception dont la cheminée d'époque a été magnifiquement restaurée. Au-delà du salon, vers le fond de la maison, Tessa aperçoit le début de ce qu'elle imagine être une cuisine haut de gamme, avec plan de travail en granit, appareils de réfrigération grand luxe et placards sur mesure.

Rien de chichiteux, juge Tessa. Ni d'ultramoderne. Des tons neutres et chaleureux ponctués de notes de couleur inattendues. Un peu d'art contemporain associé à du mobilier ancien. Une maison faite pour impressionner, mais pas pour intimider, où l'on peut recevoir avec le même bonheur ses copains de boulot ou les enfants du quartier.

Le spectacle qu'offre le hall n'en est que plus inquiétant.

Du vomi. Une grande flaque liquide, à deux mètres de la porte, près du mur de droite. Des confettis. Vert vif, une myriade de petits bouts de papier dont chacun doit porter le numéro de série du Taser sur lequel la cartouche a été utilisée. L'enfer à ramasser – Tessa en sait quelque chose pour avoir passé du temps, à l'école de police, à tirer avec un Taser ou à recevoir des décharges, comme en témoignent encore les cicatrices de brûlure qu'elle a sur la hanche et la cheville.

Aux quatre coins de la scène, des plots jaunes signalent l'emplacement des confettis et du vomi, ainsi que de quelques traces de caoutchouc noires, probablement laissées par la semelle d'une chaussure. Tessa se baisse pour examiner de plus près les confettis, puis les traces noires. Les confettis ne leur seront sans doute d'aucune utilité. Normalement, tout l'intérêt du numéro de série serait de pouvoir identifier le Taser avec lequel on a tiré, tout comme on peut, grâce aux stries imprimées sur une balle, remonter jusqu'à l'arme à feu. Mais dans le Massachusetts, l'usage civil du pistolet à impulsions électriques est interdit et l'on peut donc en déduire que celui qui s'est servi de cette arme a dû l'acheter sur le marché noir et falsifier les documents en conséquence.

Les traces au sol intéressent davantage Tessa. On ne distingue pas de dessin de semelle qui permettrait de faire des hypothèses sur la marque et le modèle des chaussures. Tessa parierait quand même sur des tennis ou des chaussures de chantier. Celles de Justin Denbe? Celles de son agresseur? Déjà, sa liste de questions s'allonge et elle sent grandir son effroi.

Un court instant, ses émotions la submergent. Elle se retrouve dans sa cuisine, à peine rentrée de patrouille, le ceinturon bien ajusté autour de la taille, le chapeau de police bas sur le front, et elle descend sa main vers son Sig-Sauer, le dégaine lentement et le tend entre elle et son mari… *Qui tu aimes?*

« La maison est équipée d'un système de protection dernier cri, explique D.D. D'après la gouvernante, il n'était pas activé quand elle est arrivée à cinq heures trente. Elle n'entre pas par la grande porte, elle passe par le garage souterrain qui donne sur l'arrière de la maison. Comme Justin Denbe accorde beaucoup d'importance à leur sécurité, la procédure suppose de composer un premier code pour lever la porte extérieure du garage, puis un deuxième pour déverrouiller la porte intérieure qui permet d'accéder au sous-sol. Celle du garage était baissée et verrouillée ; l'autre, en revanche, était ouverte. Ensuite la gouvernante est montée et a découvert l'îlot de la cuisine. »

D.D. part vers la gauche et le reste de la maison, en longeant au plus près le mur de façade pour éviter la flaque de vomi et le tas de confettis. Tessa marche dans ses pas, soucieuse de limiter les traces qu'elle-même pourrait laisser, et elles se dirigent vers la cuisine.

Sa maison à elle, le matin du drame, n'était qu'un modeste pavillon de trois cent mille dollars au cœur d'un quartier populaire de Boston. Et pourtant, entre ce qui s'était passé dans sa cuisine sans prétention et ce qui s'est passé dans ce grand hall d'entrée...

Les gens sont tous égaux devant la violence. Peu importe leur niveau de fortune, leur milieu social, leur métier. Un jour, elle vient simplement les chercher.

La cuisine, immense, s'étend à n'en plus finir vers le fond de la maison. Elle est aussi d'une propreté impeccable et étonnamment déserte. Tessa lance un bref coup d'œil vers D.D. Dans la rue, elle a compté une bonne demi-douzaine de voitures d'enquêteur, mais à l'intérieur, elle n'a jusqu'à présent vu que D.D. et rien que D.D.

Mais aussitôt, elle se corrige : au *rez-de-chaussée*, elle n'a rencontré qu'une seule enquêtrice. Ce qui signifie (par réflexe, elle lève les yeux vers le plafond) que, si le hall d'entrée n'était pas beau à voir, les étages doivent être pires, puisqu'ils requièrent les soins d'au moins cinq autres enquêteurs.

« Regardez », dit D.D. en montrant, droit devant elle, le grand îlot central.

Au moins deux mètres cinquante de long, un plan de travail en granit vert et or agrémenté de veines d'un gris plus sombre qui courent comme des filets d'eau. Mais, en l'occurrence, cette belle surface lustrée est gâchée par un amoncellement d'objets, en plein milieu.

Tessa s'approche lentement et sort une paire de gants en latex de la poche de son manteau.

Un sac à main, note-t-elle. Du cuir marron dans les tons chauds, le genre italien. Un smartphone. Un iPod. Un portefeuille masculin. Un second smartphone, deux porte-clés, le premier avec la clé d'une Range Rover, l'autre au logo de Mercedes-Benz. Deux iPad. Un couteau suisse rouge, soigneusement replié. Et enfin, du brillant à lèvres couleur barbe à papa, une pile de billets et deux tablettes de chewing-gum, encore dans leur emballage argenté.

Le sac doit être celui de la femme. Le portefeuille, le couteau de poche et au moins un des téléphones doivent appartenir au mari, et les deux trousseaux de clés sont l'un pour la voiture de monsieur, l'autre pour la voiture de madame. Le reste, elle l'attribue à Ashlyn. Tablettes électroniques, smartphone, brillant à lèvres, billets, chewing-gum : la panoplie complète, ou presque, d'une adolescente moderne et dynamique.

Tessa a sous les yeux le contenu des poches et des sacs d'une famille entière, extirpé avec beaucoup de suite dans les idées et empilé au milieu de l'îlot comme des offrandes sur un autel.

Elle lance un nouveau regard vers D.D., qu'elle découvre en train de l'observer attentivement.

« Les deux portables ? demande Tessa.

— Trois. Le dernier, celui de Libby, se trouve dans le sac à main. On a contacté l'opérateur, il est en train de nous faxer la liste des appels, les textos et les messages des deux derniers jours. Première constatation : aucun appel n'a été passé par aucun membre de la famille après vingt-deux heures hier soir. Ashlyn, l'adolescente, a reçu une kyrielle de textos de diverses amies qui essayaient de la joindre avec de plus en plus d'insistance, mais rien dans l'autre sens. Elle a envoyé le dernier à vingt et une heures quarante-huit. Le dernier reçu est arrivé un peu après minuit, c'était la quatrième de ses grandes copines, Lindsay Edmiston, qui lui demandait de répondre immédiatement.

— L'agresseur tombe sur la famille par surprise, dit Tessa pour éprouver le scénario qui se dessine dans sa tête. D'où l'absence de tentative d'appel au secours par téléphone ou par texto. Il les maîtrise avec un Taser, d'où la présence de confettis dans l'entrée. Ensuite, il les ligote et il les dépouille de leurs effets personnels.

— Un cambriolage, suggère D.D., comme pour la tester.

— Non, pas un cambriolage», répond aussitôt Tessa, qui voit clair dans son jeu. «Les smartphones, le sac, le portefeuille : ce sont les premières choses qu'ils auraient emportées.»

Tessa se demande si la famille était consciente pendant cette phase de l'agression. C'est le plus probable. Le Taser provoque une douleur intense, mais il ne paralyse l'individu que pendant un court laps de temps. Lorsque le tireur presse la détente, un violent courant électrique parcourt le corps de la victime du tir, provoquant dans chaque terminaison nerveuse une souffrance atroce, insoutenable. Mais à la seconde où il relâche la pression, le courant s'interrompt et la douleur cesse, laissant l'individu secoué, mais lucide.

C'est d'ailleurs précisément pour cette raison que la plupart des policiers préfèrent le Taser au gaz lacrymogène. Celui-ci transforme l'individu interpellé en une loque désorientée, dégoulinante de bave et de morve, que l'agent doit ensuite faire monter tant bien que mal à l'arrière de son véhicule de patrouille. Avec le Taser, en revanche, deux ou trois impulsions électriques fulgurantes suffisent généralement à convaincre les contrevenants de monter dans la voiture de police sans faire d'histoires – n'importe quoi plutôt qu'une nouvelle décharge.

Donc, il y a de fortes chances que les victimes aient été conscientes. Garrottées, réduites à l'impuissance, pendant que l'agresseur leur faisait les poches, fouillait leurs affaires et posait le tout proprement sur l'îlot. Les parents, du moins, avaient dû comprendre tout ce que cela impliquait.

Il ne s'agissait pas d'un cambriolage.

Et donc, par définition, cette agression avait des motifs plus personnels. Plus terrifiants.

« Puisque vous regardez bien sagement sans toucher, dit D.D., je vais vous confier un petit secret. »

Tessa attend. D.D. montre la pile.

« Au-dessous de tous ces appareils électroniques, nous avons retrouvé leurs bijoux. Bague de fiançailles, alliances, clous d'oreilles en diamant, boucles en or, deux colliers, une Rolex. Mon estimation : au bas mot, cent mille dollars en objets faciles à mettre en gage.

— Merde, lâche Tessa.

— Ouais. Un joli butin.

— Je vois. Parlez-moi du système de protection.

— Électronique. La société de Denbe a construit un certain nombre de prisons et il a adopté chez lui un système comparable à celui qu'on utilise pour les cellules. Les portes sont toutes équipées de plusieurs verrous contrôlés par une centrale. Si on compose un certain code, le système ferme automatiquement les issues. Avec un autre, il se désactive et déverrouille tout. J'imagine qu'il y en a d'autres pour ouvrir précisément telle ou telle porte intérieure ou extérieure, mais comme ce système doit valoir plus cher que ma maison elle-même, on ne peut pas dire que je sois une spécialiste. Bien sûr, les huisseries sont aussi reliées à la centrale et, en cas de tentative d'effraction, celle-ci alerterait automatiquement l'entreprise de télésurveillance et ferait retentir une alarme.

— Et donc le système était désactivé quand la gouvernante est arrivée à cinq heures et demie?

— Voilà. Et c'était très inhabituel. Justin Denbe exigeait que les verrous soient mis en permanence, qu'il y ait quelqu'un à la maison ou pas.

— Sage précaution quand on habite en ville», commente Tessa. «Qui connaît les codes?

— La famille, la gouvernante et l'entreprise de télésurveillance.

— À quelle fréquence sont-ils changés?

— Une fois par mois.

— Y a-t-il un moyen de saboter le système? En sectionnant les câbles, par exemple?

— D'après l'entreprise de télésurveillance, toute tentative pour trafiquer le réseau déclencherait l'alarme. Et c'est ceinture et bretelles... tout est connecté deux fois, par fibre optique et par câble. Bon, je n'ai pas tout compris, mais Justin Denbe connaît son affaire et il en a appliqué les principes chez lui. En cas d'urgence (un incendie, par exemple), les secours peuvent contacter l'entreprise de télésurveillance pour qu'elle désactive le système, mais elle n'a rien signalé de tel. Les intrus s'y sont très bien pris.»

Tessa se tourne vers D.D. «La gouvernante passe par le garage, vous dites. Et la famille?

— Quand ils sont à pied, ils passent par la grande porte, comme nous l'avons fait. Quand Libby est en voiture, elle remonte depuis le garage. Mais d'après la gouvernante, Justin et Libby avaient prévu de dîner à l'extérieur et, quand ils étaient tous les deux, c'était toujours sa voiture à lui qu'ils prenaient.

— Mais lui ne se gare pas au sous-sol?

— Non, il n'y a qu'une place que, par galanterie je suppose, il lui laisse. Ils ont aussi une place de stationnement réservée dans la rue de derrière, mais c'est la gouvernante qui l'utilise. J'imagine qu'il est tellement souvent en déplacement que, la plupart du temps, il laisse sa voiture dans le parking de l'entreprise et revient en taxi. Et que les rares jours de la semaine où il rentre à la maison, il tente sa chance dans les petites rues, comme nous autres simples mortels, soupire D.D.

— Et la fille? Où était-elle?

— Ses parents étaient de sortie, mais elle était restée à la maison.»

Tessa analyse la situation. «Donc, l'adolescente est chez elle. Les parents rentrent. Par la grande porte... L'agresseur se trouve déjà à l'intérieur. Il prend Justin et Libby en embuscade dans le hall.

— *Un* agresseur ou *des* agresseurs?

— Des agresseurs. Une personne seule ne peut pas maîtriser une famille entière rien qu'avec un Taser. Et

Justin a un métier plutôt physique, non ? Un patron de terrain, m'a dit mon chef. Un costaud, en forme.

— Un costaud, confirme D.D. Très sportif.

— Donc, plusieurs agresseurs. Au moins un ou deux dans le hall. Ils profitent de l'effet de surprise avec les parents. Ne reste plus que la fille.

— À la place des kidnappeurs, de qui vous seriez-vous occupée en premier ? Des parents ou de l'enfant ?

— De l'enfant, répond aussitôt Tessa. Dès l'instant où on contrôle l'enfant, on contrôle les parents.

— Exactement. Et c'est là que nos amis ont failli commettre leur première erreur. La chambre de la fille est au deuxième étage. Venez, suivez-moi. »

5

Mon père est mort le week-end où je fêtais mes onze ans. Encore aujourd'hui, quand je pense à lui, j'ai dans la bouche le goût d'une génoise Duncan Hines recouverte d'une crème au beurre bien sucrée et parsemée de vermicelles multicolores. Je sens l'odeur de mes deux bougies en forme de 1, posées côte à côte sur mon gâteau rond tout de traviole. J'entends de la musique, « Joyeux anniversaire », pour être précise. Une chanson que je n'ai jamais chantée et que je ne chanterai jamais à ma famille.

Accident de moto, avons-nous appris. Mon père ne portait pas de casque.

Sélection naturelle, grommelait ma mère, mais ses yeux bleus étaient toujours défaits, son visage profondément triste. C'est comme ça que j'ai découvert qu'on pouvait à la fois haïr un homme et souffrir terriblement de son absence.

Perdre un parent n'est pas une bonne affaire, d'un point de vue financier. Jusqu'alors, l'emploi d'électricien de mon père et le travail à temps partiel de ma mère à la teinturerie du coin nous avaient assuré un solide train de vie de famille ouvrière. Un petit appartement coquet dans un quartier populaire de

Boston. Une seule voiture, un vieux tacot d'occasion, pour ma mère, et pour mon père la moto dont il se servait le week-end. Nous achetions nos vêtements chez J.C. Penney ou, quand ma mère était prise d'un petit coup de folie, chez T.J. Maxx. Je ne me posais jamais la question de savoir s'il y aurait à manger sur la table ou un toit au-dessus de ma tête. Mes amies du voisinage étaient aussi de familles modestes et, sans nager dans l'opulence, je n'avais rien à leur envier.

Malheureusement, dans ces milieux-là, les ménages parviennent généralement tout juste à gagner de quoi régler les dépenses mensuelles obligatoires et donc pas assez pour se payer le luxe de plans d'épargne ou, mieux encore, d'une assurance-vie.

À la mort de mon père, ma mère et moi avons donc vu nos ressources diminuer de soixante-dix pour cent. La sécurité sociale se fendait bien d'une allocation veuvage, mais pas assez élevée pour combler la différence. Ma mère est passée d'un temps partiel à un temps plein. Comme ça ne suffisait pas, elle s'est mise à faire des ménages au noir. Je l'accompagnais, deux soirs par semaine et tous les week-ends, et, à force de récurer à tout-va pour gagner de quoi adoucir un peu notre quotidien, je suis devenue un as de l'aspirateur, du chiffon et de l'éponge.

Adieu, coquet petit appartement. Bonjour, deux-pièces dans un grand immeuble de logements sociaux sans âme où les fusillades nocturnes étaient quotidiennes et où la proportion de cafards par rapport aux habitants était de mille pour un. Le vendredi soir, ma mère allumait la cuisinière à gaz et je montais la garde avec la bombe de Raid. Nous en exterminions deux ou trois dizaines à chaque fois, puis nous regardions *Seinfeld* sur un tout petit téléviseur en noir et blanc pour fêter ça.

Un bon moment dans la vie telle qu'elle allait désormais.

J'ai eu de la chance. Ma mère s'est bien battue. Elle n'a jamais cédé au désespoir, en tout cas devant moi, même si dans les HLM, les cloisons sont fines et que je me suis souvent réveillée la nuit au bruit de ses sanglots. Chagrin. Épuisement. Stress. Elle pouvait légitimement éprouver les trois et le lendemain matin je n'en parlais jamais. Je me levais et je continuais à faire le nécessaire pour survivre.

C'est au lycée que j'ai découvert l'art. J'ai eu un professeur formidable, Mme Scribner, qui portait des jupes paysannes bariolées et des tonnes de bracelets en or et en argent, comme une gitane qui se serait égarée dans les quartiers déshérités de Boston. Les élèves se fichaient d'elle, mais à la seconde où on mettait le pied dans sa classe, on ne pouvait pas manquer d'être transporté. Elle tapissait les murs blanc cassé de nymphéas de Monet, de tournesols de Van Gogh, de drippings de Pollock et de montres molles de Dalí. Couleurs, fleurs, formes, motifs. Les murs crasseux, les casiers défoncés et les faux plafonds humides d'un lycée public en mal de financements disparaissaient. Sa classe était devenue notre refuge et, guidés par son enthousiasme, nous essayions de trouver de la beauté dans une existence qui était difficile pour la plupart d'entre nous et, pour certains, tragiquement courte.

Le jour où j'ai annoncé à ma mère que je voulais faire des études d'art, j'ai cru qu'elle allait m'arracher les yeux. Beaux-arts, qu'est-ce que c'était que ça, comme diplôme, beaux-arts ? Au nom du Ciel, que j'étudie au moins quelque chose de concret, comme la comptabilité, qui me permettrait un jour de décrocher un véritable emploi et de gagner de quoi nous sortir toutes les deux de ce taudis. Ou alors, si j'avais absolument besoin d'être créative, pourquoi pas une licence de marketing ? Mais que j'étudie une discipline utile, qui me donnerait des qualifications pour faire mieux dans la vie que de demander aux gens : « Et avec ça, je vous mets des frites ? »

Mme Scribner l'a convaincue. Non pas en lui expliquant que j'avais un talent qui méritait d'être cultivé ou des rêves qui valaient la peine d'être poursuivis, mais en lui indiquant qu'il existait un certain nombre de bourses pour les jeunes des quartiers défavorisés. Au point où nous en étions, l'argent était la clé pour gagner le cœur de ma mère. Alors j'ai étudié, j'ai peint et sculpté, j'ai exploré divers moyens d'expression artistique, jusqu'au jour où j'ai lu un article sur la pâte d'argent et où je me suis rendu compte qu'elle me permettrait d'associer sculpture et création de bijoux pour gagner sur les deux tableaux. L'idée a même séduit ma mère parce que les bijoux étaient des objets tangibles, qu'on pouvait vendre, et même, pourquoi pas, à certaines clientes de la teinturerie.

Je suis entrée à l'université pile au moment où on lui diagnostiquait un cancer des poumons. Sélection naturelle, grommelait-elle en lorgnant son paquet de cigarettes avec envie. Elle aurait eu des possibilités pour se battre contre la maladie, mais elle n'en a saisi aucune avec beaucoup de conviction. Honnêtement, je crois que mon père lui manquait toujours. Et que, neuf ans après, elle voulait tout simplement le rejoindre.

Je l'ai enterrée pendant ma deuxième année d'études. Et, à vingt ans, je me suis retrouvée seule au monde, armée d'un diplôme universitaire et du besoin farouche de créer, de trouver un peu de beauté dans un monde désespérément sinistre.

Je m'en suis bien sortie. Mes parents m'avaient bien élevée. Quand j'ai rencontré Justin, il a été étonné à la fois de ma capacité innée à surmonter les épreuves et de ma fragilité. Je travaillais dur, mais j'ai accepté la main secourable qu'il me tendait. Jamais je ne remettais en cause son désir de trimer cent heures par semaine, du moment que lui ne remettait pas en cause mon besoin de rester seule dans un atelier à modeler de la pâte d'argent. Je n'attendais pas qu'on vienne me sauver, vous savez, je ne vivais pas à l'affût du prince charmant et je ne croyais pas que s'il croisait ma route, je vivrais heureuse jusqu'à la fin de mes jours et ne manquerais plus jamais de rien.

Et pourtant... je suis tombée raide dingue. Passionnément, éperdument amoureuse. Et si cet homme fort, séduisant et incroyablement travailleur voulait déposer le monde à mes pieds, qui étais-je pour refuser ?

Je me disais que nous avions un équilibre. De l'amour, un respect mutuel et du désir sexuel en veux-tu en voilà. Et bientôt ont suivi la belle maison à Boston, les voitures, les vêtements, bref tout un style de vie qui dépassait mes rêves les plus fous.

Et puis nous avons eu Ashlyn.

Et si j'étais tombée raide dingue de mon mari, ça a été encore pire avec ma fille. Comme si toute ma vie n'avait dû conduire qu'à cet unique instant, ma plus belle œuvre, ma plus grande réussite, la précieuse vie de ce petit bout de chou.

La première nuit, pendant qu'elle dormait blottie sur ma poitrine, j'ai caressé avec gravité sa joue rebondie et, sans vergogne, je lui ai promis la lune. Elle ne manquerait jamais de rien – nourriture, vêtements, protection matérielle, sécurité affective. Elle ne serait pas hantée toute sa vie par le goût d'un gâteau d'anniversaire ou l'odeur des bougies. Elle ne s'endormirait pas au son des coups de feu pour se réveiller à celui des sanglots de sa mère.

Pour elle, les cieux seraient radieux, les horizons sans limites, les étoiles toujours à portée de main. Ses parents vivraient éternellement. Tous ses besoins seraient comblés.

Tout cela, et plus encore, je l'ai promis à ma petite chérie.

À l'époque où mon mari et moi étions encore amoureux et où j'étais convaincue qu'à nous deux nous pourrions tout surmonter.

6

Le bas de l'escalier est courbe, mais, à partir du premier étage, il adopte une configuration plus classique, à volées droites. D.D. ne s'arrête pas sur le premier palier, monte jusqu'au deuxième.

Tessa ne voit toujours pas d'autre enquêteur, seulement quelques plots jaunes ici et là, dont la plupart semblent signaler des traces noires sur le sol. Laissées par les agresseurs, elle est de plus en plus encline à le croire. Autrement, une bonne gouvernante les aurait effacées sans tarder et une bonne maîtresse de maison aurait exigé que les chaussures à l'origine du délit restent dans l'entrée.

« Il y a un ascenseur, indique D.D.

— Sans rire ?

— Je suis sérieuse. Il dessert tous les étages, depuis le garage en sous-sol jusqu'à la terrasse sur le toit. Vous voyez ces doubles portes avec de magnifiques boiseries sur chaque palier ? La porte de l'ascenseur est cachée derrière. Le panneau coulisse vers la droite, vous appuyez sur le bouton et abracadabra. Je parie que madame le prend chaque fois qu'elle revient de sa séance de yoga. »

Tessa ne dit rien. Manifestement, diriger une grosse boîte de BTP présente quelques avantages.

« Au sous-sol, poursuit D.D., il y a aussi une cave à vin, une chambre forte pour les armes à feu et un studio pour jeune fille au pair. La cave à vin et la chambre forte sont toutes les deux fermées à clé et n'ont pas l'air d'avoir été visitées. Le studio n'était pas fermé, mais il est en ordre également.

— Ils ont une nounou?

— Plus maintenant. Mais sans doute quand Ashlyn était petite. Aujourd'hui ils n'emploient plus qu'une gouvernante, Dina Johnson, qui n'est pas logée sur place.

— Grande maison pour une famille de trois, observe Tessa. Ça nous fait quoi, cent cinquante mètres carrés par personne? Comment est-ce qu'ils arrivent à se croiser? »

D.D. hausse les épaules. « Il semblerait que beaucoup de familles préfèrent vivre comme ça.

— Sophie se glisse encore dans mon lit un soir sur deux, avoue Tessa.

— Ah bon? Moi, je voudrais seulement que Jack dorme. On dirait que c'est un projet à long terme dans son esprit.

— Ne vous en faites pas : la maternelle aura raison de lui. Les gamins passent leur journée à se courir après et, pouf, ils sombrent à sept heures du soir.

— Génial. Plus que deux ans à tirer.

— Si vous n'en faites pas d'autre.

— Oh, mais j'ai eu la bonne idée de me reproduire à quarante ans. En ce qui me concerne, l'usine à bébés est fermée. C'est vous, la petite jeune ; faites-en un autre et je verrai. »

Elles arrivent au deuxième étage et à un large couloir sur lequel s'ouvre un grand nombre de portes. Tessa repère aussitôt une demi-douzaine de plots, ainsi qu'un enquêteur au physique dégingandé, le cheveu poil-de-carotte; adossé au mur, il contemple la scène.

« Neil, dit D.D., nous avons une invitée. »

Le rouquin tourne la tête, bat des paupières. Tessa lui donnerait toujours seize ans, mais lorsqu'il plisse ses yeux bleus, elle lui découvre des pattes-d'oie.

« Quoi ? »

Elle s'avance, main tendue. « Tessa Leoni. Northledge Investigations. Le propriétaire de la maison, Denbe Construction, m'a demandé de procéder à une évaluation indépendante de la situation.

— Le propriétaire ? Denbe Construction... Attendez ! Tessa Leoni ? La seule et l'unique Tessa Leoni ? »

Deux ans seulement se sont écoulés depuis le drame et vu l'attention médiatique dont sa personne a fait l'objet à l'époque... Elle attend patiemment.

Neil reporte son attention sur D.D. « Tu l'as laissée entrer ? Sans ma permission ? Si j'avais fait ça quand tu étais aux commandes, tu m'aurais écorché vif avec un rasoir rouillé et tu aurais sorti la salière.

— Je lui ai fait promettre de ne rien toucher, répond D.D. pour l'amadouer.

— Je veux seulement les ordinateurs, intervient Tessa. Et je ne vais même pas les emporter. Il faut juste que je vérifie un truc. Vous pourrez regarder. Mais, dit-elle en lançant un regard à D.D. pour la faire bisquer, c'est à votre tour de me promettre de ne rien toucher. »

Neil les regarde toutes les deux d'un œil mauvais. « Le temps est compté dans cette affaire !

— Certes.

— Et la scène de crime est très complexe !

— Combien d'agresseurs, à votre avis ? demande Tessa.

— Au moins deux. Celui du Taser. Celui des chaussures. Une petite seconde ! Je n'ai pas à vous communiquer la moindre information.

— C'est exact, mais Denbe Construction appréciera votre coopération, ce qui pourra en retour vous rendre service au moment où, forcément, vous aurez besoin de la leur. »

Neil se renfrogne encore, puis réfléchit, la lèvre boudeuse. Tessa semble disposée à collaborer et c'est un fait qu'ils vont avoir besoin d'aide de la part de Denbe Construction : consulter les dossiers concernant la situation financière et le personnel de la société figurera nécessairement parmi les priorités de tout enquêteur qui se respecte.

« Je pense qu'ils devaient être trois ou quatre, reprend Neil, plus aimable. Mais je n'arrive pas à savoir pourquoi. J'en étais là : je regardais les murs en leur demandant de me parler. »

Tessa comprend ça. Le travail d'enquête donne souvent cette impression. Et il arrive réellement que les murs parlent, à la police scientifique, en tout cas.

Elle montre un alignement de plots, qui semble signaler une piste de gouttes d'eau. « Qu'est-ce qui a coulé ?

— De l'urine. » Neil montre une porte au bout du couloir. « La salle de bain de la jeune fille. Il semblerait qu'ils l'aient surprise dans cette pièce. Ils ont dû faire du bruit, je ne sais pas. Mais elle était en train de faire pipi, puisqu'il y avait aussi de l'urine dans la cuvette, mais pas de papier.

— Tu es certain que ce n'est pas celle d'un des types ? demande D.D.

— Comme je ne suis pas la dernière des buses, je pensais demander une analyse pour en être sûr, répond Neil d'une voix qui trahit encore son irritation à l'égard de son mentor. Mais le scénario le plus logique est le suivant : Ashlyn Denbe est aux toilettes. Ils font du bruit. Elle a peur. Elle sursaute. Quoi qu'il en soit, elle ne prend pas le temps de tirer la chasse d'eau et s'empare d'une bombe de laque pour lancer une contre-attaque.

— Vraiment ? s'étonne Tessa. Je peux voir ?

— On regarde, on ne touche pas. »

Tessa prend cela comme un oui. Elle remonte le couloir, D.D. désormais sur ses talons. Elle passe devant une porte à double battant, celle de la suite parentale, puis une autre, à simple battant, celle d'un bureau où un enquêteur d'un certain âge est déjà assis devant l'ordinateur qu'elle cherchait. Ensuite, sur la gauche, une chambre à la décoration résolument féminine : murs rose vif tapissés de posters de rock stars et moquette épaisse jonchée de vêtements. Trois enquêteurs s'y trouvent et ce n'est sans doute pas de trop pour faire le tri entre ce qui pourrait être des indices et ce qui relève d'un banal désordre d'adolescente.

Tessa arrive dans la salle de bain. Celle-ci, fidèle à l'esprit du reste de la maison, est grand luxe : deux vasques, des kilomètres de carrelage italien de couleur ocre, une douche de plain-pied avec une paroi en verre et une robinetterie en nickel brossé comme Tessa n'en a vu qu'à la télé. Dans son souvenir, ce système de douche coûte à lui seul le prix d'une petite voiture.

Mais si Tessa est éblouie, Ashlyn Denbe n'en avait manifestement que faire. Plutôt que de profiter de la vision de son plan de toilette en granite veiné d'or, elle l'a enseveli sous des monceaux de produits de beauté incontournables. Chouchous, brosses, lotions, sprays, kits de maquillage, solutions anti-acné... Tout ce qui était possible et imaginable, Ashlyn Denbe l'avait, empilé sur son long plan-vasque au bout duquel se trouvait la cuvette des W.-C., dont le réservoir était également encombré.

Tessa considère la cuvette, le plan de toilette, puis se retourne vers la porte.

« Les lumières, allumées ou éteintes ? demande-t-elle à Neil.

— Techniquement ?

— Par exemple, répond-elle avec hésitation, ne sachant trop ce que *techniquement* peut vouloir dire.

— Techniquement, répète-t-il sèchement, il semblerait que les intrus aient actionné les disjoncteurs du tableau électrique principal, ce qui signifierait que toutes les lumières du rez-de-chaussée étaient éteintes. Mais dans l'entrée, nous avons retrouvé un interrupteur en position "allumé" – depuis le retour des parents, j'imagine. Vous voyez la scène : ils entrent, ils allument. »

Tessa digère l'information. Logique. D'une part, qu'un des Denbe ait essayé d'allumer. Et d'autre part, que des types assez habiles pour neutraliser un système de protection haut de gamme et venir armés de Taser aient coupé le courant. « Et à cet étage ?

— Il y avait encore de l'électricité. Ils s'étaient peut-être rendu compte que la fille était là et qu'ils risquaient de l'effrayer s'ils la plongeaient d'un seul coup dans le noir. Qu'elle appellerait son père, je ne sais pas.

— Vu. Donc, à cet étage, allumée ou éteinte, la lumière du couloir ?

— Allumée.

— Et dans la salle de bain ?

— Éteinte.

— Vous voulez le point de vue d'une femme ? propose Tessa. Ashlyn n'avait pas fermé la porte. Elle était seule et ses parents étaient sortis, pas vrai ? Elle était à la niche pour la nuit. Sans doute pas endormie, puisqu'on imagine qu'il était vingt-deux heures, un vendredi soir. Mais en tenue de cocooning, planquée dans sa chambre. Et là, elle a besoin de faire pipi. Elle vient ici à pas de loup, s'installe. Arrive alors le ravisseur. Qui lui fiche la frousse de sa vie. Elle était assise là, à faire pipi dans le noir, et voilà qu'en relevant la tête, elle découvre un type sur le pas de la porte.

— Ça se tiendrait, murmure D.D.

— Elle attrape la bombe au bord du plan de toilette, continue Tessa. Vous voyez cet emplacement vide ? Je parie qu'elle était posée là. Ashlyn la prend, se lève d'un bond et envoie un jet de laque vers le malfaiteur. L'autre, qui ne s'attendait sans doute pas à ce qu'une enfant lui résiste, prend ça en pleine poire. Il recule et elle s'enfuit. »

Neil regarde Tessa et hoche la tête d'un air pensif. « Elle part en courant vers la grande chambre », murmure-t-il.

Tessa sent sa gorge se serrer et ne parvient pas à retenir un soupir. Sous le coup de la panique, la gamine a couru par réflexe vers ses parents. En oubliant un instant qu'ils n'étaient pas à la maison, qu'ils ne pouvaient pas l'aider, qu'ils ne pouvaient strictement rien faire pour la sauver.

Dans le sillage de Neil, Tessa quitte la salle de bain et remonte le couloir jusqu'à la suite parentale. Autant la chambre de la fille avait des allures de camp de réfugiés, autant celle des parents, dans des tons chauds et apaisants (beige et chocolat), est une oasis de calme. Un immense lit king size avec une tête en cuir capitonné. De spectaculaires rideaux qui vont du sol au plafond, une méridienne idéalement placée devant la grande cheminée, dont le manteau est là encore en marbre italien.

Dans le coin à gauche, un imposant bureau porte les premières traces d'une lutte acharnée : le beau fauteuil de direction en cuir a été renversé et ses roues pointent désormais vers un mur. Une lourde lampe de bureau dorée est tombée par terre. Tessa constate qu'un tiroir a été ouvert, fouillé à la va-vite.

« Le coupe-papier en cuivre, explique Neil. Elle réfléchissait vite, il faut reconnaître. Elle l'a attrapé et s'est retournée vers son agresseur.

— Du sang ?

— On n'en a pas retrouvé, mais ça a suffi à lui permettre de ressortir en tenant l'autre à distance. Ensuite, elle est allée vers sa propre chambre. »

Retour du trio dans le couloir, la mine lugubre. Pas de piste d'urine menant à la chambre de l'adolescente, c'est comme ça que Neil en a déduit qu'Ashlyn avait d'abord couru vers la suite parentale. Après quoi, rhabillée, la vessie de nouveau sous contrôle, la gamine est passée du mode panique initiale au mode embryon de stratégie.

Tessa s'immobilise dans le couloir, songeuse. «Pourquoi sa chambre? Pourquoi pas les escaliers?

— Je lui demanderai quand on la retrouvera, répond Neil. En attendant, j'imagine qu'elle est allée vers son téléphone.»

Tessa approuve. «Bien sûr, la bouée de sauvetage de tout adolescent. Premier réflexe, les parents. Deuxième réflexe, l'appel à un ami. Au moindre doute, un texto.»

La chambre de la jeune fille est un chaos innommable. À y regarder de plus près, Tessa découvre que les vêtements ont littéralement été jetés aux quatre coins de la pièce. Ainsi que des livres, une seconde lampe, un réveil.

L'intrus devait être tout près, peut-être sur ses talons, il la pourchassait dans sa chambre et autour de son lit pendant qu'elle lançait divers objets derrière elle en espérant le déstabiliser le temps de mettre la main sur son portable.

À l'autre bout du lit froissé, Tessa aperçoit le coupe-papier – une lame émoussée, un manche en cristal. Très chic, se dit-elle. Un objet acheté pour faire classe sur un bureau, pas nécessairement pour trancher la jugulaire d'un agresseur.

«Elle a réussi à venir jusque-là», murmure Tessa. Puis elle reconstitue la suite de la scène. Une lampe cassée, un ordinateur portable fêlé, une boule à neige brisée. «Bon sang, elle a dû se battre comme une lionne.

— Ça m'étonnerait qu'elle ait gagné, commente Neil.

— Et moi, je préfère ne pas penser à ce que ça a pu lui coûter», ajoute D.D. en sourdine.

La lame du coupe-papier est propre. Même armée, Ashlyn n'a pas réussi à porter de coups à son adversaire.

«Je pense qu'ils ont été obligés de s'y mettre à deux, dit Neil. Le kidnappeur numéro un a dû en appeler un autre en renfort. Et je pense que c'est le kidnappeur numéro deux qui avait des chaussures à semelles noires parce qu'on ne trouve aucune trace par terre ni dans la salle de bain ni dans la suite parentale. Seulement dans les escaliers. Donc il les aura faites en montant à toute berzingue pour prêter main-forte à son complice.»

Tessa hoche la tête. Les traces de caoutchouc sont des indices imparfaits, mais à première vue cette théorie se défend.

«À part ça, pendant que mon estimée collègue (Neil lance un regard à D.D., qui sourit fièrement à son élève modèle) laissait entrer des détectives privés dans la maison, j'appelais le Scampo, où la gouvernante nous avait dit qu'ils étaient allés dîner. On va demander les images de la vidéosurveillance, mais le voiturier du Liberty Hotel se rappelle être allé chercher la voiture de Justin Denbe aux environs de vingt-deux heures. Comme les Denbe étaient des habitués et que Justin laisse de généreux pourboires, ils sont bien connus du personnel. Le Scampo est à cinq minutes de voiture, donc ça nous donnerait un retour vers vingt-deux heures quinze, plus ou moins.

— Le premier texto auquel Ashlyn n'a pas répondu est arrivé à vingt-deux heures treize, rappelle D.D.

— Exact, confirme Neil. Je dirais que les ravisseurs étaient dans la place dès vingt-deux heures. Qu'en tout cas, deux d'entre eux pourchassaient Ashlyn à cet étage. Ce qui signifie qu'au moins un autre devait être posté à côté de la porte pour attendre le petit couple. Les Denbe rentrent, le mec envoie une décharge électrique à Justin pour éliminer en premier celui qui représente a priori la menace la plus importante. Une fois le mari hors jeu, la femme ne devait pas opposer beaucoup de résistance.

— Il a vomi ? s'interroge Tessa.

— Non, c'est elle.

— Comment le savez-vous ?

— Là encore, d'après le serveur du Scampo, le mari a mangé, alors que la femme a surtout picolé. Elle ne tenait plus très bien sur ses jambes quand ils sont partis. La flaque de vomi, vous l'aurez remarqué...

— ... est liquide. Ce qui serait cohérent avec le fait que la femme a bu son dîner plutôt qu'elle ne l'a mangé, conclut Tessa.

— Donc, voilà ce que ça nous donnerait, résume Neil : le mari prend des tirs de Taser, la femme est malade et l'adolescente se débat comme une furie, au point qu'il faut non pas un mais deux hommes pour la traîner hors de sa chambre.

— Donc ils étaient au moins trois.

— Je ne m'attaquerais pas à Justin Denbe avec un seul homme dans l'entrée, objecte D.D.

— D'accord, quatre, lui accorde Tessa. Alors, à votre avis, pourquoi toute la famille a-t-elle été enlevée ? »

Neil et D.D. se contentent de la regarder sans mot dire.

« Denbe Construction n'a reçu aucune demande de rançon et les ravisseurs ne sont rentrés en contact avec personne », ajoute Tessa.

D.D. hausse un sourcil, puis baisse les yeux, l'air sombre. Mais Neil et elle ne répondent toujours pas.

Tessa sait ce qu'ils se disent. Certes elle n'a pas, comme eux, des années d'expérience dans la police criminelle, mais Northledge Investigations lui a généreusement offert huit semaines de formation intensive en criminologie. Et comme sa boîte compte beaucoup de gens riches dans sa clientèle, le stage comprenait deux jours d'initiation aux situations de kidnapping, que ce soit à l'étranger ou dans le pays. Première règle en cas d'enlèvement pour rançon : les ravisseurs chercheront à entrer en contact dès que possible. Pour des raisons qui n'ont rien à voir avec le désir de rassurer la famille ou d'accélérer la prise en main de l'affaire par les forces de police. L'explication tient surtout aux difficultés matérielles que rencontrent toujours les ravisseurs. D'abord, kidnapper les victimes. Ensuite, les transporter et les cacher. Enfin, s'occuper d'elles et les nourrir en attendant qu'on réponde à leurs exigences.

En un mot : plus la captivité se prolonge, plus les problèmes pratiques se multiplient, ce qui augmente le risque d'être découverts, dénoncés, ou de voir une victime mourir prématurément – et là, fini la possibilité de fournir une preuve de vie pour réclamer une rançon importante. Comme, en l'occurrence, il s'agissait du rapt d'une famille entière, la logistique devait être extrêmement complexe. Deux adultes et une adolescente à maîtriser, véhiculer, entretenir.

Si l'objectif avait été de demander une rançon, les ravisseurs auraient dû n'avoir qu'une hâte : revendiquer l'enlèvement. Par exemple avec un message laissé bien en évidence sur l'autel des effets personnels de la famille. Ou par un simple coup de fil au standard de Denbe Construction. Ou un autre au domicile des Denbe, où les gentils enquêteurs devaient déjà certainement travailler à la collecte des indices.

Sauf qu'il était maintenant (Tessa consulte sa montre) onze heures douze. Autrement dit, il y avait sans doute plus de douze heures que la famille Denbe avait été kidnappée.

Et ils n'avaient encore reçu aucune nouvelle.

«Je crois, dit tranquillement Tessa, que ce serait bien que je jette un œil à l'ordinateur de la famille, maintenant.»

7

Dans le fourgon blanc, les trois hommes dorment. Le colosse a incliné le siège conducteur, l'autre gros bras le siège passager, et le gringalet s'est allongé sur la banquette arrière avec son sac polochon noir en guise d'oreiller. Pas ce qu'on fait de plus confortable comme position, mais ils ont connu pire. Dormir dans des lits de rivière asséchée à l'autre bout du monde, raides comme des cadavres, les bras croisés sur la poitrine alors que le torride soleil du désert frappait leurs paupières closes. Sous les denses feuillages verts de la jungle, recroquevillés la tête sur les genoux, quand l'eau tombait à seaux d'une canopée vertigineuse et martelait sans discontinuer le bord de leur chapeau. Dans l'immense soute d'un avion militaire, assis droits comme des piquets, avec leur harnais qui leur rentrait dans la nuque, tandis que les turbulences ballottaient leur tête épuisée, en haut, en bas, en haut, en bas, et que, malgré tout, personne n'ouvrait l'œil.

Bref, des hommes qui ont appris à dormir là où on le leur dit et à se réveiller sur ordre. La mission d'abord. Son petit confort personnel ensuite.

Ce qui fait de ce bref répit un plaisir inattendu. C'est Z qui a pris la décision. Entre la préparation, le temps de trajet et le déploiement, ils étaient debout depuis trente-six heures – des heures d'autant plus longues que certaines étapes importantes nécessitaient d'être accomplies de nuit.

La première phase des opérations avait été menée à bien, ils avaient parcouru quatre-vingts pour cent du trajet qui les séparait de la cible, ils étaient dans les temps, satisfaits d'eux-mêmes et de leur progression, confiants en leurs objectifs. Qu'il fasse jour n'était pas un problème. Ils avaient déjà tant roulé vers le nord qu'ils étaient plus proches de la frontière du Canada que du Massachusetts. Ils avaient traversé des montagnes si hautes et des forêts si sauvages qu'ils avaient plus de chances de s'y faire repérer par un ours que par un être humain. Et comme, à cette latitude, les ours hibernaient déjà, ils ne couraient en fin de compte qu'un risque minime de rencontrer une quelconque forme de vie.

Z a hésité à demander à l'un de ses complices, Mick ou plus vraisemblablement Radar, de garder un œil sur leurs otages. Mais, fraîchement drogués, ceux-ci ne donnaient encore aucun signe de réveil. Tant mieux. Une des principales consignes de la mission était de limiter au maximum les atteintes physiques subies par la femme et la jeune fille, en particulier pendant le transfert.

Une fois à destination, ils recevraient de nouvelles instructions pour la suite des opérations.

À ce moment-là, il se pouvait que leurs otages connaissent un sort plus cruel.

Peu importait. Il ne leur appartenait pas de se poser des questions.

Eux acceptaient une mission. L'exécutaient avec le plus haut degré de professionnalisme. Et, du moins dans le cas présent, empochaient un tel paquet de fric que, pour sa part, Radar avait l'intention de ne plus jamais travailler. Plages de sable blanc, cocktails au rhum bien sucrés et femmes à la poitrine généreuse. Voilà quel était son proche avenir. Et qui sait, peut-être même qu'il épouserait une de ces femmes. Ils feraient des bébés et s'installeraient au paradis. Pêcher toute la journée, faire l'amour toute la nuit avec sa magnifique épouse : il s'y voyait bien.

Alors, quand le fourgon a quitté la route pour s'arrêter discrètement sur un ancien terrain de camping, où il a bientôt été abrité des regards par des haies touffues d'arbustes à feuilles persistantes, Radar a administré une nouvelle tournée de sédatifs. Et à la pensée des siestes, des parties de pêche et des femmes à la poitrine généreuse, il a forcé la dose.

Il était en train de remballer son matériel en se projetant déjà dans les trois heures de sommeil qu'il allait prendre, quand son détecteur interne lui a de nouveau envoyé un signal d'alerte. La femme. Un truc qui n'allait pas.

En l'examinant de plus près, il a constaté qu'elle avait perdu des couleurs, que son visage était couvert d'un mince vernis de sueur. Elle n'avait pas les yeux ouverts. Au contraire, ses paupières semblaient serrées, animées de contractions convulsives même, et sa respiration était précipitée.

Elle n'avait pas l'air au mieux. Peut-être à cause du sédatif, pourtant assez léger. Il a pris son pouls, ausculté son cœur, contrôlé sa température. Rien. Elle semblait juste… pas bien. Mal des transports ? Grippe ? État de choc ?

Peut-être qu'elle rêve, en a-t-il conclu. Pas un rêve agréable, vu sa fréquence cardiaque.

Mais ce n'était pas son problème.

Il a refait son sac, il est remonté sur la banquette et il a sombré en quelques minutes.

Trois hommes dans un fourgon blanc, endormis.

Le premier ouvre un œil, redresse son dossier, démarre et reprend la route de montagne sinueuse.

Onze heures, samedi matin, un fourgon blanc roule plein nord.

8

Ces six derniers mois, depuis ce jour funeste, j'avais pris l'habitude de fuir le sommeil. Il y a eu une période, vers le deuxième ou le troisième mois, où j'avais presque la phobie du soir. Si je restais éveillée, les yeux ouverts, le corps en mouvement, je pourrais peut-être tenir le lendemain à distance. Parce que je ne voulais pas qu'il arrive. Demain était une perspective trop effrayante. Une date butoir qui ne disait pas son nom, où il faudrait que je prenne de grandes décisions concernant mon couple, ma famille, mon avenir. Et peut-être que demain était trop triste, tout simplement : la solitude, les logements sociaux, la chasse aux cafards du vendredi soir et toutes ces leçons de mon enfance que je tenais tant à oublier.

Alors, pendant quelques semaines, j'ai cessé de dormir. J'errais dans la maison. Je caressais les plans de travail de la cuisine en me rappelant le jour où Justin était venu avec moi à la carrière de pierre, où nous avions examiné les plaques les unes après les autres. Pile au même moment, nous avions tous les deux désigné la bonne, puis éclaté de rire comme des gamins grisés de découvrir qu'ils ont la même couleur, le même animal, la même équipe sportive préférée.

De la cuisine, je descendais à la cave, pleine de bouteilles que j'avais soigneusement sélectionnées et stockées pour impressionner Justin, ses partenaires en affaires et jusqu'à ses collaborateurs. Vous seriez étonné de savoir combien de plaquistes, plombiers et autres entrepreneurs du bâtiment s'y connaissent en vin. La réussite venant, tout le monde cultive son goût, au point que même le plus fruste des conducteurs d'engin de terrassement sera capable d'apprécier un pinot noir de l'Oregon bien équilibré ou un vin rouge espagnol plus charpenté.

À cette époque, Justin dormait au sous-sol. Dans le studio de la jeune fille au pair, comme disaient les gens, sauf que nous n'avions jamais eu de nounou, préférant élever nous-mêmes notre fille. La porte se trouvait à l'autre bout du couloir par rapport à la cave à vin. Pendant mes errances nocturnes, je me plantais devant, protégée par l'obscurité insondable de cet étage aveugle. Je posais ma main sur le bois chaud en me demandant s'il était de l'autre côté, s'il dormait réellement. Peut-être qu'il était retourné la voir. Peut-être (et cette idée était tellement douloureuse qu'elle en était presque enivrante) qu'il l'avait fait venir ici.

Je n'ouvrais pas. Jamais je n'ai frappé, jamais je n'ai essayé de regarder sous la porte. Je restais là en me disant qu'au début de notre mariage, ça aurait suffi. Ma seule présence lui aurait parlé, l'aurait attiré comme un aimant, et il aurait ouvert la porte d'un seul coup pour m'enlacer et m'embrasser avec avidité.

Voilà ce que font dix-huit ans de vie commune à un couple. Ils diminuent les champs magnétiques, abolissent les lois de l'attraction. Au point que j'ai pu, nuit après nuit, me tenir dans un couloir sombre à trois mètres de mon mari sans que ses sens ne lui parlent.

Immanquablement, je remontais dans les étages et j'arrivais devant la chambre de ma fille. Là non plus, je ne frappais pas, je n'entrais pas, je n'empiétais pas sur un espace personnel où je n'étais plus la bienvenue. Non, je m'asseyais par terre dans le couloir, la tête appuyée contre le mur, et j'imaginais le meuble de rangement blanc qui se trouvait de l'autre côté. Puis, de mémoire, je faisais un inventaire systématique de tout ce qu'il contenait. Sa boîte à musique avec une ballerine, souvenir de la première fois où nous l'avions emmenée voir *Casse-noisette*. Ses livres de poche préférés quand elle était petite, *L'Enfant qui chassait la nuit*, *La Petite Maison dans la prairie*, *Un raccourci dans le temps*, empilés pêle-mêle au-dessus de ses livres reliés, rangés avec plus de soin, comme la série des *Harry Potter* ou la saga *Twilight*.

À une époque, elle avait eu une passion pour les chevaux, d'où le troupeau de figurines Breyer qui se trouvait désormais relégué dans un coin, au fond de l'étagère inférieure. Comme sa mère, elle était sensible à la beauté et avait la fibre artistique, d'où sa collection hétéroclite de coquillages et de fragments de verre polis par la mer dont elle faisait de jolis chapelets – une collection qu'elle enrichissait encore chaque fois que nous allions dans notre résidence secondaire à Cape Cod.

Posées sur sa commode, deux poupées anciennes en porcelaine, la première rapportée de Paris par Justin, la seconde dénichée par Ashlyn et moi chez un antiquaire. Toutes les deux nous avaient coûté fort cher et avaient, un temps, été considérées comme des trésors. Mais désormais leurs yeux bleus sans vie, leurs anglaises lustrées et leurs robes en dentelle légère faisaient office de présentoirs à bijoux pour des kyrielles de bracelets de perles et de longs entrelacs de colliers en or presque oubliés, tandis que leurs pieds s'ornaient de chouchous en soie et de barrettes fantaisie.

Parfois, quand j'entrais dans ce capharnaüm qu'était la chambre de ma fille, il me prenait l'envie d'y jeter une allumette. Politique de la terre brûlée, tout ça. D'autres fois, j'aurais voulu la photographier, la cartographier, immortaliser de quelque manière cet enchevêtrement de rêves de bébé, d'obsessions enfantines et de désirs adolescents.

Mais dans l'obscurité de la nuit, je restais simplement là à nommer chaque objet chéri, encore et encore. C'était devenu mon chapelet. Une façon de me convaincre que les dix-huit années qui venaient de s'écouler avaient de la valeur, de l'importance. Que j'avais donné de l'amour et que j'en avais reçu. Que tout n'avait pas été qu'un mensonge.

Quant aux jours, aux mois et aux semaines qui s'étiraient désormais devant moi... J'essayais de me dire que je n'étais pas devenue ce cliché de la femme mûre délaissée par son mari volage, repoussée par sa fille adolescente, et qui n'existe plus qu'à l'état de zombie, sans identité ni but propres.

J'étais forte. Indépendante. Une artiste, bon sang.

Alors je me levais et je montais sur la terrasse. Dans l'ambiance tamisée des lumières de la ville, les bras serrés autour de moi pour me réchauffer, je m'approchais du bord, un pas après l'autre...

Jamais je n'ai réussi à rester éveillée toute la nuit.

Cinq heures et demie du matin, ça a sans doute été mon record. Ensuite j'allais me recroqueviller une fois de plus sur le grand lit de notre suite parentale. Et je regardais poindre l'aube, demain s'imposer à moi malgré tout. Jusqu'au moment où je fermais les yeux et où je succombais à un avenir qui arriverait, que je le veuille ou non.

C'est pendant le deuxième mois de privation de sommeil forcée que j'ai ouvert mon armoire à pharmacie et que je me suis retrouvée nez à nez avec un flacon d'antalgiques. De la Vicodin, prescrite à Justin l'année précédente pour un mal de dos. Mais ce médicament ne lui avait pas convenu. Il ne pouvait pas se permettre d'être à ce point dans les vapes au travail. En plus, comme il le disait tout net, ça constipait terriblement.

Vous savez quoi ? Faire les cent pas toute la nuit n'empêchera pas l'avenir d'arriver.

Mais, bien choisi, un narcotique pourra vous rendre la vie plus douce, voler son éclat au soleil lui-même. Jusqu'au point où vous ne vous soucierez plus de savoir si votre mari dort au sous-sol, si votre fille s'est enfermée dans une bulle temporelle au bout du couloir, si cette maison est trop grande, ce lit trop large et votre vie tout entière vouée à la solitude.

Antidouleur, promettait l'ordonnance.

Et, au moins pour un temps, ça a marché.

9

Quand elle entre dans le bureau du deuxième étage, Tessa reconnaît aussitôt l'enquêteur assis devant l'ordinateur : c'est le troisième et dernier membre de l'équipe de D.D. Un solide gaillard, quatre enfants, si sa mémoire est bonne. Phil, voilà. Lui aussi est venu chez elle, le jour du drame. En même temps, presque toute la police de Boston y a défilé.

Lui aussi doit se souvenir d'elle, parce qu'à la seconde où il la découvre, ses traits adoptent l'expression parfaitement disciplinée de l'enquêteur aguerri qui bout en son for intérieur.

Elle se dit qu'on peut jouer à deux à ce petit jeu là.

«À mon tour», claironne-t-elle en s'approchant de l'ordinateur.

Sans lui répondre, Phil se retourne vers Neil et D.D.

«C'est d'accord, explique Neil. Le propriétaire de la maison, Denbe Construction, lui a demandé de procéder à une évaluation de la situation.»

Tessa devine que Phil capte cinq sur cinq les conséquences de cette information parce qu'une veine se met à palpiter sur son front : si la maison appartient à Denbe Construction, alors en théorie c'est aussi le cas de son contenu, y compris de l'ordinateur que ce cher enquêteur vient de fouiller sans autorisation.

« Vous allez faire un signalement de disparition ? demande-t-il d'une voix peu amène.

— Après ce que j'ai vu ici, je suis certaine que ce sera le premier souci de l'entreprise. »

Encore une pierre d'achoppement dans le travail d'investigation : en cas de disparition, il faut qu'un tiers fasse un signalement pour que la police puisse intervenir. Et, même alors, la règle veut qu'on attende que le ou les disparus n'aient pas été vus depuis au moins vingt-quatre heures.

Autrement dit, en l'absence de signalement et dans la mesure où moins d'une journée s'est écoulée, l'équipe de D.D. en est pour l'instant réduite à répondre à une demande d'intervention sans pouvoir ouvrir d'enquête.

« Prise de contact... ? demande Phil, d'une voix moins assurée, plus curieuse.

— Rien de la part de la famille.

— Et des ravisseurs ?

— Non plus. »

Nouvelle palpitation de la veine de son front. Comme ses collègues, Phil sait que l'absence de revendication ne présage rien de bon. Une demande de rançon suppose généralement de garder les otages en vie. Mais lorsqu'il y a enlèvement sans exigences financières...

« Des choses intéressantes dans l'ordinateur ? demande Tessa à Phil, toujours devant le clavier.

— J'ai exploré le navigateur. La famille allait sur Facebook, Fox News et Home and Garden. J'imagine que les iPad nous fourniront des informations plus personnelles. Ici, il n'y a pas assez d'activité pour une famille de trois. Je suppose que chacun gérait ses petites affaires sur son propre appareil. »

Supposition légitime, se dit Tessa. « Vous permettez ? » demande-t-elle en montrant le clavier.

Phil s'écarte de mauvaise grâce. De la poche intérieure de son manteau, Tessa sort un petit calepin sur lequel elle a noté le nom du produit et du fabricant. Puis elle passe en revue les icônes de l'ordinateur pour trouver le programme désiré.

« Justin Denbe a un nouveau jouet, explique-t-elle en double-cliquant sur l'icône. Ses employés le lui ont offert cet automne, plus ou moins pour lui faire une blague, mais il adore. Ce qu'il y a, c'est que leurs chantiers – des prisons, des hôpitaux, des centrales hydroélectriques – sont immenses. Et comme Justin est un patron de terrain, forcément c'est lui qui a les réponses à toutes les questions. Ce qui oblige ses employés à passer un temps considérable à le chercher. Surtout que les chantiers se trouvent souvent dans des zones rurales mal couvertes par les réseaux mobiles, ce qui fait qu'ils ont du mal à lui mettre le grappin dessus par téléphone quand ils n'arrivent pas à le localiser physiquement. Et voilà pourquoi, dit-elle avant de s'interrompre un instant pour lire les instructions qui viennent de s'afficher dans une fenêtre à l'écran, ses gars lui ont acheté un manteau.

— Un manteau ? » s'étonne D.D.

Mais Neil a un coup d'avance : « Un blouson avec balise GPS intégrée. Un de ces vêtements de luxe grâce auxquels on ne peut plus se perdre en forêt.

— Exactement. Ce n'est pas donné, d'ailleurs, presque un millier de dollars. Bref, il semblerait que ce soit vraiment un très beau blouson sport et que Justin l'adore. Il se promène partout avec. Y compris, on peut l'espérer, au restaurant hier soir.

— Le Scampo est un établissement élégant, fait remarquer D.D.

— Tissu bleu marine et finitions en cuir tanné. Il pouvait le porter au Scampo. À ce qu'il paraît, le type ne quittait jamais ses chaussures de chantier. Pourquoi pas son beau blouson sport?»

Ils se taisent et observent Tessa qui pianote sur le clavier. «La balise se trouve dans la doublure, explique-t-elle. Il y a une fente pour pouvoir la retirer et recharger la batterie, qui n'a que quinze heures d'autonomie.

— Il faut l'activer? demande D.D. Ou bien elle est toujours en marche?

— Ce modèle-là doit être activé. D'après ce que je lis ici, il y a deux méthodes : soit la personne qui la porte la met en marche manuellement au début de sa randonnée ou, disons, de sa journée de travail sur un chantier. Soit il est possible de l'activer à distance grâce à ce logiciel, qui peut aussi être installé sur un téléphone portable. C'est dingue, quand on y pense, marmonne Tessa alors que ses doigts courent sur le clavier. Ça transforme n'importe quel smartphone en chien de recherche numérique. Allez, cherche Justin Denbe.»

Une carte vient de s'afficher. Elle l'observe avec attention. Ne voit rien.

«Est-ce que le GPS est activé?» demande D.D., impatiente. Elle vient se poster derrière Tessa et scrute l'écran d'un air concentré.

«Rien aux États-Unis. Donc j'imagine que Justin ne l'a pas mis en marche.»

Neil la regarde. «Alors allez-y : activez-le.

— J'ai cru que vous n'alliez jamais me le demander.»

Elle descend la flèche jusqu'à un bouton vert en bas à droite du menu : «Activer». Comme une bombe. Ou la solution pour sauver la vie de toute une famille.

Elle clique. La carte en couleur des États-Unis se décale vers la droite et le logiciel zoome jusqu'à ce qu'on ne voie plus le pays tout entier, mais seulement la côte Est. Et là, plein nord par rapport à eux, un point rouge se met à clignoter.

«Ça alors!»

Devant elle, elle entend un petit bip. Elle lève les yeux et voit Phil programmer un compte à rebours sur sa montre. «Quinze heures, explique-t-il. L'autonomie de la batterie, c'est ça?

— Oui.

— Zoomez, zoomez, zoomez», dit D.D. en donnant une tape sur l'épaule de Tessa pour la presser. Comme celle-ci se trouve plus près de l'écran que D.D. et qu'elle distingue un détail qui échappe encore aux policiers, elle fait très exactement ce qu'on lui demande.

La côte Est devient la Nouvelle-Angleterre. Le Massachusetts grandit sous leurs yeux. Puis le New Hampshire. Jusqu'au moment où, clairement depuis l'autre côté de la frontière de leur État, clairement depuis le centre du New Hampshire, la balise du blouson de Justin Denbe leur envoie des signaux.

Tessa s'écarte de l'ordinateur et se retourne jusqu'à croiser le regard de D.D. «Si Justin Denbe portait ce blouson quand il a été enlevé, il ne se trouve plus dans l'État du Massachusetts...

— J'avais raison, tout à l'heure, grommelle D.D.

— Ce n'est pas votre dossier », confirme Tessa.

Situation que Neil résume par ces mots : « Connards de fédéraux. »

Pour autant, les enquêteurs de la police municipale de Boston ne rangent pas leurs jouets pour rentrer chez eux.

Le ressort est une notion de droit. Pour le dire vite, le code pénal fédéral prévoit des peines plus lourdes que ceux des États, de sorte que le procureur fédéral dispose d'une force de frappe plus importante que le procureur du comté de Suffolk quand il s'agit d'engager des poursuites contre des individus soupçonnés d'enlèvement.

Comme il était dans l'intérêt de tous que la sanction encourue par les inculpés soit la plus sévère possible, le procureur du comté de Suffolk allait donc appeler le procureur fédéral du district du Massachusetts pour l'informer de l'existence d'un crime concernant probablement deux États différents. Le procureur fédéral contacterait alors son service d'investigation préféré, à savoir le FBI, et à ce moment-là des agents du FBI en poste à Boston prendraient rapidement la direction de la résidence des Denbe, où ils arriveraient en dix minutes s'ils venaient en voiture ou en vingt s'ils optaient pour la marche à pied.

Ils n'attendraient pas des enquêteurs de la police municipale qu'ils prennent leurs cliques et leurs claques. Non, poliment mais fermement, ils redirigeraient tous les indices recueillis (échantillons d'urine et de vomi, confettis de Taser, traces de semelles) vers le laboratoire de la police scientifique fédérale plutôt que vers celui de la police de Boston. Et ensuite, ils mettraient sur pied une cellule d'enquête interpolice, dont ils seraient comme de bien entendu les cerveaux, tandis que les agents municipaux seraient relégués au rang de petites mains.

Neil bougonne, D.D. et Phil soupirent avec philosophie. Tessa reste indifférente. Sa mission consiste à retrouver les Denbe et elle collaborera avec les compagnons de jeu qu'on lui donnera, même si son petit doigt lui dit déjà que les policiers de Boston partagent plus volontiers leur bac à sable que les fédéraux. Ce qui n'est pas peu dire, vu le caractère notoirement revêche de D.D.

Tessa quitte l'ordinateur. Dernier petit tour de la scène de crime à l'étage, le temps que D.D. fasse le point sur le travail des agents en tenue, que Phil se repenche sur l'enquête de voisinage et que Neil passe une ultime série de coups de fil. Pendant qu'ils sont ainsi occupés, il se pourrait même que Tessa retourne aussi dans la cuisine et allume les trois téléphones portables de la famille pour noter les contacts qui apparaissent dans leurs listes de favoris. Bien sûr, elle pourrait passer par les canaux officiels, mais cette méthode est plus expéditive.

Puis l'équipe de D.D. réapparaît et, réunie autour de la pile d'objets personnels de la famille, procède à un premier bilan. Au crédit de leur chargé d'enquête débutant, il faut reconnaître que les recherches qu'il a coordonnées jusqu'alors ont été brèves mais méthodiques : d'après la première enquête de voisinage, personne n'a aperçu aucun des membres de la famille Denbe. Les appels à leurs proches, amis et relations, n'ont pas non plus permis de les localiser. Même chose pour les renseignements pris auprès des commerçants du quartier et des hôpitaux de la région.

La voiture de Justin Denbe a été retrouvée à quatre rues de là, vide. La Mercedes de Libby Denbe est toujours au chaud dans le garage, vide. Argent liquide, cartes de crédit et cartes de retrait, tout se trouve apparemment sur le plan de travail de la cuisine. D'après l'agence bancaire, aucun mouvement n'a été observé sur les différents comptes de la famille depuis seize heures le vendredi après-midi, heure à laquelle deux cent cinquante dollars ont été retirés d'un distributeur de Copley Square (vidéo de l'agence bancaire à venir). De même, aucun membre de la famille n'a passé de coup de fil ni envoyé de texto après vingt-deux heures le vendredi (fax de l'opérateur téléphonique à venir).

À l'heure qu'il est, les trois membres de la famille Denbe ont, semble-t-il, disparu depuis quatorze heures. Seule piste dont disposent les enquêteurs : le blouson de Justin, qui émet désormais un signal GPS depuis les tréfonds du New Hampshire.

Neil Cap prend alors une initiative qui étonne Tessa : il sort son téléphone, affiche une carte du New Hampshire et trouve à quelle police locale correspondent les coordonnées de la balise GPS.

Puis, sans attendre la bénédiction du FBI, il passe ce qui sera certainement son dernier coup de fil en tant que responsable de cette enquête : il contacte les services du shérif du New Hampshire pour leur demander de retrouver le blouson qui émet le signal – manœuvre rapide et efficace qui lui permettra de récolter un maximum d'informations en un minimum de temps. Les agents du FBI vont tout de suite le haïr de leur avoir ainsi coupé l'herbe sous le pied.

Tessa juge le moment opportun pour tirer sa révérence.

Il lui semble qu'elle a vu ce qu'il y avait à voir. Boston a la situation en main sur la scène de crime, là où se trouvait auparavant la famille. Une police locale, trop au nord pour qu'elle puisse la seconder, va mener les investigations dans la région où la famille se trouve peut-être désormais. Ce qui laisse à Tessa une question fondamentale à examiner : qui donc pouvait bien vouloir kidnapper la famille Denbe et/ou lui faire du mal ?

Il est temps, décide-t-elle, d'en apprendre davantage sur son nouveau client : Denbe Construction.

10

Wyatt Foster est un policier qui avait aussi envie d'être menuisier. Ou alors un menuisier qui avait aussi envie d'être policier. Il n'a jamais très bien su, ce qui n'est pas plus mal puisqu'en ces temps de crise budgétaire chronique, les salaires offerts à ceux qui assurent la sécurité des bonnes gens du nord du New Hampshire les obligent, lui et la majorité de ses collègues, à exercer un deuxième métier. Certains ont choisi l'arbitrage sportif. D'autres tiennent des bars le week-end. Et puis, il y a lui.

En ce beau samedi matin de fin d'automne, le soleil est radieux et le fond de l'air frisquet ; il observe un tas de vieilles planches de pin récupérées dans la grange centenaire de son voisin en essayant d'imaginer une bibliothèque rustique. Ou peut-être une table de cuisine, le genre avec des bancs. Ou une armoire à vin. Les gens sont prêts à payer cher pour ça. D'ailleurs, ça ne lui déplairait pas d'en avoir une.

Il vient de se décider et d'attraper la première planche quand son bip sonne.

Avec ses cheveux en brosse autrefois bruns mais aujourd'hui poivre et sel, Wyatt, la petite quarantaine, fait depuis vingt ans partie des services du shérif de comté dans la région dite du North Country. D'abord comme adjoint, puis comme enquêteur et désormais comme brigadier responsable du service d'investigation. Le principal avantage de ce poste, ce sont les horaires. Lundi-vendredi, huit heures-seize heures. À peu près ce qu'on peut faire de plus régulier dans une profession dont ce n'est pas la principale caractéristique.

Bien sûr, comme tout agent de comté, il est d'astreinte une ou deux nuits par semaine. Et, oui, il arrive qu'il y ait de l'animation, même dans les coins les plus reculés du New Hampshire, peut-être même surtout là. Drogue, alcool, violences conjugales, quelques jolies affaires de détournement de fonds, lorsqu'un employé cherche une nouvelle manière de financer son addiction. Dernièrement, on a relevé une inquiétante recrudescence d'homicides : un assassinat à la hachette ; un ouvrier mécontent qui avait débarqué sur son ancien lieu de travail, une carrière de sable et de gravier, armé d'une arbalète ; quelques cas d'homicides involontaires commis au volant d'une voiture, notamment celui d'une femme de quatre-vingts ans qui jurait avoir roulé sur son mari de quatre-vingt-cinq ans par accident. Trois fois. On avait découvert qu'il la trompait avec la voisine de soixante-dix ans. Une dévergondée, avait déclaré l'épouse, sauf qu'on avait plutôt entendu *défergondée,* parce que avant de rouler « accidentellement » sur son mari à trois reprises, elle n'avait pas pris la peine de chausser son dentier.

Vraiment, on ne s'ennuie jamais dans ce métier et cela plaît à Wyatt. D'une nature paisible, il aime les bonnes énigmes qui trouvent leur juste solution. Et, aussi fou que cela puisse paraître, il aime les gens. Qu'il les interroge, qu'il enquête à leur sujet ou qu'il les arrête, ils ne manquent jamais de le fasciner. Il a plaisir à aller au travail autant qu'à rentrer chez lui. Monter un dossier, monter une armoire à vin – les deux projets sont à leur manière captivants et, dans les bons jours, donnent des résultats concrets.

Wyatt jette un coup d'œil à son bip, pousse un petit soupir et rentre dans son chalet pour décrocher son portable. Une famille disparue à Boston. Un blouson de luxe dont la balise GPS émet un signal à soixante kilomètres au sud. Il connaît le secteur. Beaucoup d'arbres, pas beaucoup de gens.

Il pose quelques questions, puis attaque la liste des choses à faire.

Adieu, l'armoire à vin. Au lieu de cela, il s'apprête à rassembler une équipe pour partir à la chasse au dahu dans les bois.

Le jour de son entrée dans la police du comté, le shérif lui a dressé le tableau de la situation : en gros, il y existait deux New Hampshire, l'un au sud de Concord et l'autre au nord. Le premier faisait office de banlieue de Boston. Dans ses villes, on trouvait soit des maisons de plain-pied construites dans les années 1950 pour les classes ouvrières, soit de luxueuses villas édifiées dans les années 1990 pour les riches cadres supérieurs de Boston. Ce New Hampshire-là, zone géographiquement restreinte et si densément peuplée que les gens se marchaient sur les pieds, avait droit à des forces de maintien de l'ordre qui alignaient plusieurs agents à chaque service ; les renforts ne se trouvaient jamais à plus de quelques minutes de distance et chaque département disposait de son propre matériel d'expertise médico-légale afin de faciliter les enquêtes criminelles.

Et puis il y avait l'autre New Hampshire. Celui où le dernier tiers de la population se répartissait de manière aléatoire sur les deux tiers du territoire. Où les agglomérations étaient souvent trop petites pour justifier la création d'une police municipale et où même celles qui en possédaient une n'avaient en général qu'un seul agent sur le pont à la fois, qui patrouillait en solo sur des kilomètres et des kilomètres de routes de campagne, de forêt ou de bords de lac. Les renforts pouvaient facilement se trouver à une demi-heure, voire à une heure de distance. Et bon courage en cas d'enquête complexe nécessitant de vrais outils d'expertise : il y avait des chances que vous soyez obligé de les emprunter à un autre service de police, quand ce n'était pas à deux ou trois, pour mener à bien votre tâche.

Le premier New Hampshire avait des policiers des villes. Dans le second, c'était plus ou moins le Far West. Les policiers des villes se déplaçaient en bandes et pouvaient faire toute leur carrière sans jamais dégainer leur arme. Ceux du Far West devaient gérer des fusillades à eux tout seuls et dégainaient au moins deux ou trois fois par an. D'ailleurs, Wyatt n'était en poste que depuis quatre petites heures quand il avait dû sortir son arme pour la première fois. Appelé sur les lieux d'une querelle familiale, il était à peine descendu de voiture qu'il se faisait agresser par un taré shooté à mort et armé de couteaux. Wyatt lui avait d'abord envoyé un coup de pied dans le ventre, tellement saisi par la soudaineté de l'attaque qu'il en avait littéralement oublié pendant une seconde qu'il était policier et qu'il avait tout un arsenal à sa disposition dans son ceinturon : un Taser, une bombe lacrymogène et, bon sang, mais c'est bien sûr, un Sig-Sauer P229 semi-automatique.

M. Je-plane-à-dix-mille s'était relevé tout de suite – c'était bien le problème avec les tarés shootés à mort : ils sont insensibles à la douleur. Mais cette fois-ci, Wyatt avait suffisamment repris ses esprits pour dégainer. Et, l'autre, le canon d'un pistolet sous le nez, avait dégrisé en un temps record et laissé tomber ses couteaux à steak.

Le temps que les renforts arrivent (à peine une demi-heure plus tard...), Wyatt avait installé le premier toxico menotté sur la banquette de sa voiture, en compagnie d'un second qui avait essayé de fuir par l'arrière de la propriété. Il avait aussi pris la déposition de la propriétaire de la maison, à savoir la mère des drogués, qui affirmait qu'elle ne voulait plus jamais revoir ni l'un ni l'autre de ses fils parce qu'ils n'étaient que des bons à rien qui lui devaient au moins vingt dollars, ou un sachet de cannabis, selon ce que ces petits merdeux dégoteraient en premier.

Vraiment, on ne s'ennuie jamais au fin fond du New Hampshire.

Naturellement, le travail d'adjoint au shérif ne se limite pas à pratiquer l'art de dégainer plus vite que son ombre. Les agents de comté sont habilités à rédiger leurs propres mandats de perquisition et même d'arrestation, ce qui est une nécessité pratique dans des régions où le tribunal le plus proche peut se trouver à soixante-dix kilomètres : pendant les deux heures qu'aurait passées un enquêteur à faire l'aller-retour en voiture, le suspect aurait déjà mis les voiles ou supprimé les preuves. En règle générale, les nouveaux adjoints sont enchantés des pouvoirs de police sans équivalent qui leur sont conférés. Après, forcément, ils comprennent leur douleur : puisqu'ils rédigent des actes juridiques, il leur faut devenir des juristes en herbe. Parce que, certes, ils peuvent écrire tout et n'importe quoi pour procéder à une perquisition ou arrêter le suspect, mais ensuite un juge examinera le mandat et si celui-ci n'est pas scrupuleusement conforme à la loi, il jettera le tout à la poubelle et l'enquêteur n'aura plus qu'à s'en prendre à lui-même.

Entre deux magazines sur la menuiserie, Wyatt lit des revues juridiques.

Dernière particularité concernant les services du shérif : l'État tout entier est de leur ressort. Alors que même la police d'État doit demander une autorisation pour patrouiller dans les villes et sur les routes de comté, les shérifs en sont dispensés. Wyatt peut aller n'importe où dans le New Hampshire et faire régner l'ordre comme bon lui semble, tout en faisant étalage de sa maîtrise hors pair du jargon juridique. Bon, sa région à lui est essentiellement peuplée d'ours et d'orignaux qui s'en fichent comme de l'an quarante, mais ça fait quand même chaud au cœur de le savoir.

Considérables sont ses pouvoirs de police, enviable sa connaissance de la loi et immense son territoire.

Ça l'aide à s'endormir, tard le soir. Quand son bip ne sonne pas.

Wyatt roule vers les locaux du shérif de comté. En temps normal, il aurait pris sa voiture de patrouille, surtout pour une affaire qui revêt un certain caractère d'urgence, mais le GPS embarqué ne l'aurait guidé que jusqu'à la route la plus proche de la balise. Comme l'hypothèse de travail actuelle veut qu'il s'agisse d'un enlèvement, il y a des chances que leur cible se trouve dans une zone plus accidentée, éventuellement au fond des bois. C'est pour cette raison qu'il veut y aller avec un navigateur de poche, deux collègues enquêteurs et au moins deux agents en tenue.

Dans les bureaux, les trois types et une fille sont déjà tout harnachés et prêts à décoller.

Il les met rapidement au courant : une famille de Boston disparue depuis la veille, vingt-deux heures, des traces de violence retrouvées au domicile, la meilleure piste étant la balise GPS du blouson du mari, à laquelle il reste environ treize heures d'autonomie.

Wyatt commence par entrer les coordonnées de la balise dans son gros ordinateur et ils se regroupent autour de l'écran pour regarder. Autant que n'importe quel tueur en série, les bons enquêteurs apprécient l'efficacité d'Internet en tant qu'instrument de traque et, de fait, il suffit à Wyatt de quelques clics pour obtenir des images satellite de leur cible. Il zoome sur les photos d'une route de campagne, puis sur un grand parking en terre battue qui entoure un bâtiment délabré de beaucoup plus petite taille, le tout au cœur d'une forêt dense. Les coordonnées exactes semblent désigner un point dans les bois, juste au bord de la clairière.

« Je dirais que c'est le resto routier du vieux Stanley », dit Wyatt.

Gina, adjointe depuis peu, approuve vigoureusement. « C'est ça, brigadier. Je suis passée devant il y a quelques jours. C'est complètement barricadé.

— Pas un mauvais endroit pour cacher des otages », commente Jeff. Quarante-cinq ans, père de deux enfants, il est l'un des meilleurs enquêteurs du comté et possède un génie particulier en matière de délinquance financière. « Au bord d'une route, pour la facilité d'accès, et en même temps isolé. C'est clair qu'il n'y a pas des masses de gens ou d'habitations dans les environs.

— Est-ce que le GPS ne devrait pas émettre depuis le bâtiment, dans ce cas ? » conteste Gina.

Wyatt apprécie qu'elle argumente. S'affirmer est un art difficile pour toute nouvelle recrue, mais c'est particulièrement vrai pour les femmes. Manifestement, Gina ne se laisse pas impressionner.

« La marge d'erreur est d'une trentaine de mètres, dit Jeff, donc le signal peut venir du bâtiment. »

Gina acquiesce et, en même temps qu'elle accepte sa réponse, coince ses pouces dans son ceinturon.

« Bon, alors voilà ce qui se passe, dit Wyatt. Il y a trois possibilités : soit on retrouve un blouson ; soit on retrouve un blouson *et* tout ou partie de la famille disparue, vivante ou non ; soit on retrouve un blouson, une famille disparue *et* ses ravisseurs. Peut-être jusqu'à quatre ravisseurs parfaitement vivants. Ce qui, en comptant les trois membres de la famille, nous ferait sept personnes sur place, tandis que nous serons cinq pour mener l'approche, neutraliser, maîtriser. Parlons stratégie. »

Il regarde Kevin, le deuxième enquêteur, qui ne s'est pas encore exprimé. Il a suivi des stages sur la violence au travail et les négociations en cas de prise d'otage. Ils l'appellent le Cerveau, non seulement parce qu'il est maigrichon et qu'il a une tête de premier de la classe, mais parce qu'il aime réellement étudier. Nouvelle jurisprudence, nouvelle méthode d'investigation scientifique, nouvelle étude en criminologie : il suffit de lui demander. Il connaît aussi toutes les statistiques de n'importe quel hockeyeur de n'importe quelle équipe en n'importe quelle année. Et bon, d'accord, il n'a pas souvent rencard le vendredi soir.

« Profil bas, suggère-t-il : approche discrète, repérage du terrain. Si les kidnappeurs sont là-bas, il ne faut pas les effrayer.

— Donc débarquer sur le parking avec cinq voitures de patrouille, ça ne va pas le faire ? demande Wyatt, avec un grand sourire de clown.

— On peut y aller à deux voitures, répond Jeff. En se répartissant.

— Ça ne résoudra qu'une partie du problème, objecte Gina. Même deux voitures qui entrent en même temps dans un parking désert...

— La première pourrait s'arrêter et l'autre continuer vers le sud, précise Kevin. Une fois hors de vue, cette deuxième voiture se garerait sur le bas-côté et les agents rebrousseraient chemin à pied. Ça ne nous ferait plus qu'une seule voiture, qui aurait l'air de s'arrêter par hasard – un conducteur qui veut consulter une carte, se dégourdir les jambes ou autre. Tiens, encore mieux : Gina devrait être dans la voiture qui entrera sur le parking. Ça aura l'air d'un couple qui fait une pause plutôt que d'une descente de police. En attendant d'en savoir davantage. »

Ce plan semble cohérent à Wyatt. Un à un, ils l'approuvent.

« Gilets ? » demande-t-il par mesure de sécurité.

C'est une bonne équipe. Ils sont parés. Mieux encore, ils ont hâte d'y aller et de se rendre utiles.

Wyatt attrape son navigateur de poche. Il l'allume, rentre les coordonnées.

Et voilà, ils sont prêts à partir.

Wyatt a été marié. Avec Stacey Kupeski. Une belle plante. Un rire magnifique. C'est ce qui avait attiré son attention, au début. Littéralement. Il avait entendu ce rire depuis l'autre bout d'un bar plein à craquer et il avait tout de suite su qu'il voulait l'entendre encore. Ils sortaient ensemble depuis six mois quand ils s'étaient passé la bague au doigt. Elle tenait une boutique haut de gamme spécialisée dans les ceintures western fantaisie, les hauts à paillettes et autres accessoires bling-bling que les femmes jugeaient apparemment indispensables pour faire la fête. Commerçante, Stacey travaillait le week-end et les jours fériés, ce qui semblait s'accorder à merveille avec son travail à lui, puisque la délinquance connaît toujours un pic lors des principaux jours fériés, ainsi que lors des dimanches après-midi de farniente.

Sauf que c'était devenu le problème. Accaparés l'un et l'autre par leur travail, ils se croisaient principalement le lundi soir, où elle avait envie de sortir « faire quelque chose », tandis que lui avait surtout envie de vernir un bout de bois pour le simple plaisir de le regarder sécher. Ils se donnèrent une chance pendant dix-huit mois. Ensuite elle commença à sortir « faire quelque chose » avec le mari d'une de ses meilleures clientes. L'épouse en question péta un plomb et saccagea le magasin de Stacey, pendant que le mari demandait une ordonnance de protection et Wyatt le divorce. Il venait de découvrir qu'il n'aimait les psychodrames qu'au boulot, pas dans sa vie privée.

Du reste, il s'était rendu compte qu'il n'en voulait pas tant que ça à Stacey et cela ne lui paraissait pas une bonne chose. Quand votre femme couche avec un autre, ça ne devrait sans doute pas vous laisser indifférent. Au moins Stacey et lui sont-ils encore amis. En grande partie parce que Wyatt n'y accorde toujours pas une grande importance.

Son seul regret : ne pas avoir eu d'enfants. Pas avec Stacey, non, ça aurait été une catastrophe. Mais dans l'hypothèse abstraite où il aurait pu avoir deux enfants sans ex-femme, ça lui aurait bien plu. Garçon, fille, peu importe. Un compagnon avec qui construire des cabanes, jouer au ballon et juste passer des bons moments. Une version miniature de lui-même, pour ainsi dire, à qui il aurait pu enseigner deux ou trois choses avant que, devenue adolescente, elle ne déclare avec exaltation : « Tu ne peux pas comprendre ! » Mais même ça, ça aurait été bien. Un rite de passage. Le monde comme il va.

Ça n'arrivera plus, à son âge, pense-t-il, alors il emprunte les enfants de ses amis et les aide à construire des horloges, des boîtes à bijoux et même, un jour, un coffre au trésor. De saines occupations pour le samedi après-midi. Les gamins sont ravis d'avoir fabriqué un objet de leurs dix doigts et lui a l'impression d'avoir autre chose à partager que le b.a.-ba des techniques d'investigation.

Ces derniers temps, sa mère l'encourage à prendre un animal. Pourquoi pas un chien sauveteur à la retraite ? Il a un bon karma pour ça, lui répète-t-elle à longueur de temps, ce qui a l'air de sous-entendre qu'il mène pratiquement une vie de moine.

Un de ces quatre, il sortira avec quelqu'un. Mais d'abord, il veut fabriquer cette armoire à vin. Et, aujourd'hui, voler au secours d'une famille de Boston.

Ils arrivent au routier désaffecté. Gina et lui se sont proposés pour être dans la voiture qui doit entrer sur le parking. Ce n'est pas l'opération camouflage la plus discrète du monde, étant donné que même un véhicule banalisé sent la police à plein nez et qu'ils sont tous les deux en uniforme. Ils ont retiré leurs chapeaux pour avoir au moins l'air de civils jusqu'aux épaules et Wyatt ralentit comme si de rien n'était, met son clignotant.

Aucun véhicule devant le restaurant. Comme Gina l'avait dit, les portes et fenêtres du vieux resto routier sont fermées par des planches. Wyatt part vers la gauche, ce qui l'éloigne du point qui clignote sur le navigateur, mais il ne veut pas aller trop vite au but. D'autant qu'il souhaite jeter un œil à l'arrière du bâtiment.

Toujours pas de véhicule. Ni de porte ouverte. Ni de fenêtre entrebâillée.

Il décrit tranquillement un cercle, comme s'il faisait un simple demi-tour avant de reprendre la route.

Gina consulte le navigateur posé sur ses genoux. «Plein nord, à vingt mètres», murmure-t-elle.

Wyatt regarde dans cette direction. Il voit des arbres et d'épais fourrés à leur pied. Il voit aussi deux traces de pneus fraîches, relativement marquées, qui se dirigent vers le bord de la clairière. Une deuxième série de traces, pratiquement parallèle à la première, signale l'endroit où le véhicule a fait marche arrière avant de repartir vers la route.

«Merde», grommelle Wyatt.

Gina lui lance un regard.

«Un véhicule est passé par là. On dirait qu'il s'est arrêté au bord de la clairière et qu'il est reparti.» Il ne dit pas le reste : comme pour se débarrasser de quelque chose. Peut-être juste d'un blouson, mais plus probablement de son propriétaire.

Gina se retourne pour attraper son chapeau. Sans un mot, elle l'enfonce sur sa tête pendant que Wyatt décroche la radio pour aviser les passagers de l'autre voiture de la situation. Réponse de Kevin : arrivée des renforts à pied prévue dans cinq minutes.

Ils sont suffisamment près, estime Wyatt. Il ne se passe plus rien ici. Ce n'est pas tant ce qu'il a sous les yeux qui lui fait dire ça, les traces de pneus et le reste, que son sixième sens. La propriété est à l'abandon. Tout simplement.

Gina et lui descendent de voiture et restent un instant abrités derrière leurs portières, on ne sait jamais. Comme rien ne bouge, qu'aucun coup de feu ne claque et qu'aucun suspect ne sort du bâtiment condamné comme un diable dans sa boîte, ils continuent.

Wyatt a pris un appareil photo numérique. Gina a toujours le navigateur à la main.

« Regarde où tu mets les pieds, lui ordonne-t-il. Évite les traces de pneus, les empreintes de chaussures et tout autre indice de passage. Les fédéraux vont venir faire les constatations et je n'ai aucune envie de me faire sonner les cloches. »

Elle acquiesce.

Elle affiche un visage serein, une expression neutre, mais il voit sa main trembler légèrement lorsqu'elle lève le GPS devant elle. Ce n'est pas de la peur, se dit-il. Quoique. De l'adrénaline, en tout cas. Lui aussi est en train de s'en prendre une bonne giclée et son pouls s'accélère à l'idée de la menace inconnue, animée ou inanimée, qui les guette dans les sous-bois.

Ils s'approchent ensemble, lui devant, Gina à deux pas derrière, un peu protégée : offrir une cible est déjà assez contrariant comme ça sans faire la bêtise de s'exposer ensemble.

Le vent souffle, les buissons frémissent, les arbres oscillent. Il fait grand jour, le soleil brille. Pépiement d'oiseau, ici et là. Ronflement d'une voiture qui passe à soixante-dix sur la route de campagne, puis s'éloigne.

« Cinq mètres », murmure Gina.

Il pose la main sur la crosse de son arme, aussi prêt qu'on peut l'être.

« Trois mètres. »

Et là, Wyatt n'a plus besoin de Gina : il voit l'objet, parfaitement visible. Une masse plus sombre prise au milieu de feuillages verts clairsemés. Pas un cadavre, Dieu merci, mais une large bande de tissu, roulée en boule et jetée sur les branches d'un buisson.

Il détend son bras et accélère le pas, le front plissé. Gina a vu l'étoffe bleue, elle aussi. Elle baisse le navigateur et informe leurs collègues par radio.

Puis tous deux s'immobilisent et observent le bout de tissu, à hauteur de leur taille.

« Ça ne ressemble à rien, dit Gina. Même pas un blouson entier. »

Wyatt enfile des gants, décroche l'étoffe légère avec précaution et lève le long pan devant eux. Une belle étoffe, se dit-il. Un de ces tissus techniques conçus pour vous tenir bien au chaud et au sec tout en gardant belle allure sur les photos prises au sommet. Mais il aurait parié que ça coûtait un bras – normal, pour un Bostonien bourré de fric.

Les mains toujours gantées, il tâte jusqu'à sentir un objet plat dans la partie inférieure de la bande : la balise. Il passe ses doigts sur les bords déchiquetés et effilochés du tissu.

« Les kidnappeurs ont compris », dit-il au bout de quelques instants en regardant autour de lui. Kevin, Jeff et le deuxième adjoint sont en train d'arriver, ils traversent le parking dans leur direction. « Soit Justin Denbe l'a avoué, soit ils s'en sont aperçus en l'examinant de plus près, mais le fait est qu'ils ont découvert que le blouson contenait un GPS, alors ils l'ont découpé, avec une lame crantée, on dirait, pour s'en débarrasser.

— Pourquoi découper le blouson ? s'étonne Gina. Plutôt que de le jeter tout entier ? »

Wyatt prend un instant pour réfléchir, trouve la réponse : « Denbe était ligoté. Les poings liés, certainement. Donc, pour lui enlever le blouson, il aurait fallu qu'ils le détachent. C'est un type costaud, à ce qu'il paraît. Musclé. Les ravisseurs n'ont sans doute pas voulu courir le risque. C'était plus facile, plus rapide, de retirer l'émetteur. »

Poussé par la curiosité, il retourne le tissu à la recherche d'éventuelles gouttelettes de sang. Un couteau de chasse. Sans raison valable, sinon peut-être parce qu'il vit dans le New Hampshire, il imagine la lame d'un couteau de chasse percer le tissu bleu, le déchirer. D'un coup sec, ce serait la meilleure méthode. Deux entailles dans la hauteur, une dans la largeur. Crac, crac, crac.

Mais pas la moindre trace de sang sur ce lambeau de blouson. Vitesse et maîtrise. Discipline.

Les ravisseurs avaient découvert leur erreur, mais ils n'avaient pas paniqué. Ils avaient simplement pris les mesures pour y remédier. Vitesse, discipline et intelligence.

Wyatt en retire un mauvais pressentiment. Il tourne son attention vers les traces de pneus. Elles ne sont pas larges comme celles de certains breaks sportifs survitaminés que les types conduisent dans la région, mais ce ne sont pas non plus les sillons profonds des pneus neige que beaucoup installeront bientôt sur leur véhicule en prévision de l'hiver. Des traces tout ce qu'il y a de plus banales. Comme celles d'une voiture, sauf que, dans l'hypothèse où les ravisseurs seraient au nombre de trois ou quatre, et en rajoutant la famille... un fourgon. Forcément, pour transporter sept personnes.

Donc, un fourgon qui, sous le couvert de la nuit, s'arrête sur le parking. Ils découpent le blouson, jettent le morceau qui contient la balise dans les fourrés. Mais pourquoi ce fourgon s'est-il arrêté? Parce que les ravisseurs avaient appris l'existence de l'émetteur? Il lui paraît improbable que Justin Denbe ait spontanément fourni une telle information, ce blouson représentait leur meilleure chance d'être secourus. Donc cet arrêt n'avait peut-être aucun rapport, l'histoire du blouson n'était arrivée que dans un deuxième temps. Les ravisseurs s'accordaient simplement une petite pause. L'un d'eux avait besoin de soulager sa vessie. Ou alors, ils avaient besoin de dormir. Ou simplement de prendre leurs repères, de consulter un GPS ou une carte. Quelle que soit l'heure du jour, il ne se passait pas grand-chose dans les parages, alors en pleine nuit, pensez donc. Un endroit idéal pour faire halte, peut-être resserrer les liens des victimes, leur fouiller les poches. Les interroger. Les remettre en d'autres mains.

Cette idée l'intrigue. Il lance un regard à Kevin.

«Je ne vois qu'une série de traces. Et toi?»

Son enquêteur arpente le terrain, prend son temps.
«Une seule série, confirme-t-il.

— Des empreintes de chaussures?»

Nouvel examen. Les autres sont en train de se déployer, d'explorer les fourrés. Il est possible que le lambeau de blouson n'ait pas été le seul objet jeté. Et même s'ils l'avaient balancé au bord de la clairière, bien en évidence, on ne pouvait pas exclure qu'il y ait d'autres découvertes à faire dans les sous-bois.
«Peut-être quelques empreintes, répond finalement Kevin, accroupi. Le sol a été foulé ici, entre les traces de pneus. Comme si une ou plusieurs personnes avaient piétiné sur place.

— Un fourgon, je dirais, pour transporter sept personnes, indique Wyatt.

— Ce serait cohérent. Il arrive, s'arrête à la lisière du bois, un type au moins en descend, va à l'arrière. Bricole. Mais on ne distingue pas d'empreintes de semelle. Le sol est trop dur.

— Donc le ou les types vont à l'arrière du véhicule, dit Wyatt, prolongeant son raisonnement. Ils ouvrent les portières. Sans doute pour jeter un œil à leurs otages, ligotés et couchés sur le plancher. »

Kevin hausse les épaules. Impossible de le savoir, à ce stade.

« Ils découvrent la balise GPS, continue Wyatt, découpent le blouson, balancent l'émetteur dans les bois. Et reprennent la route. »

Kevin se relève. « Toujours vers le nord, précise-t-il en montrant la direction des traces de pneus à la sortie du parking.

— Ça se tiendrait. »

Wyatt réexamine le lambeau de tissu et pose la question qui s'impose : « Pourquoi jeter le GPS ? Même comme ça, on peut encore le retrouver. Pourquoi ne pas le détruire, le rendre inopérant ?

— Ils ne savaient pas comment s'y prendre ? suggère Kevin. Ou alors ils s'en fichaient que la police les suive jusqu'ici. Cet endroit, dit-il en montrant la bâtisse désolée et la forêt profonde, ne nous apprend rien de leur destination finale.

— Ça nous indique qu'ils sont dans le New Hampshire, répond Wyatt sans conviction.

— Qu'ils *étaient* dans le New Hampshire, corrige Kevin. S'ils montaient vers le nord, ils peuvent tout aussi bien être au Canada à l'heure qu'il est.

Ou avoir bifurqué vers le Maine ou le Vermont, c'est facile en repartant d'ici. »

Wyatt hausse les épaules, toujours sceptique. Les ravisseurs auraient dû détruire l'appareil. C'est ce qu'il aurait fait, lui. Pas besoin d'être Einstein. Il suffisait de prendre un marteau ou une pierre pour en finir. Au lieu de ça, ce blouson devenait le premier petit caillou semé derrière eux, et pourquoi jouer les Petit Poucet quand on a le choix ? Sans compter que le caillou en question prouvait que les criminels avaient franchi une frontière entre États, ce qui invitait les fédéraux à entrer dans la danse. Là encore, un risque inutile qui aurait facilement pu être évité en prenant trente secondes et une grosse pierre. La découverte du blouson semblait indiquer que les ravisseurs ne voyaient pas plus loin que le bout de leur nez. Et pourtant, Wyatt n'était pas persuadé qu'une bande de pieds nickelés aurait pu kidnapper une famille entière en plein Boston avec autant de savoir-faire et de rapidité.

Et si cela prouvait exactement le contraire ? Non pas que les malfaiteurs étaient des imbéciles, mais qu'ils avaient tellement de métier qu'ils ne jugeaient pas leurs projets compromis par le fait qu'on puisse suivre leur piste jusque-là. Ils exécutaient un plan et il leur était parfaitement indifférent que la police découvre une balise GPS à trois heures de route au nord du lieu de l'enlèvement.

Cette idée, la froideur qu'elle suppose, ainsi que le degré de maîtrise nécessaire pour découper comme un rien un blouson à mille dollars sans faire le moindre dégât collatéral, l'inquiètent.

«Donc, reprend Kevin, d'après le GPS, la famille disparue serait passée ici. Reste à savoir où elle se trouve maintenant.»

Ils regardent tous les deux vers le nord, l'endroit où les traces disparaissent.

Dans le nord du New Hampshire, en cette saison, il y a des centaines de campings fermés, de propriétés à l'abandon et de chalets de montagne isolés. Et plus on progresse vers le nord, plus grandes sont les chances d'échapper au regard.

Les ravisseurs se fichaient qu'on découvre un bout de tissu dans un coin perdu du New Hampshire, parce que de là à retrouver trois otages dans un État aussi rural, aussi sauvage, aussi montagneux...

Cela dit, considérables sont les pouvoirs de Wyatt, enviable sa connaissance de la loi et immense son territoire.

Il se tourne vers ses troupes : deux enquêteurs et deux adjoints. Pas le Pérou, mais déjà suffisant pour donner le coup d'envoi des festivités.

«Bon, dit-il avec autorité. Kevin, tu contactes la presse et tu diffuses un signalement de la famille. Les ravisseurs vont avoir besoin de carburant et de nourriture, alors interroge en particulier les relais routiers, les stations-essence, les restoroutes, tous les établissements où l'on fait de brefs arrêts. Jeff, tu enquêtes sur le véhicule, tu lances un avis de recherche concernant un fourgon suspect et, tant que tu y es, tu demandes les images du péage de Portsmouth. Les autres, c'est le moment de sonner la charge et de rallier les troupes. Il ne nous reste plus que trois heures et des poussières pour travailler à la lumière du jour. Alors on se bouge.

— Au moins, on peut penser que la famille est encore en vie, dit Gina, pleine d'espoir. Puisque les kidnappeurs se sont seulement débarrassés du GPS et pas de cadavres.

— On peut le penser, répond Wyatt. Pour l'instant. »

11

« Réveille-la.
— J'essaie !
— C'est quoi, le problème ? Tu lui as donné trop de sédatif ?
— Non...
— Alors réveille-la !
— Je... Merde ! »

Une douleur. Fulgurante. Absolue. Une seconde, je flotte dans un trou noir. La suivante, mon estomac se contracte violemment et je me redresse d'un seul coup. Je vais vomir. J'essaie de rouler sur le côté, mais je retombe maladroitement. Mes mains, mes bras, mes épaules me brûlent... impossible de bouger, je ne comprends pas. Mon estomac se soulève avec plus d'insistance. Une voiture, je suis à l'arrière d'un véhicule, je vais vomir là. D'instinct, je tends le cou vers l'air frais, je roule vers les portes ouvertes et je distingue le pare-chocs arrière, des chaussures de tennis noires et l'asphalte d'une chaussée.

Et là... du scotch. Ma bouche. Bâillonnée avec du scotch. Oh, mon Dieu. Je vais dégueuler et ensuite m'étouffer dans mon vomi. Je panique, je me débats furieusement, mon estomac se rebelle encore et je serre les dents, en essayant d'empêcher la bile de monter. Je ne vais pas y arriver. J'ai un haut-le-cœur. Une pression incroyable s'accumule dans ma poitrine.

Une main d'homme se tend dans un geste vif, attrape l'extrémité de l'adhésif et l'arrache, d'un coup sec, de ma bouche.

Je pousse un bref cri, suivi d'un long vomissement, un jet liquide plein de vieux champagne et de bile jaune qui se répand, au-delà du pare-chocs, sur les tennis noires et l'asphalte gris. Une voix d'homme, encore des jurons. Les chaussures de tennis font un pas chassé vers l'arrière.

« Pourquoi elle est malade ?

— J'en sais rien, moi. Merde. Elle a niqué mes chaussures neuves !

— C'est à cause du sédatif ?

— Non. Ça devrait pas. Enfin, ça pourrait être tout et n'importe quoi. L'état de choc. Le mal des transports. Les gaz d'échappement. Ça fait quand même quatorze heures qu'on lui envoie des décharges électriques, qu'on la drogue et qu'on la trimballe à l'arrière d'un fourgon. Ça pourrait expliquer qu'elle ait l'estomac un peu retourné. »

Les voix se taisent un moment. J'ouvre la bouche, croyant que je vais encore vomir, mais je n'ai plus rien dans l'estomac, alors il se contracte à vide. Puis, mes dernières forces m'abandonnant, je m'affale sur le côté et je prends finalement conscience du tapis en caoutchouc sous moi et du ciel bleu au-dessus.

Mais il n'y a pas que du ciel. Des barbelés. Je vois des rouleaux de barbelés qui courent d'un bout à l'autre de l'horizon.

«Debout», dit une voix.

Un homme se dresse devant moi. Une carrure énorme. Un crâne impeccablement rasé et orné d'un cobra tatoué dans un camaïeu de vert. Ses anneaux s'enroulent dans son cou et sur sa tête, la gueule ouverte autour de son œil gauche, tous crochets dehors. Je regarde ce tatouage et je frissonne : les écailles ont bougé, j'en jurerais.

Alors ça me revient : le malabar dans mon hall. Le Taser. Les atroces convulsions de mon mari. La douleur cuisante dans ma jambe. Et ma fille qui hurlait. Qui criait nos noms.

Je m'assois. J'ai le tournis, mais ça m'est égal. Il faut que je retrouve ma fille. Ashlyn, Ashlyn, mais où est-elle?

J'ai les poignets attachés. Trop tard, malheureusement, je me rends compte que mes chevilles aussi sont entravées : je dégringole du fourgon si violemment que j'en ai le souffle coupé et que mon estomac est repris de spasmes. Cette fois-ci, je me tourne sur le flanc jusqu'à ce que les haut-le-cœur se calment.

«Elle est malade. Ça lui arrive souvent en voiture?» Le tatoué. Forcément. Une voix menaçante pour aller avec un visage menaçant.

Le cri du scotch arraché à la chair. Un petit hoquet de douleur. Puis la voix de ma fille, fluette, aiguë, hésitante : «Non... Pas d'habitude. Maman?»

L'homme se déplace. J'entends le bruit de ses bottes à embout métallique sur l'asphalte. J'ai mal à la tête. Au ventre, au dos, à la hanche. J'ai envie de fermer les yeux. De me rouler en boule et de serrer les paupières, comme si cela pouvait tout faire disparaître. Je réussirais à sombrer de nouveau dans le sommeil, mais cette-fois ci, quand je me réveillerais, je serais dans mon lit, mon mari ronflerait paisiblement à mes côtés et ma fille serait bien en sécurité au bout du couloir.

J'ouvre les yeux. Pour ma fille, je m'oblige à reprendre mes esprits et je découvre notre environnement.

Nous sommes à l'extérieur, dans une espèce d'allée couverte. Au pied d'un grand fourgon blanc dont les portes sont encore ouvertes. De l'autre côté, encore une clôture. Élevée, peut-être six ou sept mètres de haut, surmontée de barbelés et doublée par d'autres rouleaux de barbelés.

J'ouvre de grands yeux. Je cherche ma fille et je la trouve debout à côté du plus petit des trois individus. Elle fait le dos rond, le menton rentré dans la poitrine dans une attitude défensive, et ses longs cheveux châtain clair forment un rideau, comme pour la protéger. Elle est pieds nus et porte sa tenue de cocooning préférée : un bas de pyjama pelucheux avec un motif de cônes de glace et un haut à manches longues en nid-d'abeilles. Ma première pensée est qu'elle doit avoir les pieds gelés. Et ensuite, je remarque une tache sombre sur l'épaule de son haut bleu ciel. Du sang ? Est-ce que ce serait du sang ? Ma fille, blessée…

Et Justin ? Je jette des regards affolés autour de moi, jusqu'à découvrir ses chaussures qui dépassent de l'arrière du fourgon, ses chevilles entravées par des liens en plastique.

Le tatoué, en tenue de commando noire, se tourne vers le plus jeune, qui se tient à côté de ma fille.

« Surveille-la », dit-il en me désignant, comme si j'allais par miracle m'évader sous prétexte que je suis ficelée par terre plutôt que dans le fourgon.

L'homme s'approche de l'arrière du véhicule, où il est rejoint par un complice, lui aussi vêtu de noir et presque aussi immense et effrayant, sauf que ses cheveux ras sont teints en un damier noir et blond. À eux deux, ils extraient Justin du fourgon et le posent au sol, ligoté, sur ses pieds. Aussitôt, Justin se débat.

Le type au cobra lui arrache son bâillon.

Mon mari ne crie pas. Il rugit et, avec un petit saut vers l'avant, tente de donner un coup de boule à son adversaire le plus proche.

En réaction, le tatoué recule, dégaine son Taser et presse la détente. Justin tombe comme une masse, son blouson bleu flottant autour de lui, et tout son corps convulse. Il ne rugit plus, mais baragouine entre ses dents.

Je détourne les yeux, c'est insoutenable de voir mon mari souffrir autant.

En face de moi, Ashlyn est en larmes.

Le tatoué appuie encore à plusieurs reprises sur la détente. Quand il lui semble que mon mari a eu son compte, il hoche la tête et l'autre relève brutalement Justin, que des filins relient encore au Taser.

« Voilà ce qui va se passer », dit le tatoué d'une voix de stentor et, en l'entendant, Ashlyn pleure de plus belle, les mains liées devant elle, les dents plantées dans sa lèvre inférieure.

Je ferme les yeux : je ne veux pas davantage voir les larmes de ma fille que la souffrance de mon mari. J'imagine des couleurs, des fleurs, des montres molles.

Je sens un parfum d'orange et j'ai dans la bouche le goût d'un gâteau d'anniversaire.

« Vous pouvez m'appeler Z. Je suis votre nouveau chef. Vous parlerez quand je vous dirai de parler. Vous mangerez quand je vous dirai de manger. Vous vivrez tant que je dirai que vous pouvez vivre. Comment je m'appelle ? »

Silence. Après un temps, j'ouvre les yeux et je trouve le regard de l'individu fixé sur moi. « Comment je m'appelle ! vocifère-t-il.

— Z. » J'ai répondu d'une petite voix. Je me passe la langue sur les lèvres en me demandant si je devrais faire une nouvelle tentative, mais déjà il s'éloigne.

Cette fois-ci, j'essaie d'attirer l'attention de ma fille, je l'exhorte silencieusement à me regarder, comme si le fait de nous raccrocher au regard l'une de l'autre pouvait rendre la situation plus supportable.

« Je vous présente Mick. » Le tatoué désigne le type à la chevelure en damier. « Et Radar. » Il montre le type plus chétif, plus jeune, qui se tient à côté de ma fille. Celui-là n'est pas en tenue de commando noire, mais en jean et tennis noires souillées de vomi. Il incline légèrement la tête, comme s'il était enchanté de faire notre connaissance. Puis, gêné, il rougit.

« Et ça, dit Z en pivotant à moitié avec un geste théâtral, ce sera votre nouvelle demeure. » Il rayonne, semble particulièrement content de lui. Je force mon corps endolori à se retourner encore pour regarder ce bâtiment dont je n'avais jusque-là qu'une vague conscience. Mais alors, il devient clair pour moi qu'il ne s'agit pas d'un bâtiment isolé, mais d'un gigantesque complexe. Un centre d'hébergement.

Trois étages, des meurtrières en guise de fenêtres, des clôtures d'enceinte surmontées de rouleaux de fils barbelés à lames.

Quel genre de bâtiment aurait d'aussi petites ouvertures ? Où les aménagements extérieurs font-ils autant la part belle aux barbelés ? Et là, je comprends : une prison.

Ces hommes nous ont arrachés à notre foyer pour nous conduire dans une prison. Et pourtant... l'endroit semble étrangement calme, silencieux. L'établissement n'abrite pas de détenus, il est vide. Désaffecté, peut-être.

« Je vous donnerai de l'argent, dit Justin d'une voix claire. Autant que vous voudrez. Doublez, triplez la somme qu'on vous a offerte. »

Pour toute réponse, Z presse la détente du Taser. Une fois de plus, le corps de mon mari se cabre. Une fois de plus, ses lèvres se retroussent en un sinistre sourire qui ne s'arrête plus.

Mais il ne fait pas de bruit, cette fois-ci. Il accepte la douleur.

Z finit par relâcher la détente. Justin s'affaisse, et il s'écroulerait tout à fait si l'autre ne le soutenait pas.

« Vous parlerez quand je vous dirai de parler », répète Z. Il regarde Justin, pantelant. « Quand est-ce que vous parlerez ? »

Mon mari relève la tête. Les yeux brillants de rage. Un muscle se contracte dans sa mâchoire. Quel battant. Cela faisait partie des choses que j'admirais chez lui, au début. Même au tapis, il ne jetait jamais l'éponge. On pouvait le blesser, pas le briser. Mais là, je le supplie en silence de céder. De se taire. De ne plus dire un mot...

« Papa », implore tout bas Ashlyn.

L'expression de Justin change. Sa fureur se transforme en panique et je comprends bientôt en voyant Z tourner les talons et se diriger vers notre fille.

Je laisse échapper un « Non » en tentant de rouler vers eux, d'intervenir. J'entends Justin gronder, je sais qu'il doit être en train de se débattre, d'essayer de se libérer avec l'énergie du désespoir.

Ma fille réalise son erreur, trop tard. Elle regarde Z s'avancer à grands pas vers elle et ses sanglots prennent des accents hystériques lorsqu'elle lève ses mains liées devant son visage.

Le plus jeune s'interpose. Se met carrément en travers du chemin de Z.

« Hé, dit-il en tendant l'index, ce ne serait pas une voiture de police ? »

Et aussitôt, tout le monde s'active.

« On rentre, ordonne Z. Toi, tu prends les femmes. Toi, Denbe. »

L'homme aux cheveux en damier sectionne les liens qui entravaient les chevilles de Justin, d'un seul coup de son énorme couteau, et entraîne mon mari titubant vers les portes.

Radar coupe maladroitement les liens de ma fille, puis me rejoint pour détacher mes chevilles et m'aider à me relever. Chancelante, j'essaie de lui lancer un regard de gratitude pour lui indiquer que je sais ce qu'il a fait pour Ashlyn, mais il refuse que nos yeux se croisent. Une main sous le coude de ma fille et l'autre sous le mien, il nous pousse toutes les deux en vitesse vers les portes.

Derrière nous, j'entends le fourgon qui démarre. Z va le cacher, je suppose. Le fourgon sera planqué à l'extérieur, nous serons planqués à l'intérieur, et hop, ni vu, ni connu.

Des portes se referment dans notre dos. Une première double porte, puis une autre.

Le plus jeune et l'homme en noir nous entraînent jusqu'au milieu d'un grand hall désert. Si nous sommes dans une prison, il doit s'agir de la zone d'accueil des arrivants : je distingue d'austères murs de béton blanc, un sol minable en lino jaune et, droit devant, une espèce de poste de contrôle fermé par d'épaisses parois en verre.

Le hall est mal éclairé, seule une partie des plafonniers étant en service. J'ai le sentiment que c'est à notre avantage et que, quand tout est allumé, ce dépouillement doit être presque aveuglant, ces kilomètres de murs blanc cassé qui réfléchissent la lumière et vous agressent les yeux.

J'essaie à nouveau de regarder ma fille à la dérobée. De l'autre côté de Radar, elle a toujours la tête basse, les cheveux tombants, les épaules qui tremblent. Z n'est pas là, mais je n'ose quand même pas parler. Je m'aperçois qu'Ashlyn n'a plus les boucles d'oreilles en or qu'elle porte d'habitude, ni le petit pendentif en diamant que Justin lui a offert pour son treizième anniversaire.

Du coup, je baisse les yeux et je découvre que ma bague de fiançailles en diamant et mon alliance ont également disparu. Sales voleurs, me dis-je, ce qui n'a pas beaucoup de sens après tous les mauvais traitements qu'ils nous ont infligés. Nous dépouiller comme ça de nos bijoux après nous avoir bourrés de calmants.

Je coule un regard vers le poignet de mon mari, ce qui me confirme que sa Rolex manque aussi à l'appel. Puis mon regard remonte et croise celui de Justin. Il nous observait, Ashlyn et moi, le visage défait par le chagrin.

Si je pouvais, je tendrais la main vers lui.

Pour la première fois depuis six mois, je toucherais mon mari et ça viendrait du cœur.

Mais nous restons là tous les trois sans bouger, sans parler, en attendant de voir la terrible suite des événements.

Z ne tarde pas à revenir et ses pas résonnent dans le couloir. Il arrive d'une autre direction. Ses sous-fifres n'ont pas prononcé un mot pendant son absence et j'ai l'impression que c'est comme ça que ça fonctionne : Z donne les ordres, les deux autres exécutent.

Le plus jeune, en jean et en tennis, ne m'inspire pas d'inquiétude. Il a souvent la tête baissée, le dos rond, l'air emprunté, on dirait presque qu'il est gêné d'être là.

Mais l'autre, l'homme au damier, m'angoisse. Il a les yeux trop brillants et d'une couleur bleu néon que j'associe aux fous et aux drogués. Il serre le bras de Justin comme dans un étau et son visage met ouvertement mon mari au défi de protester. La brute dans toute sa splendeur, qui cherche la bagarre.

Je remarque d'ailleurs que le plus jeune, les mains toujours sous nos coudes, nous garde, Ashlyn et moi, à bonne distance de son complice. Et que Justin ne fait rien pour nous rapprocher.

Lorsque Z apparaît, le plus jeune et l'homme au damier se redressent insensiblement, prêts à recevoir leurs instructions. Je voudrais pouvoir rassembler mes forces, puiser dans mes réserves. Je n'en ai plus.

Mon estomac me fait souffrir. Le sang bat dans ma tête.

Il me faut mon sac à main.

Pour l'amour du Ciel, il me faut mes comprimés.

«Ça vous dirait, une visite guidée?» demande Z, railleur. Comme il ne nous a pas donné la permission de parler, aucun de nous ne répond.

«Nous nous trouvons dans un établissement de moyenne sécurité, avec une capacité de mille deux cents lits, continue Z sans s'émouvoir. Ultramoderne, achevé l'an dernier et, pour notre bonheur, provisoirement laissé vacant.»

Je lève la tête. Ma perplexité doit se lire sur mon visage, car il développe : «Eh oui, voilà comment on dépense vos impôts : une main construit la prison, mais c'en est une autre qui doit assumer les frais d'ouverture et de fonctionnement. En gros, l'investissement est financé par des crédits fédéraux, tandis que les coûts de fonctionnement sont supportés par le budget de l'État. Sauf que ce dernier a dû affronter les restrictions habituelles et que cette prison n'a jamais été ouverte. Et voilà comment on se retrouve avec une coquille vide très coûteuse, qui attend en pure perte dans les montagnes du New Hampshire. Idéal pour nous.»

Il tourne les talons, reprend le couloir par où il est arrivé et ses acolytes nous entraînent à sa suite.

«Saviez-vous, continue-t-il par-dessus son épaule, que quatre-vingts pour cent des évasions se produisent alors que le détenu se trouve déjà en dehors de sa cellule, par exemple à l'infirmerie ou sur son lieu de travail carcéral ? Parce que personne, absolument *personne,* ne peut s'évader d'une cellule de prison moderne. Les murs de trente centimètres d'épaisseur sont en béton d'une densité de deux tonnes cinq par mètre cube. Les fenêtres sont munies de barreaux de fer de trois centimètres de diamètre, impossibles à limer et placés tous les cinq centimètres devant une vitre blindée en verre multifeuilleté. Cela signifie, dit-il en me lançant un regard, que si on tirait dessus à bout portant avec une petite arme à feu, le verre pourrait se fendiller, mais pas se briser.

« Les portes sont en acier de calibre douze et les serrures ont un pêne costaud, trois centimètres d'épaisseur. Elles s'ouvrent toutes de manière électronique, de sorte qu'il n'y a aucun moyen de les forcer manuellement. Sans compter que sept au moins vous séparent de l'air libre. D'abord, celle de la porte de votre cellule. Franchissez-la et vous vous retrouverez dans une salle de jour. Fermée par un sas avec deux séries de portes, dont le système n'autorise pas l'ouverture simultanée. Ensuite, le couloir qui conduit vers le grand hall de l'aile principale, auquel on accède également par un sas. Encore deux portes, encore deux serrures.

« Quand bien même vous sortiriez du bâtiment, il faudrait franchir les clôtures. Entièrement électrifiées et doublées ; chacune mesure cinq mètres de haut et se trouve séparée d'une deuxième par un no man's land de dix mètres de large agrémenté de sept rouleaux de barbelés au sol. À supposer que vous arriviez à couper le courant et à survivre à l'escalade de la première clôture, il faudrait encore vous y laisser tomber et vous frayer un chemin parmi ces barbelés pour rejoindre la seconde. Ensuite de quoi, vous vous retrouveriez perdus au beau milieu de deux cent cinquante hectares d'un des coins les plus inhospitaliers que le North Country ait à offrir. La météo prévoit des températures nocturnes négatives, ces prochains jours. Oh, dernière chose : la région est connue pour ses ours et ses pumas. »

Z s'immobilise. Aussitôt, nous faisons halte comme un seul homme.

Il toise mon mari. « J'oublie quelque chose ? »

Justin ne répond pas. Je le regarde sans comprendre. Z et lui semblent s'affronter par regards interposés.

« Non pas d'ailleurs qu'il y ait le moindre besoin de quitter la prison, continue Z sans détacher son regard de Justin. Conformément au cahier des charges, l'établissement a été livré tout équipé. Couchettes, tables de détente, matériel médical et cabinet dentaire aux normes. Deux cafétérias, avec un espace fermé pour la préparation de repas sans fruits à coque ni lait ni gluten. Il ne faudrait pas qu'un détenu meure d'une allergie alimentaire, n'est-ce pas ? L'établissement est aussi polycarburant puisqu'il marche à la fois au gaz naturel et au mazout, dont deux cent mille litres sont stockés sur site. Ajoutez un château d'eau et un réseau d'évacuation et de traitement des eaux usées. Le complexe est entièrement autonome. Avec des systèmes redondants. C'est bien comme ça que vous dites, je crois ? Pour que les réseaux ne puissent pas être sabotés, l'eau coupée, l'évacuation interrompue. On pourrait rester terrés ici pendant des années sans que personne s'aperçoive de rien. »

Z continue à toiser Justin, qui garde le silence.

De l'autre côté de Radar, ma fille est secouée d'un frisson.

« J'ai servi huit ans dans l'armée, reprend tout à coup Z. Mais jamais je n'ai eu autant la belle vie que les détenus qui occuperont un jour ces cellules. »

Mon mari proteste : « Je me suis contenté de...

— Je ne vous ai pas demandé de parler.

— Alors arrêtez de vous adresser à moi.

— Je vais encore vous faire souffrir.

— Allez-y, mais dites-moi ce que vous voulez, à la fin, au lieu de terroriser ma famille ! »

Ashlyn et moi avons un mouvement de recul et, paradoxalement, nous nous blottissons contre notre garde-chiourme, aussi immobile qu'une statue.

Z ne bronche pas. Il continue à observer mon mari comme s'il évaluait quelque chose. Sur son visage se lit non pas de la cruauté, mais une froideur clinique : il jauge son adversaire. Au bout du compte, il fera souffrir mon mari. Il nous fera tous souffrir, me dis-je. Mais il veut faire ça bien.

« Je vous en prie, je murmure. Nous avons de l'argent...

— Là n'est pas la question.

— C'est toujours la question », persifle Justin.

Il se tourne vers les acolytes de Z, le plus jeune, puis l'homme au damier.

« Vous êtes sûrs, tous les deux, que vous ne sauriez pas quoi faire d'une petite rallonge ? Ma société vaut cent millions. Je ne sais pas combien il vous paie, mais je peux surenchérir.

— Laissez partir notre fille », je supplie tout bas.

Le plus jeune ne réagit pas. L'homme au damier sourit, en revanche, mais cela fait peur à voir.

Ashlyn frissonne encore.

« La demoiselle reste, dit Z. Vous aussi, ajoute-t-il en me regardant. Et vous aussi, dit-il en regardant Justin. Et je n'ai pas à vous dire ni pourquoi ni pour combien de temps. Parce que je vous connais, Justin. Je sais exactement comment fonctionne votre cerveau. Vous savez d'instinct résoudre les problèmes. En ce moment même, vous ne paniquez pas ; vous attendez que la situation se décante. Parce que, dans votre expérience, l'information, c'est le pouvoir. Elle permet d'analyser, de contrôler, de résoudre. Ce sera d'autant plus intéressant de vous briser. Allez, les réjouissances ne font que commencer. »

Z pousse une porte derrière lui, qui s'ouvre sur une réserve où sont soigneusement stockées des piles et des piles de tenues orange.

« Votre nouvelle garde-robe, annonce-t-il. Changez-vous. Désormais, vous êtes nos prisonniers. Et ceci est votre nouvelle maison. »

12

Qu'ils soient enquêteurs dans la police municipale ou agents du FBI, les représentants des forces de l'ordre vont en général droit à la source : ils font une descente dans les locaux d'une entreprise, montrent leur badge à l'accueil et entreprennent de soutirer la moindre bribe d'information au petit personnel.

Mais comme Tessa n'appartient plus à la police, elle emploie des méthodes de détective privé : elle trouve le nom du bras droit de Justin Denbe, le contacte sur son portable et lui donne rendez-vous vingt minutes plus tard dans un café à plusieurs kilomètres et au moins deux arrondissements du siège social de Denbe Construction.

Elle a jeté son dévolu sur le bras droit en se disant qu'il était le plus susceptible de détenir un maximum d'informations sur la vie personnelle et professionnelle de Justin. Et elle l'a attiré en dehors des locaux de l'entreprise parce que n'importe qui se livrera plus volontiers s'il n'a ni amis ni collègues sur le dos.

Chris Lopez, directeur opérationnel de Denbe Construction, l'attend déjà dans le Starbucks. Elle le reconnaît immédiatement car, même à dix mètres, sa tenue et son attitude trahissent son appartenance au milieu du bâtiment. Un jean usé, une chemise à carreaux rouge aux manches retroussées, un tee-shirt blanc, de vieilles chaussures de chantier, dont les lourdes semelles sont, comme il se doit, cernées d'un anneau de boue. Il porte ses cheveux noirs coupés court et elle voit les courbes d'un tatouage bleu foncé dépasser du col de sa chemise.

Un ancien militaire. Vu la coupe tondeuse, les avant-bras musclés, la forte carrure, et cette façon de se tenir avec décontraction sur sa chaise en bois, les jambes tendues vers l'avant.

En cet instant, il la toise aussi ouvertement qu'elle le toise. Ce qui ne la surprend pas. Les uniformes s'attirent entre eux. Si elle flaire en lui l'ancien soldat, elle devine qu'il a reconnu en elle l'ancienne policière – une sorte de détecteur interne les a tous les deux fait passer en alerte rouge.

Elle prend son temps pour traverser la salle. En ce milieu de samedi après-midi ensoleillé, le Starbucks est encore noir de clients qui se bourrent de cafés latte et de muffins. Elle ne pense pas avoir arraché Lopez à son travail quand elle l'a appelé sur son portable. Étant donné la réputation dont jouissent aussi bien les employés du bâtiment que les militaires (celle de ne se ménager ni dans le travail ni dans le plaisir), elle parie qu'elle l'a tiré du lit, le sien ou celui d'une femme avec qui il a passé la nuit.

Elle pencherait pour le lit d'une femme. Cela expliquerait la tenue de chantier, chaussures comprises ; il n'avait que ça à se mettre quand elle l'a appelé pour le rencontrer toutes affaires cessantes.

Il ne détourne pas les yeux lorsqu'elle approche. Au contraire, il soutient frontalement son regard, un sourire naissant sur les lèvres. Gonflé, se dit-elle, pour un type qui a sans doute encore le parfum d'une autre sur la peau.

Et peut-être un brin flatteur. Les femmes comme elles n'attirent pas souvent les regards depuis l'autre bout d'une salle pleine. Elle a souvent un maintien un peu trop raide – toujours sur ses gardes pour se protéger d'une quelconque menace, elle oppose aussi un mur aux bavardages polis. Et puis, depuis ce qui s'est passé il y a deux ans… Certains matins, elle ne se reconnaît plus dans le miroir. Ses yeux bleus sont trop inexpressifs. Son visage trop sévère.

Les gens prennent leurs distances avec elle dans les métros bondés. Même si elle se dit que c'est bien d'être une teigneuse, il y a quand même des jours où ça la déprime.

Son mari a été assassiné et elle vit désormais comme sur une île. Sans l'amour inconditionnel de Sophie, elle serait parfaitement seule. Sa fille ne lui en est que plus précieuse, mais cette situation la préoccupe : qu'une enfant de huit ans soit la principale compagnie d'une adulte n'est souhaitable ni pour l'une ni pour l'autre. Le rôle de Sophie est de grandir et de la quitter.

Et celui de Tessa de lui en laisser la liberté.

Elle a rejoint la petite table. Elle retire son long manteau, trop lourd pour ce café chauffé par le soleil et, dans la mesure où elle a laissé son arme dans sa boîte à gants fermée à clé, inutile. Elle le pose sur le dossier de sa chaise, sans hâte, puis, enfin, s'assoit.

Ni l'un ni l'autre ne parlent et le sourire de Chris Lopez s'élargit.

« Alors, demande enfin Tessa, comment elle s'appelait ? »

Le sourire disparaît. « Qui ça ?

— La femme. Celle d'hier soir. À moins que ça n'ait pas été le genre de rencontre où on s'échange les noms ? »

Il se renfrogne.

Elle tend la main. « Tessa Leoni. Je suis ici au sujet de la famille Denbe.

— Vous êtes l'ancienne policière », dit Lopez, une pointe de bouderie dans la voix. Il lui serre la main, mais n'a plus l'air aussi amusé. « La patrouilleuse. Vous avez descendu votre mari.

— Prétendument », corrige-t-elle. On en revenait toujours là.

« Qu'est-ce qui vous manque le plus ? La tenue, le pistolet ou la voiture vraiment naze ?

— La facilité à se garer. Alors, racontez-moi ce que vous faites chez Denbe Construction. »

Ils ont déjà échangé les premières informations par téléphone. Justin Denbe et sa famille avaient disparu ; Lopez le savait déjà, Denbe Construction ou la police, sans doute les deux, l'ayant contacté pendant la première phase des opérations de recherche. Lopez a indiqué avoir vu Justin pour la dernière fois le vendredi à quinze heures dans les locaux de la société et ne pas lui avoir parlé depuis. Quant à la famille et la maison, Lopez ne les avait pas vues depuis des mois. Trop pris par un chantier dans le sud du pays.

Si Tessa a souhaité avoir cette conversation, ce n'est pas parce qu'elle pense que Chris Lopez pourrait la conduire aux Denbe. Elle l'interroge parce que c'est l'étape suivante de la procédure en cas de disparition : établir le profil de la victime. Qui était Justin Denbe ? Qui avait à perdre ou à gagner à la disparition de cet homme ?

« Vous savez comment ça marche dans le bâtiment ? » demande Lopez.

Elle secoue la tête, sort son téléphone et le lui montre d'un air interrogateur. Il lui donne son autorisation de mauvaise grâce, elle lance l'application dictaphone et pose l'appareil entre eux sur la table.

« Denbe Construction est une grosse boîte dans le secteur. Nous répondons à des appels d'offres pour des chantiers de plusieurs dizaines et souvent plusieurs centaines de millions de dollars. Construction de prison, de maison de retraite, de caserne militaire, ce genre-là. Gros budgets, délais serrés, des projets où ça passe ou ça casse. »

Tessa décide de commencer par le plus simple. Elle sort son calepin, le tourne dans le sens de la largeur et le tend à Lopez. Un truc qu'elle a appris non pas à l'école de police, mais pendant sa formation de détective privée.

« L'organigramme, demande-t-elle. Les gros bonnets. »

Lopez lève les yeux au ciel, mais prend le papier, le stylo qu'elle lui tend, et dessine la première case en haut de la page. Justin Denbe, PDG. Logique. Au-dessous de Denbe, trois cases : Ruth Chan, DF ; Chris Lopez, DO ; et Anita Bennett, DA. Tessa reconnaît le nom de Bennett : c'est cette femme qui a contacté son patron aux aurores. Puis, sous le nom de la directrice administrative, Lopez dessine deux autres cases, plus petites : Tom Wilkins, informatique, et Letitia Lee, secrétariat.

« DO, ça veut dire directeur opérationnel, explique Lopez en pointant la case à son nom. Anita Bennett et moi travaillons pratiquement en binôme. Elle s'occupe du versant commercial et moi de tout ce qui est chantier. Donc c'est l'administration qui lui rend compte, et moi les sous-traitants. »

Lopez ne dessine pas d'autres cases. Il repousse l'organigramme vers Tessa, qui s'étonne.

« C'est une bien petite structure pour une entreprise qui vaut cent millions de dollars », fait-elle remarquer.

Il hausse les épaules. « Règle numéro un dans le bâtiment : tout repose sur la sous-traitance. Surtout pour ces projets de grande ampleur : on ne pourrait pas fournir toute la main-d'œuvre nécessaire sur le chantier, et puis ça coûterait trop cher de garder des frais fixes aussi élevés pendant les périodes de ralentissement. Alors on s'associe. Il faut imaginer Denbe comme la tête d'un millepatte. On prépare la réponse à l'AO...

— L'AO ?

— L'appel d'offres. C'est comme ça que démarrent ces grands projets, surtout quand il s'agit d'un marché public. Le commanditaire...

— Le commanditaire ? »

Lopez pousse un soupir. Il se penche en avant et pose ses avant-bras sur la petite table pour expliquer : « Imaginons qu'on soumissionne pour un chantier à cent millions de dollars, par exemple la construction de nouvelles casernes pour la Navy. Le cahier des charges sera évidemment rédigé par l'armée, qui sera le commanditaire. Il y a aussi les hôpitaux, qui peuvent être des projets publics ou privés. Et les prisons, dont le commanditaire est parfois l'administration pénitentiaire – ça dépend s'il s'agit d'une centrale, d'une prison d'État ou d'un établissement fédéral.

— Vous faites surtout dans les marchés publics, je me trompe ?

— C'est ça. Il y a des boîtes spécialisées dans les projets de grands hôtels, de palais des congrès, de casinos, ce genre de choses. L'hôtellerie. Par comparaison, nous, on serait à l'autre bout de l'éventail : les lieux d'enfermement plus ou moins volontaire. » Lopez glousse, ravi de son trait d'humour.

« Pour quelle raison ?

— Pour décrocher les marchés publics, il faut des relations, et Justin en a. Ça fait partie de ses atouts. Il est doué pour les conversations de cocktail et, quand on est en concurrence avec une dizaine d'entreprises sur un appel d'offres à plusieurs centaines de millions de dollars, ça ne fait pas de mal de connaître personnellement le sénateur qui siège à la commission des finances ou d'avoir reçu à dîner chez soi le directeur de l'administration pénitentiaire. Il y a des sociétés qui vont jusqu'à employer des spécialistes du lobbying. Nous, on va dans les congrès où il faut être, on rencontre les gens qui comptent et Justin prend le relais.

— Et comme ça, vous connaissez les responsables qui publient les appels d'offres pour ces projets d'envergure. Seulement en Nouvelle-Angleterre ?

— Nous construisons dans tout le pays.

— Tout le pays, je vois. Mais ces projets qui ont des budgets de plusieurs centaines de millions de dollars, ils doivent demander des années, j'imagine, avant d'aboutir ?

— Rien que le chantier à proprement parler demande deux, trois ans, précise Lopez. Mais prenez la grande prison que nous venons de terminer : elle nous aura occupés dix ans, tout compris. C'était une commande publique, vous voyez ? Et l'administration ne bouge pas vite.

— Je vois. Donc, d'un côté, vous décrochez des projets à plusieurs centaines de millions de dollars, mais de l'autre ça vous prend jusqu'à dix ans pour les boucler. Gros budgets, gros risques, comme vous le disiez. Mais Denbe en est déjà à sa deuxième génération, c'est ça ? L'entreprise a été fondée par le père de Justin. Donc vous avez la longévité de votre côté.

— On n'est pas tombés de la dernière pluie, reconnaît Lopez, mais on ne se repose pas non plus sur nos lauriers. Quand Justin a pris la relève après la mort de son père, c'est devenu son obsession de faire grandir l'entreprise. Comme il voyait ça, le secteur était à un tournant majeur : les gros allaient continuer à grossir, mais les petits allaient maigrir. Hors de question pour lui. Bien sûr, tout le défi dans le bâtiment, c'est de faire grandir une entreprise sans augmenter ses coûts fixes. C'est un secteur cyclique, vous comprenez ? Si vous doublez vos effectifs et vos coûts pendant la phase d'expansion, vous ne survivrez pas au retournement de tendance. D'où la méthode du millepatte appliquée par Justin : Denbe Construction fournit la tête de chaque segment du processus de construction – le meilleur maître d'œuvre, des experts dans chaque domaine, etc. – pour encadrer le chantier et résoudre les difficultés. En fait, on fournit les généraux et nos sous-traitants fournissent les troupes. Ce qui permet à Denbe d'avoir des effectifs réduits tout en restant une des premières entreprises du secteur.

— Et donc, ça fait de vous l'expert des experts ? demande Tessa. Après tout, si vos gars sont les meilleurs et que vous êtes leur chef... »

Lopez lève les yeux au ciel. « Je ne sais pas si je suis aussi intelligent ou simplement très tenace. Écoutez, je pourrais vous la raconter, mais, en pratique, gros chantiers égalent grosses prises de tête. D'abord, il faut que je mette la main sur des dizaines de sous-traitants pour rédiger une offre qui tienne la route. Sauf que le montage de ces dossiers de candidature ressemble beaucoup à une campagne électorale. Tous les sous-traitants se montrent sous leur meilleur jour et vous font de belles promesses en espérant être sélectionnés dans l'équipe gagnante. Mais il peut arriver que, dans son enthousiasme, le prestataire CVC oublie de lire les petites lignes dans le cahier des charges technique. Ou qu'il lise sept là où il fallait lire soixante-dix, ce qui fait qu'il sous-dimensionne sacrément son devis. Quand ils se plantent comme ça, la plupart essaient de s'en sortir en magouillant. Mon boulot, trois ans plus tard, au moment où le chantier est lancé, c'est de les en empêcher. Dans le meilleur des cas, ça consiste à obliger un sous-traitant à se manger une erreur de plusieurs milliers de dollars – pas la mer à boire quand son contrat global porte sur cinquante millions. Mais au pire, quand l'erreur porte sur plusieurs dizaines de millions et que le mec commence à perdre de l'argent sur un chantier dont je l'empêche de se retirer – un devis est un contrat qui engage –, ça peut entraîner des menaces de procès ou même de mort. Eh oui, ça arrive. »

Tessa est bluffée. « Donc vous êtes le méchant flic de l'entreprise. Et est-ce que ça fait de Justin le flic sympa ?

— Il y aurait de ça. Justin est un stratège. Quand un sous-traitant nous envoie vingt gars sur le chantier, alors qu'il en faudrait clairement quarante pour respecter l'échéancier, il règle ça. Si le schéma électrique réussit l'exploit de violer quatre règles de base, il décroche son téléphone et discute ferme. Si une candidature est bloquée par une commission, il arrange le coup avec un peu de lèche. Justin est non seulement intelligent, mais habile. Il obtient que les choses se fassent et, en plus, vous serez content de les avoir faites. Les gars comme moi, on respecte ça.

— Les gars comme vous ?

— Forces spéciales.

— Beaucoup d'anciens militaires dans vos effectifs ?

— C'est rien de le dire. » Il tend la main vers le calepin de Tessa. Quand elle lui rend l'organigramme, il trace un trait qui descend de sa case et en ajoute quatre autres à l'horizontale : ingénieur concepteur ; ingénieur structure ; responsable sécurité ; ingénieur qualité.

« Ça, c'est l'équipe technique resserrée, explique-t-il. L'ingénieur concepteur encadre les architectes ; c'est Dave, le seul d'entre nous dont la jeunesse dissolue n'ait pas été financée par l'Oncle Sam. Jenkins, en revanche, l'ingénieur structure, est un ancien de l'armée de l'air. Tout passe entre ses mains, y compris des piles et des piles de plans. Vous croyez que j'aime le détail? Lui, il rêve de plans-masses la nuit. C'est aussi un connard asocial, sans doute un syndrome d'Asperger, mais il est d'une intelligence qui fout les jetons et pas trop mauvais avec un Colt 45, alors on lui passe ses défauts. Voyons voir, ça nous amène à Paulie, le responsable sécurité. Il faut savoir que les systèmes de sécurité ont deux composantes, l'électronique et la connectique. Paulie s'occupe des deux et c'est le mec le plus taré que vous ayez jamais rencontré. Il a fait partie des brigades d'intervention de la Navy et je ne saurai jamais comment Justin arrive à lui faire passer les contrôles de sécurité. Surtout après le dernier incident : deux bars, toute la police de Boston sur les dents et une condamnation à suivre des stages de gestion de la colère. Mais Paulie n'est pas si méchant que ça, en fait, tant qu'on l'empêche de picoler. C'est notre mission, à Justin et à moi. Et on en arrive enfin à Bacon, notre ingénieur qualité. Son vrai nom, c'est Barry, mais si vous l'appelez comme ça, il y a des chances qu'il vous en colle une. C'est un ancien marine, force de reconnaissance. Il porte une cuillère autour du cou et prétend qu'il a tué un mec avec. Ce n'est pas souvent qu'on le contredit… »

Lopez regarde Tessa dans les yeux et conclut avec le plus grand sérieux : « Cette équipe, ces gars, ce sont les plus proches collaborateurs de Justin. On bosse main dans la main, on bosse bien, et je peux vous dire que, tous autant qu'on est, on surveille les arrières du patron.

— Intéressant, comme cercle d'amis. »

Lopez hausse les épaules. « Ce ne sont pas des chantiers pour mauviettes. C'est un boulot pénible, il faut courir d'un bout à l'autre du pays pour suivre l'avancée des travaux. Sans confort, en passant la première année dans des caravanes, à pisser dans une casserole. Les mecs comme nous, qui viennent de l'armée... on a l'habitude. On n'exige pas des sanitaires. On peut se faire notre tambouille avec un réchaud. Sans compter que, pour la plupart d'entre nous, le salaire représente une confortable augmentation de nos revenus. Justin nous traite bien. Il paye correctement, il nous respecte. En ce moment, c'est la merde dans le secteur du bâtiment. Il y a partout des entreprises qui se cassent la gueule. Mais Justin garde sa porte ouverte, les emplois ne sont pas menacés, les salaires tombent. Même un abruti comme moi est assez intelligent pour apprécier ça à sa juste valeur.

— Justin est un bon patron, traduit Tessa.

— Ouais. Alors que nous sommes de très mauvais employés, une bande de ratés irrespectueux et d'ivrognes imbus d'eux-mêmes. C'est pour vous dire.

— Justin doit soumettre le cinglé qui a fait partie des brigades d'intervention à des contrôles de sécurité, vous disiez. Est-ce que tous les ouvriers doivent en passer par une vérification des antécédents pour travailler sur ces chantiers ?

— Simple consultation du casier judiciaire en ligne, indique Lopez. Les autorités regardent si les types ne seraient pas sous le coup de mandats. Sincèrement, quand le bâtiment est neuf et inoccupé, ils donnent souvent le feu vert quand même. Le milieu du bâtiment, ce n'est pas ce qu'on fait de plus reluisant. Même l'État comprend que si on impose des mesures trop restrictives, il n'y aura plus personne pour travailler sur les chantiers.

— D'où des ouvriers qui ne sont pas plus des enfants de chœur que l'équipe technique ?

— Le genre de types qui savent donner du bon temps à une fille », lui assure Lopez, qui a retrouvé le sourire.

Tessa embraye : « Si ses employés adorent Justin à ce point, qui pourrait le détester ?

— Tous les concurrents qui ont vu un contrat leur passer sous le nez à cause de lui. Et tous les sous-traitants à qui nous avons confié un chantier et qui ont perdu leur chemise à cause d'un devis qu'ils avaient foiré dans les grandes largeurs. En donnant le prix de sept unités au lieu de soixante-dix, vous vous souvenez ? Il arrive que des mecs furax se pointent sur le chantier, armés. Sauf que nous ne sommes pas le genre de types sur qui ce serait une bonne idée de braquer un flingue. Et j'inclus Justin dans le lot. Il vient tirer avec nous au moins une fois par semaine et il transperce sa pièce de dix *cents* aussi souvent que nous. »

Tessa plisse les yeux. « Vous êtes vraiment une bande de malades.

— En même temps, c'est le milieu qui veut ça. Vous auriez un autre bout de papier ? Il va me falloir tout le calepin si vous voulez une vraie liste d'ennemis. »

Une heure plus tard, Tessa en termine avec Lopez. Le temps nécessaire pour dresser la longue liste des concurrents et des sous-traitants qui pourraient en vouloir à Justin personnellement ou à Denbe

Construction d'une manière générale – liste rendue encore plus touffue par la dynamique complexe d'un secteur d'activité où les entreprises achètent et revendent leurs sous-traitants et leurs concurrents, quand elles ne mettent pas la clé sous la porte pour renaître le mois suivant sous un autre nom. Lopez a particulièrement insisté sur deux entreprises, ASP Inc. et Pimm Brothers, ennemis de longue date de Denbe. Les frères Pimm étaient les deux fils d'une autre entreprise familiale. Quand ils avaient créé leur propre boîte, ils avaient cru que Justin ferait désormais appel à leurs services plutôt qu'à ceux de leur père. Et ils ne lui ont jamais pardonné cette déconvenue.

Ça ressemblait plus à *Dallas*, s'est dit Tessa, que la plupart des entreprises mafieuses.

Ce qui l'a conduite au sujet de conversation suivant : la vie privée de Justin Denbe. Lopez, si au fait des arcanes de l'industrie du bâtiment, a immédiatement été frappé de stupidité quand il s'est agi d'aborder la vie conjugale de Justin.

Ce qu'elle a pu en tirer de mieux, c'était qu'il respectait Mme Denbe et qu'il adorait Ashlyn. La plupart des membres de l'équipe technique connaissaient la fille de Justin depuis sa plus tendre enfance. Alors qu'elle avait à peine trois ans, celui-ci l'emmenait régulièrement sur ses chantiers et la laissait trotter avec des outils électriques à la main. Il affirmait avec fierté qu'elle prendrait un jour sa relève. Et pourquoi pas ? a dit Lopez. La gamine en semblait bien capable.

Même en y réfléchissant, Lopez ne voyait pas la moindre raison pour laquelle la famille aurait disparu volontairement. Les réserves financières de l'entreprise étaient un peu maigres, mais dans leur branche, c'était la norme. Et, non, Justin n'avait pas donné l'impression d'être particulièrement stressé, en colère ou irrationnel ces derniers temps. D'ailleurs, ils collaboraient étroitement sur un gros appel d'offres pour la réfection d'une centrale nucléaire vieillissante et Justin avait paru aussi au taquet que d'habitude. Et, oui, Lopez avait entendu parler d'un dîner en amoureux le vendredi soir. Justin semblait de bonne humeur, il avait hâte. Le Scampo, c'est ça ? Un restaurant classieux, de quoi impressionner madame.

Quant à savoir qui avait pu enlever toute la famille…

À cette question, Lopez est pris d'une évidente agitation. Il se redresse sur sa chaise, sa main pianote sur sa cuisse. Pour autant que Tessa puisse en juger, ce n'est pas tant l'enlèvement de Justin qui le contrarie que celui de son épouse et de sa fille. Qu'on s'en prenne à des femmes, voilà qui le met manifestement hors de lui.

C'est tout à son honneur, estime-t-elle.

« Je vais mener ma petite enquête, dit-il finalement. Bon, je ne vois pas qui chez Denbe pourrait en vouloir à la famille, mais… je vais surveiller l'humeur des autres pensionnaires de l'asile. Si j'entends parler de quoi que ce soit, je vous passerai un coup de fil. On pourra en discuter autour d'un dîner.

— Je ne sors pas dans le cadre de mon travail, lui indique-t-elle.

— Pourquoi ? Vous n'êtes plus dans la police. Qui dicte ces règles ?

— Simple conscience professionnelle. Et je peux dicter toutes les règles que je veux.

— Une vraie dure.

— Hé, il paraît que j'ai tué mon mari. »

Lopez éclate de rire. Manifestement, le fait qu'elle soit soupçonnée de meurtre ne la rend que plus attirante à ses yeux.

Vraiment une faune intéressante dans les milieux du bâtiment, se dit Tessa.

Elle est en train de prendre congé quand son téléphone sonne.

Elle sort du café pour répondre. Elle pensait que c'était Sophie et se reprochait déjà de ne pas avoir pris le temps de l'appeler, mais le coup de fil ne vient pas de chez elle. En fait, c'est D.D. Warren.

« L'aigle s'est posé », lui dit l'enquêtrice en guise de bonjour. Tessa voit là une manière imagée de lui annoncer l'arrivée du FBI.

« Il vous rogne les ailes ?

— Avec de vieux ciseaux, répond D.D., pince-sans-rire. Mais c'est quand même Neil qui aura ri le dernier : les flics du New Hampshire, les services d'un quelconque shérif, ils ont repris la balle au bond et ils courent avec.

— Le signal GPS ? demande Tessa, pleine d'espoir.

— Ils n'ont retrouvé que la balise. D'après eux, les ravisseurs ont dû s'apercevoir que le blouson était équipé d'un émetteur, alors ils se sont arrêtés près d'un routier à l'abandon, ils ont découpé le morceau de blouson et ils l'ont balancé dans les bois. Les traces de pneus indiqueraient que le véhicule a repris sa route vers le nord. »

Tessa réfléchit, essaie de se représenter la carte du New Hampshire. « Ils étaient déjà à trois heures de Boston. On peut rouler beaucoup plus vers le nord ?

— Le Canada est à deux heures. Mais la frontière avec le Maine est à vingt minutes, donc il est possible qu'ils aient obliqué vers l'est et qu'ils se trouvent vraiment au milieu de nulle part. Bref, des centaines de milliers d'hectares de montagnes inhabitées, de campings abandonnés et de chalets d'été fermés nous tendent les bras. À part ça…

— Merde, ronchonne Tessa. Une revendication ?

— Non. Le FBI est venu avec une experte de son service d'analyse comportementale, spécialisée dans les affaires de disparition. D'après elle, s'il doit y avoir demande de rançon, on devrait en entendre parler avant la fin de la journée, sinon ce sera mauvais signe.

— Ce n'est pas un enlèvement pour rançon. C'est plus… personnel.

— La spécialiste du FBI a aussi sa petite théorie là-dessus.

— À savoir ?

— Dans les affaires de vengeance, c'est généralement œil pour œil, dent pour dent. Les gens veulent infliger autant de souffrances qu'ils estiment en avoir subi. D'après cette théorie, un individu qui aurait l'impression que Justin lui a fait du tort, à lui ou à sa réputation, n'aurait cherché à se venger *que* de Justin.

— Or en l'occurrence, dit lentement Tessa, Justin n'est pas le seul à avoir été agressé. On a aussi enlevé sa femme et sa fille.

— Autrement dit, s'il ne s'agit pas d'une affaire de rançon, celui ou celle qui a orchestré ces enlèvements pense que Justin Denbe a fait du tort à toute sa famille, peut-être qu'il lui a pris sa femme et son enfant.

— Ça ne fait plus penser à un grief professionnel, reconnaît Tessa. Plutôt personnel.

— Matière à réflexion. » Un temps, puis D.D. reprend : « Bon, étant donné que les fédéraux ont débarqué avec leurs superpouvoirs…

— C'est le dernier coup de fil que vous allez passer en tant qu'enquêtrice au fait du dossier ? » devine Tessa. Voilà qui l'invite à se demander pourquoi son ancienne ennemie jurée a eu la bienveillance de lui consacrer ce dernier appel.

Comme si elle lisait dans ses pensées, D.D. répond : « Au nom de toute mon équipe, je dirais qu'on s'en fiche éperdument de savoir qui sauvera les Denbe. Tout ce qu'on veut entendre, c'est qu'ils ont été retrouvés sains et saufs. Ceci posé, si par hasard la famille était libérée par une détective de Boston plutôt que, disons, par les fédéraux très irritants qui viennent de nous piquer notre scène de crime… eh bien, tout irait pour le mieux dans notre petit monde mesquin. »

Ayant dit ce qu'elle avait à dire, D.D. raccroche et Tessa reste un moment sur le parking pour réfléchir aux dernières informations communiquées par l'enquêtrice. Et si l'argent n'avait rien à voir avec l'enlèvement des Denbe ? Et si, comme le suggérait l'experte du FBI, le crime n'avait pas des motifs professionnels, mais personnels ?

Le but n'étant pas une rançon, mais la vengeance.

Tessa consulte sa montre et parcourt la liste des contacts favoris qu'elle a glanés dans les portables des Denbe. Le bras droit de Justin a affirmé ne pas savoir grand-chose de la vie privée de son patron. Et parmi les intimes de Libby Denbe ? Une sœur, une meilleure amie, une confidente ?

Tessa Leoni, ancienne policière reconvertie en détective hors pair, choisit sa cible suivante.

13

Comment sait-on qu'on n'est plus amoureux ?

Il existe des milliers de chansons, de poèmes et des cartes de vœux consacrés au moment où l'on tombe amoureux. La puissance de ce premier regard depuis l'autre bout d'une pièce pleine de monde. Cet instant qui précède le premier baiser, celui où on se demande encore s'il le fera ou non, alors qu'on penche la tête sur le côté dans une invite ancestrale.

L'étourdissement des premiers jours, des premières semaines, où l'on se consume dans la pensée de l'autre. Ses caresses, son goût, son toucher. On investit dans une plus jolie lingerie, on passe plus de temps à prendre soin de ses cheveux, on se déniche un nouveau pull moulant parce qu'on imagine ses mains suivant les mêmes courbes que les mailles soyeuses et qu'on a envie, plus que tout, d'attirer ces mains partout.

Quand le téléphone sonne, on décroche aussitôt, dans l'espoir d'entendre sa voix. Quand arrive l'heure du déjeuner, on calcule à la hâte si on aurait le temps de faire un aller-retour à son bureau avant la fin de la pause. Vêtue d'un trench-coat et de rien d'autre.

Le dîner au restaurant qu'on avait prévu se transforme en œufs brouillés cuisinés à la va-vite et mangés dans des assiettes au milieu de son lit king size parce que le pull neuf a fait son effet et que vous n'êtes jamais ressortis de l'appartement. Et maintenant qu'il se prélasse en boxer et que soi-même on se prélasse dans sa belle chemise Oxford, on se dit, en admirant la fermeté de son torse dénudé, ses biceps bien dessinés, mon Dieu, mais comment est-ce que j'ai pu avoir autant de chance ?

Alors, ses yeux s'assombrissent, il tend la main et de nouveau on ne pense plus à rien d'autre.

Je l'ai su, quand je suis tombée amoureuse de Justin. Ça m'a fait l'effet du célèbre coup de foudre.

Et j'ai cru, le jour funeste où je l'ai mis devant les preuves de sa trahison, où j'ai vu son visage blêmir puis se figer, que je sentirais mon amour pour lui mourir d'une mort tout aussi fracassante. Ce qui est certain, c'est que j'ai retenu mon souffle. J'ai senti mon estomac se nouer, la nausée monter.

Et il m'a regardée dans les yeux en me répondant posément : « Oui, j'ai couché avec elle... »

Je lui ai crié dessus. Je lui ai lancé à la tête tout ce qui me tombait sous la main. Je me suis déchaînée et j'ai hurlé, de plus en plus hystérique. Ashlyn a remonté le couloir en courant jusqu'à notre chambre, mais Justin s'est tourné vers la porte et, sur le ton le plus cinglant que j'aie jamais entendu, il lui a ordonné de retourner dans sa chambre *tout de suite*. Elle a instantanément fait demi-tour et couru se réfugier auprès de son iPod.

Il m'a dit de me calmer. Ça, je m'en souviens.

Je crois que c'est à ce moment-là que je l'ai menacé avec la lampe de chevet. Il l'a attrapée, il l'a empoignée avec ces mains puissantes que j'avais aimées et il m'a manœuvrée jusqu'à ce que je me retrouve emprisonnée dans son étreinte, le dos contre lui, les bras coincés le long du corps pour que je ne puisse plus le frapper. Il me tenait. Et il a murmuré, doucement, dans mes cheveux, qu'il était désolé. Vraiment. Tellement, tellement désolé. J'ai senti des gouttes sur ma tête. Mon mari, ému aux larmes.

La volonté de me battre m'a quittée.

Je me suis laissée aller dans ses bras.

Il m'a soutenue. Il m'a gardée enlacée et nous sommes restés un moment l'un contre l'autre, tous les deux à bout de souffle, mêlant nos larmes. Je pleurais la fin de mon mariage. La fin de la confiance que j'avais eue en cet homme, et cet abominable sentiment de trahison, mais aussi d'échec. J'avais aimé mon mari de toute mon âme et cela n'avait encore pas été suffisant.

Et Justin? Ces pleurs dans mes cheveux? Des larmes de honte? De chagrin de m'avoir blessée? Ou juste de regret de s'être fait prendre?

Je l'ai haï, à ce moment-là. De toute mon âme.

Mais je ne crois pas que j'aie cessé d'être amoureuse de lui. J'aurais seulement voulu en être capable.

Je l'ai chassé de la maison. Il n'a pas protesté, juste fait son sac sans faire de vagues. Je lui ai dit de ne pas revenir, qu'il n'était qu'une ordure pour m'avoir fait autant de mal, et comment un mari pouvait-il détruire sa famille, comment un père pouvait-il abandonner sa fille? Et ensuite, j'ai dit des choses qui n'avaient même pas de sens, mais qui sortaient toutes seules, un flot plein de rage, de souffrance et de dépit. Il a encaissé. Il est resté devant moi, son sac de voyage noir à la main, et il m'a laissée le haïr.

J'ai fini par être vide de mots. Nous nous sommes observés en silence d'un bout à l'autre de notre chambre.

« J'ai fait le con », a-t-il dit.

J'ai poussé un soupir. De mépris.

« Tout est ma faute, j'ai commis une erreur. »

Nouveau soupir de mépris.

« Est-ce que je peux t'appeler ? a-t-il encore essayé. Dans quelques jours, quand tu seras moins sous le choc. Est-ce qu'on pourra juste... parler ? »

Je l'ai regardé avec une fureur sans mélange, glaciale.

« Tu as raison, Libby, m'a-t-il dit d'une voix douce. Quel genre d'homme peut blesser sa femme et détruire sa famille ? Je ne veux pas être comme ça. Je n'ai jamais voulu ressembler à... »

Il a hésité et j'ai su ce qu'il voulait dire. Il ne voulait pas ressembler à son père.

Je ne sais pas en quoi ça aurait dû modifier mon opinion. Le père de Justin était un homme des années 1950, un type dur et misogyne qui idolâtrait son fils unique pendant que sa femme sombrait dans l'alcool pour oublier ses infidélités quasi légendaires. Comme quoi les chiens ne font pas des chats. Voilà tout ce que sa phrase inachevée aurait dû m'inspirer.

Sauf que... elle a aussi fait remonter d'autres souvenirs. Tous ces moments d'intimité feutrée où nous nous étions véritablement confiés l'un à l'autre pendant les années qui avaient précédé notre mariage. Le genre de conversation qu'on a après l'amour, allongés nus sur un lit. Justin me caressait le bras, me parlait de l'homme qu'il avait tout à la fois vénéré et exécré. Qu'il avait aimé en tant que père tout en se révoltant en silence de son comportement en tant que mari.

Justin était fier d'avoir hérité de son sens des affaires, mais, déjà à l'époque, il se promettait d'être un meilleur mari, un meilleur homme.

Tout comme, en regardant mes parents, je me jurais que je ne fumerais jamais et que je porterais toujours un casque à moto.

C'est le problème, vous voyez. Il est tellement plus facile de tomber amoureux que de cesser de l'être. Parce que je n'avais pas seulement ce moment précis sous les yeux. J'avais dix-huit ans de souvenirs avec cet homme, y compris de l'époque où nous étions jeunes, et des espoirs et des rêves que nous avions nourris ensemble. Du temps où nous pensions que nous pourrions faire mieux que nos parents parce que nous n'avions pas encore touché du doigt combien un mariage, même heureux, peut devenir compliqué, combien on peut s'y sentir seul.

« Je ne veux pas te perdre, m'a dit mon mari ce jour-là. Je suis prêt à faire des efforts. Je veux m'améliorer. Libby... je t'aime. »

Je l'ai obligé à partir. Mais je l'ai autorisé à me rappeler. Et, plus tard, il a pris ses quartiers dans la chambre du sous-sol, quand nous sommes officiellement passés à la phase « reconstruction » de notre couple. Ce qui signifiait qu'il était toujours aussi souvent en déplacement, mais qu'il m'offrait plus souvent des fleurs. Et que je lui préparais ses petits plats préférés tout en me repliant de plus en plus sur moi-même. Nous attendions tous les deux que notre mariage reprenne son cours normal, comme par enchantement.

Le temps guérit toutes les blessures, n'est-ce pas? Et sinon, qu'à cela ne tienne, au bout de six mois, on peut toujours tenter le coup du dîner en amoureux.

Je me disais que je restais avec lui à cause d'Ashlyn. Qu'on ne fait pas une croix comme ça sur dix-huit ans de vie commune.

Mais vous voulez la vérité?

Je l'aimais encore. Mon mari m'avait trompée. Il m'avait menti. Il avait envoyé des textos à une autre en employant des mots doux dont je croyais qu'ils m'étaient réservés. Il avait couché avec elle. Et ensuite, à plusieurs occasions, d'après ce que je pouvais reconstituer, il était rentré à la maison et avait fait l'amour avec moi.

Et pourtant, mon cœur s'arrêtait encore de battre quand il entrait dans une pièce. Son rire comblait un creux douloureux dans ma poitrine. La caresse de ses longs doigts puissants conservait le pouvoir de me donner le frisson.

Et je le détestais pour ça. Je le détestais de m'avoir blessée et d'avoir ensuite fait amende honorable. Je ne voulais pas qu'il soit gentil, doux ou pétri de remords. Je voulais qu'il soit le méchant de l'histoire. Comme ça, j'aurais pu le quitter. J'aurais fait changer les serrures de la maison et je n'aurais jamais regardé en arrière. Mais, bon sang, il faisait tellement d'efforts. Il avait rompu avec sa maîtresse comme je le lui demandais. Il s'était installé au sous-sol comme je le lui demandais. Il a suggéré qu'on voie un conseiller conjugal, même si, en fin de compte, c'est moi qui ai renâclé. Et il n'a pas renoncé, des dizaines de petits gestes pour essayer de me rassurer sur son amour, sur le fait qu'il était désolé et qu'il voulait vraiment me reconquérir. Mais au lieu de me réconforter, tous les signaux qu'il m'envoyait m'enfonçaient davantage.

Je me demandais s'il la prenait entre ses bras après l'amour. S'il lui donnait des oranges à manger. S'il la regardait se prélasser dans sa chemise préférée. S'il lui murmurait le genre de rêves intimes qu'il ne partageait autrefois qu'avec moi.

Je ne pouvais pas oublier cette fille. Elle s'était immiscée dans notre couple, cette jolie minette, et je ne savais pas comment l'en chasser. Alors j'ouvrais le flacon orange et je le secouais pour en faire sortir deux, puis quatre, puis six comprimés blanc crayeux. Pour essayer d'arrêter le flot ininterrompu d'images douloureuses qui me traversait l'esprit.

Mais j'étais la première à savoir que ce n'était pas le souvenir de ce fameux jour que j'essayais d'atténuer avec ces comprimés. Ce n'était même pas la souffrance de la trahison que j'avais besoin de tenir à distance.

C'était de mon amour pour mon mari que j'essayais désespérément de faire le deuil.

Parce que si je réussissais à moins l'aimer, peut-être que je pourrais plus lui pardonner.

Et même moi, ça m'épatait de voir le nombre de comprimés que ça prenait.

Ashlyn a besoin d'aller aux toilettes. Elle me l'a glissé à l'oreille quand on nous a fait entrer dans une cellule, son corps tremblant blotti contre moi. J'ai hoché la tête en l'écoutant d'une oreille pendant que la porte métallique se refermait derrière nous avec un *clang*.

On nous a mis ensemble, pitoyable trio désormais vêtu de combinaisons de détenu orange. La plus petite taille était encore trop grande pour Ashlyn ; on a fait des revers aux chevilles, mais sa silhouette frêle nage tout de même dedans. Toutes les combinaisons étaient à manches courtes et je m'étais dit qu'on aurait froid, mais il fait chaud dans la cellule et l'aile entière est oppressante, avec cette atmosphère confinée et surchauffée.

Z nous a expliqué que le thermostat est en permanence réglé sur vingt-cinq degrés. Hiver, printemps, été, automne : aucune importance en prison. De la même façon, les plafonniers restent allumés vingt-quatre heures sur vingt-quatre. Matin, midi ou soir : là non plus, ça n'entre pas en ligne de compte derrière les barreaux.

Notre misérable cellule de béton blanc est tout en longueur avec, de chaque côté, des lits superposés métalliques de couleur crème, garnis de matelas en mousse de quelques centimètres d'épaisseur recouverts d'un tissu vinyle que je ne saurais décrire autrement que comme bleu schtroumpf. Au bout de la cellule, une fenêtre haute et étroite, coupée en son milieu par une barre de fer. La porte, en acier de calibre douze, est de son côté munie d'un petit guichet, sans doute pour que le maton puisse garder un œil sur les détenus. La meurtrière du fond donne sur une parcelle en terre battue marron, le guichet sur l'immense salle de jour du pavillon, où les prisonniers peuvent converser en toute intimité autour de tables métalliques sans confort ou bien faire leur toilette dans des douches exposées à la vue de tous. Perdu au milieu de la salle, un poste de contrôle d'où le gardien doit sans doute surveiller toute une aile de cellules réparties sur deux niveaux.

Je regarde si je vois Z, Radar ou celui qu'ils appellent Mick : pour autant que je puisse le dire, ils ont tous les trois disparu. La salle de jour est déserte. Enfin entre nous, nous sommes désormais séquestrés et seules sept petites portes fermées à clé nous séparent de la liberté.

Je transmets la demande d'Ashlyn à Justin. Celui-ci hoche la tête, la mâchoire crispée, le regard durci autant par la rage que par l'impuissance. Mais lorsqu'il se retourne vers notre fille, son visage s'est adouci et il parle d'une voix presque normale.

« Bon, c'est la première chose qu'on découvre quand on entre en prison, dit-il avec entrain, comme s'il décrivait une aventure dépaysante. Une seule cuvette de W.-C., un seul lavabo à se partager…

— Mais papa…

— Imagine que c'est une colonie de vacances…

— Je ne peux pas !

— Ashlyn, ça suffit. J'ai besoin que tu sois forte. On va s'en sortir. »

La lèvre d'Ashlyn tremble. Elle est au bord des larmes.

Je voudrais la prendre dans mes bras, mais je n'en fais rien. À quoi bon ? Ne pleure pas, ma chérie, tout va bien se passer ?

Nous avons été enlevés par des fous dans notre propre maison. Habillés de fines combinaisons orange et chaussés de pantoufles, nous sommes parqués dans une cellule blanche de trois mètres sur quatre, tout juste assez grande pour se tenir debout et où l'on ne peut s'asseoir que sur des couchettes garnies des matelas en mousse les plus minces du monde. Ça ne va pas bien. Ça va mal, très, très mal, et ça n'est sans doute pas en voie de s'arranger.

Justin est allé se poster devant la meurtrière, le dos tourné aux toilettes, et ses larges épaules bouchent la fenêtre. Quant à moi, je vais masquer le guichet de la porte, en tournant aussi le dos à ma fille, qui a réclamé son intimité dès l'âge de huit ans et qui, à quinze ans, trouve tout ce qui a trait au corps humain parfaitement mortifiant, sinon complètement honteux.

Le silence est insupportable. Le froufrou d'Ashlyn qui se contorsionne maladroitement pour baisser sa combinaison trop grande résonne dans la cellule à l'aménagement spartiate.

Je commence à fredonner. Je repense au ton employé par Justin, comme s'il ne s'agissait que d'une escapade en camping sauvage, et je me surprends à chanter : « Buvons un coup, ma serpette est perdue, mais le manche, mais le manche... Buvons un coup, ma serpette est perdue, mais le manche est revenu. » Ce qui entraîne Justin à ajouter, d'une voix rauque et en chantant faux : « Bovos o cop, mo sorpotto o pordo, mos lo mocho, mos lo mocho... Bovos o cop, mo sorpotto o pordo, mos lo mocho o rovono. »

J'enchaîne avec la version en *I,* Justin prend le *A* et nous chantons le *E* et le *U* à l'unisson. Nous venons de terminer lorsque, derrière moi, j'entends Ashlyn fondre en larmes, le corps secoué de sanglots d'une détresse absolue. Je me retourne, je rattrape ma fille qui s'effondre et je la serre contre moi. Justin quitte la fenêtre, nous enveloppe dans ses grands bras et nous restons ainsi enlacés, sans qu'aucun de nous ne prononce un mot.

Première fois que les membres de notre famille s'étreignent depuis des mois.

J'aurais envie de pleurer comme ma fille, mais non.

Pour finir, j'allonge Ashlyn sur une des couchettes du bas. Pas de couverture pour la protéger. Pas de mots pour la réconforter. Je m'assois au bord du matelas au plastique bleu craquant et je caresse sa chevelure.

Justin fait les cent pas. Il arpente la minuscule cellule comme un fauve en cage, passe ses doigts sur les arêtes émoussées des couchettes, inférieures et supérieures. Puis il inspecte la fenêtre, la porte, l'étrange équipement sanitaire en inox dont la moitié inférieure forme les toilettes, tandis que la moitié supérieure, qui s'avance de biais, tient lieu de lavabo.

Je me détourne pour lui donner son intimité pendant qu'il s'en sert. L'avantage d'avoir partagé la même salle de bain pendant des années ? Je n'ai pas besoin de chanter. Quand il a fini, je fais aussi pipi et je me rince la bouche avec le mince filet d'eau qui coule du lavabo. J'ai encore un goût de bile et de rouille sur la langue. Je donnerais n'importe quoi pour avoir une brosse à dents et du dentifrice, mais nos ravisseurs ne se soucient manifestement pas de nous procurer ce genre de confort.

Quand j'ai fini, Justin quitte la fenêtre et va s'asseoir sur la couchette inférieure en face d'Ashlyn, dos tourné à la porte. Il me fait signe de l'imiter, alors je reviens m'asseoir à côté de notre fille, en tournant moi aussi le dos à la porte, face à la fenêtre.

« Pas de micro caché », m'annonce Justin comme s'il s'agissait d'une excellente nouvelle. Je le regarde d'un air ahuri. Il continue : « Cela signifie qu'ils peuvent nous voir – il y a des caméras partout –, mais pas nous entendre. Donc, tant qu'on tourne le dos à l'œil de la caméra, on peut discuter entre nous. »

Les subtilités de cette explication m'échappent, mais je hoche la tête, encouragée puisque Justin l'est.

« Nous sommes dans un pénitencier d'État. Ça veut dire que la serrure électronique de notre cellule est commandée à distance depuis le poste central informatisé. L'inconvénient, c'est que nous n'avons aucune chance de l'ouvrir manuellement ou de nous évader en volant des clés. Mais ça signifie aussi qu'ils sont obligés de se séparer chaque fois qu'ils veulent nous faire sortir. Un ou deux peuvent venir à la porte, mais le troisième doit rester au PCI pour donner les ordres par écran tactile. »

Je tourne la tête, juste de quoi regarder mon mari. « Mais comment tu sais tout ça ? »

Il me dévisage d'un drôle d'air. « Libby, le chantier qu'on a bouclé l'an dernier dans le nord du New Hampshire ? La prison ? C'est moi qui ai construit ce bâtiment. »

Je cligne des yeux, franchement interloquée. Je savais que l'entreprise de Justin avait construit un certain nombre de prisons. Dans le New Hampshire, en Virginie-Occidentale, en Géorgie. Mais, bizarrement, l'idée ne m'avait pas effleurée...

« Alors tu connais les lieux. De fond en comble. Tu vas pouvoir nous faire sortir ! »

Justin ne répond pas tout de suite. Au contraire, il s'assombrit. « Oui, je connais les lieux, chérie. Y compris toutes les raisons pour lesquelles nous n'en sortirons sans doute pas. Z disait vrai tout à l'heure : cette prison est à la pointe de la modernité, et, en l'occurrence, ça ne joue pas en notre faveur. »

Je m'affaisse et je m'appuie contre le montant du lit superposé. Mes mains tremblent. Je les vois s'agiter sur mes cuisses, presque comme deux entités dotées d'une vie propre, pâles, déshydratées, avec des doigts crochus qui pourraient appartenir à n'importe qui, mais pas à moi.

« Ashlyn », dis-je dans un murmure, un seul mot, mais qui en dit assez long.

La mâchoire de Justin se crispe. Son visage prend cette expression farouche que je lui connais si bien. Et parce que nous sommes mariés depuis dix-huit ans – dix-huit ans pendant lesquels j'ai vu son regard quand il a tenu notre bébé dans ses bras pour la première fois, où je l'ai vu équilibrer patiemment ses petites mains dans les siennes quand elle apprenait à marcher, où il m'arrive encore de le surprendre sur le pas de la porte de sa chambre tard le soir, juste pour s'assurer qu'elle va bien – je sais tout ce qu'il y a de douleur derrière cette colère.

« Ils vont exiger une rançon, dit-il brusquement. Rien à foutre de ce que peut dire Z pour nous terroriser. C'est une histoire d'argent. Tôt ou tard, ils feront une demande. Denbe paiera. Et on rentrera chez nous. Tous ensemble.

— Pourquoi nous avoir conduits ici ? Si ce n'était qu'une question d'argent, pourquoi nous emmener aussi loin dans le nord, nous séquestrer...

— Quel meilleur endroit pour cacher une famille tout entière ? Pour l'instant, l'établissement est désert, puisque l'État est trop occupé à faire des coupes budgétaires pour financer le fonctionnement d'une prison flambant neuve. Et puis, on est loin de tout, ici, il n'y a rien à vingt-cinq, trente kilomètres à la ronde. La police locale doit sans doute faire un tour de l'enceinte de temps en temps, comme ça s'est produit à notre arrivée, et puis elle passe son chemin.

— Ils verront de la lumière, dis-je, pleine d'espoir. Ils enquêteront. »

Justin me détrompe : « Tout l'établissement est équipé de détecteurs de mouvement. Chaque fois qu'un flic s'approche, ça s'illumine comme un arbre de Noël. Rien que de très normal.

— Ils sont trois, dis-je tout bas. Tout un... commando. Ils ont des Taser, des armes, ils ont sûrement passé un certain temps à monter cette opération. Si c'est pour de l'argent, ils vont en vouloir un gros paquet. Et demain, c'est dimanche, alors même si l'entreprise est prête à payer... »

Justin pince les lèvres. « On a sans doute au moins quelques jours d'emprisonnement devant nous », reconnaît-il.

Je caresse les cheveux de notre fille. Ashlyn dort à poings fermés, l'épuisement et le choc ayant eu raison d'elle. « Ça fait combien de temps qu'on est partis ? dis-je. Quinze, seize heures ? Ils ne nous ont même pas proposé à boire ou à manger.

— Il y a de l'eau au lavabo. Quant à la nourriture, on peut tenir quelques jours. »

Je regarde de nouveau mes mains trembler. Je sens mon estomac se rebeller, les maux de tête arriver. Je devrais sans doute lui dire. Mais je ne le fais pas. Parce que, même si nous avons vécu ensemble dix-huit ans, il y a aussi eu les six derniers mois. Qui ont tout changé.

« Je ne veux pas qu'elle reste seule avec eux », dis-je en recentrant le propos sur Ashlyn.

Justin balaie mon inquiétude. « Ils nous ont tous mis dans la même cellule. En fait, je ne me serais pas attendu à tant de gentillesse de leur part. »

Il a raison. Trois cellules, ça aurait été pire. Chacun de nous enfermé dans une cage différente, impuissant à secourir les autres. Dans un tel scénario, s'ils étaient venus chercher Ashlyn... qu'aurait fait Justin ? Et moi, qu'aurais-je fait ? Rester les bras ballants pendant qu'ils emmenaient notre fille...

Parce que je commence à ne plus contrôler mes pensées, je répète : « Quoi qu'il arrive, je ne veux pas qu'Ashlyn reste seule avec eux. Surtout avec le type au damier... Mick ? Tu as vu son regard ? Il y a un truc pas normal.

— Ça n'arrivera pas.

— Vraiment ? Parce que tu as la situation parfaitement en main ? Au cas où tu ne l'aurais pas remarqué, ce sont les prédateurs et nous sommes les proies. Depuis quand les proies décident-elles de leur sort ? »

À la seconde où je prononce ces mots, je les regrette. Ma voix, trop aiguë, frisait l'hystérie. Je serre les poings sur les genoux et je me mords la lèvre comme si cela pouvait tromper ma panique croissante.

« Libby », dit Justin d'une voix grave. Je lève les yeux et je le trouve en train de m'observer. Il ne parle pas tout de suite, et son regard posé sur moi a une intensité que je ne lui avais pas vue depuis des années, mais dont je me souviens encore parfaitement.

« Je sais que nous avons traversé une période difficile. Je sais que je t'ai blessée. Si je pouvais revenir en arrière... » Il s'interrompt, se redresse, poursuit bravement. « Je veux que tu saches, Libby, que, quoi qu'il arrive, je vous protégerai, Ashlyn et toi. Rien ni personne ne fera du mal à ma famille. Tu peux me faire confiance. »

Et je le crois. Parce que mon mari est comme ça. Mon Cro-Magnon des temps modernes, comme je l'appelais souvent. Il aurait donné sa vie pour sa fille, même s'il était incapable de se souvenir de son plat préféré. Et il aurait terrassé des dragons pour moi, même s'il était apparemment au-dessus de ses forces de me rester fidèle.

Le plus drôle, c'est que ce côté dominateur faisait partie des choses qui m'avaient attirée chez lui.

Il me tend la main. Sa paume est large, bosselée par les cals. Ses ongles sont courts, sa peau rugueuse. J'ai passé tant de temps dans ma vie à admirer ces mains. Du coup, je n'ai pas de mal à poser mes doigts sur les siens pour formuler une seule et unique requête :

« Protège notre fille, Justin. C'est tout ce que je te demande. Protège Ashlyn. »

Ses doigts se referment sur les miens. Il se penche vers moi. Je vois ses yeux, graves et résolus, puis sa tête s'incline, et la mienne se lève vers lui...

Fracas de porte métallique. Si violent que nous sursautons et que nous nous écartons brusquement l'un de l'autre en nous retournant.

Le cinglé aux yeux bleus se trouve derrière le guichet, il nous lorgne d'un air lubrique. Cela fait manifestement un moment qu'il nous observe. Et le spectacle lui a plu.

J'ai un mouvement de recul instinctif et j'attrape le bras de ma fille, comme si cela pouvait la protéger.

« Debout, gueule Mick depuis l'autre côté de la porte. Vous vous croyez en vacances ? Allez. Au boulot. »

14

Wyatt n'a pas appelé les fédéraux. S'ils veulent se joindre à la fête, ils savent où le trouver. En attendant, ses adjoints et lui se mettent au boulot.

Cartes. Il a une passion pour les cartes routières. Bien sûr, de nos jours, on peut les consulter sur ordinateur, mais il y a quelque chose de gratifiant dans le fait de déplier une immense carte de cet État montagneux qu'est le New Hampshire. Le code couleur. Les dizaines de taches bleues qui symbolisent les lacs. Les sinuosités sans fin des centaines de routes de campagne.

Le New Hampshire est un drôle d'État. Tout en longueur, un sommet étroit sur une base plus large, il épouse comme une pièce de puzzle la forme en miroir du Vermont. Il n'est pas immense, à vol d'oiseau : avec un peu de suite dans les idées, un conducteur peut aller du sud au nord, du Massachusetts au Canada, en trois heures et demie, quatre heures maximum. Les routes transversales, en revanche, c'est une autre histoire – la faute aux White Mountains, dont les reliefs accidentés mordent jusqu'au cœur de l'État, obligeant les routes qui vont d'est en ouest à décrire des méandres, faire des détours et, globalement, à s'incliner devant leur puissance supérieure. Comme le disent les habitants du coin quand ils envisagent ce type de trajet : « Le problème, c'est que, d'ici, on ne peut pas aller là-bas... »

Moyennant quoi, Wyatt serait prêt à parier que leurs suspects ont continué à rouler plein nord. Parce que c'est en général ce que font les conducteurs dans le New Hampshire. Ils montent vers le nord ou descendent vers le sud, mais c'est trop pénible de partir sur le côté.

Il a donc envoyé une adjointe, Gina, suivre la route plein nord depuis le resto routier. En lui demandant de procéder à une reconnaissance sommaire. Qu'elle relève les aires de repos en pleine cambrousse et les campings déserts où un conducteur pourrait avoir envie de faire une pause pour se délasser. Qu'elle s'arrête dans les stations-service isolées ou les épiceries des régions peu denses où une équipe de kidnappeurs aurait pu se sentir suffisamment en sécurité pour avaler un morceau, boire, refaire le plein. Qu'elle commence à interroger les gens, à faire circuler le signalement de la famille disparue et à demander à la population d'ouvrir l'œil.

Elle pouvait aussi noter les principales bifurcations ou les agglomérations d'une certaine importance où ils pourraient solliciter l'appui de la police locale, mais Wyatt pense que leurs suspects ont dû autant que possible traverser ces secteurs sans s'arrêter. Cacher une famille entière n'est pas une mince affaire. Pourquoi prendre le risque de faire étape dans des zones où se concentre la population, quand le North Country offre tant de repaires plus sûrs ?

Franchement, il éprouve un certain respect pour ces ravisseurs : ils ont fait le bon choix en mettant le cap sur les contrées sauvages du New Hampshire.

Il se repenche sur la carte et il est en train de suivre du doigt le tracé de la route 16 le long de la frontière est de l'État, lorsque les fédéraux franchissent sa porte avec majesté.

Il sait que c'est eux avant même de lever les yeux. D'abord, il a remarqué une paire d'escarpins noirs profilés et une autre de Derby marron bien lustrées. Dans ce trou perdu, il n'y aurait guère que des avocats pour porter des trucs pareils, or rares sont les avocats qui se rendent dans le bureau du shérif un samedi après-midi.

La femme prend la parole en premier : « Wyatt », dit-elle, et il pousse un gémissement intérieur.

Il connaît cette voix. Punaise.

Il se redresse. Retire son doigt de la carte. Prêt à affronter l'ange exterminateur.

Nicole Adams, alias Nicky. Sauf que la dernière fois qu'il a employé ce diminutif, elle s'était réveillée dans son lit. Il a comme l'impression qu'il n'a plus le droit de s'en servir. Ni d'ailleurs de conserver sa virilité intacte en sa présence réfrigérante.

« Agent spécial Adams », répond-il. La réponse la moins risquée.

Elle sourit. Mais cela ne réchauffe pas son regard bleu impassible.

Elle est vêtue d'une jupe crayon de couleur sombre, d'une veste assortie et d'un chemisier en soie argenté à col haut. Comme c'est une de ces grandes blondes qui portent leurs cheveux relevés sur la tête, le look princesse des glaces lui va à merveille. Elle a aussi une épaisse sacoche d'ordinateur en cuir noir, qu'elle laisse tomber par terre avec un bruit mat.

« Brigadier Wyatt Foster, agent spécial Edward Hawkes », lui dit-elle en présentant son coéquipier.

Wyatt hoche la tête, leur serre la main. L'agent spécial Hawkes est également muni d'une lourde sacoche. On dirait qu'ils ont prévu de rester un peu.

« Nous avons cru comprendre que vous aviez retrouvé le blouson du disparu, continue Nicole.

— Je l'ai tout bien emballé dans un sachet pour pièce à conviction, rien que pour vous.

— Donc, vous saviez que nous allions venir?

— Ça tombait sous le sens.

— Mais vous ne nous avez pas appelés pour nous tenir au courant.

— Pour ça, il aurait fallu qu'il y ait des avancées. Or je ne suis pas persuadé qu'on en ait. Ce qu'on a surtout, dit-il en tapotant la carte, c'est un territoire immense et aucune vraie piste. »

Les fédéraux semblent accepter cette réponse. Ils s'approchent de la table sur laquelle Wyatt a étalé la carte, se penchent dessus.

« Dites-nous où ça en est, ordonne Nicole. Qu'est-ce que vous regardiez? »

Wyatt ravale un nouveau soupir et attaque les choses sérieuses. C'est pour ça qu'il aurait dû écouter son instinct avant d'avoir une aventure avec une collègue des forces de l'ordre. Mais ce jour-là, dans le tribunal de Concord où il allait témoigner au cours d'un procès, quand il avait aperçu cette blonde sublime à l'autre bout du hall, il avait perdu tout sens commun. On ne pouvait pas dire que c'était son rire qui l'avait séduit, vu qu'il n'était pas encore bien certain qu'il arrivait à Nicole Adams de s'esclaffer. Mais il s'était mis en tête qu'il devait faire sa connaissance, d'où le verre au bar, d'où la chambre d'hôtel.

Après quoi, sans doute à leur commune surprise, ils avaient eu une relation à éclipses pendant quelques mois.

Jusqu'au jour où il s'était rendu compte qu'il préférait les périodes d'éclipses aux autres. Il n'avait rien contre elle, mais elle était agent du FBI jusqu'au bout des ongles : mue par l'ambition, foncièrement citadine, hyper-disciplinée. Tandis que lui, ainsi qu'il s'était efforcé de le souligner le jour où il avait rompu, ne possédait aucune de ces qualités éminemment admirables.

Avec le recul, il aurait dû attendre une semaine de plus et là, c'était sans doute elle qui l'aurait largué. Ce qui lui aurait permis de prendre plus à la légère ces retrouvailles, au lieu de frissonner dans cette ambiance glaciale.

Il montre du doigt l'endroit qui les intéresse, à mi-chemin entre le Massachusetts et le Canada, à proximité du Maine. «C'est ici qu'on a retrouvé le blouson. Un relais routier à l'abandon, pas d'autre commerce ni habitation à des kilomètres à la ronde.

— Des témoins? demande Hawkes.

— Personne pour voir quoi que ce soit dans les environs. Bienvenue dans le North Country. Cela dit, les traces de pneus montrent que le véhicule serait reparti vers le nord. Ce qui, dit-il en dessinant un large cercle autour de la pointe septentrionale de l'État, les aurait conduits au cœur de centaines de milliers d'hectares de cambrousse profonde.

Autrement dit, la planque idéale pour un commando de kidnappeurs. »

Nicole regarde sa carte d'un air soucieux. « Vous partez du principe qu'ils ont continué à faire route vers le nord.

— Oui, madame. » Wyatt explique son raisonnement, l'idée que les montagnes compliquent les déplacements d'est en ouest, tout ça. Vu l'endroit où ils se sont débarrassés du blouson, les ravisseurs sont entrés dans le New Hampshire par la 95, puis ils ont bifurqué pour rejoindre la 16, qui longe la frontière est de l'État. C'est peut-être dingue, mais il lui semble qu'à la place de malfaiteurs transportant trois personnes à l'arrière d'un fourgon, il aurait choisi l'itinéraire le plus direct possible. Ce qui les mettrait en plein nord du New Hampshire, une région suffisamment reculée pour qu'il soit facile d'y cacher des prisonniers, tout en présentant l'avantage d'être située à trois ou quatre heures de Boston et donc aisément accessible quand viendrait l'heure d'une remise de rançon ou d'un échange d'otages.

L'agent spécial Adams semble se ranger à cette logique.

« Ça fait grand, comme périmètre de recherche, commente-t-elle en passant son doigt sur les diverses zones grisées de la carte.

— Oui, et comme nous sommes un service de police rural et qu'on ne croule pas exactement sous les effectifs, j'ai fait appel à des renforts.

— Des renforts ? » intervient Hawkes. Il a un accent. Du Maine, peut-être ? Wyatt cherche encore à le cerner.

« L'Office national des forêts et les services de la pêche et de la chasse. Vous connaissez Marty Finch, l'enquêteur de l'Office ? »

Les deux agents confirment. Agent fédéral, Finch est basé dans le Vermont, mais sa compétence s'étend également au New Hampshire et au Maine. Étant donné que les domaines de l'Office national des forêts sont en passe de devenir un lieu de prédilection pour les trafiquants de drogue, Wyatt a collaboré avec Finch sur un certain nombre d'affaires. Il imagine qu'il doit en aller de même pour les agents du FBI en poste à Concord.

« Je lui ai donné un périmètre, continue-t-il. Il faut voir que l'essentiel de la zone qui nous intéresse se compose des trois cent mille hectares de la forêt nationale des White Mountains – le territoire de Finch. À ma demande, il est en train de mobiliser les gardes forestiers et de les envoyer voir sur les parkings des divers départs de sentier et des terrains de camping s'il ne s'y trouverait pas un véhicule de transport – un fourgon, je dirais, vu les traces de pneus et la nécessité de pouvoir véhiculer au moins sept personnes. Ils jetteront aussi un œil dans les refuges, sur les aires de repos. Quand on veut se faire discret, se planquer dans les parcs nationaux et les réserves naturelles n'est pas une mauvaise idée.

— Est-ce que les gardes forestiers ont suffisamment d'expérience pour savoir ce qu'ils cherchent ? » demande Nicole d'un air sévère.

Wyatt lève les yeux au ciel. « Pitié. Dans le New Hampshire, on sort tous de la même école. Bureau du shérif, police d'État, police municipale, gardes forestiers, on a tous suivi le même cursus. Donc, forcément, on est tous brillants. »

Nicole hausse un sourcil, mais ne répond rien. Il va sans dire que sa précieuse académie du FBI reste un cran au-dessus. Wyatt ne se sent pas d'insister.

« Et les péages ? relance Nicole. Vous avez requis les images de la vidéosurveillance ? Si votre hypothèse selon laquelle les ravisseurs auraient pris l'autoroute 95 puis la 16 est exacte, alors ils ont franchi quatre grandes barrières de péage. »

Wyatt hausse les épaules. « J'ai mis un enquêteur sur le coup. Mais je peux déjà vous dire qu'avec toutes les mesures de protection de la vie privée, ça va être la croix et la bannière pour obtenir ces images.

— Ça ne vous ressemble pas de reculer devant l'adversité.

— Il faut plutôt voir ça comme une utilisation stratégique de mes ressources. J'ai deux enquêteurs et quatre adjoints. Le nombre de pistes que nous pouvons creuser efficacement est limité. Étant donné l'urgence de la situation, il faut que je déploie mes troupes de manière intelligente. De mon point de vue, ça consiste à aller voir tous les campings et toutes les zones de loisir. Maintenant, à vous de me mettre au parfum. »

Nicole ne se précipite pas pour le faire, alors Hawkes s'en charge.

« La police de Boston a commencé à remonter la piste des confettis de Taser et elle a identifié un fournisseur à Chicago. Le numéro de série correspond à celui d'un lot de cinquante qu'il a vendu à un autre négociant en vue d'un salon de l'armurerie dans le

New Jersey. Lequel négociant affirme que les cinquante exemplaires ont été écoulés pendant le salon. Si les acquéreurs ne les ont pas déclarés, ce n'est pas son problème.

— Quel genre de salon ?

— Ouvert au grand public, fréquenté par des survivalistes et d'anciens militaires.

— Nous pensons que les ravisseurs sont des professionnels », indique sèchement Nicole.

La remarque attire l'attention de Wyatt. « Pourquoi ?

— Ils ont réussi à s'introduire dans une maison équipée d'un système de protection haut de gamme et à venir à bout de deux adultes et d'une adolescente sans attirer l'attention des voisins. Alors même que Justin Denbe s'y connaît en armes à feu et que tout indique qu'il était parfaitement capable de se défendre et de défendre sa famille. Certains indices montrent d'ailleurs que l'adolescente a opposé une belle résistance, mais cela n'a pas empêché les ravisseurs de la mater et de prendre ses parents en embuscade sans verser la moindre goutte de sang. Il faut beaucoup de discipline pour mener une opération avec une telle maîtrise. Ainsi que de l'entraînement et des ressources.

— Rançon ? s'inquiète Wyatt.

— Pas encore.

— Mais vous pensez qu'une demande va arriver ?

— À l'heure qu'il est, nous n'avons pas d'autre théorie quant au mobile. »

Wyatt comprend ça. Surtout si les ravisseurs sont des professionnels qui, par définition, veulent être rémunérés. « La famille est en capacité de payer ?

— La société familiale, Denbe Construction, est à la manœuvre. Et, oui, ses dirigeants se sont rapprochés des forces de l'ordre et sont prêts à libérer les fonds nécessaires.

— Sauf qu'il ne sera pas possible de débloquer des sommes importantes avant lundi.

— Exact.

— Autrement dit, si ces types avaient prévu leur coup, ils savaient forcément qu'ils allaient devoir cacher une famille de trois personnes pendant plusieurs jours.

— Dans notre esprit, c'est une preuve supplémentaire que les auteurs de l'enlèvement sont des professionnels. Il ne s'agit pas d'une opération improvisée. De toute évidence, le scénario a été minutieusement pensé. Il y a fort à parier qu'ils ont tout aussi soigneusement réfléchi au meilleur endroit pour mettre leurs otages en lieu sûr et tenir la distance. Quand ils seront prêts, nous aurons de leurs nouvelles. Mais pas avant, je pense. En ce moment même, ils sont en train d'instaurer une relation de domination dans laquelle ils donneront les ordres et nous les exécuterons à la lettre. »

L'idée ne plaît pas à Wyatt. Il se repenche sur sa carte en songeant à la logistique nécessaire à une telle opération. « Ils sont là, dit-il en tapotant de l'index la forêt nationale des White Mountains. D'un point de vue pratique, c'est l'idéal. Assez loin de Boston pour sortir du champ de vision, mais pas au point de ne pas pouvoir revenir encaisser leur argent. Rural, mais pas trop. Sauvage, mais pas trop. Notre botte de foin est là. Il ne reste plus qu'à trouver l'aiguille.

— D'accord. Fouillez votre botte de foin. Nous, on part à Boston pour conduire les premiers interrogatoires. Justin Denbe possède une énorme entreprise de BTP, créée par son père. Tout indique qu'il s'y faisait beaucoup d'argent, mais aussi beaucoup d'ennemis. On va en dresser la liste. »

Wyatt reçoit le message cinq sur cinq : les fédéraux pilotent l'enquête, mais lui a le droit de faire mumuse dans les bois si ça lui chante. Il décide de faire la sourde oreille.

« Parfait, déclare-t-il. Un de mes enquêteurs et moi-même vous rejoindrons à Boston afin de vous aider pour les interrogatoires. Donnez-nous une petite demi-heure et on sera partis. »

Nicole le remercie d'un regard glacial.

Il lui sourit en retour et attrape son chapeau. « Moi qui croyais que vous n'alliez jamais nous inviter. »

15

D'après l'expérience de Tessa, quand on veut savoir ce qui se passe réellement dans la vie d'une femme, il faut trouver son principal confident. Et, dans au moins quatre-vingts pour cent des cas, il s'agira de son coiffeur. Une simple consultation de la liste des favoris sur le téléphone de Libby Denbe lui ayant livré le nom du salon Farias & Rocha à Beacon Hill, Tessa s'y est donc rendue en personne et a dégainé sa carte professionnelle. Ce qui lui a valu d'être présentée à James Farias, un des plus beaux spécimens de mâle qu'elle ait jamais rencontrés. Balayage blond, mâchoire carrée, barbe naissante taillée avec art, regard bleu perçant, le tout avec des épaules et des bras sculptés comme on en voit rarement ailleurs qu'à Hollywood.

Malheureusement pour elle, elle a comme l'impression que la nature ne lui a pas donné l'équipement nécessaire pour attirer l'attention de James. Encore une raison pour laquelle Sophie restera fille unique.

D'autant qu'il a suffi d'un regard au coiffeur pour s'écrier que le vrai crime sur lequel elle devrait enquêter, c'était celui qu'on avait commis contre ses cheveux. Ne se rendait-elle pas compte que cette nuance de châtain (sa vraie couleur, malheureusement) était trop terne et ne lui allait pas du tout au teint? Et puis cette façon de coincer ses cheveux longs dans une barrette, ça lui durcissait beaucoup trop le visage. Il lui fallait de la douceur, de la chaleur et une intervention capillaire d'urgence. Pas de discussion, elle devait revenir pour le premier créneau disponible. C'est-à-dire dans six mois.

Tessa a docilement pris le rendez-vous. En échange, Farias a accepté de répondre à ses questions sur Libby Denbe.

«C'est le mari qui a fait le coup», déclare-t-il en la conduisant dans une arrière-salle. «Réservé aux experts» indique le panneau sur la porte. «Réservé au personnel» ne devait pas être assez bien pour eux.

«Croyez-moi, chérie. Justin ressortira de nulle part et on retrouvera la gentille petite Ashlyn. Mais jamais on ne reverra Libby. Vous ne lisez pas les journaux? C'est toujours comme ça que ça se passe. Un thé mangue-grenade?

— Euh, non, merci.

— Ça ne vous ferait pas de mal, vous savez. C'est riche en antioxydants pour détective privée toujours sur la brèche.»

Comme ça a l'air important pour lui, elle finit par accepter. Peut-être que, n'ayant pu s'occuper de sa chevelure négligée, le malheureux éprouve au moins le besoin de lui prodiguer vitamines et sels minéraux.

«Est-ce que Libby aimait son mari? demande Tessa en prenant un siège autour de la table laquée noire pendant que Farias sort deux sachets d'une boîte somptueusement décorée.

— Il n'en valait pas la peine, affirme-t-il.
— Comment ça?
— Il n'était presque jamais à la maison. Son boulot, son équipe, ses chantiers. Ben voyons. Tout le monde avait le droit d'avoir besoin de lui, sauf Libby. Elle, elle devait simplement tenir une maison parfaite, élever une fille parfaite et l'accueillir tous les vendredis soir le sourire aux lèvres. Dès le début, je lui avais dit qu'elle donnait trop. Et croyez-moi, chérie, les hommes n'apprécient pas ce que les femmes donnent volontiers. Des milliers d'années d'évolution et on en est encore à l'instinct de la chasse.» James s'interrompt et tend la main vers une rangée de tasses. «Vous savez combien de Libby je vois, dans un salon comme ça? Des femmes belles, talentueuses, toutes autant qu'elles sont. Et qui font les quatre volontés de leurs riches maris égocentriques jusqu'au jour où ils les jettent sur le trottoir pour prendre la version plus jeune et plus pimpante. C'est comme les accidents de voiture. On a beau en voir des tonnes, on croit toujours que ça n'arrive qu'aux autres.

— Justin avait rencontré une version plus jeune et plus pimpante?

— Bingo. Ça a duré des mois avant que Libby ne s'en rende compte. Elle est tombée des nues, le jour où elle l'a découvert. Des nues, littéralement. Demande tout de suite le divorce, je lui ai conseillé. Engage un grand avocat et poursuis-le, vas-y au bazooka. Mais non. Ils avaient une fille, un mariage, une vie. Seulement je vais vous dire : il n'a pas arrêté de voir la bimbo sous prétexte que sa femme l'avait pris la main dans le sac. Il l'a peut-être prétendu, mais chassez le naturel, il revient au galop.

— Qui c'était, l'autre ? » demande Tessa en fronçant les sourcils.

James revient à la table avec deux tasses de thé parfumé. Il les pose, puis plante son index au milieu du front de Tessa. « Arrêtez-moi ça. Votre mère ne vous a jamais dit que votre visage allait rester figé dans cette position ? Vous n'avez pas besoin de vous creuser les rides du lion. Votre visage est déjà assez sévère comme ça.

— En même temps, je suis détective.

— Ça fera peut-être parler un suspect, chérie, mais ça ne vous aidera jamais à rencontrer votre homme.

— C'est tellement vrai. Et alors, est-ce que Libby connaissait la bimbo ?

— Hôtesse dans une agence de voyages. Celle de Justin. Comme il est tout le temps par monts et par vaux, je crois que sa société confie l'organisation de ses déplacements à une chaîne qui a une succursale dans la même tour de bureaux. Et, assez vite, c'est devenu une relation *tous services compris.*

— Libby connaissait cette femme ?

— Cette *fille,* vous voulez dire. » James prend un siège, se penche vers Tessa. « Libby y est allée un après-midi. Pas pour lui parler, pas pour l'aborder. Juste pour se faire une idée de la concurrence, vous voyez. D'après ce qu'elle m'a dit, elle est rentrée dans l'agence, elle a jeté un coup d'œil et elle est ressortie aussi sec. La minette avait vingt et un ans à tout casser. Juste une gamine naïve qui devait boire les moindres paroles de Justin avant d'aller raconter ça à ses copines pendant un concert.

— Son nom ?

— Kate. Christy. Katie. Quelque chose de ce genre. Libby n'arrivait pas à la prendre au sérieux. En fait, elle avait l'air de se faire du souci pour elle, une petite jeune fille qui avait une liaison avec un homme marié. Dans son esprit, Justin avait profité de la situation.

— C'est généreux de sa part, remarque Tessa.

— Oh, elle est comme ça, la pauvre chatte. Jamais un coup de griffes, et je ne peux pas en dire autant de la plupart des panthères qui fréquentent le salon.

— Vous la connaissez depuis combien de temps?

— Ça, chérie, c'est top secret. Vous auriez vite fait de deviner mon âge.

— Je vois. C'est une cliente de longue date?

— Absolument. Et elle avait bien besoin d'aide, au début. Elle avait grandi dans une cité. Une vraie petite Cosette, qui en avait vu de toutes les couleurs. Je sais que personne n'imagine Back Bay comme un quartier où règnent des caïds, mais, vous pouvez me croire, les gens y sont durs, à leur manière.

— Elle ne rentrait pas dans le moule?

— Son mari travaille dans le bâtiment. Il se promène en chaussures de chantier. Vous voulez rire?

— Oui, mais son entreprise vaut cent millions de dollars...

— Et croyez-moi, quand ça s'est su, on leur a fait meilleure figure. Surtout que Libby elle-même est une merveilleuse artiste.

— Les bijoux?

— Voilà. Ça a plu à ces dames de la bonne société. Libby n'avait peut-être pas grandi à Back Bay, mais avoir étudié les beaux-arts était un pas dans la bonne direction. Sans parler du fait que sa maison est une splendeur. Vous l'avez vue? J'y ai été plusieurs fois et, à part ce lustre dans le hall, je ne changerais rien.

— Est-ce que Libby appréciait ces dames? demande Tessa. Est-ce qu'elle avait un cercle d'amies proches?»

Pour la première fois, Farias marque une hésitation, qu'il camoufle en prenant une gorgée de thé. «Libby... Libby est une âme charitable. Je ne l'ai jamais entendue dire un mot de travers sur qui que ce soit. Contrairement à d'autres, elle n'attache pas beaucoup d'importance au milieu social : il lui arrivait de donner des dîners où elle recevait, disons, ses voisins et moi, mais aussi l'équipe technique de Justin. Des hommes délicieux, absolument divins, tous autant qu'ils sont, mais j'ai bien cru ne pas en sortir vivant, conclut James avec un frisson.

— Libby s'entendait bien avec eux? Elle appréciait tout le monde, elle était appréciée de tous?

— Libby est un être sincère.» James s'arrête, répète le mot, satisfait de son portrait. «Par ici, ça n'est plus si fréquent, de nos jours. Et, jusqu'à il y a quelques mois, j'aurais aussi dit qu'elle était heureuse. Le travail de Justin ne l'ennuyait pas, ni ses absences. Elle adorait sa fille, elle avait ses bijoux. Il lui arrivait de sortir quand Justin était en déplacement, je me souviens qu'elle parlait de films qu'elle avait vus avec des amies, de déjeuners auxquels elle avait été invitée, mais...» Il s'interrompt de nouveau et pose ses mains autour de sa tasse. «Libby vivait un peu comme sur une île. Je ne vois pas comment le dire autrement. Les voisins, les associations, la petite hiérarchie sociale du quartier, je n'ai jamais eu l'impression que ça comptait pour elle. Justin et Ashlyn étaient toute sa vie. Du moment qu'ils étaient heureux, elle était heureuse. Et ça marchait pour eux.

— Jusqu'au jour où Justin a commencé à aller voir ailleurs. Elle a dû être effondrée.

— Oh, Libby ne donne pas dans le genre effondré. Repliée sur elle-même, plutôt. Les dernières fois où je l'ai vue... » James pousse un gros soupir. « Croyez-moi, chérie, aucune coupe de cheveux au monde ne pourra jamais compenser un cœur brisé. Elle disait que Justin et elle essayaient de surmonter leurs difficultés. Qu'elle n'avait pas renoncé. Mais je peux vous dire que sa peau et ses cheveux ne racontaient pas la même histoire. Cette femme était une épave. Et ce n'est pas le meilleur moyen de reconquérir un mari infidèle.

— Il paraît qu'ils devaient sortir en amoureux, vendredi soir. »

James affiche une moue de mépris. « Franchement, comme si revenir en arrière était une façon d'aller de l'avant. Un couple comme ça... miné par des problèmes de confiance, d'insécurité affective, le métier du mari qui piétine systématiquement tout espoir de passer de vrais moments en famille. Comment est-ce qu'un dîner pourrait résoudre tout ça ?

— Évidemment, présenté de cette manière », murmure Tessa. Son thé a enfin tiédi au point de lui permettre d'en boire une gorgée. Il est fruité ; ça lui plaît.

« Qu'est-ce que vous en dites ? demande Farias.

— Je me sens déjà inondée d'antioxydants, lui assure-t-elle.

— Bon, je vous en recommande au moins deux ou trois tasses par jour. Et plus de froncements de sourcils. Sinon, d'ici un ou deux ans, c'est le Botox assuré.

— Je note. Et maintenant, parlez-moi d'Ashlyn.

— Une jolie fille, répond-il aussitôt. Elle tient bien de sa mère.

— Vous la coiffiez?

— Absolument. Des cheveux très fins, très soyeux. Les vôtres sont rêches. Ça n'a pas l'air séduisant, mais, faites-moi confiance, c'est plus facile de travailler sur du rêche. Vos cheveux, je peux les réparer. » Il lui lance un regard appuyé. « Ceux d'Ashlyn, on essayait de les garder aussi lisses et bien entretenus que possible.

— Comment est-elle? Calme, extravertie, sportive, artiste?

— Calme. Artiste. Un sourire magnifique. Comme la Joconde. Il fallait se donner du mal pour l'obtenir et, même là, il était si fugitif qu'on se demandait si on ne l'avait pas rêvé. Une gentille petite. Elle avait joué dans des pièces à l'école, elle s'intéressait aux bijoux de sa mère, ce genre de choses. Elle aimait bien me poser des questions sur la coiffure, sur ce que c'était de diriger un salon. Toujours polie, mais curieuse. Je crois que la coiffure et la mode l'intéressaient, mais ses centres d'intérêt étaient plus... éclectiques. Pas une enfant ouvertement rebelle, ni une gamine pourrie gâtée, mais enfin elle n'a que quinze ans. Laissez-lui le temps.

— Elle savait qu'il y avait de l'eau dans le gaz entre ses parents? »

James prend le temps d'y réfléchir. « Je ne sais pas ce qu'ils lui avaient dit. Mais Ashlyn est intuitive. Il est impossible qu'elle ait vécu dans cette maison avec une mère qui avait cette mine de déterrée et qu'elle ait continué à croire que tout allait bien entre ses parents.

— Libby était protectrice avec elle ?

— C'est le moins qu'on puisse dire ! Libby avait grandi sans père. Raison de plus pour garder son coureur de mari dans les parages. Tout plutôt que sa fille souffre de la même absence.

— J'ai entendu dire que Justin préparait Ashlyn à prendre sa relève.

— Oh que oui. Pour ses quinze ans, il lui a offert des outils électriques roses. Quelle adolescente ne serait pas enchantée ? »

Tessa note la moue pincée de James. Ses mots respirent le sarcasme et une évidente réprobation se lit sur son visage. « Les outils n'ont pas plu à Ashlyn ? Ou bien Libby n'était pas d'accord ?

— Oh, je ne sais pas. Probablement ni l'un ni l'autre. Mais à moi, ça m'a paru débile. Enfin quoi, il ne pourrait pas se montrer un tout petit peu plus subtil ? Ce n'est pas parce qu'il n'a pas eu de fils qu'il doit coller un pénis à sa fille. »

Il apparaît à Tessa que son témoin a peut-être lui-même des comptes à régler avec son père. Qui, par exemple, nourrissait d'autres ambitions pour son fils qu'une vie consacrée à l'expertise capillaire.

« Vous coupez les cheveux de Justin ?

— Non. Il va dans un salon de coiffure pour homme, c'est sûr. À moins que ses potes et lui ne s'assoient en cercle pour se couper mutuellement les cheveux à la tondeuse, après s'être épouillés. C'est aussi une possibilité.

— Quand avez-vous vu Libby ou Ashlyn pour la dernière fois ?

— Il y a trois semaines. Elles sont venues ensemble. Une sortie entre filles.

— Quelle impression vous ont-elles donnée ?

— Comme d'habitude. Libby était pâle, elle m'avait toujours l'air de mal dormir. Je lui ai conseillé de consommer davantage d'huile de poisson ; ses cheveux me paraissaient très cassants. Mais elle faisait la brave, échangeait des plaisanteries avec sa fille. Je suis sûr qu'aux yeux de la plupart des gens, elles semblaient passer un très bon moment. Il fallait mieux les connaître pour décoder les signes.

— Par exemple ?

— Les cernes sous les yeux de Libby. Et Ashlyn rivée à son iPod. Elle n'arrêtait pas de mettre ses écouteurs et Libby de les lui retirer. Parle-moi, disait-elle. Raconte-moi quelque chose. C'était censé être le but de cette journée. Je n'avais jamais vu Ashlyn à ce point... déterminée à rester renfermée sur elle-même.

— Libby vous en a révélé davantage sur son couple ?

— Non, évidemment, sa fille était assise juste à côté. Cela dit, elles avaient des sacs de course et notamment un de chez Victoria's Secret. Rien ne trahit autant l'épouse d'un mari infidèle que les achats de lingerie. »

D'un seul coup, Farias allonge un bras et tâte les cheveux de Tessa dans sa nuque. « Vous savez quoi, je pourrais au moins m'occuper de ces pointes.

— Désolée, dit-elle en reposant sa tasse. Mon emploi du temps est un peu chargé aujourd'hui, il faut que je retrouve une famille portée disparue, tout ça. Mais je reviendrai. » Elle s'apprête à se lever.

Farias la regarde droit dans les yeux. « Vous ne reviendrez pas.

— Mais si, je reviendrai. Le 20 mai, à quatorze heures trente. J'ai la petite carte pour m'en souvenir et tout.

— Vous ne reviendrez pas. Vous allez travailler trop dur, contrôler la vie de votre enfant jusque dans les moindres détails, transformer votre carrière en obsession. Et un beau jour, vous vous demanderez pourquoi vous n'êtes plus cette femme fière et belle dont vous aviez le souvenir. » Son ton s'adoucit. « Une bonne coupe de cheveux, ce n'est pas important pour les cheveux, chérie, mais pour la femme qui est en dessous. Si vous la négligez aujourd'hui, demain vous ne pourrez pas reprocher aux autres d'en faire autant. »

Tessa ne peut pas s'empêcher de sourire. Parce qu'il est exact qu'elle aurait jeté le pense-bête à la poubelle et annulé le rendez-vous. Pas tout de suite, mais dans une, deux, trois semaines, quand Sophie aurait eu besoin d'elle ou que ça aurait chauffé dans une nouvelle enquête...

Elle commence à comprendre pourquoi Libby venait ici et pourquoi elle y amenait sa fille. À sa manière, James Farias exerce un deuxième métier en soignant les âmes en peine.

« Je reviendrai », promet-elle.

Farias pousse un « hum » dubitatif.

« Retrouvez ma Libby, dit-il d'un seul coup. Quoi qu'il soit arrivé, où qu'ils soient... C'est une femme bien. Et il ne nous en reste vraiment plus assez des comme ça.

— Ces dîners, songe Tessa, qui d'autre y assistait ? »

James soupire, puis rédige une liste.

Tessa l'emporte avec elle. Seize heures. Bientôt la tombée de la nuit en cette toute fin novembre. Les températures sont en train de chuter sensiblement. En remontant la rue vers sa voiture, elle fait instinctivement le dos rond pour se protéger du froid.

Elle pense aux Denbe. Elle ne peut pas s'empêcher de se demander où ils sont et comment ça se passe pour eux, à cette heure où le jour cède la place à une nouvelle nuit glaciale. Ont-ils de la nourriture, un abri, des vêtements adaptés et des couvertures qui leur tiennent chaud ? Cela dépend, suppose-t-elle, des raisons que les ravisseurs peuvent avoir de les garder sains et saufs.

Mobile personnel ou mobile professionnel ? C'est à cette question que se résumera en fin de compte cette affaire.

L'enlèvement des Denbe est-il le fruit d'un désir de vengeance ? Peut-être de la part d'un rival en affaires qui aurait pris comme un affront personnel l'attribution d'un gros contrat à Denbe Construction ? À moins que cela n'ait un rapport avec la liaison de Justin. Représailles de la maîtresse répudiée parce que son amant était retourné à sa famille ? À moins, hypothèse plus sinistre et plus intéressante, que Justin n'ait tout mis en scène et que ce stratagème raffiné n'ait visé qu'à maquiller le meurtre de l'épouse avec laquelle il s'était brouillé. Étant donné le risque qu'aurait fait peser un divorce sur sa fortune personnelle, mais aussi sur l'entreprise familiale, Justin aurait sans aucun doute fait figure de suspect numéro un s'il était arrivé malheur à Libby. À moins, bien entendu, que toute la famille ne soit victime d'une agression et que seuls sa fille et lui n'en réchappent par miracle...

Mais pourquoi maintenant ? Au bout de six mois, alors que les Denbe semblaient avoir surmonté le contrecoup immédiat de la trahison de Justin ? D'après son coiffeur, Libby s'efforçait de sauver son couple. Étant donné son état émotionnel fragile, elle n'avait peut-être pas encore réussi, mais elle essayait.

Tessa secoue la tête. Pour le bien des Denbe, elle espère que le crime a des motifs professionnels. Parce qu'une équipe de ravisseurs en quête d'une rançon aurait un intérêt à traiter les Denbe aussi bien que possible. Tandis qu'un proche que les Denbe pensaient connaître et portaient dans leur cœur...

C'est plus fort qu'elle : Tessa revoit cette scène, deux ans plus tôt, dans sa cuisine, le visage de son mari. Le choc de la détonation du Sig-Sauer. La sensation de cette neige blanche, si blanche, sur ses doigts gelés. La chambre de sa fille, vide.

Bien sûr, des inconnus peuvent vous faire du mal. Mais les gens que vous aimez font ça tellement mieux...

Demandez donc à Libby Denbe.

16

Le commando aux yeux bleu électrique veut qu'Ashlyn sorte de la cellule en premier.

« Non », proteste Justin.

Réveillée, Ashlyn est assise sur la couchette du bas. Son regard trouble fait un rapide aller-retour entre son père et la porte métallique. Je suis postée devant elle, comme si, en la soustrayant au regard de cet homme, je pouvais l'empêcher de se souvenir qu'elle est là.

« La fille vient à la porte, répète Mick. Elle passe les mains dans la fente. J'attache ses poignets, elle sort de la cellule. Voilà les instructions.

— Non », dit Justin. Droit comme un i, il serre les poings. « Je sors le premier. Ensuite ma fille. Ensuite ma femme. »

Mick lève son Taser noir pour nous le montrer par l'ouverture étroite du guichet.

« La fille vient à la porte », redit-il, et cette fois-ci chaque mot est lourd de menaces.

Je regarde mon mari, puis le commando, encore déconcertée, et je comprends. Quel scénario Justin cherche à éviter : si Ashlyn sortait de la cellule, Mick pourrait tout simplement claquer la porte derrière elle et nous enfermer à l'intérieur. Ce qui laisserait Ashlyn seule et vulnérable de l'autre côté.

Je m'avance pour me placer au niveau de Justin, épaule contre épaule. Je voudrais me sentir brave, déterminée. J'ai des crampes d'estomac. Je sens de nouvelles gouttes de sueur perler sur mon front et j'enfonce mes ongles dans mes paumes pour me raccrocher à la douleur.

Mick abaisse une plaque métallique pour ouvrir une fente au milieu de la porte. Le regard vide, le visage sans expression, il passe le Taser par l'ouverture, vise le torse de Justin.

« La fille…, commence-t-il d'une voix rude.

— Je vous emmerde ! braille Justin.

— Je vais y aller. »

Les deux hommes se taisent, stupéfaits, et regardent Ashlyn, qui s'est levée de la couchette.

« Ça suffit. » Elle ne parle pas à Mick, mais à son père. « Qu'est-ce que tu vas faire, papa ? Me protéger ? Faire comme si tout allait bien ? Comme s'il n'allait jamais rien arriver de mal à ta précieuse petite princesse ? C'est un peu tard pour ça, tu ne trouves pas ? »

L'aigreur de son ton me sidère. Je baisse les yeux, gênée pour elle, blessée pour mon mari qui, je le sais, doit être sous le choc devant cette explosion de colère.

« Ashlyn…

— Arrête. Mais arrête. Tu aurais dû nous quitter, tu sais. T'installer avec ta nouvelle copine, te construire une nouvelle vie. Ça, on aurait pu l'affronter. Mais non, il a fallu que tu continues à traîner dans la maison en faisant semblant de nous aimer encore, semblant de tenir encore à nous. Tu avais commis une erreur, mais tu étais désolé. Si seulement on voulait bien te laisser une seconde chance, pauvre chéri. C'est toi qui veux le beurre et l'argent du beurre. »

Ashlyn bouscule son père et passe ses mains par la fente. Justin ne fait pas un geste pour la retenir et regarde le dos de sa fille avec une stupeur non dissimulée.

De l'autre côté de la porte, Mick se marre.

« Bagarreuse, la petite ! constate-t-il en sortant un lien de serrage.

— Allez vous faire foutre », lui répond Ashlyn, et pour la deuxième fois j'ouvre de grands yeux. Jamais je ne l'avais entendue employer un tel langage. Et je n'avais pas la moindre idée... à aucun moment, je ne m'étais doutée qu'elle avait si mal vécu ces derniers mois.

Mick rit encore.

Il aurait fallu que notre famille se serre les coudes. Au lieu de cela, notre vie de détenus n'a pas commencé depuis une heure que nous nous déchirons déjà.

Le commando attache les poignets d'Ashlyn. Puis, après un bref bourdonnement, la porte s'ouvre. Mick se tient dans l'embrasure, Taser pointé sur la poitrine de Justin.

Je devrais me ruer sur lui, me dis-je. Il est tellement concentré sur Justin que je pourrais m'élancer, jeter mes petits cinquante-cinq kilos contre les cent kilos de l'armoire à glace. Si je le frappais au niveau des genoux, il tomberait. Puis Justin le chargerait et ensuite...

Ensuite, il y aurait encore six portes à ouverture électronique entre nous et la liberté. Nous aurions troqué notre cellule contre la salle de jour. Et mis en colère trois hommes armés dont l'un a comme tatouage un cobra aux crochets menaçants.

Je frissonne. Nouveau bourdonnement. La lourde porte se referme et notre fille se trouve de l'autre côté, avec le psychopathe. Elle n'a pas l'air d'avoir peur. Mais elle a regardé son père comme si elle ne l'avait jamais autant haï.

« Je suis vraiment un connard », murmure Justin.

Je ne le contredis pas. Je m'avance et je passe mes mains par la fente.

Mick nous fait mettre en rang d'oignons devant lui. Toujours aucun signe des deux autres commandos, il lui revient donc d'escorter trois prisonniers ligotés à travers la salle de jour et dans les couloirs de la prison déserte. La perspective ne semble pas le rendre nerveux. Concentré, plutôt. Il tient le Taser au niveau de la taille, pointé vers l'avant. Que l'un de nous bouge le petit doigt et il tire.

À peine avons-nous commencé à marcher que je sais que je serai la première à flancher. Mes jambes tremblent de manière incontrôlable et chaque pas exige davantage d'efforts que le précédent. C'est comme si l'air pesait plus lourd, au point que le simple fait de soulever le genou, de décoller le pied du sol, me demande une énergie phénoménale. Je suis comme un personnage de cinéma au ralenti, j'arrive à peine à faire ce mouvement circulaire, lever la jambe, l'avancer, la baisser.

Je trébuche, tangue vers la droite.

Mick n'appuie pas sur la détente, mais me rattrape par le bras et me pousse vers l'avant.

Je remarque que Justin et Ashlyn ont pris quelques pas d'avance et qu'une brèche s'est ouverte dans notre groupe. Ils ne se sont pas retournés pour voir comment j'allais.

Nous arrivons au sas. La première double porte s'ouvre avec un bourdonnement : Big Brother nous regarde. Mick nous fait entrer. Quand nous sommes tous dans le petit sas, la première porte se referme derrière nous ; puis, après quelques instants, la deuxième s'ouvre devant nous.

Justin tourne les yeux vers le coin en haut à droite. Je suis la direction de son regard et découvre un petit œil électronique. Je me demande si nous devrions faire coucou à la caméra ou si ce serait puéril.

À la sortie du sas, nous nous retrouvons dans un couloir d'une hauteur impressionnante. Au moins deux étages, avec d'immenses poutrelles d'acier dont les V s'entrecroisent au-dessus de nos têtes. Conformément au thème impersonnel qui caractérise toute la prison, le sol est en béton coulé gris, les murs sont entièrement blancs et les fenêtres, tout là-haut, ont des vitres étrangement opaques. À intervalles réguliers, des escaliers en béton dépassent du mur de droite et conduisent à des portes à l'étage.

«Nous sommes derrière les bâtiments cellulaires», murmure Justin. Il regarde Mick, toujours d'un air provocant. «Ça, c'est le couloir d'évacuation en cas d'incendie. Hé, *mon pote,* dites-nous où on va, je nous y conduirai.

— Marchez», ordonne Mick.

Justin et Ashlyn prennent de nouveau la tête. Et aussitôt je me fais distancer, même si j'essaie encore d'obliger mes membres à lutter contre la gravité. Un bras qui se balance avec lenteur vers l'avant. Un genou qui se soulève à peine, tente de faire le mouvement de pédalier. Les lumières vives se réverbèrent sur toutes les surfaces lisses et blanches. Et pendant ce temps-là, j'ai mal à la tête, j'ai des crampes à l'estomac et je voudrais me rouler en boule dans un coin frais et sombre. Je cacherais mon visage entre mes mains. Je céderais, je me laisserais couler, toujours plus profond, dans des ténèbres infinies.

« Avancez ! »

La main de Mick sur mon bras, qui me pousse avec brutalité. Je trébuche, il veut me redresser, je trébuche encore.

J'ai vaguement conscience de Justin et Ashlyn, qui ont pris une bonne longueur d'avance maintenant. Justin a posé un bras sur les épaules de notre fille. La tête basse, il lui parle à l'oreille.

Je suis une diversion, me dis-je. Mick est obligé de s'occuper de moi. Et pendant que lui et moi nous débattons avec mes membres débiles et mal coordonnés, Justin pourrait emmener notre fille à l'extérieur. Il sait où il est, derrière les bâtiments cellulaires, il a dit, et nous avons déjà franchi trois portes verrouillées…

Je fais un faux pas, manque de tomber. Mick me rattrape par le bras, me redresse à la force du poignet et me fait pivoter jusqu'à ce que nous nous retrouvions à quelques centimètres l'un de l'autre, torse contre torse, nez à nez. Je regarde ses yeux déments, bleu électrique, encadrés par ses cheveux en damier, encore plus déments.

« Marchez, bordel ! Vous avancez, vous obéissez, vous travaillez ou je vous fais sauter la cervelle ! »

Je voudrais avoir le courage de mon mari. Je me contenterais de l'aigreur de ma fille. Mais je souris au commando cinglé et je regarde ses yeux s'arrondir de surprise.

Sa main gauche me broie le haut du bras. Sa main droite, celle du Taser, pend à son côté, oubliée.

« Chut, je murmure.
— Mais qu'est-ce que...
— Chut. »

Et là, à une vitesse dont je ne me serais pas crue capable, et lui encore moins, j'attrape le Taser avec mes mains liées, je le retourne entre nous et j'appuie sur la détente.

C'est vrai, ce qu'on dit : plus ils sont grands, plus dure est la chute.

J'aurais aimé jouir davantage de cet instant, mais là-bas, ma fille se met à crier.

Z est apparu dans le couloir. Big Brother vous regarde.

Lui aussi est armé d'un Taser, sauf que le sien est pointé sur Justin, à terre à présent, le corps secoué de terribles convulsions. Ashlyn se tient debout à côté de son père, l'air suppliant.

« Tout ce que vous pouvez faire, déclare posément Z depuis l'autre bout du couloir, je peux le faire en mieux. »

À ce moment-là, il fait sauter la cartouche de l'extrémité du Taser, pivote sur lui-même avec adresse et tire sur ma fille en mettant l'arme en contact direct avec la peau de son bras nu.

Ce n'est pas un cri que pousse Ashlyn. Un hurlement suraigu, plutôt.

Sa peau est en train de cloquer. Je le sais parce que j'ai la même marque de brûlure sur le haut de la cuisse.

Je lâche mon Taser. Il tombe. Je m'éloigne de Mick, agité de soubresauts, je mets de la distance entre moi et le camarade de Z.

Beaucoup plus lentement, Z écarte le Taser de la peau pâle de ma fille. À dix mètres de moi, il tient le pistolet électrique pointe en l'air, comme un as de la gâchette, et je m'attends plus ou moins à ce qu'il dessine un O avec sa bouche pour souffler la fumée qui sort du canon.

Ashlyn pleure. Elle danse sur la pointe des pieds, ses mains liées se balançant devant elle, comme si cela pouvait soulager la douleur. Par terre, Justin ne tressaille plus, mais il ne s'est pas encore relevé. Combien de décharges mon mari a-t-il reçu au cours de ces dernières vingt-quatre heures? Combien lui reste-t-il de neurones qui n'ont pas encore grillé?

«Le rapport de personnalité ne signalait pas que vous seriez un problème, dit Z, toujours en me regardant. Intéressant.»

Je voudrais le défier d'un coup de menton. Vociférer contre lui, qui vient de faire du mal à ma fille, de torturer mon mari. Mais la sensation de lourdeur est de retour, une léthargie qui voudrait m'entraîner par le fond. J'essaie de me camper solidement sur mes pieds, mais je me retrouve à vaciller.

«Ashlyn...», il me semble dire tout bas.

Mais alors, avec un rugissement à vous déchirer les tympans, Mick se relève d'un bond, les poings serrés, l'air fou de rage. Et, en une demi-seconde exactement, son regard me trouve, se fixe sur sa cible, et il se rue vers moi.

Je m'effondre, piétinée comme un pissenlit sous les sabots d'un taureau furieux. Il beugle, Ashlyn crie et j'entends une autre voix, peut-être celle de Z, lancer un ordre, mais surtout j'essaie de me recroqueviller, de protéger ma tête entre mes bras ligotés pendant que Mick m'attrape par les cheveux, décolle ma tête et mes épaules du sol, puis me projette violemment contre le béton.

Un craquement. Peut-être une côte. Plus probablement mon crâne.

Encore des cris. Encore des hurlements, et puis un étrange grésillement, une odeur de brûlé, et je réalise que Mick n'est plus sur moi, qu'il est de nouveau par terre, de nouveau en proie à de violentes convulsions, sauf que, cette fois-ci, c'est son copain qui se tient au-dessus de lui et qui lui tire dessus, Z et son sinistre tatouage de cobra.

« Discipline. Et. Maîtrise. Bordel. » Z relâche la détente. On entend Mick grogner. « Tu m'entends ?

— Ou-ou-oui.

— Oui quoi ?

— Oui, chef.

— Je n'ai rien entendu.

— Oui, chef ! Oui, chef, oui, chef, oui, chef !

— Ça ira comme ça. Debout. Fous-moi le camp au poste central. Je prends le relais. »

Mick se relève, titube un instant, puis remonte le couloir à grands pas.

Dès qu'il s'est un peu éloigné, Ashlyn se précipite et se laisse tomber à genoux à côté de moi.

«Ça va, maman? Maman? S'il te plaît?»

Je sens ses longs cheveux sur ma joue. Ses doigts qui écartent mes mèches légères pour qu'elle puisse mieux me voir.

«Juste... Juste une minute.»

Z ne dit rien. Il attend. Au bout de quelques instants, je parviens à m'asseoir, avec le soutien d'Ashlyn. Entretemps, Justin a réussi à en faire autant et à s'adosser au mur, les jambes tendues devant lui.

Notre première tentative de rébellion. J'ai mal aux côtes, mal à la tête, ma jambe me brûle. L'avant-bras d'Ashlyn s'orne d'un carré de chair cloquée. Justin n'a pas encore réussi à se remettre sur ses pieds. Les Denbe ont voulu défier les méchants commandos et les méchants commandos ont gagné.

Comme s'il lisait dans mes pensées, Z me regarde. «Recommencez ça et votre fille en subira les conséquences, me promet-il. Quels que soient la douleur et les dégats que vous pourrez infliger, elle le paiera à la puissance deux. On se comprend?»

Lentement, parce que ça cogne sous mon crâne, je hoche la tête.

«Ne t'en fais pas, maman», dit Ashlyn et, une fois de plus, je suis frappée par la virulence de son ton. «Ça m'est égal. Je vous déteste, crache-t-elle vers Z comme si ça pouvait le toucher. Je vous déteste, je vous déteste, je vous déteste!

— Oubliez l'argent, dit Justin derrière nous. J'aurai votre peau pour ce que vous venez de faire. Un jour ou l'autre, tôt ou tard, vous prendrez une balle en pleine tête et ce sera moi qui vous l'aurai collée.»

Z se contente de renifler avec mépris.

« Allons donc, dit-il en nous faisant signe de nous relever. Mick a déjà choisi l'emplacement de votre tombe et Radar vendrait père et mère pourvu qu'on lui en offre un bon prix. Ici, je suis votre meilleur ami. Debout. Il y a encore des corvées qui vous attendent. »

17

Tessa appelle Anita Bennett, la directrice administrative de Denbe Construction, pour organiser une entrevue avec elle. À ce stade de l'enquête, il lui semble que le moment est venu de mieux cerner les principaux cadres de l'entreprise qui seront amenés à répondre à la demande de rançon – dans l'hypothèse où celle-ci finirait par arriver un jour.

Tant qu'à se rendre au siège social de Denbe, Tessa en profite pour faire un petit crochet par l'agence de voyages, située dans le grand hall de cette tour de bureaux tout en chrome et acier. Kate, Christy, Katie, avait cru se souvenir le coiffeur.

De fait, derrière le bureau d'accueil, face à la double porte vitrée, une petite brune au visage juvénile – Kathryn Chapman, indique le porte-nom en cuivre. Katie Holmes en plus jeune, se dit Tessa, ce qui fait peur, étant donné que Katie Holmes n'est déjà pas bien vieille.

Tessa donnerait vingt, vingt et un ans à cette fille. Une peau de pêche, des yeux d'une chaude couleur brune et un sourire littéralement rayonnant.

Tessa consulte sa montre. Un quart d'heure avant son rendez-vous avec Anita Bennett au onzième étage. Elle entre.

« Est-ce que je peux vous aider ? demande Kathryn Chapman.

— Je l'espère. Je viens de la part de Denbe Construction. J'ai cru comprendre que votre agence s'occupait d'organiser les déplacements de l'entreprise ?

— Tout à fait. Vous êtes une nouvelle employée ?

— On pourrait dire ça comme ça. Ma première mission consiste à retrouver le grand manitou, Justin Denbe. Est-ce que par hasard vous sauriez où il est parti en voyage ? Parce qu'on dirait qu'il n'est pas chez lui ce week-end. »

À la mention du nom de Justin, le sourire de la fille ne faiblit pas, mais il perd un peu de son éclat. Elle se tourne vers l'écran qui se trouve sur son bureau, pianote sur le clavier. « Voyons voir. Et comment vous appelez-vous ?

— Tessa Leoni.

— Kate. Ravie de faire votre connaissance, Tessa. Quand vous aurez un moment, il y a une fiche de renseignements que vous pourrez remplir. On vous demande vos noms, date de naissance, numéros de programme de fidélité, préférences de placement, ce genre de choses. Une fois que nous connaissons votre profil voyageur, nous sommes mieux à même de vous aider à organiser vos déplacements.

— C'est bon à savoir. »

Kate se retourne vers elle, un peu décontenancée. « Je n'ai pas trace d'un voyage pour M. Denbe ce week-end. Il est peut-être en déplacement personnel.

— Vous vous occupez surtout de ses voyages d'affaires ?

— Notre agence s'adresse aux entreprises.

— Je vois. Et vous vous occupez de tout le monde chez Denbe ? Je veux dire, il suffit que je vous appelle plutôt que d'aller, disons, sur Expedia.com ?

— Je ne sais pas si Denbe applique une politique particulière, mais, oui, nous organisons la majorité de leurs déplacements. Sans vouloir manquer de respect à Expedia, c'est agréable d'avoir un numéro de téléphone à appeler en cas de problème et nous sommes heureux d'être ce numéro.

— Et je peux passer par vous pour mes voyages personnels aussi, ou seulement professionnels ?

— Beaucoup d'employés de Denbe s'adressent à nous dans les deux cas.

— Mais pas Justin ? Vous pensez qu'il a pu prendre ses dispositions tout seul pour ce week-end ?

— Je... je ne sais pas.

— C'est toujours vous qui vous occupez de lui ? Ou bien ça peut être quelqu'un d'autre ?

— Il n'y a pas d'agent dédié, si c'est votre question. Nous servons tout le monde à tour de rôle. »

La jeune femme est en train de se renfermer. Elle n'est pas délibérément impolie, pas encore, mais l'intensité de son sourire a baissé de plusieurs crans. Dans son blazer strict bleu marine, ses épaules se voûtent, elle fait le dos rond.

Parler de Justin Denbe la fait souffrir. Et comme elle n'est qu'une gamine, elle ignore encore toutes les techniques pour dissimuler ce genre de douleur.

« Il a peut-être emmené sa femme en week-end romantique improvisé, suggère Tessa. Au bureau, le bruit court qu'ils dînaient en amoureux, vendredi soir. C'est mignon, je trouve, après toutes ces années.

— Est-ce que vous voulez la fiche voyageur, maintenant ? demande Kathryn d'une voix douce.

— Kathryn... Kate ?

— Oui ?

— Justin Denbe a disparu. Avec sa femme et sa fille. »

La jeune femme relève brusquement la tête. « Pardon ?

— J'ai été mandatée par Denbe Construction. Pour assurer la sécurité de l'entreprise. La famille a disparu hier soir. Nous essayons de la retrouver.

— Je ne comprends pas.

— Depuis combien de temps connaissez-vous M. Denbe ?

— Depuis que j'ai commencé ici, vous voyez. Il y a neuf mois.

— J'ai cru comprendre que Justin et vous étiez très proches. »

La jeune femme rougit, baisse les yeux vers son bureau. « On vous aura mal informée, répond-elle posément.

— Kate. Ce n'est pas le moment. Il ne s'agit pas de votre réputation, de la sauvegarde de votre emploi ou de l'état du mariage de Justin. Il s'agit de retrouver une famille tant qu'elle est encore en vie. »

La jeune femme ne répond pas tout de suite. Elle semble se livrer à un examen approfondi de son clavier gris terne. Puis elle demande : « Est-ce qu'on pourrait sortir ?

— Bien sûr. »

Kate se lève et contourne son bureau en direction de la double porte vitrée. Elle fait à peu près la même taille que Tessa, un mètre soixante-dix, mais sa silhouette souple a des courbes partout là où il faut. Les clients masculins doivent faire son siège. Tessa n'est pas surprise que Justin ait fait partie de la meute, ni qu'il ait emporté le morceau. Le mâle dominant dans toute sa splendeur.

Connard, se dit-elle, avec une certaine tristesse toutefois. Parce qu'à bien des égards, Justin Denbe a l'air d'être le genre d'homme solide et brillant qu'une femme comme elle espère rencontrer un jour. Et regardez où ça avait mené sa femme.

Kate est fumeuse. Elles sortent à l'arrière de la tour pour gagner le dernier refuge des fumeurs : une magnifique cour de dix mètres carrés à côté des bennes à ordures. La jeune femme allume sa clope; Tessa laisse le silence faire son œuvre.

«Je ne voulais pas avoir d'aventure avec lui, dit Kate dans un souffle. Je ne suis pas une briseuse de ménage, vous savez. Mais, bon, vous l'avez rencontré?»

Tessa fait signe que non.

«Il est beau. Même pour un homme de son âge et puis, et puis... je crois que je suis attirée par les hommes plus âgés. Un truc à régler avec mon père, tout ça?» Sa bouche se tord en une grimace. Elle tire sur sa cigarette. «Il y a eu un micmac avec ses billets d'avion, alors Justin est descendu régler ça lui-même. J'ai levé les yeux et... il était là. Grand, baraqué, avec ses chaussures de chantier aux pieds. Bon sang, c'est quand la dernière fois que vous avez vu un type porter des vraies chaussures de chantier dans une tour de bureaux à Boston? J'ai juste... j'ai eu envie de lui au premier regard.

« Mais bon, je n'aurais rien fait, s'empresse-t-elle d'ajouter. C'était un client, venu pour affaires, et puis j'ai vu son alliance – d'ailleurs, une partie du micmac avec les billets, c'était qu'il voulait revenir le jeudi soir pour passer un week-end de trois jours avec sa famille. Alors il s'est mis à parler de sa femme et de sa fille. En s'extasiant, vous voyez. Il rayonnait de fierté... Ça se voyait qu'il les aimait profondément. Je n'ai pas pu m'empêcher de me dire... » Sa voix a pris des accents mélancoliques. « Je me suis dit : mince, mais pourquoi est-ce que je ne peux pas en rencontrer un comme ça ? »

Tessa ne dit rien. Kate la regarde.

« Vous êtes mariée? demande-t-elle.

— Non.

— Ça vous arrive d'aller en boîte? Vous savez, pour prendre un verre et danser en espérant rencontrer un mec mignon?

— On ne peut pas dire, non.

— Laissez tomber. Les boîtes, les bars... c'est rempli de connards. Des petits mecs bourrés et égocentriques qui ne se souviendront pas de votre nom le lendemain. Vous pouvez me croire.

— Je vous crois.

— Justin... il était différent. Gentil. Quand je parlais, il m'écoutait. Il me regardait même dans les yeux, vous voyez, au lieu de fixer tout le temps ma poitrine.

— Et pourtant... ?

— Un déjeuner, murmure Kate. Ça a commencé un jour au déjeuner. J'allais sortir de la tour et il était là. Il a dit un truc du genre : vous voulez qu'on déjeune ? Et j'ai dit oui. Ça paraissait tellement innocent. Mais je savais. Je n'avais eu qu'à le regarder pour savoir. J'avais envie de lui. Je me suis même dit que je le méritais. Que j'avais plus besoin de lui que sa femme et sa fille.

— Où êtes-vous allés ?

— Au Four Seasons, dit-elle en rougissant. Il, hum, il est allé directement à la réception, il a pris une clé et on est montés. On allait se faire servir dans la chambre, il disait. Commander un repas. Mais on ne l'a pas fait.

— Un habitué, on dirait, constate Tessa avec ironie.

— Non ! Enfin, il disait… il disait que j'étais la première. Qu'il n'avait jamais trompé sa femme, qu'il n'était pas comme ça, mais qu'il y avait quelque chose chez moi…

— Vous étiez à part.

— Exactement. »

Tessa regarde la fille, sans lui faire de cadeau. Au bout d'un moment, Kate rougit de nouveau, détourne les yeux.

« Oui, il y en avait sans doute eu d'autres, dit-elle en donnant une chiquenaude à sa cigarette. Le plus bête, c'est que je m'attends à ce genre de plans dans un bar. On sait que les mecs baratinent, on se tient sur ses gardes, on se met une armure. Mais là, j'étais au travail, derrière mon bureau… et, oui, il m'a embobinée, dans les grandes largeurs. J'ai cru chacun des mots qu'il me disait. Parce que j'avais envie que ce soit joli entre nous, pas une histoire de petite traînée qui se sauve à l'heure du déjeuner pour s'envoyer en l'air avec le patron. »

La voix de la jeune femme se brise, amère. Elle renonce à sa cigarette ; ses bras serrés autour de sa taille forment l'armure dont elle parlait, mais il est trop tard.

« Ça a duré combien de temps ?

— Pas longtemps. Quatre ou cinq mois.

— Et ça s'est terminé ?

— Quand sa femme l'a appris. On avait commencé à s'échanger des textos. Il faut dire qu'il était souvent en déplacement. Quatre, cinq jours par semaine. Et il y avait sa famille... Ce n'était pas facile de se retrouver. J'imagine que sa femme avait l'impression qu'il ne lui restait plus que des miettes de son attention, une fois qu'il avait fini son travail. Mais moi, j'étais encore un cran en dessous. J'avais droit aux miettes des miettes. Toute cette... liaison... ce n'était pas ce que j'avais espéré.

— Il vous a fait prendre l'avion pour le rejoindre ?

— Quelques fois, oui.

— Soyez plus précise.

— Cinq ou six fois. Au début.

— Manifestement, vous étiez un cran au-dessus des miettes. »

Kate s'empourpre, détourne le regard. « Seulement le premier mois. Quand c'était tout nouveau, tout beau.

— Ensuite la relation s'est refroidie. Vous l'avez moins vu. Vous lui avez envoyé plus de textos.

— Il n'aimait pas ça. Il s'inquiétait à cause de sa femme. "C'est toujours comme ça que les gens se font prendre", il disait. Mais vers la fin... » La fille lève les yeux, le visage soudain durci. « Je voulais qu'il se fasse prendre ! Je voulais que tout soit découvert. Parce que je croyais... » La gorge nouée, elle a les yeux pleins de larmes. « Pauvre imbécile que j'étais, je croyais qu'il me choisirait. Que, quand sa femme saurait tout, elle le mettrait à la porte et qu'il courrait me rejoindre. *Moi!* »

Tessa attend un instant, laisse la jeune femme se calmer. « Mais ça ne s'est pas passé comme ça.

— Il m'a larguée. Il m'a appelée pour me dire qu'il avait commis une grosse erreur, qu'il était amoureux de sa femme et que c'était fini. Que je ne devais plus chercher à le joindre. Et voilà. J'ai attendu. Je me disais que, peut-être, au bout de quelques jours, il me rappellerait ou qu'il m'enverrait un texto. Ou même qu'il passerait simplement à l'agence. Mais non. Sa secrétaire s'occupait d'organiser ses déplacements. C'était fini. Je l'aimais, vous savez. J'étais idiote, naïve et... je l'aimais. Je m'imaginais que c'était réciproque.

— Il vous est arrivé d'aller chez lui? »

Elle fait signe que non.

« Vous avez rencontré sa femme?

— Non. Je l'ai aperçue une ou deux fois, dans le hall. Je l'ai trouvée magnifique. Elle portait une jupe dans le genre bohème avec un haut moulant turquoise. Elle avait l'air de prendre soin d'elle, vous voyez. Les gens disaient qu'elle était gentille. Moi... je ne posais pas trop de questions.

— Que disait Justin à son sujet?

— Rien. Les moments que nous passions ensemble étaient à nous. Il voulait que ça reste comme ça.

— Et vous ne lui avez jamais posé de questions? Jamais demandé pourquoi il déjeunait avec vous plutôt qu'avec elle? »

La jeune femme a l'élégance de rougir encore. «Il disait qu'ils étaient mariés depuis longtemps. Qu'elle était une bonne mère, qu'il la respectait…

— Sans rire?

— Mais qu'ensuite, heu, il m'avait rencontrée. Et que c'était magique…

— Oh, pitié!» Tessa se mord la lèvre, elle voudrait pouvoir ravaler son exclamation. Il est toujours préférable de laisser parler la personne qu'on interroge.

Mais Kate approuve son jugement. «Je sais. Quand j'y repense aujourd'hui, je me trouve incroyablement idiote. Je savais, je crois que j'ai toujours su. Mais il était tellement séduisant et il avait cette façon… Il me donnait l'impression que j'étais précieuse. Tant que je ne réfléchissais pas trop, évidemment. Mais rien que pour ces moments où nous étions ensemble…

— Il vous a fait des cadeaux?

— Un bracelet. De chez Tiffany. Je me disais toujours que j'allais le lui rendre, mais, bon, je ne l'ai plus revu.

— Sa femme l'a su? Pour le bracelet?

— Je ne sais pas.

— Elle vous a contactée?»

Kate secoue la tête. «Je me demandais si elle essaierait. Si elle appellerait ou, pire, si elle viendrait à l'agence. J'essayais de penser à ce que je dirais… Je ne sais pas, qu'est-ce qu'on dit dans ces cas-là?

— Elle est venue. Elle vous a aperçue. Elle a trouvé que vous étiez très jeune. Et que, vu le savoir-faire de Justin, vous étiez fichue d'avance.»

La jeune femme se ratatine. Il y a de quoi, se dit Tessa. Imaginer que l'épouse vous hait est une chose; mais découvrir qu'en réalité vous lui faites pitié...

«Ils ont vraiment disparu? demande Kate.
— Oui.
— Je ne sais rien à ce sujet. Enfin quoi, je n'ai pas vu Justin depuis des semaines et je n'ai jamais parlé à sa femme. Je me disais qu'ils étaient en train de résoudre leurs problèmes. Parce que, quand Justin a rompu avec moi, il a *rompu*. D'un seul coup. Il aimait sa femme et n'avait pas l'intention de revenir.
— Et vous l'avez laissé partir? insiste Tessa. Pas de petits mots coincés sous son essuie-glace, pas d'appels sur sa ligne privée, pas de visites sur ses chantiers?
— Oh, je l'ai appelé. La troisième fois, il a même décroché. Il m'a dit très fermement... comme, comme un *père*, que je ne devais plus le harceler. Que sa décision était prise, que sa famille passait avant tout, qu'il savait qu'il s'était montré égoïste, mais que maintenant il fallait qu'il rachète le tort irréparable qu'il avait causé à sa tendre épouse, je vous en passe et des meilleures.»

Elle s'interrompt et rougit comme si elle se rendait compte de l'impression de cynisme qu'elle peut donner. Elle ajoute, avec emportement: «Il a dit que si j'avais tellement de mal à me remettre de notre rupture, il vaudrait peut-être mieux que j'aille chercher du travail ailleurs. Et j'ai reçu le message cinq sur cinq: il menaçait de me faire renvoyer! Je n'ai pas encore fini mes études. Vous avez une idée du nombre de boulots que je ne peux pas décrocher?

J'ai besoin de celui-là. Croyez-moi, j'ai pigé. Je l'ai laissé partir et ç'a été fini.»

Tessa observe l'hôtesse de l'agence de voyages. Elle paraît relativement sincère. Et cependant, ses souvenirs semblent reposer en grande partie sur de simples intuitions. Elle *savait* que Justin la désirait. Elle *savait* qu'il voulait la faire renvoyer. Mais Tessa se demande jusqu'à quel point elle doit se fier aux intuitions d'une jeune femme de vingt et un ans. Surtout quand celle-ci en est encore à découvrir la vie à ses dépens.

«Dernière question, demande Tessa. Quand vous étiez ensemble, Justin ne parlait jamais de sa famille, mais peut-être de son travail? Des contrats qui l'auraient inquiété, soit en cours soit dans les tuyaux?»

Kate secoue la tête. «Je l'ai dit, nous n'avions pas beaucoup de temps à nous. Disons que nous ne le perdions pas à discuter.

— Vous savez que vous êtes mieux sans lui.

— C'est ce que je n'arrête pas de me dire.» Elle laisse tomber sa cigarette et l'écrase sous son pied. «Il faut que j'y retourne, si ça ne vous dérange pas. Comme je vous le disais, j'ai besoin de ce boulot.»

Tessa approuve, consulte sa montre. Elles ont parlé plus longtemps que prévu. L'absence de Kate va être remarquée et Tessa elle-même a maintenant cinq minutes de retard pour son premier rendez-vous chez Denbe Construction.

Elle attrape la poignée de la porte de service, mais, à l'instant de rentrer dans la tour, elle a une illumination : le coup classique, le mensonge par omission.

Elle se retourne et observe attentivement sa jeune interlocutrice : « Dites-moi, Kate, vous m'avez dit que vous n'aviez jamais rencontré la femme de Justin. Mais sa fille ? »

18

Les cuisines de la prison sont immenses, de type industriel, avec des fours et des batteurs mélangeurs professionnels, des comptoirs en inox à perte de vue. Le genre d'installations destinées à servir des centaines de convives dans une cafétéria noire de monde. Elles sont entièrement équipées en casseroles, poêles, moules, cuillères et spatules, verres doseurs etc., même s'il semble que Z et ses sbires aient remplacé les couteaux par des équivalents en plastique.

Notre premier test, nous a informé le chef de bande. Si nous voulions manger, nous allions cuisiner. En quantité suffisante pour six. Il a sectionné les liens de serrage de nos poignets, nous permettant ainsi de nous tenir tous les trois sans entraves pour la première fois depuis le début de cette épreuve. Même si les couteaux avaient été retirés, la cuisine contenait encore des poêles en fonte, des râpes, des éplucheurs, des rouleaux à pâtisserie. Autant d'armes potentielles pour peu que nous soyons suffisamment motivés.

Z l'a constaté sans ambages, planté devant nous avec décontraction, le dos tourné à une desserte à roulettes en inox. Son Taser était rangé à sa taille, dans un étui en cuir. D'autres objets renflaient de discrètes poches en cuir noir attachées à sa ceinture. J'avais comme l'impression que nous n'étions pas pressés d'en découvrir le contenu.

J'avais remarqué que, lorsque Z parlait, le serpent vert foncé semblait onduler autour de sa tête, les écailles s'animer d'un mouvement sinueux sous les lumières trop vives du plafond. Comme si le cobra avançait. Comme s'il venait nous attaquer.

Mick nous tuerait simplement. Alors que Z nous ferait souffrir à tel point que nous regretterions de ne pas être morts.

Z a terminé son amicale mise en garde en nous prévenant que, dans l'hypothèse où nous déciderions de provoquer un incident, le châtiment serait immédiat et se traduirait, entre autres, par une privation de nourriture pour le restant de notre détention.

Il a employé cette expression : le restant de notre détention. Comme si nous étions en train de purger une lourde peine, par exemple la perpétuité sans possibilité de libération conditionnelle.

Je suis prise d'une envie de rire bêtement, mais je me retiens.

Les commandos se sont occupés du ravitaillement. Il n'y a pas grand-chose en fait de produits frais (là encore, parce que nous sommes condamnés à la perpétuité ?), mais un impressionnant assortiment de conserves, sacs de lentilles et autres denrées. Assez pour remplir plusieurs longues étagères dans le garde-manger de quinze mètres carrés. J'essaie de ne pas penser à la quantité de vivres qu'il y a là, au temps que de telles réserves pourraient en théorie durer et à ce que l'on peut en déduire quant aux projets de nos ravisseurs, et je fais le tour de la pièce en essayant de rassembler les ingrédients d'un dîner qui se tienne.

Pour notre première soirée de gastronomie carcérale, j'opte pour des pâtes en sauce. Nous avons pléthore de coulis de tomate, d'huile d'olive, de fines herbes et de gousses d'ail. Sur la desserte en inox, je pose encore un bocal d'olives, un autre de petits oignons, puis des carottes et du mini-maïs en boîte. En l'absence de produits frais, nous en sommes réduits à nous nourrir de légumes en conserve, au goût immonde et à la teneur en sel pratiquement mortelle. Je ne peux pas faire grand-chose pour remédier à cela, mais ajouter des carottes et du maïs permettra de compléter l'apport nutritionnel sans que le plat n'en devienne pour autant immangeable. Les olives et les oignons relèveront tout ça, ce qui donnera une sauce napolitaine qui ne serait sans doute pas primée dans le quartier des restaurants italiens, mais qui mériterait une médaille dans une cantine de collectivité.

Z semble intrigué que je sache ce genre de choses. Je n'ai pas envie de lui parler de ma vie dans la cité avec ma mère. Du fait que non seulement je sais cuisiner les conserves, mais aussi récurer les cuvettes de W.-C. au Coca ou blanchir les joints de carrelage avec de la Javel et du bicarbonate de soude.

Justin reçoit pour mission de faire cuire deux kilos de pâtes. Mon mari sait cuisiner. Très bien, même, quand il s'agit de griller des morceaux de choix taillés dans le filet. Mais pour l'instant, il s'occupe des spaghettis, pendant qu'Ashlyn et moi préparons la sauce. Ma fille ouvre les conserves, puis elle découpe les carottes molles et les oignons glissants à l'aide d'un couteau en plastique. J'en utilise un deuxième pour les olives. Au moins, l'avantage avec les légumes en conserve, c'est qu'on n'a pas vraiment besoin d'une lame tranchante.

Pendant un moment, aucun de nous ne parle. Nous travaillons et c'est une sensation agréable. D'avoir de nouveau un objectif – un but et une marche à suivre. Le ventre d'Ashlyn gargouille lorsque l'odeur des pâtes en train de cuire remplit la pièce. Vingt heures sans manger? J'essaie de faire le calcul, mais mon cerveau refuse de se plier à l'exercice. Alors je continue à émincer, je mélange, je m'amuse avec les herbes, je commence la cuisson à feu doux. J'ai cuisiné toute ma vie, je peux accomplir ces gestes sur pilote automatique.

Les problèmes commencent lorsque Justin me demande une cuillère.

Il voudrait voir où en est la cuisson des pâtes. Est-ce que je pourrais lui passer une cuillère?

Je le regarde, debout devant une casserole de tomates qui mijotent, mais j'ai beau me creuser la cervelle, pas moyen de me souvenir... une cuillère, une cuillère, une cuillère?

«Libby», dit Justin.

Je le regarde toujours, d'un air de plus en plus interrogateur.

«Holà, holà, holà. Moins fort, le feu.» Il passe un bras devant moi pour tourner le bouton. Ça me paraît logique: le bouton contrôle le brûleur, le brûleur contrôle la chaleur et je ne veux pas que ma sauce attache.

Mais ensuite Justin gâche tout en me redemandant une cuillère. Je me tourne vers lui, au bord de l'exaspération.

« Je n'ai pas de cuiffière, je m'entends lui répondre.
— Pardon ?
— De cuiffière. »

Ça n'a pas l'air d'être le bon mot. Je fronce les sourcils. Ashlyn me regarde avec de grands yeux. Z aussi. J'ai mal au crâne. Je porte la main à mon front et je m'aperçois que je vacille sur mes jambes.

Z s'approche de moi.

« Dites-moi comment vous vous appelez.
— Kathryn Chapman », dis-je avec lassitude.

Mon mari blêmit, sans que je sache trop pourquoi.

« Maman ? »

Z me touche. Je sursaute, c'est plus fort que moi. Ce cobra, ces crochets, ces écailles luisantes…

Mon dos heurte la casserole brûlante où la sauce bouillonne.

« Libby ! »

Justin me tire brutalement sur le côté pour m'éloigner de la cuisinière. Puis Z pose ses doigts autour de mon œil et écarte mes paupières avec autorité.

Je crois que je pousse un geignement. Ou alors quelqu'un d'autre.

« Mais qu'est-ce qu'il vous a fichu comme torgnole, l'autre con ? murmure Z. Comptez jusqu'à dix. »

Je le regarde sans comprendre et j'essaie de disparaître à l'intérieur de mon mari, solidement campé à mes côtés à présent, un bras autour de mes épaules pour me soutenir. Je voudrais pouvoir me retourner vers lui. Au début de notre relation, j'adorais me blottir dans ses bras, sentir son corps ferme contre mes chairs plus tendres. Deux pièces de puzzle qui s'emboîtaient. À l'époque, il me procurait un sentiment de sécurité, un sentiment dont j'aurais bien besoin à cet instant.

Ses doigts se referment sur mon épaule. Une discrète pression pour me rassurer, et je sens toute la force de la promesse qu'il m'a faite tout à l'heure. Il nous protégera, Ashlyn et moi. Il l'a juré.

« Un, deux…, m'encourage Z.

— Huit ? dis-je dans un murmure.

— Et merde. » Z s'écarte, regarde Justin. « Je crois que votre femme souffre d'une commotion cérébrale.

— Et moi, je crois que c'est à cause de votre psychopathe. Vous ne pouvez pas tenir vos hommes ?

— Pas plus que vous ne pouvez tenir votre famille, on dirait. Peu importe. Radar est un super toubib. Il va s'occuper d'elle. »

Z adresse un signe à la caméra fixée au plafond. Un œil électronique pour aller avec l'œil du serpent, me dis-je, et je sens que mes pensées partent de plus en plus en vrille. Justin me guide jusqu'à un tabouret en demandant à Ashlyn de bien vouloir tourner la sauce. Ensuite, il me quitte et je me retrouve de nouveau toute seule. Je regarde la lumière des plafonniers se réverbérer vertigineusement sur ces kilomètres de plan de travail en inox, et je vais vomir, mais à quoi bon ? Depuis vingt-quatre heures, j'ai beaucoup plus régurgité que je n'ai avalé. J'essaie d'expliquer ça à mon estomac rebelle qui se tord, tandis que je regarde mon mari soulever la lourde marmite de la cuisinière, la porter jusqu'à l'évier et renverser les pâtes dans une passoire. Puis Ashlyn, d'une voix contrainte, annonce que la sauce est prête, mais c'est moi qu'elle regarde, pas du tout la sauce, et dans ses yeux je lis de l'inquiétude, de la colère et de la peur, ce qui ne fait qu'aggraver mon mal de tête. Je ne veux pas que mon enfant soit inquiète, en colère ou effrayée. Je suis censée prendre soin d'elle, non ?

Justin et moi contre le reste du monde.

Justin coupe le gaz et Radar franchit les portes de la cuisine.

Il me considère des pieds à la tête, semble examiner mes yeux, puis hoche la tête pensivement.

« Vous pouvez marcher ? me demande-t-il.

— Cuiffière, je réponds.

— Formidable. Je vais vous aider à y aller.

— On va tous y aller, intervient Justin.

— Vous, vous allez vous asseoir, ordonne Z sur un ton qui n'admet pas la réplique. Votre fille va s'asseoir. Et manger. C'est votre dernière chance. Radar, tu fais le nécessaire. »

Le petit jeune passe son épaule sous mon bras et m'aide à me redresser. Je ne vacille qu'une fois, puis le monde retrouve son aplomb. Marcher n'est pas trop difficile. Pas besoin de réfléchir, juste de poser un pied devant l'autre.

Sauf que mes pas m'éloignent de ma famille. Il me semble que je devrais dire quelque chose. Essayer de leur transmettre un message d'espoir, de réconfort. Peut-être même d'amour. Ça devrait être faisable, non ? À la veille de l'effondrement de nos vies, je devrais être capable de lancer un cri à travers ce vide : Je vous aime, je suis désolée, je vous aime.

Pardonnez-moi.

Je quitte mon mari et ma fille, assis au comptoir en inox.

Et, comme c'est si souvent le cas ces derniers temps, aucun de nous n'a dit un mot.

Si cette prison vacante est dotée d'impressionnantes cuisines industrielles, l'infirmerie possède de son côté du matériel dernier cri. Radar me fait tout de suite entrer dans une salle d'examen, équipée comme il se doit d'un lavabo en inox et de tiroirs fermés à clé qui contiennent toutes sortes d'instruments intéressants. La table d'examen semble rivée au sol. Peut-être pour qu'elle ne vous emporte pas au loin comme un tapis volant.

Radar prend mon pouls, ma tension, puis il me pointe un mince faisceau de lumière en plein dans les yeux. Je me mords la lèvre pour retenir un cri de douleur. Ensuite, il palpe ma boîte crânienne, en enfonçant ses doigts sous mes cheveux ternes, pas lavés, pas coiffés. J'éprouve un certain embarras, jusqu'au moment où ses doigts trouvent un point sensible derrière mon oreille. Cette fois-ci, je crie et il écarte aussitôt les mains.

« Commotion cérébrale, marmonne-t-il. Peut-être avec contusion ou fracture linéaire. Vous connaissez l'échelle de Glasgow, qui sert à évaluer l'état de conscience ? »

Je ne réponds pas. J'ai plutôt le sentiment qu'il parle tout seul.

« Je vous donnerais un score de dix sur quinze, c'est mieux que huit, mais enfin… Il vous faudrait un scanner. Les joujoux qu'on a ici ne sont pas aussi luxueux, mais on peut déjà commencer par une petite radio. »

Nouvelle salle. Vraiment du mal à marcher, maintenant. En sueur. Un début de palpitations cardiaques. Douleur, agitation, détresse.

Je voudrais... Je voudrais que Justin soit là, son bras encore autour de mes épaules.

L'appareil de radiologie. Ce qui me donne la possibilité de m'allonger sur une table. Radar pose un matelas pesant sur ma poitrine, puis une protection sur mes yeux, avant de positionner une machine au-dessus de ma tête.

« Fermez les yeux. On ne bouge plus. »

Il s'éloigne. Un bourdonnement, puis un éclair.

Il revient.

« C'est un appareil numérique, m'indique-t-il, comme si cela pouvait me dire quelque chose. Mais il faut attendre un peu.

— Comment vous avez... appris tout ça ? » Je réussis à désigner la pièce autour de nous.

Il me regarde, imperturbable. « Je me suis bien appliqué à l'école.

— Médecine ? C'est ça que vous avez étudié ?

— Les médecins sont des tarlouzes. Moi je suis infirmier militaire. Nous, on connaît vraiment la musique.

— Infirmier ? Dans l'armée ? »

Il me regarde sans répondre.

« Comment vous appelez-vous ? » me demande-t-il au bout de quelques instants.

J'ouvre la bouche, mais rien ne vient, alors je la referme. « Il a voulu me tuer », dis-je.

Radar lève les yeux au ciel. « Quelle idée à la con, aussi, de s'attaquer au Taser à un type qui fait deux fois votre taille. Je vais vous dire, vous auriez quelques trucs à apprendre, question techniques de survie.

— Plus ils sont grands, plus dure est la chute.

— Ouais, et plus vite ils vous écrabouillent le crâne.

— Vous êtes amis ? »

Le jeune hausse les épaules, donne des signes de malaise. « On se connaît. C'est suffisant.

— Il a un problème, ce type.

— Comme si vous m'appreniez quelque chose.

— Il m'aurait tuée. Et ensuite mon mari. Et ma fille.

— Z l'en a empêché.

— Il est le chef ?

— Dès qu'il y a plus d'une personne dans un groupe, il y a un chef.

— Il peut contrôler Mick ?

— Z ? s'esclaffe le gamin. Il pourrait contrôler le monde entier. La question, c'est de savoir s'il en a envie.

— Je crois que je vais vomir.

— Là, vous voyez : dites ça à un vrai médecin et il prendra ses jambes à son cou. Alors que moi, j'ai déjà un sac. »

Il me tend un sac de courses en plastique. Je me penche légèrement sur le côté et je rends un petit filet d'eau. Après quoi mon estomac se contracte à vide et je retombe sur le dos en me tenant le ventre de douleur. Cela ne fait ni chaud ni froid à Radar. « Il faut que vous buviez. Regardez votre peau. » Il pince le dos de ma main et secoue la tête. « Déjà déshydratée. Vous vous croyez où, au Club Med ? Règle numéro un dans l'adversité : prendre soin de sa santé. Vous avez besoin de boire. Et de manger.

— J'ai besoin de mon sac à main. » J'ai murmuré ces mots sans réfléchir, avant de passer ma langue sur mes lèvres desséchées.

« Interdit, répond-il posément. Pas de Vicodin tant que vous aurez un trauma crânien.

— Comment savez-vous… ?

— Il y a des gens qui se contentent toute leur vie de leurs cinq sens. Et puis il y a les gens comme moi. Antalgiques sur ordonnance, c'est ça ? Comme vous êtes une bourge de Back Bay, pas moyen que vous preniez déjà des drogues dures – ça, ça voudrait dire qu'il y a un vrai problème. Mais s'enfiler du Percocet, de l'oxycodone, des comprimés prescrits par votre médecin de famille, c'est beaucoup moins grave, pas vrai ? Ce qui veut dire que ça va bientôt faire vingt-quatre heures que vous n'avez pas eu votre dose… Je parie que vous vous sentez épuisée. Vous tenez à peine le coup. Comme si le monde était un océan qui vous entraînait par le fond. Vous savez que vous devriez rassembler vos forces, rester lucide pour votre famille, mais bien sûr c'est mission impossible. Vous souffrez de dépression, de crampes abdominales, d'agitation, de constipation et de nausée. Ah, j'oubliais, vous avez aussi pris un coup sur la tête. Mais à part ça, pas de problème, vous êtes au top. »

Je ne réponds pas.

« Vous feriez aussi bien de tout me confier. Nous sommes entre nous et, au train où vont les choses, on va passer beaucoup de bon temps ensemble. Plus vous m'en direz, plus il y a des chances que je puisse vous aider. Parce que, pour le moment, vous êtes une loque. Si je puis me permettre.

— De l'eau », dis-je.

Il va au lavabo et en fait couler un peu dans un gobelet en plastique. Je me rince la bouche avec la première gorgée et je la recrache dans le sac à vomi.

Je me fais la réflexion que Radar ressemble beaucoup au personnage du même nom dans la série télévisée *MASH* : trop jeune pour parler avec une telle maturité ; trop le visage d'un gamin pour être aussi cynique. Mais ensuite je repense à Z et à Mick et je me demande jusqu'à quel point il peut être innocent alors qu'il fraye avec des gens de leur acabit.

« Dix, lui dis-je. J'essaie de me limiter à dix par jour. » Ou quinze.

« Oxycodone, Percocet ?

— Hydrocodone. C'est pour mon cou. » J'ai affirmé ça sans sourciller. Il ne relève pas.

« Dosage ?

— Dix milligrammes.

— Ça, c'est le dosage en opioïde. Donc, en plus, vous prenez au moins cinq cents milligrammes de paracétamol par comprimé. Fois dix... Depuis combien de temps ?

— Quelques mois.

— Des saignements d'estomac ?

— Il me fait souffrir.

— Et quand vous buvez de l'alcool ?

— Encore plus. »

Radar me regarde. « Et à ce moment-là, vous reprenez un comprimé.

— Si je pouvais... mon sac. »

Radar secoue la tête. « Vous vivez dans une maison somptueuse. Vous avez un mari, une jolie gosse. Franchement, qu'est-ce que vous cherchez à fuir ?

Vous devriez peut-être passer plus de temps dans les quartiers pauvres. Ou dans une caserne, tiens. Ça vous apprendrait deux, trois trucs. »

Il se lève. Quitte la pièce. Sans doute qu'il doit aller jeter un œil aux radios, ou alors c'est que je le dégoûte trop. Je n'ai pas pris la peine de le détromper, de lui dire que j'ai autrefois vécu de l'autre côté de la barrière et que, oui, j'ai conscience des privilèges de mon nouveau statut social.

Mais peut-être que je suis une romantique. Je n'ai jamais voulu avoir cette grande maison, une adresse à Back Bay. Je voulais seulement mon mari.

Enfin, ce n'est pas tout à fait vrai, non plus. Dès l'instant où j'ai avalé ce premier comprimé...

À une lointaine époque, j'avais perdu mon père. Et puis, encore trop tôt, ma mère. Et j'avais tenu le choc, j'avais été forte. Jusqu'au jour funeste où je me suis rendu compte que j'allais perdre mon mari, où je l'ai entendu m'avouer tout bas la vérité sur sa liaison avec une autre femme et où j'ai compris que cette famille-là aussi était vouée à l'autodestruction...

Il se trouve qu'il a toujours existé en moi un gouffre immense, insondable. Un abîme si profond, si noir, si horrible, que je n'étais pas seulement vidée, mais anéantie par les deuils que j'avais connus. Au point qu'il y avait des jours où je n'osais pas sortir parce que j'avais peur d'être emportée par le vent.

Les comprimés sont devenus ma bouée de sauvetage. Et parfois, savoir qu'on agit mal n'y change rien. On reste qui on est. Avec ses besoins. Et ses erreurs.

Je me suis demandé si Justin se disait la même chose quand il couchait avec cette fille. Et si, après coup, il se sentait aussi coupable que moi, tout en sachant qu'il recommencerait. Encore. Et encore.

J'avais cru que l'amour ferait de nous de meilleures personnes. Je m'étais trompée.

Je me recroqueville pour essayer de soulager mes crampes d'estomac et je ferme les yeux pour lutter contre mon mal de tête.

La porte s'ouvre. Je garde les paupières baissées, j'attends que Radar rende son verdict : la patiente survivra-t-elle ?

Mais en fait, c'est une voix rauque qui murmure à mon oreille : «Je te ferai la peau, jolie petite salope. Mais d'abord, c'est clair que je vais me faire ta fille. Tu peux te planquer ici aussi longtemps que tu le voudras. J'ai tout mon temps. J'ai de la patience. J'ai toute une prison, et trois cent quarante-deux salles d'où je peux surgir, bouh!»

Je ne réagis pas. Je reste immobile, comme si je dormais. Mick s'en va. Radar revient. Il m'informe que je souffre d'une simple commotion. Que j'ai besoin de me reposer, de boire davantage et de reconstituer mes réserves en oméga-3, utiles pour le cerveau. Il me tend deux capsules d'huile de poisson en me disant qu'il va me ramener à ma famille, qui me gardera toute la nuit sous surveillance.

Je ne dis rien, j'accepte simplement les capsules, puis le soutien de son bras, et nous reprenons lentement le couloir. À l'odeur, je devine que nous approchons des cuisines.

Qu'a dit Radar ? Règle numéro un : prendre soin de sa santé.

«Est-ce que je pourrais manger un dîner léger ?»

Radar me regarde d'un air dubitatif.

«Des pâtes nature, par exemple? Quelque chose de simple.»

Il hausse les épaules, comme pour me dire que les conséquences me regardent.

Ça me va. Les conséquences de beaucoup de choses me regardent, en ce moment. Mais il faut que je me retape. Que je trouve un moyen d'arrêter de couler et de commencer à nager, à penser à mon mari et à ma fille, à faire passer leur sécurité en priorité.

Justin a juré de nous protéger, Ashlyn et moi. Mais je doute qu'il puisse à lui seul tenir tête à un professionnel chevronné et psychopathe dans le genre de Mick. Nous devons faire front commun, Ashlyn, lui et moi. Haïr un peu moins. Aimer un peu plus.

Jadis, dans une des plus luxueuses demeures de Boston, notre famille s'est désagrégée. Aujourd'hui, entre les murs sévères de cette prison de béton, nous devons nous retrouver.

Parce que Mick ne me fait pas l'effet d'un tueur qui profère des menaces en l'air. Et que, séquestrés dans une prison comme nous le sommes, nous ne pouvons pas fuir. Il est le prédateur. Nous sommes les proies. Et aucun de nous n'a plus d'échappatoire.

19

Participer à une cellule d'enquête interpolice ressemble beaucoup à un ballet. Malheureusement, Wyatt n'aime pas danser. Il n'a jamais aimé et ça ne changera pas.

En attendant, il se trouve en voiture avec Kevin comme passager. Quand on se frotte aux fédéraux, ça ne fait pas de mal d'avoir un type intelligent dans les parages et Kevin est ce qu'on peut trouver de mieux comme grosse tête dans le North Country.

Ils ont pour consigne de rejoindre les agents spéciaux Adams et Hawkes au siège social de Denbe Construction, dans le centre-ville de Boston. On est samedi, mais le FBI a reçu l'autorisation de commencer à interroger différents cadres et salariés de l'entreprise. Comme le temps est compté dans les affaires d'enlèvement, personne n'a protesté.

Nicole a signalé qu'une détective privée serait peut-être également de la partie, envoyée par une entreprise de sécurité à qui Denbe Construction a demandé de réaliser une évaluation indépendante de la situation.

C'était là que les choses devenaient compliquées. Même s'il n'y avait pas forcément de rivalité, c'était compliqué. Il ne suffisait pas de dire que tout le monde souhaitait qu'on retrouve les Denbe sains et saufs. Denbe Construction voulait qu'on les retrouve de la manière la plus efficace possible (c'est-à-dire la moins coûteuse). Le FBI voulait qu'on les retrouve d'une façon qui non seulement mette ce service d'enquête tout entier en valeur, mais qui permette aussi à Nicole et à son collègue de progresser dans leurs carrières. Quant à Wyatt… eh bien, disons qu'un peu de gloriole ne l'aurait pas laissé insensible. Comme il était déjà en train de claquer tout son budget pour les opérations de recherche, il ne lui aurait pas déplu de ressortir de cette affaire avec une image flatteuse. Les services du shérif doivent, comme les autres, défendre leurs crédits. Un succès éclatant lui aurait pratiquement assuré une année de fonctionnement supplémentaire.

Autrement dit, ça se bousculait au portillon. Ce qui pouvait conduire à une vraiment chouette collaboration ou alors à un plantage magistral.

Wyatt ne s'ennuie jamais dans son métier.

Ils entrent dans Boston par la 93. Le soleil est couché depuis belle lurette, les lumières de la ville brillent de mille feux dans l'embrasement du samedi soir. Quand il était jeune, Wyatt venait de temps à autre à Boston pour assister à un concert ou à un match des Red Sox. Aujourd'hui, comme la plupart des habitants du New Hampshire de quarante ans et plus, il fuit résolument la ville. Le trajet, les bouchons, le stationnement, la cohue…

Oui, il a vieilli et il ne s'en plaint pas.

Des flèches rouges apparaissent sur l'écran de son navigateur; elles s'efforcent d'indiquer laquelle des myriades de sorties il est censé prendre, mais en fait elles compliquent plutôt la donne. Kevin entreprend de le guider. Fan absolu de hockey, il vient encore régulièrement à Boston pour des matchs des Bruins.

À eux deux, ils réussissent à trouver la tour de Denbe Construction. Il y a un parking souterrain, bien commode. Ils prennent leur ticket, garent la voiture et se dégourdissent les jambes. Ils sont en tenue : pantalon beige à rayures marron foncé. Chemise marron foncé et cravate marron clair, badges du comté et insigne en or indiquant leur grade. Ceinturon, bottes cirées, chapeau à bord rigide.

Les fédéraux se confondront avec les autres cadres supérieurs présents dans la salle. Wyatt et Kevin, en revanche, savent faire une entrée.

Le hall de la tour n'est pratiquement que verre, acier et ardoise gris foncé. Le genre de réalisations architecturales devant lesquelles Wyatt se félicite toujours d'être un bouseux. Il remarque la présence d'une cafétéria et de ce qui semble être une agence de voyages. À part ça, il y a une banque d'accueil, déserte à cette heure, et une série d'ascenseurs flanquée d'un immense répertoire des locataires de la tour.

Kevin repère Denbe Construction, au onzième. Ils appuient sur le bouton et l'ascenseur les emporte docilement.

À la sortie, ils tombent sur un vestibule étroit et encore beaucoup plus de verre : toute la cloison en est faite et la porte elle-même est si ingénieusement fixée aux autres panneaux que Wyatt se fait l'effet d'un aveugle qui utiliserait le braille pour en lire les contours. Fermée à clé. De l'autre côté, un bureau d'accueil en merisier, sur lequel trônent de grosses lettres métalliques : Denbe Construction. Ils sont au bon endroit. Si seulement ils pouvaient entrer.

Kevin finit par trouver un interphone et appuie sur le bouton.

Trente secondes plus tard apparaît une femme d'un certain âge avec des cheveux argentés coupés court, un pantalon gris souris et un col roulé à manches longues en soie blanche. Elle a le visage tendu d'une femme soumise à un grand stress, mais qui tient la barre.

Elle observe leurs uniformes et ouvre la porte.

« Anita Bennett, annonce-t-elle aussitôt. Directrice administrative, Denbe Construction. Et vous êtes ? »

Wyatt procède aux présentations et voit dans son regard bleu vif qu'elle fait immédiatement le rapprochement.

« C'est vous qui avez retrouvé le blouson de Justin et qui allez seconder les enquêteurs pour les recherches dans le New Hampshire », dit-elle en les invitant à entrer.

Wyatt serait tenté de pinailler sur le verbe « seconder », mais il s'abstient. « Ravi de vous rencontrer, madame Bennett…

— Anita, je vous en prie. Les autres sont dans la salle de réunion. Il y a du café et des rafraîchissements sur la desserte. Les toilettes sont au bout du couloir. J'ai encore quelques détails à régler. Toute cette journée… Nous sommes un peu aux quatre cents coups. C'est la première fois qu'il nous arrive une chose pareille. »

Wyatt et Kevin hochent la tête, compatissants. Anita les conduit à une salle de réunion aux dimensions impressionnantes, avec l'obligatoire mur entièrement vitré donnant sur le centre-ville. Dans un secteur d'activité où les contrats se montent à des dizaines de millions de dollars, l'image doit compter, suppose Wyatt, parce qu'on n'a mégoté sur rien dans cette pièce. Une lourde table en bouleau. Deux dizaines de fauteuils de luxe en cuir. D'immenses reproductions au mur. Wyatt n'a pas encore eu l'occasion de se rendre sur la scène de crime, mais rien qu'à voir les bureaux de Justin Denbe, il est curieux de découvrir ce que ça donne chez lui.

La moitié des fauteuils sont occupés. Tournant le dos à la vue sur Boston, les deux fédéraux, Nicole Adams et Ed Hawkes. À côté de Nicole, un homme trapu – cheveux noirs, coupe tondeuse, chemise à carreaux rouge retroussée sur les avant-bras, tatouage dans le cou. Clairement un employé de Denbe, tout comme ses trois voisins, également vêtus de vieilles chemises à carreaux, de pantalons multipoches et de chaussures de chantier. Aucun d'eux n'est grand, mais tous respirent cette vantardise tranquille qu'on acquiert après des années de rixes de bar victorieuses. Anciens soldats, Wyatt y mettrait sa main à couper. Tiens donc. Il ignorait que Denbe employait autant de types issus de l'armée, des gars qui, par exemple, sauraient d'expérience se servir d'un Taser. Surtout que ceux-là ont plutôt des têtes de chefs de bande : ils doivent posséder de précieux contacts avec des spécimens encore plus intéressants dans ces milieux-là.

Il termine son passage en revue des employés de Denbe à peu près en même temps qu'eux terminent le leur. Ils n'ont pas l'air impressionnés, mais il faut dire que le premier, M. Coupe Tondeuse, semble plus captivé par Nicole. Bon courage, se retient de lui dire Wyatt.

De l'autre côté de la table, seule pour l'instant et tout à fait inattendue, une femme retient son attention.

Elle a un visage en forme de cœur, des yeux bleus inexpressifs. Ça le déconcerte un peu parce qu'à première vue, elle a l'air jeune, mais ces yeux... Leurs regards se croisent et elle soutient le sien avec franchise.

Pas d'erreur, encore une ex-quelque chose. Elle ne porte plus d'uniforme, mais elle en a porté un. Ce visage chatouille la curiosité de Wyatt. Une sensation de déjà-vu, comme s'il aurait dû la reconnaître.

«Tessa Leoni, dit-elle. Northledge Investigations. Denbe Construction m'a demandé de procéder à une évaluation indépendante de la situation.»

Ah! la détective.

Il s'approche et tire un fauteuil à roulettes près d'elle. Kevin prend place à côté de lui.

Wyatt fait les présentations et tend la main : «Wyatt Foster, brigadier, enquêtes criminelles. Et voici mon collègue, Kevin Santos. Nous avons retrouvé le blouson.

— C'est vous qui avez lancé l'appel à témoins», dit Tessa.

Il hoche la tête d'un air modeste. «Ne l'ébruitez pas, mais j'aime mes concitoyens. Ils ont des choses utiles à nous dire plus souvent qu'à leur tour. Une fois qu'on écarte les illuminés, j'entends. Et comme nous avons peu de pistes et encore moins d'informations, il m'a semblé qu'on aurait bien besoin de quelques tuyaux, et si possible tout de suite.

— Vous en avez reçu ? demande Nicole Adams, en face de lui.

— Non. Mais nous n'avons que le signalement de la famille et ça m'étonnerait que les ravisseurs promènent leurs otages en public. Il serait plus utile d'avoir le signalement du véhicule. »

Nicole approuve. « L'enquête de voisinage est encore en cours. Mais jusqu'à présent, nous avons plus de théories que de pistes sérieuses sur le sujet. »

Wyatt allait l'interroger sur ces théories lorsque Anita Bennett revient.

En tant qu'hôtesse de la réunion, elle apporte une épaisse pile de dossiers à reliure spirale. Les photocopies des comptes de l'entreprise, comprend-il rapidement. Elle distribue le document de présentation de Denbe Construction et ils se mettent au travail sans tarder.

D'abord, qui est qui. Du côté de Denbe Construction, ils ont Anita Bennett, directrice administrative et faisant fonction de présidente en l'absence de Justin. (Wyatt le note : la première à retirer un bénéfice de la disparition des Denbe est Anita Bennett.) Vient ensuite le don Juan de ces dames, Chris Lopez, directeur opérationnel, qui met un point d'honneur à souligner son titre en plantant son regard dans le regard bleu clair de Nicole Adams, que cela laisse parfaitement froide. À côté de lui, un trio que Wyatt catalogue aussitôt comme ses comparses : Jenkins, Paulie et un type qui se fait appeler Bacon – sans rire. L'équipe technique resserrée, explique Lopez. Ils travaillent avec Justin, ils le connaissent, ils surveillent ses arrières. En cas de problème, c'est à eux qu'il faut s'adresser pour qu'ils distribuent les coups de boule et relèvent les noms.

Jenkins, ancien de l'armée de l'air devenu ingénieur structure, pousse la caricature jusqu'à faire craquer ses doigts. Et malgré cela, il reste plus raffiné que le fameux Bacon, qui ne cesse de caresser la petite cuillère en métal grossier qu'il porte en pendentif au bout d'une lanière en cuir.

Wyatt traduit «équipe technique resserrée» par «garde rapprochée». Justin Denbe avait donc une garde rapprochée. Composée de certains des anciens militaires les plus dangereux et les plus déséquilibrés que Wyatt ait jamais vus. Ce qui signifie que lui-même et ses collègues enquêteurs vont devoir manier leurs informations avec tact parce que des types comme ça sont capables d'exploser tout seuls, la violence étant leur meilleure alliée et leur première réaction devant les problèmes.

Deuxième note personnelle : isoler les membres de la garde rapprochée, les interroger séparément et passer leurs antécédents au peigne fin. Ces types connaissent des choses et des gens. Y compris, sans doute, le genre d'individus capables de kidnapper trois personnes, fastoche.

Aux abonnés absents, le quatrième membre de l'équipe, l'architecte, actuellement sur un chantier en Californie. Il prendrait l'avion à la première heure le lendemain matin et serait disponible pour des entretiens à partir de dimanche, dix-sept heures. Idem pour la directrice financière, Ruth Chan, en vacances aux Bahamas. On essayait encore de la mettre au courant des «derniers événements», comme disait Anita Bennett.

« En attendant, déclare-t-elle, nous sommes à votre disposition. J'imagine que vous avez des questions et nous ferons naturellement tout ce qui est en notre pouvoir pour vous assister. Comme vous pouvez le constater, j'ai déjà fait une copie des comptes du dernier trimestre. La directrice des relations humaines est également d'astreinte, prête à organiser avec les employés les entrevues que vous jugerez opportunes. Dans cette salle se trouvent les plus proches collaborateurs de Justin et je crois pouvoir parler en notre nom à tous en disant que c'est véritablement un privilège et un honneur que de le seconder. Il va de soi que notre priorité absolue est sa sécurité, ainsi que celle de sa famille.

— Et aucun de vous n'a eu de nouvelles de Justin ou d'un autre membre de la famille aujourd'hui ? » Nicole a posé la question d'une voix claire, dans son rôle de directrice d'enquête.

La question peut sembler idiote, mais Wyatt a déjà vu des enquêtes où, à ce moment très précis, quelqu'un a levé la main et répondu : « Hé, au fait, les mecs, je ne vous ai pas dit qu'il m'avait appelé il y a une demi-heure ? » Mais aujourd'hui, ce n'est pas le cas. Une à une, les personnes présentes autour de la table secouent la tête en signe de dénégation.

« Est-ce que M. Denbe aurait parlé à quelqu'un de projets qu'il aurait eus, d'un week-end en famille ?

— En règle générale, Justin organise lui-même ses voyages. J'ai pris la liberté de regarder dans son ordinateur de bureau et il n'y a rien dans son agenda, répond Bennett.

— Est-ce qu'il aurait fait part de son agacement concernant un chantier en cours, d'angoisses métaphysiques sur l'évolution de la société ? »

Un silence plus long, puis, l'un après l'autre, chacun des employés fait signe que non. Mais Wyatt ne s'emballe pas pour autant. Les réponses données en entretien collectif sont toujours sujettes à caution. C'est un point de départ, bien sûr, mais le plus intéressant serait ce que chacun dirait individuellement, quand il n'aurait pas à s'inquiéter d'être entendu par ses collègues.

« Comment se portent les finances de l'entreprise ? » demande Wyatt, ce qui lui attire un regard mauvais de la part de Nicole, qui n'apprécie pas qu'on lui vole la vedette. « Les comptes sont dans le vert ?

— Nous dégageons du bénéfice. » Bennett, qui a répondu avec une certaine raideur, marque un temps d'arrêt. « Mais nous avons des difficultés de trésorerie. »

Voilà qui titille le sixième sens de Wyatt. Comme l'explique Anita Bennett, leur dernier gros chantier a connu des surcoûts et Denbe a été assez sévèrement impacté. Ils ont couvert les pertes grâce à leurs liquidités, mais du coup ils se sont lancés dans leur nouveau chantier, un hôpital en Virginie, sans matelas de sécurité, de sorte qu'ils ont naturellement rencontré d'emblée leur première crise de trésorerie.

Globalement, la situation était bonne, s'emploie à souligner Bennett. L'hôpital promettait encore de générer cinq millions de profits. Mais le dernier trimestre avait été cauchemardesque et, oui, ils étaient sur la corde raide. Mais Justin aimait cela, s'empresse-t-elle d'ajouter. Pour lui, la gestion financière, qui exigeait en fait de louvoyer avec les banques, les fournisseurs et les sous-traitants, faisait partie du plaisir d'un gros chantier. S'il y avait bien une chose qu'il aimait encore plus que négocier un contrat, c'était renégocier un contrat. Il n'était vraiment pas du genre à fuir devant l'adversité.

Wyatt trouve ces explications fort intéressantes. Il griffonne : Détournement de fonds ? Blanchiment d'argent ? Parce que, pour autant qu'il puisse en juger, avec de telles sommes en circulation, les occasions ne doivent pas manquer dans cette branche. Donc, si Justin était copain avec les chiffres, peut-être qu'il avait soulevé des irrégularités, ou du moins flairé d'un peu trop près les malversations d'un de ses employés. Ce qui avait fait de sa disparition une urgente nécessité.

Pour finir, Bennett communique ce qu'elle considère comme une bonne nouvelle : Denbe Construction avait souscrit des contrats d'assurance sur la tête de Justin. Pour des montants considérables. Dix millions en assurance-vie, mais aussi une assurance enlèvement pour deux millions de dollars. Mieux encore, cette dernière couvrait la famille. Un million pour le conjoint. Un million par enfant.

Nicole pose la première banderille : « Vous êtes en train de nous dire que cette police garantit jusqu'à quatre millions de dollars en cas de demande de rançon ?

— C'est ça, confirme Bennett, rayonnante.

— Vous avez averti l'assureur ?

— Pas encore. Nous n'avons reçu aucune demande.

— Combien de temps faudrait-il pour que la compagnie d'assurances débloque de telles sommes ? » demande Nicole.

L'enthousiasme de Bennett se modère un peu. « Je ne sais pas. Nous n'y avons jamais fait appel. »

Wyatt trouve que là n'est pas l'essentiel : « Excusez-moi, mais combien de personnes sont au courant de l'existence de cette police ? Et du fait que kidnapper les Denbe vaut au moins quatre millions ? Parce que j'ai comme l'impression que la société n'a pas les disponibilités pour verser une rançon, mais cette assurance, sûrement, oui. »

Silence dans la salle. Les cadres de Denbe échangent des regards, puis se détournent. « La plupart d'entre nous, je crois, répond Bennett avec méfiance.

— Justin en avait fait un sujet de plaisanterie, ajoute Lopez. On devait se rappeler qu'il valait son pesant d'or vivant, mais pas mort. Soit dit en passant, je n'étais pas au courant pour la clause familiale. Je savais seulement que Justin était assuré. Et puis, il est le patron d'une entreprise d'une certaine importance, qui jongle avec des sommes colossales. Je veux dire, si on connaît l'existence de Denbe Construction, on imagine forcément que le propriétaire est bourré de fric, que ce soit l'argent de l'assurance, son argent à lui, l'argent de la société... D'une manière ou d'une autre, enlever un type comme Justin Denbe, ça paraît un moyen facile de se faire du blé. »

Les autres membres de la garde rapprochée acquiescent.

« Sauf que rien n'est facile avec Justin, continue Lopez. Et nous sommes aussi bien placés pour le savoir. Alors ce n'est pas la peine de nous faire votre regard qui tue, dit-il en agitant son doigt en direction de Nicole. Nous allons au club de tir avec Justin au moins une fois par semaine. Il sait se défendre. Et la plupart d'entre nous étaient invités à son mariage, sans compter qu'on a aidé à changer les couches d'Ashlyn. Il fait partie des nôtres, sa famille est notre famille. Ce n'est pas nous, le problème. Il va falloir aller fouiner ailleurs pour le trouver. »

Lopez semble avoir terminé sa tirade. Il se carre dans son fauteuil, bras croisés sur la poitrine. À côté de lui, ses potes approuvent hautement.

Un à zéro pour la racaille, se dit Wyatt.

« Je crois que nous serons tous d'accord, intervient Bennett avec diplomatie, pour dire que nous sommes profondément inquiets pour Justin, Libby et Ashlyn. S'il vous plaît, vous qui menez l'enquête, que pouvez-vous nous dire ?

— Nous avons bien quelques premières pistes, indique Nicole. Pour commencer, des confettis de Taser ont été retrouvés sur les lieux de l'agression et nous pouvons nous en servir pour identifier l'arme qui a été utilisée.

— Donnera rien », dit celui qu'on appelle Bacon.

Tous les regards se tournent vers lui. « Illégal dans le Mass. » Il hausse les épaules ; plutôt un taciturne, on dirait. « Donc, Taser sûrement pas déclaré, donc aucune arme répertoriée qui correspondra au numéro de série des confettis. »

Nicole prend un air pincé et, à la tête qu'elle fait, Wyatt devine qu'elle le savait déjà. Cela dit, il y a un monde entre *savoir* qu'on n'a pas de piste et *admettre* qu'on n'a pas de piste.

« Les voisins n'ont rien vu, rien entendu ? demande Wyatt.

— Non. Mais parfois l'absence d'information est une information en soi. »

Belle réplique. C'est pour ça que Nicole fait une brillante carrière au FBI pendant que Wyatt est encore menuisier à mi-temps.

« Par exemple, continue-t-elle, transporter toute une famille et plusieurs kidnappeurs dans un véhicule demanderait au moins un fourgon ou un gros 4 × 4 break. Pour qu'ils aient pu sortir de la maison trois personnes ligotées et bâillonnées sans se faire remarquer, on peut penser que le véhicule devait être garé dans les environs immédiats. Ils auraient pu utiliser le garage des Denbe, mais aucun voisin ne l'a vu s'ouvrir ou se fermer ce soir-là et encore moins la voiture de Libby en sortir. Comment, dans ce cas, les ravisseurs ont-ils réussi à garer un gros véhicule près de la maison sans éveiller les soupçons ?

— Un fourgon de livraison », intervient Tessa Leoni pour la première fois. Elle n'a pas dit cela sur un ton insolent, juste terre à terre. Wyatt devine qu'elle n'a encore rien entendu autour de cette table qu'elle n'ait déjà su.

Nicole se rembrunit légèrement, vexée qu'une détective qui n'est pas des leurs lui ait piqué sa chute. « Exact, c'est notre hypothèse de travail actuelle. Nous pensons que le véhicule était camouflé en fourgon de traiteur, ce qui passerait relativement inaperçu dans un tel quartier. Les Denbe disposent d'une place de stationnement réservée près de l'entrée de leur garage à l'arrière de la maison. Il a pu être assez facile d'y garer un fourgon et de faire rapidement sortir la famille à la faveur de la nuit.

— Comment sont-ils entrés dans la maison ? demande Wyatt, qui est le moins bien renseigné d'entre eux sur les lieux de l'agression.

— Ils ont neutralisé le système de protection.

— Non. » Un membre de la garde rapprochée, Paulie, prend la parole : « J'ai installé ce système moi-même. On ne peut pas le neutraliser. »

S'ensuit tout un exposé où il est question de double ceci et de cela renforcé. Nicole le laisse parler, l'air plus patient que surpris.

« Dans ce cas, il n'a pas été neutralisé, dit-elle posément quand il a fini. Il a été désactivé.

— Il faudrait connaître le code, proteste Paulie.

— Précisément.

— Ça voudrait dire...

— Précisément. »

Autour de la pièce, les différents membres de l'équipe de direction se regardent. Ils ont parfaitement reçu le message.

L'auteur du crime est un proche de la famille. Les Denbe ont été kidnappés par des gens qui les connaissaient, mais qui connaissait aussi leur code d'accès et, très probablement, leur contrat d'assurance. Le cerveau de l'enlèvement est donc forcément plutôt un intime qu'un ennemi. Et selon toute vraisemblance, dans la mesure où c'est un employé de Denbe qui a installé leur système de protection et où l'équipe de direction a donné son aval pour l'assurance, cette personne est assise autour de la table en ce moment même.

Tessa Leoni se penche en avant et prend l'initiative pour la première fois de la réunion : « En cas de divorce entre Justin et Libby, qu'adviendrait-il de Denbe Construction ? »

Aussitôt, tempête de protestations dans le camp Denbe. Jamais, impossible, de quel droit...

Wyatt s'adosse dans son siège, croise les bras sur sa poitrine et observe la scène. Aucun doute, samedi soir, vingt et une heures, on attaquait enfin les choses sérieuses.

Vraiment, il ne s'ennuie jamais dans son métier.

20

Le dîner n'a pas tenu le choc. J'ai vomi dans les toutes premières minutes qui ont suivi mon retour en cellule. Ashlyn m'a tenu les cheveux en arrière pendant que j'étais penchée au-dessus des toilettes en inox. Ensuite je me suis rincé la bouche avec de l'eau du lavabo et, comme il n'y avait pas de serviette, je me suis tamponné le visage avec la manche de ma combinaison orange pour le sécher.

«Ça va?» me demande Ashlyn. Ma fille qui ne m'avait pas parlé depuis des mois est maintenant la sollicitude maternelle incarnée.

«J'ai juste besoin de me reposer. Ça ira mieux demain matin.»

Elle hoche la tête, même si le matin semble un concept étrange, enfermés que nous sommes dans une pièce aux lumières trop vives. Quelle heure est-il, d'ailleurs? Je jette un coup d'œil par la fenêtre, celle qui donne sur la cour en terre battue. Le ciel est noir d'encre. En cette saison, cela peut vouloir dire qu'il est n'importe quelle heure après dix-sept heures. J'ai le sentiment qu'il doit être à peu près vingt heures, peut-être vingt et une heures, mais c'est pifométrique.

Tous les trois, nous nous regardons, enfermés ensemble dans une cellule minuscule, sans trop savoir quoi faire. Justin m'observe avec une inquiétude non dissimulée. Puis, comme il surprend mon regard, il discipline rapidement ses traits.

« On devrait échanger nos informations, faire le bilan de ce que nous savons », dit-il avec vivacité. Il s'éloigne de la porte et se dirige vers la couchette de gauche, où il s'assoit avec une grimace.

La question m'échappe : « Comment tu te sens ?

— Bien, bien », répond-il en balayant la question de la main.

À l'observer de plus près, je remarque la crispation de sa mâchoire, les fines rides qui lui plissent le coin des yeux. Il souffre, aucun doute. Combien de décharges a-t-il pris ? Six, huit, douze ? Assez pour provoquer des séquelles irréversibles ? Et si Z et sa bande avaient grillé la moelle épinière de mon mari ? Dieu sait qu'Ashlyn et moi avons des brûlures de belle taille aux points de contact avec le Taser. Justin doit en avoir près d'une douzaine, sans parler de son système nerveux central stimulé à outrance. Évidemment qu'il souffre.

« La porte d'entrée était verrouillée », affirme gravement Ashlyn. Je m'assois à côté d'elle, sur la couchette de droite. Elle prend ma main et poursuit d'un air suppliant : « Je te jure, maman, je l'ai dit à papa sur le chemin de la cantine. Je n'ai pas touché à l'alarme après votre départ. Je n'ai pas bougé de ma chambre, je jouais sur mon iPad et j'écrivais des textos à Lindsay. »

Je regarde Justin. Il a armé le système à notre départ. Il n'oublie jamais de le faire, notre Monsieur

Sécurité. En me concentrant, je peux même le revoir faire le geste. Ses doigts qui se déplaçaient avec rapidité et assurance sur le clavier.

« Tu as entendu du bruit ? » je demande doucement. Ma tête me lance encore, mais si Justin arrive à faire abstraction de sa douleur, je peux en faire autant. Il a raison, après tout : il faut que nous cernions notre adversaire.

« Non, répond Ashlyn, rougissante. J'étais, hum, aux toilettes et ce type est apparu, comme ça, à l'entrée de la salle de bain. C'était le plus grand, Mick, je crois. Alors j'ai eu la trouille, j'ai attrapé ma bombe de laque et je l'ai attaqué...

— Bravo », dit Justin.

Elle lui décoche un regard. « J'ai couru vers votre chambre. Mais vous n'étiez pas là, bien sûr, et je... »

Sa voix se perd dans le silence. Elle ne regarde aucun de nous et je me rends compte que ma fille est au bord des larmes. Parce qu'elle a eu besoin de nous, qu'elle a couru vers notre chambre et que nous n'y étions pas. Ça en disait long sur notre famille ces derniers temps.

Je serre la main de ma fille pour lui demander pardon en silence, mais je ne suis pas surprise qu'elle la retire et se replie sur elle-même.

« Le plus jeune, Radar, est arrivé, murmure-t-elle. Et entre lui et Mick... Je vous ai entendus en bas, ajoute-t-elle avec un regard vers Justin. Quand vous avez ouvert la porte d'entrée. J'aurais voulu crier, hurler, je ne sais pas, mais Mick m'a mis la main sur la bouche. J'ai essayé... mais je ne pouvais pas... » Dépitée, elle se tait, les épaules basses dans sa combinaison trop grande.

« Ce n'est pas grave, la réconforte Justin. Il n'y avait rien à faire. Ces types sont des spécialistes. Des professionnels. Et ils avaient un plan que nous n'avons pas vu venir.

— Mais qu'est-ce qu'ils veulent ? demande Ashlyn d'une voix plaintive.

— De l'argent. »

Je relève vivement la tête et le mouvement me fait grimacer.

« Réfléchissez, continue-t-il, comme s'il devinait mon scepticisme. Ils sont armés de Taser plutôt que de pistolets. Donc leur but est de nous tenir sous leur domination, pas de nous faire du mal. Ils nous ont envoyé des décharges électriques, drogués, ligotés. Là encore, rien que des méthodes destinées à nous soumettre, pas à nous blesser.

— Sauf que Mick a cassé la gueule à maman, grommelle Ashlyn.

— Jeune fille, commence Justin, je ne veux pas entendre un tel langage…

— Elle a raison, interviens-je, sentant l'hostilité croissante d'Ashlyn. Il m'a cassé la gueule. »

Justin se rembrunit devant notre rébellion commune. « Et leur chef a immédiatement arrêté ça en tirant au Taser sur son propre gars avant de t'envoyer te faire soigner. Là encore, si leur objectif était de nous faire du mal, pourquoi Z se soucierait-il que tu aies une commotion ? Pourquoi se donnerait-il la peine de te faire soigner par un de ses hommes, ce qui mobilise du temps et des ressources ? Pourquoi, d'ailleurs, nous nourrir ? Parce qu'il veut que nous soyons en son pouvoir mais indemnes, ce qui sera préférable pour la demande de rançon et la preuve de vie qu'il va devoir fournir.

— La preuve de vie ? s'étonne Ashlyn.

— Quand il fera sa demande de rançon, Z devra prouver que nous sommes encore en vie et bien portants. C'est pour ça qu'il s'en est pris à Mick quand il a agressé ta mère. Il ne suffit pas de réclamer de l'argent. Encore faut-il que Z prouve que nous sommes réellement entre ses mains, mais aussi en assez bon état pour que ça vaille le coup de nous récupérer ; autrement dit, il ne faut pas que ta mère soit dans le coma.

— Enlèvement, murmure Ashlyn. Rançon. Preuve de vie. » Elle goûte chaque mot, comme si elle essayait de comprendre comment de tels concepts peuvent désormais s'appliquer à son existence.

« Les cuisines sont bien approvisionnées », dis-je en lançant un regard lourd de non-dits à Justin : il y a dans cette prison suffisamment de réserves pour tenir des jours, voire des semaines.

« Les remises de rançon prennent parfois du temps, répond-il de manière évasive. Surtout qu'en l'occurrence, il va falloir faire intervenir la compagnie d'assurances. »

Ashlyn et moi le regardons d'un air ébahi. Il nous explique que Denbe Construction a non seulement souscrit une assurance-vie sur sa tête, mais aussi une police pour les cas d'enlèvement. Classique dans les entreprises, prétend-il, surtout à une époque où les cadres qui doivent se rendre en Amérique du Sud ou au Moyen-Orient courent toujours le risque de disparaître en pleine nuit. Sauf que Justin ne va jamais dans aucune de ces régions du monde, me fais-je la réflexion. Manifestement, cela n'empêche pas qu'il ait une assurance enlèvement et, par extension, Ashlyn et moi aussi.

Ashlyn en est toute ragaillardie : « On vaut combien, maman et moi ? »

Justin hésite. « Un million. Chacune.

— Cool ! » Notre fille trouve ça épatant. « Et toi ?

— Je ne sais plus... Dans les deux millions, je dirais. »

Ashlyn me regarde avec exaspération. « Mais pourquoi est-ce que les hommes valent toujours plus ?

— Il ne s'agit pas non plus de pousser au kidnapping, répond Justin, toujours avec le plus grand sérieux. L'intérêt d'une assurance est d'être couvert au cas où le pire se produirait, mais pas que l'assuré – disons ta mère, toi ou moi – prenne une valeur telle qu'il deviendrait une cible. »

Il me regarde et, de nouveau, nous nous comprenons sans mot dire : l'enlèvement de l'un d'entre nous n'aurait pas permis de toucher assez d'argent pour rémunérer convenablement trois commandos, mais notre famille entière vaut au moins quatre millions, voire davantage si les ravisseurs ont l'intention d'aller au-delà des sommes prévues par l'assurance. Par exemple, Z se dit peut-être que si l'assurance met quatre millions au pot, l'entreprise, Denbe Construction, peut bien en allonger au moins deux autres, de sorte qu'il exigera six millions pour notre libération. Soit deux millions de dollars par malfaiteur. Pousse-au-crime, vous disiez ?

Justin me regarde toujours et, dans son regard bleu sans faux-fuyants, je vois l'autre pièce du puzzle, la vraie raison de sa raideur et de sa mine sombre : l'auteur de cette machination était certainement au courant pour l'assurance. Ajoutez à cela ce que vient de nous apprendre Ashlyn (la porte était verrouillée, le système de protection armé) et l'on pouvait en déduire que cette personne s'était également procuré nos codes d'accès.

Quelqu'un que nous connaissions, en qui nous avions confiance, que nous considérions sans doute comme un ami, avait engagé Z et sa bande, s'était renseigné sur notre emploi du temps, avait repéré cette prison vacante parmi les anciens chantiers de Justin et mis sur pied chaque étape de cette opération. Peut-être que cette personne recevrait trois millions et chacun des membres de l'équipe de Z un million. Encore largement de quoi vous pousser au crime.

De quoi vous pousser à trahir un pote et mettre toute sa famille en danger.

Je suis parcourue d'un petit frisson. Je ne m'étais pas sentie aussi bafouée depuis... eh bien, depuis le jour où j'ai découvert les textos érotiques d'une autre sur le portable de mon mari.

«Ce sont des professionnels», dis-je.

Lentement, il confirme.

«D'anciens militaires, j'ajoute. J'ai essayé, à l'infirmerie, de poser des questions à Radar. Il surveillait ses réponses, mais il a parlé de casernes. Et rien qu'à voir leur tête, leur comportement...»

Justin ne dit rien, mais il semble préoccupé. «Il y a beaucoup d'anciens soldats sur les chantiers», finit-il par dire. Une manière d'aveu. Le danger n'est peut-être pas venu spécifiquement de son entreprise, mais des milieux du bâtiment en général.

Ashlyn nous observe, se rend compte que nous communiquons en silence. «Quoi?

— Rien, dit Justin.

— Mon cul, oui!
— Jeune fille…
— Arrête! Mais *arrête*!» Elle se lève, titubante de colère. «J'ai quinze ans, papa. Je connais des tas de gros mots. Merde, putain, connard, salope. Et qui tu es pour me dire comment je dois parler? J'y ai été, sur tes chantiers, je sais comment ils parlent, les mecs. Alors quoi, c'est assez bien pour toi, mais c'est trop réel pour moi?
— Les jolies filles n'ont pas besoin d'employer de vilains mots…
— Mais qui a dit que je voulais être jolie? Peut-être que ça me plaît d'employer des vilains mots. Peut-être qu'il faudrait que quelqu'un dans cette famille dise enfin franchement ce qu'il ressent. Peut-être que maman devrait commencer à dire "putain" au lieu de se mettre en quatre pour être parfaite et conciliante. Peut-être que si elle disait "putain" une fois de temps en temps, tu ne serais pas allé coucher avec l'autre "putain". Qu'est-ce que tu dis de ça?»

Justin est livide. Pétrifiée en face de lui, je regarde ma fille comme une bête de foire.

Puis Justin se lève et, lentement mais avec autorité, pince les lèvres de notre fille pour les fermer. «Je ne veux plus entendre ce mot dans ta bouche. Ni maintenant. Ni jamais. Tu as peut-être quinze ans, mais je suis encore ton père et, dans cette famille, nous avons des principes.»

Ashlyn s'effondre. De stupeur, de honte, je ne sais pas. Elle se laisse tomber sur la couchette à côté de moi, appuie son visage contre mon épaule. Je caresse ses longs cheveux pour l'apaiser, mais je ne sais pas par où commencer.

« Ce n'est pas juste, gémit-elle. Tu as tout fait pour le rendre heureux, et tout ça pour quoi ? Les hommes sont des salauds. Des salauds. *Salauds !* »

Sa façon de dire ces mots est un deuxième choc. Une femme ne s'exprime pas avec une telle virulence pour défendre les sentiments d'une autre, mais les siens.

Je ferme les yeux et je me demande comment il s'appelle, depuis combien de temps cela dure et à quel moment nous avons tous laissé une telle distance se creuser entre nous. À peine neuf mois plus tôt, j'aurais juré que nous étions une petite famille soudée. Bien sûr, le travail de Justin nous imposait des sacrifices... Mais j'aurais dit que nous nous aimions, que nous nous faisions confiance, que nous nous disions tout.

Une famille ne se décompose pas comme ça du jour au lendemain. Même à cause d'une infidélité. Il fallait qu'il y ait eu des fissures, des défauts dans les fondations. Mais je ne les avais pas vus, ou alors je n'avais pas voulu les voir. Ashlyn avait raison sur un point : je me mettais en quatre pour être parfaite et conciliante. Je voulais que mon mari soit heureux. Que ma fille soit heureuse. Et je ne comprenais pas ce qu'il y avait de mal à ça.

Justin ne dit toujours rien. Il me regarde réconforter notre fille, désormais moins en colère qu'anéanti.

« Tu n'aurais pas dû lui dire tout ça, me reproche-t-il finalement.

— Je n'ai rien dit.

— J'ai compris toute seule, intervint Ashlyn. Je ne suis pas idiote, *papa*. »

Elle appuie sa tête plus fort sur mon épaule, tourne le dos à son père. Je continue de lui caresser les cheveux.

« Il faut qu'on arrête de se disputer », répète-t-il.

Ashlyn sanglote dans mes bras.

« Il faut… » Sa voix se brise, il s'accroche. « Il faut qu'on se repose. La journée a été longue. Mais il suffit qu'on garde notre calme… Ils vont demander une rançon. L'assurance va la verser et on rentrera chez nous. Demain, c'est dimanche, donc ça risque de prendre encore quelques jours. Mais d'ici deux, trois jours maximum, tout sera fini. On sera rentrés chez nous. Tout ira bien. »

Ashlyn garde sa tête au creux de mon épaule, alors je retourne son regard à Justin, avec un hochement de tête pour lui signifier que je l'ai entendu. Puis, c'est plus fort que moi, je souris tristement à mon mari.

Pauvre Justin. Par la seule force de sa volonté, il a multiplié par quatre la valeur de la société de son père et mené à bien des dizaines de chantiers de cent millions de dollars, jusqu'à devenir un des noms les plus en vue du secteur de la construction. Bien sûr qu'il croit que sa parole a force de loi, qu'il lui suffit de penser une chose pour qu'elle advienne.

Mais il se trompe. Tout cela ne sera pas terminé dans quelques jours. Enlèvement ou pas, rançon ou pas, peu importe.

Pour autant que je puisse en juger, la désintégration complète de notre famille ne fait que commencer.

21

Vingt et une heures, la séance est levée dans la salle de réunion. Pas pour que les gens rentrent chez eux, non. Dans une enquête où il restait encore tant d'inconnues à lever, le sommeil était un luxe réservé à ceux qui ne connaissaient pas les Denbe, qui n'avaient jamais travaillé avec eux ou qui n'avaient pas actuellement pour mission de les localiser.

Dans les affaires de disparition, les chances de retrouver la personne vivante diminuent considérablement après les quarante-huit ou soixante-douze premières heures. Ce qui était préoccupant, étant donné que la disparition des Denbe remontait maintenant à près de vingt-quatre heures et que, jusqu'à présent, la police n'avait ni prise de contact de la part de la famille, ni témoin oculaire d'un possible enlèvement, ni personne qui aurait signalé les avoir aperçus en réponse à l'appel à témoins.

Tessa envoie un texto à sa fille pour lui souhaiter bonne nuit. Elle n'a pas eu de ses nouvelles de toute la journée, donc de deux choses l'une : soit Mme Ennis a parfaitement réussi à l'occuper, soit Sophie est en train d'ourdir sa vengeance. Tessa estime ses chances à cinquante-cinquante et s'encourage à ne plus y penser.

Si Sophie est fâchée, elles en reparleront.

Pour l'instant, la famille Denbe a davantage besoin d'elle.

Elle rejoint la blonde du FBI, Nicole, et le grand gaillard, Wyatt Foster. En premier lieu, ils vont interroger Anita Bennett, qui se trouve non seulement être la cliente de Tessa, mais aussi celle qui, en tant que directrice administrative, est la plus susceptible d'être au courant d'éventuels scandales au sein de l'entreprise.

Anita les emmène dans son bureau. Une suite spacieuse dans un angle de l'immeuble, avec des boiseries claires, une vue époustouflante sur Boston et un canapé en cuir. Décidément, on ne se refuse rien, dans le bâtiment.

Tessa se demande quel mal Anita a dû se donner pour obtenir un tel bureau et atteindre le sommet de la hiérarchie dans un milieu dominé par les hommes. Malgré l'opulence de la pièce, elle a l'intuition que c'est surtout un endroit où Anita travaille comme une damnée.

Elle s'assoit dans le canapé couleur chocolat. L'agent du FBI prend la chaise juste devant le bureau d'Anita. L'enquêteur du New Hampshire ne s'assoit pas, mais s'adosse au mur avec décontraction. Il semble sous le charme des magnifiques boiseries, qu'il caresse d'une main pour en sentir le grain.

Un type ni trop petit ni trop grand, songe Tessa. Le milieu de la quarantaine, elle dirait, se bonifiant avec l'âge. Pas très bavard, mais de l'allure. Un esprit profond, pronostique-t-elle. Le genre qui en sait beaucoup plus qu'il ne le laisse paraître. Qui vous fait le coup du vieux copain bien sympa pour ensuite vous dévaliser au poker.

Elle se promet de ne jamais parier d'argent avec lui, mais lui payer une bière, pourquoi pas ? Une fois la glace rompue, il a sans doute des idées qui valent la peine d'être entendues.

L'agent spécial Adams commence par interroger Anita sur sa carrière : quand est-elle entrée chez Denbe Construction ? Comment s'est déroulée son ascension au sein de l'entreprise ?

Anita sourit, joint les mains et les pose sur le bureau. « Croyez-le ou non, je travaille chez Denbe depuis trente-cinq ans. J'y suis entrée à la fin de mes études. Ce qui me vaut le douteux privilège d'être la plus ancienne employée de l'entreprise. Sans compter Justin, j'imagine, mais il n'était qu'un adolescent à l'époque.

— Donc, vous avez travaillé pour le père de Justin ? intervient Tessa.

— Exactement. J'étais la secrétaire de Dale. L'entreprise était beaucoup plus petite. Nos locaux se trouvaient dans un vieil entrepôt, à Waltham. Mais le bâtiment, c'est le bâtiment. Un de ces milieux où plus ça change, plus c'est la même chose.

— Vous êtes passée de secrétaire à directrice administrative ? demande l'agent spécial Adams. Sacrée trajectoire.

— Oui, enfin, en trente-cinq ans... » Le sourire d'Anita se fait plus mélancolique. Souvenirs de la belle époque. « Dale était un type qui avait de la poigne. Incontestablement. Dans sa façon de diriger l'entreprise, Justin tient beaucoup de son père :

arriver le premier sur le chantier, repartir le dernier. Exiger le maximum de ses employés, mais aussi les traiter avec respect. Dale était célèbre pour ses soirées du vendredi où il offrait la bière. Les gars terminaient la semaine et venaient traîner à l'entrepôt pour se la couler douce autour de packs de six. On ne peut plus faire ça, bien entendu, ce serait notre mort, rien qu'à cause du risque de procès. Mais le but de ces soirées n'était pas seulement de récompenser le personnel, il s'agissait aussi de créer du lien. Pour que les employés sentent qu'ils faisaient partie de la famille. À sa manière, Justin a repris le flambeau. Libby et lui sont célèbres pour les dîners où ils reçoivent ses collaborateurs, les barbecues du dimanche. En tant que pièce maîtresse de l'équipe de direction, j'ai toujours eu moins l'impression de travailler *pour* Justin que de travailler *avec* lui pour faire vivre la grande tradition de cette entreprise.

— Une famille formidable, résume l'agent spécial Adams d'une voix égale. Une entreprise formidable. Une formidable entreprise familiale. »

Rayonnante, Anita approuve d'un bref signe de tête.

L'agent spécial se penche vers elle et déclare froidement : « Arrêtez de nous faire perdre notre temps. »

La directrice administrative sursaute. Tessa sent ses propres yeux s'agrandir et voit le brigadier, adossé au mur, réprimer bien vite un sourire.

« Nous ne sommes pas des actionnaires. Nous ne sommes pas là pour décerner le prix de la meilleure entreprise et nous ne sommes pas de futurs clients à séduire. Nous sommes là pour retrouver Justin, Libby et Ashlyn Denbe, et pour leur porter secours.

Si je veux être encore plus franche, nous avons environ vingt-quatre heures pour y arriver, sinon il y a des chances que vous ne revoyiez jamais aucun d'eux en vie. Est-ce que je me fais comprendre ?»

Lentement, la directrice administrative hoche la tête.

« Alors, pour accomplir notre mission, explique l'agent spécial sans prendre de gants, il nous faut des informations. Et de préférence la vérité toute nue. Pour commencer, vous êtes passée de secrétaire à directrice administrative : comment expliquez-vous une réussite aussi remarquable, surtout pour une femme évoluant dans un milieu d'hommes ?»

L'air pincé, Anita répond à la question en adoptant le ton brusque de l'agent du FBI :

« J'ai travaillé deux fois plus dur que n'importe qui, évidemment. Écoutez, le père de Justin était plutôt du genre machiste. Ça lui plaisait d'avoir une jolie réceptionniste et, il y a trente-cinq ans, je correspondais parfaitement à la demande. Mais j'étais aussi intelligente. Il ne m'a pas fallu longtemps pour m'apercevoir que je pouvais lui apporter davantage que de répondre au téléphone. Il était très mauvais pour les tâches administratives, célèbre pour avoir perdu des contrats, quant à la gestion de comptes, c'était une catastrophe. J'ai commencé par mettre de l'ordre dans son agenda et ensuite j'ai entrepris de réorganiser tout le bureau. Tant que j'y étais, j'ai aussi passé quelques coups de fil, trouvé des vendeurs chez qui nous pouvions nous procurer des fournitures de bureau à moindre coût, puis une meilleure mutuelle, puis une meilleure assurance en cas d'accident du travail. Dale avait beau être un sale phallocrate, lui-même reconnaissait qu'il économisait des dizaines de milliers de dollars par an. Comme je l'ai dit *sincèrement* tout à l'heure, Dale a toujours su traiter ses employés avec respect. J'avais fait la preuve de ma valeur, alors il m'a promue. Quand il est mort, je m'occupais déjà de tout le versant administratif. Au fur et à mesure que Justin a fait grossir la société, la complexité de nos opérations s'est accrue. Et je suis donc passée directrice administrative.

— Parlez-nous de Justin. Quand a-t-il repris les rênes de la société ?

— Il avait vingt-sept ans, à la mort de Dale...

— De quoi est-il mort ?

— Crise cardiaque. Il est tombé raide dans son bureau. Dale ne faisait rien à moitié, ni dans le travail ni dans le plaisir, et côté plaisir ça supposait d'importantes quantités de viande rouge et d'alcools forts.

— Les femmes ? » demande Tessa depuis le canapé.

La directrice administrative lui jette un regard. Un instant, Tessa pense qu'elle va refuser de répondre, mais : « Étant donné que Dale lui-même n'en faisait pas mystère, répond-elle d'un air crispé, oui, il avait conservé une vie sociale assez *active* en dehors de son ménage.

— Comment la mère de Justin prenait-elle ça ? demande Tessa, curieuse.

— Elle buvait beaucoup. Surtout du Martini. Ensuite, elle venait au bureau et criait contre Dale à propos de sa dernière conquête. Et à ce moment-là, il lui promettait une nouvelle voiture, un manteau de fourrure ou un voyage aux Bahamas pour se racheter.

— Vous semblez très au fait de leurs relations conjugales », remarque l'agent spécial.

Anita sourit une nouvelle fois, mais sans amusement. « Je vous l'ai dit, Dale n'en faisait pas vraiment mystère. Je pense aussi que ça tient au caractère familial de l'entreprise. Les employés finissent par connaître la famille presque aussi bien que la société.

— Est-ce que Justin ressemble à son père? demande Tessa.

— Oui et non. Dale l'a préparé à prendre la relève. Dès qu'il a su marcher, il l'a désigné comme héritier. L'été où j'ai été engagée par Dale, il venait d'envoyer son fils travailler quatre-vingts heures par semaine dans une entreprise de pose de placo. Les autres jeunes de seize ans allaient à la plage. Dale était un chaud partisan de l'apprentissage sur le tas. Il pensait nécessaire d'acquérir une connaissance approfondie des différents corps de métier. Plus on en sait, moins on se fait arnaquer, disait-il.

— Justin ne renâclait pas? demande l'agent spécial Adams.

— On avait plutôt l'impression qu'il adorait ça. Donc, oui, de ce point de vue là, Justin ressemble beaucoup à son père. Un patron présent sur le terrain. Extrêmement sérieux et travailleur, ce qui lui vaut le dévouement de la bande de réprouvés qui lui tient lieu d'équipe. »

Anita a prononcé le mot « réprouvés » avec une pointe d'affection. Manifestement, ils ont su de leur côté s'attirer son respect.

« Donc il a gardé l'éthique du travail de son père, intervient finalement Wyatt en s'écartant du mur. C'est en cela qu'il lui ressemble?

— Oui.

— Et en quoi est-il différent ? »

De nouveau, cette légère hésitation. Tessa y voit une constante : les employés semblent parfaitement à leur aise quand il s'agit de parler boutique – par exemple quand Chris Lopez explique le fonctionnement de la société ou qu'Anita en retrace l'historique. Mais ces mêmes proches collaborateurs se referment aussitôt comme des huîtres dès qu'on aborde la vie privée de leur patron. Loyauté ? Peur ? Ou besoin quasi religieux de ne pas violer le code en vigueur dans le saint des saints ?

« Les parents de Justin n'étaient pas très heureux en ménage, dit finalement Anita. Et quand, à la mort de Dale, Mary a appris qu'il avait légué la totalité de l'entreprise à Justin, elle n'a pas vraiment apprécié. En fait, elle n'a plus jamais reparlé à son fils.

— Dale a déshérité sa femme ? Il a tout donné à Justin ? s'étonne l'agent spécial Adams.

— Oui, elle a pris ça comme un affront. Sauf qu'au lieu d'en vouloir à Dale, ce qui aurait été logique, elle a passé sa colère sur Justin. Elle est partie pour l'Arizona et elle a totalement coupé les ponts. Elle n'a jamais rencontré Libby et encore moins sa petite-fille. »

Le silence tombe dans la pièce, le temps que les trois enquêteurs digèrent l'information.

« Ce qui veut dire, reprend Anita au bout de quelques instants, que Libby et Ashlyn sont la seule famille qui reste à Justin. Elles... elles lui sont précieuses. Peut-être même qu'il les met sur un piédestal. Sa fille, Ashlyn... il l'a en adoration. Il l'amenait au bureau, il lui a appris à se servir des outils. D'ailleurs, aux dernières nouvelles, ils allaient prendre des leçons de tir ensemble. Une petite sortie éducative au stand de tir. Allez comprendre.

« Quant à Libby, je ne l'ai jamais entendu parler d'elle autrement qu'en termes élogieux. Il était fier de la façon dont elle avait aménagé leur maison, du succès qu'elle rencontrait avec ses bijoux, des dîners qu'elle donnait pour lui... J'ai toujours eu l'impression qu'il l'aimait profondément et il se félicitait ouvertement de la chance qu'il avait de l'avoir épousée. Ce qui ne veut pas dire qu'il ne faisait jamais de bêtises. »

Le regard d'Anita s'est posé sur Tessa ; sans doute se souvient-elle de sa question sur le devenir de l'entreprise en cas de divorce.

« Il trompait Libby. » Dans la bouche de Tessa, c'est une constatation, pas une question.

« Oui.

— Vous étiez au courant ?

— La plupart d'entre nous ont fini par l'apprendre. À la fin du printemps, au début de l'été ? Justin s'est mis à arriver en retard au travail, l'air hagard, à côté de ses pompes. Et le pot aux roses a fini par être découvert.

— Qu'a-t-il dit pour sa défense ? demande l'agent spécial.

— Rien. Enfin, ce qui est certain, c'est que je ne l'ai jamais entendu... se chercher des excuses. C'était une erreur. Il le savait. Il avait grandi dans une famille rongée par une situation comparable. Il avait été aux premières loges pour voir les conséquences néfastes de l'infidélité. Même si, bien entendu...

— Oui ? » la relance l'agent spécial.

Anita soupire et regarde les deux enquêtrices comme s'il y avait plus de chances qu'elles comprennent. « Tout de suite après, il a envoyé une rivière de diamants à Libby. Un collier relativement gros et tape-à-l'œil. Comme quoi, on peut être intelligent et faire des sottises.

— Comment a-t-elle réagi? demande Tessa.

— Comme elle est créatrice de bijoux et qu'elle possède toute une panoplie d'outils, elle a démonté le collier, maillon après maillon, et elle l'a laissé en vrac sur le siège conducteur de la voiture de Justin. Après ça, je crois qu'il avait compris.

— Est-ce qu'ils ont consulté un conseiller conjugal? demande Wyatt.

— Je ne suis pas au courant de ce genre de détails. Mais ils essayaient de reconstruire leur couple. Justin s'était réinstallé dans la maison. Et il a passé toute la journée d'hier à parler de leur dîner chez Scampo. Il avait l'air impatient. »

Tessa se penche en avant. Le visage de la directrice administrative semble franc, comme si elle avait fait sien leur objectif de totale transparence. Et cependant...

« Depuis quand Justin trompait-il sa femme ? »

Anita se raidit. « Comment ça ?

— Allons, un type aussi séduisant que lui. Tout le temps sur les routes pour des raisons professionnelles. Et qui en plus, vous l'avez dit, avait grandi auprès d'un père qui estimait qu'une bonne journée de travail justifiait une bonne nuit de plaisir. Est-ce que Justin était vraiment décidé à devenir plus fidèle à sa femme ou bien est-ce qu'il cachait simplement mieux ses incartades ?

— Je ne me mêle pas...

— Bien sûr que si. Vous dirigez une entreprise familiale. Pour reprendre vos propres termes, ça oblige à s'occuper de la famille autant que de la société. Il y a six mois, cette famille a volé en éclats. Libby a découvert que Justin la trompait avec une fille de l'agence de voyages du rez-de-chaussée. Qu'a-t-elle appris d'autre ?

— Ashlyn, rétorque la directrice administrative.

— Quoi, Ashlyn ?

— Elle est venue au siège, il y a trois mois. Elle est allée voir la fille avec qui la rumeur disait que Justin avait eu une liaison. Et elle lui a fait une belle scène. »

Anita venait d'entrer dans la tour quand elle avait entendu l'algarade. Ashlyn Denbe, encore vêtue de l'uniforme en tissu écossais vert et bleu de son lycée privé, était en train d'incendier une des jeunes employées de l'agence de voyages, une brune. En criant des mots comme «salope», «pute», «traînée».

La jeune femme était paralysée de stupeur quand Anita s'était interposée. Celle-ci avait entraîné Ashlyn à l'étage pour gagner l'intimité relative de son bureau ; par chance, Justin était en voyage d'affaires. À peine Anita avait-elle refermé la porte qu'Ashlyn fondait en larmes.

Elle détestait les agences de voyage. Elle détestait cette tour. Elle détestait Denbe Construction. Mais surtout, elle détestait son père. Après toutes ces années à prêcher l'honneur et la loyauté, voilà qu'il avait trompé sa mère. Et maintenant, leur famille était sens dessus dessous, sa mère ne savait plus où elle en était et tout ça, c'était sa faute. Elle aurait voulu qu'il soit mort.

Anita pousse un gros soupir. « Les adolescentes, murmure-t-elle. Dieu merci, j'ai eu trois garçons.

— Comment avez-vous réagi ? demande l'agent spécial Adams.

— Je lui ai expliqué la vie. Qu'on ne pouvait pas revenir sur ce qui était arrivé et qu'elle ne pouvait rien y faire. Ensuite, je lui ai dit de rentrer chez elle et d'y rester. Interdiction de revenir dans la tour et d'incendier des employées. Cette affaire concernait ses parents, pas elle.

— Et comment a-t-elle pris ce conseil ?

— Elle m'a regardée d'un air rebelle. Les adolescentes, soupire-t-elle de nouveau.

— Elle est revenue ?

— Pas que je sache. C'est possible. Je l'avais aussi prévenue que, si je la revoyais, j'en aviserais sa mère. Libby ne méritait pas qu'on lui ajoute une nouvelle source de stress et Ashlyn en avait conscience. Elle soutient sa mère. Seulement elle était… blessée. Les pères ne sont pas censés être de simples mortels, vous savez, surtout quand ils ont élevé leur fille dans l'idée qu'elle est leur petite princesse.

— J'ai comme l'impression que cette famille n'était pas encore sortie de ses difficultés », constate l'agent spécial Adams, partant à la pêche aux informations.

La directrice administrative hausse les épaules, mais ne mord pas à l'hameçon.

La question de Wyatt est plus directe : « Parlez-nous d'un éventuel divorce. Le dîner en amoureux ne marche pas, Libby décide d'engager un avocat. Que devient l'entreprise familiale ? »

Pour une fois, Anita paraît sincèrement en peine de répondre. « Je... Je ne sais pas. Justin est l'unique actionnaire. Il était riche quand il a rencontré Libby, donc il se peut qu'il y ait eu un contrat de mariage. Sinon, j'imagine qu'elle aurait droit à cinquante pour cent de leurs biens et donc à cinquante pour cent de la société.

— La note est salée pour avoir une vie sociale *active*, observe Tessa avec ironie.

— On récolte ce qu'on sème, constate Anita.

— Vous croyez que Justin serait prêt à se séparer de la moitié de son entreprise ? » Wyatt de nouveau, patient mais inquisiteur.

« Je... Je ne saurais répondre à cette question. »

Ce que Tessa interprète comme un non. Protéger le patron semble être un réflexe conditionné chez Denbe Construction. Autrement dit, quand ils ne répondent pas à une question, c'est qu'il y a là quelque chose qu'ils refusent d'entendre.

« Et s'il mourait ? demande encore Wyatt, toujours sur le même ton. Si Justin Denbe n'était pas retrouvé vivant... ?

— J'imagine que la société reviendrait à ses proches encore en vie. D'abord à Libby, puis à Ashlyn.

— Et dans l'hypothèse où elles aussi décéderaient ? »

De nouveau, ce regard circonspect. « Je suppose qu'il doit y avoir une clause dans le testament de Justin. Vous devriez interroger son notaire, Austin Ferland. Lui doit savoir.

— Et les employés ? demande l'agent spécial Adams. Au cas où toute la famille Denbe mourrait, est-ce qu'il y aurait une possibilité que l'équipe de direction, par exemple, rachète l'entreprise ? »

Le regard d'Anita se dérobe...

« Vous avez déjà essayé d'acquérir des parts, dans le passé ? demande Wyatt pour pousser leur avantage. Après tout, la société vaut cent millions, vous y avez mis trente-cinq années de dur labeur. Pourquoi Justin serait-il le seul à en tirer toute la gloire ?

— Jamais nous n'aurions cherché à prendre le contrôle...

— Je n'ai pas parlé de prendre le contrôle. Seulement... d'acquérir des parts. Ça se fait. Que des salariés méritants deviennent actionnaires pour toucher des dividendes. Vous en avez parlé à Justin ? Vous avez abordé la question ?

— Une fois, admet-elle à contrecœur. La société était en mal de liquidités. Certains, dont je faisais partie, ont proposé d'investir en échange d'une participation dans l'entreprise.

— Qui étaient les autres ? demande l'agent spécial, intriguée par le tour que prend la discussion.

— Chris Lopez, Ruth Chan. C'était une proposition gagnant-gagnant. Mais peu importe. Justin l'a déclinée. Il a jugé que la société pouvait surmonter cette phase de récession, et c'est bien ce qui est arrivé.

— Mais, du coup, vous n'aviez toujours pas d'actions qui vous auraient permis de profiter des bons résultats de l'entreprise.

— Nos primes ont été particulièrement élevées cette année-là », répond Anita sur un ton cassant.

Mais Tessa elle-même peut lire entre les lignes : une prime, ce n'est pas la même chose que des actions. On dirait bien que Justin Denbe n'était pas partageur. De sorte que Tessa se demande ce qu'il aurait fait en cas de divorce : lui qui s'était refusé à partager son entreprise avec des collaborateurs en qui il avait toute confiance, l'aurait-il réellement fait avec une épouse répudiée ?

« D'ailleurs, continue Anita, je ne me compterais plus parmi les candidats à l'acquisition. Ces dernières années, le secteur a connu un tournant. Nous sommes une société spécialisée dans la conception et la construction d'établissements publics, or, malheureusement pour nous, l'avenir semble appartenir à des opérateurs capables à la fois de les concevoir, de les construire, mais aussi de les faire tourner. Des sociétés qui, par exemple, vous livrent une maison de retraite clés en main et la gèrent ensuite par délégation de l'État. Justin pense que ce gigantisme n'aura qu'un temps. Il est convaincu que les coûts de fonctionnement de ces établissements finiront par peser trop lourd dans les budgets des opérateurs privés, comme c'était le cas dans celui des agences gouvernementales. Ou alors, et là il est peut-être plus visionnaire, qu'il y aura un quelconque scandale – une évasion d'un grand pénitencier, un décès dans une maison de retraite – et que ça amènera l'opinion à se retourner contre la gestion d'établissements publics par des sociétés privées. Mais, en attendant, vu le nombre de chantiers qui nous ont échappé ces derniers temps... » La directrice administrative pince les lèvres, se tait.

« La situation est tendue ? demande l'agent spécial.

— Nous avons la trésorerie nécessaire », répond Anita, ce qui confirme aux yeux de Tessa que la situation est très tendue et qu'en réalité l'avenir de la société n'est pas si assuré que cela. Intéressant. Si elle a bonne mémoire, à peine une heure plus tôt dans la salle de réunion, la directrice administrative affirmait avec énergie que Justin n'avait aucune crainte quant au devenir de l'entreprise et que tout allait pour le mieux de ce côté-là. Or voilà que, d'un seul coup, les lendemains ne chantent plus autant et, tiens, une idée : la disparition, voire la mort prématurée de Justin, pourrait permettre d'infléchir sensiblement la politique de l'entreprise, peut-être même de sauver un navire en perdition. La liste des bénéficiaires en cas de décès de Justin Denbe ne cesse décidément de s'allonger.

« Cela dit, ajoute brusquement Anita comme si elle lisait dans les pensées de Tessa, même si l'entreprise devait disparaître, la plupart des employés s'en remettraient très bien. Il y a les vétérans comme moi, dit-elle avec ironie, qui ont suffisamment de bonnes années à leur actif pour s'être constitué un bas de laine. Quant aux plus jeunes, Chris et consorts, la plupart pourraient facilement retrouver un poste équivalent chez un concurrent sans que ce soit un drame. Au bout du compte, tout ça n'est que... du travail. Qu'est-ce qui justifierait de faire du mal à quelqu'un pour un désaccord professionnel ? »

Bonne question, se dit Tessa, et pourtant il arrivait tout le temps que des gens se fassent descendre pour des histoires de gros sous ou de contrats.

« Vous voulez savoir ce qu'il y a de vraiment paradoxal chez les hommes de cette famille ? demande d'un seul coup Anita.

— Très volontiers, lui assure Tessa.

— Même s'ils ne sont pas fidèles, ils sont très attachés à leur épouse. Dale aimait Mary. Justin, d'après tout ce que j'ai pu voir, aime aussi sa femme. Jamais il ne divorcerait de sa propre initiative. Et jamais il ne ferait quoi que ce soit qui nuirait à sa famille. Surtout à Ashlyn. Seigneur... Voyons, si Libby était la seule à avoir disparu, certaines de vos questions seraient plus logiques. Mais vous pouvez demander à n'importe qui... jamais Justin Denbe n'aurait touché à un cheveu de la tête de sa fille. Et quand on sait que la plupart d'entre nous ont vu Ashlyn grandir sous leurs yeux... Jamais nous ne lui ferions de mal non plus. Je ne sais pas ce qui s'est passé... mais le problème ne vient pas de nous. Ni de Justin.

— De qui, alors ? ne peut s'empêcher de demander Tessa.

— Je ne sais pas. D'un monstre suffisamment cruel pour s'en prendre à toute une famille. Mais pour quelle raison ?

— C'est la question du jour », lui confirme Tessa. Mobile personnel ou professionnel ? Rançon ou vengeance ?

« Il y a peut-être, quand même... une dernière chose. »

Ils regardent Anita avec curiosité. « La dernière fois que j'ai vu Libby, c'était il y a quelques semaines. Elle était venue signer des documents. Elle avait l'air... absente. À vrai dire, elle m'a rappelé Mary Denbe et les quatre Martini qu'elle prenait au déjeuner. Sauf que Libby ne sentait pas l'alcool.

— Vous pensez qu'elle n'était pas dans son état normal ? relance l'agent spécial.

— Je dirais qu'elle avait pris quelque chose, vous voyez, pour atténuer son chagrin. J'ai failli en toucher un mot à Justin, mais j'ai pensé qu'ils avaient déjà tant de soucis à régler... On aurait envie de les aider. Contrairement à ce que vous pouvez penser, chacun de nous ici espère que leur mariage surmontera cette épreuve. Ils formaient un couple tellement épatant, autrefois. Nous nous en souvenons, si eux l'ont oublié. »

Anita semble enfin ne plus rien avoir à dire. Fini les révélations, alors ils mettent un terme à l'entretien et sortent du bureau. Il est maintenant plus de minuit. Les autres enquêteurs ont terminé leurs interrogatoires et la salle de réunion est déserte lorsqu'ils y retournent.

Par précaution, l'agent spécial Adams fait le tour de la pièce en regardant à travers les panneaux de verre dépoli qui dominent les autres bureaux.

« La police de Boston a retrouvé un flacon d'hydrocodone dans le sac à main de Libby Denbe, annonce-t-elle sans préambule. Acheté il y a deux jours, déjà vidé au tiers. »

Wyatt est le premier à embrayer sur cette idée. « Libby se droguait aux antalgiques.

— D'après ce qui est écrit sur le flacon, elle en avait pris vingt en quarante-huit heures à peine.

— Ça ne peut pas être une seule ordonnance, alors, médite Wyatt. Pas pour une telle consommation.

— Elle faisait la tournée des médecins, suggère Tessa. Une femme de son milieu social. Elle devait papillonner de l'un à l'autre en s'inventant des douleurs. »

Wyatt se tourne vers Nicole. «Vous dites que le flacon se trouvait dans son sac à main?»

Elle confirme.

«Donc il n'a pas été emporté.

— Logique, répond Nicole. Toutes leurs affaires étaient empilées sur l'îlot central.»

Tessa saisit l'idée que Wyatt est en train d'avancer. «Désintoxication», murmure-t-elle.

L'enquêteur du New Hampshire hoche la tête en la jaugeant du regard. «Et pas qu'un peu. Je me demande si ses ravisseurs s'attendaient à ce petit rebondissement. Au fait que, à peu près à l'heure qu'il est, dit-il en consultant sa montre, un de leurs otages commencerait à souffrir d'un syndrome de sevrage extrêmement douloureux et pénible à gérer.»

L'agent spécial Adams, au bout de la table : «Elle pourrait même avoir besoin de soins médicaux.

— Ce sont des pistes à creuser, répond Wyatt d'un air songeur. À supposer que les ravisseurs soient prêts à risquer de se faire prendre en la conduisant à l'hôpital. Mais, oui, je vais diffuser une circulaire demandant à ce qu'on guette dans les urgences une femme répondant au signalement de Libby Denbe.

— Vous pensez qu'ils sont encore en vie?» demande Tessa. Elle regarde l'agent du FBI, puis l'enquêteur du New Hampshire. Tous deux haussent les épaules.

«Aucune idée, répond l'agent spécial avec franchise, mais je l'espère vraiment.

— Je dirais que les chances sont encore de notre côté, dit Wyatt. S'ils voulaient leur mort, ils auraient très bien pu leur régler leur compte sur place et laisser trois cadavres derrière eux. L'utilisation du Taser me donne à penser qu'il s'agit d'autre chose que de supprimer purement et simplement la famille. »

Tessa approuve, ne serait-ce que parce qu'il est tard et que, vu la façon dont l'enquête piétine, elle a besoin de se raccrocher à un espoir.

Wyatt continue : « Je vais vous dire autre chose. Cette société, tous ces gens, dit-il avec une grimace, c'est un sacré ramassis de menteurs. »

Il a dit cela avec un tel naturel que Tessa est à deux doigts d'éclater de rire. Mais elle se reprend à temps pour demander : « Qu'est-ce qui vous fait dire ça ?

— Ils soutiennent tous Justin, sauf évidemment quand il s'agit de lui racheter son entreprise. Et la boîte se porte comme un charme, sauf qu'il y a tous ces nouveaux méga-opérateurs qui leur piquent leurs chantiers. Oh, et j'allais oublier, ils ne savent rien des secrets de famille, sauf, bien entendu, quand ils *sont* le secret de famille.

— Qui est le secret de famille ? demande l'agent Adams, qui ne suit plus.

— Anita Bennett. Vous n'avez pas capté ?

— Capté quoi ? »

Wyatt les regarde toutes les deux. « La tête qu'elle faisait chaque fois qu'elle prononçait le nom du père de Justin. Je peux vous dire qu'elle n'était pas seulement l'employée de Dale. Elle a fait partie de ses conquêtes. Toute sa tirade sur le fait qu'il était infidèle, mais attaché à sa femme ? Parce que Dale a trompé son épouse avec elle, mais qu'il ne l'a pas quittée. Résultat pratique, quand il est mort, les deux femmes de sa vie ont été baisées.

— Mary est partie, Anita est restée, murmure Tessa. Elle a continué à gravir les échelons, mais, trente-cinq ans plus tard, elle n'est toujours que salariée, pas actionnaire.

— Il y aurait de quoi être un peu aigri », observe Wyatt.

L'agent spécial Adams sourit pour la première fois de la soirée. Une expression qui fait vraiment peur à voir chez elle. « Et il y aurait de quoi décider de s'emparer enfin de ce qu'on estime amplement mériter. »

22

Ils ont emmené Justin.

Ashlyn s'était endormie. Flottant dans un demi-sommeil, je sombrais sous le poids de l'épuisement pour qu'aussitôt une souffrance sans répit me ramène à la conscience. Ma commotion cérébrale, l'état de manque, allez savoir. Je rêvais de mers ténébreuses et tourmentées, de monstres et de cobras crachant leur venin. Et là, je me réveillais, recroquevillée, secouée de tremblements irrépressibles, la tête fracassée par une atroce douleur.

Je ne crois pas que Justin dormait. Chaque fois que j'ouvrais les yeux, je le trouvais debout devant la porte de la cellule, le dos droit, le visage tendu, comme un fauve en cage qui chercherait encore la sortie. Ou peut-être une sentinelle, qui monterait la garde.

Quoi qu'il en soit, ça ne l'a pas sauvé.

La porte s'est ouverte comme sous l'effet d'une bombe. C'est l'impression que ça m'a donné. Je somnolais et d'un seul coup : *boum!*

La porte métallique, un coup de vent, deux intrus qui déboulent dans la cellule. Ils portaient chacun un matelas, qu'ils tenaient comme un bouclier sous leurs têtes casquées. Des plaques faciales dissimulaient leurs visages et on aurait dit des scarabées cuirassés de noir venus nous emporter. Un de mes rêves déments qui prenait vie.

Ils criaient, brandissaient des matraques. Le plus grand s'est tout de suite attaqué à Justin, qu'il a jeté par terre pour le rouer de coups avec son bâton. *Boum, boum, boum.* Puis le deuxième scarabée enragé s'en est pris à Ashlyn, qui dormait sur la couchette du bas, et il s'est rué sur elle avec le matelas pour l'étouffer.

J'ai entendu des cris assourdis et je me suis laissée tomber de la couchette supérieure sur le dos de ce scarabée de cauchemar. Instinctivement, je lui donnais de grands coups sur les épaules, mais tous les endroits que je giflais étaient matelassés ou blindés. Mes poings étaient inutiles. Ma fille hurlait, je frappais et cela ne changeait rien.

Justin, à terre, a crié : « Je viens, je viens. Mais laissez-les, putain. Laissez ma famille tranquille ! »

Aussitôt, l'agresseur d'Ashlyn s'est redressé, a soulevé le matelas qui l'écrasait et m'a fait tomber de son dos d'une simple pichenette. J'ai chuté lourdement, mais je me suis rattrapée sur les mains *in extremis* – ma tête avait déjà assez pris comme ça.

Justin, qu'on avait péniblement relevé, est allé en titubant à la porte de la cellule. Du sang à la commissure des lèvres, les mains menottées devant lui.

Son assaillant l'a attrapé par les poignets et emmené de force.

Le nôtre avait remis son bouclier devant lui. Il a reculé lentement vers la porte. Au dernier moment, il a relevé son masque.

Et Mick, tout sourire, nous a envoyé un baiser. Un bail qu'il ne s'était pas amusé autant, ça se lisait sur son visage. Il avait hâte de recommencer.

Puis il est sorti, la porte métallique s'est refermée avec fracas et Ashlyn et moi nous sommes retrouvées seules.

Nous n'avons pas pleuré. D'un commun accord, nous nous sommes recroquevillées sur la couchette du haut, hors de portée immédiate des scarabées étouffeurs. De ce point d'observation, j'aperçois maintenant, par la meurtrière, un ciel noir, très noir. Ce n'est encore que le milieu de la nuit, même pas encore demain, et pourtant j'ai l'impression que nous sommes dans cet enfer depuis une éternité.

Ma fille est couchée sur le côté, dos tourné vers moi. J'ai mon bras sur sa taille, mon visage contre ses cheveux.

Quand elle était petite, Ashlyn venait en douce dans notre chambre. Elle ne disait jamais un mot. Mais en ouvrant les yeux, je la trouvais debout de mon côté du lit, petit fantôme pâle. J'écartais les couvertures et elle se glissait à côté de moi; c'était notre petit secret, puisque Justin n'approuvait pas ce genre de choses.

Mais moi, ça ne m'a jamais ennuyée. Déjà à l'époque, je savais que ces moments ne dureraient pas éternellement. Que, malgré l'épuisant manque de sommeil, les cinq premières années de la vie de ma fille seraient les seules où elle m'appartiendrait réellement. D'abord elle avait appris à crapahuter, puis à marcher, puis à courir sans mon aide.

Alors j'aimais la tenir serrée dans mes bras, respirer l'odeur du shampoing pour bébé dans ses cheveux. La sentir comme une petite bouillotte chaude, blottie tout contre moi.

Ma fille n'est plus petite. À quinze ans, elle fait presque ma taille. Et pourtant son torse me semble encore bien frêle. Elle grandit comme un poulain, tout en bras et en jambes maigres. Vu la taille que fait Justin, elle me dépassera sans doute l'an prochain. C'est comme ça, je me dis. Elle sera toujours ma petite fille et pourtant elle ne le sera plus jamais.

Mon corps est repris de tremblements, mon ventre se contracte. J'ordonne aux secousses de cesser, mais elles ne veulent rien entendre.

« Maman ? » demande ma fille, d'une petite voix douce.

J'écarte ses longs cheveux de son visage et, pour la première fois depuis longtemps, ma faiblesse me fait honte. Jamais je n'aurais dû prendre ce premier comprimé. Jamais je n'aurais dû laisser une histoire aussi stupide et ridicule que la liaison de mon mari me servir de prétexte pour m'effondrer. Peut-être bien que notre mariage était fichu. Mais j'étais encore mère. Comment avais-je pu l'oublier ?

« Ma commotion », dis-je entre mes dents, une excuse suffisamment vague.

Ma fille n'est pas dupe. Elle se retourne, me regarde. Elle a les mêmes yeux que moi, tout le monde l'a toujours dit. Ni dorés, ni verts. Entre les deux. Elle est belle, intelligente, et elle grandit trop vite. Je lui caresse la joue et, pour une fois, elle ne bronche pas.

« Je suis désolée », dis-je. Mon front est moite. Je sens la sueur perler, mais dans l'état second où je suis, il me semble que c'est du sang plutôt que de l'eau.

« Il te faut tes comprimés, dit-elle.

— Comment sais-tu… » Je ne suis pas certaine d'avoir envie de connaître la réponse.

« J'ai fouillé ton sac, répond-elle comme si ça allait de soi. Et ton téléphone portable, aussi. Et celui de papa. Vous n'avez pas seulement arrêté de vous parler entre vous, vous avez aussi arrêté de me parler à moi. »

Je ne dis rien, je plonge dans son regard en essayant de me retrouver dans les yeux stoïques de mon adolescente. « Nous t'aimons. Ça ne changera jamais.

— Je sais.

— Parfois, les parents sont des gens comme les autres.

— Je ne veux pas des gens comme les autres. Je veux mon père et ma mère. »

Elle se retourne sur le côté. Et le temps qui m'était imparti est écoulé. Un des effets secondaires des opioïdes : une constipation sévère. Ce qui signifie qu'au moment où l'on arrête les prises, le corps en profite pour se rattraper.

J'arrive juste à temps aux toilettes.

La diarrhée est violente, nauséabonde, épouvantable. J'aurais bien pleuré, mais entre les vomissements chroniques, les suées et maintenant ça, mon corps n'a plus une goutte d'eau en lui.

Ashlyn, restée sur la couchette du haut, fait de son mieux pour préserver mon intimité. Même si cela n'a plus vraiment d'importance.

On cherche à me briser, me dis-je en tenant mon ventre contracté. À me faire passer du rang d'humain à celui d'animal. De celui d'épouse et de mère respectable qui connaissait sa place dans le monde à celui de femme qui pourrait tout aussi bien s'effondrer dans le caniveau.

Le paroxysme de la diarrhée est passé. Ne restent plus que les tremblements, les suées, la douleur et un désespoir immense, insondable.

J'arrive à me relever des toilettes. Je me roule en boule par terre.

Et j'attends la fin du monde.

Plus tard, Ashlyn me raconte que Radar est venu. Avec une cruche d'eau, une pile de serviettes et une poignée de comprimés. Un antidiarrhéique, du paracétamol, un antihistaminique. Ils ont dû s'y mettre à deux pour me les faire avaler.

Puis Radar est reparti, après avoir confié à Ashlyn le soin d'humidifier des serviettes et de me les passer sur le visage. Comme elle ne voyait pas comment me hisser sur la couchette, elle s'est assise par terre à côté de moi.

À un moment, je me rappelle avoir ouvert les yeux et l'avoir vue veiller sur moi.

«Tu vas t'en sortir», a-t-elle murmuré. Puis : «Je ne te plains pas, maman. Tu ne mérites que ça.»

Mais plus tard, je l'ai entendue pleurer, des sanglots étouffés, déchirants, et j'aurais voulu caresser son visage, lui dire qu'elle avait raison et que j'avais eu tort, mais j'étais incapable de bouger les bras. J'étais de nouveau sous l'eau, je coulais, vers les profondeurs, en regardant ma fille s'éloigner de moi.

«Je te déteste, disait-elle. Je vous déteste tous les deux. Vous ne pouvez pas me laisser comme ça, merde. Vous ne pouvez pas *m'abandonner.*»

Et je ne lui en voulais pas. En fait, j'aurais voulu lui dire que je comprenais. Moi aussi, j'avais détesté mon père, qui refusait de porter un casque de moto. Et j'avais détesté ma mère, qui, même lorsque nous n'avions pas de quoi nous acheter à manger, avait toujours un paquet de cigarettes d'avance. Pourquoi les parents étaient-ils si faibles, si imparfaits ? Pourquoi mes parents à moi n'avaient-ils pas vu à quel point je les aimais, à quel point j'avais besoin d'eux à mes côtés ?

Ils étaient morts, laissant derrière eux le genre de vide qui ne se comble jamais, la douleur lancinante qui poursuit toute leur vie les enfants abandonnés. Et je m'étais tenue debout toute seule, pilier au pied fragile, jusqu'au jour où j'avais rencontré Justin. Le merveilleux, le beau, le charismatique Justin. Pour qui j'avais eu le coup de foudre, qui m'avait donné l'impression d'être belle, aimée et désirée au-delà de toute raison. Et à présent, nous allions vivre heureux jusqu'à la fin de nos jours dans notre royaume enchanté.

Peut-être que j'ai été prise d'un rire nerveux. Peut-être même que j'ai ri aux larmes, parce que aussitôt ma fille est revenue dans mon champ de vision, et cette fois-ci Ashlyn avait peur, elle n'arrêtait pas de dire : « Je t'en prie, maman, je t'en prie », ce qui redoublait d'autant ma honte.

Je suis censée prendre soin de ma fille, pas l'inverse. Je suis censée la protéger.

Radar revient. Il ne me regarde pas. Il ne parle pas à ma fille.

Il apporte une autre poignée de comprimés.

Ceux-là font effet. Mes diverses douleurs disparaissent. Le gouffre ténébreux se fait de plus en plus petit, petit, petit. Les halètements, les frissons et les suées s'arrêtent.

Mon corps s'immobilise.

Je dors.

Au bout d'un moment, ma fille se pelotonne par terre à côté de moi. Avec son bras autour de ma taille, son visage dans mes cheveux.

Elle aussi dort.

Un moment.

La porte de la cellule s'ouvre comme dans une explosion. Le premier scarabée cuirassé entre en trombe, il crie, il hurle, il brandit son matelas, nous tire une nouvelle fois en sursaut de notre sommeil pour un état d'alerte maximal.

Il nous donne de grands coups de matelas. Nous hurle de nous lever, debout, debout, debout.

Au sol, le bras de ma fille s'est crispé autour de ma taille. J'ai attrapé sa main entre mes doigts et j'ai serré bien fort.

Ne pas la laisser partir, ne pas la laisser partir, ne pas la laisser partir. Elle est à moi, ils ne peuvent pas la prendre.

Encore des cris, des hurlements, des coups.

Mick, qui a fini par lâcher son bouclier, empoigne Ashlyn par les épaules et essaie de l'arracher au sol. Je m'accroche encore plus à ma fille. Lui tire, tire, tire, implacable, d'une force monstrueuse.

Nos mains se séparent, les doigts d'Ashlyn glissent entre les miens.

Mick l'emporte loin de moi.

Je me relève en titubant et je lui donne un coup de pied entre les jambes.

Encore du rembourrage, mais sans doute pas à toute épreuve. Mick recule, lâche Ashlyn, me regarde. Cette fois-ci, je lui envoie un coup de pied dans le genou et, faible comme un chaton, je fais pleuvoir de pauvres coups sur ses reins. Je n'ai pratiquement aucune force, je tiens à peine sur mes jambes, mais je n'arrête pas. J'envoie coups de pied, coups de poing, coups de poing, coups de pied, jusqu'à ce qu'il essaie à l'aveuglette de ramasser son matelas-bouclier et qu'Ashlyn s'échappe et grimpe sur la couchette du haut, où elle s'accroupit, comme si elle s'apprêtait à se jeter sur lui.

Soudain, une nouvelle paire de mains, immenses, d'une force phénoménale, me soulève de terre et me tient en l'air. Ashlyn ouvre de grands yeux.

Z dit d'une voix calme, à quelques centimètres de mon oreille : « Mick, tu es vraiment une putain d'erreur génétique. Arrête tes conneries et fais ton boulot. »

Mick renonce à attraper Ashlyn et sort de la cellule en bougonnant.

Z me repose par terre, mais ses mains me tiennent encore fermement en place. Son ordre suivant s'adresse à ma fille : « Toi. Assise. »

Elle s'assoit.

Puis Mick revient, mais pas tout seul. Il pousse Justin devant lui et mon mari se traîne vers le lit le plus proche en se retenant au cadre métallique pour ne pas tomber.

Z lâche mes épaules et, aussi vite qu'ils étaient arrivés, les deux hommes disparaissent.

Justin lève les yeux et son visage autrefois séduisant a été rendu pratiquement méconnaissable par les coups.

« Libby, murmure-t-il. Libby. Je me suis trompé. Il faut… qu'on sorte… d'ici. »

Puis mon mari, en sang, s'effondre au sol comme une masse.

23

Wyatt n'arrive pas à dormir. Il aime plutôt ça, dormir. Ça ne lui déplairait pas. Mais cette nuit, après une longue journée d'enquête sur une affaire où ils jouent gros, son cerveau refuse de se déconnecter. Il est couché dans l'hôtel aux tarifs abordables que Kevin leur a déniché grâce à ce miracle de technologie moderne qu'est le GPS intégré de leur voiture, et son esprit turbine à cent à l'heure.

Son sujet de réflexion à deux heures du matin : pourquoi la famille entière ?

Jusqu'à présent, la plupart de leurs théories tournent autour de l'appât du gain. Justin Denbe est un homme riche, à la tête d'une société qui brasse des millions. Quand un type comme ça se fait kidnapper à coups de Taser dans sa maison de grand standing, l'argent est la première idée qui vient à l'esprit.

D'après son entreprise, il avait souscrit une police d'assurance grâce à laquelle il valait la coquette somme de deux millions de dollars – l'argument était assez imparable. Et si l'on considérait la société elle-même (qui subissait de plein fouet l'évolution du secteur de la construction, ce qui provoquait peut-être du tirage au sein de l'équipe de direction), on voyait bien comment un de ses principaux cadres avait pu penser qu'il serait profitable que Justin disparaisse un peu de la circulation. Et qui sait, peut-être qu'un bon vieux kidnapping pourrait carrément le dégoûter de toute l'affaire. Il s'effacerait définitivement, permettant ainsi soit à la vieille garde, soit aux jeunes loups de prendre les rênes et de conduire triomphalement l'entreprise dans les verts pâturages des chantiers clés en main.

Possible.

Wyatt n'a pas une passion pour les entreprises. Il a une passion pour les gens. Cette affaire-là, par quelque bout qu'on la prenne, ne se résumera jamais à de simples calculs financiers. La clé de l'énigme résidera dans les gens eux-mêmes et dans ce qui les fait marcher – pour certains d'entre eux, de manière perverse.

Ce qui le ramène à sa première idée : d'accord, il existait un certain nombre de raisons lucratives de kidnapper Justin Denbe, mais pourquoi toute sa famille ?

Enlever trois personnes n'est pas une mince affaire. D'une part, cela suppose immédiatement de s'adjoindre des complices, or s'il en existe qui soient capables de garder un secret, ce sont des oiseaux rares. D'autre part, les difficultés logistiques s'accroissent de manière exponentielle. Le transport : désormais, vous avez plusieurs criminels en plus d'avoir plusieurs victimes. Le transfert du point A au point B ne peut plus s'effectuer en toute discrétion, c'est carrément une troupe de cirque qui prend la route. À ce compte-là, autant louer une limousine extra-longue, et vogue la galère.

Ensuite, l'hébergement : où mettre tous ces gens ? Certes, c'était là que le choix du nord du New Hampshire prenait tout son sens, surtout en cette saison. Certains campings comptaient des bungalows d'une taille respectable. Ce serait la croix et la bannière pour les chauffer et ils seraient sacrément inconfortables puisqu'ils n'avaient pas été prévus pour être occupés l'hiver, mais ce serait à coup sûr un bon endroit pour loger un groupe d'otages sans se faire repérer.

Seulement il faudrait aussi nourrir tout ce petit monde. Bien sûr, il est possible de ravitailler ces bungalows ; c'est bien ce qu'on fait, l'été. Mais ça demande quand même un *effort*. Des expéditions à l'épicerie dont Wyatt sait, pour se livrer régulièrement à l'exercice, qu'il est pour ainsi dire impossible de les réussir du premier coup. On oublie toujours un article de la liste. Ou alors survient un imprévu : par exemple, une riche mère de famille, brusquement sevrée d'opiacés, a d'un seul coup un besoin impératif d'aspirine, d'Imodium et de beaucoup de soins et d'attention.

Du travail et encore du travail.

Des risques et encore des risques.

Si ces types sont réellement des professionnels, pourquoi s'exposer aux dangers inhérents au rapt d'une famille entière ? Surtout si l'essentiel du bénéfice financier pouvait être obtenu par le simple enlèvement de Justin ?

Ça ne plaît pas à Wyatt.

Deux heures du matin, trois heures, quatre heures.

Pourquoi enlever toute la famille ? Et pas seulement Justin ?

Et, trente heures après les faits, où donc est cette fichue demande de rançon ?

Wyatt s'extirpe de son lit à six heures. Il se douche, grâce à quoi il commence à reprendre forme humaine, puis il se rase, ce qui lui fait vraiment du bien, et enfin il passe l'uniforme propre qu'il emporte toujours avec lui dans un sac de voyage parce que, dans son métier, il peut arriver qu'une demande d'intervention vous tienne éloigné de chez vous plusieurs jours d'affilée.

Encore trop tôt pour appeler le North Country. Si ses adjoints avaient de vraies nouvelles, que ce soit grâce à la ligne directe qu'ils ont ouverte, à un témoin rencontré pendant l'enquête de terrain ou aux inspections dans les campings, ils lui en auraient fait part, à toute heure du jour ou de la nuit. Comme il n'y a pas de message sur son portable ni sur sa boîte vocale, il en déduit qu'ils sont toujours dans cette phase de l'enquête où leurs efforts n'ont pas encore payé. Rien d'anormal.

Il descend au rez-de-chaussée de l'hôtel pour récupérer un fax en provenance du commissariat central de Boston et trouve Kevin déjà dans le hall, avec deux grands gobelets de café de chez Dunkin' Donuts.

« Merci, mon brave », dit Wyatt en attrapant l'épaisse liasse de papiers avant d'accepter le café que son collègue lui tend. Il regarde autour de lui. Le hall est désert.

« Ils servent un petit déjeuner continental, explique Kevin. Mais tu peux le croire ça, qu'ils n'ouvrent pas avant sept heures et demie le dimanche matin ? »

Wyatt grogne, boit une gorgée. Il aime le « café classique » de Dunkin' Donuts. Presque blanc de crème et abondamment sucré. Fabuleux.

« Dormi ? demande Kevin.

— Qui en a besoin ? Toi ?

— J'ai regardé un film en vidéo à la demande. Mais pas du porno. Je sais qu'ils insistent beaucoup sur le fait qu'absolument *aucun* titre de film ne figurera sur la facture de l'hôtel, mais du coup ça donne l'impression que tout le monde a regardé du porno.

— Bon à savoir.

— Tu n'es pas très bavard, le matin.

— Et toi, beaucoup trop. »

Les deux hommes se dirigent vers une petite table dans le salon. Personne dans les parages, ils n'ont donc pas à craindre d'oreilles ni de regards indiscrets.

« Quel plan d'attaque pour aujourd'hui ? demande Kevin.

— Rester dans le coin. À moins qu'on ne reçoive des nouvelles du Nord, la seule vraie scène de crime se trouve ici, sans compter que toutes les personnes concernées sont aussi dans cette ville. Pas évident d'établir le profil d'une famille entière. Ça fait une tapée d'auditions, de recherches dans les antécédents… Il nous faudrait des renforts. Mais on n'en a pas à leur donner.

— Le FBI va mettre plus d'effectifs sur l'affaire, surtout maintenant qu'on a franchi la barre des vingt-quatre heures, remarque Kevin. Pas le choix.

Ça fait quoi, une journée et demie, et toujours aucune piste, même pas une demande de rançon.

— Le FBI va installer un poste de commandement. J'imagine qu'ils vont faire venir une unité mobile, la garer devant chez les Denbe. Ils vont commencer à se préparer sérieusement pour un contact avec les ravisseurs, mettre les lignes téléphoniques sur écoute, tout ça. J'imagine qu'ils ont aussi mis de côté les portables des Denbe. Juste au cas où un appel arriverait par ce biais.

— On peut faire une demande de rançon par texto? demande Kevin, songeur. Sur le portable de l'ado. Il y aurait un petit côté ironique qui me plairait assez.

— Hé, si on peut écrire des sextos, pourquoi pas une demande de rançon par texto? Un textortion? Ça sonne bien, je trouve.»

Kevin prend une gorgée de café. «Alors, qu'est-ce que tu penses de Tessa Leoni? Tu as conduit un interrogatoire avec elle, hier soir.»

Wyatt ne sait pas trop. «Elle a posé de bonnes questions. Mais je n'arrive pas à cerner sa relation avec Denbe Construction. Ce sont ses clients, mais en même temps on aurait dit que c'était la première fois qu'elle les rencontrait.

— Exact, confirme Kevin. J'ai regardé ça, hier soir. Denbe emploie les services de Northledge depuis sept ans, mais ce n'est pas un prestataire important. Sans doute que Northledge effectue des vérifications de routine avant une embauche, ce genre de choses, et ça se passe à des échelons relativement subalternes. Tessa Leoni, son patron la garde pour des dossiers plus stratégiques.

— Et en l'occurrence, un peu de stratégie ne ferait pas de mal, confirme Wyatt. Mais elle m'a l'air bien jeune pour être leur détective de choc.

— Vingt-neuf ans. Elle a travaillé quatre ans dans la police d'État du Massachusetts. Deux ans chez Northledge.

— Vingt-neuf ans? Merde, pour une enquêtrice, c'est à peine sorti des langes.

— On dirait qu'elle se débrouille. La dernière évaluation de son employeur était carrément dithyrambique.

— Comment tu peux savoir un truc pareil? Sérieusement? En surfant sur Internet au milieu de la nuit?

— Oh, tu serais étonné. »

Wyatt secoue la tête, termine son café. « J'ai envie d'aller chez les Denbe. Jusqu'ici, on croit tout le monde sur parole quant au déroulé des faits. Je n'ai rien contre eux, mais je voudrais me faire ma propre idée. »

— Il nous faut une prise de contact, observe Kevin en terminant lui aussi son gobelet. Une demande de rançon, n'importe quoi. Qui relancerait la machine.

— Non, pas la peine d'attendre que les kidnappeurs viennent nous trouver. On se sert de nos bonnes vieilles techniques d'investigation et nous, on les trouve. En commençant par répondre à ma question du jour.

— À savoir?

— Si ce n'est qu'une histoire d'argent, pourquoi enlever toute la famille?

— Oh, mais j'ai la réponse.

— Sans blague? Épate-moi, Sherlock.

— Économies d'échelle. Tu as entendu le portrait de Justin Denbe par son équipe technique : un grand gaillard, adroit avec un pistolet, costaud dans son corps et dans sa tête. Tu enverrais un gars tout seul enlever un type comme ça ? »

Wyatt comprend où il veut en venir. « J'imagine que non.

— Mais à partir du moment où tu fais intervenir plus de gens, il faudra aussi partager le gâteau. Un type seul qui kidnapperait Justin Denbe empocherait deux millions. Mais à trois, ils ne gagneront plus que six cent mille et quelque chacun. Vu la somme de boulot, ça ne fait plus vraiment le même salaire horaire. Mais si on rajoute un million pour la femme et un million pour la fille, d'un seul coup, le calcul redevient intéressant.

— Économies d'échelle. Sauf que la femme et l'enfant augmentent aussi les risques. Trois personnes à maîtriser, transporter, loger et nourrir. On en revient au fait qu'il faudra plus de gens, ce qui diminuera la rémunération. À moins que... »

Et d'un seul coup, Wyatt comprend. Ce qui lui trotte dans la tête depuis deux heures du matin. Ce qui expliquerait qu'on enlève toute une famille plutôt qu'un homme seul. Pourquoi une affaire ne tient jamais à des facteurs financiers, mais toujours à des facteurs psychologiques.

« Moyen de pression », dit Wyatt, et sitôt qu'il a prononcé ces mots, il sait qu'il est dans le vrai. « Réfléchis à ça. Un type qui a la réputation de Justin Denbe... Les ravisseurs se doutent qu'il faudra s'y mettre à plusieurs pour l'enlever et, même comme ça, ils ne sont pas tranquilles. Raison de plus pour kidnapper sa femme et sa fille. Justin Denbe, seul, pourrait résister. Mais à partir du moment où ces types détiennent sa famille… Quoi qu'il tente, ça retombera sur sa femme et sur sa fille unique. » Wyatt marque un temps d'arrêt, secoue la tête. « La vache, ils sont forts. »

Ils trouvent la maison des Denbe peu après huit heures du matin. Wyatt n'est pas un gars de la ville, mais leur avenue coquette bordée d'arbres, avec son alignement de demeures historiques restaurées dans les règles de l'art, il pourrait s'y faire. C'est là le visage de Boston que les touristes sont prêts à payer cher pour voir. Une publicité architecturale pour le style de vie des nantis.

Le quartier est tranquille à cette heure matinale, un dimanche. Naturellement, les voitures sont garées pare-chocs contre pare-chocs le long du trottoir. Porsche Carrera, breaks Volvo, Mercedes. Si tels sont les modèles que les résidents ne craignent pas de laisser dehors, Wyatt se demande ce qu'ils peuvent bien planquer dans leur garage.

Il ne voit pas de PC devant chez les Denbe, d'ailleurs il n'est même pas certain qu'un véhicule aussi volumineux puisse stationner. Rien n'indique non plus la présence d'un gros contingent de forces de l'ordre, mais il suppose que la police municipale a dû prévoir des patrouilles mobiles, ce genre de choses. Au cas où les Denbe referaient surface. Ou si jamais, soyons fous, les ravisseurs revenaient sur les lieux du crime.

En attendant, le seul signe indiquant qu'un drame s'est produit ici est un ruban jaune scotché de

...lativement discrète sur le panneau supé-
... porte d'entrée. Sans doute pour éviter
... les voisins outre mesure. Ou même pour
... de bonnes relations avec les habitants du
... Après tout, des gens qui ont investi de telles
... dans leurs maisons ne verraient sans doute
... bon œil la valeur théorique de leurs biens
... cause.
... fait quatre ou cinq fois le tour du pâté de
... Puis ils finissent par se garer dans un par-
...blic et revenir à pied. Belle matinée pour une
...nade. Frisquette – on sent dans le fond de l'air
...roidure de fin d'automne. Mais le soleil brille,
...trottoir de brique rouge se réchauffe et les mai-
...sons aux façades de diverses couleurs s'illuminent à
mesure qu'ils se rapprochent de leur objectif.

La porte d'entrée des Denbe (du noyer traité avec une lasure foncée, songe Wyatt) est fermée. Il commence par le commencement et toque.

Et la porte s'ouvre.

Un instant, il en reste comme deux ronds de flanc. En regardant pivoter le lourd panneau de bois, il se dit : Incroyable, ils sont revenus ! Mais lorsque la porte termine sa course, il se retrouve nez à nez avec Tessa Leoni, en pantalon noir strict et chemise blanche. Elle pourrait être agente immobilière, abstraction faite du pistolet de taille respectable qu'elle a sur la hanche.

« Je me doutais que vous passeriez, dit-elle sans préambule. Un bon enquêteur a toujours besoin de se rendre compte par lui-même. »

Elle recule d'un pas pour laisser Wyatt et Kevin entrer dans la maison.

Wyatt tombe raide dingue de l'escalier. Il [s'efforce]
de ne pas le regarder, et c'est à grand-peine [qu'il se]
retient de caresser ce bois au grain somptueux,
l'acajou, suppose-t-il. Récemment huilé, ass[ombri]
par la patine. Oh, et la courbe gracieuse du p[alier]
intermédiaire, les balustres sculptés à la main\[, des]
heures et les heures d'artisanat minutieux.

Mais lorsque, tournant le dos à l'escalier, [il]
découvre dans le grand salon des étagères encastré[es,]
un manteau de cheminée superbement restauré, de[s]
corniches à denticule d'origine... il rend les armes.
Figé au milieu du hall semé de plots de signalement
et plein de poudre à empreintes, il reste en extase
devant ce rêve d'ébéniste.

« Ça en jette, hein ? » Tessa est toujours à côté
de la porte. Il se fait la réflexion qu'elle a tendance
à garder ses distances. Et que ses cheveux bruns
sont légèrement trop tirés en arrière, comme si cela
tenait moins à un choix de coiffure qu'à un désir de
contrôle.

« Ça me troue le cul », observe-t-il poliment.

Elle sourit et ses épaules se détendent un instant.
« De l'avis général, Libby Denbe est une maîtresse
de maison hors pair. Elle a fait des études d'arts
créatifs, quelque chose comme ça, et ça se voit dans
certains de ses choix de couleurs. En tout cas, ils me
paraissent très créatifs, vu que, chez moi, c'est essentiellement blanc, blanc et puis, tiens, encore blanc.

— Vous habitez où ?

— Je viens d'acheter un petit pavillon à Arlington.
Minuscule, j'imagine, par rapport à ce qu'on trouve
dans le New Hampshire, mais ça me va.

Wyatt tombe raide dingue de l'escalier. Il s'efforce de ne pas le regarder, et c'est à grand-peine qu'il se retient de caresser ce bois au grain somptueux. De l'acajou, suppose-t-il. Récemment huilé, assombri par la patine. Oh, et la courbe gracieuse du palier intermédiaire, les balustres sculptés à la main, les heures et les heures d'artisanat minutieux.

Mais lorsque, tournant le dos à l'escalier, il découvre dans le grand salon des étagères encastrées, un manteau de cheminée superbement restauré, des corniches à denticule d'origine... il rend les armes. Figé au milieu du hall semé de plots de signalement et plein de poudre à empreintes, il reste en extase devant ce rêve d'ébéniste.

« Ça en jette, hein ? » Tessa est toujours à côté de la porte. Il se fait la réflexion qu'elle a tendance à garder ses distances. Et que ses cheveux bruns sont légèrement trop tirés en arrière, comme si cela tenait moins à un choix de coiffure qu'à un désir de contrôle.

« Ça me troue le cul », observe-t-il poliment. Elle sourit et ses épaules se détendent un instant. « De l'avis général, Libby Denbe est une maîtresse de maison hors pair. Elle a fait des études d'arts créatifs, quelque chose comme ça, et ça se voit dans certains de ses choix de couleurs. En tout cas, ils me paraissent très créatifs, vu que, chez moi, c'est essentiellement blanc, blanc et puis, tiens, encore blanc.

— Vous habitez où ?

— Je viens d'acheter un petit pavillon à Arlington. Minuscule, j'imagine, par rapport à ce qu'on trouve dans le New Hampshire, mais ça me va.

manière relativement discrète sur le panneau supérieur de la porte d'entrée. Sans doute pour éviter d'alarmer les voisins outre mesure. Ou même pour entretenir de bonnes relations avec les habitants du quartier. Après tout, des gens qui ont investi de telles sommes dans leurs maisons ne verraient sans doute pas d'un bon œil la valeur théorique de leurs biens remise en cause.

Kevin fait quatre ou cinq fois le tour du pâté de maisons. Puis ils finissent par se garer dans un parking public et revenir à pied. Belle matinée pour une promenade. Frisquette — on sent dans le fond de l'air une froidure de fin d'automne. Mais le soleil brille, le trottoir de brique rouge se réchauffe et les maisons aux façades de diverses couleurs s'illuminent à mesure qu'ils se rapprochent de leur objectif.

La porte d'entrée des Denbe (du noyer traité avec une lasure foncée, songe Wyatt) est fermée. Il commence par le commencement et toque.

Et la porte s'ouvre.

Un instant, il en reste comme deux ronds de flanc. En regardant pivoter le lourd panneau de bois, il se dit : Incroyable, ils sont revenus ! Mais lorsque la porte termine sa course, il se retrouve nez à nez avec Tessa Leoni, en pantalon noir strict et chemise blanche. Elle pourrait être agente immobilière, abstraction faite du pistolet de taille respectable qu'elle a sur la hanche.

« Je me doutais que vous passeriez, dit-elle sans préambule. Un bon enquêteur a toujours besoin de se rendre compte par lui-même. »

Elle recule d'un pas pour laisser Wyatt et Kevin entrer dans la maison.

— Vous avez une famille ?

— Une fille. » Elle le regarde d'un air pensif, comme légèrement étonnée. « Mon mari est mort il y a deux ans. » Elle semble attendre une réaction. Wyatt observe le hall autour de lui. Kevin, le front plissé par la concentration, est déjà tout occupé à examiner les plots de signalement, ce qui laisse Wyatt à lui-même.

« Toutes mes condoléances », répond-il par politesse.

Tessa sourit de nouveau, mais avec ironie, cette fois-ci. « C'est parce que vous êtes du New Hampshire, murmure-t-elle. Il m'arrive d'oublier que tout le monde ne s'intéresse pas à l'actualité de Boston. Ça vous dit, une petite visite guidée ? Les fédéraux n'ont pas encore mis le nez en dehors de leur PC mobile, donc pour l'instant la maison est à nous. »

Wyatt s'immobilise. « Un PC mobile ? Où ça ?

— Dans l'allée parallèle, à l'arrière. Là où on trouve les entrées de garage, les places de stationnement, tout le côté moins glamour. C'est comme ça que ça marche à Back Bay : d'un côté ces superbes rues pittoresques, comme Marlborough Street, où l'on s'extasie devant les façades ; et de l'autre, dans une petite allée, l'envers du décor, beaucoup moins chic. Le FBI s'y est installé cette nuit. Un grand PC blanc, très joli vu de l'extérieur et avec un tas de joujoux sympas à l'intérieur, je suis sûre. À moi, maintenant : j'ai rêvé ou vous avez un certain passé avec la blonde ?

— Avec Nicole ? » Wyatt emboîte le pas à Tessa, qui le conduit vers ce qui semble être la cuisine. « Un passé, c'est exactement le mot.

— Bonne enquêtrice ?
— Je dirais, oui. Intelligente, futée, ambitieuse. Si je devais disparaître, ça ne me déplairait pas qu'on lui confie le dossier.
— C'est bon à savoir. »

Arrivé dans la cuisine haut de gamme, la première chose que remarque Wyatt est la pile d'objets personnels sur l'îlot en granit. Le FBI l'a laissée telle quelle, lui explique Tessa, parce qu'un analyste comportemental va revenir aujourd'hui pour étudier la scène de manière plus approfondie. Et puis il n'était pas nécessaire d'emporter les portables pour les fouiller ; l'opérateur leur avait déjà faxé les messages, textos et journaux d'appels.

Mais cette table au trésor chiffonne Wyatt. On n'a pas seulement retiré aux victimes ce qui aurait pu leur permettre d'appeler à l'aide ou de s'évader ; on a voulu les déshumaniser. Enlever à la gamine de quinze ans son portable orange métallisé avec, au dos, ses initiales en strass Swarovski autocollant. Dépouiller la femme de sa bague de fiançailles et de son alliance. Prendre au mari son vieux couteau suisse, manifestement très aimé et souvent utilisé.

Et puis cette mise en scène lui rappelle quelque chose. Il réfléchit, prend le temps de faire le tour de la pile, la considère sous différents angles. Et met le doigt dessus : « Le greffe, en prison. »

Tessa interrompt son observation pour le regarder.

« Quand un nouveau détenu arrive en prison, on lui prend tous ses objets personnels, continue-t-il. Bijoux, portefeuille, argent, clés, téléphone, tout. On en fait un tas qu'on fait glisser de l'autre côté. Ça ressemble à ça. Un dépôt au greffe. »

Tessa hoche la tête d'un air pensif. « Donc il se pourrait qu'au moins un de nos malfaiteurs ait déjà fait un séjour en prison.

— Malheureusement, ça ne réduit pas beaucoup le nombre de nos suspects potentiels, constate Wyatt. On pensait déjà à des professionnels et beaucoup sont passés par la case prison. Vous savez, histoire de continuer à se former auprès de criminels plus expérimentés et de se mettre en cheville avec d'autres pour se lancer dans de nouvelles activités répréhensibles à la sortie.

— À part ça, vous n'êtes pas cynique. »

Wyatt la regarde. « Parce que vous, vous êtes une incorrigible optimiste, peut-être ? »

De nouveau ce sourire. Épanoui, plus sincère. Qui, l'espace d'une seconde, lui donne l'air de ce qu'elle est : une jeune femme qui n'a pas encore trente ans. Il se rend compte que Tessa Leoni est naturellement d'humeur presque méfiante, comme sur ses gardes pour se protéger d'un danger qu'il n'a pas encore identifié. Elle a vécu des choses, cette fille, c'est sûr.

« Le pessimisme fait partie des risques du métier, concède-t-elle. Bon, un de nos suspects a sans doute fait un séjour en prison. Le FBI travaille sûrement déjà sur cette hypothèse, mais je leur en toucherai un mot la prochaine fois qu'ils sortiront de leur cocon. Autre chose ?

— Pour un crime dont on n'arrête pas de dire qu'il a été motivé par l'appât du gain, on aurait déjà pas mal de gain potentiel sous les yeux. Voyons, tant qu'à kidnapper une famille pour exiger une rançon, pourquoi ne pas emporter l'or et les diamants? Les ravisseurs n'avaient pas envie d'une prime d'effort?

— Discipline, dit Tessa. C'est ma théorie. Ils avaient un plan et ils s'y sont tenus. Ce qui me fiche un peu la trouille, vu qu'à lui seul le collier en diamant de Libby doit bien valoir dans les cent mille. Quand on y pense, ça aurait été facile de le glisser dans une poche pendant que les autres avaient le dos tourné...»

Wyatt comprend ce qu'elle veut dire et s'inquiète un peu à son tour. En résumé, ils ne cherchent pas seulement un prédateur professionnel et discipliné, mais toute une bande.

«Je crois qu'ils ont enlevé la femme et la fille pour mieux tenir Justin sous leur botte, dit-il d'un seul coup. Le type a un tempérament de bagarreur. Mais à partir du moment où la vie de son épouse et de sa gamine sont dans la balance...»

Tessa hoche la tête, avec ce visage de nouveau fermé. «Ça limite ses possibilités, murmure-t-elle. Raison de plus pour penser que les ravisseurs avaient bien préparé leur coup avant de venir.

— Mais pas de demande de rançon?

— Toujours pas. Allez, venez. Je vous emmène là-haut.»

Là-haut, c'est le deuxième étage. Beaucoup plus de plots de signalement et de traces de lutte. Tessa le pilote de pièce en pièce en lui exposant les théories des policiers municipaux sur l'enchaînement des faits. Il s'y rallie. Dieu sait que lui n'a jamais eu l'occasion de reporter des gouttes d'urine sur le diagramme d'une scène de crime.

Ils terminent leur inspection et Tessa reprend les escaliers en direction du rez-de-chaussée. Lorsqu'ils arrivent sur le palier du premier étage, elle continue, mais Wyatt s'arrête.

« C'est quoi, ici ?

— Petit salon, chambre d'ami, bibliothèque.

— Je voulais dire : du point de vue de l'enlèvement ? »

Elle secoue la tête. « Rien à cet étage.

— Et tout en haut, au-dessus du deuxième ?

— Rien. »

Wyatt tique. « Autrement dit, tout s'est passé au deuxième, où les intrus ont mis le grappin sur la fille, dans le hall, où ils ont agressé les parents, puis dans la cuisine, où ils ont empilé les affaires de la famille, une fois tout le monde maîtrisé ? »

Tessa confirme.

Wyatt la regarde. « Drôlement circonscrit, je trouve. C'est une maison qui fait, quoi, quatre cents mètres carrés ? Combien de niveaux, combien de pièces ? Et pourtant, vu l'absence même d'indices à certains étages, les ravisseurs n'ont pas fait un geste de trop. Entrer, agir, sortir. »

Elle se fige imperceptiblement et il la voit prendre conscience de ce qu'un tel scénario implique. « Nous pensions déjà que le criminel était un proche ; ou, du moins, qu'un proche des Denbe avait donné les codes d'accès. Mais là, vous êtes en train de suggérer...

— Que les ravisseurs étaient déjà venus, affirme brutalement Wyatt. Comme invités, ou alors la personne qui leur a transmis les codes leur a aussi fait visiter les lieux. De manière qu'ils sachent exactement comment monter à la chambre d'Ashlyn et à quel endroit précis se poster pour tomber sur les parents lorsqu'ils rentreraient.

— À ce propos, ils avaient été briefés sur les habitudes familiales, ajoute Tessa. Parce que si Libby avait pris sa voiture, Justin et elle seraient rentrés par le garage du sous-sol, mais comme ils avaient pris sa voiture à lui, ils sont rentrés par la grande porte.

— Qui était au courant de ce genre de détails ?

— La gouvernante, Dina Johnson. Certains amis intimes et des connaissances, je suppose. Et l'équipe de direction de Justin aussi, la bande qu'on a rencontrée hier soir. Il paraît qu'ils étaient souvent invités ici, et puis ce serait logique que Justin leur ait donné les codes d'accès, au cas où ils auraient eu besoin de passer prendre quelque chose pour lui, par exemple.

— Ce qui nous fait un bon paquet de suspects, dit Wyatt. Qui nous ont déjà servi pas mal de bobards. »

Ils sont de retour dans l'entrée. Kevin n'est plus plié en deux vers le parquet, sans doute a-t-il trouvé le chemin de la cuisine.

« Si le mobile est d'ordre professionnel, demande Tessa, pourquoi un enlèvement ? En quoi le rapt de Justin et de sa famille aiderait-il à prendre le contrôle de Denbe Construction ? »

Wyatt réfléchit à la question. « Privé de chef, la société passe en mode gestion de crise et l'équipe de direction peut décider de mesures d'urgence.

— Quel intérêt ? Quand on retrouvera Justin, il reprendra les rênes.

— À moins qu'il ne soit plus en mesure de le faire. Qu'il soit blessé... ou mort. »

Tessa hoche la tête, mais l'inquiétude se lit sur son visage. « C'est possible. Dieu sait qu'on a vu suffisamment d'affaires où un associé mécontent avait embauché un tueur à gages. On se demande parfois ce qui justifie un meurtre aux yeux de certaines personnes. » Une mélodie monte de sa poche. Elle sort son portable, jette un coup d'œil à l'écran. « Excusez-moi, il faut que je réponde. »

Wyatt hoche la tête et se dirige à pas tranquilles vers le salon, où il admire une dernière fois le manteau de cheminée sculpté à la main, puis sort une épaisse liasse de papiers de son sac pour en entreprendre la lecture.

Avant qu'il ait eu le temps de dire ouf, Tessa Leoni est de retour à ses côtés, excitée comme une puce.

« Je l'ai!
— Quoi?
— La réponse à ma question. Hé, c'est la liste des pièces à conviction? dit-elle en montrant la liasse. Vous avez obtenu que le FBI vous la communique?
— Pas le FBI. La police de Boston. J'ai retrouvé leur blouson, rappelez-vous, et maintenant je suis en train de fourrer mon nez dans les affaires du FBI, qui avait fourré son nez dans les siennes. Je me suis dit que Neil Cap, le chargé d'enquête, aurait peut-être envie de me filer un coup de main. »

Elle ouvre de grands yeux. « Joli coup.
— Il n'y a pas que des ours et des orignaux dans les montagnes, lui assure-t-il d'un air modeste. On croise aussi parfois des renards. Alors, la réponse à votre question?
— Comment Libby a-t-elle découvert la liaison de Justin? » l'interroge-t-elle aussitôt.

Wyatt cligne des yeux. À vrai dire, il n'y avait pas réfléchi. « Par leur fille ? D'après Anita Bennett, elle est venue dans la tour pour voir la tête de la concurrence.

— Bien tenté, mais d'après son coiffeur, Libby connaît l'existence d'une rivale depuis six mois et Ashlyn ne s'est pointée dans le hall de la tour qu'il y a trois mois. Alors *comment* Libby l'a-t-elle découvert ? Quelque chose qu'elle aurait vu ? Ou qu'on lui aurait dit ? »

Wyatt tend l'oreille. Il commence à comprendre où elle veut en venir. « Intéressant.

— Ce matin, continue Tessa, j'ai demandé les transcriptions du téléphone de Libby. Et écoutez ça : elle a reçu un texto début juin lui conseillant de mieux tenir son mari à l'œil. Puis un autre, deux jours plus tard, lui demandant si elle savait ce qu'il faisait pendant sa pause-déjeuner. Et le lendemain, un troisième l'encourageant à consulter la messagerie de Justin. Notez que les textos avaient été envoyés depuis un téléphone prépayé, donc pas moyen de connaître l'identité de l'appelant.

— Le type couvrait ses arrières », raisonne Wyatt.

Tessa sourit de nouveau. Et ses yeux bleus sont plus brillants, pas d'erreur, son visage s'anime et, c'est dingue, mais Wyatt se surprend à retenir son souffle.

« C'est marrant que vous disiez "le type", parce que au début je pensais à une femme. Et la seule autre dont je savais qu'elle était au courant était la rivale, Kathryn Chapman. Alors j'ai demandé à un de nos agents enquêteurs chez Northledge de faire une recherche approfondie sur elle. Et vous savez quoi ? Vous avez raison. Je crois que c'est un homme qui a écrit ces textos. D'après mon brillantissime collègue, l'oncle de Kathryn Chapman n'est autre que le bras droit de Justin : Chris Lopez. »

24

Le jour où j'ai rencontré Justin, je travaillais dans la boutique de vêtements d'une amie. Je l'aidais à servir les clients le week-end et, à côté de ça, je m'occupais de mon activité de création de bijoux, qui démarrait. En contrepartie, mon amie me payait au lance-pierre, mais elle acceptait de mettre certaines de mes pièces en exposition.

J'ai entendu le cliquetis de la porte, j'ai levé les yeux du présentoir de foulards que j'étais en train d'arranger et Justin est entré.

Je peux tout vous dire des quinze premières minutes de notre relation. Je me souviens de ses cheveux châtains, plus longs à l'époque, plus foncés, des mèches qui lui tombaient sur le côté du front et lui donnaient un petit air gamin. Je me souviens de sa taille, de sa présence physique impressionnante, de ses larges épaules, du fait qu'il semblait littéralement éclipser le soleil. Il portait un jean, mais pas un pantalon de marque. Un bon vieux jean bien usé qui collait à ses longues jambes, avec une parka L.L.Bean vert olive et des chaussures de chantier éraflées.

Et ensuite, son sourire. Spontané, immédiat. Il m'a regardée, avec ce sourire jusqu'aux oreilles, et il s'est écrié : « Dieu soit loué, je suis sauvé ! »

Et aussitôt, j'ai été perdue.

J'ai eu envie de passer la main dans ses cheveux. De toucher son torse ferme. De sentir son odeur dans mes narines. D'entendre cette voix grave murmurer à mon oreille, encore et encore.

Il cherchait un cadeau, ce jour-là, pour une amie. Et moi, bien sûr, je lui ai vendu une de mes créations.

Un collier, avec mon numéro de téléphone sur l'étiquette.

Ce qui a conduit à notre premier rendez-vous, et je peux vous dire exactement à quoi ressemblait son visage, un peu plus penaud maintenant, presque timide quand il m'a offert une rose jaune, puis qu'il m'a tendu la main pour m'aider à grimper dans sa vieille Range Rover. Désolé pour la boue, les petits bouts de crayons qui traînent et, oh, les rouleaux de plans d'architecte. Il travaillait dans le bâtiment, m'a-t-il expliqué, cela faisait partie des inconvénients du métier.

Je me souviens de son regard, la première fois où nous avons fait l'amour – pas le premier soir, même si j'aurais accepté. Pas avant notre quatrième rendez-vous, et ses yeux bleus étaient si graves, si concentrés sur mon visage, sur chaque soupir qui s'échappait de ma bouche, chaque ondulation de mon corps, que j'avais l'impression qu'il essayait de mémoriser mon corps tout entier. Voilà Libby. Voilà ce qu'elle aime.

Plus tard, il m'a avoué qu'il avait le trac et ça m'a fait tellement rire qu'il s'est juré de ne plus jamais me confier de secret.

Mais il n'a pas tenu parole. Il m'a dit qu'il m'aimait avant que je lui avoue mon amour pour lui. Il m'a dit qu'un jour je serais sa femme avant que moi-même je ne le sache.

Et puis il y a eu ce jeudi soir où il est revenu d'un voyage d'affaires particulièrement long et éprouvant et où je l'ai accueilli avec un bouquet de ballons roses et bleus pour lui annoncer ma grossesse. Quelle succession d'émotions sur son visage : profonde lassitude, incompréhension dans ses yeux plissés, lente éclosion de la joie. Et enfin adoration absolue. Il a lâché son sac. Il m'a soulevée de terre et les ballons se sont échappés, se sont envolés par la porte ouverte pendant que nous mêlions nos rires et nos larmes, et aujourd'hui encore j'ai dans la bouche le goût salé de ses joues.

Les souvenirs d'un mariage. Les différents visages de mon mari. Tous ces moments où je l'ai vu si nettement. Tous ces moments où je *sais* que lui m'a vue.

Est-ce que c'est cela qui se perd au fil du temps ? Ce ne seraient pas tant les sentiments qui diminuent que la vue qui s'obscurcit lentement ? Nous sommes de moins en moins au centre de la vision de l'autre et nous devenons des meubles à contourner dans la vie quotidienne. Ce qui est certain, c'est qu'il y a eu des moments, ces derniers mois, où, alors que je planais à mille pieds du sol, j'ai souhaité de toutes mes forces que mon mari assis en face de moi me regarde. Et comme il continuait à enfourner tranquillement son dîner, je me versais un énième verre de vin pour combler le vide.

Ça fait mal de se rendre compte qu'on est devenue invisible dans sa propre vie. Mais peut-être que cet aveuglement était réciproque. Parce que, sans ces trois textos envoyés sur mon portable, jamais je ne me serais doutée que Justin avait une liaison. Donc, à un moment donné, moi aussi j'avais cessé de prêter attention à mon mari.

Mais, là, je le vois.

Je frôle la boursouflure de son œil droit. Les cinq balafres sur sa joue. La lèvre inférieure, où perle encore une goutte de sang. Les terribles traces de meurtrissures autour du cou et sur ses épaules.

Ses cheveux châtains, grisonnants sous l'effet de l'âge, sont humides, comme si la douleur des coups l'avait fait transpirer. Et il pue horriblement, à moins que ce ne soit moi.

Le processus de déshumanisation, destiné à nous briser, à nous reléguer au rang d'animaux.

Mais je ne le permettrai pas. Je refuse de laisser gagner nos ravisseurs.

Je regarde mon mari. Et je le vois de nouveau, cet homme bien qui s'est laissé passer à tabac pour protéger sa femme et sa fille. Cet homme courageux qui doit souffrir le martyre, mais qui n'émet pas la moindre plainte lorsque Ashlyn et moi le relevons pour l'allonger délicatement sur la couchette du bas.

Mon mari.

J'envoie ma fille se coucher. Elle a eu son compte pour une nuit et il faut qu'elle se repose. Ensuite, même si mes mains sont encore agitées de tremblements incontrôlables et que je dois parfois m'interrompre pour reprendre mon souffle, je nettoie lentement, avec douceur, le visage ensanglanté de Justin.

Il pousse un soupir.

Je dépose un baiser au coin de sa bouche.

Il soupire de nouveau. « Je suis désolé.

— Ça va.

— Je voudrais...

— Chut. Repose-toi. »

J'obtiens qu'il se taise. Puis je m'endors, encore assise au bord de la couchette, en tenant la main de mon mari.

Ils ne sont pas venus nous chercher aux aurores. Peut-être qu'ils estimaient nous avoir assez torturés comme ça pendant la nuit. Ou alors, hypothèse plus plausible, peut-être qu'ils rattrapaient leur propre retard de sommeil.

Notre meurtrière s'est illuminée avec le lever du jour et je me suis réveillée avec un torticolis pour avoir dormi appuyée au montant métallique du lit. Je me sens faible, mais moins endolorie. Plutôt comme une femme qui a quarante ans passés et qui aurait furieusement besoin d'eau, de nourriture et d'une bonne nuit de sommeil.

Les comprimés, j'imagine. Ceux que Radar m'a donnés masquent pour un temps la crise de sevrage, dont ils réduisent les symptômes. Je ne sais pas de quel produit il s'agit. Ce n'est pas de la Vicodin, parce qu'elle me procurait toujours une agréable sensation de bien-être qui me rendait les épreuves de la vie plus supportables. Je n'éprouve rien de tel. Pas de douce euphorie, juste moins de tremblements, de nausées et de désespoir.

Je devrais demander le nom de ce médicament à Radar, mais je ne suis pas certaine de vouloir connaître la réponse. En attendant, je me sens mieux.

Dans notre situation, j'ai comme l'impression que c'était le maximum de ce que je pouvais espérer.

Je passe aux toilettes pendant que ma famille dort toujours, puis je remplis la cruche au lavabo, ce qui, avec l'infime filet d'eau qui y coule, relève de l'exploit. Voilà à quoi les détenus doivent occuper leurs journées : ils attendent qu'il sorte suffisamment d'eau du robinet pour se mouiller un doigt, se rincer la bouche, se débarbouiller.

Tout en buvant l'eau de la cruche à petites gorgées pour me réhydrater, je jette un œil par le guichet de la porte et je promène mon regard dans l'immense salle de jour trop éclairée en me demandant d'où nos assaillants pourraient nous guetter.

Dans le coin au fond à gauche, des douches. Larges, carrelées de blanc, six en bas, six à l'étage. La cabine du bout est particulièrement spacieuse, avec des barres métalliques aux murs. La douche pour handicapés. Le genre de choses auxquelles on ne pense jamais. Que tous ceux qui composent la population carcérale ne sont pas des grands mecs baraqués. Certains sont blessés, âgés ou atteints d'une quelconque infirmité.

Je n'aimerais pas être ici, à leur place. Déjà, à la mienne, c'est insupportable.

Naturellement, aucune des cabines n'est équipée d'une paroi en verre dépoli ni même d'un pauvre rideau en plastique. Non, c'est ouvert à tout vent. Se doucher en prison est un plaisir d'exhibitionniste.

Je regarde quand même les douches avec envie. Mes cheveux pendouillent en mèches ternes. J'ai transpiré dans ma combinaison orange, je sens les traces de sel sur ma peau. J'essaie d'évaluer si je ne pourrais pas me déshabiller en partie, utiliser le lent goutte-à-goutte du lavabo pour me passer de l'eau au moins sur le haut du corps.

Mais je n'arrive pas à m'y résoudre. J'ai encore trop peur des scarabées extraterrestres qui pourraient à tout moment faire irruption dans la cellule. Sans parler de ce qui se lirait dans le regard dément de Mick s'il me surprenait en partie dévêtue.

La prison a des yeux, nous a dit Justin.

En ce moment même, ils nous regardent. Ils *me* regardent.

Je bois encore un peu d'eau, je me détourne de la porte et je trouve Justin, désormais réveillé sur sa couchette, en train de m'observer.

« Ashlyn ? demande-t-il d'une voix rauque.

— Elle dort. » Je lui apporte la cruche d'eau et je l'aide à tenir sa tête pendant qu'il boit les premières gorgées. Il grimace lorsque je le touche, mais ne dit rien.

« Ils ne sont pas... revenus ? »

Ne voyant pas ce qu'il veut dire, je le regarde d'un air interloqué.

« Après m'avoir emmené. Ils ne sont pas... revenus vous chercher ?

— Non, dis-je pour le rassurer.

— J'espérais... bien. Tant qu'ils me tabassaient... je savais qu'ils ne pouvaient pas... s'en prendre à vous. Mais ensuite, Z... a disparu. Je ne savais pas... ce que ça voulait dire.

— On ne l'a pas revu.

— Tant mieux.

— Justin... Pourquoi ? S'il s'agit d'argent... » Je montre son visage horriblement tuméfié, difforme. « Pourquoi ?

— Je… Je ne sais pas. Ils me disaient tout le temps… d'arrêter. Mais arrêter quoi?» Justin grimace, prend encore de l'eau. «Ensuite ils ont dit que c'était eux qui posaient les questions et ils ont recommencé à me frapper.»

Perplexe, j'étudie le problème. «Est-ce que… tu as fait quelque chose que tu n'aurais pas dû faire?»

Mon mari sourit, mais c'est triste sur son visage meurtri. «À part tromper ma femme, tu veux dire?»

Je rougis, détourne les yeux.

«J'ai rompu, Libby… comme tu me l'avais demandé… il y a six mois. D'ailleurs, je n'aurais jamais dû commencer.

— Autre chose? Qui aurait un rapport avec ton travail, peut-être?»

Mais Justin refuse de changer de sujet. «Je suis désolé. Tu le sais, n'est-ce pas?»

Je ne réponds pas et regarde ailleurs.

«Mais tu n'arrives quand même pas à être heureuse», dit-il et, là encore, cette expression sur son visage…

«J'essaie, dis-je finalement.

— J'attendais avec impatience notre dîner en amoureux.

— Moi aussi.» Mais je refuse toujours de croiser son regard, c'est au-dessus de mes forces. Je n'étais pas préparée à cette conversation. C'était plus simple pour moi de considérer mon mari comme un salaud. Il m'avait menti, il m'avait trompée. Si je m'en tenais à ce point de vue, je n'avais pas à porter la culpabilité de l'effondrement total de ma vie.

Je n'avais pas à me pencher sur mes propres secrets, mes trahisons, mon manque de franchise. Si je ne pardonnais pas, je n'avais pas à me repentir.

« Il y a autre chose que je puisse faire ? » me demande Justin.

J'esquisse un sourire. « Nous sortir d'ici ? »

Il prend ma requête au sérieux. « Libby, chérie, j'ai construit cette prison. Tu peux me croire, il n'y a aucun moyen de s'évader. Ça faisait partie de ma mission et de celle de mon équipe. Impossible de percer des tunnels dans les murs, de creuser le sol, de briser les vitres. Sans parler des sept portes à ouverture électronique qui nous séparent de l'air libre. Même l'infirmerie, les cuisines et les parties communes ont été construites en respectant ces principes, juste équipées différemment. Tant qu'un de nos ravisseurs reste dans le poste central informatisé, ce qui semble être leur règle, cette personne nous tient à l'œil en permanence et peut bloquer dans la seconde toute tentative d'évasion.

— Et si on arrivait à prendre le dessus sur eux ?

— Qui ça ? Comment ? Tu as déjà attaqué Mick, et pour quel résultat ? J'ai pris des coups de Taser, Ashlyn aussi et toi, tu y as gagné une commotion cérébrale. Quand bien même on arriverait à mettre nos deux accompagnateurs hors de combat, quand bien même on réussirait, avec vraiment beaucoup de chance, à maîtriser Mick et Z, Radar pourrait aussitôt boucler tout l'établissement d'une simple touche sur l'écran tactile. On se retrouverait piégés dans la salle, dans le couloir ou dans la cellule où ça se serait passé, réduits à attendre que Z ou Mick reprenne conscience.

— Et exerce sa vengeance, j'ajoute tout bas.

— Voilà.

— Et si on arrivait à attirer Radar en dehors du poste central ? Ou, tiens, j'ai une meilleure idée : si cette pièce contrôle tant de choses, au lieu d'essayer de *sortir* de la prison, on pourrait essayer d'*entrer* dans le poste central. Ensuite on pourrait se servir du panneau de commandes pour emprisonner Z et ses copains dans une salle de jour ou un sas, n'importe où. Histoire de leur rendre la monnaie de leur pièce. Et ensuite, on pourrait déclencher l'alarme, ajouté-je, avec une excitation grandissante. La police du coin serait bien obligée d'intervenir, si des sirènes se mettaient à hurler, non ? Prison déserte ou pas. Ils arrivent, ils nous sauvent, ils arrêtent nos ravisseurs. *Finito !* »

Justin n'écarte pas tout de suite l'idée. « Ne pas chercher à sortir, mais à entrer », médite-t-il. Il approuve d'un petit hochement de tête, puis grimace de douleur. « Possible. Tout est contrôlé par écran tactile. Quand on sait se servir d'un iPad, on doit être capable de faire fonctionner le système. Et cette salle a été conçue comme une mini-chambre forte au sein de la prison. Un endroit où les gardiens pourraient se réfugier en dernier recours. Le verre à l'épreuve des balles qu'on y a utilisé est quatre fois plus résistant que celui qu'on a mis dans les cellules, donc il faudrait une heure à Z ou à son équipe pour le briser. Ce qui devrait nous laisser le temps de donner l'alerte et d'attendre les secours.

— Alors il ne nous reste plus qu'à trouver comment faire sortir le type de permanence au poste central. »

Je me suis rapprochée de mon mari sur la couchette. Nous avons tous les deux meilleure voix. Ça doit faire des mois que nous n'avions pas parlé autant. Cela fait remonter le souvenir de ces heures que nous avions passées, au début de notre mariage, à discuter de tout et de rien, depuis la meilleure école maternelle pour Ashlyn jusqu'à un problème particulier que rencontrait Justin sur un appel d'offres en passant par la liste des invités à notre prochain dîner. Nous formions une bonne équipe, à l'époque. En tout cas, je nous voyais comme ça.

« On devrait menacer Z ou Mick, dis-je. Pas seulement prendre le dessus, mais donner l'impression qu'on est prêts à leur porter un coup mortel. Radar serait obligé de quitter le poste central pour leur prêter main-forte. »

Justin n'a pas l'air convaincu. « Les menacer avec quoi ?

— Un couteau artisanal ? » Je ne vois que ça, vu qu'on est en prison.

« Fabriqué avec… ? Nous n'avons ni peigne en plastique, ni brosse à dents, ni stylo-bille. Et puis Z et Mick appliquent les règles pénitentiaires : ils ne portent aucune arme mortelle susceptible d'être retournée contre eux.

— Z a des objets dans sa ceinture. Toutes ces poches ? Il y a des trucs là-dedans.

— Pas assez gros pour que ce soit un couteau ou un pistolet.

— Mais quelque chose ! »

Justin sourit. « Je te l'accorde. Mais ne serait-ce qu'avec leurs Taser, comment s'y prendre ? Comment se débrouiller pour désarmer et mettre hors de combat à la fois Z et Mick ? Je ne me suis pas encore regardé dans une glace, mais quelque chose me dit que je n'ai plus l'air aussi en forme qu'hier. »

Ce qui, ajouté à mes propres moyens physiques limités...

« Un incendie, alors. Qu'on déclencherait. Dans la cuisine, j'imagine. On jette de l'huile sur le feu, un truc qui pourrait passer pour un accident, sauf qu'on panique et qu'au lieu d'étouffer les flammes avec de la farine, on les attise avec un torchon. Ils seraient obligés de tous s'y mettre, pour éteindre un incendie.

— Tout l'établissement est équipé d'un système d'extinction, répond Justin. Tu appuies une fois sur le menu système dans le poste central informatisé : au revoir, l'incendie. Et bonjour, la douche écossaise pour nous.

— Quoi, alors ? – la frustration me gagne. Il doit bien y avoir un moyen de sortir. Il y en a toujours un.

— La rançon », dit ma fille. Justin et moi sursautons et levons les yeux. Nous ne nous étions pas rendu compte qu'Ashlyn était réveillée. Et, comme par réflexe, nous rougissons d'un air coupable.

Je m'attendais à ce que mon mari se montre rassurant. Alors je suis surprise de l'entendre répondre avec calme : « Je ne crois pas que ce soit leur but, chérie. Ils ont l'air de chercher autre chose. J'ignore quoi, au juste.

— Je sais, répond Ashlyn, bille en tête, je vous ai entendus dire ça. Mais tu leur as parlé de l'assurance ? »

Le visage de ma fille me donne une impression de déjà-vu et je finis par comprendre : elle ressemble à Justin. Elle a exactement la même expression que mon mari quand il affronte une crise majeure sur un chantier et qu'il est déterminé à voir ce tout nouveau bâtiment de deux cent mille dollars se plier à sa volonté.

« Oui. Mais l'assurance ne versera que quatre millions. Nos hôtes…, dit-il en employant ce terme avec ironie, sont trois. Je ne crois pas qu'un million et quelque chacun suffira à les motiver.

— On peut donner davantage, fais-je aussitôt remarquer. Sur nos biens propres.

— Chérie… » Justin s'interrompt. Le silence se prolonge. « Nous… nous ne disposons pas de telles ressources financières en ce moment.

— Je te demande pardon ?

— Je ne me verse plus de salaire, Libby. Depuis seize mois. Quelques gros contrats nous ont échappé, la trésorerie est sur la corde raide… J'ai laissé l'argent dans l'entreprise pour qu'on puisse verser les salaires. »

Je ne réponds pas tout de suite. Non pas que ce qu'il vient de dire me fasse peur. Nous sommes déjà passés par là. Justin considère ses employés comme sa famille et il donne souvent la priorité à leur salaire par rapport au sien.

Non, ce qui me réduit au silence, c'est qu'il ne m'ait rien dit avant. Seize mois. Un an et quatre mois. J'imagine que c'est depuis tout ce temps-là que nous nous éloignons l'un de l'autre.

« Nous avons des biens, dis-je finalement. Du mobilier ancien, des bijoux, des voitures, deux maisons. On pourrait vendre…

— Je crois que les rançons se paient cash.

— Peut-être que la boîte pourrait puiser dans ses liquidités. Ce serait un coup dur, évidemment, mais ta mort aussi, non ? Il me semble… »

Justin me lance un regard. Et dans la seconde qui suit, son expression change. «Ma mort...», murmure-t-il.

Ashlyn et moi le dévisageons, perplexes. «Quoi?

— Libby, tu as raison. Ma mort. Ce serait ça, la solution.

— Justin, nous n'allons pas te tuer pour pouvoir payer la rançon. Pas de meurtre, pas de mort. Ashlyn et moi nous y opposons.

— Ce ne sera pas nécessaire. Vous n'aurez rien à faire du tout. C'est assez drôle, en fait.» Les lèvres tuméfiées de Justin grimacent. «Z et Mick ont déjà fait le plus dur. On les emmerde. On va la payer, cette fichue rançon. Et je sais exactement comment.»

25

Chris Lopez vit à South Boston. Et pas dans le quartier branché récemment embourgeoisé, mais dans le Southie pur et dur où l'on trouve des maisons de trois étages toutes décrépies, avec des vérandas qui tombent en pourriture et des bardages PVC de mauvaise qualité. D'accord, il y a plusieurs pubs accessibles à pied, mais quand même…

Tessa s'y rend en voiture et emmène Wyatt avec elle. Son collègue à lui, Kevin, reste sur place pour contacter divers services d'urgence et centres méthadone du nord du New Hampshire, au cas où Libby Denbe y aurait été aperçue.

Tessa trouve déstabilisant de conduire avec un homme sur le siège passager. Elle ne sait pas très bien pourquoi. L'intérieur d'une Lexus est spacieux. Et, conformément à la première idée qu'elle s'était faite de lui, Wyatt n'est pas du genre à parler à tort et à travers. Appuyé contre sa portière, dans une attitude raisonnablement décontractée, il semble maintenir une distance de sécurité entre eux deux.

La circulation oblige Tessa à quelques manœuvres vives. S'intégrer au flot des véhicules ici, déboîter là. Wyatt pousse un sifflement d'admiration lorsqu'elle contourne avec adresse un chauffard particulièrement agressif. Mais il ne fait aucun commentaire et ne paraît pas exagérément tendu.

« Qu'est-ce qu'on est bien dans les montagnes », marmonne-t-il cependant, ce qu'elle interprète comme l'expression de ses sentiments à l'égard des conducteurs de Boston.

Pour son GPS, elle a sélectionné la voix de majordome anglais. Jeeves, elle l'appelle. Elle a choisi cet accent pour amuser Sophie, qui essaie souvent de l'imiter, mais aussi parce qu'il est un tantinet moins agaçant de s'entendre ordonner de faire demi-tour dès que possible dans l'anglais de Sa Majesté. Wyatt a souri en entendant la première instruction, donc il a le sens de l'humour. Un bon point pour lui.

Il est également douché de frais et vêtu d'un uniforme propre. Un homme prévoyant.

Ça aussi, ça plaît à Tessa.

Bon, nous disions donc : Chris Lopez.

Ils se garent devant un bar, puis marchent jusqu'au coin de la rue et considèrent la maison blanche croulante où ce dernier est officiellement domicilié.

« Il retape des baraques pour les revendre avec profit, devine Wyatt. Je parie qu'il a du nez pour ça. Il s'y connaît et il a des relations. Peut-être même qu'il détourne certaines fournitures "en excédent" sur les chantiers. Histoire de se constituer un petit capital en tirant parti des surplus de l'entreprise. »

Tessa est d'accord. Il y a de fortes chances. En attendant, la maison a l'air tranquille. Pas de lumière. Hier soir, ils ont retenu les employés de Denbe jusqu'à une heure tardive au siège social pour les interroger. Mais, même comme ça, elle ne serait pas étonnée que l'équipe technique soit ensuite allée s'envoyer quelques bières pour échanger sur leurs soupçons, leurs craintes, leur sentiment de culpabilité quant au sort de leur patron porté disparu.

Est-ce qu'ils reprendront le travail comme d'habitude lundi, se demande-t-elle, est-ce qu'ils s'envoleront pour tel ou tel chantier ? Ou bien est-ce qu'ils resteront près de la niche, en attendant désespérément des nouvelles ? Le FBI n'a encore pris aucunes mesures restrictives concernant les déplacements des cadres supérieurs de Denbe.

Il se pourrait bien que ça change après leur conversation avec Lopez.

Wyatt gravit le perron le premier, teste les marches qui fléchissent sous son poids, désigne différents endroits à éviter. Ils ne s'approchent pas avec une prudence particulière, et pourtant Tessa se rend compte que tous deux gardent le silence, Wyatt aux avant-postes et elle, par automatisme, quelques pas en arrière de manière à pouvoir le couvrir pendant que lui fait rempart de son corps.

Sophie s'est glissée dans son lit à quatre heures, ce matin. Elle n'a pas dit un mot et s'est juste pelotonnée contre elle. Et puis, quand le réveil de Tessa a sonné, à six heures : « Mme Ennis dit que tu aides une famille. »

Tessa, au milieu de la pièce, concentrée sur ses préparatifs : « Oui.

— Qu'est-ce qu'ils ont, comme problème ?

— Ils... se sont un peu perdus. »

Sa fille, s'asseyant dans le lit : « Quelqu'un les a enlevés.

— On n'en est pas sûrs. »

Sophie a répété avec assurance. «Quelqu'un les a enlevés. Ils ont une petite fille?
— Ils ont une grande fille. Adolescente.
— Est-ce qu'elle sait se battre?
— Il paraît que toute la famille sait se battre.
— Bien. Ils doivent être dans un endroit sombre. C'est comme ça qu'ils font, les kidnappeurs. Ils emmènent les gens et ils les enferment dans des endroits où ils sont tout seuls et où il fait très noir. Tu devrais chercher en premier dans ces endroits-là.»

Tessa s'est détournée de sa commode pour regarder sa fille avec autant de gravité que celle-ci la regardait. Après le traumatisme vécu par Sophie, le thérapeute avait recommandé la franchise : prendre acte de ce qui était arrivé, favoriser la communication et mettre en avant sa capacité à affronter l'adversité. Ne pas balayer les peurs, ne pas chercher à tranquilliser.

Sophie avait appris à ses dépens que les adultes ne pouvaient pas toujours la protéger. Et Tessa ne pouvait plus rien faire ni dire pour lui prouver le contraire.

«Qu'est-ce que tu me conseillerais d'autre? a-t-elle demandé à sa fille.
— Tu devrais chercher des messages sur les fenêtres. Un SOS, par exemple. On peut écrire sur les vitres sales, tu sais. Il suffit de lécher son doigt et de se servir de sa salive pour tracer les lettres. Sauf qu'on est obligé de lécher son doigt plusieurs fois et qu'au bout d'un moment, il n'a plus très bon goût.
— Compris.
— Peut-être qu'ils auront besoin de manger. Tu devrais emporter des goûters. Les kidnappeurs

n'aiment pas nourrir les enfants. Surtout les enfants méchants et, quand on a très peur, c'est difficile d'être gentil.»

Une petite douleur a déchiré le cœur de Tessa. En essayant de ne pas trop penser à ce que sa fille a pu endurer il y a deux ans, elle a demandé d'une voix calme et résolue : «Quel genre de goûter je devrais emporter?

— Des cookies aux pépites de chocolat.

— D'accord. Je vais mettre des couvertures et des cookies aux pépites de chocolat dans ma voiture. Et un thermos de chocolat chaud, peut-être?

— Oui.

— Merci, Sophie. Ça m'aide beaucoup.

— Tu vas tirer sur quelqu'un, maman?

— Je n'en ai pas l'intention.

— Mais tu vas prendre ton pistolet?

— Oui.

— Bien. Je crois que tu as raison.»

Et maintenant, Tessa ne peut pas s'empêcher de penser que la maison de Chris Lopez a l'air froide et sombre. Et que les vitres du rez-de-chaussée sont très sales, des vitres qui donneraient particulièrement mauvais goût à un doigt qui y tracerait un appel au secours.

Tessa passe la main dans son manteau, la pose sur la crosse de son pistolet. Elle se tourne légèrement de biais, pour offrir une cible moins large.

Puis elle adresse un signe de tête à Wyatt, qui lève la main et frappe à la porte.

C'est un labrador noir qui leur ouvre. Un vieux chien, dont le museau grisonnant contraste fortement avec le pelage noir lustré. Il lâche la corde reliée à la poignée et s'assoit en considérant Tessa et Wyatt d'un air patient tout en frappant de la queue en signe de bienvenue.

« Il y a quelqu'un ? lance Tessa.

— Bon chien, va », répond une voix d'homme à l'étage. Chris Lopez.

« Bon chien », dit Tessa. Le labrador noir frappe encore deux ou trois fois de la queue.

« Bon chien, Zeus », reprend la voix à l'étage.

Tessa, la main toujours sur la crosse du pistolet, balaie lentement du regard la pénombre de la maison, à la recherche d'autres signes de vie. « Bon chien, Zeus », répète-t-elle.

Le chien bâille. Apparemment, la voix de Tessa n'est pas des plus convaincantes.

« Chris Lopez ? C'est Tessa Leoni, Northledge Investigations. J'aurais des questions à vous poser. »

Quelques secondes plus tard, l'escalier grince, puis tremble lorsque Lopez en descend la première moitié au pas de course. Mais quand il tourne sur le palier intermédiaire et découvre la présence de Wyatt, il ralentit l'allure. Un chiffon à la main, il était en train de retirer une sorte de pâte blanche de ses doigts et de ses avant-bras. À présent, étreignant le chiffon, il s'arrête à deux marches du bas de l'escalier.

« Vous avez… des nouvelles ? » Il a prononcé ces mots sur un ton anxieux, comme certain que toute nouvelle nécessitant le déplacement de deux enquêteurs ne pouvait qu'être mauvaise.

« Non. Juste d'autres questions. Est-ce qu'on peut entrer ?

— Ouais. Je suppose. Enfin, oui, bien sûr. Je n'arrivais pas à dormir, alors, euh, je faisais des joints de carrelage dans la salle de bain. Donnez-moi une seconde. Je vais me rincer dans la cuisine. »

Il désigne l'arrière de la maison ; Tessa et Wyatt le suivent et passent à côté des escaliers en direction de la cuisine. Zeus, le vieux chien de garde, les accompagne à pas lourds, manifestement content de se joindre à la compagnie.

La cuisine est réduite à quatre murs. Elle a été vidée jusqu'au sous-plancher et il ne reste plus qu'un réfrigérateur, un évier de fortune et des planches de contreplaqué qui, posées sur des tréteaux, tiennent lieu de plans de travail. Dans un coin, une vieille table à jeux bleue pour quatre personnes. Chris la désigne d'un coup de tête et Tessa et Wyatt prennent chacun une chaise pliante métallique pour s'asseoir.

« Excusez le désordre, dit Lopez en ouvrant le robinet pour continuer à retirer le mastic de ses mains. J'ai acheté cette baraque il y a deux ans. Je pensais la rendre complètement fonctionnelle en huit mois. On aurait pu penser que je saurais mieux évaluer ça, puisque je travaille dans la partie.

— Vous faites les travaux vous-même ? demande Wyatt.

— Exactement.

— Vous avez une licence ?

— Non, bien sûr. Mais j'ai des potes qui en ont une. Ils m'ont déjà aidé à mettre la plomberie et l'électricité aux normes. Il ne me reste pratiquement plus que des finitions. En théorie, c'est à ma portée.

— Vous aimez la menuiserie ?

— Plus qu'elle ne m'aime, en général. »

Zeus fait le tour de la table. Un beau chien, avec une tête large et des oreilles soyeuses. Il s'arrête devant Tessa et la regarde d'un air interrogateur, comme s'il attendait quelque chose. Brian, le mari de Tessa, avait un berger allemand qu'il adorait. Mais Tessa elle-même n'a qu'une expérience limitée des chiens, ce qui la rend hésitante. « Qu'est-ce qu'il veut ?

— Que désire tout homme ? Votre indéfectible attachement et une bonne gratouille dans le dos. »

Tessa tend la main. Zeus s'avance et met sa tête en dessous. Elle comprend le message et le caresse entre les oreilles. Le vieux chien ferme les yeux et soupire d'aise.

« Vous arrivez à avoir un chien malgré vos déplacements professionnels ? » demande-t-elle à Lopez. Il a fini de nettoyer ses mains et les rince.

« D'abord, Zeus n'est pas vraiment un chien. Il se considère comme un être humain, carrément. Deuxièmement, il appartient à mes voisins. Mais comme ils travaillent presque tous les week-ends, quand je suis là, Zeus traîne avec moi. On plante des clous, on ponce les parquets, on rote. Des trucs de mec, quoi.

— Et il sait ouvrir les portes ? s'étonne Wyatt avec un certain respect.

— Quand il n'est pas en train de m'apporter de la bière. Hé, il a des talents qui peuvent servir dans la vie. » Lopez coupe l'eau du robinet, attrape un rouleau de papier absorbant pour s'essuyer les mains et s'approche.

Zeus ouvre un œil, puis recommence à soupirer comme un bienheureux sous les caresses de Tessa.

« Ouais, ouais, ouais, marmonne Lopez. Il n'y a plus de copain qui tienne, je vois. Continue comme ça et je n'aurai pas d'autre choix que de te dénoncer, mon vieux. De dire à la jolie fille que, d'accord, tu sais ouvrir les portes, mais dès qu'il s'agit de marcher sur une grille de trottoir, hein ? De traverser un pont suspendu ? Figurez-vous que Monsieur Je-fais-le-beau a le vertige, et j'en sais quelque chose pour avoir été obligé de le porter dans la descente du sentier de la Tête de Lion sur le mont Washington parce qu'il tremblait comme un bébé. À la montée, aucun problème. Mais quand il s'est retourné, qu'il a regardé vers la vallée... Ça peut devenir vert, un labrador noir. Ne laissez personne vous faire croire le contraire. »

Zeus ne semble pas contrarié que son secret le plus inavouable ait été dévoilé. Il pose sa tête sur la cuisse de Tessa et soupire encore.

« Vous faites de la randonnée ? demande Wyatt.

— Quand je peux. Mais il faut dire que ce chantier m'occupe bien.

— Dans les White Mountains ?

— C'est ça.

— Vos sentiers préférés ? »

Lopez en cite plusieurs. À l'entendre, il connaît la chaîne des Présidents comme sa poche. Intéressant, vu l'endroit où on a retrouvé le blouson de Justin Denbe.

Mais si Chris Lopez est en train de signer son acte d'accusation, il ne semble pas en avoir conscience.

« Bon, dit-il bientôt. Je me figure que vous n'êtes pas venus jusqu'ici pour me parler randonnée.

— Non, reconnaît Wyatt.

— Qu'est-ce que je peux faire pour vous ? »

Tessa juge aussi bien d'aller droit au but : « Parlez-nous de Kathryn Chapman. »

L'effet ne se fait pas attendre : « Oh, merde. Mon idiote de nièce, vous voulez dire? Ou, encore plus idiote, l'ancienne petite amie de mon patron? »

La sœur de Chris Lopez lui avait demandé un service : est-ce qu'il pourrait trouver un boulot pour sa fille, Kate, chez Denbe Construction? Malheureusement, comme les affaires ne marchaient pas trop fort, les embauches étaient temporairement gelées. Mais Chris avait appris que l'agence de voyages de la tour cherchait une réceptionniste. Parfait. Il avait obtenu un entretien pour sa nièce et, deux semaines plus tard, Kate avait un emploi et la sœur de Chris était contente.

« Tout ce que je voulais, souligne lentement Lopez, dont les yeux sombres lancent encore des éclairs, c'était trouver un boulot à ma nièce. Alors je lui en ai trouvé un. Pas dans mon entreprise, mais dans ma tour. Point final. »

Enfin, pas tout à fait, évidemment.

Chris avait commencé à nourrir des soupçons en janvier. Pendant les fêtes de fin d'année, il était devenu évident que Kate avait un nouveau petit ami. Elle n'arrêtait pas de s'éclipser pour consulter son téléphone, rougissait quand on lui demandait des nouvelles de son travail, bref, ça crevait tellement les yeux qu'elle essayait de cacher quelque chose que Chris lui-même l'avait taquinée à plusieurs reprises.

Et puis, tout juste deux semaines plus tard, Lopez était entré dans l'agence de voyages pour réserver des billets d'avion et il avait vu son patron penché sur le bureau de Kate. Et Justin avait le sourire qui tue et Kate cette expression, mi-étourdie, mi-éblouie… Chris avait tout de suite compris.

« Ce n'était pas la première fois, dit-il avec amertume. Justin ? Merde. Vous m'avez mis en boîte, hier, dit-il en lançant un regard à Tessa, mais moi, c'est surtout de la gueule. Voyons, je suis en déplacement trois cent quarante jours par an et je passe l'essentiel de mon temps avec une bande de mecs poilus du dos à peine assez évolués pour marcher debout. J'aimerais juste me trouver une petite femme qui voudrait bien de moi. Alors que Justin… Comment vous dire ? Il a de qui tenir. Il aime les femmes et elles le lui rendent bien. Mais ma nièce ? Enfin, quoi… ma *nièce* de vingt ans ? »

Lopez paraît outré.

Non, il n'avait pas abordé le problème avec Justin. Que pouvait-il lui dire ? Mais il avait pris Kate entre quatre-z-yeux pour essayer de lui faire entendre raison. Justin était marié. Justin ne quitterait jamais sa femme. Cette liaison se terminerait par un cœur brisé.

Kate s'en fichait. Elle n'était pas comme les autres. Elle était la femme de sa vie. Elle le savait.

À ce souvenir, Lopez commence à s'échauffer.

« Il faut que vous compreniez que ma nièce… elle n'a peut-être pas pour deux sous de jugeote, mais elle est gentille. Elle est confiante. Elle ne regardait pas Justin comme lui la regardait. Il est deux fois plus âgé qu'elle et il a vingt fois plus d'expérience. Pour lui, avoir le beurre et l'argent du beurre, c'est plus qu'un choix de vie, c'est génétique. Comme un héritage familial. »

Cette remarque attire l'attention de Tessa. « Vous voulez dire que Justin trompait sa femme comme son père avait trompé sa mère ?

— Oui, et ce n'était pas non plus une bonne affaire d'être la deuxième femme dans la vie de Dale. Demandez un peu à Anita Bennett.

— Pardon ? »

Tessa regarde Chris Lopez avec de grands yeux, tout en remarquant que Wyatt, à côté d'elle, est assez content de lui-même.

« Le dernier enfant d'Anita, ajoute Lopez. Vous savez, le fils qui ne ressemble pas du tout au mari d'Anita, mais qui pourrait être le petit frère de Justin ? Celui qui, il y a cinq ans, a bénéficié de la seule et unique bourse d'études tous frais payés jamais accordée par Denbe Construction ? Allons, vous n'aviez pas encore compris ? Je pensais que tout le monde était au courant, dans la boîte. »

Tessa se compose rapidement une attitude. Bien sûr. Anita Bennett et le père de Justin. Exactement comme Wyatt l'avait prédit. Il lui décoche un petit coup de pied sous la table. Elle le lui rend.

« Mais le truc, continue Lopez, c'est que la mère de Justin était une alcoolique notoire. Peut-être que c'était elle qui avait conduit le vieux à se comporter comme ça ; ce n'est pas à moi d'en juger. Mais Libby ? Elle est belle. Elle a du talent. Elle est bienveillante. Vous savez combien de soirées j'ai passées chez eux ? Moi, non. Parce que ça fait un sacré paquet. Même si on débarquait tous de l'avion, encore couverts de boue et puants après cinq jours sur un chantier, Libby nous accueillait à bras ouverts. Comment allez-vous, quel plaisir de vous voir, comment va le chantier, comment va la famille, comment vont les enfants ? Bon, qui a envie d'une bière, à moins qu'on boive du vin ce soir, les gars ? Voilà comment elle est, Libby. Il ne la mérite carrément pas. »

Tessa a cessé de caresser le chien, trop occupée à regarder Lopez, de toute évidence raide dingue de la femme du patron.

Tiens donc.

« C'est pour ça que vous avez décidé de lui écrire des textos ? demande-t-elle tranquillement. Vous pensiez qu'elle méritait de connaître la vérité ?

— Oui. Je... Je ne supportais plus. Ce n'était qu'une question de temps avant que Justin ne brise le cœur de Kate. Je me suis dit que ce serait de bonne guerre de lui casser son coup avant.

— Ça a marché ?

— Libby lui en a fait voir », dit Lopez, mais il n'a pas l'air convaincu. Il baisse les yeux. Frotte le sous-plancher du bout de la chaussure.

« Justin n'a jamais su qui l'avait balancé, dit-il. Il croyait que Libby avait été prise de soupçons et qu'elle avait fouillé son portable. Kate et lui s'étaient écrit des textos. C'était une bêtise et il le savait. Il y a eu une grande scène. Des cris, des larmes, un mélodrame. Il a dû prendre ses quartiers au sous-sol.

— C'est lui qui vous a raconté ça, cherche à préciser Wyatt, ou bien c'est Libby ?

— C'est lui. Libby ne savait même pas que j'étais intervenu. J'avais acheté un TracFone pour lui envoyer les textos. Hé, ce n'est pas parce que j'allais briser leur mariage que j'avais envie de me mouiller ! dit-il avec une moue ironique.

— Mais Justin vous a parlé de ses difficultés conjugales ? dit Wyatt.

— Oui. À toute l'équipe. Il s'était passé quelque chose, ça se voyait. Justin s'est pointé le lundi suivant, complètement à l'ouest. C'était marrant, d'ailleurs. Avec les femmes, il avait toujours été tellement… désinvolte. Je crois qu'il ne prenait même pas son mariage tellement au sérieux. Mais quand le pot aux roses a été découvert… Cet imbécile a vraiment eu l'air pris de remords. Il disait qu'il avait été le roi des cons, qu'il ne valait pas mieux que son père, mais qu'il avait eu une illumination et qu'il ferait n'importe quoi pour récupérer sa femme.

— Il s'est amendé ? demande Tessa.

— Il a largué ma nièce, affirme Lopez catégoriquement. Comme une patate chaude. Et croyez-moi, j'en ai entendu parler. Elle m'appelait cinq, six, sept fois par jour, en pleine crise de larmes, pour me demander ce qu'elle devait faire, comment le reconquérir. L'enfer. J'ai dû commencer à couper mon portable pour aller au travail. J'ai eu de la chance qu'elle ne me dénonce pas.

— Comment savez-vous qu'elle ne l'a pas fait ? demande Wyatt.

— Justin serait venu me voir. Il n'est pas du genre à y aller par quatre chemins. S'il a quelque chose à vous reprocher, il vous le fera savoir. Pas de coup de poignard dans le dos. Juste un bon direct en pleine mâchoire.

— Est-ce que Kate l'a récupéré ou est-ce que la relation s'est réellement arrêtée ? » demande Tessa, parce que sa conversation avec Kathryn Chapman l'a laissée convaincue que la jeune femme n'a pas été d'une totale franchise. Que, du moins, elle a passé une partie de la vérité sous silence.

« L'affaire a été classée, pour autant que je sache.

— J'imagine qu'elle ne doit pas porter l'épouse dans son cœur, fait observer Wyatt. Ce n'est pas facile de perdre son premier grand amour dans ces conditions.

— Oh, laissez Katie en dehors de ça. Ce n'est qu'une gamine stupide. Croyez-moi, elle s'est vite fait une raison. Elle a sans doute essayé deux ou trois ruses à la con pour attirer l'attention de Justin et, quand il l'a repoussée, elle a compris. C'est en juin que toute l'affaire a éclaté. Et ma sœur vous dirait que Katie a passé la plus grande partie du mois à sangloter dans sa chambre. Mais en juillet, ça allait mieux. Et en août… Elle ne tardera pas à avoir un nouveau petit copain. Elle est mignonne et elle en apprend tous les jours.

— Vous croyez qu'elle a cherché à voir Libby? demande Tessa.

— Pas que je sache.

— Et Libby, est-ce qu'elle a cherché à voir Kate?

— Pas que je sache.

— Et un avocat spécialisé dans les affaires de divorce? demande Wyatt. Est-ce que les choses seraient allées aussi loin, du côté de Libby ou de Justin? »

Chris Lopez les regarde, un sourire narquois au bord des lèvres. « Vous n'êtes pas au courant, hein? »

Pas de réponse.

Il se penche vers eux, croise les bras sur la table. « Je ne peux pas vous dire si Libby a réellement consulté un avocat, mais je peux vous dire ce qui se passerait si elle le faisait.

— Éclairez notre lanterne, demande Tessa.

— Contrat de mariage. Justin s'en est vanté plusieurs fois. Un simple document d'une page que Libby s'est empressée de signer et dans lequel elle renonçait à toute prétention à une quelconque part de Denbe Construction en échange de cinquante pour cent des biens personnels acquis par le ménage durant leur vie commune. Ça paraît raisonnable, hein ? Puisque au départ, l'entreprise appartenait à Justin, qui l'avait héritée de son père. Mais quand on lit les petites lignes… »

Il marque une pause, les regarde d'un air interrogateur.

Tessa est la première à percuter. D'ailleurs, c'est ce qui a justifié sa présence sur la scène de crime. « Il n'y a pas de biens personnels, murmure-t-elle. Il gère tout par l'intermédiaire de l'entreprise.

— Bingo, donnez son lot à la dame. La maison de Boston, le manoir à Cape Cod, les voitures, le mobilier, tout appartient à Denbe Construction. Même les primes de fin d'année de Justin, il les refuse de bonne grâce pour les laisser dans la trésorerie de la société. Si Libby quittait Justin, elle aurait droit à exactement la moitié de zéro. Je vous le dis, c'est comme ça qu'il fonctionne, le dictateur qui vous veut du bien. Il promet à sa femme de l'aimer éternellement – tiens, je te donne une maison à cinq millions de dollars. Il promet à ses employés de toujours prendre soin d'eux – je ne vais même pas toucher ma prime, je la laisse dans la société. Mais, en fait, il n'y en a que pour sa gueule. Ma nièce et Libby l'ont appris à leurs dépens. »

Tessa et Wyatt jouent encore au chat et à la souris avec Lopez pendant une demi-heure. Où était-il vendredi soir ?

« Au bar du quartier. Montrez ma photo ; au moins une demi-douzaine d'habitués confirmeront. »

La dernière fois qu'il a vu Libby et/ou Ashlyn Denbe ?

« Je vais vous dire : vous faites fausse route. Ce n'est pas parce que ça me gave de voir comment mon patron traite les femmes que je toucherais à un cheveu de sa tête. »

Mais il connaît le code d'accès à leur maison.

« Bien sûr. Tous les membres de l'équipe technique le connaissent. Justin n'est pas le roi de l'organisation et il nous demandait parfois de passer prendre des trucs à la dernière minute. Quand Libby était là, elle nous filait un cookie. Je vous le dis, Justin aurait besoin d'être rabaissé d'un cran ou deux. Mais pas sa famille. »

Et Ashlyn ?

Lopez devient cramoisi. « Je refuse de parler d'elle ! Je ne veux même pas penser à elle. Agressée dans sa propre maison... Vous voulez faire économiser un peu de fric à la justice ? Quand vous aurez trouvé qui a fait le coup, vous n'aurez qu'un mot à dire et les gars et moi, on se chargera du reste. »

En se servant de ce qu'il a appris dans les forces spéciales ? Il doit avoir gardé certains contacts, aussi, avec le genre de types qui sauraient s'introduire sans bruit dans une maison et maîtriser rapidement un homme, son épouse et sa fille ?

« Ça fait quinze ans que j'ai quitté l'armée. Ceux que je connaissais sont en train d'enlever le sable coincé entre leurs dents parce qu'ils ont été mobilisés comme réservistes, ou alors on les a renvoyés chez eux parce que aujourd'hui ils courent se planquer à la moindre pétarade de voiture. Les premiers sont déployés trop loin. Et les autres sont trop soûls. Si vous voulez avancer dans votre enquête, allez donc vous acharner sur Anita Bennett. En voilà une femme qui aurait une raison de vouloir supprimer toute la famille. À commencer par le fait que ça ferait de son fils le dernier des Denbe. Ça n'arrive pas tout le temps, ces trucs-là, dans les familles royales ? Pourquoi pas dans les grosses boîtes ? On parle quand même d'une entreprise qui vaut cent millions de dollars. Il doit y avoir des héritages impériaux moins importants que ça.

— On y pensera », lui assure Tessa.

Elle jette un coup d'œil vers Wyatt, qui s'est remis à parcourir l'inventaire des pièces à conviction. Comme il ne pose pas d'autres questions, elle recule sa chaise. Ils ont appris tout ce qu'il y avait à apprendre, estime-t-elle. En attendant, du moins, d'avoir vérifié les fondements de ce que vient de leur révéler Lopez afin de pouvoir revenir à la charge. Mais, pour l'instant, ils feraient sans doute aussi bien d'y aller.

Le vieux labrador noir s'est roulé en boule aux pieds de Tessa. Il se relève avec un gigantesque bâillement. Elle lui donne une dernière petite tape sur la tête et le pincement au cœur qu'elle éprouve la surprend. Elle aime bien sa compagnie. Elle se dit que Sophie aussi l'aimerait bien. Une hypothèse à envisager, d'adopter un chien. Peut-être qu'alors sa fille et elle pourraient dormir d'une traite la nuit.

Lopez les raccompagne. Cette conversation l'a manifestement troublé. Tessa n'arrive pas à savoir s'il est agacé qu'ils n'aient pas avalé tout rond ses protestations d'innocence ou s'il est inquiet qu'ils continuent à fureter.

Wyatt avait vu juste sur deux points : Anita Bennett a été la maîtresse du père de Justin ; et, de fait, toute cette équipe semble n'être qu'un ramassis de menteurs.

Wyatt attend qu'ils aient tourné au coin de la rue pour commenter. Tessa pensait que ses premiers mots seraient : « Je vous l'avais bien dit », et il la prend donc à contrepied en déclarant :

« Je crois que vous avez mis le doigt sur quelque chose.

— Moi ? Mais c'est vous qui aviez deviné l'existence d'une liaison entre Anita et Denbe père.

— Ce qui est intéressant si les rumeurs sur le plus jeune fils sont fondées. Mais vous m'avez donné à réfléchir à propos de Justin. Après tout, ces histoires entre Anita Bennett et Dale Denbe remontent à plus de vingt ans, tandis que le plus gros facteur de stress récent entre Justin et Libby a été sa relation avec Kathryn Chapman.

— Que Libby a découverte il y a six mois, objecte Tessa.

— Parce qu'un des collaborateurs de Justin a décidé de cafter, complète Wyatt.

— Mais on dirait que ça n'a pas forcément signé la fin du mariage. On entend davantage parler de dîner en amoureux que de procédure de divorce.

— Peut-être que Libby n'est pas aussi naïve que Lopez se l'imagine. Peut-être qu'elle s'est penchée sur le contrat de mariage, qu'elle a creusé la question et qu'elle s'est rendu compte de la catastrophe financière que représenterait un divorce.

— Et donc elle a organisé leur enlèvement collectif ? » Tessa ne suit plus.

« Je ne dis pas que l'adultère a directement provoqué l'enlèvement. Je me demande si les *retombées* de cette liaison n'auraient pas déclenché par ricochet les événements de vendredi soir.

— Quelles retombées ? »

Ils sont arrivés à sa voiture.

« Eh bien, Lopez, le bras droit de Justin, a commencé à regarder son patron d'un sale œil. Ajoutez à cela un certain mécontentement quant à la politique suivie par l'entreprise...

— Et puis, il y a Anita Bennett, enchaîne Tessa. Qui a autrefois été la femme de l'ombre et qui a peut-être même eu un fils. Ce qui ne l'a menée nulle part. Et voilà que Justin reproduit les frasques de son père ; ça a pu rouvrir de vieilles blessures, susciter de nouvelles rancœurs.

— Sans oublier Libby, qui se dope à la Vicodin pour dissimuler son mal-être. Et qui se livre peut-être aussi à d'autres nouveaux comportements. » Wyatt prend place sur le siège passager et brandit l'inventaire des pièces à conviction. « Pendant que Lopez et vous terminiez votre pas de deux, j'ai fini de parcourir la liste des déchets retrouvés dans les poubelles des Denbe. Poubelle du garage. Objet numéro trente-six. Vu le calendrier de ramassage des ordures, on estime que le contenu des sacs doit remonter à deux jours tout au plus. »

Wyatt montre une ligne. Tessa jette un œil.

« Un test de grossesse ? Positif ?
— Gagné. Maintenant la question, c'est de savoir si Justin Denbe sait qu'il va de nouveau être papa. À moins que… ce ne soit pas lui ? »

26

Mon mari n'est-il qu'un sale macho? J'imagine qu'il a l'air sexiste, si on regarde notre couple. Et pourtant, il est le père d'une gamine de quinze ans épatante. À qui il a personnellement enseigné à en mettre six dans le buffet de n'importe qui, encore et encore. Sans compter que, du jour où elle est née, il n'a pas arrêté de parler de son avenir à la tête de l'entreprise. Inutile d'essayer d'avoir un garçon. Aux yeux de Justin, dès l'instant où il l'a tenue dans ses bras, sa fille a été la perfection incarnée.

J'ai toujours préféré nous voir comme des associés dont les domaines de compétence se trouvaient répartis selon les lignes de partage traditionnelles. Mon mari travaille. Il adore son métier et n'est jamais meilleur que lorsqu'il est aux prises avec un contrat à x millions de dollars qui lui résiste. Et moi, j'adore mon métier, qui consiste notamment à aménager notre intérieur, à élever notre enfant et à nous procurer un style de vie qui nous ressemble.

Je n'ai jamais pensé que mon rôle était subalterne, jamais regardé Justin comme le «chef». En tout cas, pas avant ces six derniers mois. Et même depuis, je ne me vois pas comme la moitié la plus faible du couple. Seulement comme une ratée. Parce que, si ma mission était de répondre aux besoins de ma famille, est-ce qu'on peut considérer que je l'ai remplie, puisque mon mari est allé voir ailleurs ?

Bien sûr, en mon for intérieur, je me rends compte qu'une des qualités qui avaient le plus séduit Justin chez moi, c'était mon indépendance. Et que, dix-huit ans plus tard, il n'en reste plus grand-chose.

Il y a une race d'hommes attirés par les femmes fortes, vous savez. Seulement ils ne savent plus quoi faire quand ils les ont conquises.

Alors c'est comme ça que je vois mon mari : un homme fort, poussé par son instinct à courir après une femme forte et qui se retrouve ensuite les bras ballants. Et si c'est une vision condescendante, alors peut-être bien que c'est moi qui ai des préjugés sexistes. Parce que, vu les antécédents familiaux, je ne peux pas dire que j'aie été totalement surprise que mon mari m'ait trompée. J'ai surtout été mortifiée de ne pas m'en être aperçue plus tôt. Et blessée, parce que j'aurais voulu que nous soyons différents. J'avais cru que j'étais suffisamment intéressante, jolie, intelligente, pour retenir l'intérêt de Justin jusqu'à la fin de nos jours.

L'amour est un risque.

Je l'ai couru et je me suis brûlé les ailes.

Mais un jour, ma fille prendra le même. Et je n'ai pas le cœur à lui conseiller de choisir la voie de la facilité. Parce qu'il y a une race de femmes attirées par les mâles dominants. Mais nous ne savons pas toujours quoi faire d'eux lorsque nous les avons.

Justin est persuadé de savoir comment manœuvrer Z. Qu'on le laisse négocier et une rançon nous vaudra notre bon de sortie de prison avant la fin de la journée. Notre première tâche, à Ashlyn et moi, consiste donc à l'en dissuader. Nous avons déjà essayé de combattre le mal par le mal. Nous avons résisté, nous avons même tenté de nous mutiner. Jusqu'ici, ça nous a valu de recevoir des décharges électriques et d'être roués de coups.

Si Z et ses acolytes sont d'anciens militaires, la guerre est leur spécialité.

Il faut changer de méthode. Sortir le chef de meute de ses schémas habituels. J'ai quelques idées sur la question et Ashlyn me soutient. Vu l'état de Justin, nous le circonvenons lentement mais sûrement. Face à une seule d'entre nous, il aurait pu résister. Mais face à nous deux, il finit par plier. Va pour mon idée, mon plan. Nous allons le mettre à exécution en équipe, notre premier projet familial depuis six mois. Et nous allons gagner. J'en suis persuadée. L'enjeu est enfin assez élevé.

Le plus dur étant d'attendre.

Nous nous asseyons, Ashlyn sur la couchette du haut, Justin et moi sur celles du bas. Règle numéro un de la guerre psychologique : celui ou celle qui engage la conversation a par définition cédé du terrain. Ce que nous ne pouvons pas nous permettre de faire.

Alors nous pratiquons la patience.

Mes tremblements sont en train de revenir. Mes maux de tête, une immense lassitude qui m'entraîne par le fond, ponctuée d'épisodes de crampes atrocement douloureux. L'effet de ces comprimés que Radar m'a donnés au milieu de la nuit commence à s'estomper et je suis remontée dans le train du sevrage express.

Je pourrais tout avouer à Justin. Lui dire une bonne fois pour toutes à quoi j'ai consacré ces derniers mois. Quelle épouse et quelle mère formidable je me suis montrée.

Mais là encore, celle qui engage la conversation a par définition cédé du terrain.

Alors je tiens ma langue.

Nous avons perdu la notion du temps. Lumière du jour à l'extérieur. Constant éclairage au néon à l'intérieur. Matin, milieu de la matinée ?

Enfin, nous entendons des bruits de pas. Réguliers, sans précipitation, mais je me surprends à retenir mon souffle, les poings serrés. Sur sa couchette, je vois Ashlyn reculer doucement jusqu'au bout du lit et s'accroupir...

La porte s'ouvre. Z est là, Radar à ses côtés.

« Petit déjeuner », annonce Z.

Et, grâce à ce simple mot, je sais que nous pouvons gagner.

Conformément à la procédure, Justin quitte la cellule en premier, les mains attachées devant lui. Z reste avec lui pendant que Radar entre me chercher. Tournant le dos à la porte, il se cache à la vue du guichet et, m'aperçois-je, de la caméra de vidéosurveillance, pour me glisser deux comprimés ronds au creux de la main.

Nous n'échangeons pas un mot. J'ai la vision fugitive de comprimés blancs tout plats, de numéros gravés au dos, et je les gobe sans poser de questions. Un millième de seconde plus tard, Radar m'attache les mains et je rejoins mon mari dans la salle de jour. Radar suit avec Ashlyn et nous partons en file indienne, Z conduisant Justin par le bras, Radar à mes côtés et Ashlyn à quelques pas derrière.

Nous n'avons offert aucune résistance, nous comportant comme trois otages dociles qui viennent de passer une longue nuit à apprendre à quoi s'en tenir.

Nos ravisseurs sortent de leur douche. Ils ont les cheveux encore mouillés, Z vêtu d'une toute nouvelle tenue, cent pour cent noir commando, et Radar d'un jean baggy propre et d'une nouvelle chemise à carreaux bleu marine. J'essaie de ne pas les maudire, mais, vu ma propre odeur fétide, c'est difficile.

Dans la cuisine, on nous détache les poignets et on nous donne une nouvelle fois pour ordre de préparer le repas. Rapide inspection du garde-manger et de la chambre froide. Pas de nouveaux produits. En même temps, quand auraient-ils trouvé le temps de faire des courses ? L'absence de ravitaillement me rassure tout de même, elle fixe un horizon temporel. Z et son équipe n'ont pas l'intention de passer une éternité ici, juste le temps nécessaire.

Je sors du beurre, du bacon et des œufs de l'immense réfrigérateur, puis un assortiment de produits d'épicerie du garde-manger. Il va falloir que je réalise cette recette de mémoire, mais, après toutes ces années, ça ira tout seul.

Je charge Justin de faire griller du bacon et de préparer des œufs brouillés. Ashlyn connaît déjà sa mission : mettre le couvert. En utilisant ce qu'elle pourra trouver pour donner l'impression d'une vraie table de cuisine conviviale.

Pendant que je confectionnerai des petits pains à la cannelle.

Z s'en va, laissant Radar tout seul. Le plus jeune de nos ravisseurs, assis devant un des comptoirs en inox, consacre l'essentiel de son attention à Justin qui, la moitié du visage démoli et un œil fermé, surveille le contenu grésillant d'une poêle. Je prépare la pâte et je l'étale au rouleau à pâtisserie sur le plan de travail fariné. Une fois que j'ai créé un grand rectangle fin, j'en beurre toute la surface et j'y répands généreusement du sucre blanc, du sucre roux et de la cannelle. Je la roule en un long serpent que je saupoudre encore de cannelle avant de le découper en sections d'un centimètre de large.

Les extrémités, irrégulières, ne ressemblent à rien, alors je les tranche et, sans un mot, j'en tends une à Ashlyn – c'est le moment qu'elle préfère quand je fais des roulés à la cannelle. Et la seconde, je la propose à Radar.

Il ne m'accorde même pas un regard. Mais il prend la bouchée de pâte et la fourre dans sa bouche. Comme ça.

Certaines négociations ne se déroulent pas à coups d'artillerie lourde, mais à petits pas. Des avancées si subtiles que votre adversaire ne s'aperçoit même pas que vous avez bougé jusqu'au moment où il est contraint d'assister à votre danse de la victoire.

J'ai préparé deux douzaines de petits pains, vu les grosses quantités que des hommes de la corpulence de Z ou Mick sont capables d'engloutir. Et puis, manger un pain à la cannelle est une gâterie, mais en avaler trois ou quatre, c'est un péché de gourmandise voué à être suivi d'une somnolence d'homme repu, voire d'un coma hyperglycémique.

Ces petits pains sans levure, minces et feuilletés plutôt qu'épais et pâteux, sont les préférés d'Ashlyn. J'ai mis la recette au point il y a douze ans, à l'époque où ma minette n'avait pas la patience d'attendre les pâtisseries maison pendant des heures. J'ai alors découvert qu'utiliser de la pâte à tarte divisait le temps de préparation par deux, tout en donnant tout de même des délices à la cannelle. Notre recette de famille, dont nous faisons maintenant profiter nos ravisseurs.

Pendant que l'odeur chaude de la cannelle au four et du sucre caramélisé se répand dans la cuisine industrielle, j'inspecte la table dressée par Ashlyn. Ma fille a toujours eu une fibre créatrice et sa dernière réalisation est à la hauteur de mes espérances.

Elle s'est servie d'une des tables roulantes en inox. Étant donné qu'en prison le thème général est au blanc clinique, elle y a installé six plateaux de cafétéria rouge en guise de sets de table et, sur chaque plateau, une simple assiette en plastique blanc. Puis elle a pris des assiettes à entremets, plus petites, elle en a posé une au milieu de chaque grande assiette et elle y a écrit, à l'aide de condiments de couleur vive, le nom de chaque convive.

L'initiale de Z, qui ressort en lettre script de ketchup rouge vif, est particulièrement impressionnante. Pour Radar, elle s'est servie de moutarde jaune. Mick a eu droit aux cornichons au vinaigre, verts, et ma fille et moi échangeons un sourire : Ashlyn a horreur des cornichons. Depuis toujours.

Au milieu de la table, Ashlyn a posé un saladier en verre rempli de couches de lentilles multicolores, surmontées d'une astucieuse installation avec trois œufs, un fouet de cuisine et une tranche de bacon frit, chipée dans la poêle de son père. Ajoutez à cela l'assortiment de verres et de couverts en plastique, les serviettes en papier roulées, et l'effet d'ensemble est simple et charmant. Comme à la maison.

Le minuteur du four sonne. Les petits pains sont prêts. Justin met les œufs et le bacon dans des plats. Nous les posons sur la table et voilà : lever de rideau.

Z arrive cinq minutes plus tard.

Lui-même nous sert une démonstration de force, il me semble, quand il entre dans la cuisine à pas lents et mesurés, le visage parfaitement neutre, alors que les effluves du bacon croustillant et des petits pains tout juste sortis du four doivent lui sauter aux narines.

Radar est déjà attablé, juché au bord d'un tabouret métallique. L'air transi, il regarde les petits pains comme s'il s'agissait de la dernière goutte d'eau dans le désert. Mais il ne bouge pas, les bras le long du corps.

Z découvre la table, continue à avancer du même pas. Puis il lance un regard vers moi, qui attends debout à côté de mon tabouret, imitant en cela Justin et Ashlyn.

Il sourit et je devine qu'il voit clair dans mon jeu, qu'il comprend parfaitement la raison de chacun des gestes que je viens d'accomplir.

Il se sert le premier. Deux petits pains, une demi-assiette d'œufs brouillés, une demi-douzaine de tranches de bacon. Il passe chaque plat à Radar, qui remplit son assiette, puis en sert une autre pour Mick, qui assure sans doute la permanence au poste central, avant de reposer les restes au milieu de la table. Je n'étais pas là au dîner, mais Justin et Ashlyn ont l'air d'attendre quelque chose.

« Mangez », ordonne enfin Z, et ils s'assoient.

De quoi nous rappeler qui est le chef. Ça ne m'inquiète pas. À la deuxième bouchée de petit pain, les paupières de Z se baissent : le soudain afflux dans son sang de pâte pleine de beurre, de cannelle et de sucre caramélisé le transporte.

Je me demande quel souvenir est en train de lui revenir à cet instant précis. Celui d'une mère, d'une grand-mère, peut-être simplement d'un moment où il s'est senti bien au chaud, en sécurité, aimé. C'est en cela que réside le vrai pouvoir des aliments régressifs : ils ne vous remplissent pas seulement le ventre, ils vous mettent dans un certain état d'esprit. Mon repas sollicite la mémoire de Z, crée un lien qui sera difficile à rompre, entre mes roulés à la cannelle et la sensation de bien-être qu'il éprouve. D'où les bons petits plats que je cuisine depuis dix-huit ans pour Justin et son équipe. Parce que rien ne vous vaudra un culte impérissable aussi vite que des cookies aux pépites de chocolat encore tièdes. Dans ces cas-là, même la brute la plus endurcie redevient aussitôt un petit garçon et déguste une douceur de son enfance en regardant celle qui la lui a donnée avec une adoration renouvelée.

Un peu d'adoration me serait bien utile, là, tout de suite.

Ma famille mange. Je chipote, j'évite le bacon plein de gras, je grignote un petit pain du bout des dents. Il faudrait que je me nourrisse pour me retaper, mais je ne me fie pas encore complètement à mon estomac. Sans parler du fait que Z et son équipe se sont adjugé les trois quarts des plats et que je ne veux pas priver davantage ma fille et mon mari.

« Vous allez demander quelque chose, dit Z qui, son deuxième roulé terminé, en prend un troisième. Vous vous imaginez que j'aurai l'esprit tellement embrouillé par vos pâtisseries, et les sens tellement enivrés par cette charmante mise en scène domestique, que je dirai oui.

— Nous n'allons rien vous demander, nous allons vous donner.

— Vous n'avez rien à donner. Et vous vous trompez au sujet des petits pains. Quand on est aussi bonne cuisinière... maintenant, nous avons encore moins de raisons de vous laisser partir. » Il lance un regard vers mon mari, avec une expression que je n'arrive pas à déchiffrer.

« Vous avez beaucoup investi dans cette opération, dis-je posément. Du temps, de l'argent, des moyens. Je suis certaine que votre équipe et vous n'avez pas envie de repartir les mains vides.

— Il ne s'agit pas d'argent. Je ne vous l'ai pas déjà dit ? » Z regarde Justin, son visage meurtri, son œil enflé.

« Maman », murmure Ashlyn en me donnant un coup de coude. Sur le moment, je ne fais pas attention à elle.

Z se désintéresse de Justin le temps de me considérer d'un air sceptique. « D'ailleurs, votre mari ne vous a pas encore tout avoué ? Que l'entreprise ne marche pas très fort ? Qu'il ne se verse plus de salaire ? Qu'en fait, vous n'avez pas d'argent à nous offrir ? »

Je garde un visage imperturbable. Je viens juste d'apprendre tout cela, bien sûr, mais cela m'étonne que Z aussi soit au courant de ces détails.

« Est-ce qu'il vous a parlé de toute la pression qu'il subit ? continue Z d'une voix blasée. Est-ce qu'il a présenté ça comme une excuse à ses "activités parallèles" ? Pauvre petit Justin, qui voulait juste se sentir important. »

Justin tressaille. Je sens sa jambe se crisper à côté de la mienne, il s'apprête à se lever. Et puis quoi ? Il va frapper du poing sur la table ? S'attaquer à l'autre, qui le dépasse d'une tête avec son tatouage de cobra ?

« Maman », répète Ashlyn, toujours à mi-voix. Elle a repoussé son plateau, le dos voûté, comme en proie à une crise d'agitation.

« Neuf millions de dollars », dis-je sans m'occuper ni de l'un ni de l'autre de mes proches.

Pour la première fois, je vois que j'ai pris Z de court. Son visage se fige et le cobra vert me regarde de ses deux yeux perçants. Radar est moins prudent. Il a un petit mouvement de surprise, bouche grande ouverte, avant de se reprendre.

Je continue avec calme : « Si on commence aujourd'hui, ça peut être viré sur le compte de votre choix avant quinze heures, demain après-midi. On fait le boulot. Vous recevez l'argent. Mais il faut que la demande soit envoyée aujourd'hui et que vous nous libériez. C'est le prix de la rançon. Les victimes doivent être retrouvées saines et sauves. »

Z fronce les sourcils, ce qui fait bouger les crochets du cobra de manière inquiétante autour de son œil gauche.

« Neuf millions de dollars, je répète. Garantis nets d'impôts. Vous serez riches en quittant cette prison. Pas mal, pour quelques jours de travail. »

Z ne dit pas non tout de suite. Presque distraitement, il déchire son troisième petit pain et mord dans la première moitié ; des miettes se collent au coin de sa bouche sévère.

« Comment ? demande-t-il.

— L'assurance. Qui couvre Justin, mais aussi Ashlyn et moi.

— L'assurance de l'entreprise ?

— Voilà. C'est l'avantage d'être le patron. Justin ne se verse peut-être plus de salaire, mais il bénéficie quand même de belles prestations.

— Ils paieront ?

— C'est pour ça qu'on prend des assurances. »

Une autre bouchée. Z mâche. Avale. « En liquide ? demande-t-il.

— Viré sur le compte de votre choix.

— Je ne veux pas être filmé.

— Nous avons pensé à tout.

— Un seul mot de travers...

— C'est dans notre intérêt que tout se déroule comme prévu.

— Neuf millions de dollars, répète-t-il, ce qui, en soi, est déjà une concession.

— Trois chacun. Ou, plus probablement, cinq pour vous et deux pour chacun de vos hommes. »

Radar ne paraît pas s'inquiéter de cette répartition. Quant à Z, il sourit. Et, une fois de plus, le cobra semble onduler et frémir autour de son crâne parfaitement rasé.

« Le rapport de personnalité n'indiquait pas que vous seriez un problème, répète-t-il avec ironie.

— Un autre roulé, peut-être ? »

Z sourit de nouveau. Puis ses yeux se reportent sur mon mari et sa soudaine froideur me glace. Il méprise Justin. Je le vois clairement, son regard ne laisse aucun doute. Une haine aussi violente n'est pas d'ordre professionnel, mais forcément personnel.

Alors j'ai un instant d'hésitation. Et si cette rançon était une mauvaise idée? Échanger des otages contre de l'argent est une opération par nature compliquée. Les occasions de dérapage ne manquent pas. Un seul faux pas, et un enchaînement rapide et désastreux peut entraîner des brutalités et même la mort.

Surtout quand on a affaire à un homme dont le crâne s'orne d'un énorme serpent aux crochets venimeux.

«Radar.» La voix d'Ashlyn à côté de moi. Ma fille ne s'adresse plus à moi, mais au jeune commando assis en face de nous.

Radar? Pourquoi ma fille demanderait-elle...

Je me retourne et je veux rattraper Ashlyn par le bras, mais je la rate et, sans un mot de plus, elle glisse du tabouret et tombe mollement par terre. Du sang, tellement de sang, sur le bas de sa combinaison orange.

«Ashlyn!» Justin, qui s'est levé d'un bond, ne sait plus quoi dire. «Mais qu'est-ce que...»

Ashlyn me regarde. Avec des yeux, si semblables aux miens, pleins de regrets. «Je suis désolée, maman.»

Et c'est là que je comprends.

Les hommes s'affairent. Radar repousse son tabouret, Z annonce d'une voix autoritaire que Justin doit venir avec lui, Radar s'occuper de nous.

Je ne leur prête aucune attention. Je me concentre sur ma fille, qui, hier, a essayé de m'alerter sur le fait que nous ne lui parlions plus. Je me rends compte alors que ce n'est pas seulement dans un couple, mais dans toute une famille qu'il y a des moments où l'on cesse de se voir. Où l'on vit dans le même espace, mais pas ensemble.

Je m'efforce de la voir. De la regarder dans les yeux. De la réconforter par ma présence. Et je m'agenouille par terre en tenant la main de ma fille qui fait une fausse couche.

27

Wyatt reçoit l'appel alors que Tessa et lui sont en train de quitter le quartier de Chris Lopez. Nicole, ou peut-être devrait-il dire l'agent spécial Adams, lui annonce de sa voix nette et posée habituelle que les ravisseurs ont établi un contact : Justin Denbe lui-même, peu après dix heures du matin, est apparu dans une vidéo exposant leurs exigences concernant la rançon.

Tessa est une conductrice de compétition. Ses années comme patrouilleuse ? Ou juste le fait d'avoir vécu toute sa vie à Boston ? Wyatt ne se serait pas hasardé à faire un pari, mais, une demi-douzaine de sueurs froides plus tard, ils débarquent sur les chapeaux de roue dans la ruelle qui court derrière chez les Denbe et où, de fait, un énorme PC mobile trône comme un gros demi de mêlée dans le boudoir d'une vieille dame.

À l'intérieur, ils retrouvent le partenaire de Nicole, l'agent spécial Hawkes, devant un ordinateur portable posé sur une petite table. Un grand écran plat est fixé au mur au-dessus de lui. Nicole fait les cent pas dans l'espace exigu, manifestement fébrile. Lorsque Tessa et Wyatt entrent, elle désigne l'écran d'un coup de menton. Elle a les bras croisés sur la poitrine et tapote son coude d'un doigt nerveux.

Elle n'est pas simplement fébrile, comprend Wyatt. Elle est contrariée.

Tessa et lui échangent un regard. Il lui fait signe de prendre le siège libre en face de Hawkes pendant que lui reste debout à côté de Nicole. Maintenant que tous sont en position pour regarder, Hawkes appuie sur la touche Play de son clavier et ils découvrent la séquence.

La demande de rançon a été communiquée par message vidéo. On y voit un simple gros plan de Justin Denbe, dont le visage tuméfié est couvert d'ecchymoses bleu-noir. Il fixe la caméra de son seul œil valide en énumérant lentement les exigences des ravisseurs : neuf millions de dollars, à virer directement sur un compte avant lundi, quinze heures, heure de la côte Est ; et, à ce moment-là, toute la famille Denbe sera libérée saine et sauve. Au cas où leurs demandes ne seraient pas satisfaites, la famille subira d'autres mauvais traitements. Plus de détails à suivre.

À la fin de la séquence de vingt secondes, Justin montre la une du journal du matin. Un rapide zoom sur la date de l'édition du dimanche et l'écran redevient noir.

« L'*Union Leader*, dit Wyatt, reconnaissant le journal de Manchester. Ça veut dire qu'ils sont encore dans le New Hampshire.

— Mais pas un mot sur le reste de la famille ? » demande Tessa. Elle est penchée vers l'écran de l'ordinateur, comme si cela pouvait les aider.

« Justin Denbe a joint sa compagnie d'assurances par téléphone à dix heures vingt-trois ce matin, indique Nicole, dont le doigt s'agite toujours. Il a demandé à parler à un responsable en expliquant que sa famille et lui avaient été enlevés. Il craignait pour sa vie et invoquait la clause pour circonstances exceptionnelles de son assurance enlèvement : en gros, au cas où l'assuré ferait face à un risque crédible de mort prochaine, la compagnie paierait la moitié de la valeur de l'assurance-vie en plus de la rançon. Étant donné que la mort de Justin Denbe coûterait dix millions à la compagnie en capital-décès, il est dans l'intérêt même de celle-ci de payer davantage maintenant pour économiser plus tard. »

Wyatt retourne cette idée dans sa tête : « Donc, au lieu de verser simplement les quatre millions d'assurance-rançon, la compagnie va y ajouter cinq millions d'assurance-vie ?

— C'est ça.

— Neuf millions de rançon plutôt que dix millions de capital-décès, murmure Tessa. Encore une fois, les ravisseurs ont l'air parfaitement au courant des affaires des Denbe, jusqu'au montant exact de la rançon qu'ils peuvent exiger sans crever le plafond.

— Notre théorie a toujours été que les ravisseurs étaient des professionnels, répond Hawkes en remettant le curseur au début de la vidéo. Dans ce cas, c'est logique qu'ils aient pris leurs renseignements avant de se lancer dans une telle entreprise. »

Entreprise. Un mot tellement aseptisé, se dit Wyatt, qui renvoie même au monde des affaires. Jusqu'au moment où l'on regardait le visage meurtri de Justin. Le type s'était pris une sacrée raclée. Des croûtes de sang séché adhéraient encore à la racine de ses cheveux sur la tempe gauche. Sa lèvre inférieure était entaillée et boursouflée, son œil droit complètement fermé. Il avait aussi un énorme bleu sur l'autre joue et une demi-douzaine d'estafilades de taille plus ou moins importante, le tout se combinant pour former un tableau difforme et grotesque.

Et pourtant, il avait regardé droit vers la caméra et parlé d'une voix ferme. Donc il tenait encore le coup. Parce que les ravisseurs s'en prenaient à lui plutôt qu'à sa femme ou à sa fille ? Si bien que son attitude tenait en quelque sorte lieu de preuve de vie pour le reste de la famille ?

« Nous pensons qu'elle est enceinte. » Wyatt n'avait pas prévu de lâcher cette information comme ça, mais c'est fait. Parce qu'en regardant le visage amoché de Justin, il s'est demandé si le type savait tout ce qui se passait dans sa famille.

« Quoi ? s'exclame Nicole.

— La liste des pièces à conviction. Dernière page, contenu de la poubelle du garage…

— Depuis quand avez-vous cette liste ? »

Wyatt hausse les épaules, la regarde bien en face. « Depuis quand ne l'avez-vous pas lue ? »

Nicole se renfrogne : là, il marque un point. À sa décharge, c'est un document de trente pages et avec tout ce dont elle doit prendre connaissance en tant qu'enquêtrice principale… Mais quand même.

« Un de ces bâtonnets pour test de grossesse, continue-t-il, sentant les regards de Tessa et de l'agent Hawkes posés sur lui. Positif.

— Vous pensez que Libby est enceinte ? Mais si ça vient de la poubelle, ça pourrait appartenir à n'importe qui. »

Wyatt lève un sourcil. « À la gouvernante de soixante ans, par exemple ? »

L'agent du FBI ne s'avoue pas vaincue. « Ou à la fille. Elle a quinze ans. C'est assez vieux.

— C'est vrai. On nous a parlé d'un petit ami ou du fait qu'elle coucherait à droite, à gauche ?

— Pas encore, mais ce n'est pas la première information que ses meilleures copines nous auraient livrée. Sincèrement, c'est plus difficile d'interroger des ados que des mafiosi. Soit elles serrent les rangs, soit elles vous abreuvent de tellement de ragots qu'on ne sait plus à quoi s'en tenir. Il va nous falloir des renforts et quelques jours pour démêler le vrai du faux.

— En attendant, dit Wyatt, madame a peut-être imité monsieur : Justin a trompé sa femme, elle l'a trompé en retour.

— Et elle s'est retrouvée enceinte ? » Nicole reste sceptique.

« Et accro à la Vicodin. Pas de pitié pour les kidnappeurs. »

Nicole soupire et se masse le front. « Donc il se pourrait que nous ayons quatre otages. Mais quel bordel. Enfin, raison de plus pour organiser cette remise de rançon. On y va ? » dit-elle en montrant une nouvelle fois l'écran.

« Le premier appel de Justin a été court, explique Nicole. Malheureusement, comme nous n'avions pas anticipé qu'un coup de fil serait passé directement à la compagnie d'assurances, la ligne n'était pas sur écoute. Mais la conversation a été enregistrée, c'est leur procédure. Nos experts sont en train de travailler sur la bande-son : ils espèrent pouvoir amplifier les bruits de fond pour nous aider dans nos recherches. Pour la suite, bien entendu, nous allons ouvrir une ligne dédiée chez l'assureur et dépêcher un de nos agents sur place. La prochaine fois, un négociateur professionnel devrait arriver à faire durer les échanges pour nous donner la possibilité de remonter à la source.

— Pourquoi d'abord un coup de fil ? demande Tessa. Pourquoi appeler et, ensuite, envoyer une vidéo ?

— Il avait besoin de savoir comment la compagnie déterminerait l'existence d'un "risque crédible" de mort prochaine, explique Hawkes. Vous voyez, de savoir quel genre de preuve il devait apporter pour justifier une demande de rançon de neuf millions de dollars. »

Tessa est parcourue d'un léger frisson.

Wyatt est d'accord avec elle : « Comment ne pas imaginer des scénarios sordides de doigts coupés ou autre avec une question pareille ? » murmure-t-il sans s'adresser à personne en particulier.

Nicole hoche la tête. « La responsable du service client a évidemment été secouée par l'appel, mais elle a bien réagi. Elle a dit qu'il leur faudrait une confirmation visuelle que Justin et sa famille étaient vivants. Justin a demandé si l'envoi d'une vidéo par courriel suffirait. Elle a répondu que oui, mais qu'il leur faudrait la preuve que les images venaient d'être tournées et qu'elles n'avaient pas été enregistrées à une date antérieure. Ils sont convenus que Denbe montrerait le journal du jour, procédure classique dans ce genre de situations. La responsable a aussi donné à Justin un mot de passe à prononcer au début et à la fin de la séquence – Jazz, c'est le nom de son cacatoès, d'après ce que j'ai compris –, comme ça, elle saurait que la vidéo avait été tournée après leur échange. À la fin de l'appel, on entend Justin marmonner que son visage devrait achever de les convaincre. Sans doute pensait-il que le spectacle de ses ecchymoses, balafres et autres, devrait suffire à démontrer l'existence d'un risque crédible.

— Où se trouve le centre d'appel ? demande Wyatt.
— À Chicago.
— Et il a envoyé la vidéo là-bas ?
— Directement à l'adresse professionnelle de la responsable, qu'elle lui avait donnée.
— Combien de temps ça a pris, demande Tessa, entre le coup de fil et l'arrivée de la vidéo ?
— Une quarantaine de minutes », répond Hawkes. Il pianote sur le clavier et un courriel s'affiche sur l'écran de l'ordinateur. Il descend jusqu'à la fin, où apparaît une flopée d'informations techniques en petits caractères. « Vous voyez ça ? C'est le genre de données qui sont présentes dans tous les messages ; l'heure et la date d'envoi par exemple. Plus utile en l'occurrence, on y trouve aussi la liste des différents serveurs qui ont acheminé le message entre l'ordinateur A, l'expéditeur, et l'ordinateur B, le destinataire.

— Ça veut dire que vous pouvez remonter à la source du message ? » demande Wyatt avec un regain d'intérêt. Lui-même est plutôt ignare en informatique. Les chiffres, ça va – une bonne affaire de délinquance financière est toujours une énigme amusante à résoudre. Mais les nouvelles technologies, les ordinateurs… c'est beaucoup plus le rayon de Kevin.

Hawkes fait la grimace. « Sans doute pas, dans le cas présent. Regardez, cette ligne, "X-Originating-IP", c'est l'adresse IP de l'ordinateur qui a envoyé le message. On aimerait bien avoir un nom, évidemment, du genre ordinateur-des-Méchants-Kidnappeurs-de-Boston. Mais ce qu'on a, c'est une suite de chiffres qui ne deviendra intéressante que par la suite, si on retrouve un ordinateur avec lequel comparer. Bon, quand on passe aux lignes suivantes, "Received", on voit tous les serveurs par lesquels le message a transité entre l'ordinateur des ravisseurs et les locaux de la compagnie d'assurances. Parfois ces serveurs sont identifiés par un nom, ce qui nous apprend que le courriel est passé par celui d'une grande entreprise pendant son voyage autour du monde – Hotmail ou Verizon, par exemple. Mais ici, vous verrez que les IP de réception ont des noms de domaine folkloriques, comme FakeItMakeIt, HotEx, PrescriptMeds, et qu'on trouve entre eux des lignes de complet charabia. »

Hawkes s'interrompt, lève les yeux vers eux. « Vous voulez mon avis ? L'expéditeur a transformé ce message en spam. Certains de ces noms de domaine bizarroïdes servent à ça : ce sont de gros serveurs localisés aux quatre coins de la planète qui crachent des pubs pour le Viagra, les médicaments de contrebande, etc. On a du mal à les éradiquer parce que c'est très difficile de remonter jusqu'à eux. Notre expéditeur en a profité. Ce qui signifie qu'au moins un de nos petits amis possède de solides compétences en informatique. Peut-être même qu'il fait dans le spam pour arrondir ses fins de mois, ce genre de choses. On a bien des spécialistes, continue Hawkes. Ils vont analyser, éplucher les informations, essayer de dérouler la pelote. Mais… » Il n'a pas l'air d'y croire et Wyatt reçoit cinq sur cinq : retrouver l'origine du message n'est pas gagné.

«La vidéo elle-même donne une impression d'amateurisme, fait remarquer Tessa pour passer au sujet suivant. Un seul cadre, plan serré.

— Téléphone portable, certainement, dit Nicole. Un appareil avec une résolution moyenne, mais pas une caméra très performante. Quant au plan rapproché, deux explications : premièrement, Justin comptait sur ses blessures pour encourager l'assureur à rajouter cinq millions, donc il fallait que la principale prise de vue soit centrée sur elles. Deuxièmement, le cadre resserré dissimule l'arrière-plan, ce qui limite la quantité d'informations que nous pouvons recueillir sur l'endroit où ils se trouvent.

— Des professionnels, soupire Wyatt.

— On a quand même un indice.» Hawkes clique sur la flèche à l'écran et ils visionnent une nouvelle fois la séquence; chacun fixe intensément le visage martyrisé de Justin Denbe, qui les regarde en retour.

Le cadre va du cou au front. Pas d'espace superflu au-dessus, en dessous ou sur les côtés. Juste une image grisâtre du visage de Denbe, légèrement plus sombre sur les bords.

«Pas de flash, constate Hawkes. Avec un plan aussi rapproché, ça aurait surexposé le visage, et le nez et les joues seraient ressortis complètement blanchis. Mais on n'a pas non plus de halo autour de sa tête, donc la lumière ne venait pas de derrière. À mon avis, celle des plafonniers devait suffire, d'où l'éclairage régulier du visage.

— Ça exclut certains campings du nord, médite Wyatt, dont les rouages mentaux se sont mis en branle. Beaucoup d'entre eux coupent le courant en hiver, donc si les ravisseurs s'y trouvaient, il faudrait qu'ils s'éclairent à la lampe-torche, à la bougie ou que sais-je. D'autant que, dans ces vieux chalets en bois, il n'y a pas beaucoup de fenêtres qui laissent entrer la lumière naturelle.

— Je pense que l'endroit bénéficie d'un éclairage moderne, dit Hawkes. Et, sinon d'une ligne fixe, au moins d'un accès fiable à un réseau mobile, vu la longueur du premier appel. Ça exclut aussi certains de vos parcs naturels de montagne.

— Bien vu.

— Je voudrais voir la femme et la fille, murmure Tessa. Ça ne me plaît pas qu'on n'ait pas d'images de Libby ni d'Ashlyn.

— J'imagine qu'ils préfèrent ne pas avoir les trois membres de la famille ensemble, dit Wyatt. Ils seraient plus difficiles à contrôler. Et plus compliqués à filmer. Mais je pense que Libby et Ashlyn vont bien. C'est pour ça que Justin a une bonne voix, malgré son visage. D'accord, ils lui ont mis une dérouillée, mais sa famille est indemne. Sinon, il serait plus stressé, secoué. »

Wyatt se tourne vers Nicole. « Est-ce que la compagnie d'assurances va payer ?

— La demande suit la voie hiérarchique. Quoi qu'il en soit, ils se sont engagés à coopérer avec nous. En ce moment même, des agents sont en train de se rendre dans leurs bureaux. Donnez-nous vingt minutes et la ligne sera sur écoute. Justin sera bien obligé de reprendre contact avec nous : nous avons trop peu d'éléments pour accomplir la transaction. Donc il y aura un autre appel. Et cette fois-ci, nous serons prêts. »

28

Nous avons rallié l'infirmerie, le visage juvénile de Radar toujours impassible quand il a aidé Ashlyn à s'allonger sur la table d'examen rivée au sol.

D'après lui, il n'y avait pas grand-chose à faire. Une fausse couche est un événement naturel, une réaction du corps face à une difficulté. Il ne pouvait proposer que du Tylenol pour calmer les douleurs et de l'eau pour compenser la perte de sang. Plus tard, il faudrait que je surveille chez Ashlyn l'éventuelle apparition d'un état fébrile, qui pourrait être le symptôme d'une infection. Auquel cas, elle aurait besoin de soins médicaux d'urgence.

Radar ne s'est pas étendu sur cette idée. Par exemple : Z permettrait-il à l'un de ses otages d'une valeur de neuf millions de dollars de se rendre aux urgences ? J'avais comme l'impression que notre demande de rançon allait nous retomber sur le nez. Surtout avec le regard que Z avait lancé à Justin... Avions-nous réellement réussi à négocier un accord avec le Grand Méchant Commando ? Ou bien avions-nous en réalité joué son jeu à notre insu ?

Radar parti, j'entreprends de retirer à Ashlyn sa combinaison trempée de sang en prenant bien soin de la recouvrir d'une serviette au fur et à mesure. Il y a une caméra dans un coin de la pièce et je ne supporte pas l'idée que Mick, dans le poste central informatisé, prenne son pied en regardant ma fille souffrir. Je me demande si je ne pourrais pas, en tendant le bras, étaler de l'eau ou peut-être de la Vaseline sur le petit œil électronique. Mais je me doute que jamais Z ne tolérerait un acte d'insubordination aussi flagrant. Il rappliquerait, mon geste ne resterait pas impuni et, quand on regardait ma fille, Justin et moi... Quelle quantité de mauvais traitements pourrions-nous encore supporter ?

Je nettoie de mon mieux les sous-vêtements d'Ashlyn dans le lavabo, remarque des caillots, essaie de ne pas y penser.

Nos ravisseurs n'ont pas prévu de sous-vêtements de rechange, alors je rhabille Ashlyn avec sa culotte encore mouillée, désormais doublée de garnitures hygiéniques fournies par Radar. Il a murmuré dans sa barbe qu'il en gardait toujours en stock parce qu'elles font des pansements de fortune pratiques. Des serviettes propres sur ma fille. Des serviettes imbibées de sang sous elle. Là encore, mieux vaut ne pas y penser.

Je me force à m'asseoir et je caresse son bras. Ses paupières ont cessé de papilloter. On dirait qu'elle sombre dans le sommeil. Son corps fait de son mieux pour se rétablir, comme l'avait prédit Radar.

Celui-ci finit par revenir. A posteriori, je me rends compte qu'il a bien dû rester absent trente ou quarante minutes. Par une ironie du sort, jamais Ashlyn et moi n'étions restées aussi longtemps sans surveillance, et libres de nos mouvements, qui plus est.

Quelques heures plus tôt, nous aurions tenté notre chance. Mais maintenant…

Z semble bien renseigné sur notre compte. Notamment sur le fait que nous allions littéralement exploser en vol. Comptait-il là-dessus pour que nous devenions des proies faciles ? Savait-il que nous finirions par nous plomber tout seuls ? Ashlyn et moi n'avons même plus besoin d'être tenues à l'œil. Réduites à l'impuissance par nos propres secrets. Comme c'est obligeant de notre part.

« Méthadone », murmure Radar. Un simple mot. Prononcé dos à la caméra. Je réfléchis, puis je comprends. Je me penche vers ma fille, mes cheveux ternes en rideau devant la bouche, et j'ai l'air de réconforter Ashlyn. Ils peuvent nous voir, mais pas nous entendre, donc seules comptent les apparences.

« C'est ça, les comprimés que vous m'avez donnés ? J'en ai entendu parler.

— C'est un opioïde synthétique. Ça aide pendant la période de désintoxication d'autres narcotiques, la Vicodin, par exemple. » Il se tourne vers une colonne de rangement métallique, dont il ouvre les tiroirs comme s'il cherchait quelque chose. « Mais ça rend aussi dépendant. Ensuite, il faudra vous sevrer. »

Il cherche à me conseiller. Pour la vie d'après. Dans l'hypothèse où notre libération contre rançon serait un succès. « Combien de comprimés je devrais prendre ?

— Je vous ai donné des Diskets dosés à dix milligrammes. Une première prise de quatre comprimés. Ce matin, vous aviez l'air de replonger, alors je vous en ai redonné deux. Ce n'est pas une science exacte. Un vrai centre de désintoxication consacrerait les premiers jours de la cure à trouver le dosage adapté à votre situation. Moi, j'improvise.

— Je ne me sens pas... Ce n'est pas pareil qu'avec la Vicodin.

— Vous ne planez pas, traduit-il brutalement en continuant à ranger ses tiroirs. La méthadone atténue le syndrome de sevrage dans la mesure où vous êtes toujours sous narcotique. Et les comprimés font effet plus longtemps. Vous devriez pouvoir vous limiter à une prise par jour pour diminuer la dépression, la nausée, les maux de tête. Mais, comme je vous le disais, vous échangez un problème contre un autre. Adieu la dépendance à la Vicodin, bonjour la dépendance à la méthadone. Il faudra que vous consultiez un vrai médecin pour qu'il suive la fin de votre sevrage. Si toutefois vous en avez envie.

— Vous avez l'air bien informé sur l'addiction aux antalgiques. »

Il hausse les épaules. « C'est la drogue à la mode.

— Vous êtes un bon médecin, Radar. Je vous suis reconnaissante de votre aide. Pour moi et pour ma fille. »

Il ne répond pas, semble mal à l'aise.

Les mots sortent tout seuls : « Pourquoi faites-vous ça ? Travailler avec Z et Mick ? Vous avez de vraies compétences, un vrai talent. Vous pourriez vous faire embaucher dans un hôpital et...

— Suffit. »

Un seul mot, plus lourd de menaces que je ne m'y serais attendue. Je m'arrête, hésitante, et je reprends la main de ma fille.

L'ambiance est désormais tendue dans la petite salle d'examen. Étonnant, vraiment. Radar est un kidnappeur et nous sommes ses otages. Quelle autre ambiance devrait-il y avoir ?

Mais, des trois commandos, c'est à Radar que je fais le plus confiance. Il nous soigne, me procure de la méthadone, manifestement à l'insu de Z. Et il est gentil avec Ashlyn. Compétent, et même compatissant dans ses prescriptions.

Mais qu'a dit Z à son sujet, déjà ? Que Radar aurait vendu père et mère pourvu qu'on lui en offre un bon prix.

Et pourtant ce jeune homme, encore un gamin à vrai dire, sait sur Ashlyn et sur moi des choses que Justin lui-même ignore. Mais, non content d'avoir gardé mon secret, il cherche à m'aider. À me préparer à la vie en dehors des murs de cette prison.

J'essaie de me représenter mon ancienne vie, ou peut-être la nouvelle qui commencera quelque part après quinze heures demain après-midi. Porter mes propres vêtements. Dormir dans une chambre, lumières éteintes. Retrouver ma famille et mes amis, dont l'un a très probablement monté ce coup contre nous, ce qui signifie que je ne pourrai plus me fier à aucun d'eux.

Et d'un seul coup, sans crier gare, mes yeux se remplissent de larmes. Je baisse la tête, je ne veux pas que Radar, et encore moins Mick, dans le poste central, me voient pleurer. Oh, mon Dieu, comment allons-nous nous relever de cette épreuve ? Nous n'avons pas eu besoin de Z, de sa cellule de prison et de ses combinaisons orange pour nous briser. Nous l'avons fait nous-mêmes, dans le confort de notre luxueuse maison, en accomplissant les gestes quotidiens de nos existences outrageusement privilégiées. Ce qui était une vraie famille est aujourd'hui réduit à trois clichés : la femme qui se bourre de comprimés, le mari infidèle et l'adolescente enceinte.

Justin a l'air obnubilé par notre libération, comme si elle devait tout résoudre d'un coup de baguette magique. Nos ravisseurs nous délivreraient en échange de l'argent de l'assurance et tout rentrerait dans l'ordre. Il nous suffirait de claquer trois fois des talons, de dire tout bas « On n'est jamais aussi bien que chez soi » et nous nous réveillerions aussitôt dans nos lits. Justin retournerait au travail, Ashlyn retournerait au lycée et moi...

J'irais dans une clinique de désintoxication et je viendrais à bout de ma dépendance? Ou bien j'enverrais tout balader et je me jetterais à la première occasion sur mon joli flacon orange?

Je ne sais pas. Franchement, je ne sais pas et l'idée de rentrer à la maison, de reprendre nos vies normales avec tous ces problèmes non résolus... ça me terrifie.

Ici, au moins, nous connaissons notre ennemi. Tandis qu'une fois rentrés...

À côté de moi, Ashlyn se réveille en sursaut. Ses yeux noisette s'ouvrent d'un seul coup, la panique se lit sur son visage. « Maman !

— Tout va bien. Je suis là. Chut...

— Oh, maman... » Je devine l'instant où elle reprend complètement ses esprits parce que ses mains descendent par réflexe se poser sur son ventre sensible. Elle me regarde longuement, l'air encore jeune, mais déjà plus vieille que je ne le voudrais et je lui murmure :

« Je sais, chérie. Je sais.

— Ne dis rien à papa », dit-elle tout bas, presque par automatisme.

Je ne peux pas retenir un sourire, mais c'est un sourire triste. « Il t'aimera toujours, ma belle.

— Mais non. Il a des principes », dit-elle avec amertume.

Je ne vois pas quoi répondre, alors je reprends ma veille à son chevet. Ma fille a gardé le secret de sa mère, et voilà que je suis chargée de garder le secret de ma fille.

« Je vais… euh… chercher une nouvelle combinaison », marmonne Radar, mal à l'aise. Il sort, nous laissant de nouveau sans surveillance et libres de nos mouvements.

Simplement prises au piège de souffrances dont nous sommes les premières responsables.

J'essuie les larmes sur la joue de ma fille et nous attendons, ensemble, que notre douleur s'apaise.

Nous ne pouvions pas rester planquées éternellement dans l'infirmerie. Z a dû prendre des nouvelles d'Ashlyn et, apprenant qu'elle était dans un état stable, il a ordonné notre retour en cellule familiale. Radar et moi marchons de part et d'autre de ma fille. Elle avance à pas précautionneux, mais elle a à peine besoin de soutien. Oh, retrouver mes quinze ans, être si jeune, se rétablir si vite.

Elle ralentit l'allure lorsque nous entrons dans l'immense salle de jour.

Je la comprends. Justin n'a jamais été du genre à fuir l'affrontement. De fait, à peine la porte de la cellule a-t-elle claqué derrière nous : « Je veux savoir son nom. » Justin s'est dressé au milieu de la pièce exiguë, les bras croisés, la voix sévère et froide. Il ne demande pas, il exige.

Ashlyn dégage son bras de ma main, l'air frondeur. « Peut-être qu'il s'appelle Chapman. Comme le petit frère de ta copine. Il a à peu près le même âge que moi, non ? »

J'ouvre de grands yeux et mon mari blêmit.

Il se retourne vers moi. « Comment as-tu osé lui dire...

— Ce n'est pas moi.

— C'est *moi* ! » Ashlyn dans toute sa splendeur à présent, les bras tendus, son corps gracile pratiquement soulevé de terre par l'hostilité. « J'ai fouillé dans ton téléphone, papa. J'ai lu tes messages. Sympas, les échanges que tu avais avec une fille assez jeune pour être ma sœur. Je me demande ce que son père en penserait. Peut-être qu'elle non plus, elle n'était pas censée coucher avec n'importe qui. Peut-être qu'elle aussi, elle était censée attendre un garçon qui *l'honorerait*, la *chérirait* et la *respecterait*. Tu sais, toutes ces conneries que tu me racontais avant de partir en courant tromper ta famille. Hypocrite ! Sale menteur !

— Ashlyn ! » Je m'interpose vivement entre ma fille et mon mari, comme si cela pouvait la protéger.

Le visage de Justin, déjà horriblement difforme, a viré aubergine. On croirait voir la fumée lui sortir par les oreilles. En tout cas, toutes les veines de son corps semblent prêtes à éclater.

« Ne t'avise plus *jamais* de me parler comme ça, ma petite !

— Sinon quoi ?

— Arrêtez », dis-je, d'une voix chevrotante. Je me racle la gorge et je m'oblige à adopter un ton plus énergique : « Tous les deux. Prenez une seconde. »

Ashlyn se retourne vers moi. « Pourquoi ? Tu as peur que je lui dise que tu te drogues ?
— Quoi ? »

Je suis prise d'une envie de rire. Je me rends compte que ce serait terriblement déplacé, mais cette fureur absolue sur le visage de ma fille, suivie d'une stupeur tout aussi absolue sur celui de Justin... Je suis à deux doigts de pouffer nerveusement. Même si je suis bien certaine que le premier hoquet de rire aurait mené droit aux larmes.

Ashlyn est toujours hors d'elle : « Enfin, papa. Ça fait des mois qu'elle ne sait plus où elle habite. Tu as vu ses yeux vitreux ? Et le fait qu'elle prend trois plombes pour répondre quand on lui pose une question ? Merde, quoi. Deux semaines, il m'a fallu pour comprendre qu'elle se droguait aux antalgiques. Et je ne suis qu'une gamine. C'est quoi, ton excuse, à toi ? »

La sidération a réduit Justin au silence. Quant à moi, j'ai une main crispée sur la bouche parce que, c'est sûr, je ne vais pas tarder à piquer une crise de nerfs.

« C'est vrai quoi, à la fin. Toi, tu étais tout le temps ailleurs. Maman était shootée à mort. Alors j'ai décidé de m'amuser un peu. On a même fait des galipettes dans votre lit. Ce n'est pas pour ce que vous en faites ! »

Justin se jette sur elle. Je le retiens par la taille, mais cela ne sert pas à grand-chose. Il est deux fois plus lourd que moi et, même salement amoché, aussi inarrêtable qu'un train de marchandises. Il hurle quelque chose. Peut-être qu'il va tuer le petit copain. Et Ashlyn crie en retour. Peut-être qu'elle déteste son père.

Il lui file des claques. Il agresse notre enfant. Notre bébé qui, il y a quelques heures à peine, était elle-même enceinte, alors je sens une pression phénoménale s'accumuler sous mon crâne. Une souffrance qu'aucun comprimé ne pourrait jamais endormir. Un désespoir qu'aucun médicament miracle ne pourrait bannir.

Et je me jette dans la mêlée. Solidement campée sur mes pieds, je tire, je pousse mon mari en criant de toutes mes forces : « Espèce d'abruti ! Je n'en voulais pas, de ton argent. Je n'en voulais pas, de ta maison. Ni de ta précieuse entreprise. Je voulais juste que tu m'aimes. Espèce de pauvre connard débile. Pourquoi... tu ne pouvais pas... juste m'aimer ? »

Nos jambes s'entremêlent. Justin fait une lourde chute, les mains sur son visage enflé. Je tombe à genoux à côté de lui. Je lui tape comme une sourde sur l'épaule en sanglotant, hystérique, pendant qu'Ashlyn pleure au pied des couchettes.

« Et il n'y a pas eu qu'elle, hein ? Il y en a eu d'autres. Beaucoup d'autres. Merde, tu es bien comme ton père. Et maintenant, je suis comme ma mère, sauf que je prends des comprimés au lieu de cigarettes. Mais on était censés valoir mieux que ça, tous les deux. Qu'est-ce qui s'est passé ? Putain, Justin, qu'est-ce qui nous est arrivé ? Comment on est devenus exactement ce qu'on ne voulait jamais devenir ? »

Je ne peux plus m'arrêter de le frapper. Ma colère est une bête fauve, enfin lâchée. Je déteste mon mari.

Je déteste ma vie. Mais surtout, je nous déteste nous, notre échec commun, qui prouve que nous sommes de simples mortels, alors qu'à une époque lointaine nous étions certains de pouvoir nous hisser au-dessus de tout cela. Les mortels sont faillibles. Mais nous étions amoureux.

Et finalement, je vois les épaules de mon mari trembler. Je vois des larmes sur ses joues, sa tête inclinée, défaite...

Je n'y tiens plus. Je le prends dans mes bras. Je le serre contre moi en lui promettant le pardon que je ne suis pas certaine d'avoir dans le cœur, mais juste là, à cet instant... S'il pouvait simplement aller bien. Si nous pouvions simplement faire semblant d'être une famille...

Ashlyn nous a rejoints par terre, ses bras autour de nous, sa joue mouillée au creux de mon cou. « Je suis désolée, maman, je suis désolée, maman, désolée, désolée, désolée. »

Justin gémit. Nous pleurons de plus belle.

« Oh, c'est fini, ce cirque ! »

Z, sur le pas de la porte, nous regarde comme s'il venait d'arriver sur le théâtre d'un accident de voiture.

« Vous êtes vraiment... » Il n'arrive pas à terminer sa phrase.

Et je lui donne raison. Nous sommes au-delà de toute description. Comment une famille peut-elle se comporter de cette façon ? Comment des gens qui s'aiment peuvent-ils malgré tout se faire souffrir ?

« Quinze heures, demain. Ça va encore être long. » Z arrête de secouer la tête et me désigne d'un doigt agressif : « Vous. Lâchez-le. » Autre doigt, vers ma fille : « Toi aussi. Debout et aux ordres. »

Ashlyn et moi nous relevons en tremblant. Z nous toise d'un air encore plus sévère. Nous bombons le torse, adoptant la posture de bons petits soldats. Il approuve d'un grognement. Puis son regard descend vers Justin, qui s'étire par terre.

« Je ne sais pas ce qui s'est passé, mais je suis sûr que vous l'aviez mérité. Mesdames, suivez-moi. »

Nous avançons, mais Justin se relève tant bien que mal.

« Attendez. »

Ashlyn continue à marcher, mais moi, je m'arrête. C'est irrésistible. J'ai tant aimé cet homme dans ma vie. Les après-midi sur le stand de tir, notre première maison, la naissance de notre fille, toutes les fois où je me suis réveillée et où j'ai trouvé son regard ardent posé sur moi.

Tous ces moments où je sais que je l'ai réellement vu. Tous ces moments où je sais que lui devait réellement me voir.

« Je ne m'étais pas rendu compte, murmure Justin. De ce qui se passait avec Ashlyn, avec toi… pas rendu compte. Et Ashlyn a raison. J'aurais dû. Un bon mari, un père attentif… J'ai tout gâché, Libby. C'est ma faute. Quand on rentrera chez nous, si tu veux divorcer, je ferai tout ce que tu voudras. Je déchirerai même le contrat de mariage. La maison, l'entreprise, tout ce que tu voudras, je ne me battrai pas contre toi. En fait, tu pourras tout prendre. Tu le mérites et j'ai honte de ne pas l'avoir compris plus tôt. Mais je voudrais… Notre famille me manquerait, Libby. Nous deux, ça me manquerait. »

J'attends qu'il en dise davantage. Mais il déglutit, la gorge nouée.

Je songe à tout ce que je pourrais offrir en retour. Le pardon. L'aveu de mes propres fautes. Ou, plus important encore, du fait que nous deux, ça me manque aussi. Depuis des mois, et aucun médicament n'aura pu combler ce vide. Toutes ces nuits où j'ai erré jusqu'au sous-sol plongé dans le noir, où j'ai posé ma main sur cette porte fermée en souhaitant de toutes mes forces que mon mari sente ma présence et m'ouvre.

Je demande : « Combien d'autres femmes, Justin ?
— Tu es la seule que j'aie jamais aimée. »
J'ai ma réponse.

Je tourne le dos à mon mari pour aller rejoindre mon ravisseur.

29

Pendant que la police de Boston et le FBI mettent sur pied diverses stratégies en fonction des scénarios prévisibles pour la rançon, Tessa et Wyatt prennent le parti de poursuivre leur enquête auprès d'Anita Bennett. Chez elle, au milieu des photos de famille où, avec un peu de chance, figurera son plus jeune fils, celui qui pourrait être le demi-frère de Justin Denbe.

Comme elle joue à domicile, Tessa conduit. Wyatt reprend sa position détendue sur le siège passager, sauf qu'il semble maintenant de mauvaise humeur.

« Vous n'avez pas l'air content », hasarde finalement Tessa en se faufilant dans la circulation pour quitter Storrow Drive et prendre la 2 vers Lexington.

« Je suis contrarié.

— Pour des raisons personnelles ou professionnelles ?

— Professionnelles. Je n'ai pas de vie personnelle qui pourrait me contrarier.

— Vraiment ?

— J'aime la menuiserie, fabriquer des objets de mes mains. À part ça, je travaille beaucoup. Pas de femme, pas d'enfant, pas de petite amie.

— Je vois. »

Il se tourne, braque son regard sur elle. « Et vous ? C'est comment, la vie d'une détective privée, par rapport à l'époque où vous étiez patrouilleuse ?

— Meilleurs horaires, meilleur salaire.

— Mais vous y trouvez votre compte ? »

Il lui faut un instant pour répondre. « Ça me plaît, dit-elle finalement. Pour le bien de ma fille, c'est suffisant. »

Elle le sent qui la regarde depuis le siège passager. Sans rien dire. Pas un regard inquisiteur. Juste... une présence.

Alors elle dit : « Vous ne m'avez pas posé de questions sur mon mari.

— C'est vous que ça regarde.

— Il y a deux ans, continue-t-elle, Brian a été assassiné et ma fille a disparu. J'ai avoué avoir tiré sur lui, mais on m'a aussi accusée d'avoir tué mon enfant.

— Votre fille est vivante. Vous me l'avez dit.

— Je l'ai retrouvée. Mais en utilisant certaines méthodes pas tout à fait... orthodoxes. Je ne serai plus jamais la bienvenue dans la police. Mais j'ai récupéré ma fille et c'est l'essentiel.

— Vous savez quoi, dit-il d'une voix lente, maintenant que vous m'en parlez, ça me rappelle quelque chose, cette histoire. »

Elle se crispe, se prépare aux inévitables commentaires sur ses talents de fine gâchette ou même à une plaisanterie sur le fait que son mari devait l'avoir bien cherché.

Mais il demande : « Comment elle tient le coup, votre fille ?

— Elle m'a conseillé de chercher les Denbe dans les endroits froids et sombres. Et aussi d'emporter des cookies et mon pistolet.

— Maligne. »

Elle se surprend à approuver. Et à penser qu'elle aime bien Wyatt Foster. Vraiment beaucoup.

« Vous avez été marié ? demande-t-elle.

— Oui. Un vrai désastre. Mais je n'ai rien contre la vie de famille. Et, soit dit entre nous, j'aime les enfants. Même si les hommes n'ont plus vraiment le droit de dire ça – ça fait un peu pervers sur les bords. Ce qui, vu le respect que j'ai pour vos compétences, n'est certainement pas l'impression que j'aurais envie de donner.

— Je ne sors pas beaucoup. » Voilà ce qui arrive quand on reste trop longtemps privée de la compagnie d'adultes, se dit-elle : au premier auditeur attentif, elle est prise de logorrhée. « Je donne la priorité à ma fille, continue-t-elle, pour lui créer un environnement familial stable et rassurant. Elle mérite bien ça.

— D'où cette queue-de-cheval stricte...

— Ça fait deux fois qu'on me fait la remarque en deux jours ! Ils ont quoi, mes cheveux ?

— Vous êtes trop jeune pour vous donner l'air aussi vieille, dit Wyatt comme une évidence. D'ailleurs, ça ne prend pas avec moi. Quand je vois des cheveux tirés en arrière comme ça, je me demande comment ils seraient, lâchés. Vous voyez, de préférence après un bon dîner, suivi d'un ou deux verres de vin, ce genre de choses. »

Tessa ne regarde plus la route, mais l'homme assis à côté d'elle, pratiquement certaine d'être en train de rougir. De *rougir,* bon sang.

« Mais j'imagine que vous ne sortez jamais avec des collègues, continue-t-il, d'une voix toujours parfaitement égale.

— Exactement », réussit-elle à articuler avant de retourner son visage vers la route.

Le silence retombe.

« Donc, reprend-elle au bout de quelques instants, vous êtes contrarié.

— Oui. Les ravisseurs sortent du bois. Ils passent des appels, achètent des journaux locaux et se procurent très probablement de quoi soigner une femme en proie à une crise de sevrage assez carabinée. Et malgré ça, on n'arrive pas à les avoir dans notre ligne de mire. Ça me fout en rogne.

— On n'a pas de portrait-robot, rappelle Tessa. C'est difficile de progresser sans description convenable des suspects à faire circuler. Sérieusement, que peut faire la police locale, en ce moment ? Demander aux stations-service si des inconnus leur auraient acheté un journal aujourd'hui ? Vu comme ça, il y a de quoi être mécontents. On en est encore à arpenter la périphérie du crime. On n'est pas arrivés au cœur du problème.

— J'ai appelé le bureau, dit Wyatt. J'ai demandé à mes agents de se mettre en relation avec les opérateurs mobiles de la région pour identifier les zones mal couvertes. Ça devrait permettre d'éliminer une grande partie de la forêt nationale des White Mountains. Évidemment, les secteurs en question se situent généralement en haute altitude ou au fin fond de la forêt... donc, de toute façon, pas vraiment accessibles pour y planquer des otages.

— C'est déjà ça, de procéder par élimination ; une réponse négative peut conduire à une réponse positive.

— Les gardes forestiers ont aussi progressé, ils sont allés voir les campings et les départs de sentiers. À ce rythme-là, il ne nous restera peut-être plus qu'un petit cinquième de l'État à fouiller demain.

— Vous voyez, la botte de foin diminue. Bien joué. »

Wyatt arrête de faire la tête et sourit. « Je vous aime bien, dit-il. Coiffure mise à part, je vous inviterai à sortir un jour. Mais pas aujourd'hui. Aujourd'hui, on se concentre sur les Denbe.

— Plus beaucoup de temps, murmure-t-elle en prenant la sortie vers Lexington, conformément aux indications données par son GPS.

— Exactement, dit-il en pianotant sur la console centrale. Exactement. »

Anita Bennett leur ouvre au premier coup de sonnette. Elle voit Tessa, en pantalon tailleur noir de chez Ann Taylor et chemise blanche près du corps, et tique légèrement. Puis elle découvre Wyatt, qui attend à la vue de tous les voisins en uniforme de shérif, et fait carrément la grimace.

« Entrez ! » dit-elle sur un ton qui tient plus de l'injonction que de l'invitation. Ils s'exécutent.

Anita porte une longue jupe sombre avec des bottes noires étroites et un pull torsadé dans les tons gris clair. Elle est raccord avec la maison blanche aux volets noirs, songe Tessa, parfaite illustration du raffinement de la vie en Nouvelle-Angleterre. En attendant, elle tripote son long collier de perles et regarde Tessa et Wyatt comme si elle n'avait pas l'air de savoir quoi faire d'eux.

« Nous avons encore quelques questions, dit Tessa en guise d'explication.

— Je vous aurais retrouvés à mon bureau. Nous revenons tout juste de l'église.

— Il n'y en aura que pour une minute. »

Un dernier regard noir, puis Anita rend les armes. Elle se détend légèrement et leur fait signe de la suivre.

« Qui est-ce, chérie ? » Une voix d'homme au bout du couloir.

Anita ne répond pas tout de suite et continue à remonter le couloir ; ils passent devant une grande cuisine avec des plans de travail en granit noir et des placards en merisier, puis la salle à manger de réception, puis enfin un petit salon avec cheminée, deux fauteuils à oreilles recouverts de soie et une causeuse des années 1920.

Intéressant, trouve Tessa. Alors qu'elle aurait qualifié de moderne le bureau de la directrice administrative, sa maison est plutôt de style traditionnel. Elle se demande quelles autres différences distinguent l'Anita du travail de l'Anita de la maison.

Un homme d'un certain âge en pantalon noir et pull framboise était assis devant une flambée. Il se lève, avec des gestes prudents, et tend la main. Une belle chevelure blanche au-dessus d'un large visage avenant, des lunettes à monture métallique.

« Daniel Coakley, se présente-t-il. Le mari d'Anita. Et vous êtes ?

— Ce sont deux des enquêteurs qui cherchent Justin et sa famille », répond sèchement Anita. Mais Tessa remarque que son regard s'adoucit quand elle

373

regarde son mari. Elle se rapproche de lui et pose une main sur son avant-bras dans un geste quasi protecteur. « Ça va, Dan. Ils ont juste besoin de me poser quelques questions supplémentaires. Ça ne t'ennuie pas ? »

Dan comprend qu'il doit les laisser. Il adresse un signe de tête à chacun d'eux, puis remonte lentement le couloir en direction de l'entrée.

« Crise cardiaque, indique Anita en réponse à la question qu'ils n'ont pas posée. L'an dernier. Il est mort deux fois sur la route des urgences. Vous n'imaginez pas à quel point ça remet les choses à leur place. »

Elle désigne les fauteuils vert forêt. Tessa en prend un et Wyatt l'autre. Anita se juche au bord du canapé vert et or. Elle met beaucoup de distance entre elle et les enquêteurs, remarque Tessa, se tient droite comme un i, les mains jointes sur les genoux, tout son corps exprimant la défiance.

Vu le malaise de cette femme, Tessa prend son temps et laisse le silence se prolonger pendant qu'elle examine la pièce autour d'elle et cherche les photos de famille. Elle en repère deux grandes dans des cadres. Un plan rapproché de trois garçons en âge d'aller à l'école, assis les uns au-dessus des autres dans une pente, le visage radieux. Et puis le portrait de famille classique : une Anita plus jeune assise dans un des fauteuils à oreilles, trois garçons adolescents accroupis autour d'elle, et un Daniel Coakley plus grand et visiblement en meilleure forme qui se tient debout derrière eux, une main posée sur l'épaule d'Anita.

Sur cette photo, Tessa voit que le mari d'Anita avait autrefois des cheveux blonds, pour aller avec sa peau claire. Qu'avant d'avoir les cheveux gris, Anita était blond vénitien et avait une carnation tout aussi pâle. Et qu'en revanche, leur plus jeune fils a une peau et des cheveux sensiblement plus sombres que le reste de la famille.

Wyatt et elle échangent un regard. Lui est confortablement assis dans son fauteuil, les jambes croisées avec décontraction, les bras posés sur les accoudoirs. Il a opté pour une posture sereine et accessible. Ne pas mettre son interlocutrice sous pression, la laisser venir.

Technique efficace, vu la quantité d'informations que Tessa a livrées sur elle-même au cours d'un simple trajet en voiture.

«Nous avons reçu une demande de rançon», annonce l'enquêtrice.

De toute évidence, Anita ne s'attendait pas à une telle nouvelle. Elle se relève d'un bond et ses doigts se remettent à tripoter ses perles. «Comment, quand? Que veulent-ils? Est-ce que Justin et sa famille vont bien?

— Les ravisseurs exigent neuf millions de dollars. Justin a invoqué une clause spéciale qui autorise le versement d'une partie de l'assurance-vie dans les situations d'extrême danger.

— Quelle horreur! dit Anita, une main sur la bouche. Est-ce qu'il… va bien? Et Ashlyn? Libby?

— Justin affirmait qu'elles allaient bien, mais nous n'avons encore reçu aucune confirmation visuelle.

— Est-ce que l'assurance va payer?

— Ça se décide en ce moment même.

— Évidemment qu'ils vont payer», dit Anita. Elle ne les regarde plus, se parle à elle-même. «C'est pour ça qu'on souscrit ce genre de police. Pour que, si le pire devait se produire, la compagnie paye et que Justin et sa famille soient libérés sains et saufs. Quand ça?

— Bientôt. Nous l'espérons. »

Anita se rassoit. Sa méfiance s'est envolée. Elle semble désormais concentrée. « Alors de quoi avez-vous besoin? En quoi puis-je vous être utile? »

Tessa et Wyatt échangent de nouveau un regard. Si Anita a un intérêt personnel à ce que la famille Denbe disparaisse, elle s'en cache bien. À moins qu'ils ne lui apprennent rien. La demande de rançon faisait partie du plan et tout se déroule comme prévu.

Tessa décide d'aller droit au but : « Parlez-nous de votre dernier fils. »

La directrice administrative se fige. Un instant, Tessa croit qu'elle va protester, mais elle leur concède ce point avec raideur, d'un simple mouvement de tête. « Je vois que les langues sont encore allées bon train. »

Tessa et Wyatt ne disent rien.

« Vous voulez savoir pourquoi je ne vous ai pas tout dit hier, continue d'elle-même Anita. Il aurait fallu qu'à la seconde où vous êtes entrés dans mon bureau, je déballe mon linge sale, je sorte tous les squelettes du placard. Parce que, bien sûr, la disparition de Justin a forcément un lien avec mon fils. Ça marche comme ça, dans les familles. »

Là encore, Tessa et Wyatt ne disent rien.

« Il n'est même pas au courant, reprend brusquement Anita. Timothy, je veux dire. Daniel, si. Et, oui, notre couple a traversé une période très difficile.

Mais nous l'avons surmontée. Et Daniel adore Timmy. Il le considère tout autant comme son fils que nos deux autres enfants. Pour finir, nous avons décidé de laisser les choses en l'état. Daniel est heureux, Timmy est heureux, pourquoi déchirer notre famille sans raison ?

— Est-ce que Justin est au courant ? demande Wyatt.

— Ça fait des années que le bruit court au sein de l'entreprise, bien sûr, répond-elle avec philosophie. Mais je n'ai jamais dit ouvertement que Timmy était le fils de Dale Denbe. En toute franchise, pendant dix ans, moi-même j'ai eu un doute. Mais aujourd'hui que Timmy est adulte, la ressemblance familiale...

— Est-ce que Justin est au courant ? » insiste Wyatt.

Anita paraît hésiter. « Je suis sûre qu'il le soupçonne, admet-elle finalement. Mais je vous le répète, pour le bien de Timmy comme pour celui de tout le monde, je n'en ai jamais tiré aucune conséquence et je ne le ferai pas.

— Pour le bien de Timmy ? répète Tessa avec une pointe d'incrédulité dans la voix. Parce qu'il ne pourrait en aucun cas être dans son intérêt de prétendre à l'héritage d'une entreprise qui vaut cent millions de dollars ? »

Anita esquisse un sourire. « Vous savez ce que Timmy étudie ? »

Ils ne savent pas.

« L'élevage. Il veut s'installer dans le Vermont et créer une exploitation laitière en plein air, entièrement bio et respectueuse de l'environnement. Ça ne l'intéresse pas de construire des prisons, des hôpitaux ou des universités à deux cents millions de dollars. Il veut être en contact avec la nature.

— Alors il revend ses parts de l'entreprise et il s'en sert pour démarrer son exploitation.

— Quelles parts? répond calmement Anita. Dale n'a pas légué son entreprise à ses héritiers. Il l'a léguée à Justin, spécifiquement, de manière nominative. Même si je voulais faire subir à ma famille l'épreuve d'une reconnaissante en paternité, cela ne changerait rien. D'ailleurs, vu l'état de l'entreprise, je ne suis pas certaine qu'elle survivrait à ce psychodrame. Et, encore une fois, pour quoi faire? Justin est le meilleur Denbe pour diriger cette société. Il l'adore. Mon fils a d'autres rêves. Ne cassons rien, on n'aura rien à réparer. »

Mais Tessa ne marche pas. « Vous privez votre fils d'une partie de sa famille et du choix de s'investir dans cette entreprise...

— Je vous demande pardon : cette entreprise, c'est *moi,* et dans son enfance, Timmy a passé autant de temps que ses deux frères dans les bureaux de Denbe Construction. Si, à un quelconque moment, il avait montré de l'intérêt pour le bâtiment, j'aurais pu l'y faire travailler, étant donné le poste que j'occupais et ses possibles prédispositions génétiques. Il ne s'y est *jamais* intéressé.

— Et Justin n'y trouve vraiment rien à redire? » Wyatt est tout aussi sceptique que Tessa.

« Nous n'en avons jamais parlé. Jamais. Timmy n'était qu'un bébé à la mort de Dale. Et plus tard, quand il a eu dix ans et qu'il a commencé à ressembler de plus en plus à Justin et de moins en moins à Daniel, quel intérêt? Les gens ont eu des soupçons.

Les rumeurs circulaient. Mais Justin ne m'a jamais posé la question et je ne lui ai rien dit.

— Mais Timothy a bénéficié d'une bourse d'études. La première que Denbe ait jamais accordée. »

Anita hésite. Le regard fuyant. « Justin me l'a proposée, murmure-t-elle. L'entreprise avait connu une bonne année. Au nom de quoi aurais-je refusé ?

— Donc, il est au courant, insiste Wyatt.

— Nous n'en avons jamais parlé. » Anita n'en démord pas. Manifestement, dans son monde, le déni tient lieu de réalité.

Daniel est de retour, sur le pas de la porte.

« Justin est au courant », dit-il d'une voix enrouée. Il se racle la gorge, va reparler, mais Anita s'est déjà portée à ses côtés.

« Tout va bien, chéri, les enquêteurs allaient justement prendre congé. »

Mais Daniel ne se laisse pas faire. « Justin est au courant, répète-t-il d'une voix plus ferme. Ces primes qu'il te verse : c'est une participation aux bénéfices, pour Timmy, aussi. Comme les chèques qu'il envoie à sa mère. »

Anita rougit, ne dit rien.

Tessa et Wyatt considèrent Daniel avec un regain d'intérêt.

« Pourquoi dites-vous ça ? demande Tessa.

— Dale, quoi qu'on puisse lui reprocher par ailleurs, a toujours fait son devoir. Justin est comme lui. Il veille sur sa mère, il lui reverse une partie des profits de l'entreprise, même si elle ne lui a pas adressé la parole depuis des années. Il veille aussi sur son demi-frère, même si Timothy n'a jamais été reconnu.

— Tu ne sais pas…, commence Anita.

— Tu mets cet argent de côté, l'interrompt Daniel avec vigueur. Tu donnes une partie de ta prime de fin d'année à Timmy, mais pas à Jimmy ou Richard. Tu crois que je ne sais pas pourquoi ? Tu crois que Tim ne te posera jamais la question ? »

De nouveau, Anita rougit, ne dit rien.

« Justin est au courant, répète Daniel. Mais il ne se mêle pas de nos affaires. Après toutes ces années, la situation est ce qu'elle est. L'arrangement fonctionne tant que personne ne le remet en cause.

— Et Tim ne l'a jamais fait ? demande Tessa.

— Non, madame.

— Ni Justin ? insiste Wyatt.

— Pas que je sache.

— Nous allons nous pencher sur vos finances, prévient Tessa avec un regard sévère en direction d'Anita. Autre chose que vous aimeriez nous dire avant que nous ne le découvrions par nous-mêmes ?

— Je n'ai rien à cacher. Ce qui est arrivé à Justin… et l'identité de ceux qui demandent une rançon pour le libérer, tout cela n'a rien à voir avec moi ou ma famille.

— Est-ce que vous auriez eu de nouvelles idées sur l'identité des coupables ? » demande Wyatt.

Anita le regarde d'un air intrigué. « Ce n'est pas forcément l'un d'entre nous, n'est-ce pas ? Dans la mesure où il y a demande de rançon et où il a été enlevé par des professionnels… Et puis, n'importe qui peut se rendre compte qu'il est riche. Ses maisons, ses voitures, l'entreprise. Il a peut-être été pris pour cible à cause de ce qu'il est et non à cause des gens avec qui il travaille.

— Les auteurs de l'enlèvement connaissaient le code d'accès à son domicile, l'emploi du temps de la famille, l'agencement de la maison et l'heure et l'endroit exact où frapper, énumère Tessa. C'est un proche qui a fait le coup et je vous prie de croire que Justin le sait aussi bien que nous. Ce qui veut dire qu'à la minute où sa famille et lui rentreront... Vous pensez sérieusement que Justin laissera filer?»

Anita a pâli. Elle secoue la tête.

«Ça va être la guerre, continue Tessa. Justin s'en prendra à vous les uns après les autres, même si ça suppose de démonter sa propre société brique par brique. Plus vous êtes proche de lui, plus vous serez sur la sellette. Alors parlez maintenant, Anita. Nous sommes prêts à écouter. Justin, en revanche, après avoir vu sa femme et sa fille souffrir sous ses yeux...

— Je ne sais rien, maintient Anita. Jamais je n'aurais fait de mal à Justin et encore moins à sa famille. Et je ne vois personne d'autre dans l'entreprise qui aurait pu le faire.

— Pas même quelqu'un qui serait mécontent de la direction prise par la société? insiste Wyatt. Qui penserait qu'il ou elle ferait mieux s'il était aux commandes?»

Une légère hésitation. «Vous devriez voir Ruth Chan.

— La directrice financière? demande Tessa. Celle qui était en vacances?

— Nous avons enfin parlé ce matin. Elle allait partir directement pour l'aéroport et essayer de sauter dans le premier avion. Mais au début, quand je lui ai dit ce qui était arrivé à Justin... il y a eu ce grand blanc. Non pas qu'elle ait dit ou avoué quoi que ce soit, mais... »

Tessa et Wyatt attendent.

Anita finit par lever les yeux. « Elle ne m'a pas paru sous le choc. Je lui ai dit que Justin et sa famille avaient disparu et ça n'a pas eu l'air de la surprendre le moins du monde. »

30

Z nous guide, Ashlyn et moi, dans un dédale de larges couloirs. Au début, j'ai cru qu'on allait aux cuisines pour la corvée de déjeuner, mais lorsque nous sommes passés devant ces portes sans les prendre, j'ai renoncé à deviner notre destination et simplement suivi dans le sillage de notre geôlier.

Il n'a pas pris la peine d'entraver nos poignets. Et il ne marche pas non plus entre nous. Non, il avance à grandes enjambées, plusieurs pas devant nous, les épaules détendues, décontracté comme un homme qui ferait sa promenade du dimanche.

Se dit-il, maintenant que la mécanique de la rançon est lancée, qu'une tentative d'évasion n'est plus à craindre ? Ou qu'il n'a de toute façon pas grand-chose à craindre de notre part parce que nous ne faisons pas le poids contre lui ?

Ashlyn marche lentement. Elle devrait être en train de se reposer dans un lit au lieu de faire des kilomètres dans un immense bâtiment au sol de béton. Dès que nous serons rentrées chez nous, je l'emmènerai voir un médecin. Et nous aurons cette conversation à cœur ouvert que nous aurions dû avoir depuis bien longtemps.

Z arrive enfin devant une lourde porte métallique. Il la pousse et nous entrons dans une pièce de taille modeste, avec un mur lambrissé du sol au plafond et une estrade. Fixé sur le lambris, un crucifix doré. La chapelle. Nous sommes arrivés au lieu de culte de la prison.

Radar est déjà là. Il a allumé toutes les lampes et arpente la pièce avec son iPhone, soit pour filmer, soit pour prendre des photos. Il lève les yeux à notre arrivée, mais son visage est aussi inexpressif que d'ordinaire.

« On va les faire commencer là, dit-il à Z en montrant un endroit sur l'estrade. On devrait avoir un éclairage suffisant et un arrière-plan assez neutre. Il faudra que je cadre plus large pour filmer deux personnes, donc les spectateurs en verront davantage. Mais le lambris est relativement quelconque.

— Leurs combinaisons ? » demande Z.

Radar lève son téléphone, le braque sur Ashlyn et moi. « Impossible. Le col orange est nettement visible. »

Z hoche la tête : il s'attendait à cette réponse. Il montre un coin, où je découvre un tas de vêtements par terre. Les nôtres. Ceux du premier jour. Était-ce hier ou le jour d'avant ? Les repères temporels se brouillent quand on passe vingt-quatre heures sur vingt-quatre sous les néons. Je ne sais pas comment les condamnés à la perpétuité peuvent s'y habituer.

« Seulement les hauts, nous ordonne Z. Passez-les par-dessus vos combinaisons et on verra ensuite pour le col.

Je finis par comprendre ce qu'ils cherchent à faire : nous travestir, nous et le lieu où nous nous trouvons.

Cela va de soi : la demande de rançon doit être transmise aux autorités, qui examineront attentivement la vidéo à la recherche de tout indice sur notre localisation. Par exemple, des murs en béton, des combinaisons de détenu orange, tout ce qui pourrait se voir dans le cadre. Nous serons donc filmées devant le seul mur habillé de tout l'établissement et nous porterons la dernière tenue qu'on nous connaît.

Comme d'habitude, Z a pensé à tout.

Je tends à Ashlyn son haut de pyjama bleu layette en nid-d'abeilles. Lever les bras au-dessus de la tête est douloureux, alors je l'aide à passer le tee-shirt moulant sur sa combinaison trop large. Cette dernière fait comme un rembourrage bizarre et son col orange vif dépasse du cou du tee-shirt comme un oiseau de paradis incongru.

Un seul regard et Z saisit le problème : « On enlève le haut de la combinaison. »

Ashlyn et moi regardons autour de nous. La chapelle est un espace ouvert. Pas d'alcôve où se réfugier, pas de demi-cloison derrière laquelle se cacher.

« Il nous faut de l'intimité », dis-je avec raideur.

Z nous dévisage, et on dirait que son cobra siffle. « Pourquoi ? Radar a déjà tout vu et moi, je n'en ai rien à faire. Action. »

Nous restons plantées là, à le regarder. Moi, je pourrais le faire. Mais déshabiller ma fille, la dénuder sous le regard de ces deux hommes qui nous ont déjà tant pris ? Les épaules d'Ashlyn se voûtent, elle se recroqueville inconsciemment comme pour se faire petite. Ça me révolte. Je me place devant elle, croise les bras et affronte Z.

« Il nous faut de l'intimité. »

Z soupire. Et nous parle comme s'il s'adressait à deux petits enfants : « Que je vous explique comment ça va se passer : vous allez faire exactement ce que je vous dirai. Vous allez dire exactement ce que je vous dirai. Et si vous n'êtes pas sage, dit-il en braquant son regard sur moi, je laisserai Mick filer une trempe à votre fille. Quant à toi, si tu n'es pas sage, ajoute-t-il en se tournant vers Ashlyn, je laisserai Mick filer une trempe à ta mère. Maintenant, arrangez-moi ces tenues.

— Ça va aller, maman, murmure Ashlyn derrière moi. Tu te souviens quand j'étais petite, sur la plage ? On peut se débrouiller. »

Quand Ashlyn était enfant, nous allions souvent à la plage – rien que toutes les deux, vu l'emploi du temps professionnel de Justin. Ashlyn n'avait pas la patience de passer par les vestiaires bondés et encore moins de faire la queue. Alors je tenais une serviette autour d'elle en guise de rideau pendant qu'elle mettait ou enlevait son maillot de bain en se tortillant comme un ver. Plus tard, j'en suis venue au point où je pouvais m'allonger sur le sable avec une serviette étalée sur moi et accomplir ainsi mes propres changements de tenue dans cette position pendant que ma puce de quatre ans se tordait de rire.

Quand j'y pense, ça fait longtemps que nous affrontons le monde ensemble. Et ma fille a raison : après tout ce que nous avons fait, il n'y a pas de raison que nous n'y arrivions pas.

Elle rentre ses mains à l'intérieur de son tee-shirt et parvient à ouvrir les boutons-pressions de la combinaison, dont elle enlève un bras, puis l'autre. Le tee-shirt repose maintenant de manière plus lâche sur ses épaules et elle fait glisser la combinaison vers ses hanches, puis repasse ses bras dans son tee-shirt. Nous laissons le haut de la combinaison pendre au niveau de la taille, puisqu'il sera hors champ.

Ensuite, à moi. L'autre soir, je portais un cache-cœur champagne. Moulant, lui aussi, impossible à mettre par-dessus une combinaison trop grande. Je tourne le dos à Z et Radar et je m'attelle à la tâche. Me déshabiller, ça va. Clac, clac, et le haut de la combinaison descend pendant que je garde les bras croisés sur la poitrine pour me protéger des regards. Ashlyn me tend mon haut.

Je sens une odeur d'orange et mes yeux se remplissent de larmes de nostalgie avant que je réalise qu'il s'agit simplement des notes d'agrumes de mon parfum, dont le tissu soyeux est imprégné. Cartes postales d'une autre vie, dont je sais qu'elle ne remonte pas à si longtemps (un jour, deux jours?), mais qui m'est pourtant déjà totalement étrangère.

Ça paraît aberrant de passer un tissu aussi délicat sur ma peau couverte de traces de transpiration. De revêtir une parure de soie après des jours à porter une combinaison d'homme raide et mal ajustée. Mes cheveux empestent trop, mes ongles sont trop sales. La cellule rendait la crasse plus supportable. Mais ça, un retour vers le passé, une note de raffinement au fond de l'abîme…

« Maman ? Laisse-moi faire. »

J'essayais de me dépatouiller avec le système d'attache complexe à la taille du cache-cœur, mais mes doigts tremblent trop. Ashlyn repousse mes mains et entreprend de faire les nœuds.

J'admire sa dextérité autant que sa bravoure. Nous avons échoué, c'est évident. Trois ratés complets. Et pourtant, chacun à notre manière, nous tenons le coup. Ma fille hyper-privilégiée et qui a désormais officiellement commencé sa vie de femme ne s'est pas effondrée. Elle ne sanglote pas comme une hystérique, elle ne s'est pas repliée sur elle-même, elle ne pleurniche pas en permanence. Elle fait face. Nous faisons tous face.

Nous allons nous en sortir, me dis-je. Nous allons survivre, nous allons rentrer chez nous et…

Nous allons continuer à avancer. Pardonner, oublier. C'est ce que font les familles, non ? Se débrouiller avec leurs splendides imperfections.

Ashlyn et moi avons terminé nos préparatifs. Nos hauts sont en place. Nous allons à l'endroit désigné par Radar sur l'estrade, puis Z me donne un journal, l'édition du dimanche. Je le coince sous mon bras et il nous remet à chacune un texte d'une page. La feuille est retournée de telle façon que nous ne pouvons pas lire ce qu'il y a dessus.

Puis il dit : « À trois, Radar filmera. Et vous lirez chacune votre tour, une ligne à chaque fois, en commençant par Ashlyn. Rappelez-vous : pas d'improvisation, on ne s'écarte pas du texte, sinon l'autre en fera les frais. »

Mon premier pincement d'appréhension.

« Un. »

Pourquoi ne voulait-il pas que nous voyions le texte à l'avance ?

« Deux. »

Et pourquoi ce besoin d'agiter la menace de Mick ?

« Trois. »

Radar fait un signe de tête. Nous retournons nos feuilles et, une fois de plus, mon cœur chavire.

« Je m'appelle Ashlyn Denbe », dit ma fille d'une petite voix. Dans le fond de la pièce, Z fait la grimace, la main en cornet autour de l'oreille.

J'enchaîne, plus fort, suivant son indication : « Je m'appelle Libby Denbe. »

Ashlyn s'éclaircit la voix. « Nous sommes dimanche. »

Je donne la date, puis, obéissant à la consigne écrite, je déplie le journal à la hâte pour montrer la une.

« Nous sommes ici avec mon père, Justin Denbe, continue ma fille.

— Pour obtenir notre libération, vous devez virer neuf millions de dollars sur le compte suivant. » Je lis une longue suite de chiffres. Le script me demande de la répéter. Je me passe la langue sur les lèvres et je répète.

« Demain, à quinze heures, heure de la côte Est, nous vous appellerons, débite ma fille.

— Sur l'iPhone de Justin Denbe. Ce sera un appel FaceTime. Vous pourrez nous voir. Et réciproquement.

— Vous pourrez constater que nous sommes en vie », dit Ashlyn. Elle lève les yeux et me regarde presque avec enthousiasme.

« Vous aurez alors dix minutes pour virer la somme.

— Une fois le versement effectué en totalité, lit Ashlyn, nous vous indiquerons l'adresse du lieu où nous pourrons être retrouvés indemnes.

— Si, à quinze heures onze, les neuf millions de dollars n'ont pas été virés sur le compte indiqué...

— Le premier membre de la famille... » Ashlyn s'interrompt, lève les yeux. Z la regarde sévèrement, à la fois pour lui tirer les mots de la bouche et pour lui rappeler avec intransigeance les conséquences d'un refus d'obtempérer. « Le premier membre de la famille sera assassiné », souffle Ashlyn.

Puis j'annonce d'une voix tout aussi éteinte :
« Il aura été choisi au hasard.

— Il n'y aura pas de négociations.

— Pas d'autre prise de contact.

— Soit l'argent est viré, murmure Ashlyn.

— Soit, un à un, nous mourrons, finis-je.

— Versez l'argent, lit Ashlyn d'une voix sans timbre.

— Sauvez-nous la vie. » Ai-je l'air de supplier ?

« Jazz », dit Ashlyn.

Étonnée, je lis le mot sur ma feuille et je répète : « Jazz. »

Puis Radar baisse son téléphone et le spectacle est terminé.

Ashlyn et moi ne disons plus rien. Nous nous retirons dans un coin de la pièce et nous enlevons ces vêtements qui ont autrefois été les nôtres et qui nous semblent désormais appartenir à d'autres personnes, dans une autre vie.

Radar a tout de suite quitté la pièce. Sans doute pour expédier la courte vidéo. Par courriel ? La technique et moi, ça fait deux, mais lui a l'air de connaître son affaire.

Z nous attend à côté de la porte, les mains dans les poches de son pantalon noir. Il n'a pas cherché à nous regarder à la dérobée pendant que nous nous changions, comme indifférent à notre présence. De nos trois ravisseurs, il est celui que j'arrive le moins à cerner. Même si, de toute évidence, il est le maître d'œuvre de cette opération. Le cerveau, également respecté pour ses biceps.

Un ancien militaire passé dans le privé? Le genre d'individu prêt à faire n'importe quoi, à brutaliser n'importe qui, pourvu qu'il palpe l'argent? Kidnapper une famille, tabasser un mari, terrifier une mère et sa fille adolescente?

Et est-ce qu'en ce moment même il essaie de manger à tous les râteliers? De se faire rémunérer par le commanditaire de l'enlèvement tout en empochant les neuf millions de la rançon?

Mais peut-être que faire une telle chose ne serait pas réglo? Peut-être que ce serait une infraction au code de déontologie du mercenaire?

Il y a là matière à réflexion. Un début d'idée que je m'efforce de saisir. À partir de ce que nous savions (la porte d'entrée verrouillée, le fait qu'ils connaissaient nos habitudes), nous supposions que Z et son équipe avaient dû être engagés par un proche. Mais sans jamais deviner ni qui ni pourquoi. D'où la question suivante : est-ce que cette personne qui était prête à payer pour que nous disparaissions souhaitait réellement que nous rentrions chez nous sains et saufs? Nous échanger contre rançon était intéressant pour Z, Radar et Mick, dont chacun encaisserait plusieurs millions de dollars. Mais le mystérieux commanditaire? Qu'en retirerait-il?

Il était certainement dans son intérêt que nous ne soyons jamais retrouvés vivants. Ce qui expliquerait le côté «à prendre ou à laisser» de la demande de rançon. De fait, le texte qu'Ashlyn et moi venons de lire ne laisse aucune place à la négociation, aux gages de bonne foi ou aux contre-propositions. Payez neuf millions de dollars à quinze heures demain ou on commencera à retrouver les Denbe à l'état de cadavre.

Comme si Z attendait un prétexte pour nous tuer.

Peut-être parce que c'était sa mission première, son contrat d'origine. Or, aussi bizarre que cela puisse paraître, Z me fait l'effet d'un type réglo. Un homme de parole. Le genre qui tient ses promesses.

Je frissonne et, une fois que j'ai commencé, j'ai du mal à m'arrêter.

Vingt-quatre heures, me dis-je.

Vingt-quatre heures, et soit il se produira un miracle et nous nous retrouverons bien en sécurité chez nous.

Soit autant nous considérer comme morts.

31

Wyatt n'est pas content. Ses collègues de la cellule d'enquête non plus. Tessa et lui sont revenus chez les Denbe dès qu'ils ont appris qu'il y avait eu une nouvelle prise de contact. Une courte vidéo de Libby et Ashlyn Denbe a été envoyée par courriel à l'assurance il y a une trentaine de minutes et ils sont de nouveau tous regroupés au fond du PC mobile du FBI, les yeux rivés sur l'écran. La vidéo vient de s'achever. L'agent spécial Hawkes la relance. Encore, et encore. Mais ils ont beau la visionner, cela n'améliore pas leur humeur.

Aucun moyen de recontacter les ravisseurs pour poser des questions. Aucune place à la renégociation des termes de l'échange ou à la demande d'un geste attestant de leur bonne foi – la libération du plus jeune membre de la famille, par exemple. Un échange, point barre. Payez ou préparez les cercueils.

« Comment savoir s'ils ne vont pas tuer les Denbe dans la seconde qui suivra le versement de la rançon ? » s'interroge Nicole. Elle tournicote une mèche de cheveux blonds autour de son doigt, un tic dont Wyatt sait qu'elle n'arrive pas à se débarrasser bien qu'elle le déteste.

« Impossible d'en avoir la certitude, répond son collègue du FBI. Tout l'échange se déroulera à distance. Nous payons, les Denbe donnent une adresse et on aura le droit d'aller les libérer.

— Plus simple tu meurs, comme méthode de kidnapping, fait remarquer Wyatt.

— La compagnie d'assurances ne marchera pas, estime Nicole.

— Dans ce cas, Denbe Construction les menacera d'un procès », objecte Tessa. Elle est debout à côté de Wyatt. Ses cheveux sentent la fraise et Wyatt aurait vraiment envie de lui enlever ce vilain élastique noir, juste pour voir comment ils tombent sur ses épaules. Bien sûr, ce n'est ni le lieu ni le moment de remarquer ce genre de choses, mais il les remarque quand même. « Après tout, le contrat comporte une clause de danger de mort imminente et on a là une vidéo des assurés déclarant qu'ils vont être tués si la rançon n'est pas versée. Ça me semble assez imparable.

— Il nous faut plus d'informations, s'agace Nicole. C'est tout l'intérêt des négociations. On devrait être en train de demander des concessions, la libération de la gamine, par exemple. Au lieu de ça, on se retrouve le couteau sous la gorge, comme la compagnie d'assurances. Informés de rien. Contraints d'obtempérer. On prend tous les risques et eux récoltent tous les bénéfices. »

Wyatt lève la main. « Parlons-en. Avant de nous noyer dans ce que cette vidéo ne dit pas, voyons ce qu'elle nous dit. » Il compte sur son pouce : « Kidnappeurs expérimentés.

— Des professionnels ! On le savait déjà ! dit Nicole, qui tournicote toujours ses cheveux.

— On imaginait des gros bras mercenaires, probablement d'anciens militaires. Mais s'ils avaient déjà accompli des enlèvements contre rançon ? Vous avez des bases de données, au FBI. Vous n'auriez pas des fichiers de criminels connus pour s'être livrés à ce genre d'exactions ? Il y aurait peut-être quelque chose à en tirer. »

Nicole fait encore la tête, mais elle approuve. Un signe à Hawkes, qui commence à pianoter sur son clavier.

« Ils se servent d'un iPhone, raisonne Tessa, puisque l'appel de demain se déroulera sur FaceTime. Ils composeront le numéro de Justin et, dès qu'on décrochera, ce sera comme une vidéoconférence. On pourra les voir et les entendre, et réciproquement.

— La qualité de la vidéo est compatible avec un iPhone, confirme Hawkes. Pour utiliser FaceTime, il faut une connexion wifi, mais ce n'est plus vraiment un problème, de nos jours. Soit ils ont le wifi sur place, soit ils ont apporté un Mi-Fi pour se créer une zone de réception.

— On pourrait le localiser ? demande Wyatt, qui n'y connaît rien.

— Le signal wifi ? S'il n'était pas sécurisé et que nous étions suffisamment près pour le recevoir, oui, il existe des outils qui pourraient nous conduire à la source. Mais pour ça, il faudrait le capter, l'identifier comme étant celui dont se servent les malfaiteurs et se trouver au maximum à quelques centaines de mètres de l'émission. »

Wyatt prend cela comme un non. « Et l'iPhone ?

— Nous n'avons rien pour remonter la piste : le numéro d'appelant était caché quand Justin a joint le service client. Étant donné que ces types sont des pros, on peut penser qu'il s'agit d'un iPhone volé ou d'une contrefaçon. Il y a un gros marché noir pour l'électronique grand public, donc c'est relativement facile de se procurer quelques téléphones jetables en vue d'une telle opération. C'est ce que j'aurais fait, en tout cas, dit Hawkes.

— La fille était surprise, dit Tessa. Dans l'autre vidéo, Justin avait l'air d'improviser, mais dans celle-ci, à leur intonation... On aurait dit qu'Ashlyn et Libby suivaient un texte rédigé d'avance. La menace de mort... On voit qu'Ashlyn la découvre en direct.

— Elle n'a pas lâché la rampe », murmure Wyatt, même si le regard d'Ashlyn, juste après avoir lu cette ligne, va le hanter.

« Elles sont indemnes, dit Nicole. Elles n'ont pas été tabassées comme Justin. Et elles tiennent bien le choc, vu les circonstances. On pourrait en déduire que, jusqu'à présent, elles ont été mieux traitées que lui.

— Elles ne vaudraient pas plus cher une fois défigurées par les coups, constate Wyatt avec cynisme. Contrairement à Justin. Mais je suis d'accord : quelles que soient les menaces agitées par les kidnappeurs, elles ont pour but d'obtenir leur coopération, pas de les briser nerveusement.

— Des professionnels, quoi », murmure Tessa – on en revenait toujours là.

Wyatt se penche pour examiner la vidéo de plus près. « On dirait du lambris à l'arrière-plan, dit-il.

— Je pense aussi, confirme Hawkes.

— Comme dans beaucoup de refuges de randonnée. » Il retourne cette idée dans sa tête, essaie d'envisager les aspects logistiques. « Les Denbe donneront l'adresse du lieu où ils se trouvent lorsque l'argent aura été viré, raisonne-t-il à voix haute. Donc les ravisseurs seront obligés d'attendre dans les parages pour s'assurer que leurs exigences ont été satisfaites. Suffisamment près, en tout cas, pour que la famille continue à respecter les règles, même au téléphone avec nous. Ensuite, dès l'instant où le virement aura été effectué sur le compte, deux choses se produiront en même temps : la police fera une descente à l'adresse indiquée et les ravisseurs, désormais multimillionnaires, décamperont. Si vous voulez mon avis, ça prouve une fois pour toutes qu'ils sont dans le nord du New Hampshire. »

Trois paires d'yeux accueillent cette affirmation avec un franc scepticisme.

« Vous n'êtes qu'une bande de policiers des villes, explique Wyatt avec humour. Vous avez l'habitude que des dizaines d'agents puissent se rendre n'importe où dans les cinq minutes. Mais, dans ma cambrousse, les renforts les plus proches se trouvent au bas mot à vingt, sinon quarante minutes. Ce qui laisserait amplement le temps à nos kidnappeurs de quitter les lieux avant que nous entrions en scène. Donc, continue-t-il en s'échauffant, on devrait étudier le réseau routier. Les ravisseurs ont dû chercher une zone sillonnée par de nombreux chemins de traverse. Autrement, ils risqueraient de croiser les forces d'intervention en chemin. Leur planque pourrait être un chalet à la campagne ou un camping à proximité d'un nœud de communication... Il me faudrait une carte. Et pas un de vos écrans numériques. Une vraie carte en papier impossible à replier, un truc qu'on pourrait gribouiller au surligneur et tacher avec la sauce du déjeuner.

— J'ai ça », dit Nicole en se dirigeant vers le fond du PC mobile, où il semble que même le FBI conserve des objets aussi désuets que des vraies cartes.

Pendant que Nicole fouille une pile de documents, Wyatt profite de l'occasion pour demander : « Les auditions des camarades d'Ashlyn ont donné des résultats ? »

Hawkes prend la liberté de répondre : « Si on veut. D'après sa grande copine, Lindsay Edmiston, Ashlyn n'avait pas de petit ami et ne couchait pas à droite, à gauche. Mais... »

Wyatt et Tessa le regardent, attendant la suite.

« Même Lindsay pensait qu'Ashlyn avait un secret. Vendredi soir, comme les parents de son amie devaient sortir en amoureux, Lindsay l'avait invitée à dormir chez elle, mais elle a refusé. D'après Lindsay, c'était inhabituel parce que Ashlyn n'était pas du genre à préférer rester toute seule à la maison. Elle avait commencé à soupçonner l'existence d'un garçon dans l'histoire. En fait, elle se demandait même si Ashlyn était vraiment seule dans sa chambre vendredi soir.

— Elle aurait fait venir son petit ami ? » demande aussitôt Tessa.

Hawkes lève les yeux vers eux. « Peut-être. Mais Lindsay soutient mordicus que ce n'était pas un garçon du lycée. »

Nicole et Hawkes ont d'autres interrogatoires à conduire. Ils s'en vont et laissent à Tessa et Wyatt le soin d'étudier la carte. Wyatt fait une fixette sur les routes, villes et zones reculées du nord du New Hampshire. Et il n'arrive pas à se sortir Ashlyn Denbe de la tête. Cette façon qu'elle a eu d'être ragaillardie et momentanément transportée à la perspective d'être libérée saine et sauve avec sa famille. Et son visage qui s'est de nouveau figé lorsque sa mère et elle ont continué leur lecture et qu'elles sont arrivées au passage précisant ce qui se produirait si les exigences des ravisseurs n'étaient pas satisfaites : l'assassinat d'un premier membre de la famille.

Wyatt appelle son adjointe, Gina, qui s'est mise en relation avec les opérateurs téléphoniques pour éliminer les zones de montagne mal couvertes par les réseaux mobiles. Puis il contacte les services de la pêche et de la chasse, ainsi que l'agence pour l'environnement, afin de savoir où ils en sont de leur inlassable exploration des dizaines de campings et départs de sentier, que Wyatt signale par des croix et des ronds sur sa carte.

À l'arrivée, il se retrouve avec une kyrielle de grilles de morpion et identifie la bagatelle de cent mille hectares encore à fouiller. En tenant compte des grands axes routiers, il se focalise sur trois villes du nord qu'il considère comme les «meilleurs candidates» : Littleton, traversée par l'autoroute 93, qui conduirait les ravisseurs en un rien de temps à Boston ou dans le Vermont. Deuxième choix : Colebrook, sur la frontière entre le New Hampshire et le Vermont ; vers cette ville extrêmement isolée convergent en effet les routes 3, 26 et 145. Enfin, Berlin, côté est de la pointe du New Hampshire, sur la route 16, mais également très près de la route 2 qui part vers le Maine. Une agglomération plus importante que les deux premières et qui a beaucoup souffert de la fermeture des usines de pâte à papier, mais où des hommes de main se sentiraient sans doute comme chez eux.

Wyatt trace ensuite trois grands cercles, uniquement sur la base d'hypothèses, de conjectures et de pressentiments. Beaucoup de peut-être, quand la vie de toute une famille était dans la balance. Ashlyn. Libby. Justin Denbe.

Wyatt repose son feutre.

Pousse un gros soupir.

Tessa, debout en face de lui, en fait autant.

« Demain, quinze heures. Ça ne se fera jamais, affirme-t-elle avec simplicité.

— Non, convient-il. Même si l'assurance paie... On ne voit pas pourquoi des professionnels laisseraient cette famille s'en sortir.

— Il faut qu'on les retrouve.

— Oui. » Il consulte sa montre. « Vingt-six heures et des poussières.

— J'aimerais bien connaître l'identité du mystérieux petit ami d'Ashlyn, dit Tessa. Spectateur innocent ou énième personne en possession du code d'accès ?

— Bien vu.

— C'est moi ou tous les membres de cette famille ont un secret ? »

Wyatt hausse les épaules. « Trouvez-m'en une dont ce ne soit pas le cas.

— Bien vu. » Mais son ton indique que cette idée ne la ravit pas. Lui non plus, d'ailleurs.

Wyatt regarde autour de lui. Le PC du FBI s'est vidé, chacun étant parti creuser différentes pistes en fonction des informations dont il dispose. Diviser pour mieux régner : la meilleure méthode pour couvrir le maximum de terrain en un minimum de temps. Mais c'est tout de même frustrant quand les autres s'occupent des questions dont vous auriez eu le plus envie de connaître la réponse.

« Le FBI enquête sur Ashlyn, dit-il en se reconcentrant. Ça nous laisse Denbe Construction. Vous savez, interviewer tous ces menteurs de l'équipe de direction. »

Tessa se déride. « Je me demande si l'avion de Ruth Chan a atterri.

— En voilà, une excellente idée. »

Ils quittent le PC mobile et partent à la recherche de la directrice financière.

32

Mick nous escorte jusqu'aux cuisines pour le dîner. Dès qu'il s'est présenté à la porte de la cellule, Justin s'est crispé. Par accord tacite, il s'est placé d'un côté d'Ashlyn et moi de l'autre.

Au contraire, Mick a l'air décontracté et affiche même un large sourire lorsqu'il nous fait signe à tous les trois de sortir de la cellule, sans nous lier les mains, sans nous mettre en file indienne. Comme Z, il prend la tête du groupe, nous permettant de marcher en toute liberté derrière lui. De sa main droite, il caresse doucement le Taser fixé à sa taille. Mais à part ça, il déambule, tranquille comme Baptiste.

Enivré à la perspective de ces neuf millions de dollars? Ou simplement tout à la joie du compte à rebours final? Dans moins de vingt-quatre heures, tout sera fini. D'une manière ou d'une autre, nous ne serons plus là. Libérés par la police ou... supprimés par nos ravisseurs? Peut-être qu'il attend avec moins d'impatience sa part du butin que la possibilité d'assouvir enfin sa vengeance. Je n'imagine pas Radar nous descendre de sang-froid. Mick, en revanche, nous exécuterait avec délectation.

Tandis qu'avec Z, ce serait du boulot vite fait, bien fait. Rien de personnel. Juste du travail.

Radar me manque. D'abord, ma nausée est en train de revenir, accompagnée d'un sentiment général de détresse et d'abattement. Les symptômes du sevrage, qui me retombent dessus aussi insidieusement qu'un commando en noir. J'ai besoin d'un comprimé. *Envie* d'un comprimé?

Mon flacon orange adoré. Deux, trois, quatre comprimés d'hydrocodone. Cette merveilleuse sensation d'abandon. Se laisser glisser jusqu'à ce que toute aspérité disparaisse. Ne pas s'inquiéter. Ne pas trop réfléchir. Simplement suivre le mouvement.

À bas la méthadone. Je veux de vraies drogues.

Nous sommes arrivés aux cuisines. Mick tend le bras dans un geste ample.

« Ils étaient bons, vos petits pains à la cannelle. Refaites-nous des merveilles. »

Je fais le tour de la chambre froide et du garde-manger en essayant de trouver en moi un peu d'enthousiasme, mais surtout en me disant que j'aimerais bien les empoisonner, tous autant qu'ils sont. Steaks hachés mal cuits? Poulet découpé au mépris des règles d'hygiène? Les gens se chopent tout le temps des intoxications alimentaires. Je vais bien inventer quelque chose.

Le problème, c'est que nous allons consommer le même repas. Alors qu'est-ce que j'y gagnerais, au final? Six personnes en proie à une gastro? Si nos ravisseurs étaient hors d'état d'agir, le plus probable est qu'ils nous laisseraient moisir dans notre cellule. Peut-être même qu'ils repousseraient la remise de rançon. Ce qui nous vaudrait une nouvelle nuit dans cet enfer, le temps qu'ils se rétablissent.

Non. Pas d'intoxication. Un bon petit plat. Un repas riche en fer et en glucides, reconstituant, pour donner des forces à ma famille ; de cette manière, quand viendra demain l'heure de vérité, nous serons aussi prêts que possible.

J'aurais voulu des steaks hachés, mais pas moyen de mettre la main dessus dans la chambre froide. Curieux, j'aurais juré en avoir vu ce matin même, quand je suis venue chercher le bacon du petit déjeuner. Ils ont dû se faire un déjeuner, évidemment. Peut-être qu'ils les ont fait griller ?

Je me décide pour des boîtes de ragoût trouvées dans le garde-manger et je retourne chercher un bloc de fromage, avant de découvrir que lui aussi a disparu. Découpé en tranches pour agrémenter les steaks hachés ?

J'ai mal à la tête. La lumière violente des plafonniers se réverbère sur toutes ces surfaces en inox et m'agresse les yeux. Mais je m'oblige à observer le garde-manger et l'immense chambre froide. Pas d'erreur : dans les deux cas, les réserves ont diminué. En fait, si je repense à ce tout premier plat de pâtes, à tout ce que j'avais recensé par rapport à ce qu'il reste... Soit Z et son équipe mangent comme des chancres, soit... ils sont en train d'évacuer.

Nos ravisseurs font le ménage derrière eux. Ils se préparent pour le dénouement.

« Ohé ? » m'appelle Mick, d'une voix déjà menaçante. Je me force à me remettre au travail.

Je confie deux boîtes d'épinards à Ashlyn, qui plisse aussitôt le nez. J'ajoute du maïs et des carottes en boîte, un bocal d'oignons.

Mick me regarde avec méfiance. « C'est pas des petits pains à la cannelle.

— Hachis ? lui dis-je.

— À vos souhaits ! » répond-il.

Je charge Justin de nous préparer de la purée en sachet, tandis que je renverse la viande dans un poêlon avec de l'huile d'olive et les petits oignons égouttés. On dirait de la pâtée pour chien et l'odeur est pratiquement aussi appétissante. Ça me rappelle les raviolis froids que ma mère et moi mangions à même la boîte, il y a bien des années. Et notre vieille voisine qui se nourrissait réellement de pâtée pour chat parce que c'était moins cher que le thon et qu'elle économisait tout ce qu'elle pouvait pour s'acheter de la vodka.

Quand Ashlyn a fini d'égoutter les légumes, je lui demande de les ajouter à la viande. Dans le garde-manger, j'ai trouvé de l'ail en poudre et de la sauce Worcestershire. Je m'en sers pour assaisonner généreusement la mixture, pendant qu'Ashlyn et Mick continuent de tordre le nez.

Ensuite, je trouve un plat à lasagnes. Les légumes et la viande au fond. La purée instantanée, parsemée de noisettes de beurre, étalée sur le dessus. J'enfourne le plat et j'entreprends de confectionner des petits pains pendant que Justin fait la vaisselle et qu'Ashlyn dresse la table.

« C'est une blague ? me demande Mick.

— Quoi ?

— Ce... truc. »

Je hausse les épaules. « Il aurait mieux valu de la viande fraîche et des vraies pommes de terre, mais on fait avec ce qu'on a.

— C'est dégoûtant.

— N'en mangez pas.

— Hé, j'ai survécu aux rations militaires. Je suis cap' de bouffer cette merde.

— Alors ne vous plaignez pas.

— C'est quoi, ça, la révolte de la ménagère ?

— Exactement. Alors, soyez sage, sinon la prochaine fois, je vous chasse à coups de balai. »

Mick éclate de rire. Ce que j'aurais pu trouver réconfortant si ses yeux n'avaient pas été trop brillants et son rire trop long. Pour finir, Ashlyn se réfugie auprès de son père et moi, je passe de l'autre côté de la table de préparation pour étaler la pâte.

Comparé au festin de petits pains à la cannelle de ce matin, mon hachis préparé avec les moyens du bord est accueilli avec un enthousiasme beaucoup plus modéré. Mais, comme l'a dit Mick, les soldats n'ont pas des habitudes de luxe.

Mick remplit son assiette avec un regard qui dit qu'il mangera tout, rien que pour me faire bisquer. Z examine les différentes couches avec le regard froid du scientifique, puis se sert d'un air philosophe. Une portion est mise de côté pour Radar, puis c'est au tour de ma famille. Justin se sert facilement autant que Mick. Ashlyn pousse un gros soupir et, d'un air chichiteux, prend juste de quoi nourrir un oiseau.

« Des épinards, dit-elle en frissonnant.

— Du fer, je rectifie à l'intention de ma fille, qui a commencé sa journée par une hémorragie massive.

— Des épinards », insiste-t-elle.

Je ne lui réponds pas et je m'occupe de moi, une fois n'est pas coutume. Ce n'est pas si mauvais que ça, en fin de compte. Quatre cents fois l'apport journalier recommandé en sel, sans compter que les légumes sont sans goût ni consistance et que la viande est filandreuse et grise, mais à part ça...

J'aurais vraiment besoin d'un comprimé. D'un verre de vin. N'importe quoi.

« Vous recevez souvent ? » demande brusquement Z. Il regarde Justin. Ça dure quelques secondes. Mick aussi le regarde.

« Quoi ?

— Dans cette maison que vous avez. Vous dirigez une entreprise qui exige de décrocher de gros contrats. J'imagine que ça ne fait pas de mal d'inviter quelques personnes influentes pour un bon dîner.

— À l'occasion », concède Justin. Mon mari se tient raide comme un piquet et la méfiance se lit sur son visage meurtri.

« Elle cuisine ? dit Z avec un coup de fourchette dans ma direction.

— Ma femme est une excellente cuisinière. Vous avez eu suffisamment l'occasion de vous en rendre compte.

— C'est quoi, son plat préféré ?

— Pardon ?

— Son plat préféré. Je parie qu'elle connaît le vôtre. » Z se tourne vers moi. Posément, je réponds :

« Filet de bœuf Wellington. »

Z se retourne vers Justin. « Alors ? »

Mon mari ne quitte pas Z des yeux. « Oranges fraîches, répond-il lentement. On en a mangé pendant notre lune de miel. On les cueillait nous-mêmes sur l'arbre. Impossible de trouver ça dans le commerce. »

Il a raison. Je les avais adorées, à l'époque. Souvenirs d'une vie révolue. Goût de ma douleur présente.

Je me retrouve à contempler mon assiette en souhaitant que ces deux hommes arrêtent de parler de moi.

« Vous avez planté un oranger pour elle ? demande Z à Justin.

— À Boston ?

— Construisez-lui une serre. Vous ne savez pas comment faire ? »

Justin serre les dents. Manifestement, Z cherche à l'asticoter, mais je ne sais pas pourquoi.

Tout à coup, Z se tourne vers moi. « Vous allez le quitter ? »

Je lève les yeux. Tous les regards sont braqués sur moi, y compris celui d'Ashlyn.

« À votre retour. Demain soir, insiste Z. Quand viendra l'heure de la décision. »

Je me force à relever le menton. « Ça ne vous regarde pas.

— Vous ne le changerez pas.

— Vous n'avez pas quelqu'un d'autre à aller kidnapper ? »

Il sourit, mais c'est un sourire sans chaleur. Je jurerais que le cobra n'arrête pas d'onduler sur sa tête. « Je ne sais pas. Vous allez être une famille difficile à surpasser. La plupart des gens se contentent de chialer comme des veaux. Avec vous, il y a beaucoup plus… d'animation. »

Ensuite, il se tourne vers Ashlyn : « Tu as un petit copain ou tu es juste une traînée ? »

Elle adopte ma méthode : « Ça ne vous regarde pas. »

Dommage, parce que Justin et moi aurions vraiment bien aimé connaître la réponse. Sans doute en a-t-elle pensé autant à notre sujet.

« Une jolie fille comme toi devrait avoir plus de principes. »

Ma fille lance à Z son plus beau regard de racaille. « Ah, ouais ? C'est quoi, ça, les conseils d'un raté professionnel ? Quoi, d'abord vous nous kidnappez et maintenant vous êtes coach de vie ? »

Z sourit. Autant le rire de Mick m'avait fait peur, autant le sourire de Z me terrifie. Il s'assoit en arrière, pose sa fourchette en travers de son assiette.

« Les familles, dit-il, quel dommage de les foutre en l'air. »

Puis il me regarde et, dans ses yeux, je vois tout : détermination et regrets.

Nous sommes morts.

Demain, à quinze heures, ils vont encaisser la rançon et ensuite, ils nous tueront. Le boulot. Tout simplement. Surtout pour un homme qui a un tatouage de cobra sur la tête.

Plus personne ne dit rien.

Z s'en va. Nous rangeons la cuisine. Radar arrive pour son dîner et glisse deux comprimés sous sa serviette, que j'escamote en lui apportant des petits pains frais. J'emporte les restes du hachis à la chambre froide et je gobe les comprimés à la seconde où je suis hors de vue, tout en regrettant amèrement que ce ne soit pas de l'hydrocodone.

Pour finir, Mick nous raccompagne à notre cellule, toujours les mains détachées, toujours avec cette illusion de liberté.

Une famille de morts-vivants.

Quand la porte de la cellule claque derrière nous, je me retourne et je découvre Mick avec un sourire jusqu'aux oreilles. Il m'adresse un clin d'œil, frétille de la langue et articule en silence : « Bientôt. »

Un dernier regard à la caméra, omniprésente, et il a disparu.

Ashlyn s'est endormie en quelques minutes. Elle a grimpé sur la couchette supérieure et s'est écroulée. Elle avait besoin de repos. Justin et moi avons besoin de parler.

« Ils ne vont pas nous laisser partir, dis-je sans préambule en m'asseyant avec nervosité sur le lit du bas. Demain, à quinze heures, ils prendront l'argent et nous tueront.

— Absurde. » Justin est couché sur le dos en face de moi, les mains sous la nuque, le regard tourné vers le plafond. « Ce sont des professionnels. Ils ne vont pas saborder une occasion de toucher neuf millions.

— Mais toute cette histoire est absurde. On vire cette somme phénoménale sur leur compte et, pouf, ils nous fichent la paix ? Voyons, à la seconde où ils auront l'argent, qu'est-ce qui les empêchera de s'en prendre à nous ? On sera toujours en prison. On sera toujours à leur merci.

— On sera dans le poste central informatisé, en sécurité. C'est ce que j'ai convenu avec Z : demain, à l'heure dite, on appellera mon portable avec le téléphone de Radar. C'est sans doute un agent fédéral qui répondra depuis Boston. Nous le verrons, il nous verra. Confirmation visuelle. Ensuite, pendant que les fonds seront transférés, toi, moi et Ashlyn, on entrera dans le poste, on verrouillera la porte et on se mettra à l'abri. À la minute où la rançon sera sur leur compte, Z et son équipe mettront les voiles. Et nous, on attendra la police, qui nous ramènera à Boston, où nous pourrons reprendre le cours normal de nos vies.

— Et si les autorités refusent de payer? Il n'y a aucun moyen de renégocier ou de confirmer...

— C'étaient les conditions de Z. Il ne voulait pas de complications. Et à vrai dire, j'étais d'accord. Autant que ce soit à prendre ou à laisser. Ça met la pression à la compagnie d'assurances.

— Mais si elle refuse...

— L'assurance paiera, Libby. Elle n'a pas le choix. Nous avons fourni la preuve demandée, le contrat d'assurance est en cours de validité et, franchement, les fédéraux les y obligeront sans doute. C'est dans l'intérêt de tout le monde que tout se passe comme prévu demain. Crois-moi, d'ici vingt-quatre heures, on pourra tourner la page. »

J'observe mon mari, toujours pas convaincue. Mes mains tremblent. J'ai pris de la méthadone, censée réduire les symptômes du manque, mais mon sentiment de détresse et d'abattement fait de la résistance.

« On ne sait même pas pourquoi ils nous ont enlevés, je marmonne.

— Quelle importance?

— Ils t'ont tabassé!

— Je vais bien.

411

— Ils ont terrorisé Ashlyn.
— Elle est forte.
— Comment tu peux rester si calme ? »

Justin se redresse si vite qu'il manque de se cogner la tête contre la couchette. « Tu ne me fais toujours pas confiance, Libby ? » dit-il en me regardant avec colère.

J'ouvre la bouche, mais pas un mot ne sort.

« On va rentrer chez nous. C'est ce qui compte. D'une manière ou d'une autre, demain à quinze heures, Ashlyn et toi, vous serez en route pour Boston. Ma famille sera à l'abri. »

Alors je comprends l'origine de mon malaise. Je reconnais une certaine façon de se tenir chez mon mari. Un accent dans sa voix. Il a pris une décision, qui fait clairement passer ma sécurité et celle d'Ashlyn avant la sienne.

« Tu ne vas pas faire de bêtise, Justin, dis-je. Il faut qu'on rentre tous ensemble à la maison. Nous sommes une famille. »

Il sourit, mais c'est un sourire grimaçant. « Une famille ? J'ai trompé ma femme. Et je ne me suis pas douté un instant de ce qui se passait avec ma fille. Dis-moi, Libby : ce serait vraiment une grosse perte si je ne rentrais pas ?

— Je t'interdis de dire une chose pareille. Notre fille a besoin de toi !

— Et toi, Libby ? De quoi tu as besoin ? »

J'aurais envie de lui dire que j'ai besoin de nous. Qu'il suffirait que nous rentrions à la maison pour que tout aille bien. Malheureusement, dans mon avenir, je vois surtout un beau flacon orange rempli à ras bord de comprimés blancs…

Z a raison. C'est terrible de foutre en l'air une famille et c'est exactement ce que nous avons fait. Nous nous sommes disputés, nous nous sommes trahis et tout ça pour quel résultat?

Nous allons rentrer chez nous, mais au lieu d'y trouver le réconfort, nous serons obligés d'affronter le naufrage de nos vies.

Et mes yeux se remplissent à nouveau de larmes. Je regarde mon mari. Cet homme qui m'a fait souffrir. À qui j'ai menti en retour. Alors je pleure. Sur le foyer que nous formions. Sur le mariage que nous avions, pensais-je, construit ensemble. Sur l'avenir que j'avais toujours espéré donner à ma fille.

Justin se lève de sa couchette. Il me prend dans ses bras et, même si je pue et que je suis immonde, il me serre contre lui.

« Chut, murmure-t-il. Je vais arranger ça, Libby. Fais-moi confiance, je t'en prie. Demain, je vais tout arranger. »

Je laisse mon mari m'enlacer. Je me concentre sur la force rassurante de ses bras, le bruit des battements de son cœur. Et je pose ma tête au creux de son épaule parce que autrefois j'ai profondément aimé cet homme et que je sais que, quoi qu'il arrive, je n'éprouverai plus jamais rien de tel.

Lundi, quinze heures.

Une famille de morts-vivants.

33

Tessa et Wyatt retrouvent Ruth Chan dans la zone de livraison des bagages du terminal E. La directrice des services financiers est une femme menue qui a de grandes lunettes de soleil, le teint mat et les nerfs en pelote. En voyant Wyatt s'approcher en uniforme de shérif, elle ne peut réprimer un tressaillement.

Puis elle se redresse, ajuste sa prise sur son unique valise et vient à leur rencontre d'un pas décidé.

« Des nouvelles de Justin ou de sa famille ? » demande-t-elle.

Tessa lui donne autour de la cinquantaine. Elle a manifestement des origines asiatiques, mais pas seulement. Une femme exotique, belle même en simple pantalon de yoga noir et cache-cœur crème. Bien que la moitié de son visage soit dissimulé par des lunettes démesurées, il est évident qu'elle a pleuré. Des traces de larmes sillonnent ses joues et sa voix est tout enrouée.

« Nous avons quelques questions, commence Tessa.

— Je ne veux pas aller au siège, indique immédiatement la directrice financière. Un endroit neutre, ce serait mieux. »

Ruth n'a pas encore déjeuné. Ils optent pour le Legal Sea Foods, même s'il faut changer de terminal, parce que ce restaurant dispose de box où ils pourront parler en toute confidentialité. Wyatt offre de porter la valise de Ruth, mais elle décline la proposition et marche résolument au pas cadencé, comme si le fait de bouger était le secret pour conserver sa maîtrise de soi.

Un quart d'heure plus tard, ils sont confortablement attablés au fond du restaurant aux lumières tamisées. Ruth a mis sa valise de côté après en avoir retiré un mince ordinateur portable, qu'elle est en train d'allumer.

Elle ne leur a pas encore parlé et semble en mission. Pour l'instant, Tessa et Wyatt ne voient pas d'inconvénient à attendre. Ils commandent la spécialité de Boston, une soupe aux palourdes, et Ruth du saumon grillé et un verre de vin blanc.

Puis la directrice financière prend une grande inspiration et se tourne vers eux. Elle a retiré ses lunettes de soleil. Vue de près, c'est une épave : le teint cireux, les yeux battus, l'air exsangue. Une femme qui soit vient de passer les pires vacances du monde, soit a été salement secouée en apprenant la disparition de son patron.

Elle est la première à prendre la parole : « Anita m'a dit qu'ils avaient été enlevés vendredi soir.

— Personne n'a vu Justin Denbe ni sa famille depuis cette date, précise Tessa.

— Des nouvelles ? Des contacts ? Des pistes ?

— Nous avons reçu une demande de rançon. Neuf millions de dollars, à verser demain, quinze heures. »

Ruth frémit. « Denbe Construction ne dispose pas d'une somme pareille.

— Justin a appelé la compagnie d'assurances. En invoquant la clause de danger de mort imminente.

— Bien sûr, murmure Ruth. La moitié du capital-décès, plus l'assurance enlèvement... logique. La compagnie va payer ?

— La décision ne nous appartient pas.

— Ils paieront, dit Ruth, presque comme si elle se parlait à elle-même. Ils n'ont pas le choix. S'il arrivait malheur à Justin... les retombées dans l'opinion publique, sans parler des risques de poursuites judiciaires. Ils paieront. »

Tessa et Wyatt ne disent rien et continuent de l'observer.

« Donc. » La directrice des services financiers libère le soupir qu'elle retenait et ses épaules se détendent. « Il s'agit bien d'une affaire d'enlèvement avec demande de rançon. Justin est un homme dont la fortune saute aux yeux. Et malheureusement, cela a fait de lui et de sa famille une cible. »

Là encore, Tessa et Wyatt ne pipent pas mot et se contentent de la regarder.

« C'est juste que... Quand j'ai appris la nouvelle, quand Anita m'a appelée... Je me suis dit que forcément... Enfin... » Ruth prend une nouvelle grande inspiration, puis, comme ça ne suffit pas, une gorgée de vin pour se requinquer. « J'ai eu tellement peur qu'il ne soit arrivé quelque chose de plus grave. Que Justin... Qu'on ait voulu lui faire du mal. Et je craignais... je craignais que ce ne soit ma faute. »

Leur commande arrive. Un bol de soupe pour Tessa, un chaudron de soupe pour Wyatt, le saumon pour Ruth.

Wyatt attaque son plat. Ruth tente de manger, mais lorsqu'elle prend ses couverts, ses mains tremblent trop violemment. Elle retourne à son verre de vin.

« Et si vous repreniez les choses depuis le début ? suggère Tessa. Dites-nous tout. Si vous voulez aider Justin, c'est ce qu'il y a de mieux à faire.

— Je n'étais pas aux Bahamas pour des vacances, explique Ruth. J'y étais pour le travail. Justin m'y avait envoyée. Denbe Construction était victime de détournements de fonds. Je cherchais à remonter la piste. »

Tessa sort son téléphone, lance un enregistrement et ils entrent dans le vif du sujet.

En août, Ruth avait remarqué une petite erreur dans le règlement d'une facture. Deux chiffres avaient été intervertis et, au lieu de verser vingt et un mille dollars au fournisseur, la comptabilité avait fait un chèque de douze mille dollars. De toute évidence, Denbe Construction était encore redevable de neuf mille dollars ; malheureusement, lorsque la bévue avait été découverte, il ne restait plus assez de temps pour libérer la somme nécessaire avant la date limite de règlement.

Ruth avait décidé d'appeler, de s'excuser personnellement de cette erreur et d'assurer au fournisseur qu'un chèque du montant adéquat serait immédiatement posté. Mais lorsqu'elle avait composé le numéro de téléphone, celui-ci n'était plus en service. Elle avait cherché le nom de l'entreprise sur Google pour se renseigner et avait alors découvert que cette entreprise semblait n'avoir aucune existence.

Pour en avoir le cœur net, elle avait fait une recherche sur l'adresse physique de l'entreprise, dans le New Jersey. Ce qui lui avait appris que cette adresse était celle d'un point de service UPS et que la suite de chiffres correspondait à une boîte postale.

Sa conviction était faite. Fausse adresse. Faux numéro de téléphone. Fournisseur fictif. Denbe Construction était victime d'une escroquerie.

Ruth avait immédiatement poursuivi son enquête. Elle avait découvert que le fournisseur, DDA, LLC, avait envoyé au total seize factures au cours des trois dernières années, pour un montant global de près de quatre cent mille dollars. Le sous-traitant intervenait officiellement sur le chantier d'un grand établissement de soins pour personnes âgées, dont le budget total s'élevait à soixante-quinze millions. Quatre cent mille dollars répartis sur seize paiements, c'étaient des clopinettes en comparaison. Les factures faisaient apparaître divers matériaux de finition et des frais de pose, rien qui sorte de l'ordinaire pour un tel projet.

Bref, à première vue, ces factures n'avaient rien d'aberrant et la relative modicité des sommes réclamées était faite pour ne pas attirer l'attention ni éveiller les soupçons. Mais d'où sortait ce DDA, LLC?

Avec le nombre de chantiers en cours et le recours généralisé à la sous-traitance, de nouveaux fournisseurs étaient régulièrement intégrés à la comptabilité de l'entreprise. Sur les factures de ceux qui étaient agréés figurait un code les rattachant à tel ou tel projet ; en général, Chris Lopez, en tant que directeur opérationnel, ou Justin lui-même attribuaient ce code au fournisseur afin de l'habiliter. Toutes les factures émises par DDA, LLC portaient le code de facturation adéquat dans la case mémo, de sorte que ni Ruth ni son service n'avaient eu de raison de les contester.

Certes, une fois par mois, Ruth remettait à Chris et à Justin un rapport contenant la liste détaillée de toutes les recettes et dépenses associées à chaque chantier. Normalement, cela aurait dû être l'occasion pour l'un ou l'autre de relever le nom de DDA, LLC et de s'interroger. En même temps, ces rapports mensuels faisaient souvent un ou deux centimètres d'épaisseur et présentaient une interminable liste de noms de fournisseurs et de dépenses de sous-traitants, liste qui commençait par des chèques de plusieurs dizaines de millions de dollars et se terminait par des demandes de remboursement de notes de frais pour quelques dizaines de dollars.

Ruth voyait bien comment un chèque relativement modeste à un fournisseur relativement secondaire pouvait passer inaperçu dans la bataille. Elle soupçonnait d'ailleurs que c'était le raisonnement qui avait sous-tendu cette escroquerie : plutôt que de délester l'entreprise de quatre cent mille dollars d'un seul coup, y aller à la petite semaine. Vingt mille par-ci, quinze mille par-là. Des sommes qui pouvaient paraître importantes aux yeux de certains, mais qui, pour une entreprise de la taille de Denbe, ne représentaient même pas les erreurs d'arrondi sur la plupart de leurs chantiers.

Une bonne petite arnaque, qui avait lentement mais sûrement porté ses fruits.

Ruth s'était retournée vers la banque de Denbe Construction pour savoir si celle-ci pourrait leur fournir d'autres informations concernant les chèques qui avaient été encaissés. Elle pouvait : d'après le tampon figurant au dos des chèques, ils avaient tous été crédités sur un compte offshore. Aux Bahamas.

Donc, le fournisseur fictif envoyait une facture portant l'adresse d'une boîte postale dans le New Jersey, puis déposait les chèques de Denbe sur un compte aux Bahamas. Le manège durait depuis trois ans et tout le monde n'y avait vu que du feu.

Quatre semaines plus tôt, Ruth avait attendu que Justin s'attarde un soir au bureau. Puis, tout le monde étant parti, elle était allée le voir pour lui exposer la situation. Comme elle s'y attendait, il s'était mis en colère, outré qu'on ait osé le rouler.

Ruth avait proposé de signaler l'affaire au FBI. Les comptes se trouvaient dans un paradis fiscal et il allait falloir sortir la grosse artillerie pour obtenir des renseignements de la part d'une banque domiciliée aux Bahamas. Et, même dans ce cas, elle n'était pas certaine du degré de coopération qu'on pourrait obtenir. Les banques étaient notoirement réticentes à communiquer des informations personnelles sur leurs clients, même si les règles étaient enfin en train de s'assouplir grâce à la lutte antiterroriste.

Mais Justin avait refusé de faire intervenir la police à ce stade, préférant berner le coupable.

« Il m'a demandé d'aller aux Bahamas. Je connaissais les coordonnées du compte de DDA, LLC, qui m'avaient été fournies par notre banque. Donc, vendredi dernier, j'étais censée aller dans cette agence et fermer le compte. Prendre l'oseille et me tirer, si vous voulez, sauf qu'en l'occurrence, c'était notre argent. »

Ruth les regarde comme si elle attendait leur réaction.

« Comment peut-on fermer un compte qui ne vous appartient pas ? demande Tessa. Il ne faut pas avoir la signature, ce genre de choses ?

— J'étais censée bluffer. Notre idée était que l'escroc ne devait jamais se rendre là-bas en personne, alors autant y aller au flanc. Je suis directrice financière, je pouvais donner le change. Et Justin voulait que l'argent soit viré chez Denbe, opération que j'étais pleinement autorisée à accomplir.

— Il voulait que la personne qui vous avait volés sache que vous étiez rentrés dans vos fonds, conclut Tessa. D'où le virement sur le compte de Denbe.

— Exactement.

— Ça a marché ? s'enquiert Wyatt d'un air dubitatif.

— Je suis arrivée un jour trop tard. La personne, l'*escroc*, avait vidé le compte jeudi dernier. Mais, et c'est là que ça devient dingue, quand j'ai dit à l'employé que ce virement était une erreur et que je voulais savoir qui avait autorisé cette opération, il est devenu très anxieux et il m'a demandé si, du coup, il y avait aussi un problème avec les autres comptes. En définitive, celui ou celle qui avait créé DDA ne possédait pas un, mais *quinze* comptes dans cette banque. Pour un solde total de onze virgule deux millions de dollars.

— Ça fait légèrement plus que quatre cent mille», dit Tessa d'un air ahuri.

Ruth a complètement fait une croix sur son dîner et elle tourne le pied de son verre à vin entre ses doigts.

«J'ai appelé Justin vendredi après-midi. Je lui ai dit que le compte était fermé, que j'étais arrivée trop tard. Mais je ne lui ai pas parlé des autres comptes, du reste. Pas pour lui mentir, ni pour le tromper. Mais... j'avais déjà des soupçons et, dans ce genre de situations, on ne peut pas se permettre de commettre une erreur. J'ai dit à Justin qu'il me fallait encore quelques jours. Que je l'appellerais lundi.

— Comment a-t-il pris la nouvelle?» demande Wyatt.

Ruth hausse les épaules. «Ça l'agaçait que nous ayons raté l'occasion de remettre la main sur l'argent. Mais... nous savions que les chances étaient minimes. Et même si Justin n'était pas content qu'on ait pu voler quatre cent mille dollars à son entreprise, nous étions en état de supporter une perte de cet ordre sur trois ans.

— Sauf que vous venez de nous dire que l'escroc a en réalité amassé onze virgule deux millions de dollars», relève Tessa.

Ruth soupire, le regard malheureux. «J'ai veillé toute la nuit de vendredi à samedi et toute la nuit dernière. Je me suis plongée dans les listes de sous-traitants, les comptes de résultat des chantiers, en prenant au hasard des petits fournisseurs, que je cherchais ensuite sur Google. J'en ai trouvé six autres qui n'existaient pas. Il va falloir un audit complet par un expert judiciaire, facilement six mois de travail, mais j'ai l'impression que la totalité des onze virgule deux millions sont venus de Denbe Construction. Volés sous notre nez. »

Tessa ouvre de grands yeux. Elle devine que Wyatt est tout aussi abasourdi. « Quelqu'un a détourné onze millions de dollars ces trois dernières années ? Et vous venez juste de le découvrir ?

— C'est ça, l'astuce. Les factures, les fournisseurs fictifs. Les sommes sont tellement négligeables. Dans certains cas, littéralement une poignée de milliers de dollars. Le genre de paiement destiné à passer entre les mailles du filet.

— Mais vous parliez de onze millions…

— Justement ! »

Alors Tessa comprend : « Il ne s'agit pas seulement de ces trois dernières années.

— Voilà !

— Ça remonte à quoi… dix, quinze ans ?

— Peut-être davantage.

— Vingt ? » Là, Tessa n'en revient pas.

« Ça date d'avant mon arrivée, dit Ruth, alors c'est difficile d'être sûre. Mais certaines de ces années ont été parmi les plus florissantes pour l'entreprise. Justin venait de prendre la relève et il a tout de suite décroché trois contrats à deux cents millions de dollars. Il faut voir le volume de règlements et de facturation qu'il y a eu à ce moment-là, avec un personnel débordé et un système informatique relativement obsolète. Pour se retrouver à la tête de plus de onze millions de dollars, l'escroc a dû connaître au moins quelques années fastes et c'était à cette période-là qu'il était possible d'établir des fausses factures d'un montant très élevé sans que personne s'aperçoive de rien.

— De quinze à vingt ans, murmure Tessa.
— Ça date d'avant Chris Lopez, dit Wyatt.
— D'avant la plupart d'entre nous, répond Ruth. Sauf... » Elle ne veut plus croiser leurs regards. Elle prend son verre, finit son vin. Sa main tremble toujours et la détresse creuse ses traits.

Une employée de longue date. Qui disposait des informations et de l'autorité nécessaires. Et qui, étant l'une des rares femmes dans une entreprise à dominante masculine, était peut-être même une amie intime de la directrice financière.

Anita Bennett. Actuelle directrice administrative de Denbe Construction et ancienne maîtresse de Dale Denbe.

34

Je me suis assoupie et j'ai rêvé d'une longue douche bien chaude. Je me trouvais dans ma salle de bain et la paroi de verre s'embuait à mesure que je laissais le jet bouillant couler sur mon corps dénudé. Ensuite je me savonnais avec mon gel douche préféré. Je regardais une épaisse mousse blanche glisser sur mon bras, chasser les traces de sel, la transpiration et la crasse qui me démangeaient.

Dans mon rêve, j'avais l'impression de muer, que ma peau s'en allait, comme un exosquelette dont il aurait fallu que je me dépouille. Barreaux de prison, murs de béton, sols en ciment... je regardais leurs gravats se dissoudre en une poussière gris pâle avant d'être emportés vers le siphon.

Je savais que si j'arrêtais, si je regardais dans ce siphon, j'y verrais le visage de Mick. De Radar. De Z. Ils étaient partis, ils avaient fondu comme la méchante sorcière de Dorothy et ils tourbillonnaient à présent dans les entrailles des égouts de Boston, où ils étaient à leur place.

Mais je ne m'arrêtais pas. Je ne voulais pas regarder. Les chercher aurait réveillé le maléfice. Or c'était mon rêve, ma douche. Où le savon sentait les oranges fraîchement cueillies et où je n'étais plus dans ma maison de Back Bay, mais sur une plage de Key West. Et quand je sortirais de la salle de bain, je trouverais mon mari en train de m'attendre au lit, simplement vêtu de draps blancs frais enroulés autour de son long corps mince.

Des oranges. Il me donnerait des oranges. La promesse du plaisir.

Le goût de ma douleur.

Ma douche a changé. L'eau a disparu. À la place pleuvaient des comprimés. Des centaines, des milliers de comprimés oblongs. De l'hydrocodone. Mes précieux antidouleurs, qui m'étaient rendus. Avec leurs flacons orange, cela va de soi.

La promesse du plaisir.

Le goût de ma douleur.

Je suis tombée à genoux sur le carrelage et je me suis laissé ensevelir sous les comprimés.

Je me réveille en sursaut. Un instant aveuglée par la lumière du plafonnier, je cligne des yeux et je sens mon cœur battre à tout rompre dans ma poitrine. Justin est debout devant la porte de la cellule. J'ai dû faire du bruit, puisqu'il me regarde.

« Ça va ? » me demande-t-il.

Drôle de question, de la part d'un homme dont le visage ressemble à une côte de bœuf méchamment battue et dont un œil refuse toujours de s'ouvrir.

« Ashlyn ?

— Endormie, couchette du haut », me répond-il.

Je lui lance un regard interrogateur et il vérifie, puis confirme d'un hochement de tête. C'est que, ces derniers temps, notre fille est devenue très douée pour faire semblant.

Je me lève, je m'approche du lavabo en inox et veux prendre une gorgée d'eau.

« Pourquoi est-ce que la pression est si minable ? je demande, ne serait-ce que pour rompre le silence.

— Bâtiment immense, qui exige des kilomètres de canalisations pour transporter l'eau d'un point à un autre. Une tuyauterie plus efficace coûterait plus cher, alors, à quoi bon ? Les détenus n'ont rien de mieux à faire que d'attendre. »

Il s'approche de moi et me caresse la nuque, comme il le faisait autrefois.

« J'ai rêvé d'une douche, dis-je tout bas. Une longue douche bien chaude avec autant de savon que j'en voulais. »

Il sourit. « Je sens si mauvais que ça ?

— Pas pire que moi.

— Ce sera bientôt fini, Libby. Demain, à cette heure-ci, tu pourras te doucher aussi longtemps que tu le voudras. »

J'aimerais le croire. Un peu de réconfort ne me ferait pas de mal. Et cependant...

« Tu ne devrais pas être en train de dormir ? lui dis-je. Pour reprendre des forces, par exemple ?

— J'ai essayé. Impossible de m'habituer à cette couchette étroite. Ou à la proximité des murs.

— Tu n'es pas taillé pour vivre dans une cage à lapins ?

— Non. Juste pour les construire. Moi, c'est les grands espaces. »

C'est vrai. Le froid, la pluie, la neige, l'inconfort ne l'ont jamais contrarié. C'est toujours en plein air qu'il est le plus heureux.

« Ashlyn dort depuis longtemps ?

— Comme un bébé », répond-il et lorsque, une seconde plus tard, l'ironie de ce commentaire le frappe, il grimace et fait un pas en arrière.

Je détourne les yeux. S'il est difficile pour une mère de se rendre compte que sa fille encore adolescente a commencé sa vie sexuelle, ça doit être atroce pour un père. Surtout pour Justin qui, dès sa naissance, a tout fait pour la garder dans sa tour d'ivoire. Sa petite princesse. Sa perfection.

Je me demande ce qui est le pire : son sentiment d'horreur ou sa tristesse.

« Tu étais au courant ? me demande-t-il à voix basse. Tu te doutais de quelque chose, au moins ? »

Je fais signe que non.

« Elle n'a pas parlé d'un garçon ? Passé plus de temps dehors, acheté de nouveaux vêtements... Je ne sais pas, fait ce que font les ados qui ont le béguin ?

— Qu'est-ce que tu comptes faire, Justin ? Sortir ta carabine ?

— Peut-être !

— Je n'étais au courant de rien.

— Mais...

— Et toi ? » Je ne hausse pas le ton. « Tu es son père. Tu t'es douté de quoi que ce soit ? »

Il se renfrogne, mal à l'aise. « Bien sûr que non. Mais je suis son père. Les pères... Ce n'est pas notre rayon. On ne peut pas voir nos filles de cette façon.

— Comment s'appelle sa meilleure amie ?

— Linda.

— Lindsay.

— Lindsay ! Je n'étais pas loin.

— Tu trouves ? Ashlyn a quinze ans. À l'entendre, elle vient de passer les six derniers mois à nous espionner parce que nous avions cessé de lui parler. Elle se sent délaissée, elle est fragile et nous... nous l'avons abandonnée. Et quand je dis nous, c'est *nous*, Justin. Toi aussi, tu es son parent. »

Cette présentation des choses ne lui plaît pas et son mécontentement se lit dans la crispation de sa mâchoire. Mais il ne la réfute pas immédiatement. Non, parce que c'est Justin, il passe à l'offensive.

« Depuis quand tu te bourres de comprimés ? »

Je garde un regard aussi calme que lui. « Depuis quand tu me trompes ?

— Ce n'est pas comparable. C'est toi qui t'occupes d'elle au quotidien et tu le sais. Autrement dit, ça fait six mois que tu n'es pas en état de faire ton boulot.

— Pendant que toi, tu passais tes pauses-déjeuner à t'envoyer en l'air. Tu veux vraiment qu'on débatte pour savoir qui a le plus gravement fauté ?

— Tu ne m'as pas laissé m'en sortir comme ça, Libby. Tu m'as demandé des explications...

— Je t'ai pris une fois la main dans le sac. Manifestement, il y en a eu d'autres...

— Je crois que j'ai le droit de savoir. Tu as un dealer ? Tu as invité des délinquants chez nous ? Peut-être que l'un d'eux s'est intéressé à Ashlyn. Peut-être que l'un d'eux connaît Mick, Z ou Radar. »

J'en reste bouche bée et je sens la colère monter. Ma première réaction aurait été de crier qu'il était vraiment ridicule. Je me procurais ma drogue de manière parfaitement honorable : en mentant à tout professionnel de santé équipé d'un bloc d'ordonnances. Mais je lui rétorque : « Sida, herpès, syphilis, blennorragie. Tu les as invités chez nous ? Chantage, drame, tentative d'extorsion. Peut-être qu'une de tes maîtresses connaît Mick, Z ou Radar.

— Libby...

— Justin ! Ce n'est pas juste. Tu as trompé ma confiance. Et pas qu'une fois. Souvent. Et il faudrait que tout aille bien ? Tu m'as dit que tu étais désolé, alors je suis censée passer à autre chose ? Je ne vois pas comment. Je t'*aimais*, Justin. Tu n'étais pas seulement mon mari, tu étais toute ma famille. Mais mon père n'était pas fichu de porter un casque, ma mère n'était pas fichue d'arrêter de fumer et toi, tu n'es pas fichu de la garder dans son froc. Ils m'ont trahie, maintenant toi aussi, tu m'as trahie et cette fois-ci je ne sais plus comment reconstruire. Alors, oui, j'ai commencé à prendre des antidouleurs. Parce que tu es peut-être désolé, mais moi, j'ai quand même... *mal.* »

Le visage meurtri de Justin, de marbre. « Donc, c'est ma faute ? Tu es toxicomane et c'est *ma* faute.

— Je n'ai pas dit ça.

— Tu crois que c'est ta faute, si j'ai couché avec cette fille ? »

Ça m'achève. Je baisse les yeux. Je voudrais sortir. De cette conversation, de cette foutue cellule. De cette vie, en fait, d'où ma consommation abusive de médicaments.

« Tu crois que c'est ta faute, si je t'ai trompée ? continue Justin, sans pitié. Que si tu avais eu une autre allure, un autre comportement, si peut-être tu avais été plus audacieuse au lit, je n'aurais pas été voir ailleurs ? »

Je me bouche les oreilles. « Je t'en prie, arrête.

— Je t'aime, Libby. Je ne l'ai jamais aimée.

— Mais tu t'es donné à elle. Tu m'as pris une partie de toi pour la lui donner.

— Tu veux savoir pourquoi ?

— Non. » *Oui.*

« Parce qu'elle me regardait comme tu me regardais avant. Je suis descendu réserver un billet d'avion et elle… Cette façon qu'elle a eue de me regarder… je me suis senti important. Comme je me sentais quand on s'est rencontrés et que je n'avais qu'à me présenter à ta porte pour que… tu t'illumines. Il y a longtemps que je ne t'ai pas vue sourire comme ça. Longtemps que je n'ai pas eu l'impression… que tu me voyais de cette façon.

— Donc, c'est ma faute, si tu m'as trompée.

— Pas plus que ce n'est ma faute, si tu te drogues.

— Je n'y comprends rien ! »

Justin hausse les épaules. Il n'a plus l'air impitoyable, juste exténué. « Évidemment. Nous sommes mariés, Libby. Depuis dix-huit ans, nos vies sont étroitement entremêlées. Dire que nos actes n'auraient pas de conséquences sur l'autre… Comment est-ce que ça pourrait avoir un sens ? Un mariage ne se résume pas à la somme de ses parties. C'est ce que nous avons fini par perdre de vue ; nous avons arrêté de nous occuper de nous deux en tant que couple. Nous sommes devenus égoïstes. Une jolie fille m'a souri et j'ai réagi en égoïste. Et toi, tu souffrais, tu avais besoin d'un petit remontant vite fait, alors tu as aussi réagi en égoïste. Nous avons oublié l'autre.

— Tu me tromperas encore, je murmure. C'est ce que font les maris infidèles.

— Et toi, tu trouveras une nouvelle source d'antidouleurs, répond-il, tout aussi tranquillement. C'est ce que font les toxicomanes. »

Je baisse la tête, éprouvant la honte que j'aurais dû éprouver ces six derniers mois. J'avais raison quand je disais qu'il m'était plus facile de haïr mon mari. Pour fuir l'évidence et le fait que ces dix-huit années nous avaient abîmés, que nous avions tous les deux cessé de consacrer suffisamment de temps à notre couple. Jusqu'au jour où…

« Pourquoi as-tu conservé ses textos dans ton téléphone ? je lui demande brusquement. Tu devais bien savoir que je risquais de les voir. »

Au tour de mon mari de détourner le regard.

« Tu voulais te faire prendre. » Je commence enfin à comprendre. « Tu voulais que je découvre ce que tu fabriquais.

— Il n'y a pas eu des moments, ces derniers mois, où tu te jurais d'arrêter ? De ne plus avaler un seul comprimé ? De te corriger et de revenir dans le droit chemin ? »

Lentement, j'acquiesce.

Justin relève la tête, me regarde droit dans les yeux. « Moi aussi. Ça me faisait horreur d'être un menteur, Libby. De savoir que je te faisais du mal. Je ne sais pas… Je ne peux pas tout expliquer. Peut-être que nous finissons tous un jour par devenir comme nos parents. Ou alors je ne suis qu'un faible. Mais je rencontrais une fille… et une chose en entraînait une autre… Et tout de suite après, je me sentais très mal. Menteur, faux-jeton, raté. J'avais atteint un point… où je ne voulais plus jamais éprouver ce sentiment. Alors, oui, je pense qu'une partie de moi avait envie que tu me surprennes. J'espérais que ça m'obligerait à me contrôler. Que je prendrais mes responsabilités, que tu me pardonnerais enfin et que je n'aurais plus à me sentir aussi minable. »

Justin me regarde encore. « Tu sais ce que ma mère a fait à la mort de mon père ? »

Je ne sais pas.

« Elle a pris une bouteille de vodka et elle l'a renversée sur sa tombe. Elle le haïssait, Libby. Viscéralement. Je ne veux pas que tu me haïsses. Je ne veux pas être le genre de type que même sa femme ne regrette pas. Je ne l'ai jamais voulu. »

Justin pousse un gros soupir. Il pose ses mains sur mes épaules et me regarde avec un infini sérieux. Une infinie gravité. Lui ai-je jamais vu cet air-là ? Dix-huit ans de souvenirs, et pourtant…

« Je t'aime, Libby. J'ai été un idiot. J'ai fait n'importe quoi. Et je t'ai trahie. Mais je t'aime. Quoi qu'il arrive, je veux que tu le saches. »

Mon premier signal d'alerte. « Ne dis pas des choses pareilles.

— Chut. J'ai besoin que tu me dises que tu vas arrêter les comprimés. Tu dois déjà être en phase de sevrage, non ?

— Oui…

— Alors promets-moi qu'en rentrant à la maison, tu continueras. Tu prendras soin de toi. Tu seras présente pour Ashlyn. Tu as raison : notre fille a besoin de nous. »

Mon deuxième signal d'alerte. Il parle comme un homme dont la décision est prise. Et qui en accepte les conséquences. Je le reprends vivement : «Oui, de *nous,* Justin. Parce que nous allons *tous* rentrer chez nous demain. Personne ne va rien faire d'inconsidéré. Nous avons besoin de toi, Justin. Besoin de toi.»

Mon mari me regarde toujours attentivement. «Tu vas décrocher?»

Et moi, qui pense toujours à des oranges, au goût de ma douleur : «Oui.»

Il me prend dans ses bras. «C'est bien, murmure-t-il dans mes cheveux. Ne t'inquiète pas du reste. Quoi qu'il arrive, demain, Ashlyn et toi serez saines et sauves. Je te le promets, Libby. Je te le jure sur ma tombe.»

35

À vingt-deux heures quinze, Anita Bennett est conduite dans les locaux du FBI pour un interrogatoire. Ils ont fait cela dans les formes : deux agents en costume sombre se sont présentés chez elle pour la prier de les accompagner dans les locaux de leur antenne de Boston. On peut difficilement dire non à des agents du FBI et Anita, tremblante et hésitante, a accepté et déposé un petit baiser sur la joue de son mari en lui disant que ce n'était rien et qu'elle serait vite de retour.

La cellule d'enquête attend déjà sur place – les agents spéciaux Adams et Hawkes, ainsi que Tessa et Wyatt. Mais ils sont installés dans la salle d'observation. Encore une ficelle du métier : obliger le suspect à affronter de nouveaux interlocuteurs, de manière à le déstabiliser.

Le FBI dispose d'une brigade spécialisée dans les affaires d'escroquerie, toute une équipe de petits génies de la finance dont la vie n'est faite que de détournements de fonds et de blanchiment d'argent, de délinquance en col blanc. C'est l'agent spécial Adams qui a eu l'idée de leur confier la direction de l'interrogatoire : ils sauront poser des questions plus précises sur la comptabilité de Denbe Construction. Et s'ils parviennent à mettre Anita sur la défensive, à faire en sorte qu'elle ne sache plus sur quoi se concentrer pendant qu'elle répétera certaines parties de son récit à de nouveaux enquêteurs, cela augmentera la probabilité qu'elle commette un faux pas, qu'elle se trompe sur un petit détail susceptible de leur ouvrir un boulevard pour comprendre ce qui est arrivé à Justin et à sa famille.

Car ils sont tous d'accord sur un point : le temps est compté.

À peine dix-sept heures les séparent désormais de la remise de rançon. La compagnie d'assurances a accepté de jouer le jeu, mais le scepticisme règne. Les termes de l'échange sont trop vagues et n'offrent pas suffisamment de garanties pour la famille Denbe.

Et maintenant, avec cette histoire de détournement de fonds... Wyatt a déjà exprimé à voix haute ce que la plupart d'entre eux redoutent : que cette affaire d'enlèvement n'en soit pas une. Que la demande de rançon ne soit en réalité qu'un écran de fumée destiné à masquer le véritable motif du kidnapping : Anita Bennett grugeait Denbe Construction depuis vingt ans. Justin avait fini par avoir vent de l'escroquerie et il s'en était peut-être même ouvert à son épouse, ce qui avait rendu sa disparition et celle de sa famille nécessaires. Un décès prématuré aurait risqué d'attirer l'attention de la police, d'où l'enlèvement avec demande de rançon. D'ailleurs, combien de fois Anita elle-même avait-elle suggéré que la disparition de Justin n'avait aucun rapport avec la société, que c'était peut-être simplement sa fortune qui avait fait de lui une cible ?

Et, bien entendu, dans les affaires d'enlèvement contre rançon, les échanges ne se déroulent pas toujours comme prévu. Il arrive que les victimes soient retrouvées sans vie. Justin, Libby et Ashlyn Denbe, par exemple. Qui auraient tragiquement trouvé la mort, à quinze heures demain après-midi, lors de l'échec d'une tentative de libération.

Denbe Construction poursuivrait vaillamment ses activités avec, désormais solidement installée à sa tête, une Anita Bennett dont la première décision importante serait de licencier Ruth Chan. Après quoi, la société et son secret à onze millions de dollars lui appartiendraient.

Un joli mobile. On avait décimé des familles pour moins que ça.

Anita Bennett est introduite dans la salle d'interrogatoire. Les deux agents, Bill Bixby et Mark Levesco, sortent des dossiers. Anita accepte d'être filmée. Elle a été informée de ses droits, elle a compris que tout ce qu'elle dira pourra être retenu contre elle devant un tribunal. Elle peut à tout moment mettre un terme à l'interrogatoire et conserve le droit de faire appel à un avocat. Anita signe le formulaire. Ils peuvent y aller.

Bill est un agent d'un certain âge, tandis que Mark, en cravate Brooks Brothers gris et rose, est plus jeune. Bill prend la parole le premier, sur un ton affable. Désolé d'avoir interrompu la soirée d'Anita. Merci infiniment de sa coopération. Elle comprend certainement que le temps presse et qu'ils travaillent tous d'arrache-pied pour obtenir la libération de Justin, Libby et Ashlyn Denbe.

Anita hoche la tête. Elle a troqué la tenue qu'elle portait le matin à l'église pour un pantalon gris souris confortable et un pull à col roulé couleur pêche. Elle paraît plus âgée aux yeux de Tessa, comme si la journée l'avait exténuée. Elle semble aussi méfiante, le visage fermé ; elle accepte ce que lui dit Bill, mais ne se précipite pas pour donner des informations.

Le FBI n'a eu que six heures pour préparer cet interrogatoire, mais il les a mises à profit. Dès l'instant où Tessa et Wyatt ont appelé Nicole Adams pour lui transmettre ce que Ruth Chan venait de leur apprendre, celle-ci a été conduite *illico presto* à l'antenne du FBI, où elle a passé les heures suivantes en tête à tête avec les agents de la brigade financière pour leur montrer les livres de comptes et leur expliquer ce qu'elle avait découvert. Des renforts se sont aussitôt procuré les relevés de comptes personnels d'Anita Bennett et ont dressé l'inventaire de ses avoirs bancaires, de ses dépenses importantes et, bien sûr, de ses séjours aux Bahamas. D'après Nicole Adams, ils n'en sont encore qu'à la partie émergée de l'iceberg, mais, l'heure tournant, ils ont décidé qu'il valait mieux tomber sur le râble de la directrice administrative au plus vite.

Ce qui les intéresse, ce n'est pas tant qu'elle avoue les détournements de fonds, mais qu'elle donne une adresse où ils pourront aller délivrer les Denbe.

Et pour ça, ils ont plus d'un tour dans leur sac.

Les premières réactions d'Anita sont peu ou prou celles auxquelles Tessa s'attendait. L'enquêteur affable, Bill, termine son laïus et Mark, son jeune collègue, commence à faire claquer les rapports financiers sur la table. Que sait Anita au sujet de cette opération ? Connaît-elle ce fournisseur ?

A-t-elle entendu parler de cette entreprise? Où était-elle le 12 juin 2009? Et ce chantier, et cette voiture neuve, et cette transaction, est-elle réellement allée deux fois aux Bahamas en 2012, etc.

Anita commence par nier, avant d'être gagnée par le désarroi, puis elle semble carrément sous le choc lorsque Levesco fait pleuvoir les pièces du puzzle du détournement. Seize années de fausses factures émises par des fournisseurs fictifs.

« Quoi? Jamais de la vie. »

Plus de onze millions de dollars volés à Denbe Construction et canalisés vers des comptes offshore.

« Je ne sais même pas comment faire une chose pareille. Je suis dans l'administration, pas dans la finance. Je ne connais même plus notre système de facturation. »

Au cours de la même période, Anita a acheté comptant plusieurs voitures et une maison.

« Mon mari et moi sommes contre l'achat à crédit. Si vous regardez mes primes correspondant à chacune de ces années, vous verrez que nous avons payé grâce à des revenus légitimes. »

Les études de ses trois fils.

« Je gagne bien ma vie. Encore une fois, regardez mes déclarations d'impôts. Un salaire de six cent mille dollars permet de financer les études de trois enfants. »

La bourse du petit dernier?

Elle rougit. « J'ai en déjà parlé à deux enquêteurs. Justin avait offert cette bourse à mon plus jeune fils. La décision est venue de lui, pas de moi. »

Intéressant, étant donné que Justin n'est plus là pour confirmer.

« Demandez à Ruth Chan ! C'est elle qui a rédigé les chèques. Signés par Justin. Elle pourra témoigner de la façon dont ça s'est arrangé. Ça n'avait rien d'un secret. Toute la société était au courant. »

Et les huit séjours aux Bahamas au cours des six dernières années ?

« Nous aimons la chaleur. Et puis, c'était gentil de la part de Justin de nous faire profiter de son droit de séjour dans cette résidence. »

Petit hoquet des enquêteurs. Les Denbe possèdent un appartement en multipropriété aux Bahamas ? Première nouvelle, mais vu le terrain qu'ils ont dû couvrir à vitesse grand V en quarante-huit heures, il n'y a rien d'étonnant à ce que cela leur ait échappé.

Le dernier séjour d'Anita a duré deux semaines.

« Mon mari était encore en convalescence après son opération à cœur ouvert. Le dépaysement lui a fait du bien. »

Ils ont réglé cent mille dollars de frais médicaux.

« Et si vous regardez mes comptes d'épargne, vous verrez le résultat ! »

Exact. Même s'il aurait été agréable de découvrir que, ô miracle, Anita avait onze millions de dollars à la banque, en réalité ses finances sont actuellement au plus bas. Cela dit, à en croire Ruth Chan, les fonds détournés se trouvaient encore cinq jours plus tôt sur différents comptes de sociétés fictives. Un escroc suffisamment malin et discipliné pour ne pas toucher à son magot jusque-là n'allait pas le virer sur ses comptes personnels à un pareil moment. Le plus probable était que les fonds avaient été transférés sur un seul et unique nouveau compte, sous un nom d'emprunt, sans doute dans une autre banque offshore. Le FBI essaierait de suivre la piste, mais ce type d'enquête demandait du temps et aussi un peu de chance.

Poker ou blackjack ?

« Pardon ? »

Des reçus. Les dix années de reçus du Mohegan Sun Resort & Casino.

« Je recevais des clients ! Je ne joue pas. Je travaille dans le bâtiment, c'est déjà suffisamment risqué comme ça ! »

2008, une Lexus noire intérieur cuir, flambant neuve. Payée rubis sur l'ongle.

« Mon fils aîné. Cadeau de fin d'études. »

2011, une Cadillac Escalade neuve.

« Pour Dan. Sa précédente voiture avait sept ans ! »

Ce qui les amène à la résidence en Floride en 2010, la Mazda MX-5 il y a tout juste quatre ans. Levesco continue : fausses factures d'un côté, dépenses d'Anita de l'autre. Tessa aurait cru que la directrice administrative passerait sur la défensive. Qu'elle se renfermerait. Mais au contraire, Anita prend son rythme, jusqu'à répondre du tac au tac aux questions du jeune enquêteur. Impressionnant, vraiment. Non seulement les sommes que Denbe Construction a versées tous les ans à des fournisseurs fictifs, mais la façon dont Anita dépense son argent sans complexes. Elle gagne bien sa vie, comme elle ne cesse de le répéter à ses interlocuteurs. Salaire, primes, le tout dûment déclaré, année après année. Et, oui, elle dépense son argent pour sa famille. Maisons, voitures, vacances. Elle travaille dur, ils ont un train de vie confortable. Elle n'a aucune raison d'avoir honte.

Ils tournent en rond. Constantes dénégations concernant le détournement d'argent, pleine reconnaissance des grosses dépenses. Pour finir, Tessa lance un regard à l'agent spécial Adams et hoche la tête. Nicole attendait ce signal. Elle décroche le téléphone et appelle la pièce voisine.

Deux agents sortent dans le couloir. Entre eux, Daniel Coakley, qu'ils sont allés chercher un quart d'heure après son épouse. Ils le font passer à la hauteur de la salle d'interrogatoire juste au moment où Bill, le plus âgé des deux agents du FBI, ouvre la porte, prétendument pour aller chercher à boire.

Anita tourne la tête, voit la silhouette frêle de son mari passer dans le couloir et se fige.

« Mais... qu'est-ce qu'il fait ici ? Vous ne m'aviez rien dit !

— Onze millions volés, répond sèchement Mark. Trois personnes disparues. Vous croyez vraiment que nous n'allons pas remuer ciel et terre ?

— Mais la santé de Dan ! Vous ne pouvez pas l'interroger. Son cœur. Il se fatigue vite, il a besoin de repos.

— Et nous, nous avons besoin de réponses, Anita. Avant quinze heures, demain après-midi. On continuera tant qu'on ne les aura pas. »

À cet instant, en la regardant à travers le miroir sans tain, Tessa a un pincement au cœur pour Anita Bennett. Elle se sent même coupable, puisque c'est elle qui a eu l'idée de faire venir Dan. Mais si elle s'attendait à ce qu'Anita craque, qu'elle avoue tout sur un simple claquement de doigts, elle s'est trompée.

Anita Bennett se contente de hocher la tête. « Mais je ne peux pas vous donner de réponses. Je n'ai pas volé la société. Je ne savais même pas que des fonds avaient disparu. Et j'ignore ce qui est arrivé à Justin. Ce n'est pas moi. Justin est comme ma famille. Et je m'occupe bien de ma famille. Regardez mes relevés. Je suis comme ça : je travaille dur et je prends soin des gens que j'aime. On ne peut pas faire parler quelqu'un qui ne sait rien. On ne peut pas. »

Elle regarde les deux agents du FBI d'un air implorant.

Et à cet instant, Tessa, qui n'a jamais confiance en personne, la croit.

« Merde », murmure-t-elle.

Wyatt, assis à côté d'elle, n'aurait pas su mieux dire.

Ils gardent Anita Bennett jusqu'à minuit. Après quoi, ses réponses et celles de son mari n'ayant jamais varié, Nicole Adams les raccompagne personnellement à leur domicile. La cellule d'enquête reste autour de la table de la salle de réunion, mais personne n'a rien à dire.

« On va continuer à creuser, indique finalement l'agent spécial Hawkes. Envoyer un agent aux Bahamas, voir si on peut obtenir le signalement de la personne qui a clôturé tous ces comptes. C'est une nouvelle piste ; il nous faut simplement plus de temps pour la suivre. »

Tous taisent l'évidence : du temps, ils n'en ont pas.

« Si on parlait du coup de fil de demain après-midi ? » suggère Wyatt.

Hawkes prend la parole : « J'imagine que l'appel sur le portable de Justin viendra d'un numéro masqué, probablement d'un autre iPhone, puisqu'il devra posséder l'application FaceTime. L'opérateur de Justin se tient prêt à géolocaliser l'appel par triangulation via les antennes-relais. Mais ça prend du temps, donc il faudra garder l'interlocuteur en ligne aussi longtemps que possible. Poser des questions, éventuellement s'emmêler les pinceaux avec le numéro de compte destinataire, demander des précisions.

— Nous aurons au maximum dix minutes, rappelle Tessa. Souvenez-vous des instructions : la rançon doit être virée avant quinze heures onze, sinon le premier membre de la famille Denbe…

— Vous pensez répondre depuis leur domicile ? demande Wyatt à Hawkes.

— C'est ce qui est prévu. »

Wyatt, après un temps de silence : « Pourquoi ? »
Hawkes, étonné : « Pourquoi pas ?

— Je me dis que c'est dans le nord qu'il y a de l'action. Étant donné que le blouson a été balancé en plein New Hampshire et vu les critères auxquels doit répondre la planque pour loger autant de gens sans se faire repérer par la police, les voisins, etc. Si vous prenez l'appel ici, il y a des chances que vous soyez au moins à trois heures du lieu où ça se passe. Ou alors, vous pouvez emporter l'iPhone de Justin Denbe à mon bureau. C'est toujours vous qui prendrez l'appel, pas de problème, mais là, vous serez au cœur des événements. »

Tessa embraye. Elle n'y avait pas pensé, mais l'idée la séduit. « Leurs instructions ne précisent pas où nous devons être, fait-elle remarquer. Rien ne nous empêche de partir vers le nord. »

Nicole Adams, de retour, se trouve sur le pas de la porte. « Il ne faudrait pas les effrayer, intervient-elle avec prudence. Ce sera notre seul et unique contact. Si on fait quelque chose d'inattendu, qui pourrait sembler aller à l'encontre de leurs instructions…» Elle ne termine pas sa mise en garde.

«Neuf millions de dollars, ça fait autant de bonnes raisons de ne pas s'effaroucher trop facilement, répond Wyatt.

— Ou alors, on fait comme eux, propose Tessa avec un enthousiasme croissant. Ils nous envoient des vidéos avec un cadrage serré et un arrière-plan minimal? On n'a qu'à en faire autant. On prend un élément de décoration chez les Denbe, disons… cette grande reproduction avec une fleur rouge qui se trouve dans leur salon. On l'accroche dans votre bureau, dit-elle avec un coup d'œil vers Wyatt, et on répond à l'appel de là-bas. Juste assez d'arrière-plan pour que ça paraisse familier. Ça pourrait même être intéressant que les ravisseurs pensent que nous sommes bien au chaud à Boston, alors qu'en fait, nous serons trois heures plus au nord.

— Imiter leurs méthodes, murmure Wyatt. Ça me plaît.

— À moins qu'ils n'exigent des actions qui supposent d'être à Boston», avertit Hawkes.

Wyatt ne voit pas où est le problème. «Vous avez toute une antenne qui grouille d'agents à cinq minutes de chez les Denbe. En quoi serait-ce un problème?

— Dit comme ça, évidemment…»

Ils échangent tous des regards.

«Ça me donne l'impression de faire enfin autre chose que de courir après les événements, dit Wyatt. Depuis le début, les ravisseurs sont aux commandes.

Ils nous disent de sauter, on demande à quelle hauteur. Alors, je ne sais pas si ce sera très utile au bout du compte, mais… ce serait déjà ça. Ça me plairait d'avoir l'impression d'agir. »

Ils sont d'accord.

Demain, à huit heures, ils se retrouveront chez les Denbe. Ils prendront les téléphones, emprunteront un tableau et mettront en scène leur vidéoconférence depuis les bureaux du shérif du North Country.

L'initiative séduit Tessa. Moins de quinze heures, à présent. Et la cellule défiera les ravisseurs. En jeu : la vie de toute une famille. Y compris de la jeune Ashlyn, qui leur a lu les instructions pour la remise de rançon, avec ce regard, quand elle est arrivée à la menace de mort…

Ils vont y arriver. Virer l'argent, apprendre où se trouvent les Denbe et libérer la famille saine et sauve.

À moins, naturellement, que tout ne tourne en réalité autour des onze virgule deux millions de dollars volés à l'entreprise.

Auquel cas, ils ne reverront jamais les Denbe vivants.

36

Ils ne sont pas venus nous chercher très tôt ce matin. Le ciel s'était éclairci de l'autre côté de notre fenêtre étroite. Je me suis réveillée, tournée et retournée sur ma couchette. Puis je me suis rendormie et j'ai rêvé d'attaques de cobras et de flacons orange. La deuxième fois où je me suis réveillée, je me suis forcée à m'asseoir, à affronter la réalité de ma cellule de béton. J'entendais Ashlyn au-dessus de moi, qui se débattait elle aussi dans son sommeil, murmurait tout bas des paroles fiévreuses.

Justin n'était pas sur sa couchette, mais assis par terre, dos à la porte métallique, comme s'il montait la garde. Je me suis demandé s'il avait passé toute la nuit là. Désormais réveillé, la tête droite, les bras posés sur ses genoux repliés, il semblait perdu dans ses pensées, son index tapotant distraitement son autre main, comme s'il essayait de résoudre un problème.

Je joue à mon petit jeu du matin : deviner l'heure. La journée semble déjà bien entamée. Huit heures, neuf heures, dix heures ? Si nous sortons sains et saufs de cet après-midi, je m'inscrirai peut-être à un stage de survie. Je deviendrai la plus vieille jeannette du monde, j'apprendrai à m'orienter en regardant la mousse sur un arbre ou à savoir l'heure qu'il est en observant l'ombre que ce même arbre projette sur le sol. Je pourrais acquérir de nouvelles compétences. Parce que, pour l'instant, les anciennes ne me sont pas d'une grande utilité.

Je vais aux toilettes. Justin me tourne le dos par égard pour moi.

Ensuite, pendant que lui reste dans ses pensées et qu'Ashlyn se débat toujours sur sa couchette, je me débarbouille, à mains nues puisque nous n'avons ni savon ni serviette. Puis, cédant à une impulsion irrésistible, je prends notre cruche en plastique et je m'emploie à la remplir avec de l'eau du robinet. La tête penchée au-dessus du minuscule lavabo, j'en renverse ensuite la moitié sur mes cheveux et je me frictionne furieusement le cuir chevelu du bout des doigts. Je me rends compte que je suis en train d'envoyer des éclaboussures partout, mais ça m'est égal. Je ne peux pas supporter une seconde de plus l'odeur fétide de mes cheveux, la constante démangeaison de la crasse sur ma peau.

Je frotte, je frotte, je frotte. Peut-être que j'essaie de m'arracher la peau, de me défaire de ma misérable existence. Ou peut-être que, dans un an, ce seront là les preuves ADN qui seront utilisées pour reconnaître Z et son équipe coupables de tous les chefs d'accusation : les cellules qui se détachent de ma peau morte, répandues sur toute la surface de ce tout petit lavabo dans cette toute petite cellule dans cette bien trop grande prison.

J'aurais voulu du savon, la douce sensation de la mousse, le parfum rassurant du propre. Mais je continue à frictionner, je verse lentement la deuxième moitié de la cruche sur ma tête, sur les fines mèches de mes cheveux mi-longs. Pour finir, je m'asperge le cou, puis je remonte les manches de ma combinaison et je me frictionne les bras. Quand j'ai fini, je suis trempée, ma combinaison est trempée et le mur de béton est plein d'éclaboussures. Mais je me sens mieux. D'attaque pour la journée. Aussi prête que je le serai jamais.

« Je peux le faire aussi ? » me demande Ashlyn, qui, désormais réveillée, m'observait depuis sa couchette.

Sans un mot, je commence à remplir la cruche.

« Vous vous faites belles pour nos libérateurs ? raille Justin, toujours assis par terre.

— C'est le réveil des lionnes », dis-je en tendant la cruche à ma fille.

La matinée s'éternise, nous sciant lentement mais sûrement les nerfs. Mes cheveux ont séché pendant que je faisais les cent pas entre les couchettes. Ma combinaison aussi. Je ne dirais quand même pas que je suis propre. Juste... moins sale.

Justin a rapidement passé de l'eau sur son visage tuméfié et sur ses cheveux courts. Puis, comme la grande salle commune restait silencieuse (hormis l'incessant bourdonnement des néons), il s'est astreint à un petit régime d'exercices – pompes, abdos, puis tractions en s'accrochant à la couchette du haut.

Ashlyn nous regarde tous les deux comme si nous étions fous. Elle s'est mise en position fœtale, recroquevillée dans un coin de sa couchette d'où elle a une vision panoramique tout en restant prudemment en retrait. Elle me fait penser à un félin.

Absolument pas détendu, qui attendrait le premier prétexte pour s'effaroucher ou vous sauter dessus.

Je la force à boire de l'eau, puisqu'elle est encore en phase de convalescence après sa fausse couche d'hier. J'aurais aussi voulu pouvoir lui donner à manger. De mon côté, j'ai enfin retrouvé l'appétit et mon estomac gronde littéralement pendant que je rôde dans la cellule étroite. Comme c'était à prévoir, je suis enfin prête à me nourrir le jour où nos ravisseurs cessent de nous alimenter.

Veulent-ils que nous soyons affaiblis, exténués, désorientés ? Tout cela fait partie de la guerre psychologique orchestrée par Z. Pour qu'à l'heure dite, à quinze heures cet après-midi, nous soyons prêts à faire tout ce qu'il voudra pourvu qu'il nous jette un quignon de pain.

À moins qu'il ne soit arrivé autre chose ? Et si nos ravisseurs étaient tombés malades, si pour une raison ou une autre ils n'étaient plus en capacité d'agir ? Ils ne nous auraient pas abandonnés, quand même ? Mais s'ils étaient partis, s'ils s'étaient envolés ? Personne ne sait où nous sommes. Nous allons moisir là, littéralement mourir comme des animaux en cage qu'on aurait oubliés. Bien sûr, l'eau nous permettra de survivre la première semaine. Mais après quatorze, quinze jours sans nourriture...

Un nouveau bruit. Un claquement, puis les néons vacillent et le bourdonnement cesse, emportant avec lui la lumière des plafonniers. Notre cellule, qui n'est plus éclairée que par notre meurtrière, est passée de blanc aveuglant à grisâtre, pendant que la salle commune est plongée dans l'ombre, comme une scène soudain privée de projecteurs.

« Ils coupent le courant », murmure Justin.

Et je comprends. Ce que font nos ravisseurs. Ils se préparent à quitter la prison. À conclure la partie avant de prendre la fuite.

Quelle heure est-il ? Je n'arrive pas à me faire une idée en fonction de la hauteur du soleil.

Mais ça vient. Quinze heures.

L'heure des comptes.

J'arrête de tourner en rond, je monte sur la couchette du haut et je prends la main de ma fille.

Au bout d'un moment, Justin nous rejoint. Et nous restons ensemble, bras dessus, bras dessous, en attendant de voir ce qui va nous arriver.

Tessa s'est réveillée à cinq heures et demie. Sa chambre était encore plongée dans le noir. Elle avait dormi trois, quatre heures maximum, et ne comprenait pas ce qui l'avait réveillée. Puis elle a vu la porte s'ouvrir sans bruit et la silhouette pâle de Sophie est apparue.

Elle s'est glissée dans la chambre, tellement silencieuse que Tessa s'est même demandé si sa fille était réveillée. Sophie est sujette au somnambulisme. Il lui arrive aussi de parler dans son sommeil. Ou plutôt de crier.

Mais elle s'est approchée du lit de Tessa, les yeux grands ouverts, le regard vif.

« Maman ?

— Oui.

— Tu as retrouvé la famille ?

— Pas encore. » Tessa a écarté les couvertures. Sophie est montée à bord.

« Tu as cherché dans les endroits froids et sombres ?

— Dans certains.

— Et dans les montagnes ? Tu as vérifié tous les chalets dans les montages ?

— Demain... non, aujourd'hui... je vais aller dans le nord. On va chercher encore.

— Emporte des cookies.

— Tu penses. »

Sophie s'est blottie contre elle. « Elle a besoin de toi, cette fille. »

Tessa a hésité. Sophie était en train de s'identifier à la victime, et vu la tournure que risquaient de prendre les événements... Elle aurait dû se couvrir en cas d'échec, modérer les attentes de sa fille. Mais était-ce même possible, dans de pareilles circonstances ? Elle s'est retrouvée à répondre : « Te perdre a été la pire des choses qui me soient jamais arrivées, Sophie. Rentrer à la maison et découvrir que tu n'étais plus là... Ça m'a fait mal. Comme si quelqu'un m'avait donné un coup de poing dans le ventre.

— Je ne voulais pas partir. Ils m'ont obligée.

— Bien sûr. Je savais que jamais tu ne m'aurais quittée volontairement. Et j'espère que tu sais que jamais je ne t'aurais laissée partir.

— Je sais, maman. Et je savais que tu allais venir. Et que tu allais leur faire payer. »

Tessa a passé ses bras autour des épaules anguleuses de sa fille. « Nous avons eu de la chance, Sophie. Ça paraît bizarre de dire ça, mais on s'est retrouvées. Alors on a eu de la chance.

— Et Mme Ennis.

— Et Mme Ennis.

— Et Gertrude. »

La poupée de Sophie. Avec son œil qu'elles ont soigneusement recousu. « Je veux que cette famille ait de la chance aussi, Sophie. Je vais essayer très fort de les aider. En fait, il y a toute une équipe d'enquêteurs qui se donne du mal pour les aider. Mais des fois, il faut aussi un peu de chance.

— Les endroits froids et sombres.
— Compris.
— Emporte des cookies.
— Entendu.
— Prends ton pistolet.
— Oui.
— Et ensuite, rentre à la maison. Tu me manques, maman. Tu me manques. »

Wyatt ne s'est pas couché. Il a téléphoné, écouté ses messages, fait le point avec son équipe. Ses adjoints avaient du nouveau : un cambriolage avec effraction dans un centre méthadone de Littleton, dans la soirée de samedi. Il se pouvait que cela ait un rapport avec leur affaire – ou pas. Un employé de station-service avait signalé avoir fait le plein d'un fourgon blanc le samedi matin. Conduit par deux gros durs. Ils lui avaient fichu la trouille, disait-il. Il s'était fait la réflexion qu'ils devaient donner dans le trafic de drogue, vu le fourgon entièrement blanc, les regards hostiles. Ils roulaient vers le nord sur la 93, voilà tout ce qu'il pouvait leur dire. L'un des deux mecs avait trois larmes tatouées sous l'œil gauche. Un ancien taulard, c'était clair.

Les services de la pêche et de la chasse avaient découvert un autre fourgon à l'écart d'une route près de Crawford Notch. Un vieux modèle, bleu marine. Abandonné, l'arrière jonché de canettes de bière vides et imprégné d'une forte odeur de marijuana. L'air d'appartenir à des gens qui cherchaient les problèmes, mais sans doute pas à des professionnels du crime.

Etc. Une douzaine de signalements ou peut-être de pistes, mais rien de bien concluant.

À deux heures du matin, Wyatt a arrêté les appels et s'est repenché sur leur carte. Il s'est endormi la tête posée dessus et a rêvé de X et de O et d'Ashlyn Denbe qui lui disait de se dépêcher, qu'il ne restait plus beaucoup de temps.

À six heures, il était réveillé, douché, et il avait remis son uniforme de la veille. Il a retrouvé Kevin dans le hall, ils ont rendu leurs chambres, ils ont pris un café au vol et se sont rendus chez les Denbe, où ils sont arrivés avec trente minutes d'avance, mais tout de même derniers.

L'agent spécial Hawkes avait déjà le portable des Denbe. Nicole avait déjà la reproduction.

Rien de nouveau à signaler. Des agents continuaient à éplucher les dossiers financiers et deux officiers en tenue montaient maintenant la garde devant la résidence des Bennett. Des fédéraux étaient au siège de la compagnie d'assurances à Chicago. L'opérateur téléphonique attendait leur signal pour géolocaliser l'appel dans l'après-midi.

Bref, ils faisaient au mieux de leurs informations et de leurs moyens.

Ils ont pris la route vers le nord et ont rallié les bureaux du shérif de comté à onze heures. À midi, la reproduction des Denbe était accrochée au mur et ils avaient passé en revue une demi-douzaine de scénarios possibles pour la remise de rançon. Nicole prendrait l'appel et les autres seraient là pour l'épauler.

À midi et demi, ils se sont commandé un repas.

À treize heures, Wyatt a fait une dernière fois le point avec la police locale et la police d'État. Ils avaient ouvert un canal dédié via le central, prêt à diffuser les informations à la seconde où ils en auraient.

Il a réétudié la carte.

Treize heures trente, quatorze heures. Quatorze heures quinze. Quatorze heures trente.

Qu'avaient-ils oublié, mais qu'avaient-ils oublié? Il y a toujours un truc. On échafaude des plans, on se prépare, mais au bout du compte, il reste toujours quelque chose.

Wyatt, encore penché sur la carte.

Quatorze heures quarante. Quarante-huit. Cinquante-deux. Cinquante-cinq.

Et si les ravisseurs n'appelaient jamais? Et si l'affaire se terminait comme ça, non pas dans un bouquet final, mais dans un silence radio absolu? La famille était déjà morte, l'escroc qui avait détourné les fonds cherchait à brouiller les pistes. Il n'y aurait pas de libération. Juste de tristes opérations de recherche, qui se prolongeraient des jours, des semaines, des mois, peut-être même des années.

Quinze heures.

Quinze heures une.

Quinze heures deux.

Le téléphone de Justin Denbe se met à sonner.

37

Z se présente à la porte de la cellule. Pour la première fois depuis le début de ce cauchemar, il a l'air tendu et cette façon d'être sur le qui-vive nous met aussitôt à cran. Il est venu avec un sac-poubelle en plastique noir qui contient nos vêtements et il les fait passer l'un après l'autre par la fente de la porte en nous donnant l'ordre impérieux de nous changer.

Nos tenues de Boston : premier pas vers le retour à la vie réelle ? J'en doute. Ashlyn et moi avons déjà dû nous rhabiller pour la vidéo de demande de rançon, et pas parce que Z voulait que nous apparaissions à notre avantage, mais parce qu'il ne voulait donner aucune information sur le lieu où nous étions (des tenues de prisonniers, par exemple). J'ai le sentiment que le même raisonnement s'applique dans le cas présent.

Si la rançon est versée, la police apprendra rapidement notre lieu de captivité. Mais ce n'est pas le genre de Z de renoncer à un atout avant que ce ne soit nécessaire.

Une fois que nous sommes changés vient le moment de quitter la cellule.

« Denbe d'abord ! » Il a crié ça comme à un chien.

Il montre la fente de la porte. Justin présente ses poignets, qui sont aussitôt attachés avec des liens de serrage en plastique. C'est ensuite mon tour. Puis celui d'Ashlyn. Lorsque nous sommes tous ligotés, Z fait un signe de la main et, avec un grésillement suivi d'un déclic, la porte s'ouvre.

Z ne quitte pas des yeux Justin, qui sort le dos droit et la tête haute, son visage couvert d'ecchymoses affichant un air rebelle.

Aussitôt, la tension monte encore d'un cran.

Ne fais pas de bêtise, m'entends-je penser. Je t'en prie, ne fais pas de bêtise.

Mais je ne sais plus ce que cela veut dire. Une fois de plus, nous sommes ligotés et réduits à l'impuissance. Le mot bêtise n'a de sens que si nos ravisseurs ont réellement l'intention de nous libérer. Mais d'autres choix s'offrent à eux, bien entendu. Par exemple, nous mettre une balle dans la tête à la seconde où la rançon aura été créditée sur leur compte. Nous ne pourrons rien faire pour nous défendre. Ce n'est pas comme si la police était juste à côté pour voler à notre secours sitôt la rançon versée.

Bref, nous ne pouvons toujours compter que sur nous-mêmes et je sens les attaches de mes liens en plastique sanglés me rentrer dans la chair des poignets.

Z prend Justin par le coude et fait signe à ces dames de passer devant. Lorsque Ashlyn et moi commençons timidement à avancer dans la salle de jour plongée dans le noir, ils nous emboîtent le pas. Manifestement, Z considère Justin comme l'adversaire le plus dangereux, celui qu'il faut surveiller en permanence. Je voudrais pouvoir ne pas être d'accord avec lui et jubiler intérieurement en me disant : si vous saviez ! Au lieu de cela, je sens monter une crise de nerfs et je dois lutter contre une absurde envie de tirer sur mes cheveux fraîchement lavés.

À l'entrée du sas, nous sommes obligés de nous arrêter. Je me demande qui se trouve dans le poste central informatisé. Mick ou Radar ? Z adresse un signe à la caméra de surveillance et la première paire de portes s'ouvre. Nous entrons. Nouvel arrêt. Les portes se referment derrière nous avec un claquement métallique et nous plongent dans une profonde obscurité, à peine rompue par la faible lueur verte des éclairages de secours qui illuminent de petites zones au sol. Je sens Ashlyn trembler et se rapprocher de moi.

Puis, plus lentement que je ne l'aurais voulu, les lourdes portes s'écartent. Un large couloir se profile devant nous. Lui aussi illuminé par des éclairages de secours. Nous avons déjà dû passer par là, mais tout semble différent sans la lumière vive des plafonniers. La prison donne maintenant l'impression sinistre d'une maison hantée et, même si je sais qu'il fait jour dehors, je me sens coupée du monde, mes épaules se voûtent, je rentre le menton comme si le plafond était plus bas, comme si les murs se rapprochaient.

«Marchez», ordonne Z et, très craintivement, Ashlyn et moi avançons.

Nous suivons les halos de lumière verte jusqu'à une autre paire de portes. Un deuxième sas. Encore un claquement métallique derrière nous. Un bruit qui vous glace les sangs. Et que je ne veux plus jamais entendre.

En se refermant, les portes nous plongent de nouveau dans le noir. Nous attendons, et Ashlyn trépigne sur la pointe des pieds à côté de moi jusqu'à ce que les portes suivantes s'ouvrent avec lenteur devant nous. C'est moi ou l'ouverture a pris beaucoup plus de temps, cette fois-ci? Ça doit être Mick qui est de permanence dans le poste central. Il s'amuse un peu à nos dépens.

Je m'oblige à conserver un visage impassible. Je ne lui ferai pas le plaisir de laisser transparaître ma peur.

Z nous ordonne d'accélérer le pas. À mesure que nous marchons, nous perdons le sens de l'orientation dans le labyrinthe obscur et verdâtre des couloirs de la prison. Là-bas, enfin, un hall lumineux. Nous avons rejoint une zone où de larges baies laissent généreusement entrer la lumière du jour. Et, en face de nous, une pièce close entourée de vitres renforcées par de solides barres horizontales.

Le poste central. Forcément. Je vois des écrans, des tableaux de bord, tout un délire d'équipement informatique qui ne me parle pas, mais qui doit sans doute beaucoup parler à mon mari.

Ils vont le faire. Nous échanger contre une rançon. Nous allons rentrer chez nous; et eux vont empocher neuf millions de dollars.

Nous allons rentrer chez nous.

Je regarde la salle désormais vide, la porte ouverte, notre passeport pour la sécurité.

Je fais encore un pas quand, derrière moi, Z me rattrape par le bras.

«Pas si vite», dit-il.

Et, frissonnante, je sens mon cœur s'arrêter.

« Voilà le topo, continue bientôt Z. Il est quatorze heures cinquante-cinq. Je vais vous laisser entrer dans le poste central. Je vais vous donner un téléphone et vous détacher les mains. »

Z cesse de nous regarder, Ashlyn et moi, pour se concentrer sur Justin. « À ce moment-là, vous aurez le pouvoir de boucler la prison. Vous pourriez même essayer de m'enfermer à l'intérieur. Mais il faut que vous sachiez que Radar et Mick sont déjà dehors, avec tout un arsenal dont ils savent exceptionnellement bien se servir. Je pense qu'à eux deux, ils pourraient descendre trois ou quatre dizaines d'agents de police, les doigts dans le nez. Je sais que ça vous est peut-être égal (son regard se durcit, son cobra, tout crochets dehors, ondule au rythme de ses froncements de sourcils), mais je compte sur ces dames pour être votre conscience morale. » Il darde son regard vers nous. « Soyez raisonnables et tout le monde rentrera chez lui sain et sauf. Essayez de faire les malins et il y aura un maximum d'enterrements vendredi. Y compris le vôtre. Je ne suis pas du genre à pardonner, Denbe. Et je sais où vous habitez. »

Justin ne répond rien.

Je m'interpose entre eux. « Dites-nous ce que vous attendez de nous. »

Z reporte son attention sur moi. « Le reste est facile. Vous appelez le portable de votre mari en vous servant de l'application FaceTime. Vous dites bonjour à la gentille dame du FBI qui espère faire carrière sur votre libération. Vous répétez les instructions pour le virement. Radar surveille le compte. À la seconde où on aura confirmation que la somme a été créditée, on décollera. Si en revanche, à quinze heures onze, on n'a toujours pas reçu l'argent, on passera au plan B. »

Z regarde de nouveau Justin. « Vous voulez connaître la vraie spécialité de Radar ? Il est expert en démolition. Bien sûr, les vitrages de votre poste central sont à l'épreuve des balles. Mais, faites-moi confiance, Radar viendrait à bout d'un char d'assaut. Votre aquarium blindé, ce sera du gâteau. Mieux vaut espérer que nos amis du FBI sauront se tenir. Et qu'aujourd'hui, ils auront eux aussi décidé d'être raisonnables plutôt que de faire les malins. »

Je n'y avais même pas pensé et je sens ma nervosité grandir. « Attendez une minute ! Nous ne les contrôlons pas, nous n'avons aucun moyen de savoir… Et si jamais ils ne font pas le virement ? Ce ne sera pas notre faute ! »

Z se contente de hausser ses larges épaules et nous entraîne vers le poste central. Je suis prise d'une envie de résister. D'un seul coup, ça ne me paraît plus une si bonne idée. J'avais peur que mon mari ne commette des imprudences. Est-ce qu'il faut aussi que je redoute toute une escouade de policiers ?

« Si, à quinze heures onze, nous n'avons pas l'argent, vous entendrez une très grosse explosion. Il serait peut-être bon que vous vous planquiez sous les tables. Histoire de vous donner une petite chance, vous voyez. »

Puis, nous sommes dans le poste et Z dégaine un couteau. Pas le temps de paniquer, pas le temps de crier.

Tchac, tchac, tchac.

Nos mains sont détachées.

Z plaque un téléphone dans la paume de Justin.

Puis il s'en va et la lourde porte se referme derrière lui avec un bang.

Nous sommes seuls, libres de nos mouvements, et pour la première fois aux commandes de notre prison.

Je reste plantée là comme une souche ; regoûter à une quasi-liberté me paralyse complètement.

Mais pas mon mari.

« Bien, annonce-t-il, voilà ce qu'on va faire. »

L'iPhone carillonne toujours. Après une fraction de seconde, Nicole réagit. D'un geste, elle ordonne à chacun de prendre son poste.

Puis elle se place devant le tableau qu'ils ont apporté depuis le salon des Denbe et décroche le téléphone en activant Face-Time.

Hawkes a relié l'appareil à un écran de télévision pour que tout le monde puisse profiter du spectacle.

Justin Denbe apparaît. Son œil enflé et son nez difforme sont atrocement tuméfiés. Mais une indéniable détermination se lit sur son visage.

« Ici Justin Denbe. Je suis avec ma femme, Libby, et ma fille, Ashlyn. » Rapide mouvement latéral du téléphone. Libby Denbe apparaît brièvement, figée sur place, pétrifiée de peur. Leur fille, en revanche, fait littéralement des bonds de nervosité. « Nous sommes en bonne santé et en sécurité. Merci de virer l'argent avant quinze heures onze ou bien ils nous feront sauter. »

Hawkes rappelle, en tournant son doigt en l'air, qu'il faut faire durer la conversation. Nicole tape une fois du pied pour indiquer qu'elle a compris.

« Ici Nicole Adams, agent spécial du FBI. Nous sommes heureux d'être en contact avec vous, Justin, et de recevoir confirmation que vous et votre famille allez bien.

— Vous avez huit minutes, lui répond sèchement Justin.

— Nous comprenons. Et le numéro de compte pour le virement est le... » Nicole énonce la longue suite de chiffres, la répète. Devant l'ordinateur, Hawkes pianote toujours frénétiquement sur le clavier, échange des messages avec l'opérateur téléphonique de Denbe, qui doit être en train de géolocaliser l'appel. Tessa se tient derrière son épaule, Wyatt à ses côtés. Elle s'aperçoit qu'elle retient son souffle.

« La compagnie d'assurances nous a donné pour instruction de virer un million de dollars à titre d'acompte, continue Nicole. Ils refusent de débloquer le reste de la somme sans garantie supplémentaire quant à votre sécurité.

— Dans six minutes, répond Justin avec brusquerie, soit ce compte reçoit neuf millions de dollars, soit ils nous font sauter.

— Est-ce qu'ils sont là, Justin ? continue Nicole sur le même ton. Est-ce que je pourrais parler au responsable ?

— Non.

— Non, je ne peux pas lui parler ?

— Non, ils ne sont pas là. Nous sommes seuls dans le poste central informatisé. Comme nous pouvons les empêcher d'entrer, ils ne peuvent pas s'en prendre à nous directement. En revanche, avec des explosifs... » Justin parle sur un drôle de ton. Il ne paraît pas nerveux à Tessa. Simplement... lugubre. Un homme qui ne se fait pas d'illusions.

À côté d'elle, Wyatt articule silencieusement les mots «poste central informatisé» en la regardant. Elle ne comprend pas ce qu'il veut dire.

«Libby et Ashlyn sont avec vous, mais pas vos ravisseurs? Vous êtes seuls?» continue Nicole. Son visage reste de marbre, mais une de ses jambes tremble sous elle. Du poker de haute voltige, la vie de plusieurs individus étant en jeu.

«Cinq minutes», prévient Justin. Et, pour la première fois, sa voix se brise : «Écoutez, je sais que vous essayez de géolocaliser l'appel. Ils le savent aussi. Je vous le dis : vous n'avez pas le temps. Pendant encore cinq minutes, ma famille et moi sommes en sécurité. On n'aura pas mieux. Alors virez-moi cet argent de merde sur ce compte de merde ou alors la séquence suivante, ce sera ma fille, ma femme et moi réduits en miettes par une explosion!

— Je comprends. Votre sécurité est notre principale préoccupation. Naturellement, nous devons collaborer avec la compagnie d'assurances...

— Écoutez-moi. Ceci n'est pas une négociation. Je ne suis pas en contact avec nos ravisseurs, ils ne sont pas en ligne. Ils sont très loin, un détonateur à la main. Et un œil sur le compte. Soit l'argent y apparaît avant quinze heures onze, soit ils appuieront sur le bouton de mise à mort. Voilà le choix.»

«Poste central informatisé», murmure de nouveau Wyatt à Tessa. Il lui décoche un coup de coude, comme si ce terme devait lui dire quelque chose. «Les objets personnels sur le plan de travail de la cuisine : portefeuille, bijoux...

— Justin, dit Nicole. Je comprends votre inquiétude. Croyez-moi, nous sommes de votre côté. Mais s'ils ont piégé la salle avec des explosifs, comment savoir s'ils ne les feront pas sauter de toute façon ?

— Parce que des hommes riches ont tout à gagner à s'en tirer sans bavures. Pas des pauvres. »

À ce moment-là, Tessa comprend. Elle se retourne vers Wyatt et dit tout bas, les yeux écarquillés : « Une prison. D'où le poste central informatisé. Mais comment faire entrer une famille en douce dans une prison, à moins que… »

Wyatt a un coup d'avance. « Le nouveau pénitencier d'État, dit-il, la mine sombre. Achevé l'an dernier, jamais ouvert. Les gens du coin sont encore furieux des emplois qui n'ont pas été créés, de l'argent des contribuables qui a été jeté par les fenêtres. Combien vous voulez parier…

— Il a été construit par Denbe Construction.

— Autrement dit, Justin sait parfaitement où il se trouve. Et s'il ne donne pas leur localisation…

— C'est qu'il a peur.

— Les ravisseurs doivent réellement avoir piégé la salle. » Wyatt attrape un calepin jaune. Avec un énorme marqueur noir, il écrit : VIREZ $$. Et il le montre à Nicole.

L'agent spécial ne cille pas et dit simplement dans le combiné : « Bonne nouvelle, Justin : la compagnie d'assurances a donné le feu vert pour les neuf millions. Le virement est en cours. Plus que quelques minutes, Justin. Et votre famille et vous serez en sécurité. »

Tessa et Wyatt n'attendent pas la suite et quittent la pièce en trombe, Wyatt déjà à la radio pour réclamer des renforts sur le canal d'urgence présélectionné. Puis ils sortent dans le parking, grimpent dans sa voiture de patrouille.

« C'est à quarante kilomètres au nord, dit Wyatt. On devrait y être dans vingt minutes. »

Il met la sirène et démarre sur les chapeaux de roue.

38

Justin est au téléphone. Il parle, parle, parle.

À côté de lui, Ashlyn trépigne ; elle se ressemble davantage, vêtue de ce vieux pyjama, mais ses traits sont excessivement tirés et l'angoisse émane de toute sa silhouette crispée.

Quant à moi... Pendant ce qui risque d'être les dix dernières minutes de ma vie, je reste désemparée. Je fais le tour de la pièce, plus spacieuse que je ne l'aurais imaginé, occupée en son centre par un large pupitre en fer à cheval ; des talkies-walkies sont posés sur leur base le long du mur et plusieurs portes s'ouvrent, je suppose, sur des réserves. Je trouve le fameux tube métallique dans lequel, en cas d'urgence, un gardien laissera tomber toutes les clés pour les mettre hors de portée des mutins et ainsi empêcher ces derniers d'accéder aux armes à feu et aux munitions.

Je tourne mon attention vers le grand pupitre de contrôle, fais glisser mes mains sur le plateau en Formica blanc, les divers écrans plats qui y sont encastrés, légèrement inclinés, et la demi-douzaine de micros qui y ont poussé comme des mauvaises herbes. Les gardiens restent enfermés ici, me dis-je, isolés par leur propre puissance. Une mini-bande de magiciens d'Oz, qui voient tout, commandent tout, mais restent piégés à jamais derrière leur rideau de verre.

Au-dessus de moi, une série de quatre écrans plats fixés au plafond. Ils sont éteints maintenant, mais je devine que c'est comme ça que nos ravisseurs nous ont tenus à l'œil, en sélectionnant les images parmi celles des dizaines, sinon des centaines, de caméras de surveillance. Ils nous ont regardés pleurer. Nous battre. Être lentement mais sûrement ravalés au rang d'êtres inférieurs, une famille totalement détruite.

D'un seul coup, ça me rend folle. Qu'ils aient violé notre intimité comme ça. Qu'assis bien tranquillement dans cette salle, ils aient peut-être même fait des paris sur notre détresse. Dix que la femme est la première à chialer, cinq que la fille ne peut pas pisser avec des spectateurs.

Je les hais. Intensément. Violemment. Et ça me donne un désir pervers de les voir. Ce serait un juste retour des choses. Ils ont pu nous regarder comme des animaux dans un zoo, mais maintenant c'est nous qui avons le pouvoir. Et rien dans les instructions de Z ne précisait que nous n'avions pas le droit d'observer leurs faits et gestes.

Je me penche sur le pupitre et, pendant que mon mari voue aux gémonies un agent du FBI qui ne lui a pas obéi au doigt et à l'œil, j'allume des écrans de contrôle et je commence à explorer le programme de surveillance.

« Maman ? demande Ashlyn en se rapprochant.

— Juste pour prendre la machine en main, chérie. Dis-moi, si tu voulais voir ce que filment les caméras extérieures, sur quelles touches tu appuierais ? »

Ashlyn passe un bras devant moi, appuie sur l'écran de contrôle où une touche blanche indique « sécurité » et nous parcourons toutes les deux le menu qui s'affiche.

Il y a une horloge dans le coin en bas à droite de l'écran. Quinze heures neuf. Deux minutes avant que nos ravisseurs ne renoncent et ne passent à l'offensive. Peut-être même qu'ils ne nous fassent sauter, comme l'affirme Justin.

Je ne pense pas que Z fera exploser la salle entière. Il m'a plutôt fait l'effet d'un homme qui se contenterait de faire sauter la porte du poste central. Comme ça, il pourrait s'avancer à pas lourds au milieu des décombres fumants, dégainer un Glock 10 et terminer son affaire les yeux dans les yeux. Moins de gâchis de munitions.

À l'écran, une camionnette apparaît soudain. Elle grandit encore et encore jusqu'à occuper la quasi-totalité du cadre. Je me retrouve à observer Radar, assis au volant. Il ne regarde pas la caméra, sans doute fixée au-dessus du portail de la prison, mais vers la portière passager, comme s'il attendait quelqu'un.

Z et Mick, ses complices. Il passe les prendre.

Alors qu'il était censé être sur le toit. Armé jusqu'aux dents et prêt à tirer sur les forces d'intervention.

À moins que l'argent n'ait été versé. Viré directement sur leur compte. Justin a raison : des hommes riches ont neuf millions de fois plus de raisons de déguerpir en vitesse que des pauvres.

L'horloge en bas de l'écran indique quinze heures dix.

Radar, son téléphone à la main, parle à quelqu'un hors champ.

Je lance un coup d'œil vers Justin. « Ils ont payé ? C'est bon, l'assurance a payé ? »

Justin, dans le téléphone : « L'argent est sur leur compte ? Il est quinze heures onze, dites-moi que l'argent est sur leur compte ! »

L'agent du FBI, d'une voix toujours aussi claire et pleine d'autorité : « Justin, on me confirme que le virement est en cours. »

Radar regarde son téléphone, appuie sur quelques touches. Parle à la personne hors champ.

« Justin, la rançon a été versée. Pouvez-vous nous indiquer où vous vous trouvez ? Nous avons des agents prêts à venir délivrer votre famille.

— Maman ! » s'exclame Ashlyn, qui se pend à mon bras et saute à cette annonce. Nous sommes sauvés, la rançon a été versée, nous sommes sauvés, la police arrive.

Justin, d'une voix soudainement lasse, comme si la bonne nouvelle l'avait davantage épuisé que l'imminence de notre mort : « Nous sommes à la nouvelle prison d'État. Dans le... »

Boum !

Le souffle coupé, je me tourne vers la porte du poste central, m'attendant à voir Z émerger de la fumée et des décombres tel Terminator, prêt à massacrer tous les flics du commissariat ou, dans le cas présent, une famille sans défense prisonnière d'un poste central informatisé.

Mais la porte du poste central est intacte, la rangée de fenêtres à barreaux intacte. Pas de Z. Pas de décombres fumants.

« *Maman !* » hurle ma fille comme une folle en me tirant sur le bras.

Je fais volte-face juste à temps pour voir Mick sortir en trombe de ce que j'avais pris pour une réserve. Il affiche un sourire de dément et, comme l'avait dit Z, il est armé jusqu'aux dents.

« Je vous ai manqué ? » gronde-t-il.

Puis il lève son semi-automatique et, tandis que nous sommes là, poissons prisonniers de leur bocal, il nous tire dessus comme à la foire.

Wyatt est au volant, Tessa au téléphone. Elle parvient à joindre Chris Lopez et exige de savoir tout ce qu'il peut leur dire sur la prison d'État que Denbe a construite au fin fond du New Hampshire.

Perdue au beau milieu de deux cent cinquante hectares de montagnes, de marais et de zones inhabitées. Bourgade la plus proche à trente kilomètres. Commissariat le plus proche encore un peu plus loin. Un établissement tellement isolé qu'il était prévu de loger l'équipe de surveillants sur place, sauf que la prison n'a jamais eu de budget de fonctionnement et que les baraquements sont donc restés vides.

Aucune aide possible dans les environs. Les premiers représentants des forces de l'ordre n'y seront pas avant quinze ou vingt minutes.

Sur la fréquence de la police crépitent les dernières nouvelles : des coups de feu ont été entendus dans le portable de Justin Denbe. Des cris de femme. La communication avec la famille Denbe est à présent coupée et on ne parvient pas à la rétablir.

« Accélérez, ordonne Tessa à Wyatt.

— Là, vous voyez, c'est pour ça que vous devriez fréquenter des shérifs. On conduit vite, mais aussi avec notre tête. »

Wyatt donne un brusque coup de volant à gauche et la voiture prend, sur les chapeaux de roue, un chemin de terre dont Tessa aurait juré qu'il s'agissait d'un simple sentier. Et alors qu'elle se cramponne comme une malheureuse à la poignée de sa porte, voilà qu'il appuie encore sur le champignon.

La voiture fait un bond en avant et file ventre à terre.

« Dans le New Hampshire, le chemin le plus court entre deux points est rarement une route goudronnée. Mais si on sait où regarder, on peut presque toujours trouver un chemin de terre. Dix minutes, annonce-t-il. Plus que dix minutes et on aura la prison en ligne de mire. »

« La porte ! hurle Justin. La porte, la porte, la porte ! »

Au début, je ne comprends pas ce qu'il veut dire. Il est à terre, la première balle de Mick l'a fait tomber comme une pierre et une tache rouge s'est épanouie sur son épaule. Ashlyn a poussé un cri et s'est instinctivement cachée derrière moi, me laissant seule d'un côté du grand pupitre de contrôle, et Mick, qui affiche toujours son grand sourire de dément, de l'autre.

Il tourne son arme vers moi. Je me baisse, puis j'entends un grognement et je le vois chanceler ; Justin, à terre mais pas vaincu, vient de lui donner un coup de pied dans le genou.

« Porte ! » crie-t-il de nouveau.

Alors je comprends. Nous sommes piégés. Dans un espace aussi réduit, Mick va nous faucher en quelques secondes. Fuir vers l'intérieur de la prison, où nous pourrons trouver la sortie ou du moins nous disperser, est notre unique chance de survie.

Je me redresse et, la tête rentrée dans les épaules, j'appuie frénétiquement sur l'écran tactile en espérant de toutes mes forces tomber sur la commande des portes. Nous étions allées dans le menu «sécurité». J'avais vu une touche de désactivation des serrures. Mais où ça, où ça, où ça…?

Un autre coup de feu. Deux, trois, quatre. D'instinct, je fais le dos rond et je crois sentir le souffle de la dernière balle qui siffle à mon oreille.

Alors ma fille se redresse, le regard farouche, et sa longue chevelure n'est plus qu'une tignasse pleine de nœuds lorsqu'elle soulève une chaise de bureau à roulettes pour la lancer de toutes ses forces vers Mick.

«Je vous déteste, hurle-t-elle. Je vous déteste, je vous déteste, je vous déteste, merde!»

Une deuxième chaise vole et c'est maintenant Mick qui cherche à se mettre à l'abri; il jure en se prenant les pieds dans une chaise, il tombe, veut se relever, prend de nouveau un coup de pied dans le genou de la part de Justin et chute lourdement.

Là! Désactiver. J'appuie sur la touche rouge vif. «Confirmez-vous?» couine une boîte de dialogue. La désactivation ouvre toutes les portes intérieures et extérieures…

Désactiver, désactiver, désactiver! Oui, oui, oui, oui!

Ashlyn a découvert les talkies-walkies. Une douzaine sur des stations de chargement alignées le long du mur. Elle en fait des projectiles, qu'elle lance les uns après les autres à la tête de Mick. Il jure encore, coincé derrière le pupitre par la guérilla qu'elle lui mène sans relâche.

La porte du poste s'entrebâille juste au moment où Ashlyn jette le dernier appareil. Je ne vois pas Justin, mais j'entends sa voix et son ordre clair : «Courez, bon sang. Tirez-vous!»

Je ne me le fais pas répéter. Nous avions un accord, de parent à parent. Nous deux ne comptions pas. C'était Ashlyn, l'essentiel.

J'attrape la main de ma fille et je l'entraîne hors du poste central.

Pendant que, derrière nous, Mick recommence à tirer.

Wyatt franchit le sommet de la côte à un train d'enfer. La voiture fait un bref vol plané et c'est alors que Tessa le découvre : à une bonne quinzaine de kilomètres, un immense complexe perché sur une éminence, dominé par un mastodonte qui doit être le centre pénitentiaire et entouré de kilomètres de clôture en fils barbelés.

Atterrissage. Ils grognent tous les deux à l'impact. Puis, alors que la voiture chasse de l'arrière, Wyatt redescend par le chemin de terre et les fait sortir des bois comme un bolide pour retrouver le macadam. À droite toute, et ils repartent vers le nord, filant sur une route toute neuve; autour d'eux, la masse indistincte des arbres forme un long tunnel de verdure.

«C'est gigantesque! s'exclame Tessa. Comment est-ce qu'on va les retrouver?

— On suivra le bruit des coups de feu. Vous avez votre gilet sur vous ?

— Oui. »

Toute l'équipe en a enfilé un à quatorze heures trente. Au cas où l'appel aurait débouché sur un assaut ; même s'il espère le meilleur, un bon policier se prépare toujours au pire.

Tessa ne peut pas s'empêcher de penser à Sophie, qui a déjà perdu son père. Et à sa prophétie : *Cherche-les dans un endroit froid et sombre.* Quoi de plus froid et de plus sombre qu'une prison déserte ?

Comme l'a dit Sophie, Ashlyn a besoin d'elle. Toute la famille a besoin d'elle.

« Je veux le fusil », dit Tessa.

Wyatt écrase le champignon et la voiture repart comme une fusée.

En sortant du poste central, nous nous retrouvons dans le couloir principal.

« Papa, proteste Ashlyn, sa main encore dans la mienne.

— On sort, on sort, il faut sortir.

— Papa ! » Ma fille se braque pour de bon, cherche à nous arrêter.

Je me retourne vers elle, et j'ai l'air si féroce, ou peut-être si dérangée, que ma fille en a le souffle coupé. « Tu l'oublies, Ashlyn Denbe. Moi aussi, tu m'oublies, s'il le faut. Tu te sauves. C'est ton dernier ordre, la seule consigne dont je veux que tu te souviennes. Tu survis. Voilà ce qu'exigent tes parents.

— Maman...

— Tais-toi, Ashlyn. Il arrive. Maintenant, *cours* ! »

Et elle le fait, elle file droit dans le couloir vers les portes extérieures. J'aimerais pouvoir dire que ce sont mes paroles qui l'ont motivée, mais il est beaucoup plus probable qu'elle a eu peur du rugissement inhumain de Mick, qui sortait du poste central en titubant et se tournait vers nous.

J'ai une image fugitive : celle d'une espèce de colosse gonflé aux hormones avec du sang qui ruisselle sur la moitié de son visage, là où certains projectiles d'Ashlyn ont fait mouche. Il est entièrement vêtu de noir, avec un gilet dont semblent jaillir des pistolets et des munitions. Et il a un couteau. Sanglé sur l'extérieur de la cuisse. Un énorme couteau de chasse luisant dont je devine que rien ne lui fera plus plaisir que de s'en servir pour m'éventrer.

Il lève d'abord le pistolet et le pointe droit sur moi, alors que je suis figée, encore clouée sur place. Il appuie sur la détente. À dix mètres, du tout cuit pour un tireur d'élite comme lui. Clic : plus de balle dans le chargeur.

C'est plus fort que moi, je souris devant l'ironie de la situation.

Alors Mick jette l'arme sur le côté et se rue vers moi.

Je cours, suivant l'exemple de ma fille, vers les portes extérieures. Si seulement nous arrivions à sortir, il y aurait tellement d'endroits où se cacher. Et la police doit être au courant. Les agents étaient au téléphone, ils ont bien dû voir quelque chose, ils ont tout entendu. Ils doivent être en route.

Si seulement nous arrivions à sortir.

Ashlyn est arrivée la première aux doubles portes vitrées. Elle courait si vite que celles-ci se sont ouvertes comme de l'eau devant un plongeur. J'ai aperçu un fin rayon de lumière vive et Ashlyn est passée de l'autre côté.

Les pas de Mick, ses lourdes bottes, qui résonnent de plus en plus fort derrière moi.

J'essaie de mettre le turbo, une quarantenaire en état de manque, presque complètement brisée, qui essaie de reconquérir un peu de sa jeunesse perdue.

Je ne vais pas y arriver. Mick est en forme et bien entraîné. Alors que moi, j'ai déjà le cœur qui bat à tout rompre dans ma poitrine. Je me sens à la fois étourdie et nauséeuse et j'essaie de puiser en moi assez d'énergie pour passer à la vitesse supérieure, avant de me rendre compte qu'il ne m'en reste plus. Voilà ce qui arrive quand on se drogue, me dis-je bêtement. On dirait que quatre mois sous antalgiques ne sont pas bons pour le corps.

Les portes vitrées sont si proches, si seulement je pouvais les franchir…

Et là, la lumière du jour apparaît comme par magie devant moi. Les portes se sont ouvertes toutes seules.

Z se tient là, impassible, alors que je fonce droit sur lui. Il tient le bras d'Ashlyn serré comme dans un étau, il le lui tord dans le dos et elle grimace de douleur. Derrière lui, Radar attend au volant du fourgon dont le moteur tourne au ralenti, porte latérale ouverte.

Évidemment, je les ai vus se garer là. Quelle imbécile ! Nous avons couru vers eux, nous nous sommes jetées dans les bras de nos ravisseurs.

Je ne peux pas retenir mon cri. De rage, de frustration et d'épuisement absolu.

Et ensuite, parce que je n'ai plus rien à perdre, je me jette sur Z, l'homme qui retient ma fille, pour lui arracher les yeux.

« C'est où, c'est où ? » demande Tessa. Ils ont franchi un premier panneau recommandant aux automobilistes de ne pas s'arrêter pour prendre d'auto-stoppeurs. Puis un autre les informant qu'ils se trouvent sur une propriété appartenant à l'État. Ensuite doit venir la clôture d'enceinte, surmontée de fils barbelés, puis enfin un poste de garde qui marquera l'entrée du complexe.

Mais pour l'instant, rien.

Le ciel reste vide au-dessus d'eux. Aucun signe de l'hélicoptère du FBI qui a dû décoller de Concord. Pas d'autres sirènes hurlantes, alors que la police locale est certainement en route et que le groupe d'intervention de l'État a dû être activé.

Enfin, droit devant, le premier aperçu de la double clôture, barbelée, électrifiée, cinq mètres de haut.

« Fusil », ordonne Wyatt.

Tessa s'emploie à décrocher l'arme de son râtelier pendant que Wyatt franchit la clôture comme une flèche, tourne à droite dans un crissement de pneus et pénètre enfin dans le complexe.

Z tombe à terre. Je ne sais pas à quoi il s'attendait. À ce que je rende les armes, que je capitule, que je m'effondre. Mais certainement pas à ce que je passe à l'attaque.

Ashlyn tombe aussi sur le côté et je m'agrippe à lui, je lui laboure le visage de mes ongles déchiquetés, j'essaie d'enfoncer mes pouces dans ses orbites.

Le cobra qui entoure son œil gauche siffle vers moi, mais je ne m'en occupe pas, concentrée sur ma mission. Mutiler. Blesser. Faire couler le sang.

Mais je suis alors brutalement arrachée au corps de Z. Mick m'a attrapée dans ses bras énormes et soulevée de terre. J'entends le tissu délicat de mon élégant cache-cœur se déchirer ; fini la tenue de Boston. Et ensuite Mick me projette dans les airs. Je me reçois violemment dans l'allée goudronnée et le choc me coupe le souffle.

Z se relève d'un bond, une main sur l'œil gauche, pendant que Mick sort son couteau de son étui et se met en garde face à ma fille et moi.

J'avais raison, tout à l'heure : la lame, crantée, est immense. Et Mick a hâte de s'en servir. Vraiment hâte. Il essuie le sang qui coule de sa plaie au front et nous sourit.

Ma fille est toujours à terre à côté de moi. Elle pousse un petit hoquet et je lis la peur sur son visage lorsqu'elle se relève précipitamment.

Mick lance le couteau de sa main droite à sa main gauche et inversement. Il fait son petit numéro.

Z, de son côté, retourne à pas lents vers le fourgon, la main toujours sur l'œil. Clairement, il pense que Mick est de taille à nous régler notre compte.

« Quand je te le dirai, dis-je tout bas à ma fille, je veux que tu retournes dans la prison. Tu disparais. Tu te planques là où tu pourras. La police arrive, il s'agit seulement de gagner du temps. »

Ashlyn ne dit rien. Je devine qu'elle a compris la décision que je viens de prendre. Et peut-être qu'elle aurait protesté ou qu'elle se serait dérobée, sans ce couteau, cette gigantesque lame d'acier, qui lance des éclairs en passant d'une main à l'autre...

Je regrette que Mick soit tombé à court de munitions. J'aurais de loin préféré prendre une balle. Alors qu'il y a un côté intime dans une agression à l'arme blanche. Il va falloir qu'il s'approche, qu'il me porte des coups, mais la lutte qui s'ensuivra donnera à Ashlyn le temps de fuir. Justin a fait sa part dans le poste central. À moi de jouer.

Mais je me demande, un bref instant, si Mick n'aurait pas d'autres armes à feu dans ce gilet. Si j'arrivais à appuyer sur une détente. Un seul tir, à bout portant...

Je viens de commencer mon examen, lorsque Mick se jette vers moi.

Pas de rugissement, cette fois-ci.

Juste un brusque et silencieux mouvement vers l'avant, qui me prend complètement de court. Je vois le couteau décrire un arc de cercle, j'entends le cri de surprise d'Ashlyn et, d'un seul coup, cent kilos de menace féroce remplissent mon champ de vision.

Est-ce que ma fille est en train de fuir ? Je l'espère.

J'opte pour la seule tactique qui me paraisse viable, souvenir fugace d'un article lu sur un site Internet ou peut-être d'une anecdote entendue au club de tir de Justin : face à un adversaire plus puissant dans un combat au corps à corps, il faut réduire la distance qui vous sépare de lui. En fait, il faut même entrer dans la zone d'intimité, où votre adversaire ne pourra plus vous assener de coups avec toute sa force de frappe.

En l'occurrence, j'avance vers Mick. Cela l'oblige à s'arrêter net, mais son élan et le grand mouvement circulaire de son bras le déséquilibrent. Cette fraction de seconde me suffit à me retrouver sous son aisselle, tout contre sa poitrine. Je dois avoir l'air de l'enlacer dans une étreinte passionnée, mais en fait je palpe à toute vitesse son gilet tactique, à la recherche de tout ce qui pourrait m'aider.

J'ai l'habitude de tirer. Si seulement j'arrivais à mettre la main sur une arme à feu, sur n'importe quoi, à cette distance...

Mick m'attrape par les épaules et me repousse violemment. Je trébuche, je résiste de tout mon poids, mais ce n'est pas avec mes malheureux cinquante-cinq kilos...

Il me projette sur la chaussée et je ressens aussitôt la douleur cuisante de centaines de petits gravillons qui m'arrachent la paume des mains. J'en suis encore à essayer de me relever, lorsque Mick reprend sa position, jambes fléchies, et que la lame, qu'il passe avec maîtrise dans sa main droite, lance un éclair vif.

Je n'ai plus de combine en réserve. Je relève la tête et regarde la mort marcher vers moi.

Les portes vitrées de la prison s'écartent d'un seul coup.

Justin sort du bâtiment, titubant. Sa chemise bleue préférée est trempée d'un sang rouge vif, ses lèvres retroussées forment une grimace inhumaine. Un coup d'œil à droite, il me voit. Un coup d'œil à gauche, il voit Mick.

Alors il se rue tête baissée vers la brute qui agresse sa famille avec un couteau.

« Non ! »

Le cri de Justin. Le mien. Dix-huit années de nos vies si étroitement mêlées, y compris en cet ultime instant.

Mick lève son couteau, autant à cause de la surprise que pour se défendre.

Justin continue sur sa lancée. Et Mick poignarde mon mari en pleine poitrine.

Un hoquet. Un nouveau cri. Ashlyn, cette fois-ci, depuis le seuil de la prison où elle a réapparu, cette enfant certaine que son père pouvait pourfendre les monstres.

Puis un nouveau bruit, lointain encore, mais de plus en plus proche.

Des sirènes. Les secours qui arrivent, enfin.

Trop tard pour Justin.

Mais peut-être...

Je lance un vif coup d'œil vers Z, accroupi dans le fourgon, et dans son regard je vois des regrets. Non pas d'avoir tué mon mari, j'en suis certaine. Mais de ne plus avoir le temps de nous liquider aussi.

Justin s'est effondré sur Mick, un bras empêtré dans son gilet, et son corps est encombrant au point de les clouer tous les deux sur place. Alors Z saute du fourgon. Comme les sirènes se rapprochent, il semble arriver à une décision : plutôt que de prendre le temps de dégager le bras de Justin, il aide son complice à hisser le cadavre tout mou de mon mari dans le véhicule et Mick roule à l'intérieur avec lui. Z remonte à son tour.

La porte du fourgon coulisse.

Radar fait hurler le moteur.

Et ils partent dans un grand vrombissement. Comme ça. Plus riches de neuf millions. Ces assassins qui ont tué mon mari de sang-froid. Ils prennent la fuite.

Ma fille ne crie plus. Ne pleure plus.

Elle reste figée là, complètement sonnée.

Après quelques instants, je vais vers elle et je prends dans mes bras ses épaules tremblantes. Enlacées, nous écoutons les sirènes se rapprocher en nous demandant si nous pourrons un jour nous sentir de nouveau en sécurité.

39

Tessa est la première à apercevoir Libby et Ashlyn Denbe. Elles se trouvent sous un passage couvert devant l'entrée principale de la prison. Les vêtements de Libby sont en lambeaux et maculés de sang. Par comparaison, Ashlyn semble en meilleur état, mais absente. Le choc, le traumatisme, le stress.

Wyatt freine d'un coup sec à quelques mètres d'elles et ils ouvrent largement leurs portières, armes à la main.

« Libby et Ashlyn ? » demande Wyatt, encore abrité derrière sa portière.

La femme répond. D'une voix sourde, mais étonnamment calme. « Oui.

— Combien de personnes reste-t-il sur place ?

— Ils sont partis. Il n'y a plus que nous. Les commandos... tous partis. Mon mari. *Parti*... » La voix de Libby se brise. Elle étreint la silhouette toujours tétanisée de sa fille, sans qu'on puisse trop savoir si elle cherche à donner ou à recevoir du réconfort.

Wyatt et Tessa échangent un regard. En situation d'urgence, la priorité numéro un est de sécuriser les lieux, puis de prendre soin des victimes avant de se lancer aux trousses des malfaiteurs.

Ils s'attellent à la tâche.

À l'époque où Tessa était patrouilleuse, elle transportait dans sa voiture de quoi ravitailler tout un petit village. Wyatt voit manifestement les choses du même œil, car, de son coffre, il sort des couvertures, de l'eau et des barres énergétiques. Sans un mot, Tessa se dirige droit vers les femmes, tandis que Wyatt, fusil pointé, procède à une rapide inspection du bâtiment.

« Je m'appelle Tessa Leoni, explique-t-elle d'une voix posée en s'approchant à grands pas. J'ai été engagée par Denbe Construction pour aider à vous retrouver. »

Libby et Ashlyn la regardent avec de grands yeux. De près, Tessa découvre que l'adolescente est d'une pâleur anormale. Elle commence aussi à trembler. Il ne s'agit encore que de petits frissons, mais son état conduira bientôt à de violentes secousses si l'on n'y remédie pas rapidement. Tessa lui pose deux couvertures en laine sombre sur les épaules et lui tend une bouteille d'eau en lui donnant l'ordre de boire.

Libby Denbe frictionne les bras de sa fille. Ses mains portent des traces de coupures et des hématomes sont en train de se former sur son visage et dans son cou. Et pourtant, elle semble quand même moins mal en point que sa fille.

« Ashlyn ? la sollicite Tessa avec plus de douceur. Ashlyn, ma belle, j'ai besoin que tu me regardes. Tu es en train d'entrer en état de choc. Si on ne fait rien, tu vas te sentir beaucoup plus mal d'ici très peu de temps. J'ai besoin que tu prennes de l'eau, peut-être que tu manges un morceau… »

La jeune fille la regarde simplement avec des yeux comme des soucoupes, pendant que Libby frictionne de plus belle son corps emmitouflé.

Tessa fait une seconde tentative : « Ashlyn, tu peux me dire quel âge tu as ? »

Ashlyn cligne lentement des paupières. Petit à petit, ses yeux noisette trop grands font le point, son front se plisse un peu.

« Quinze ans ? finit-elle par murmurer, mais c'est plus une question qu'une réponse.

— Je suis avec la police, Ashlyn. Tu vois ce policier en uniforme, là-bas ? Il travaille pour le shérif du comté. Bientôt, tu vas entendre encore d'autres sirènes. Nous sommes tous là pour toi, Ashlyn. Pour toi et pour ta famille. Nous sommes là pour vous protéger.

« Mon père... », souffle Ashlyn.

Elle lance un rapide coup d'œil vers sa mère et Tessa voit les larmes rouler sur les joues de Libby.

« Il nous a sauvées, raconte celle-ci d'une voix éraillée. Mick était caché dans le poste central. Il avait un pistolet, des couteaux, tout un arsenal. Il a tiré sur Justin, nous avons réussi à nous échapper *in extremis*... Mais il nous a pourchassées, avec un couteau énorme. Et il était tellement plus grand que moi. Tellement plus fort. J'ai dit à Ashlyn de courir se cacher. Je ne voulais pas qu'elle voie... Mais elle a croisé Justin dans le couloir. Même avec une balle dans l'épaule... Il m'avait juré de nous protéger. Quoi qu'il arrive. Par tous les moyens. Il ne nous laisserait pas tomber.

— Mick l'a poignardé, éclate soudain Ashlyn. Il a pris son couteau et il, et il... Je le déteste ! Je le déteste, je le déteste, je le déteste. On lui a tiré dessus avec le Taser. On l'a frappé, on s'est battues. Pourquoi est-ce que les hommes comme lui ne meurent jamais ! »

Le barrage cède. Ashlyn fond en larmes et tombe dans les bras de sa mère. Libby l'étreint et elles se cramponnent l'une à l'autre, ces deux rescapées d'une famille de trois.

Tessa ne dit pas un mot. Il y a deux ans, lors de cette fameuse nuit enneigée, Sophie et elle en ont fait autant. D'ailleurs, elles continuent. Parce qu'il y a des douleurs qui ne passent pas d'un simple claquement de doigts. Même si le fait de savoir qu'elles sont au moins là l'une pour l'autre rend les mauvais jours plus supportables.

Wyatt revient et lui glisse à l'oreille : « Traces de pneus, dans le sens de la descente. Ils doivent avoir rejoint une route, maintenant. »

Tessa reçoit le message. « Libby, Ashlyn ? Je sais que vous souffrez. Nous sommes là pour vous aider, je vous le promets. Mais d'abord, nous avons besoin de votre aide. Les hommes qui ont fait ça. Ils sont en train de s'enfuir. Vous ne voudriez pas qu'on les rattrape ? »

Ses paroles retiennent leur attention. En quelques minutes, elle les a confortablement installées dans la voiture de Wyatt, avec encore des couvertures, encore de l'eau ; Ashlyn mord maintenant à pleines dents dans une barre énergétique, pendant que Libby répond à l'essentiel des questions.

Un fourgon entièrement blanc. Ni l'une ni l'autre ne se souviennent du moindre signe distinctif, d'ailleurs elles ne l'ont pas beaucoup vu de l'extérieur.

Leurs ravisseurs, en revanche, elles sont capables de les décrire avec force détails : trois hommes, un type immense avec un tatouage de cobra, un autre baraqué avec des yeux bleu électrique et des cheveux teints en damier et, pour finir, un petit génie illuminé.

Libby et Ashlyn racontent et Wyatt transmet aussitôt le signalement par radio à toutes les forces de police.

De nouveaux véhicules arrivent, voitures de patrouille, voitures banalisées, sans compter celles des fédéraux, qui montent la longue allée sinueuse à toute berzingue.

Le temps est compté et Tessa le sait. Les fédéraux vont prendre la relève et, avec deux membres de la famille retrouvés sains et saufs, sa mission va s'achever et Wyatt lui-même sera relégué aux tâches subalternes. Sauf que les ravisseurs courent encore. Des hommes violents au point d'avoir voulu supprimer une famille entière, alors même qu'ils avaient empoché neuf millions de dollars.

La berline noire des fédéraux franchit le dernier virage en côte.

Tessa étudie le visage de Libby Denbe et arrête sa décision.

Elle s'accroupit devant elle et prend ses mains dans les siennes. « Vous êtes forte. Votre fille est forte. Croyez-moi quand je vous dis que vous vous en tirez comme des chefs, toutes les deux. Mais j'ai encore besoin de vous pour quelques petites choses. Vous vous rendez compte, n'est-ce pas, que ceux qui ont fait ça vous connaissaient, vous et votre famille ? »

Libby comprend immédiatement. « Un coup monté par un proche, murmure-t-elle. Ils ont neutralisé notre alarme, ils savaient tout de nous, ils nous ont même dit qu'ils s'étaient renseignés.

— Vous pensez que c'étaient des professionnels ?

— Oui, d'anciens militaires. Justin le pensait aussi.

— Vous les connaissiez ?

— Non. Je crois que c'étaient des mercenaires. Sous contrat. »

Tessa hoche la tête, pas étonnée, mais préoccupée. Parce que si quelqu'un a engagé des professionnels pour faire disparaître les Denbe, ce quelqu'un verra-t-il leur retour à Boston d'un bon œil ?

« Je sais, dit posément Libby, comme si Tessa avait parlé à voix haute. Je crois que c'est pour ça que Mick a essayé de nous tuer. Parce que, même s'ils n'avaient pas envie de refuser une rançon aussi élevée, le contrat était tout de même de nous liquider. »

Assise à côté de Libby, Ashlyn ne bronche même pas, ce qui en dit long sur les trois jours qu'elle vient de vivre.

Derrière Tessa, la berline s'immobilise. Bruits de portières qui s'ouvrent...

Plus le temps de tourner autour du pot. « Et votre problème de drogue ? »

Libby rougit, répond sans trembler : « Le plus jeune, Radar, avait été infirmier. Il m'a soignée, il m'a même donné de la méthadone. »

Tessa tique, il y a un truc qui cloche dans cette histoire.

Les portières se referment en claquant.

Tessa demande plus bas, d'une voix encore plus pressante : « Est-ce que vous trompiez votre mari ? Il me faut un nom...

— Jamais de la vie! Qu'est-ce qui vous...? On essayait de sauver notre mariage.

— Alors, qui est enceinte?»

Libby ouvre de grands yeux. Puis elle jette un regard presque involontaire vers Ashlyn.

Et c'est au tour de Tessa d'être surprise. Pas la mère, mais la fille. Autrement dit...

«Ashlyn...

— Libby Denbe, Ashlyn Denbe? Je suis Nicole Adams, agent spécial du FBI. Et voici Ed Hawkes, agent spécial.»

Nicole, qui se tient avec raideur à côté de Tessa, parle avec une autorité impressionnante.

Tessa comprend que le moment est venu pour elle de s'effacer. Elle se lève, en adressant un dernier sourire rassurant à Libby et Ashlyn. Puis Nicole Adams prend ostensiblement sa place et leur demande si elles ont besoin de soins médicaux...

Tessa va retrouver Wyatt, toujours pendu à la radio.

«Ça mord? demande-t-elle en parlant de la capture des ravisseurs.

— Négatif. Mais la bonne nouvelle, c'est qu'il n'y a qu'une route d'accès à la prison. Avec le nombre de flics qui sont en train de rappliquer des quatre points cardinaux et les hélicoptères qui ont décollé, on ne devrait pas avoir trop de mal à repérer un fourgon blanc.»

Tessa hoche la tête, laisse un temps de silence. «Vous êtes sûr?

— Non», répond-il avec simplicité.

Ils regardent d'autres voitures de police pénétrer dans l'enceinte et gravir le tertre, des véhicules qui, en toute logique, auraient déjà dû croiser le fourgon blanc s'il s'était promené sur la seule et unique route d'accès.

«Ils connaissaient les lieux, indique Tessa. D'après Libby, c'étaient des professionnels. Ils ont dit avoir fait des recherches sur la famille. Ce qui signifie qu'ils ont probablement choisi cette prison après avoir appris son existence en se renseignant sur Justin Denbe...

— Ou alors, ils ont été informés qu'elle était vide par un employé de Denbe Construction, suggère Wyatt. Quelqu'un qui était en mesure de les faire entrer, de leur montrer comment faire tourner la baraque, sans doute même de retrouver une ancienne voie d'accès qui aurait été utilisée pendant les travaux pour faire monter de gros engins de chantier.»

Tessa pousse un profond soupir. Ils n'ont pas besoin de la formuler à haute voix pour savoir la vérité : ce n'est pas de sitôt qu'on retrouvera ce fourgon blanc. Une fois de plus, les ravisseurs ont un coup d'avance.

«Justin Denbe est mort? demande Wyatt, qui n'a entendu que des bribes de sa conversation avec Libby et Ashlyn.

— En protégeant sa famille contre un certain... Mick?

— Le corps?

— Ils l'ont emporté. Pour supprimer des preuves, peut-être? Je ne connais pas encore tous les détails. J'ai manqué de temps pour les interroger.»

Wyatt a un petit sourire : il comprend très bien dans quelle situation délicate elle s'est retrouvée. Puis son visage reprend son sérieux : «Ils s'en sont pris à la famille, alors même que la rançon avait été versée.

— Libby pense que la mission première des ravisseurs était de les tuer. La rançon n'était qu'un sympathique à-côté.

— Tuer la famille, s'interroge Wyatt, ou tuer Justin ? Si on imagine que le commanditaire est Anita Bennett, désireuse de prendre le contrôle de la société, la mort de Justin suffirait. »

Tessa poursuit son raisonnement : « Même chose pour un mystérieux escroc craignant que l'enquête de Justin ne resserre trop ses mailles autour de lui. » L'idée qui la turlupine depuis tout à l'heure vient prendre sa place dans le puzzle : « Un des ravisseurs avait des connaissances médicales. Il a aidé Libby pour son sevrage, il lui a même procuré de la méthadone. Si les mercenaires avaient eu l'intention de la tuer dans les jours suivants, est-ce qu'ils se seraient vraiment donné cette peine ?

— Donc, on peut penser que Justin était la cible. L'enlèvement était une bonne façon de mettre l'assassinat en scène de manière que, par exemple, on ne remonte pas immédiatement à la société. Justin est mort au cours d'une remise de rançon qui a mal tourné, ce n'est pas un "accident" qui aurait pu donner lieu à des questions intempestives de la part de la police. »

Tessa est soucieuse, quelque chose la chiffonne encore. « Bien compliqué, tout ça.

— Pas plus que de détourner onze millions sur près de vingt ans.

— Pas faux. Donc, on cherche quelqu'un de patient. Qui a une connaissance intime de la famille

Denbe, des finances de la société et du chantier de la prison. Qui posséderait aussi les relations nécessaires pour engager d'anciens militaires reconvertis en hommes de main. Qui leur aurait donné pour instruction de tuer Justin, mais de prodiguer des soins à Libby en cas de besoin. » Tessa s'interrompt. « C'est moi ou c'est juste évident ? »

Wyatt aussi semble troublé. « Il n'était même pas là à l'époque où les détournements ont commencé, objecte-t-il.

— Et pourtant ?

— Chris Lopez, dit-il dans un soupir.

— Chris Lopez », confirme-t-elle.

Lundi après-midi, quinze heures vingt-deux, un fourgon blanc roule vers l'ouest. Pas vers le grand portail du complexe pénitentiaire, mais vers un côté de l'enceinte, un coin où le sol compact laisse encore apparaître des traces de la voie d'accès par laquelle sont arrivés des dizaines d'engins de chantier pendant la première phase des travaux.

Dans la matinée, après avoir coupé le courant, Mick s'est livré à un atelier de travaux pratiques, découpant le grillage jusqu'à pouvoir rouler sur le côté un pan de la taille d'un fourgon. À présent, Radar roule lentement à travers la brèche, puis s'arrête le temps que Mick saute du véhicule et déroule le grillage pour le remettre plus ou moins en place. Rien qui résistera à un examen attentif, cela va de soi, mais ils ne se soucient pas du long terme. Seules leur importent les trente prochaines minutes. Ils n'ont pas besoin de beaucoup plus. Trente minutes pendant lesquelles les policiers interrogeront la femme et la fille, échangeront leurs informations, mobiliseront des renforts et turbineront à mort.

Et ensuite, la course-poursuite commencera pour de bon.

Ce qui n'aura aucune importance, puisque eux auront déjà disparu.

Le fourgon blanc s'enfonce dans les bois, plein ouest. Des bulldozers sont autrefois passés par là. Des excavatrices, qui ont arasé le sommet de la butte pour la niveler et la rendre plus propice à la construction d'un gigantesque bâtiment. Et puis des camions qui ont livré de la terre de remblai, de la terre végétale, tout ce qu'exigeaient les plans.

La piste d'accès est large et le sol si tassé qu'il n'a plus aucune souplesse et qu'on n'y retrouvera aucunes traces de pneus. La maigre végétation qui a réussi à y pousser depuis deux ans plie sous le poids du fourgon, relativement léger, avant de se redresser comme sous l'effet d'un ressort.

Leur camp de base se trouve à une dizaine de kilomètres, au pied d'une colline que Radar a étudiée pendant des semaines avant de décider qu'elle ferait l'affaire. Une colline rocheuse. Pas immense, mais essentiellement composée de grosses pierres – ce n'est pas pour rien qu'on surnomme le New Hampshire « État du granit ».

Radar immobilise le fourgon, puis recule prudemment entre deux affleurements rocheux ; c'est la version montagnarde du parking en épi. Après s'être assuré qu'ils sont aussi proches que possible de la position idéale, cernés de trois côtés par des rochers, il coupe le moteur et ils passent à la phase suivante.

Tout le matériel nécessaire se trouve dans le fourgon. Z a un sac d'accessoires. Mick de même. Radar, dont la physionomie est d'emblée plus passe-partout, n'a lui qu'un petit baluchon.

Z commence par son « tatouage ». Dissolvant sur éponge, éponge sur crâne rasé et, centimètre par centimètre, le cobra vert disparaît, effacé comme s'il n'avait jamais existé. Puis Z échange sa tenue de commando noire contre un jean fatigué, un tee-shirt confortable, un sweat à capuche trop grand (gris, au logo des Red Sox) et une parka L.L.Bean encore plus grande. Comme son cuir chevelu conserve une teinte verdâtre, il coiffe une casquette des Red Sox. Ajoutez une vieille paire de chaussures de randonnée trouées et il pourrait être n'importe quel habitant de la Nouvelle-Angleterre. Juste un type qui traîne ses guêtres dans la montagne jusqu'au jour où un avion voudra bien l'emmener sous de meilleurs cieux... sur une plage du Brésil, par exemple.

Pour Mick, la transformation est encore plus facile. Hop, hop, il retire les deux lentilles de contact bleu vif, qui laissent apparaître des yeux marron foncé encadrés par des cils d'une épaisseur surprenante. Un rapide coup de rasoir électrique et les cheveux en damier font place à un crâne lisse et rond. Alors que Z est un gars de la montagne, Mick a opté pour l'élégance à l'européenne : un jean noir, coupe droite, un pull à mailles fines couleur framboise sous une veste sport sombre légèrement froissée. Un touriste, probablement descendu du Canada, ce qui, étant donné qu'il est de langue maternelle française, lui va parfaitement. Sur son épaule, il passe un attaché-case en cuir noir qui contient de nouveaux papiers d'identité, ainsi que le dossier de son nouveau compte en banque, désormais garni de un million et demi de dollars – sa part du butin. Radar en a reçu autant, tandis que Z, cerveau de l'opération, a encaissé deux millions. Quant aux quatre autres millions… disons qu'il y a, d'un côté, les cerveaux et, de l'autre, les génies. Et que ce n'est pas donné, un génie.

Cela dit, Mick ne se plaint pas. Toute opération ne vaut que par sa préparation et celle-ci s'est tellement bien déroulée que jamais il ne se sera fait un million et demi aussi facilement.

Dernier à se métamorphoser : Radar. Il change de tenue. Point final. Il retire son jean, sa chemise à carreaux et sa casquette pour mettre un pantalon Dockers, une belle chemise blanche et des lunettes métalliques branchées. Il ressemble à n'importe quel jeune cadre dynamique de Boston. Pourquoi pas un type frais émoulu du MIT, qui cartonne dans une boîte informatique ? Un boulot dans lequel il aurait sans doute excellé s'il avait eu de l'inclination pour le vrai travail.

Radar dépose ses anciens vêtements dans le fourgon. Les autres en font autant. Un monceau de preuves à charge, auquel il faut ajouter le couteau et autres objets ensanglantés. Ils reculent, s'éloignent du véhicule.

Z n'a pas menti : la véritable spécialité de Radar, c'est la démolition.

Et comme les experts de la police scientifique sont tellement forts que même faire sauter le fourgon n'aurait pas totalement détruit les preuves, ils vont aller un cran plus loin et le faire disparaître.

L'ensevelir sous une petite avalanche de rochers comme il y en a souvent dans le New Hampshire. Avec un peu de chance, plus jamais on ne reverra le fourgon, ni les traces de leur opération ou l'ombre d'une preuve.

Ils s'équipent de lunettes de protection, parce que prendre un éclat de roche dans la cornée à ce stade serait de la pure bêtise.

Z lui fait signe. Radar appuie sur le détonateur. Un petit grondement se fait entendre. Pas très fort. L'efficacité d'une charge explosive dépend tout autant de l'endroit où on la place que de sa puissance, or Radar s'est donné beaucoup de mal pour repérer les points faibles naturels de la pente. Puis, presque dans un soupir, la moitié supérieure de l'escarpement s'affaisse et le glissement de terrain qui s'ensuit vient s'abattre sur le fourgon blanc, qui disparaît dans un fracas de verre et de métal froissé. Des rochers continuent à pleuvoir à intervalles irréguliers pendant quelques minutes.

Les hommes attendent patiemment ; là encore, au point où ils en sont, il serait idiot de pécher par précipitation.

Lorsque la poussière retombe, ils procèdent à une dernière inspection. Le fourgon, jusqu'au dernier centimètre carré, a disparu, et le nouvel amoncellement de rochers lui offre un tombeau idéal.

Z donne le signal du départ.

« Messieurs, dit-il, *vamos.* »

Leur mission accomplie, chacun grimpe dans un des 4 x 4 qui les attendaient. Ils ne traverseront pas la forêt ensemble, chacun partira seul vers sa propre voiture, garée à un endroit qu'il a choisi il y a dix jours et dont il n'a parlé à personne. La vie continuera sous un nouveau nom, qu'ils ont gardé rigoureusement secret. Ces hommes ont travaillé ensemble, mais ils survivront séparément.

Radar pense encore à ses plages sous les tropiques et aux femmes à forte poitrine. Quant aux autres, ils sont le cadet de ses soucis.

Il s'éloigne le premier. L'un après l'autre, ses complices en font autant.

Lundi après-midi, seize heures cinq, le vrombissement de 4 x 4 qui partent chacun de leur côté vers le nord et le nord-ouest. En évitant les grands axes et les zones déboisées où ils risqueraient d'être repérés, par exemple par un hélicoptère de la police.

Nord, nord-ouest, comme pour aller dans le Vermont ou même vers le Canada.

Sauf un des conducteurs. Qui, arrivé à son véhicule une demi-heure plus tard, met aussitôt le cap plein sud.

Pour retourner à Boston, finir le boulot.

40

Les agents du FBI m'ont pris Ashlyn. J'aurais voulu protester. Attraper sa main et serrer ma fille contre moi. Mais, m'a-t-on expliqué, les ambulanciers avaient besoin de l'examiner et, comme c'était moi qui avais réclamé un médecin, il a bien fallu que je m'incline. D'autant que je n'avais plus beaucoup d'adrénaline dans le sang et que j'étais en train de décompenser.

Chaque mot était plus dur à trouver que le précédent. Chaque question attendait sa réponse plus longtemps que la précédente. Un tunnel se formait devant mes yeux, et la lumière était très loin.

Les infirmiers sont venus me chercher à mon tour. Ils m'ont fait asseoir à l'arrière d'une ambulance, ils ont pris mon pouls, se sont inquiétés en voyant ma faible tension, mes paumes écorchées. Mais je n'avais rien de grave. C'était un comble. J'étais en phase de désintoxication, sous le choc, traumatisée, mais je ne souffrais à proprement parler d'aucune blessure.

La dernière expression de mon mari. La bouche crispée par une détermination sans faille lorsqu'il s'était rué tête baissée vers Mick. La lame, cette énorme lame crantée, qui s'était enfoncée dans sa poitrine. Il avait dit qu'il nous protégerait, Ashlyn et moi, et à bien des égards, il avait toujours été un homme de parole.

Mon Cro-Magnon des temps modernes. Incapable de m'être fidèle. Mais prêt à sacrifier sa vie pour moi.

Les ambulanciers m'ont libérée, avec instruction de consulter mon médecin pour entamer une cure de désintoxication en bonne et due forme. L'un d'eux semblait sceptique, comme s'il avait trop souvent rencontré des cas comme le mien et qu'il doutait de ma réussite.

Radar me manque. Avec lui, je n'avais pas besoin de fournir d'explications. Il connaissait tous mes secrets les plus intimes, les plus inavouables, et aucun d'eux ne le choquait.

Ashlyn est enfin sortie de l'arrière de l'ambulance. Un infirmier lui tendait une main secourable, mais elle est descendue toute seule. J'ai regardé ma fille traverser le parking dans ma direction, la tête haute, le dos droit, du haut de ses quinze ans. Elle avait mal. Tout en elle respirait la souffrance. Mais elle marchait avec résolution, un pas après l'autre, en digne fille de son père, et cela a encore ravivé ma douleur.

Elle m'a rejointe et les fédéraux se sont jetés sur nous. Ils nous ont fait monter à l'arrière d'une berline noire et, suivis par une file impressionnante de véhicules de police, nous sommes partis à toute allure.

Destination : la salle de réunion du shérif, où nous avons retrouvé tout un tas d'agents du comté, de l'État et de la police fédérale, qui avaient besoin de nous interroger. Parce que nos ravisseurs étaient encore dans la nature, nous a expliqué la blonde du FBI, que le temps jouait contre nous et que nous voulions certainement les aider à capturer ces immondes crapules et retrouver le corps de notre cher et tendre.

Le corps de Justin. Je me demande si Z et Mick ne sont pas en ce moment même en train de le balancer dans un fossé.

L'enquêteur des services du shérif est là, celui qui est arrivé le premier à la prison et qui nous a apporté des couvertures. Je me concentre sur lui parce que même si la blonde du FBI (Adams ?) parle avec autorité et semble aux commandes, il se dégage de l'agent Wyatt une impression de solidité dont j'ai besoin.

J'ai remarqué que la détective, Tessa Leoni, est postée à ses côtés et que leurs visages affichent une neutralité étudiée. Il me semble qu'elle se tient plus près de lui que nécessaire. Et qu'ils restent tous les deux légèrement à l'écart du reste du groupe, comme pour signifier d'emblée qu'ils font partie du cirque, mais qu'ils ne le dirigent pas.

Ashlyn a envie de manger. Un adjoint s'éclipse et revient bientôt avec une pile de menus pour de la nourriture à emporter. Elle refuse, demande s'ils ont un distributeur. Deux barres Snickers, deux sachets de chips et une canette de Coca Light plus tard, mon ado est contente.

Je demande du café. Et de l'eau. Et à passer aux toilettes, où je me lave les mains et où je me débarbouille le visage, encore et encore.

Quand je me redresse pour me regarder dans le miroir, je ne peux pas m'empêcher de prendre un instant pour toucher mon reflet d'une main tremblante : allons donc, cette femme si émaciée, si exténuée, si *vieille,* cela ne peut pas être moi. Ces creux sous mes pommettes. Ces ombres sous mes yeux. L'épuisement profond gravé dans chaque trait de mon visage.

J'ai manqué à mes devoirs envers cette femme. Je n'ai pas pris soin d'elle. Et voilà où je me retrouve, sans doute exactement à l'endroit où je mérite d'être.

Quand j'ouvre la porte des toilettes, Tessa se trouve dans le couloir, manifestement en train de m'attendre. Elle esquisse un petit sourire, comme si elle savait parfaitement ce que je viens de faire et les pensées qui m'ont traversé l'esprit.

« Ça ira en s'arrangeant, murmure-t-elle. Même si pour l'instant vous n'en avez pas l'impression, il viendra un moment où vous ne serez plus seulement l'ombre de vous-même.

— Comment le savez-vous ?

— Mon mari a été assassiné, il y a deux ans. Et j'ai aussi failli perdre ma fille. Elle s'appelle Sophie et elle s'est beaucoup inquiétée pour votre famille. Elle m'a dit de vous chercher dans les endroits froids et sombres et de vous apporter du chocolat chaud et des cookies aux pépites de chocolat. »

J'ai un vague sourire. « Un chocolat chaud, c'est ça qui serait bien.

— Est-ce qu'Ashlyn a un petit ami ? »

Je secoue la tête ; plus aucune question ne me surprend. « Pas que je sache. Et Justin non plus.

— Sa grossesse ?

— Nous ne l'avons apprise que lorsqu'elle a fait une fausse couche en prison. Ma famille... Ça n'allait pas très fort, même avant l'enlèvement. »

Elle semble accepter cette réponse. «Celui qui était toubib l'a aidée?

— Oui.

— Vous l'aimez bien. Vous parlez de lui avec respect.»

Je hausse les épaules, avec l'impression paradoxale d'être en train de trahir la confiance de Radar. «Il a pris soin de nous au moment où nous avions besoin de lui. Je respecte ça.

— Vous appréciiez aussi les deux autres?»

Je suis immédiatement parcourue d'un frisson. Pas au souvenir de Z. Même avec le tatouage de cobra, il donnait une impression d'autorité, d'admirable et d'extrême maîtrise de lui-même. En revanche : «Mick, celui qui avait des cheveux teints en damier, je ne crois pas qu'il ait toute sa tête. Il s'est juré de me faire du mal, mais seulement après en avoir fait à Ashlyn.

— Donc, s'il a été dans l'armée, conclut Tessa, il se pourrait qu'il ne l'ait pas quittée dans des conditions honorables?»

Je hoche la tête, comprenant maintenant le sens de ses questions.

«Et Chris Lopez?» me demande-t-elle à brûle-pourpoint.

Pour le coup, je suis surprise. «Quoi, Chris?

— Il vous aime bien.»

Je secoue la tête, dédaigneuse. «Il travaille pour mon mari. C'est un de ses employés. Je... C'est une bande de mecs. Je ne les considère même pas individuellement. C'est juste la bande des copains de Justin. Très bons dans leur travail, tous autant qu'ils sont, mais pas tout à fait équilibrés.

— Vous saviez que Lopez était l'oncle de Kathryn Chapman ?

— Quoi ?

— Et que c'était lui qui vous avait envoyé ces textos, il y a six mois ? »

Je la regarde bouché bée, c'est irrésistible. En face de moi, la détective hoche la tête, comme si elle avait en partie atteint son but : voir ma réaction et la jauger.

Au bout du couloir, la porte de la salle de réunion s'ouvre pour nous rappeler que le reste de la cellule d'enquête attend notre retour.

Tessa sort une carte de visite et me la tend. « Bien sûr, si vous pensez à quoi que ce soit, appelez-moi. Et même si… vous avez juste besoin de parler. Comme ça. Je ne peux pas vous promettre de tout comprendre, mais je crois qu'avec ce que j'ai vécu dans ma famille… je comprendrai beaucoup de choses. »

Elle me lance un dernier regard d'encouragement et me raccompagne dans la salle de réunion. Je m'assois et la blonde du FBI nous indique que, conformément à la procédure, ils vont nous séparer, Ashlyn et moi. Naturellement, si je souhaite appeler un avocat, un proche pour nous soutenir… mais encore une fois, le temps joue contre nous et ils ont vraiment besoin de s'y mettre.

Je regarde ma fille. Elle a du chocolat au coin de la bouche et, c'est absurde, mais ça me rappelle la fois où, à quatre ans, elle s'était barbouillée de la pâte à brownies sur tout le visage, jusque sur le bout du nez, qu'elle avait ensuite essayé plein de fois d'atteindre avec sa langue. Je riais aux larmes, Justin avait attrapé son appareil photo et nous étions heureux à ce moment-là. Je le jure, nous étions tellement, tellement heureux…

J'ai dû pousser un gémissement. De détresse. Parce que ma fille, de l'autre côté de la table, attrape ma main.

« Ça va, maman. On s'en est bien tirées jusque-là, non ? Je vais y arriver. »

Elle se lève et sort dans le sillage de deux agents pendant que je serre les poings sur mes cuisses pour laisser partir mon bébé.

À la seconde où la porte se referme derrière elle, l'agent spécial Adams entre dans le vif du sujet.

Elle commence par le commencement : où et comment avons-nous été enlevés ? Que savaient les ravisseurs sur notre compte et qu'avons-nous pu apprendre sur le leur ?

J'indique que Radar possédait des connaissances médicales et que plusieurs de ses remarques m'ont donné à penser qu'il avait servi dans l'armée. Qu'au début, Justin avait cru qu'ils ne nous voulaient pas de mal puisqu'ils étaient équipés de Taser plutôt que d'armes à feu. D'autant que, lorsque Mick m'avait agressée, Z avait envoyé une décharge à son acolyte pour le mettre hors d'état de nuire.

Sauf qu'ils étaient venus chercher Justin dans la cellule pour le passer à tabac, sans explication.

Apprenant cela, les enquêteurs échangent des regards.

« Vous voulez dire, précise l'agent Adams, qu'au début, les ravisseurs ne parlaient pas de rançon ?

— Non. L'idée est venue de nous. Après le passage à tabac, Justin s'est dit qu'il pourrait faire jouer la clause de mort imminente de son assurance-vie, ce qui nous donnerait une valeur de neuf millions de dollars. Et qu'il faudrait peut-être une telle somme pour qu'ils nous laissent la vie sauve.

— Vous êtes-vous sentie menacée dans les jours qui ont précédé le kidnapping? Avez-vous eu l'impression d'être épiée? Avez-vous remarqué des rôdeurs dans votre quartier, des ouvriers des travaux publics sur le trottoir d'en face? Avez-vous éprouvé une quelconque impression de danger?»

Je fais signe que non.

«Étaient-ils au courant de la liaison de Justin?»

J'ai un mouvement de recul, je me demande où est le rapport. Cela dit… «En fait, Z semblait savoir que Justin avait eu… une aventure.» J'aurais voulu que l'amertume ne s'entende pas dans ma voix. Mais c'est raté.

«Où en était votre couple, selon vous?»

Je hausse les épaules avec lassitude. «La situation était tendue. Difficile. Mais nous faisions des efforts. Un dîner en amoureux. Tout ça… Un dîner en amoureux.» Le goût des oranges se mêle à celui du champagne sur mes lèvres.

«Avez-vous contacté un avocat en vue d'un divorce quand vous avez su que Justin vous trompait?»

Je secoue la tête.

«Pourquoi?»

La question me trouble. «Nous avons une fille. Nous avons une vie. Il y a peut-être des gens qui jettent tout ça par-dessus bord après… une erreur, mais ce n'était pas mon intention.

— Connaissez-vous les termes de votre contrat de mariage?» me demande le deuxième agent du FBI, Hawkes.

Mal à l'aise, je hoche la tête, sans comprendre le pourquoi de ces questions. «Oui. Je renonçais à toute prétention sur l'entreprise de Justin en échange de cinquante pour cent de nos avoirs personnels. Il avait hérité cette entreprise de son père avant même de me rencontrer. Il semblait légitime de lui accorder cela.»

La blonde m'a scrutée du regard. «Êtes-vous au courant que vous n'avez aucuns avoirs personnels? Qu'en réalité, Justin avait mis toute votre vie, vos résidences, vos voitures, vos meubles, tout, au nom de la société?»

Je secoue la tête, médusée. L'interrogatoire ne prend pas le tour auquel je m'attendais. J'avais espéré qu'il porterait sur les individus qui viennent d'assassiner mon mari et d'agresser ma famille. Pas sur... moi. «Justin payait les factures. Je n'ai jamais songé à contester... Mais cela n'aurait eu aucune importance. Je n'avais pas demandé le divorce. D'ailleurs, en prison, Justin a proposé de déchirer le contrat de mariage, de me donner tout ce que je demanderais. Il était désolé.

— Donc, vous alliez divorcer.» De nouveau, le deuxième agent du FBI.

«Je n'ai pas dit ça. Justin aussi disait que je lui aurais manqué. Et la famille que nous formions.

— Bon, tout ça, ce ne sont plus que des conjectures, maintenant», dit Adams. Elle ne cherche pas à être cruelle, juste factuelle.

«Il avait juré de nous protéger, dis-je tout bas. Justin savait qu'il n'était pas un mari idéal, ni un père idéal. Il travaillait trop, il était trop souvent absent, sans parler de son infidélité. Mais il s'était juré de nous protéger. Nous étions sa famille, il ne nous abandonnerait pas. Et il a tenu parole. »

Je regarde Adams dans les yeux. Je mets ces enquêteurs au défi de ternir la mémoire de mon mari. De remettre en cause un mariage et une vie qui m'ont déjà tant coûté.

Ils ne le font pas.

Mais un autre enquêteur, avec des petites lunettes à monture d'acier, prend la parole pour la première fois : « Et que pouvez-vous nous dire au sujet des onze millions de dollars qui ont disparu ? »

Je le regarde, hébétée, et je sens de nouveau un gouffre s'ouvrir sous mes pieds.

Lorsque Ashlyn revient dans la salle, je suis vidée. Incapable de répondre à la moindre question de plus, incapable d'assimiler une seule « vérité » de plus sur moi-même, sur mon mari ou l'entreprise familiale. Celle-ci a été victime de détournements de fonds. Considérables. Depuis longtemps. Et il semblerait qu'au cours de ces dernières semaines, Justin ait eu vent de ces malversations et ait pris des mesures pour y remédier.

Mais il ne m'en a pas dit un mot. Peut-être parce que, ces dernières semaines, il dormait encore au sous-sol, en mari chassé du lit conjugal.

La situation financière de la société est précaire. Rien d'insurmontable, m'a-t-on affirmé, mais précaire. Ce qui, étant donné qu'elle possède mes maisons, ma voiture et mon mobilier, devrait sans doute me préoccuper, sinon pour moi, du moins pour Ashlyn. Mais je ne suis pas certaine de pouvoir encaisser un choc de plus.

Mon mari est mort. Un proche nous grugeait depuis plus de dix ans. Et il y a fort à parier que cette même personne a engagé Z et son équipe, et pas pour exiger une rançon, mais pour sortir Justin du jeu avant qu'il ne découvre l'ampleur réelle des détournements.

Z et son équipe ont dû bien rire dans leur barbe. Alors qu'ils étaient déjà payés pour nous enlever et nous tourmenter, sans doute avec pour consigne de gagner du temps et peut-être même de tuer Justin (mais en faisant en sorte que cela apparaisse comme un contrecoup de l'enlèvement), voilà que nous leur offrions une prime de neuf millions de dollars. Rallier Z à notre cause? Le manipuler pour qu'il fasse notre volonté? Tu parles. Lui, il gagnait sur tous les tableaux. D'abord il se faisait rémunérer par un mystérieux commanditaire et ensuite ses victimes rallongeaient la sauce.

Ce type était un génie du mal et j'aurais presque voulu retourner en détention pour pouvoir l'empoisonner, cette fois-ci. Tout en mettant le feu à la cuisine pour faire cramer tout le bazar.

Je le hais. Toutes ces fois où il m'a regardée avec respect. Le rapport de personnalité ne signalait pas que vous seriez un problème...

Il m'a menti.

Mon mari m'a menti.

Mais il est aussi mort pour moi.

Mes pensées ne sont plus qu'un chaos sans nom. J'ai mal à la tête et je suis fatiguée. Incroyablement fatiguée.

Les fédéraux voudraient nous loger dans un hôtel, une résidence sécurisée, quelque chose de ce genre.

Nos ravisseurs courent toujours. On n'a pas retrouvé le fourgon blanc, juste une brèche dans la clôture d'enceinte, par laquelle ils se sont enfuis. Tant qu'on n'en saura pas davantage, l'agent spécial Adams juge préférable de nous garder sous protection.

Mais je vois la tête que fait ma fille. Et je devine que je fais la même.

Après toutes les épreuves que nous venons de traverser, ces jours, ces nuits. Le visage de Justin, le couteau, le couteau, le couteau, qui plonge dans sa poitrine…

Nous voulons rentrer chez nous. Prudent ou pas, nous avons *besoin* de retrouver notre maison.

Encore des conciliabules. Un coup de fil au commissariat de Boston, de nouvelles discussions.

Pour finir, c'est entendu. Dans sa grande bonté, le FBI nous autorise à rentrer chez nous. Mais comme Z et son équipe connaissent notre adresse et pourraient avoir des raisons de finir ce qu'ils ont commencé, d'élémentaires précautions s'imposent. Je changerai nos codes d'accès à la seconde où je mettrai les pieds chez moi. Par ailleurs, le commissariat de Boston placera un agent en faction devant notre maison et renforcera ses patrouilles dans le secteur.

Adams me suggère aussi de ne pas inviter d'amis ni de membres de la famille dans l'immédiat. En fait, au cas où il y aurait des gens que nous aurions envie de voir, elle nous recommande de leur donner rendez-vous en plein jour, dans des lieux publics.

C'est que, voyez-vous, quelqu'un en qui nous avions confiance nous a manifestement trahis. Et cette personne n'a pas encore pris la poudre d'escampette avec ses onze millions de dollars.

Pas de problème, je réponds. Ce n'est pas seulement que nous voulons rentrer chez nous ; nous voulons être seules. Sans personne pour nous surveiller. Sans personne pour nous juger.

Juste exister. Deux rescapées d'une famille de trois, meurtries, fragiles, endeuillées, mais qui s'accrochent.

Peu après vingt-deux heures, la police nous laisse enfin partir. Les fédéraux nous raccompagnent, dans une berline noire qui prend la direction de Boston, à trois heures de route. Ashlyn s'endort à l'arrière. Je crois que je m'assoupis une ou deux fois.

Et nous arrivons. Dans notre chez-nous, où nous ne nous sentirons plus jamais vraiment chez nous. Où un ruban de scène de crime, discret mais présent, barre la porte. Où des plots de signalement d'indices parsèment encore le hall d'entrée.

Mon alliance, enfouie sous une pile d'objets sur l'îlot de la cuisine. Je la reprends. Je la passe à mon doigt et je sens la première vague de chagrin me percuter comme un mur.

Mais je ne me laisserai pas abattre. Pas encore, pas maintenant.

Je vais à la centrale du système de protection. Je suis les instructions que Justin m'a données bien des fois. Il me faut un code, une suite de chiffres que personne ne connaît, mais dont je me souviendrai facilement. J'opte pour une date : le jour où j'ai quitté mon appartement dans la cité. Premier pas vers une vie meilleure. Si seulement j'avais su à l'époque ce que je sais aujourd'hui...

J'indique aux agents que nous sommes prêtes. Je les raccompagne aimablement à la porte et j'active sans tarder notre système de protection, j'écoute les différents verrous s'enclencher en rafale.

Toujours dans l'entrée, Ashlyn regarde l'endroit où j'ai vomi. Il y a à peine trois jours et déjà une éternité.

«Est-ce que je peux dormir dans ta chambre? me demande-t-elle, ma minette de quinze ans.

— Oui.

— Je voudrais un pistolet.

— Moi aussi.

— Je le voudrais chargé, sous mon oreiller.

— Tout ce qu'on nous a appris à ne pas faire pendant nos cours sur les règles de sécurité.

— Exactement.»

Je négocie: «Chargeur plein à côté de l'arme vide, premier tiroir de la table de chevet.

— Ça marche.

— Ashlyn... Je suis fière de toi.»

Ma fille ne me regarde pas, elle fixe des yeux la tache de vomi. «J'ai couché avec Chris Lopez, dit-elle. Tu lui plais, depuis toujours. Mais comme il ne peut pas t'avoir, il s'est rabattu sur moi. Et j'avais beau savoir que c'était mal, je m'en fichais. Papa et toi... vous aviez l'air très loin et j'avais envie de me sentir de nouveau importante aux yeux de quelqu'un.»

Je ne sais plus quoi dire. «Oh, chérie.

— Je voudrais que ça ne soit pas arrivé, d'accord? N'en parle à personne. Ne fais rien. Juste... que ça ne soit pas arrivé.

— Tu en as parlé à la police?

— Bien sûr que non! Je veux juste que ce soit fini. Je t'en prie, ce serait possible? Je n'arrête pas de revoir son visage, maman. Papa et le sang, et ce couteau! Il est mort pour nous. Il est mort à cause de moi!»

Ashlyn s'effondre. Recroquevillée sur la dernière marche, la tête entre les bras, comme si cela pouvait faire barrage à ces terribles images. Et je comprends ce qu'elle veut dire parce que, dans ma tête, ces mêmes visions refusent de partir. De même que trop de révélations dont je me serais bien passée. Chris Lopez, l'adjoint en qui Justin avait placé toute sa confiance, a couché avec notre fille mineure. Est-ce pour cela que Tessa Leoni m'a interrogée sur lui tout particulièrement? Parce qu'elle le soupçonnait d'avoir enlevé notre famille? Après tout, il s'est mêlé de mon mariage, puis a séduit ma fille.

Tiens, si Justin était encore en vie…

Et là, d'un seul coup, beaucoup de choses prennent enfin sens. Y compris la raison pour laquelle mon mari, mon Cro-Magnon des temps modernes, devait mourir.

Je m'approche de ma fille. «Tout va bien, Ashlyn. On s'en est tirées jusque-là. On va y arriver.» Je répète inconsciemment ce qu'elle m'a dit dans le bureau du shérif. Je la serre dans mes bras pour lui regonfler le moral. Et je décroche mon téléphone pour appeler Tessa Leoni.

41

Chris Lopez se réveille, le canon d'un pistolet braqué sur la tempe.

« À votre place, je ne bougerais pas », dit Tessa. Elle est assise à côté de lui, au bord du lit. Elle n'a pas pris la peine d'allumer la moindre lumière, se contentant du faisceau d'une lampe stylo pour forcer sa fenêtre de jardin au pied-de-biche et traverser la maison sur la pointe des pieds, puis monter les escaliers. Elle a trouvé le vieux labrador, Zeus, endormi dans le couloir. Levant la tête, constatant que la présence était familière, il s'est rendormi avec un soupir.

Dans l'ensemble, elle trouve son aventure nocturne très agréable. Et c'est tant mieux, parce qu'à part ça, elle est extrêmement en colère.

Alors elle demande sur un ton badin : « Quand Ashlyn vous a-t-elle appris qu'elle était enceinte ?
— Quoi ? »

Lopez tente de se redresser. Elle lui balance un grand coup de poing en plein sternum.

Il retombe sur le matelas, suffoqué.

« Une gamine de quinze ans ? La fille de votre patron ? Une enfant que vous considériez soi-disant comme la vôtre ? Sale pervers ! »

Lopez, geignard : « Je sais, je sais. Je ne suis qu'une ordure. Allez-y, appuyez sur la détente. Je le mérite. »

Il s'apitoie sur son sort, ce qui a le don d'irriter Tessa encore plus. Elle le frappe à nouveau. « Hé, c'est moi qui menace, ici !

— Je ne sais pas... Je n'aurais jamais dû... C'est vrai, je suis un pervers. Mais qu'est-ce que j'avais dans le crâne ! » On dirait qu'il pleure. Bordel. Tessa allume la lampe de chevet.

Bingo, Lopez est une vraie madeleine.

« Commencez par le début, lui ordonne-t-elle sans ménagements. Racontez-moi tout. Et peut-être que je vous épargnerai.

— Il n'y a pas eu de début. Je veux dire, ce n'est pas comme si j'avais prévu que ça arrive. » Lopez semble se ressaisir. Il se hisse sur ses bras pour s'asseoir ; cette fois-ci, elle ne cherche pas à l'en empêcher. Au moins est-il à moitié vêtu, en tee-shirt blanc élimé et boxer gris.

Ce remue-ménage a de nouveau réveillé le chien. Zeus entre à pas feutrés, s'approche de Tessa et pousse un petit gémissement. Elle lui flatte la tête et il se couche en rond à ses pieds.

« Écoutez, Ashlyn a découvert la liaison de Justin. Je ne sais pas très bien comment. Sans doute qu'elle a écouté aux portes pendant que ses parents se disputaient, aucune idée. Mais elle a aussi compris que la rivale était ma nièce, Kate. Il paraît même qu'elle lui a fait une scène dans le hall de la tour et qu'Anita a dû l'éloigner en quatrième vitesse. Tout ce que je sais, c'est que ma nièce m'a appelé un soir pour me dire que l'autre folle était revenue, qu'elle faisait le siège de sa maison et qu'elle refusait de partir.

Qu'est-ce que j'étais censé faire ? J'y suis allé pour régler ça au mieux.

— Régler ça au mieux, hein ? » reprend Tessa avec ironie.

Lopez rougit. « J'ai emmené Ashlyn dans un café pour essayer de la raisonner. Je lui ai sorti tout mon baratin : que Katie n'était qu'une petite idiote, que je savais de source sûre que Justin avait rompu et que ses parents essayaient vraiment de résoudre leurs problèmes. Il fallait juste qu'elle donne un peu d'air et de temps à tout le monde. Elle a eu l'air de se calmer. Je l'ai raccompagnée chez elle. Je pensais qu'on en resterait là.

— Mais ? »

Il hausse les épaules, de nouveau l'air gêné. « Elle a commencé à m'appeler. En me disant qu'elle avait besoin de quelqu'un à qui se confier. Ses parents étaient tous les deux repliés sur eux-mêmes, ses amies ne pouvaient pas comprendre et comme j'étais déjà au courant de tout ce qui s'était passé... Je ne sais pas. Elle parlait. J'écoutais. Elle était tellement... en colère. En fait, elle avait vraiment mis ses parents sur un piédestal. Tous les deux. Les voir faire quelque chose de si... humain, ça la bouleversait. Comme si, sous prétexte qu'ils n'étaient pas parfaits, c'était la même chose pour le monde entier. Elle flippait vraiment. »

Tessa le regarde sans rien dire.

Il rougit de nouveau. « Alors, euh... ouais. Elle est passée un jour, après les cours. Une mauvaise journée, elle s'était disputée avec sa meilleure amie. Elle a fondu en larmes. Alors, évidemment, je l'ai prise dans mes bras. Et avant que j'aie eu le temps de dire ouf, elle m'embrassait. Je ne... »

Il s'interrompt, baisse les yeux vers le couvre-lit. « Je ne lui ai pas fait d'avances, si c'est ce que vous pensez. J'imagine que vous n'allez pas me croire. Mais, aussi bizarre que ça puisse paraître, c'est elle qui s'est servie de moi. Elle était vraiment en colère contre Justin, vous voyez. Et quelle meilleure façon de se venger d'un père qui a couché avec une femme trop jeune que de coucher avec un homme trop vieux ?

— C'est ce que vous vous dites ? répond Tessa sans s'émouvoir. C'est comme ça que vous arrivez à dormir la nuit ? »

Lopez relève vivement la tête. « J'ai une maison entière à retaper, vous vous souvenez ? Qui a dit que je dormais la nuit ?

— Alors, quand est-ce qu'elle vous a dit qu'elle était enceinte ?

— Quoi, enceinte, putain ? Sans rire, je ne sais pas de quoi vous parlez !

— Elle a fait une fausse couche, vous savez. Pendant que vos hommes de main la séquestraient en prison. C'est marrant parce que j'aurais cru qu'un *gentleman* comme vous aurait stipulé qu'il ne devait rien arriver à ces dames. Pour Justin, en revanche…

— Pas *mes* hommes de main ! Pas *mes* instructions ! Et comment ça, elle a fait une fausse couche en prison ? C'est quoi, ce délire ? »

Tessa ne répond pas tout de suite. Elle l'observe avec attention. Wyatt avait vu juste dès le départ : l'équipe de direction de Denbe Construction est peuplée de menteurs. Anita Bennett. Chris Lopez. Et pourtant, soit ces deux-là sont aussi des acteurs hors pair, soit ils ne savent réellement rien.

« La rançon, dit-elle.

— J'ai appris qu'il y avait eu une demande. Personne ne nous a rien dit d'autre.

— La compagnie d'assurances l'a versée. »

Elle continue à l'observer. Il se redresse encore.

« Donc ils ont été libérés ? Ils sont chez eux ? La vache. » Lopez se passe une main dans les cheveux, semble à la fois nerveux et soulagé. « Comment va Libby ?

— C'est une blague ? Vous couchez avec la fille, mais vous êtes encore amoureux de la mère ?

— Je vous ai dit que j'étais une ordure. »

Tessa abat sa dernière carte. « Alors j'espère pour vous que vous êtes une ordure qui a un passeport valide parce que Justin sait que c'est vous qui avez mis sa gosse enceinte. Et ce n'est pas parce qu'elle a fait une fausse couche qu'il a renoncé à vous démonter la gueule. »

Lopez pâlit. Puis, d'un seul coup, ses épaules se détendent, il redresse la tête. « C'est moi qui irai le voir. À la première heure demain matin. Direct. C'est ma faute. J'ai commis une erreur. Je paierai.

— Je le crois pas ! »

Tessa se relève d'un bond. Elle fait un violent demi-tour sur elle-même, dérange le chien endormi et Lopez la regarde, bouche grande ouverte. Puis elle remet son pistolet dans son étui d'épaule. Si elle était très en colère tout à l'heure, maintenant elle enrage de frustration.

« Justin Denbe est mort.

— Quoi ?

— Les ravisseurs avaient l'intention de nous doubler après le versement de la rançon. Il est mort en sauvant Libby et Ashlyn. »

Lopez, la mâchoire décrochée : « Mais vous venez de dire...

— J'ai menti. Pour voir si vous mentiez. Mais vous n'avez sincèrement aucune idée de ce qui s'est passé hier peu après quinze heures, hein ?

— Là, je suis tellement perdu que la seule chose que j'ai, c'est la migraine. Est-ce que Libby et Ashlyn vont bien ?

— Tout étant relatif, oui. Mais Ashlyn a réellement fait une fausse couche et Libby sait que vous étiez le père. »

Autant la menace de Justin en colère lui a fait peur, autant, vu la tête qu'il fait, l'idée du chagrin de Libby lui fait honte.

« Oh ! » dit-il, à court de mots.

Tessa s'assoit au bord d'une chaise. Le vieux labrador se remet à gémir nerveusement. Elle lui caresse une oreille pour le réconforter, mais les idées tourbillonnent dans sa tête.

« Je ne comprends pas », dit-elle enfin.

Lopez est toujours muet.

« Le coupable connaissait Justin, Libby et Ashlyn. Il ou elle possédait aussi les relations nécessaires pour embaucher trois mercenaires. C'est vraisemblablement la même personne qui détourne les fonds de Denbe Construction depuis quinze ou vingt ans...

— Je n'y travaille même pas depuis aussi longtemps, fait remarquer Lopez.

— C'est pour ça que nous avons d'abord soupçonné Anita Bennett.

— Elle ne grugerait pas l'entreprise. C'est le grand amour de sa vie. Et puis, elle ne ferait pas de mal à Justin. Elle le considère pratiquement comme son quatrième fils. Du fait que son petit dernier est sans doute son demi-frère, elle se sent proche de la famille. Je ne dis pas que c'est logique, mais c'est comme ça.

— Mais qui, alors ? Il nous faut un employé qui est là depuis près de vingt ans, qui est comme chez lui chez les Denbe, qui maîtrise la comptabilité de la société et qui connaît le fonctionnement d'une prison tout juste construite dans le New Hampshire. Qui donc pourrait savoir, qui serait assez proche... »

Tessa ne termine pas sa phrase. Elle connaît la réponse. Un suspect tellement évident qu'ils n'ont même jamais pensé à lui. Et pourtant...

Lopez la regarde, toujours ébahi.

Elle se lève brusquement et prend juste le temps de déposer un rapide baiser sur le crâne de Zeus. C'est sûr, Sophie et elle devraient adopter un chien. Mais en attendant : « Le code d'accès aux bureaux de Denbe Construction. Il me le faut. *Tout de suite.* »

Wyatt voudrait rentrer chez lui. Il comprend parfaitement la réaction instinctive de Libby Denbe. Il travaille seulement depuis quarante-huit heures et n'a pas été retenu captif contre son gré, mais déjà, rien au monde ne lui fait plus envie que de regagner sa tanière pour prendre une douche bien chaude, un petit plat mitonné (bon, d'accord, un repas décongelé au micro-ondes) et une bonne nuit de sommeil.

Mais voilà ce dont on ne vous prévient jamais quand vous entrez dans la police : l'action sur le terrain n'est qu'une infime partie du métier ; alors que rédiger des rapports pour rendre compte de ladite action…

Il est en train de noircir des formulaires. Une montagne. Kevin aussi, mais lui, il aime ça. Qu'il est agaçant, cet homme-là.

À deux heures du matin, son portable sonne. Nicole Adams. Ça ne l'étonne pas : non seulement Nicole est ambitieuse, mais elle est réellement passionnée par son travail. Tant qu'une affaire ne trouve pas sa solution (et en l'occurrence, le mystère est loin d'être résolu), elle ne détellera pas.

Par respect professionnel autant qu'en souvenir du bon vieux temps, il décroche.

« Vous avez retrouvé le fourgon blanc ? » demande-t-elle sans préambule. Les services de Wyatt sont chargés de la recherche du véhicule et du corps de Justin Denbe.

« Pas de fourgon, pas de joyeuse bande en goguette, pas de cadavre.

— Sans rire ? Avec tous les effectifs que vous avez sur zone ?

— Quelque chose me dit qu'il y avait un ou deux cerveaux parmi les gros bras. »

Profond soupir.

« Ça me tracasse, ce cadavre, marmonne Nicole. Ils ne vont pas laisser un truc aussi compromettant, et nauséabond, en plus, à l'arrière de leur fourgon.

— Oh, ça m'étonnerait qu'ils roulent encore avec. Vu qu'ils ont complètement disparu de la circulation, je parierais qu'un autre véhicule les attendait. Demain matin, on enverra des hommes-grenouilles dans les lacs et les étangs du secteur. À tous les coups, on retrouvera le fourgon sous l'eau et le corps de Denbe à l'arrière. Ça expliquera leur petit numéro de prestidigitation. » À son tour de poser une question : « On a retrouvé les fonds détournés ?

— Non, pourtant il paraît que nos gourous de la finance ont exploré les comptes d'Anita Bennett de fond en comble. Bien sûr, il est possible qu'elle ait planqué les avoirs sous un nom d'emprunt dans un énième compte offshore. Mais pour l'instant, on pédale dans la semoule. »

Wyatt grogne, la frustration de Nicole fait écho à la sienne.

« Libby et Ashlyn ? demande-t-il.

— Rentrées chez elles. » Comme si elles pouvaient d'un coup de baguette magique recoller les morceaux de leur vie. Nicole ne prononce pas ces mots à voix haute, mais ils sont sous-entendus.

« Tu vas la revoir ? demande-t-elle d'un seul coup.

— Qui ça ?

— Tessa Leoni. Elle se tient tout près de toi, tu sais. Avec tous les autres, elle laisse bien un mètre, un mètre cinquante de distance. Mais pas avec toi. »

Wyatt se demande s'il ne serait pas en train de rougir. Une main sur le visage, il esquive prudemment. « Pourquoi tu demandes ça ?

— Il est tard. Je suis fatiguée. Je suis curieuse.

— Tessa est une femme intéressante.

— Tu vas lui demander de sortir avec toi », conclut Nicole. Mais elle n'en a pas l'air fâchée. Plutôt satisfaite.

« Comment il s'appelle ? » demande Wyatt.

Au tour de Nicole de rougir un peu, en tout cas c'est ce qu'il se dit.

« Eh bien, puisque tu m'en parles... »

En fait, elle a rencontré un conseiller financier il y a six mois. Ils sont très heureux ensemble. La nouvelle réconforte Wyatt. Nicole et lui ne se doivent rien, mais quand même... C'est toujours agréable de savoir que l'autre a trouvé le bonheur et que tout est bien qui finit bien.

« Tu m'appelles quand vous aurez retrouvé le fourgon ? demande Nicole. Ou, encore mieux, quand vous aurez localisé nos trois suspects ?

— Bien sûr. Et réciproquement ?

— Réciproquement.

— Maintenant, rentre dormir. Il faut que l'un de nous le fasse. »

Wyatt raccroche. Puis, les mains jointes derrière la nuque, il se penche en arrière dans son fauteuil et fait la grimace. Vie privée mise à part, les dernières nouvelles que vient de lui communiquer Nicole sur le détournement de fonds le préoccupent. Qu'un fourgon transportant trois commandos et un cadavre se volatilise, ça peut encore se comprendre. Un étang bien placé, un ravin en pleine forêt, un roncier envahissant. Le fin fond du New Hampshire ne manque pas d'endroits où faire disparaître un véhicule. Mais l'argent détourné ? Onze millions de dollars qui attendaient au chaud dans divers comptes depuis quinze ans, disparus d'un seul coup sans laisser de traces ?

« Kevin », dit-il. À l'autre bout de la salle de réunion où ils se sont installés pour accomplir leur corvée de paperasse, son collègue lève la tête.

« Oui ?

— Toi qui es intelligent. Si tu avais onze millions de dollars, qu'est-ce que tu en ferais ?

— Je bourrerais mon matelas de billets, répond aussitôt l'intello de service. Pas besoin de remplir des formulaires pour remplumer sa literie. Et en plus, elle ne pourra pas témoigner contre toi en cas de procès.

— Mais l'argent était aux Bahamas il y a encore une semaine, objecte Wyatt. Sur de vrais comptes en banque. C'est ce que nous a dit Ruth Chan. Elle y était allée pour revoler leur argent, si je puis dire, et là elle a découvert qu'il y avait encore plus de comptes qu'elle ne le soupçonnait. » Ce constat fait naître chez lui une autre idée. « Qu'est-ce qui est le plus invraisemblable, Kevin ? Escroquer une grande société en toute impunité pendant seize ans ? Ou bien piquer l'argent, mais ne pas y toucher pendant toutes ces années ? »

La question intrigue Kevin. Il s'arrache à ses formulaires et vient rejoindre Wyatt. « Ça implique que la personne n'avait pas encore besoin de l'argent. Ce n'était ni un toxicomane ni un joueur compulsif qui tapait dans la caisse pour s'adonner à son vice. Plutôt un employé mécontent qui se constituait un bas de laine pour les mauvais jours. »

Kevin soulève là un point intéressant. Les affaires de détournement tournent le plus souvent autour du mobile : problème d'addiction, frais médicaux à régler d'urgence, pension alimentaire qui pèse trop lourd sur le compte en banque. Mais ce type de malversations sont généralement le fait d'employés qui possèdent un haut niveau de compétence financière et d'autorité dans l'entreprise. Autrement dit, d'individus intelligents, qui jouissent du respect et de la confiance de leurs collègues. La plupart ne passent pas du côté obscur de la force sans raison profonde.

« Donc il nous faut un individu patient. Qui n'a pas de difficultés financières immédiates. Il ou elle crée la première société fictive il y a environ seize ans. » Wyatt poursuit son raisonnement à voix haute : « Et comme cela ne déclenche aucune conséquence, il continue. Un an, puis deux, cinq, dix, quinze… il détourne de l'argent, toujours de petites sommes, rien qui risquerait d'attirer l'attention. Avec une extrême discipline. Ça tient presque du jeu de stratégie. »

Wyatt se met l'expression en bouche, l'apprécie. « Il s'agit certainement de quelqu'un qui, au bout d'un certain temps, a détourné pour le simple plaisir de détourner. Un petit secret bien gardé qui lui permettait de rire sous cape pendant les réunions de l'équipe de direction, je ne sais pas. Le coup classique : "Si seulement vous saviez…" Mais toutes les bonnes choses ont une fin. Et en l'occurrence, en août, Ruth Chan découvre par hasard le premier fournisseur fictif. Elle creuse un peu, potasse le dossier et, il y a quatre semaines, révèle l'escroquerie à Justin. »

Kevin tique. « Justin savait depuis quatre longues semaines que l'argent avait disparu ?

— Oui et non, rectifie Wyatt. À l'époque, Chan pensait que le détournement ne portait que sur quatre cent mille dollars, ce qui était plus contrariant que réellement catastrophique pour une société estimée à cent millions. En fait, Justin a jugé la somme si négligeable qu'au lieu de s'adresser à la police, il a imaginé un stratagème pour voler le voleur. Il a envoyé Ruth Chan aux Bahamas pour fermer le compte de la société fictive, mais les fonds en avaient été retirés la veille.

— Dans ce cas, quand Justin a-t-il appris l'ampleur des dégâts ? demande Kevin.

— Mais... jamais, murmure Wyatt, dont le cerveau passe alors la surmultipliée.

— Pardon ?

— Il ne l'a jamais su. Chan l'a appelé vendredi après-midi. Elle lui a dit que le premier compte était déjà fermé, mais c'est tout. Elle a demandé plus de temps pour continuer l'enquête. Et... à peine quelques heures plus tard, Justin et sa famille étaient enlevés dans leur propre maison. »

Kevin le regarde avec de grands yeux. « Pour couvrir le détournement », conclut l'intello, comme si cela allait de soi. « Pour que Justin n'apprenne jamais que onze millions de dollars avaient été fauchés à l'entreprise familiale.

— Possible. » Lorsque Wyatt reprend la chronologie des faits à voix haute, l'hypothèse de Kevin paraît logique. Ruth Chan avait découvert que le détournement était en réalité vingt fois plus grave qu'ils ne le soupçonnaient et, dans les heures qui avaient suivi, Justin avait été enlevé. Aux yeux de la police, les coïncidences n'existent pas, ce qui signifiait qu'il y avait forcément un lien entre les deux événements. Et pourtant. Pourtant...

« Ruth Chan ! s'exclame brusquement Kevin. C'est elle, l'escroc, et elle a organisé le rapt de Justin pour dissimuler son crime. D'autant mieux joué qu'elle-même n'était pas dans le pays, donc elle a un alibi en béton. »

Wyatt n'est pas d'accord. « Sans Ruth Chan, nous ne serions même pas au courant de ces seize années de fausses factures. Depuis quand le voleur dénonce-t-il le vol?

— Pour détourner les soupçons? » suggère Kevin.

Wyatt lève les yeux au ciel, secoue la tête. « Qui était au courant? reprend-il. Voilà la question à laquelle il faut répondre. Qui savait que Ruth Chan avait découvert l'existence de fournisseurs fictifs? Qui savait qu'elle serait aux Bahamas vendredi matin pour fermer le compte qu'elle avait découvert? Qui possédait ces informations de première main, qui lui ont permis de vider tous les comptes un jour avant et de prendre toutes les mesures…

— Ruth Chan en a parlé à quelqu'un, propose Kevin. Ou bien Justin. À quelqu'un en qui ils avaient manifestement tort d'avoir confiance.

— Ou alors, elle n'en a parlé à personne. Elle ne voulait même pas en parler à Justin, tu te souviens? Pas avant de maîtriser son dossier sur le bout des doigts. Elle est comme ça, Ruth Chan, méticuleuse, discrète. Nous ne l'avons pas compris. Nous n'avons pas été suffisamment attentifs. Si quelqu'un a parlé, ce n'est pas Ruth Chan, c'est Justin. Merde, il faut que je passe un coup de fil! »

42

Ashlyn n'est jamais arrivée jusqu'à la chambre. Après plusieurs jours à rêver désespérément de dormir dans son lit, c'est à peine si elle a réussi à sortir de la douche avant d'aller s'effondrer en tee-shirt et cheveux mouillés sur le canapé du salon.

J'ai téléphoné pendant qu'elle était sous sa douche. Pour parler avec Tessa Leoni, qui s'est montrée plus gentille et plus douce que je ne m'y attendais. Elle m'a assuré qu'elle s'occuperait personnellement du cas de Chris. En toute discrétion, bien sûr. Et, au besoin, en faisant usage de la force. Son ton en disait assez long et me la rendait éminemment sympathique.

Je voudrais éprouver de la satisfaction. Me sentir dans mon bon droit de mère atterrée et d'amie trahie. Toutes ces fois où je l'avais reçu chez moi... Et, oui, à un moment donné, il était devenu évident qu'il éprouvait un béguin d'adolescent pour moi. En tout cas, juste après que j'avais découvert la liaison de Justin, Chris s'était mis à traîner davantage dans les parages : il voulait être l'épaule sur laquelle je m'épancherais.

Mais je ne me suis pas appuyée sur lui. Je me suis tournée vers les comprimés.

Je me douche pour laver l'affront. Je me shampouine les cheveux, encore et encore. Faire mousser, rincer, recommencer, indéfiniment. Il est tard, plus de deux heures du matin, je devrais arrêter, aller me coucher. Je mets de l'après-shampooing, puis je me décape la peau avec la même vigueur implacable que mes cheveux.

J'aimerais penser que le pire est derrière nous, mais l'épreuve de ce soir m'a déjà permis de mesurer que les différents services de police n'ont pas fini de me mettre sur la sellette. Demain matin, ils reviendront. Nouvel interrogatoire, peut-être même qu'on me demandera une déposition officielle concernant la liaison d'Ashlyn avec Chris. Peut-être qu'ils exigeront un examen médical. Peut-être que je devrais songer à prendre un avocat.

Quels sont ses droits quand on a été victime d'enlèvement et autres crimes ? À quel avocat s'adresser pour engager des poursuites contre un adulte qui a couché avec une mineure ? Et si Ashlyn refuse de porter plainte, de répondre aux questions ? Faudra-t-il l'exiger d'elle ou bien cela ne ferait-il qu'aggraver son traumatisme ?

Et puis, au milieu de ma douche, alors que je suis en train de rincer l'après-shampooing, ça me frappe : mon mari est mort. Je suis seule. Désormais et pour toujours, je n'aurai plus de partenaire à qui poser ce genre de questions. Les décisions à prendre dans l'intérêt d'Ashlyn ne reposent plus que sur mes seules épaules.

Mon mari est mort.

Je suis un parent isolé.

Justin… le couteau planté dans son torse ensanglanté.

Je m'effondre. Je me laisse tomber à quatre pattes sur le sol carrelé et l'eau tambourine sur mon dos, je halète, à bout de souffle.

Des instantanés de notre mariage. Tous ces moments où je sais que j'ai vu mon mari. Tous ces moments où j'ai voulu croire qu'il me voyait. La première fois où nous avons fait l'amour. L'instant où le prêtre nous a déclarés mari et femme. Justin avec un nouveau-né braillard dans les bras. Et Justin mourant sous mes yeux.

Il m'a regardée. Il a su ce qui se passait, peut-être même qu'il a senti la lame crantée glisser entre ses côtes. Il a su qu'il allait mourir. Et, dans son regard, il n'y avait ni colère ni reproches, juste des regrets.

« Nous deux, ça me manquerait », avait-il dit. Il m'aurait accordé le divorce si je le lui avais demandé, mais notre famille lui aurait manqué.

Est-ce que je pleure ? Difficile d'en être certaine avec l'eau du jet qui ruisselle dans mon cou, sur mon visage.

Il va falloir que j'organise un enterrement, me dis-je, mais comment fait-on quand il n'y a pas de corps ? On attend que la police le retrouve, j'imagine. Je vais attendre que ce shérif et ses adjoints nous rendent mon mari. À moi et à Ashlyn. Elle voudra dire adieu à son père. Elle aura besoin de tourner la page, tout comme j'en ai eu besoin, il y a trente ans.

Et cette idée ravive ma douleur : malgré tous mes projets et mes sacrifices, en fin de compte je n'ai pas réussi à épargner à ma fille ce qui a été la pire de mes souffrances. Elle a perdu son père comme j'avais perdu le mien. Et je vais dorénavant jouer le rôle de ma mère et essayer de maintenir la barque à flot. En me colletant avec une situation financière dont on m'annonce déjà qu'elle est problématique.

Et si nous perdons la maison, et si nous emménageons dans des logements sociaux, et si Ashlyn n'a jamais la possibilité d'aller à l'université et devient une victime collatérale du manque de prévoyance de son père, tout comme je l'ai moi-même été ?

Je suffoque. Je cherche mon air et pourtant rien n'entre dans mes poumons. J'aurai survécu à trois jours dans une prison à l'abandon, tout ça pour succomber sous ma douche.

Et là, dans un coin de ma tête... l'hydrocodone. Mes comprimés dans leur flacon orange. Peut-être encore au rez-de-chaussée, dans mon sac à main sur l'îlot de la cuisine. Mais sinon, j'ai d'autres planques, je sais garder mes secrets. Une demi-douzaine de comprimés au fond du tiroir de l'argenterie, dix autres dans ma trousse à bijoux, quatre ou cinq au fond d'un vase en cristal dans le buffet. Une grosse vingtaine de comprimés pour parer aux situations d'urgence.

Je me relève. J'ai un goût d'orange dans la bouche et ça m'est égal. Je vais sortir de cette douche. Je vais descendre au rez-de-chaussée et faire un raid dans la première planque. Juste pour cette fois, bien sûr. Après les journées que je viens de vivre, je mérite bien ça.

Je me rince les cheveux.

Je ne devrais pas. J'ai promis à Justin d'être forte pour notre fille. Il avait insisté, dans la cellule ; se doutant probablement que la remise de rançon tournerait mal, il avait besoin d'être rassuré sur le fait que je pourrais élever notre enfant sans lui.

Juste deux comprimés, me dis-je. De quoi me rendre la vie un peu plus facile. J'ai mal partout et il faut que je me calme. Je serai une meilleure mère si je prends un peu de repos.

Je me demande si c'était ce que ma mère éprouvait, à l'époque, avec cette tête qu'elle faisait chaque fois que son regard se fixait sur un paquet de cigarettes. Elle savait qu'elle n'aurait pas dû. Mais elle portait toute la misère du monde sur ses épaules, le fardeau d'être le seul parent. Elle travaillait comme une brute. Elle méritait au moins ce petit plaisir.

Justin est mort pour moi.

Est-ce que je ne devrais pas être capable de renoncer à la Vicodin pour lui ?

Je coupe le jet.

Un comprimé. Rien qu'un. Pour m'aider à passer le cap. Ce serait raisonnable.

Je devrais.

Je ne devrais pas.

Je vais.

Je ne vais pas.

J'ouvre la porte de la douche, je tends la main vers la serviette.

Et je trouve un homme dans ma salle de bain.

Je reste un moment interdite. Peut-être une minute entière, pendant laquelle je me tiens dans l'encadrement de verre, tandis que l'eau dégouline de mon corps nu. Puis l'homme me regarde d'un air salace et ça fait tilt. Les yeux ne sont plus de la bonne couleur : marron foncé au lieu de bleu électrique. Et les cheveux en damier ont été rasés, remplacés par un crâne lisse. Dernière chose : la tenue, du noir commando au BCBG européen.

Mais son visage, ce visage vicieux et impitoyable, n'a pas changé d'un iota, sauf qu'il a un nouveau bleu au-dessus de l'œil gauche, à l'endroit où ma fille l'a atteint avec un talkie-walkie il y a à peine quelques heures.

J'attrape la serviette et je la tiens devant moi. Pas franchement efficace comme moyen de défense, piégée comme je le suis avec l'assassin de mon mari.

« Je vous ai manqué ? » dit-il d'une voix gouailleuse. Il s'est appuyé contre le montant de la porte et ses larges épaules me barrent la sortie. Il sait que je n'ai aucune issue, aucune solution. Il semble heureux de savourer l'instant.

« Comment… ? » Il faut que je me lèche les lèvres pour arriver à parler. J'ai la gorge sèche, les pensées défilent à toute allure. Ashlyn, endormie au rez-de-chaussée dans le canapé. Pitié, faites qu'elle soit encore en train de dormir.

Et puis : elle avait réclamé un pistolet. Pourquoi n'étais-je pas encore allé le chercher dans la chambre forte du sous-sol ? Pourquoi n'avais-je pas sorti les armes avant de prendre ma douche ?

« Mais j'ai changé les codes…

— Nous avons notre propre code de désactivation. Pour le déprogrammer, il aurait fallu que vous soyez au courant, mais vous ne l'étiez pas. Mes renseignements sont meilleurs que les vôtres. » Il sourit d'un air narquois à cette plaisanterie qu'il est le seul à comprendre. « C'est ce qui s'appelle un paradoxe, chérie.

— La police surveille la maison, je tente.

— Ouais. Deux patrouilles, une qui passe dans la rue de devant et l'autre dans celle de derrière. À tour de rôle. Aucun problème, vu qu'il ne me fallait qu'une minute pour taper le code, ouvrir votre porte de garage et la refermer. En revenant, la police a trouvé une maison qui avait l'air sûre et tout le monde est content.

— Vous vous trompez. Deux enquêteurs vont débarquer d'un instant à l'autre. Il y a déjà eu un nouveau rebondissement dans l'affaire. C'était pour ça que je me douchais, pour être prête à répondre à leurs questions. »

Il se fige, penche la tête sur le côté en m'observant. Une seconde s'écoule, puis une deuxième.

« Vous bluffez, conclut-il. Mais bien tenté. Ça me fait plaisir de voir que vous vous donnez cette peine avec moi. »

Il se jette vers l'avant. Tellement vite que je n'ai même pas le temps de respirer. Je songe à sauter en arrière, dans la cabine de douche fermée par sa paroi de verre, mais ensuite je serais coincée et je ne pense pas un instant que l'exiguïté du lieu l'empêchera de mettre ses projets à exécution.

Je le fouette avec ma serviette. Et j'ai la satisfaction d'entendre un petit cri : je l'ai atteint sur le côté du visage, sur son bleu, j'espère. Je donne de nouveau un coup de serviette, mais cette fois-ci, il en attrape l'extrémité et me tire violemment vers lui.

Je lâche prise et la soudaine absence de contre-poids le fait basculer en arrière. Je me précipite vers la porte, en donnant des coups de coude au passage et en essayant de le frapper de nouveau à la tête.

Il m'attrape par la taille, mais ses doigts glissent sur ma peau mouillée. Libérée, je pique un sprint à travers la grande chambre en lançant des objets derrière moi.

Je ne sais pas où aller, quoi faire. Mon instinct me pousse vers les escaliers et l'entrée. La police est dans la rue. Peu m'importe d'être nue comme un ver. Si seulement j'arrivais jusqu'à la porte, que je l'ouvrais pour me ruer dehors...

Ashlyn, endormie dans le salon. Je ne peux pas l'abandonner.

J'entends le martèlement de pas lourds. Mon propre sanglot étouffé alors que j'essaie d'accélérer le mouvement, plus vite, plus vite, plus vite. Cette course n'a-t-elle pas déjà eu lieu aujourd'hui? Ne l'ai-je pas déjà perdue?

Tournant sur le dernier palier, je lève les yeux. Et j'aperçois fugitivement le visage de Justin. Figé. Grave. Déterminé. Attendez, non, pas de Justin. D'Ashlyn. Ma fille Ashlyn...

«Baisse-toi», dit-elle avec autorité.

J'obéis et, brandissant à deux mains le club de golf de son père, elle frappe Mick lancé à ma poursuite.

Il rugit et, se détournant à la dernière seconde, prend le coup dans l'épaule. Hurlant de douleur, il arrache ensuite le club des mains tremblantes de ma fille et le lève au-dessus de sa tête.

Je me jette sur lui et lui enserre les genoux.

Déséquilibré, il bascule de la deuxième marche et lâche le club de golf pour se raccrocher à la rampe.

Ashlyn et moi reprenons la fuite. La porte d'entrée ne nous sauverait pas : trop de serrures, pas assez de temps. Nous partons vers la cuisine, entraînées par un instinct primaire vers la pièce la plus fournie en armes de fortune.

J'ai lu quelque part que les femmes ne doivent jamais prendre un couteau pour se défendre. Notre agresseur nous maîtrise trop facilement et retourne ensuite l'arme contre nous. Mieux vaut s'emparer de la légendaire poêle à frire, qui ne demande pas d'adresse particulière à qui veut l'écraser sur la tête de son adversaire.

J'ai hérité de celle de ma mère. Je suis en train d'ouvrir le placard du bas pour m'en emparer à tâtons, quand Ashlyn se met à crier.

Elle s'était arrêtée à côté de l'îlot central pour prendre mon sac à main et le lancer derrière elle. Mais Mick n'a eu aucun mal à esquiver et il tient maintenant le bas du tee-shirt trop large d'Ashlyn dans son poing. Ma fille refuse de se laisser faire. Elle donne des coups de coude en arrière, frappe de ses pieds nus, hurle à pleins poumons.

Et je devine, même à trois mètres de distance, que Mick prend son pied.

Dans le placard, ma main trouve ce qu'elle cherchait à l'aveuglette. Je referme mes doigts sur le manche de la lourde poêle, je la sors et je me redresse lentement pour affronter cet homme que je maudis.

De son côté, il promène son regard sur mon corps toujours dénudé.

Puis, comme on jetterait un paquet de linge sale, il repousse ma fille vers l'îlot central et s'avance.

« Comment vous avez su ? Que j'ai toujours aimé que ça bagarre un peu ? »

Ashlyn percute violemment l'îlot et sa tête heurte le granit. Du coin de l'œil, je la vois glisser à terre comme une poupée de chiffon.

Ne pas regarder. Ne pas se laisser distraire. Un adversaire. Une chance de réussir mon coup.

Mick charge.

Trop tôt, trop vite, me dis-je, et, au lieu de lui balancer un grand coup de poêle, je file sur la droite au moment précis où Mick feinte à gauche. Je m'échappe de la cuisine, laissant derrière moi ma fille inconsciente, et je cours vers le salon. Si j'arrivais à faire tomber une lampe, à provoquer un désordre qui serait visible par les fenêtres, peut-être que la voiture de patrouille le verrait en passant. L'agent s'arrêterait pour voir ce qui se passe.

Mick bouge en permanence. Un pas à droite, un pas à gauche, il se baisse, fait mine de se jeter vers l'avant. Ces déplacements, ces changements de position rapides me déstabilisent. En haut, en bas, à droite, à gauche. Levant la poêle, j'essaie d'être prête pour tout et n'importe quoi, quand il plonge brusquement vers moi, m'attrape par la taille et nous envoie tous les deux à la renverse.

Je chute lourdement, les doigts toujours crispés sur le manche de ma poêle. Je l'abats sur sa tête et je frappe, encore et encore. Sauf que Mick retourne ma ruse de cet après-midi contre moi : il est trop près, je ne peux pas donner assez d'ampleur à mon geste pour lui faire réellement mal. Il enfouit son visage entre mes seins nus et, alors que je le martèle en pure perte, je l'entends rire au creux de ma poitrine.

« C'est ça, résiste, résiste, *résiste* ! »

Je ne vais pas gagner. Il est trop fort, trop grand, trop entraîné. Mes efforts acharnés le font rire.

D'un seul coup, il tend la main et enserre mon poignet comme dans un étau. Je pousse un cri. Ma poêle en fonte tombe par terre.

C'est fini.

Il se relève et m'attrape par les épaules pour me remettre sur pieds. D'aussi près, je vois que ses yeux marron sont aussi déments que l'étaient les bleus. Il adore cette situation. Il en savoure chaque seconde et son visage est rayonnant à l'idée de toutes les possibilités qui s'offrent à lui.

Derrière lui, la porte de l'escalier qui mène au sous-sol s'ouvre d'un seul coup, gueule d'ombre d'où sort en silence un deuxième homme d'une taille impressionnante, un doigt sur la bouche. Z. Sans son tatouage de cobra vert, ni sa tenue de commando noire.

Je ne fais pas un geste. Pas un bruit. Pétrifiée, totalement abasourdie, le poignet endolori, les épaules meurtries, je vois Z s'avancer comme un chat, lever un .22 et abattre Mick à bout portant d'une balle dans la tempe.

Mick s'effondre sur le côté.

Z, au-dessus de lui, tire encore deux fois.

Et, enfin, le silence retombe dans la maison.

Z me tend le pistolet et referme ma main sur la crosse.

« Les voisins vont signaler les coups de feu, explique-t-il sèchement. La police va débarquer d'un instant à l'autre. »

Il attrape un plaid sur le canapé derrière lui et le pose sur mes épaules nues.

«Vous ne m'avez pas vu. Vous lui avez résisté. Bien joué.

— Vous l'avez tué.

— Il avait accepté les termes du contrat : interdiction de toucher à Ashlyn ou à vous. Et il a enfreint la règle deux fois. Dans notre métier, les erreurs se paient.

— Vous... vous saviez qu'il allait revenir ?

— Je m'en doutais.

— Je ne comprends pas. Il avait le droit de tuer Justin, mais pas Ashlyn ou moi ?

— Les termes du contrat», répète Z. Il tient un bout de papier froissé, qu'il me fourre dans la main. «Radar m'a demandé de vous donner ça. Je vous conseillerais de le garder pour vous. Et ça n'est sans doute valable que pour les douze prochaines heures.»

Il tourne les talons et repart vers la porte du sous-sol.

«Attendez.»

Il ne ralentit pas.

«Je veux connaître le code de désactivation. Celui dont vous vous servez pour entrer chez moi comme dans un moulin!»

Il ne ralentit pas.

Il s'en va. Comme ça. *Veni, vidi, vici.* Je bous de frustration. Et de ce dégoût de me sentir toujours aussi impuissante. *In extremis*, je m'avise que je ne suis plus dans la prison et que j'ai de quoi me défendre.

Je lève le .22, l'arme que Z lui-même vient de me donner, et je la pointe sur sa nuque. «Attendez. J'ai dit : attendez!»

Z s'arrête enfin, se retourne de trois quarts. « Votre fille a probablement besoin de voir un médecin, fait-il remarquer.

— J'en ai marre d'être un pion ! »

Sa voix, aussi sereine que d'habitude : « Alors tirez. »

Mes bras tremblent. Mon corps tout entier, maintenant que j'y pense. Et d'un seul coup, je ne suis plus épuisée. Mais folle de rage. Contre cet homme, qui a violé l'intimité de mon foyer, de ma famille. Contre moi qui, pauvre imbécile, étais déjà prête à avaler ce premier comprimé. Mais aussi et surtout, par une bizarrerie de mon esprit, contre Justin, parce qu'il s'est fait tuer, parce que je l'aime encore, que je le déteste encore, et qu'est-ce que je vais devenir avec toutes ces émotions contradictoires ? Comment est-ce que je pourrai un jour tourner la page ?

Z me regarde avec patience, presque comme s'il me testait. Ce ne serait pas moi qui lui créerais des problèmes. Ses renseignements le lui disaient.

J'appuie sur la détente.

Et la chambre rend un son creux. Bien sûr, Z le tout-puissant a toujours un coup d'avance. Il avait mis exactement trois balles dans le chargeur, il les avait tirées dans la tête de Mick et il m'avait donné une arme inutile. Je m'attends à lui voir un sourire moqueur.

Au lieu de cela, il dit simplement : « Félicitations. Le premier pas qui vous permettra de reprendre votre vie en main. »

Et il s'en va.

Je regarde d'abord comment va ma fille, qui reprend peu à peu connaissance. Ensuite, je trouve le téléphone et j'appelle le 911 pour demander la police et une ambulance. Et pour finir, je monte au deuxième et je passe un peignoir; le pistolet toujours à la main, je glisse le papier de Radar sous mon oreiller et je me prépare pour la suite des événements.

43

Wyatt doit s'y reprendre à trois fois pour joindre Tessa Leoni. À ce moment-là, il est quatre heures du matin, mais peu importe. Dopé par l'adrénaline et le fait de savoir qui a fait quoi, où, quand, comment et pourquoi, il est déjà dans sa voiture, en train de passer la frontière avec le Massachusetts, en route pour Boston.

« Ce n'est pas Chris Lopez, dit-il sans préambule lorsque Tessa décroche enfin.

— Sans blague. Je lui colle un flingue sur la tempe – une petite seconde : je ne vous ai jamais dit ça – et il plaide encore innocent.

— Vous ne m'avez jamais dit ça et ce n'est pas lui.

— Il couchait avec Ashlyn, l'informe Tessa. Mais il veut qu'il soit officiellement retenu que c'était *elle* qui se servait de lui...

— C'est à ce moment-là que vous ne me dites pas que vous l'avez tué?

— Certainement pas, les balles sont beaucoup trop précieuses pour qu'on les gaspille avec des types pareils.

— Objection retenue.

— Cela dit, nous avons eu une conversation intéressante : on s'est demandé qui pouvait connaître Justin Denbe de manière suffisamment intime pour comploter contre lui et sa famille.

— C'est marrant, Kevin et moi avons eu exactement la même conversation.

— Soit dit en passant, pendant que nous étions tous en train de converser, quelqu'un d'autre agissait. Un des ravisseurs est revenu, il s'est introduit chez les Denbe et il a agressé Libby et Ashlyn : il tenait à finir le boulot, on dirait. »

Wyatt, qui était en train de prendre la sortie pour rejoindre la 93 vers le sud, donne un brusque coup de volant à droite. « Quoi ?

— Je ne vous le fais pas dire. Libby affirme qu'il s'agit de Mick ; la police de Boston fait des recherches sur ses empreintes digitales pour connaître sa véritable identité. Il semblerait qu'il se soit particulièrement intéressé à elle pendant leur détention, mais qu'il ait été tenu en bride par le meneur, Z. Une fois la mission terminée et Z parti, Mick a décidé de mettre certaines de ses menaces à exécution. Il est entré dans la maison avec un code qui neutralise l'alarme – après avoir, soit dit entre nous, repéré les horaires de passage des voitures de patrouille – et il a surpris Libby dans sa salle de bain. Elle a manœuvré pour gagner du temps, Ashlyn s'est jetée dans la mêlée et, à elles deux, elles l'ont entraîné dans une course-poursuite à travers toute la maison, jusqu'au moment où Libby s'est emparée d'un .22 qu'elle avait laissé chargé à côté du canapé…

— Elle avait un pistolet chargé dans le salon ? » Wyatt ne sait pas très bien s'il doit en être surpris ou admiratif. Il se souvient qu'on lui a parlé des prouesses des Denbe sur le stand de tir. Tout de même, laisser une arme à feu chargée traîner chez soi, c'est assez belliqueux.

« Étant donné ce qu'elles venaient de vivre, explique Tessa, et tous les sermons de l'agent Adams sur le fait que les trois hommes couraient toujours…

— C'est juste.

— Libby a abattu Mick. Trois balles, dans la tempe gauche, à bout portant. Du travail de pro. »

Le ton adopté par Tessa intrigue Wyatt.

« C'est-à-dire ?

— C'est-à-dire qu'on trouve les empreintes de Libby partout sur l'arme, mais, curieusement, pas de poudre sur ses doigts.

— Elle aurait tiré trois fois et ça ne lui aurait rien laissé sur les mains ?

— Elle prétend se les être lavées avant d'appeler la police.

— On ne peut pas enlever *toutes* les traces aussi facilement.

— Vous prêchez une convertie. Mais elle ne veut pas en démordre.

— Ils ont examiné les mains d'Ashlyn ? Si ça se trouve, elle protège sa fille.

— Ashlyn a été violemment projetée contre un plan de travail en granit et elle se remet encore d'un traumatisme crânien. Mais, oui, la police de Boston a fait des prélèvements sur ses mains. Nada.

— Il n'y avait que les deux femmes dans la maison ?

— Voilà, voilà. »

Le ton de Tessa est éloquent : il y a de fortes chances que Libby n'ait pas tué Mick, mais elle éprouve le besoin de couvrir la personne qui l'a fait. Et si ce n'est pas sa fille…

Wyatt prend une grande inspiration et déclare : « Je pense qu'il est possible que Justin Denbe ait détourné les fonds de sa propre société. Mais au bout de seize ans, il avait commencé à en parler. Sans doute à sa maîtresse. Alors quand Kathryn Chapman a découvert que Ruth Chan se rendait aux Bahamas, elle a fait le nécessaire pour vider les comptes avant que l'autre n'atterrisse là-bas. Et ensuite, elle a commandité l'enlèvement de Justin et de sa famille pour se garder les onze millions.

— Je dirais que vous avez en partie raison et que Justin Denbe a bel et bien détourné les fonds de sa société. Mais je pense aussi qu'il est parfaitement vivant. »

« Qui d'autre était aussi proche d'eux ? reprend Tessa. Il nous faut quelqu'un qui travaille pour Denbe Construction depuis au moins seize ans, qui connaissait les détails intimes de leur vie de famille, y compris le code d'accès, l'agencement de la maison, leur emploi du temps. Quelqu'un qui connaissait peut-être d'anciens membres des forces spéciales devenus mercenaires – des profils dont nous avons établi qu'ils font partie du paysage dans l'industrie du bâtiment. Et enfin, quelqu'un d'assez brillant pour imaginer une telle machination et d'assez gonflé pour la mettre à exécution. Je réponds : Justin Denbe, Justin Denbe, Justin Denbe. »

Wyatt ne va pas soutenir le contraire. Entendre ce raisonnement à voix haute ne fait que confirmer les intuitions qui ont déjà germé dans son esprit. « Les ravisseurs n'étaient pas censés faire de mal à Libby et Ashlyn, rappelle-t-il au téléphone. C'est pour ça que Mick a pris un coup de Taser pour avoir agressé Libby. Très certainement les instructions de Justin lui-même. Ça ne le dérangeait pas de traumatiser sa femme et sa fille, mais il ne voulait pas qu'elles soient blessées.

— Le truc, c'est qu'il avait *besoin* d'elles, souligne Tessa. S'il s'était contenté de mettre en scène son propre enlèvement, sa propre mort, ça aurait éveillé les soupçons. Son plan pour se lancer dans une nouvelle vie supposait donc qu'ils soient tous enlevés chez eux et détenus contre leur gré. Libby et Ashlyn devenaient ses témoins, deux personnes qui pourraient jurer devant la justice l'avoir vu mourir sous leurs yeux.

— Un coup de couteau dans la poitrine. Facile à truquer avec une poche de sang. Or on n'a toujours pas retrouvé le cadavre.

— Précisément.

— Je crois que c'était un coureur, dit brusquement Wyatt. C'est une simple hypothèse, mais la fraude a commencé il y a seize ans. Je dirais que c'est lié à sa première infidélité. Libby devait être enceinte d'Ashlyn, à l'époque. Toujours une période stressante dans un couple. Il a fait un écart, suivi les traces de son père, je ne sais pas. Mais à ce moment-là, il s'est rendu compte qu'il avait de qui tenir et qu'il avait l'infidélité dans le sang. Et ça l'a inquiété parce que Libby n'était pas forcément comme sa mère, le genre de femme à fermer les yeux. Si elle le quittait, si elle divorçait...

— Cinquante pour cent de leurs avoirs personnels.

— Alors il a cessé de sortir l'argent de l'entreprise, il a acheté la maison au nom de la société. Mais comme ça voulait dire qu'il n'avait plus de liquidités, il a ouvert un compte offshore pour y placer des fonds secrets. Pourquoi pas? De son point de vue, c'était son argent, après tout. Mais comme toute entreprise peut être l'objet d'un audit, il ne pouvait pas demander à la comptable de lui faire un chèque. Il a donc dû créer un fournisseur fictif et facturer sa propre entreprise pour encaisser l'argent. Des sommes suffisamment anodines pour passer inaperçues, mais suffisamment importantes pour lui procurer la tranquillité d'esprit. Ingénieux, vraiment.

— Mais Libby n'a pas découvert cette liaison, enchaîne Tessa. Il s'en est sorti en toute impunité, Libby a accouché. Ils auraient pu vivre heureux jusqu'à la fin de leurs jours, sauf qu'il a rencontré une autre femme...

— Ce qui a déclenché un nouveau cycle de fausses factures.

— Et il a continué cette double vie invraisemblable : mari aimant et infidèle, patron formidable et malhonnête.

— Ça arrive », dit Wyatt.

C'est vrai. Devant un crime, les innocents poussent toujours de hauts cris : comment a-t-il pu, comment a-t-elle pu, comment se fait-il que je ne me sois douté de rien? Mais c'est que les innocents ont une conscience. Tandis que les coupables, comme Justin Denbe, n'en ont pas.

« Seize ans, murmure Tessa. Et finalement un grain de sable est venu gripper la machine. Libby a découvert l'existence de la dernière maîtresse en date et Justin a commencé à organiser sa fuite. Ce qui est drôle, quand on y pense, puisque Libby n'avait toujours pas l'intention de le quitter.

— Je crois que ça n'avait aucune importance, affirme brutalement Wyatt. Où êtes-vous ?

— Au siège de Denbe Construction, je cherchais Justin.

— Il n'y est pas.

— Vu que je suis en train d'arpenter les bureaux, je le sais déjà. La question, c'est de savoir comment vous, au téléphone, vous le savez ?

— Parce que Libby n'avait pas l'intention de quitter Justin. Vous l'avez entendue : ils cherchaient à sauver leur mariage. Donc... » Il marque un temps d'arrêt. Et Tessa finit par comprendre la fin de l'histoire.

« C'était lui qui voulait la quitter.

— Et pourquoi un mari quitte-t-il sa famille au bout de dix-huit ans ?

— Merde. Il se croit amoureux de Kathryn Chapman.

— Donc...

— Il est planqué chez elle. Sans doute en train de tout mettre en ordre avant de sauter dans un avion pour les tropiques au petit matin.

— Le dernier arrivé paye le dîner, dit Wyatt.

— Voyons, je suis déjà à Boston.

— Oui, mais moi aussi, maintenant ! »

Kathryn Chapman vit à Mattapan. Chez sa mère, dans une maison blanche sur trois niveaux. Tessa a l'adresse, elle l'a demandée à Chris Lopez. Wyatt, de son côté, a le central de police, un terminal informatique embarqué et un GPS, d'où son arrivée une poignée de secondes avant elle. Elle le contourne littéralement alors qu'il est en train de faire un créneau – à quatre rues de leur destination finale, de manière que sa voiture de shérif n'effraie pas Kathryn Chapman ou Justin Denbe.

Il adresse un coucou joyeux à Tessa. Celle-ci lève les yeux au ciel et fait un autre tour de pâté de maisons, à la recherche d'une place de stationnement. Toujours une partie de plaisir à Boston.

Elle trouve son bonheur à deux rues de là et revient au petit trot à la voiture de Wyatt. Adossé à son véhicule, il l'attend. Elle lui trouve particulièrement belle allure dans son uniforme de shérif marron foncé. Tant mieux.

« Le dîner, dit-il. C'est vous qui invitez.

— J'ai le droit de choisir le restaurant ?

— C'est de bonne guerre.

— J'ai envie de porter des talons. Et peut-être une jupe.

— Mince, c'est moi qui paierais pour ça.

— Non, c'est moi qui offre. Mais j'attends une veste de votre part. Peut-être même une cravate.

— Et vous aurez des talons ? insiste-t-il.

— Oui.

— Ça marche. »

Puis leurs préoccupations se tournent vers la maison jumelle de Kathryn Chapman, plongée dans l'ombre à quelques rues de là. Cinq heures du matin. Le soleil ne va pas tarder à se lever. Déjà, les lumières s'allument chez les banlieusards les plus matinaux. Ce n'est plus la meilleure heure pour s'approcher furtivement.

« Comment voulez-vous qu'on procède ? demande-t-elle.

— On n'a pas de mandat.

— C'est plus un problème pour vous que pour moi. D'ailleurs, vous n'avez même pas le droit d'intervenir dans le Massachusetts.

— Vous avez raison, on devrait appeler des renforts. »

Elle lui décoche un regard mauvais.

« Ou alors, poursuit-il, je pourrais fermer les yeux. Et si, par le plus grand des hasards, leur porte d'entrée s'entrouvrait, ça me donnerait des raisons de m'inquiéter pour la sécurité des occupants de la maison…

— Et, en policier consciencieux que vous êtes, vous seriez bien obligé d'aller voir ce qui se passe.

— Ça va de soi.

— Trois minutes », dit Tessa.

Alors qu'elle s'éloigne, elle sent son regard dans son dos. Et ce n'est pas désagréable. Plutôt une sensation chaude et grisante, la promesse de bons moments à venir.

Tessa procède à une reconnaissance de la maison. La porte d'entrée est fermée par un verrou et une chaînette. Ça prendrait trop de temps. Elle s'intéresse à la porte qui donne sur le jardin de derrière. Plus ancienne, munie d'un simple verrou. En cinq minutes, il cède à ses talents de crocheteuse, en constante voie d'amélioration.

Premier pas dans la cuisine, le souffle court. Le ciel est plus clair. Les ombres disparaissent. Le jour est dangereusement proche.

Elle arrive au milieu de la pièce, dont le sol en lino se décolle.

Et là, le plancher grince au-dessus de sa tête.

Si c'est la chambre de Kathryn Chapman, elle ne dort plus. Et il y a de fortes chances que Justin non plus. Cet homme qui sait manier les armes à feu et qui a au moins onze millions de dollars à défendre...

Quelqu'un se déplace avec prudence à l'étage, en tâtant du pied chaque vieille lame de parquet susceptible de craquer...

Tessa arrive à la porte d'entrée, au pied des escaliers. Au-dessus d'elle, une chasse d'eau se fait entendre. Puis des pas feutrés dans le couloir.

Ne descends pas, ne descends pas, ne descends pas...

Elle retire délicatement la chaînette. Fait coulisser le verrou avec précaution. Enfin, elle tourne la poignée...

La porte s'ouvre avec un gémissement. Parfaitement audible. Et au-dessus de Tessa, le silence. Absolu. Pas un silence comme on les aime. Un silence *aux aguets*. Justin ou Kathryn, peut-être les deux, sait que quelqu'un est entré.

Wyatt arrive à la porte. Il avance avec prudence, les épaules de biais pour faire une cible moins facile. Tessa lève un doigt à ses lèvres, puis montre le plafond. Il paraît comprendre et franchit la porte sans bruit pour la rejoindre au pied des escaliers.

« Je pense qu'on est repérés, dit-elle tout bas. D'autres sorties possibles ?

— L'échelle de secours, chuchote Wyatt. Premier et deuxième étage. Il se peut que j'aie graissé les barreaux. Mais je ne vous ai rien dit. »

Chapeau bas, se dit Tessa. Un bon truc à garder pour une prochaine fois.

« Il faut faire vite, murmure-t-elle.

— Chris Lopez est en vie parce que vous l'avez épargné, non ? »

Elle confirme.

« Alors, je dirais qu'il vous doit un service. Kathryn est sa nièce, après tout. »

Tessa comprend ce qu'il veut dire. Lopez lui doit bien quelque chose. Elle passe le coup de fil et, une minute plus tard, alors qu'elle tend son portable vers les escaliers, Lopez dit d'une voix forte dans le haut-parleur :

« Kate. Je sais que tu es réveillée. Arrête un peu tes conneries et ramène tes fesses en bas. Je viens d'apprendre ce qui est arrivé à Justin. La police va débarquer d'une seconde à l'autre et il faut qu'on accorde nos violons. Allez, ne me fais pas encore attendre… »

Silence sur toute la ligne.

« Kate ! Je ne plaisante pas. Soit tu me parles, soit basta. Je m'en lave les mains. Quand la police arrivera, je déballerai tout. Oui, ma nièce couchait avec mon patron. Oui, elle voulait se débarrasser de sa famille. En fait, je l'ai même entendue dire plusieurs fois qu'elle aurait préféré qu'elles crèvent… »

Soudain, une voix de femme, sur le palier : « Oncle Chris ?

— À ton avis ?

— Tu as une drôle de voix.

— Je m'égosille depuis le bas d'un escalier. Enfile des vêtements et ramène-toi. »

Tessa entend le parquet grincer et aussi des murmures quasi inaudibles. Elle retient son souffle. Lentement, elle se force à le relâcher, à décrisper sa main sur son arme.

Puis la première marche craque.

«Oncle Chris?»

Tessa déplace légèrement son téléphone, donne sa réplique à Lopez.

«Dans la cuisine», dit celui-ci dans le haut-parleur.

Une autre marche gémit. Tessa et Wyatt reculent à pas de loup dans l'ombre de l'escalier.

Kathryn Chapman apparaît quelques instants plus tard. Elle n'est pas en pyjama, mais déjà en jean et haut bleu marine ajusté. Le genre de tenue, se dit Tessa, qu'on porterait pour prendre l'avion.

Kate se tourne vers la cuisine et, en deux temps, trois mouvements, Wyatt s'avance, la bâillonne avec sa main et la tire en arrière.

Kathryn pâlit, ses yeux bleus s'arrondissent comme des soucoupes. Elle découvre la présence de Tessa et, loin d'en être rassurée, se débat de plus belle. Tessa en tire deux ou trois conclusions ; par exemple que Kathryn la considère comme une adversaire et que donc, durant leur petite conversation, elle a certainement menti comme une arracheuse de dents.

«Il est là-haut, n'est-ce pas?» murmure Tessa.

Kathryn tente de secouer la tête, même si le bras épais de Wyatt l'immobilise.

«Il vous a dit qu'il allait vous emmener. Qu'il avait mis de l'argent de côté.»

Kathryn n'essaie pas de répondre, s'empourpre.

«Oubliez un instant qu'il a trahi sa femme. Il a aussi trahi sa fille unique. C'est avec un type pareil que vous voulez vous enfuir?»

Le regard de Kathryn se fait rebelle, ce que Tessa prend pour un oui.

C'est clair, cette femme ne les aidera pas. Alors Tessa passe au plan B et se met à crier à pleins poumons :

« Non, Mick. Ne me fais pas mal. Je ne sais pas où il est. Mick ! Non, non, non ! Mick ! »

Des bruits de pas, précipités. Justin Denbe, entendant le nom du dangereux mercenaire, passe à l'action. Il dévale les escaliers dans un roulement de tonnerre. Déboule dans l'entrée, arme au poing, et s'accroupit sur le pas de la porte.

Tessa voit son regard faire des allers-retours entre la porte ouverte, Kathryn immobilisée et elle-même, qui pointe un pistolet sur sa tête.

« Justin Denbe, déclare-t-elle. Lâchez votre arme. Vous êtes en état d'arrestation. »

Justin n'obtempère pas tout de suite. Il fallait s'y attendre, avec un type comme lui. Il reste accroupi, jauge la situation, lance un regard vers la porte ouverte.

« Nous savons ce que vous avez fait », dit Tessa, dont la main ne tremble pas. D'aussi près, elle a tout son temps. Elle continue comme si de rien n'était. « Et je n'ai rien inventé. Mick est vraiment revenu cette nuit. Il a agressé votre femme et votre fille. »

Justin se redresse et lui accorde enfin toute son attention.

« Quoi ? Ashlyn va bien ? Et Libby ? Je leur avais dit que le contrat, c'était...

— De ne pas faire de mal à votre femme et à votre fille », termine Tessa. À côté d'elle, Wyatt s'emploie à menotter Kathryn, les bras dans le dos. « C'était l'accord, hein ? Vous avez engagé ces hommes avec la consigne explicite de ne pas faire de mal à votre femme et à votre fille. Mais à vous, oui. Il le fallait bien, pour la rançon de neuf millions de dollars. C'est comme ça que vous les avez payés, n'est-ce pas? Ils ont reçu au moins une partie de la rançon, comme promis. Ce qui vous permettait de ne pas partager vos onze millions.»

Justin Denbe, vêtu d'un jean, d'une chemise et de chaussures en cuir, là encore une tenue parfaite pour prendre l'avion: «Ashlyn et Libby vont bien?

— À part qu'elles sont terrifiées? Traumatisées? Enfin, franchement, vous êtes plutôt mal placé pour vous inquiéter pour elles, non? Après tout ce que vous leur avez fait subir?

— Ils ne devaient pas leur faire de mal», répète-t-il avec entêtement.

Wyatt pousse Kathryn, menottée, sur le côté. «Seize ans, dit-il. Seize ans que vous grugez votre propre entreprise.

— Ne soyez pas ridicule.» Mais il se détourne, jette de nouveau un regard vers la porte. «On ne peut pas se voler soi-même.

— Oh que si, corrige Tessa en affermissant sa prise sur son pistolet. Parce que tout ce que vous mettiez sur votre compte personnel, vous risquiez de devoir le partager avec votre femme, qui pouvait découvrir vos liaisons et demander le divorce. L'autre solution, c'était de siphonner l'argent pour le placer sur des comptes occultes dont personne ne connaissait l'existence. Jusqu'au moment où vous vous êtes retrouvé avec onze millions de dollars de côté, une entreprise moribonde et une femme que vous vouliez plaquer. La décision n'a pas dû être bien difficile à prendre. Il était temps de vous tirer en raflant la mise.»

Justin ne dit rien. Toujours penché fébrilement vers la porte, il refuse même de croiser le regard de Kathryn.

«Il est à quelle heure, votre avion?» demande Tessa.

Il tressaille.

«On tient votre petite amie. Vous allez partir sans elle?»

Enfin, il lance un regard à Kathryn. Wyatt ne la bâillonne plus. Elle pousse un gémissement involontaire.

«Ouais, le voilà, votre petit copain, lui dit Tessa. Un homme qui a engagé des hommes pour qu'ils le kidnappent, qui a mis en scène sa mort et abandonné sa famille. Franchement, je vous le laisse.»

À côté d'elle, Wyatt dit : «Mick est mort. Votre femme l'a descendu.»

Justin ouvre de grands yeux. Il semble déconcerté.

«Mais votre fille a un sérieux traumatisme crânien, dit Tessa pour enfoncer le clou. Elle a besoin de vous. En fait, votre miraculeux retour de l'au-delà pourrait tout à fait être le genre de nouvelle susceptible d'accélérer sa guérison.»

C'est intéressant, vraiment, de voir l'air torturé de Justin Denbe. Le dilemme qui se lit sur son visage. Être là pour la fille qu'il adore, mais aussi revenir à une vie où il devrait répondre de ses actes. Ou bien partir. Sans se retourner. Pas d'engagement, pas d'obligations, un homme libre avec onze millions de dollars en poche.

Il regarde Tessa.

Il regarde Kathryn, qui ne dit rien, laisse simplement monter un gémissement suppliant du fond de sa gorge.

Et alors...

Il s'élance vers la porte. La franchit d'un bond. Atteint la véranda. Tessa crie son nom, pointe son arme, mais sans faire feu – elle ne peut quand même pas tirer dans le dos d'un homme. Wyatt écarte brusquement Kathryn pour se lancer aux trousses de Justin.

Lorsqu'un coup de fusil claque au loin. Tessa plonge instinctivement à terre. Wyatt en fait autant et, ensemble, ils voient la tête de Justin Denbe exploser dans la véranda.

C'en est fini de lui.

Il s'effondre comme un pantin.

Kathryn pousse un hurlement.

Il n'y a pas de deuxième coup de feu. La première balle a fait le boulot.

Au bout d'une éternité, Tessa se relève, tremblante. Wyatt l'imite. Ils regardent le corps sans vie de Justin.

Wyatt dit : « Quand je vous disais qu'il y avait un ou deux cerveaux parmi les gros bras. »

Ils appellent l'agent spécial Adams. Se laissent remonter les bretelles, puisque ni l'un ni l'autre n'était légalement en droit d'intervenir. Et que, par-dessus le marché, c'est elle qui va hériter de la paperasse. On emmène Kathryn, qui hurle encore. Elle va sans doute être conduite aux urgences et soignée pour son état de choc.

En attendant, des agents en tenue ratissent le quartier. Sur un toit-terrasse à deux maisons de distance, de l'autre côté de la rue, ils retrouvent un fusil et une douille en cuivre. Le numéro de série du fusil a été limé. Les empreintes sur la douille, effacées.

« Du travail de pro, dit Nicole, proférant là une évidence.

— Les cadavres ne parlent pas, dit doctement Wyatt.

— Ce serait l'un des kidnappeurs ?

— En garde à vue, Justin aurait pu parler, explique Tessa. La plupart des contrats comportent une clause de confidentialité. Disons que Justin risquait d'enfreindre la sienne.

— Vous voyez autre chose ? demande Adams.

— Non », répondent-ils franchement.

Nicole soupire et regagne son véhicule pour mettre à jour l'appel à toutes les patrouilles. Comme on n'a plus besoin d'eux, Wyatt et Tessa s'en vont, et Wyatt la raccompagne à sa voiture.

« Vous croyez que Libby et Ashlyn sont en sécurité, maintenant ?

— Eh bien, réfléchissez à ça : si Justin était ici quand Mick a agressé sa famille... »

Wyatt hoche la tête. « J'en étais au même point de mes réflexions : un des mercenaires, peut-être le chef, a descendu son collègue.

— C'est une profession intéressante. Avec un règlement très strict. Mais le type en question a aussi laissé Libby et Ashlyn tranquilles, après ça. Donc, oui, on peut espérer que les choses vont se tasser et qu'elles vont pouvoir commencer à reconstruire leur vie.

— C'est ce que vous êtes en train de faire, vous ? » demande-t-il.

Elle lui répond aussi sincèrement que possible : « Il y a des jours meilleurs que d'autres. »

Ils sont arrivés à sa Lexus.

« Bon, dit-il.

— Bon, répond-elle.

— C'est là que ça devient délicat. Parce qu'en théorie, c'est vous qui offrez le dîner, mais je meurs d'envie de vous demander de sortir avec moi.

— Vous ne pourrez pas rencontrer ma fille, le prévient-elle avec gravité. Pas avant un moment.

— Je ne m'attendais pas à autre chose.

— J'ai besoin d'espace.

— J'avais remarqué. Moi, j'ai une passion pour le bois. Quand ça me prend, il faut que je fabrique quelque chose. C'est comme ça. »

Elle hoche la tête. « Ça me va vraiment bien, les talons, dit-elle finalement.

— Vraiment ? Parce qu'il paraît que je suis canon en veste et cravate.

— Pas de cravate. Juste la veste. »

Le regard de Wyatt se réchauffe. « Mais quand même des talons ?

— Quand même des talons.

— Vendredi soir ?

— Celui d'après. J'ai besoin de passer un peu de temps avec Sophie.

— Très bien. »

Wyatt se penche vers elle. Et la surprend en lui soufflant à l'oreille : « Et lâchez vos cheveux. »

Puis il repart d'un pas léger dans la rue. Tessa reste là encore un moment et un sourire s'épanouit lentement sur ses lèvres. Elle repense aux familles, les anciennes et les nouvelles, et aux survivantes, jadis et maintenant.

Puis elle monte dans sa Lexus et rentre chez elle auprès de sa fille.

44

Voilà ce que je sais :

Mon mari a commencé à siphonner l'argent de sa propre société il y a seize ans. Pas juste pour se constituer une caisse noire, mais un capital « départ pour une nouvelle vie ». La brigade financière de la police fédérale estime qu'il a accumulé un peu plus de treize millions de dollars en faisant apparaître des dizaines de fournisseurs fictifs dans les comptes de son entreprise et en se portant garant de leur authenticité.

D'après les messages retrouvés dans son ordinateur, il avait commencé à organiser sa fuite en juin, soit environ cinq jours après que j'avais découvert sa liaison. Quand, en août, Ruth Chan avait eu vent des détournements, cela n'avait guère eu d'importance. Le plan de Justin était déjà en bonne voie de réalisation. C'est sans doute uniquement pour qu'elle soit absente le jour J qu'il a expédié sa directrice financière aux Bahamas. Et il s'était déjà procuré un faux passeport, qu'on a retrouvé sur lui, au nom de Tristan Johnson. C'est également sous ce nom qu'il avait acheté un billet d'avion pour la République dominicaine et ouvert un nouveau compte en banque, sur lequel il avait certainement l'intention de virer l'essentiel de ses biens mal acquis.

À ce jour, ces fonds restent introuvables ; peut-être sont-ils dans une autre banque sous un autre nom ; les agents de la brigade financière enquêtent encore.

Et pour finir, la Grande Évasion : mon mari a engagé trois professionnels chargés de kidnapper sa famille. Il leur a donné un code d'accès à la maison (la date à laquelle j'avais découvert les textos de Kathryn Chapman sur son portable ; Paulie, le grand manitou de Justin en matière de sécurité, s'en est rendu compte en révisant notre système de protection). Ensuite, il leur a fourni toutes les informations nécessaires pour nous tendre une embuscade chez nous, de même qu'un lieu sûr pour notre détention.

Il leur avait donné des directives : ils ne devaient pas faire de mal à sa femme ou à sa fille. Quant à lui, ils pouvaient manifestement lui tirer dessus au Taser et le tabasser. Après tout, il fallait que l'enlèvement soit crédible pour que sa mort le soit aussi, et puis il avait besoin que l'assurance crache les neuf millions de la rançon. Denbe Construction ne disposait pas d'une somme pareille et en aucun cas Justin n'aurait voulu piocher dans ses réserves.

Z et ses coéquipiers ont admirablement rempli leur mission. Mais je pense, a posteriori, que Z a ressenti un mécontentement croissant à l'idée de travailler pour un homme dont les projets supposaient, pour le moins, de terroriser son épouse et sa fille qui ne se doutaient de rien. D'où l'expression de haine non dissimulée que j'avais surprise tant de fois sur son visage.

Est-ce pour cette raison que Z et/ou Radar ont assassiné mon mari ? Je ne crois pas. Il me semble que si Z avait réellement souhaité la mort de Justin, il lui aurait personnellement réglé son compte pendant la scène finale à la prison. Et puis Z m'a toujours fait l'effet d'un professionnel; un type qui fera le boulot, qu'il soit ou non d'accord avec le client. Je pense qu'il avait dû confier à Radar la mission de coller aux basques de Justin, histoire de vérifier que celui-ci quittait la ville sans encombre, tout comme il s'était donné à lui-même mission de filer Mick. Pour assurer leurs arrières, si l'on veut. Quand Mick m'a agressée, Z a pris les mesures nécessaires pour supprimer un complice auquel ils ne pouvaient plus se fier. Et quand Justin s'est fait alpaguer par la police, Radar en a fait autant avec leur client. Pour reprendre les mots de Justin, ils avaient neuf millions de raisons de disparaître sans laisser de traces et c'est ce qu'ils ont fait.

Les empreintes de Mick ont révélé qu'il s'agissait de Michael Beardsley, un ancien marine renvoyé de l'armée cinq ans plus tôt pour conduite déshonorante et qui avait la réputation d'œuvrer «dans le privé». Pendant un certain temps, le FBI est venu nous voir pratiquement tous les jours, Ashlyn et moi, avec des photos d'individus appartenant au cercle des fréquentations de Mick. Ils espéraient que nous reconnaîtrions Z ou Radar parmi eux. Jusqu'à présent, ça n'a pas été le cas. Et la police n'a pas non plus retrouvé trace de courriers électroniques ou autres échanges entre Justin et Z.

Il ne fait aucun doute que Z a pris un luxe de précautions de ce côté-là. Et, étant donné qu'en définitive il m'a sauvé la vie, je ne me suis pas non plus donné beaucoup de mal pour fournir des renseignements qui auraient pu contribuer à sa capture. Ashlyn est au courant de ce qui s'est passé cette nuit-là et elle partage mon point de vue. Alors nous faisons ce que nous pensons juste et laissons la police en faire autant. Cela m'étonnerait qu'elle réussisse à arrêter Z ou Radar. Mais cela m'étonnerait aussi qu'ils reviennent nous chercher des noises. Une fois leur mission accomplie, ils ont tourné la page. Et peut-être qu'un jour, nous y parviendrons, nous aussi.

Mon mari me manque. C'est peut-être aberrant, mais on ne peut pas avoir aimé un homme pendant près de vingt ans et ne pas souffrir de son absence. Oui, j'avais signé un contrat de mariage en vertu duquel je renonçais à toute prétention sur Denbe Construction en échange de la moitié de nos avoirs personnels. Et, oui, Justin avait mis tous nos biens personnels au nom de la société, de sorte que si j'avais décidé de divorcer, je n'aurais eu droit à rien du tout.

Il m'a trompée. Physiquement, sentimentalement et même financièrement. Et, sur ce dernier plan, je ne peux même pas me considérer comme un cas particulier puisqu'au final il a trompé tout le monde. Il a floué son entreprise et privé ses employés de devenir actionnaires. À sa manière, il essayait de compenser en leur accordant des primes généreuses les années fastes, n'empêche... Il a ponctionné treize millions de dollars dans les coffres de la société et refusé même à ses plus proches et plus fidèles collaborateurs la possibilité d'acheter des parts de la boîte – le tout en se faisant passer pour un type formidable et un patron attentionné.

En fin de compte, je crois qu'il y avait deux Justin. Le mari que je chérissais. Le père qu'Ashlyn aimait. Le meneur que ses gars respectaient.

Et puis celui qui nous a tous volés et qui a mis sur pied un stratagème complexe pour nous quitter à tout jamais. Puisque treize millions de dollars avaient manifestement plus d'importance à ses yeux que l'amour de sa famille et l'admiration de ses salariés.

Ce Justin-là, je ne le comprends pas. Je n'arrive pas à imaginer comment un homme qui connaît une telle réussite dans la vie peut préférer l'argent à sa famille et à ses amis. Ma seule hypothèse, c'est qu'il avait une profonde envie de liberté. Fini les responsabilités, les décisions à prendre, les obligations. Même si, l'ironie de la chose, c'est que pour ça aussi nous l'aurions aidé. Il aurait pu vendre la société à son équipe dirigeante. Il aurait pu se sauver à Bora-Bora avec Ashlyn et moi. Nous serions parties. Notre amour pour lui était assez grand. Du moins le croyions-nous.

C'est le paradoxe avec lequel Ashlyn et moi avons du mal à nous réconcilier : le Justin que nous connaissions avait de solides valeurs, de strictes exigences envers lui-même et les autres. Alors que l'homme qui a trahi toute sa famille et qui a eu recours aux pires extrémités, allant jusqu'à faire kidnapper et terroriser sa femme et sa fille dans le seul but de prendre habilement le large...

Lui serait-il arrivé de regarder en arrière ? Lui aurions-nous manqué ? Nous aurait-il regrettées ?

Parce que, de notre côté, nous le regrettons. C'est plus fort que nous. Nous regrettons l'homme que nous pensions connaître, le père qui a appris à Ashlyn à se servir d'une perceuse, l'amant qui me tenait dans ses bras la nuit. Celui que nous avions cru voir mourir pour nous.

Parce que nous croyions en lui. Et qu'il nous manque encore.

Le ministère public a porté plainte contre Chris Lopez, qui a plaidé coupable pour tous les chefs d'accusation, épargnant ainsi à ma fille le traumatisme d'un procès. Je me demande si, du coup, il se trouve grand seigneur. Comme si, après avoir profité de la vulnérabilité d'une gamine de quinze ans, ce seul geste suffisait à réparer ses torts.

Je n'en ai pas parlé avec lui. Sincèrement, je n'ai rien à lui dire.

Je fais un travail sur moi, en ce moment. Peu importe que mon mari ait été un menteur, j'essaie de tenir la promesse que je lui ai faite : arrêter les antalgiques et être là pour ma fille. Je consulte un spécialiste de l'addiction : après être passée de l'hydrocodone à la méthadone, j'en suis maintenant à me sevrer de cette dernière. J'ai fait le tour de la maison avec Ashlyn. Je lui ai montré toutes mes caches, nous les avons vidées une à une et j'ai remis les comprimés à mon médecin.

Je ne peux pas dire que ce soit allé tout seul. Je rêve tout le temps d'oranges. Je me réveille avec un goût de gâteau d'anniversaire dans la bouche et j'éprouve un immense sentiment de culpabilité. Je voulais sauver ma famille. Même après la découverte de la liaison de Justin, même après avoir avalé ce premier comprimé, je pensais encore que nous allions surmonter cette crise. Nous allions nous reprendre en main, pardonner, oublier, continuer. Justin, Ashlyn et moi contre le reste du monde.

Je consulte une excellente thérapeute, qui aime bien me poser des questions. Par exemple : pourquoi ? Pourquoi aurait-il fallu que notre famille en ressorte intacte ? Étions-nous vraiment si heureux que cela ? Si attentionnés ? Si présents les uns pour les autres ?

Justin n'était pas le seul à avoir des problèmes. J'étais tombée dans la drogue et ma fille de quinze ans couchait avec un homme de quarante. Peut-être bien, mais c'était juste une hypothèse, que notre trio ne fonctionnait pas si bien que ça.

Et peut-être que le duo qui a survécu s'en sortira mieux.

Ashlyn et moi nous reparlons ; nous nous confions nos peines, mais aussi nos espoirs et nos rêves fragiles. C'est officiel, ma fille est désormais une jeune femme riche. Suivant la tradition instaurée par son père, Justin a légué la totalité de l'entreprise à sa fille, de manière nominative. Si bien qu'elle est aujourd'hui à la tête d'une des plus grandes entreprises de BTP du pays, mais aussi de deux maisons et d'une belle collection de voitures.

Elle n'en veut pas. Avec l'aide d'Anita Bennett et de Ruth Chan, nous sommes en train de rédiger un accord qui permettra aux salariés de Denbe Construction d'acquérir cinquante et un pour cent de la société. Quant à notre belle maison de Boston, Ashlyn voudrait aussi que nous nous en séparions.

Nous sommes toutes les deux d'accord sur le fait qu'elle est trop grande et trop habitée par les regrets.

Nous caressons l'idée de quitter Boston, peut-être pour nous installer dans l'ouest du pays, à Seattle ou à Portland. Nous allons acheter un charmant bungalow des années 1930, pourquoi pas avec un garage indépendant à reconvertir en atelier d'art. Je pourrais y créer des bijoux. Ashlyn aimerait se mettre à la poterie.

On pourrait se refaire un nid. Posséder moins. Faire moins.

Découvrir plus.

L'idée me séduit et, maintenant que je suis une femme riche dans la fleur de l'âge, je peux pour la première fois de ma vie faire ce qui me chante. Ce bout de papier que Z m'a donné de la part de Radar ? Il portait le numéro d'un compte offshore ouvert au nom de Justin. Mon mari avait trois mots de passe de référence, qu'il utilisait pour tout. En l'occurrence, il m'a suffi de deux tentatives pour deviner le bon. Ensuite de quoi, j'ai viré douze virgule huit millions de dollars vers le nouveau compte que je venais d'ouvrir au nom d'une entreprise inventée dans le feu de l'action. Encore quelques virements par-ci, par-là, et le capital départ pour une nouvelle vie de Justin est devenu mon capital dernier conjoint survivant.

Vous imaginez ça : après tout le mal que Justin s'était donné pour que je ne touche jamais un seul centime de son argent, j'ai tout raflé.

Je me demande s'il se retourne dans sa tombe.

Et, je l'avoue, il y a des jours où cette idée me fait sourire.

Voilà ce que je sais : La douleur a un goût.

Mais l'espoir aussi.

NOTE ET REMERCIEMENTS DE L'AUTEUR

J'ai toujours eu envie de kidnapper une famille. Cela fait partie de ces idées qui m'ont trotté dans la tête pendant des années. Et puis un beau jour, j'ai eu l'occasion de visiter une prison récemment construite et mon cerveau d'écrivain en est aussitôt tombé amoureux.

Des rouleaux de fils barbelés à perte de vue. De solides barreaux de fer impossibles à scier. D'étroites meurtrières à l'épreuve des balles. Tout cela se combinant pour former un immense complexe déshumanisé où l'écho de nos pas résonnait sur des kilomètres et où le claquement des lourdes portes métalliques me donnait la chair de poule.

Oui, un vrai coup de foudre.

Ce qui signifie que je dois en tout premier lieu une immense gratitude à Michael Duffy pour m'avoir permis de visiter la prison que son entreprise avait contribué à bâtir. Il a aussi fait mon éducation sur le nombre d'établissements pénitentiaires construits et laissés vacants un peu partout dans le pays, les restrictions budgétaires ayant entraîné un gel des fonds nécessaires à leur ouverture et/ou à leur fonctionnement.

En l'occurrence, cette prison est aujourd'hui ouverte. Et celle que je décris dans le roman relève de la fiction.

Après avoir visité un établissement et m'être renseignée sur bien d'autres, je me suis amusée à faire mon petit marché parmi les détails qui me plaisaient le plus. C'est l'avantage d'être un auteur : je peux construire tout ce que je veux rien qu'avec des mots !

À ce propos, toutes les éventuelles erreurs sont de mon seul fait.

Pour ce roman, il m'a aussi semblé qu'il était temps de créer un nouveau personnage, un bon vieux policier du New Hampshire. Je ne me rendais pas compte à quel point les services des shérifs de comté de cet État sont uniques en leur genre, jusqu'au jour où j'ai abusé du temps et de la bonté du lieutenant Mike Santucio. Sa perspicacité et la patience dont il a fait preuve en répondant à mes innombrables questions m'ont sauvé la mise à plusieurs occasions. Merci, lieutenant, de m'avoir offert ce passionnant aperçu du travail de la police en zone rurale, qui a encore accru mon respect pour les hommes et les femmes à qui il revient de faire respecter la loi dans ces merveilleuses montagnes que j'aime tant. Là encore, toutes les erreurs sont de mon seul fait.

C'est à Sarah Luke que je dois l'essentiel de mes informations sur la toxicomanie. Et c'est Joseph Finder, lui-même un de mes auteurs de polar préféré, qui m'a éclairée sur les coulisses du quartier de Back Bay. Merci, Joe !

Félicitations à Michael Beardsley, choisi pour devenir victime d'un meurtre dans ce roman par Catherine, sa tendre moitié, qui avait remporté le tirage au sort annuel « Kill a Friend, Maim a Buddy » sur LisaGardner.com. Bravo également à Stuart Blair, lauréat du tirage au sort international « Kill a Friend, Maim a Mate », qui a souhaité que sa jeune épouse, Lindsay Edmiston, fasse une brillante apparition dans ce livre. Aucune femme n'y trouvant la mort (une première pour moi !), Lindsay a aimablement accepté le rôle de la meilleure amie d'Ashlyn.

Quant aux autres, pas d'inquiétude : chacun peut encore se rendre sur le site, où le prochain tirage au sort en vue de l'immortalité littéraire est déjà lancé. Qui sait, l'an prochain vous permettra peut-être de trucider un être cher par livre interposé.

À propos d'amour, Kim Beals a remporté les enchères annuelles organisées au profit de la Rozzie May Animal Alliance, une fondation qui offre de stériliser les chiens et les chats à moindre coût. Elle a souhaité dédier son don généreux à son beau-père, Daniel J. Coakley, et n'a eu qu'une seule requête : que le personnage qui porterait son nom dans le roman soit un type bien, car c'est un homme formidable dans la vraie vie. J'espère que ça vous aura plu, à tous les deux !

Comme je suis une grande amie des bêtes, je donne également à l'Animal Rescue League du New Hampshire (un refuge où l'on se refuse à euthanasier les animaux) la possibilité de vendre aux enchères un passeport pour l'immortalité. Les vainqueurs de cette année, Michael Kline et Sal Martignetti, m'ont demandé de rendre hommage à leur labrador noir adoré, Zeus, qui est décédé pendant l'écriture de ce roman. Zeus faisait partie de ces chiens étonnants qui semblent appartenir davantage à l'humanité qu'à la gent canine. Pour paraphraser ses propriétaires : la plupart des chiens pourraient faire de la recherche de cadavres, mais Zeus aurait pu être enquêteur.

Mes remerciements les plus sincères et les plus chaleureux vont ensuite à mes éditeurs, Ben Sevier chez Dutton et Vicki Mellor chez Headline. Comme il arrive parfois, j'ai connu une période de frustration au cours de l'écriture de ce roman. Au point que j'ai commencé à avoir envie de le brûler, ou de le déchirer, ou de le déchirer puis de le brûler. Mais mes éditeurs ont su me faire profiter de judicieuses remarques, qui l'ont grandement amélioré. Parfait. Merci à eux d'oublier ce qu'il y avait dans la première version…

L'écriture d'un roman est sans conteste une occupation solitaire et potentiellement dangereuse pour la santé mentale. J'ai la grande chance d'être entourée et soutenue par une famille véritablement extraordinaire, qui a la patience de me supporter même lorsque ma conversation à la table du dîner se résume à parler dans ma barbe, puis à regarder dans le vide. J'ai aussi les meilleures amies qu'on pourrait imaginer, Genn, Sarah, Michelle et Kerry, qui savent à quel moment me faire rire ou quand me verser simplement un autre verre de vin.

Enfin, toute ma vénération à une personne immensément talentueuse et incroyablement bienveillante, mon agente adorée : Meg Ruley. Oui, elle est bonne à ce point-là et je suis heureuse de l'avoir à mes côtés.

Oh, et juste au cas où vous penseriez que je n'avais pas remarqué : merci à mes formidables lecteurs, qui me récompensent de tous ces efforts.

Du même auteur
aux éditions Albin Michel :

Disparue, 2008.
Sauver sa peau, 2009.
La Maison d'à côté, 2010.
Derniers adieux, 2011.
Les Morsures du passé, 2012.
Preuves d'amour, 2013.
Arrêtez-moi, 2014.
Le Saut de l'ange, 2017.

Le Livre de Poche s'engage pour l'environnement en réduisant l'empreinte carbone de ses livres. Celle de cet exemplaire est de : **550 g éq. CO₂**
Rendez-vous sur
www.livredepoche-durable.fr

Composition réalisée par Lumina Datamatics

Achevé d'imprimer en août 2018 en Italie par
Grafica Veneta
Dépôt légal 1ʳᵉ publication : janvier 2018
Édition 14 – août 2018
LIBRAIRIE GÉNÉRALE FRANÇAISE
21, rue du Montparnasse – 75298 Paris Cedex 06

28/8011/4